国家出版基金项目
NATIONAL PUBLICATION FOUNDATION

"百部好书"扶持项目
GUANGDONG PUBLISHING

"十三五"国家重点图书出版规划项目

流行文艺与主流价值观

关系研究

上卷

蒋述卓 等 著

Study on the relationship between popular arts and core value

暨南大学出版社
JINAN UNIVERSITY PRESS

中国·广州

图书在版编目（CIP）数据

流行文艺与主流价值观关系研究：全二册／蒋述卓等著．—广州：暨南大学出版社，2018.8
ISBN 978 - 7 - 5668 - 2505 - 6

Ⅰ.①流… Ⅱ.①蒋… Ⅲ.①现代文化—关系—社会主义建设—价值论—研究—中国 Ⅳ.①I206

中国版本图书馆 CIP 数据核字（2018）第 211227 号

流行文艺与主流价值观关系研究（上卷）
LIUXING WENYI YU ZHULIU JIAZHIGUAN GUANXI YANJIU（SHANGJUAN）
著　者：蒋述卓　等

出 版 人：徐义雄
策划编辑：潘雅琴
责任编辑：潘雅琴　崔军亚
责任校对：刘雨婷　叶佩欣　苏　洁
责任印制：汤慧君　周一丹

出版发行：暨南大学出版社（510630）
电　　话：总编室（8620）85221601
　　　　　营销部（8620）85225284　85228291　85228292（邮购）
传　　真：（8620）85221583（办公室）　85223774（营销部）
网　　址：http://www.jnupress.com
排　　版：广州市天河星辰文化发展部照排中心
印　　刷：广州市快美印务有限公司
开　　本：787mm×960mm　1/16
印　　张：31.5
字　　数：446 千
版　　次：2018 年 8 月第 1 版
印　　次：2018 年 8 月第 1 次
总 定 价：128.00 元（全二册）

目 录

导　论

随着中国工业化、市场化、城市化进程的加快，以及媒介科技化的高速发展，中国的文艺生产与消费也步入了"高铁时代"。文艺领域中雅与俗的界限愈来愈模糊，"它不仅是中国当代文化的独特现象"，而且是"全球化语境下一种具有普遍性的文化景观"。① 雅与俗的相通与融合也呈不可逆之势，并逐渐为消费者所接受，成为"文化大餐"中的"美味佳肴"。

中国社会进入 21 世纪的十余年来，流行文艺承接 20 世纪 90 年代以来的发展脉络，正呈泛漫之势，并逐渐填充着大众文化消费与文化想象的空间。它们看起来好像是在主流文化的边缘跌跌撞撞，实际上却在与主流文艺和主流价值观的摩擦与互动中不断扩大着自己的地盘。这背后究竟有什么文化原因？对流行文艺的价值观到底该如何评价？流行文艺与主流价值观真的存在巨大鸿沟吗？本书试图对流行文艺与主流价值观的关系做初步的探讨。

一

笔者这里用流行文艺而未用常见的大众文化一词，是想将问题的讨论面缩小一下。流行文艺实际上是大众文化的一部分，用它可以将花园广场、购物中心、游乐场等大众文化现象排除在外，而只讨论以文学艺术面貌出现的文化现象，如青春文学（韩寒、郭敬明、张悦然、落落等的文学作品）、网络文学中的流行创作样式（如悬疑小说、穿越小说、

① 朱立元：《雅俗界限趋于模糊——90 年代"全球化"语境中的中国审美文化之审视》，《常德师范学院学报（社会科学版）》2000 年第 6 期。其实，雅俗差别不那么明显的观点很早就见于西方的大众文化理论当中，涉及这一观点的著作有约翰·斯道雷的《文化理论与通俗文化导论》、多米尼克·斯特里纳蒂的《通俗文化理论导论》、阿兰·斯威伍德的《大众文化的神话》等。

耽美小说等)、流行歌曲、流行影视作品（如《失恋 33 天》《步步惊心》等)、电视娱乐节目（如《星光大道》《中国好声音》等)、时尚杂志（如《瑞丽》等)。如果硬要给出一个定义，笔者认为可这样去界定：流行文艺是指受人民普遍喜欢和热烈追随并带有某种商业性、时尚性、娱乐性的文艺样式和文艺现象。流行文艺的特性也由此呈现，那就是大众性、商业性、娱乐性、追随性以及高技术性，其中娱乐性是主体，制造粉丝是其商业模式，充分利用 3D 与 4K 技术和以声光电技术为主的大众传媒以及通信技术等是其成功运作的重要手段。

　　流行文艺的发展已不可遏止，而且它还无孔不入、无处不在，它极大地影响着人们的日常生活，影响着人们的生活方式、思维方式和价值观念。在文艺愈来愈被人们当作消费品与娱乐品的时代，流行文艺所提供的文本却让人们感觉逐渐变得局限化与去智化，并使人们心甘情愿地接受其对生活与行为方式的指导，但同时它也给大众带来了愉悦和放松。流行文艺的制作更多地是由文化工业过程来决定的，也更多地根据消费者的反馈去调整。流行文艺所创造出来的文艺新内容、新样式以及接连诞生的新词汇与新观念引起了热烈的争议，对其中包含的价值观也存在着差异很大的评价，有的甚至陷于针锋相对的境地。

　　究竟该如何看待流行文艺中的价值观？它与主流价值观存在多大的差距呢？

二

　　这里就涉及到底什么是主流价值观的问题了。有人认为如今我国价值观混乱，根本不存在什么主流价值观；有人则认为当前的主流文化就是大众文化，主流价值观就是大众文化所表现出来的价值观等。但笔者认为，从当前中国的文化现实所呈现出来的状况看，主流价值观还是国家所提倡的价值观，它具有强烈的意识形态性，是一种具备价值导向的文化理念，它体现的还是国家与民族的意志，如党的十八大报告中所倡导的社会主义核心价值观就是主流价值观的集中体现。简言之，社会主义核心价值观从三个层面上体现为二十四个字，即倡导：富强、民主、文明、和谐（国家层面），自由、平等、公正、法制（制度层面），爱国、敬业、诚信、友善（公民层面）。① 这种主流价值观的导向是符合人民大众的价值追求和内心愿望的，它并不是悬在空中的口号，而在于大众个体的积极实践，以求得国家意志与大众意愿的统一。

从当前社会文化发展的状况看，包括了流行文艺的大众文化与政府倡导的社会主义核心价值观还存在一定的差距，有时甚至会出现个别背离的现象，但我们并不能由此以偏概全，抹杀大众文化在积极践行社会主义核心价值观即主流价值观方面所做的努力。大众文化所体现出来的价值观追求与主流价值观并不存在天然的鸿沟，相反，大众文化在发展实践中还为主流价值观提供了积极的因素，并作为创新的内容逐步被主流价值观接纳。流行文艺能为大众所喜欢与追随，总有它的理由，它们至少在以下几个方面做出了积极的努力，还对主流价值观产生了积极的影响。

第一，坚持个体精神与感性领悟的表达方式。

回顾20世纪八九十年代的文学发展历程，饱含青春冲动的青年文学都是具有个性反叛精神的，如刘索拉的《你别无选择》、徐星的《无主题变奏》、崔健的《一无所有》、余华的《十八岁出远门》等，这种追求个体精神张扬的文学传统到了21世纪依然存在于青春文学中，而且走得更远。

韩寒其实也是由纯文学杂志《萌芽》这一青年文学的摇篮培养出

---

① 胡锦涛：《坚定不移沿着中国特色社会主义道路前进，为全面建成小康社会而奋斗——在中国共产党第十八次全国代表大会上的报告》，北京：人民出版社2012年版，第29页。

来的，他与郭敬明、张悦然等迅速崛起后，却脱离了正统文学期刊的羁绊，走上了商业性很强的流行文艺之路。但正是这些青春文学（或称80后作家现象），强烈地表达了校园青年在成长中的个性精神：孤独、忧伤、骚动以及对传统教育体制的反叛。他们对成长过程的反思并非没有价值，而是真实地反映了这一代青年人对传统教育体制的看法、对新的人际关系的评价以及对自我价值如何实现的思考。也正因如此，电视剧《还珠格格》中小燕子的形象才那么为大众所喜爱，不为别的，就是小燕子那种叛逆、敢说敢爱敢恨的个性精神感染了他们。他们不像20世纪五六十年代的中年人那样只是怀旧，而是在青春反思中前行。20世纪90年代是整个社会怀旧思潮盛行的年代，陈小奇、李海鹰创作的歌曲《涛声依旧》《弯弯的月亮》以及"老照片"系列图书的出版等浸透了怀旧的情绪，透露出新旧转型过程中淡淡的忧伤，那种忧伤情绪想必也对80后文学青年产生了影响。

当然，我们很难将中国的青春文学与美国塞林格的《麦田里的守望者》以及杰克·凯鲁亚克的《在路上》相互比照，但我们也注意到80后的前辈们如崔健、北岛、王朔、马原、余华等，分明都受到过塞林格与凯鲁亚克的影响。[1] 这些文学界前辈的作品想必也对80后文学青年产生了影响。

有文化学者兼批评家指出："在80后作品中，我们会发现一种青春自由的过度发挥，就是过分注重人物的率性而为，而缺少了反思与批判，甚至没有价值判断。"[2] 这种批评当然是道出了他们的缺陷并且是切中肯綮的，但细细思索，想指望80后的作者有多么深刻的理性思考，有多么有分量的反思与批判，这很难符合他们的身份。他们只凭自己的

---

① 张闳：《"我就要走在老路上"——〈在路上〉的中国漫游记》，朱大可、张闳主编：《21世纪中国文化地图（2007年卷）》，北京：商务印书馆2008年版，第116－120页。

② 陶东风：《青春文学、玄幻文学与盗墓文学："80后写作"举要》，《中国政法大学学报》2008年第4期。

感觉行事，只凭自己的感悟去写作，他们多多少少有一种"我拿青春赌明天"的勇敢，有一种"何不潇洒走一回"的豪爽。这与他们的前辈们思虑过多、犹豫行事的常态是大不相同的。当 20 世纪 50 年代出生的人还在考虑要不要出远门时，他们已经唱着《快乐老家》，背着行囊，骑着或开着车"自由飞翔"了。"活出敢性"① 不仅仅是韩寒一个人的价值追求，也成为 80 后一代青年的共同心声。

其实，青春文学也是有价值判断的，他们既有忧伤，也有温情，既有彷徨，也有励志，他们的爱情观总体上看还是健康的。他们当中既有卫慧与春树，也有落落与周云蓬，如《杜拉拉升职记》中有压抑也有进取，《失恋 33 天》则真实地记录了他们如何从困惑与困境中走出而获得心的自由和新的爱情的心路历程。谁能说周云蓬《中国孩子》里的价值观不是以人为本的先行吟唱呢？他们中的很多人都是唱着《阳光总在风雨后》②，扬起青春的激情踏上创业与打拼之路的。

当青春文学独树一帜可以单飞之时，他们也没有忘记与主流价值观相切近，郭敬明主编的杂志《最小说》，其宗旨就是这样去表述的："以青春小说为主，资讯娱乐以及年轻人心中的流行指标为辅，为青少年提供一个真正能展示年轻才华的原创文学平台，杂志将更注重对于年轻人才的多方位开发，年轻资源的累积和培养，展现真正有中国文化精神的新青春文学，以积极、健康、时尚的青春文学品质奉献读者！"③

第二，寻求与主流文艺相接近的主题与内容，在与主旋律若即若离、若隐若现的表达中透露出对主流价值观以及传统文化的贴近与热爱。

---

① "活出敢性"是韩寒在一则广告中的用语，"敢性"一词在其《我所理解的生活》（浙江文艺出版社 2012 年版）中屡次提及。

② 歌曲《阳光总在风雨后》中有歌词"谁愿常躲在避风的港口，宁有波涛汹涌的自由"，其间充满青春的勇敢与激情。与此相似的励志歌曲还有《从头再来》《飞得更高》等。

③ 见"新浪读书"网站郭敬明主编《最小说》"杂志动态"。

从 2003 年当年明月在网络上"用讲故事的方式说历史"发表他的《明朝那些事儿》起，网络文学开始了以"草根"身份说史、说古典、说文化的新潮。紧随其后的，则是网络文学的奇幻/玄幻小说以及"穿越"小说的出现，言情、悬疑、盗墓等文学题材也蜂拥而出，有影响力的作品如《鬼吹灯》《盗墓笔记》《藏地密码》《步步惊心》《梦回大清》等风靡网络并走红于出版界，甚至一直影响到了 21 世纪头十年影视剧的改编与播出。在这些"梦回"或"清穿"的文艺生产中，传统显然展现出它的强大优势，或许这些作者在回避现实，但借传统言说现实并透露出他们对治国理政的理想，这多多少少也表达了他们对历史与现实的反思。他们无力改变现实，于是寄托于历史发泄他们的郁闷；他们没有途径出谋参政，于是借传统来表达他们对"重塑人生""改变命运"以及"再造中国"的遐想。那些以"重生"为题材的小说如《重生于康熙末年》《重生之贼行天下》《重生之大涅槃》等都表达出一种面向中国、面向世界的宏大叙事。

　　这种对传统的热爱之风，的确也不是凭空而起的，其实电影界早已为之，而且这股风是从大牌导演刮起的，最早是由李安的《卧虎藏龙》获得奥斯卡奖为发端，引发国内导演的武侠热、历史热、传统热，如《神话》《英雄》《无极》《刺秦》《赤壁》《画壁》《画皮》《关云长》等，继之而来的则是荧屏上的清宫戏泛滥，以至于众人感叹"四爷太忙"。到最后，传统变成了一个幌子，只是编剧与导演在"放飞想象力"而已。这种风气其实与 20 世纪 90 年代以来一直鼓吹的国学之风不无关联。

　　再放大一点看，其实拥抱主流价值观以及传统文化最成功的是流行歌曲，它们借言说文化之名成功地将歌曲作品与热爱中华文化、热爱祖国等主流价值观所提倡的东西毫无缝隙地对接并融合了。从最早张明敏演唱《我的中国心》开始，这种对宏大主题的拥抱就从未间断。《中华民谣》《大中国》《我的名字叫中国》《红旗飘飘》《好大一棵树》《亚洲雄风》以及 2012 年春晚上的流行歌曲《中国范儿》《中国美》等，此类主题歌曲一出再出，而且还可以流传开来。在香港与台湾，则又有林夕、方文山与周杰伦联手刮起的"古典风""民族风"，打造出如《东风破》《发如雪》《青花瓷》等具有古典意象的歌曲作品，满足了大众对精致、华美、和谐、古典的审美期待。大陆的跟风则以"凤凰传奇"的歌曲和李玉刚的《新贵妃醉酒》为代表。

可以这么说：流行歌曲是所有文艺样式中最为主流文艺所宠爱的，是最能与主流价值观不谋而合并能承担起构建主流价值观重任的一种文艺样式。它能登上中央电视台这个主流媒体的舞台尽情挥洒它的才华，并能为大众所接受，可谓风光无限。当然，流行歌曲中也有与主流价值观相悖，却又能在暗地里行走而不易被人发现，它们宣扬的价值观显然是有违既有道德观的，如《香水有毒》《广岛之恋》等，不过因为它形态小，受众也不一定深究，也就被轻轻放过了。流行歌曲的"大"功自然将其"小"过掩盖了。

第三，在思想禁区的边缘试探并作微小的突破，给人们带来新观念和新生活方式的冲击。

20 世纪 90 年代后期，日本的耽美文化流入中国。互联网兴起之后，耽美小说不断涌现，并逐渐形成了耽美圈。与这有关的电影《霸王别姬》《断背山》也逐渐为社会大众所接受。于是，在中国耽美由日本的"唯美""浪漫"之义逐渐演化为另一种独特含义，即引申为男性同性之间不涉及繁衍的恋爱。"耽美同人"的概念也流行起来。耽美文学起初是在思想禁忌的边缘上试探，但慢慢地发展下来则有了新的价值表达，即超越性别限制，超越生理冲动，而旨在追求真情真爱。同时，它在一定程度上也提升了女性对自身身份的认同，在争取两性平等方面有了新的价值评判。耽美作家吴迪曾自述她的写作史，其中的创作心理与价值诉求是很值得重视的。①

如今，在消费主义盛行之际，网络上又开始流行一种"小清新"的文艺作品，其清新的格调给文坛带来了另一种独特的风景，同时也是对过度消费主义所做的反叛。

从流行歌曲对爱情的表达与诉求看，其细微的变化也透露出价值观的悄然变迁。20世纪80年代，流行歌曲对爱情的诉求还总是与社会、与祖国联系在一起，如《血染的风采》《十五的月亮》《月亮走我也走》等，其情感诉求的背后还隐含着一个"大我"。

进入20世纪90年代之后，情歌则渐渐缩小为个人的范围，甚至表现为一种私密的语言。有的表现出一种对游离于婚姻之外的第三种感情的容忍（如《心雨》一类），有的又表现出分手后的大度（比如《分手后还是朋友》《只要你过得比我好》），还有的则是表现失恋之后的自我疗伤、独立坚强（如《再回首》《梦一场》《好久不见》等），难怪很多年轻人还将此类情歌当作失恋后的精神慰藉，它们的确能起到抚平心灵创伤、帮助失恋者走出心理困境的作用。这些情感表达多多少少体现出了一种新的价值选择：宽容、理性地对待爱情，尊重恋人，以及无论聚散都为对方着想的情感付出，爱情至上、恋人至上。虽然看起来流行歌曲每次都是一点点地在突破，累积起来却成了推动社会文明向前发展的动力。自然，情歌中也有不健康的杂音与噪音，但与拥有健康情绪的情歌比较起来，它们所占的比例还是很小的。

第四，叙事表达姿态的平民化与艺术形式的创新。它们与主流文艺形成了鲜明反差，迫使主流文艺放下架子并重视起叙事表达方式的改变与形式创新的问题。

流行文艺最大的优势在于它的平民姿态，用通俗的话说就是非常

---

① 吴迪：《一入耽美深似海——我的个人"耽美·同人"史》，广东省作家协会、广东网络文学院（筹）编：《网络文学评论（第一辑）》，广州：花城出版社2011年版，第159－162页。

"接地气"，它用老百姓的眼光去观察日常生活，用日常生活的语言叙述，也用与平视老百姓生活的眼光去看事情，故能得到普罗大众的喜爱。比如电视剧《蜗居》《媳妇的美好时代》等。再回顾一下，当年电视剧《还珠格格》热播的时候，也不过是将皇宫生活平民化，将王公贵族平凡化而得到老百姓的热捧。我们经常会批评流行歌曲的"口水"化、直白化、浅薄化，但恰恰是流行歌曲的这些特点，让它插上了翅膀，迅速地飞入大街小巷。在一定程度上说，流行文艺很有点"三贴近"（贴近生活、贴近实际、贴近群众）的味道。这一点，韩剧在中国的热播也多少给中国的流行文艺乃至主流文艺好好上了一课。

至于艺术形式的创新，无疑又是流行文艺的另一大优势。穿越，看似是这几年的创新，但细究起来，它不过是唐代传奇小说的继承与变异而已，如《南柯太守传》中一枕黄粱梦的故事就是典型的穿越。而且这种形式也不仅仅是中国人在玩，外国人玩得更多，电影《午夜巴黎》不是穿越得更离奇也更出彩吗？当然，在网络文学中大家都来玩穿越，于是就形成了一股风气，因为穿越更容易让作者表达内心的期待。

艺术形式上的松绑与创新让网络文学平添了更加丰富、更加自由的艺术想象。如网络小说《盗墓笔记》《鬼吹灯》等，说奇谈怪，悬念丛生，再加上在创作时就与读者积极互动，在艺术形式上很能满足读者的阅读期待。为了迎合视觉文化时代读者的需要，现在的流行小说又采用文字加动漫的方式出版，以新颖而又饶有趣味的艺术形式吸引眼球，争取读者。

三

毋庸置疑，流行文艺也存在着诸多缺陷与弊端，比如低俗、粗糙、芜杂、思想性不纯正、艺术性不强等，它们由于流行性在社会上形成了强大的影响，一时间模糊了流行文艺与主流文艺的界限。因此，如何促使主流文艺乃至主流价值观与流行文艺形成良性的互动关系，则是我们应着重研究的了。

首先，主流文艺应给自己"松绑"，放下身段，努力贴近大众的实际生活，接好"地气"。

主流文艺是以国家体制为主导、以舆论作引导的文艺，给自己松绑，就是不要老是戴着体制的面具跳舞，要将主流价值观化为具体的、形象的、活生生的平民意识和平民生活形态。维护主流价值观意味着主流文艺不能"生活在别处"，而应该回归平民大众的生活，否则再好再正确的舆论引导也会被神化并束之高阁。

我们现在的主流文艺似乎有一种通病，一接触到重大题材就概念先行或主题先行，喜欢用一些大而空的语言，以至于给人留下的印象并不深刻。有时候，高雅的艺术降低身段，放平心态和姿态，反而更能为大众所喜欢，而贯穿其中的主流价值观也就自然而然地走进了大众的生活。比如2013年3月底在中国美术馆举行的许鸿飞雕塑展就解构了过去视雕塑为高雅艺术的理念，建立了一种新的平民化的雕塑语言。许鸿飞通过诙谐、幽默的"肥女"雕塑，展现了乡村和都市平民生活的日常叙事方式，洋溢着一种对幸福生活的享受，对劳动、健康、生命高度关注与热爱的温暖情怀。这种"接地气"的雕塑深受大众的喜爱，谁又能说从它们当中不能体会到主流舆论与价值观的引导呢？

其次，主流文艺要具备与流行文艺共生共荣的观念，除主动拥抱流行文艺，还要重视市场营销的经验，向流行文艺学习，在争取更广泛的读者/观众方面迈出更大的步伐。

从历史的经验来看，高雅文化要赢得大众，就必须得到市场的认可，市场认同会使高雅文化走得更远。如世界顶级男高音卢西安诺·帕瓦罗蒂录制了普契尼歌剧中的《今夜无人入睡》这首歌，在1990年，他花了不少力气才使它登上英国流行音乐排行榜的首位，1991年他又在伦敦海德公园举行免费音乐会，参加人数超过 10 万。他之所以深受大众的欢迎，与他主动拥抱市场、拥抱大众相关，而他在商业上的成功并没有使他的演唱掉价。①

在中国，主流文艺机构也发生了很大的变化，中国作家协会开始吸纳流行文艺作家包括网络作家入会，"五个一工程"奖也将图书的印数、戏剧的演出场次、电影的观众数作为评奖准入的门槛，电影《建国大业》《建党大业》也开始走明星路线。

如果从提升文化软实力、实现文化走出去的战略方面考虑，流行文艺更易在外国人中产生良好的沟通效果，其次是民间艺术和高雅艺术，最后才是体现本国各阶层共有的主导价值观的主流艺术。② 主流文艺吸收流行文艺，在形式上创新、在市场中行走、与读者/观众互动，形成自己更有特色更具吸引力的艺术趣味，将会更有助于国家文化软实力的提升。我们也不妨学学韩国的经验，用将电视剧作为国家工程的运作模式，将主流文化变成流行文化和时代的风尚，既能宣扬主流价值观又能赢得大众的喜爱和可观的经济效益，还可以走出国门，影响世界。

如今的大众不再是被动的受众，而是挑剔的大众。丰富的文艺产品就像一个大超市，大众有了更多的挑选自由。如果流行文艺只停留在玩技巧、重技术层面而不去强化思想深度和提升审美趣味的话，大众将会自发抵制它的产品。在网络互动时代，大众评论的口水也会将艺术的次品淹没。当代的大众对文化含量高、创作精美的产品的需求在不断增加，这种现象也存在于国外的后工业社会时期。正如德国的一位文化学者指出的："当代消费文化正在从大众消费向充满审美和文化意义要求

---

① 约翰·斯道雷著，杨竹山、郭发勇、周辉译：《文化理论与通俗文化导论（第二版）》，南京：南京大学出版社 2001 年版，第 9 页。

② 王一川：《艺术的隐性权力维度》，《创作与评论》2013 年第 4 期。

的消费过渡。文化观念在商品的价值评估中起着日益重要的作用。"①

消费需求结构的改变要求流行文艺做出相应的调整，从通俗靠近高雅，从高雅吸取养分，并最终实现雅与俗的合流，这是流行文艺的可取之路。从当前的状况来看，非主流的流行文艺在逐渐形成潮流，并争取主流的认可，而主流文艺也在向它招手（笔者不用"招安"一词，因为那显得有"庙堂"与"江湖"之分），并力求二者形成合流。摇滚歌手汪峰的创作与演唱之路就明显表现出这种合流的趋势。

从价值引导上说，主流价值观要发挥提供道德框架的作用，而流行文艺又可在价值新标准的建立方面提供某种新的因素，同时亦承担着伦理教育和提升国家软实力的任务，二者的互动与互补是可以实现的。

综而观之，流行的东西未必都是好的，但流行的中间必定有好的。主流文艺是大河，流动是缓慢的，非主流的流行文艺是小溪，快而急，充满活力，它汇入主流之中则可推动主流的发展。流行文艺与主流价值观并不存在着不可跨越的鸿沟。

丹尼尔·贝尔在《资本主义的文化矛盾》一书中申诉自己的文化批判立场时说过他是一位文化保守主义者，而笔者在作上面的阐述时为流行文艺辩解过多，但笔者并非文化上的激进主义者或新潮的鼓吹者，相反，笔者期望主流文艺与流行文艺的合流，秉持一种文化折中主义。其实，这些观点早在笔者前几年的文章《消费时代文学的意义》② 中已有萌芽。

在自然科学领域做科学研究，经常会有"试错"的尝试，并能得到人们的宽容。如果我们在文化研究方面，也能持宽容的态度，允许一部分人也尝试一下"试错"的味道，或许更能激发人们探求真理的热情。就请大家将本书当作"试错"的探究去读吧。

---

① 彼得·科斯洛夫斯基著，毛怡红译：《后现代文化：技术发展的社会文化后果》，北京：中央编译出版社 1999 年版，第 110 页。

② 蒋述卓：《消费时代文学的意义》，《文学评论》2005 年第 6 期。

第一章　流行文艺生产的价值形成机制

"流行文艺"同其所涵盖的"时尚""时髦"等概念一样，首要的特征都与"时间"密不可分。它在一定时期内出现、发展，继而逐渐消失，又在一定时间间隔内复出、重现。正如法国思想家兼作家拉布吕耶尔在《品格论》中提到的："一种时尚刚刚取代另一种，又让位给另一种随它而来的新时尚，而这种新时尚也并非最后一种。这就是我们的生活的轻盈性。"① 在某个时间段内产生普遍影响的流行文艺，总是先在小众中产生，然后逐渐被大众推广进而广泛地"流行"开来，再被新的"流行"取代。流行文艺以其流动性、普及性和变动性不断改变着社会文化的面貌。

马克思将人类生产分为物质生活资料的生产、人类自身的生产和精神生产三种类型。流行文艺的生产可以归属于精神生产，它具有商品生产的某些属性，又不完全等同于商品生产。"流行文艺"集商业性、时尚性、娱乐性于一身，其生产力在一定程度上确实受到物质生产力水平的制约，常常借助物质生产力开拓流行文艺生产的领域（例如建筑业衍生出建筑艺术，电影业催生了电影艺术，服装业产生了服饰艺术），但又不完全依赖于物质生产力，文化政策的制定、市民文化力量的发展、主流价值观念的影响等外界条件都为流行文艺的生产推波助澜。

目前在我国处于兴盛期的流行文艺萌芽于 20 世纪 80 年代，是伴随着改革开放政策的实践过程逐步发展起来的。中国的社会主义市场经济体制改革和对外开放政策刺激了社会生产力的解放和发展，为流行文艺的生产奠定了现实基础。这场变革使中国社会发生了巨大的变化，这些变化不局限于经济领域，而是渗透到社会、文化生活的各个方面。物质文化和精神文化的不断融合，商业文化、大众文化的日益繁荣，新技术、新媒介的出现及运用使人们的思维习惯、审美感受和思想观念都发生了改变。

---

① 转引自高宣扬：《流行文化社会学》，北京：中国人民大学出版社 2015 年版，第 79 页。

第一节　流行文艺价值形成的社会语境分析

　　中国 20 世纪 90 年代以来的市场化进程，使得大众文化成为一种瞩目的社会景观。戴锦华先生在《隐形书写：90 年代中国文化研究》一书中翔实地记录了中国 90 年代的生活场景："无论是已成为普通家庭内景的电视机拥有量在中国城乡的惊人增长，还是在时间与空间维度及权限范围的意义上不断扩大其领地的电视节目；无论是好戏连台、剧目常新的图书市场，还是乍冷乍热、令人乐此不疲的电影、影院与明星趣闻；无论是面目一新的电台里种类繁多的直播节目，还是林林总总的热线与专线电话；无论是耳熟能详、朗朗上口的电视、电台广告，还是触目可见的海报、灯箱广告牌、公告汽车箱体上诱人的商品'推荐'与商城'呼唤'；无论是不断改写、突破着都市天际线的新建筑群落间并置杂陈的准仿古、殖民地或现代、后现代的建筑风格，还是向着郊区田野伸展的度假村与别墅群。当然，尚有铺陈在街头报摊之上的各类消闲性的大小报章与体育、军事、青年、妇女类通俗刊物，装点都市风光的时装系列，悄然传播的商品名牌知识，比比皆是的各种类型的专卖店，使城市居民钻声不绝、烟尘常起的居室装修与'厨房革命'，如此等等，不一而足。"① 这些场景就是改革开放以后，当代人熟视无睹、习以为常的状态，而在这些生活状态改变的掩映下，更为深处的则是流行文艺的兴起导致的大众文化观念的转变。

---

　　① 戴锦华：《隐形书写：90 年代中国文化研究》，南京：江苏人民出版社 1999 年版，第 1 – 2 页。

事实上，当代流行文艺的价值不仅是由其文艺内部的价值标准构成，更与当代社会复杂的生产机制紧密相连。市场经济的全面开放给流行文艺带来了强大的自由思想和更为灵动的发展姿态，这为文艺创作价值的多元化和持续不断的创新力提供了广阔的舞台。与此同时，流行文艺价值的形成还取决于整个社会的审美文化心理状态：在社会整体价值呈现多元取向的驱使之下，流行文艺的价值取向开始走向色彩纷呈的解构大潮和世俗大潮。自我关注、精神困惑、时尚化追求、草根文化等是承载当下流行文艺价值目标的方式。

一、流行文艺价值形成的政治因素

1949 年到 20 世纪 70 年代，我国文艺生产的指导思想是服务于政治，排斥一切带有宣泄个人内容的艺术形式。"我们"作为文艺作品中的抒情主人公，指代了你、我和他，而"我"变为时代洪流中的一颗尘埃，丧失了自我表达的能力。那个时代流行的，是样板戏，是列宁装，是进行曲和新民歌，是"三红一创，青山保林"。

高度统一的政治意识形态，同化了文艺创作标准，限定了民众的文化接受范围。国家对文艺作品的生产、流通、接受过程的严格控制，传播媒介的局限，使得只有符合主流意识形态的作品才允许受众接受。这些作品的生产基于单一的思想内容，作为政治的传声筒，呈现出概念化、模式化的面貌。狂欢似的阶级斗争快感，能在特定的时期起到政治激励作用，使读者得到精神满足，却很难引发大众的审美愉悦。

改革开放加快了中国社会的现代化进程，对外交流的日益频繁在给中国经济带来腾飞的同时深刻地影响着中国社会的结构转型和文化转型。外国文艺的涌入为国人打开了一扇通往世界的窗户，多元的文化理念极大地解放了人们禁锢的思维，中国社会迎来了一场文化变革。面对变革，有人欣喜，有人惊恐，而年轻一代则以更为包容的心态接受了这一切，中国文艺也随之翻开了新的一页。

20 世纪 80 年代以来，流行文艺以非主流的文化形态逐渐淌入人心。这样的结果就是主流文化的权威地位遭到撼动，此时，官方意识形态如何处理主流与非主流的关系将影响社会价值体系建构的方向。

主流文艺在很长一段时间内是作为政治的传声筒存在的，这种文艺借宏大的政治要素统治着中国的文艺。当流行文艺流行的时候，它所依赖的是它的鲜活和真实。因为相对于集体主义的姿态，平庸和俚俗更加真实。"文革"结束之后，政治斗争已经不再是人们生活的主题，政治理想主义的淡化使得人们将生活的重心转移到对实实在在的物质生活质量的追求之上，饱受政治高压的人们忽然开始面对松弛的社会文化环境，不由自主地选择可以满足感官之物。面对纷繁芜杂的社会价值体系，人们对流行文艺的接受十分直接和主动，流行文艺对社会大众的影响开始超过其他任何形式的文艺作品。流行文艺作为在一个时间段内符合大众审美趣味因而被广泛推广的文艺形式，在经济转型和政治氛围相对宽松的今天，充斥于普通感性生命个体的日常生活之中，渐渐脱离了文艺作品的宏大叙事方式。这样的文艺作品会自然而然地进入大众的内心。

改革开放之后，人们对逐渐兴起的流行文艺作品一开始是抱着新奇的态度去观赏的，但由于之前所接触的文艺作品一直被一种集体主义思想统治，个体的私欲从来都没有话语权，一旦感性个体生命的微观情感得到肯定和弘扬之后，群众就会空前地接受这种文艺作品。这是极度紧张之后对于自由与松弛的热切渴望。对流行文艺的接受也逐渐塑造了中国大众普遍的审美取向和审美理想。"文革"之后普罗大众的审美理想就是对二元对立的宏大叙事方式的反叛，对政治功利主义的文艺作品的批判，而对男女之爱的表达，对美好生活的向往，对个性的追求等，拥有这些元素的文艺作品在当时是很容易流行起来的，因为多元与个性化的审美追求已经是大势所趋。在日益开放的今天，没有了政治对文化的专制，流行文艺的深入人心成为社会的必然趋势。

二、流行文艺价值形成的经济因素

政治意识形态高度统一时的文艺生产，以官方集体创作者为主体，即便是有创作者以个人的身份投入文艺生产，也必须服从代表国家意志诉求的文艺创作的指导思想，游走于文艺生产的边缘。改革开放以来，中国的计划经济体制逐渐转变为市场经济体制，经济开始走上了自由发展的轨道，这意味着社会对于物质的追求开始走向合理化和中心化。在市场经济条件下，能够迎合市场需求的商品才会有足够的生存空间，任何物质或精神层面的东西在市场经济条件下，都有沦为商品的趋势。流行文艺所向披靡，一是因为它已经在当代社会成了可供消费的商品，二是因为它作为商品迎合了民众的文化审美需求，所以才能够在市场中站稳脚跟。

文艺商业化是通过商业手段、程序和策略将文艺作品变为商品的过程。"商品经济关系中，对于消费文化最主要的规定不再是其精神属性，而是其作为一种物化形态的商品生产形式了。"[①] 当代商业的高度科技化，特别是商业的科学管理和商业信息网络无孔不入地向社会和生活领域的渗透，使流行文艺在相当大的程度上等同于流行商品。因此，电影的票房、书籍的发行量、网站的点击率、电视的收视率等各种与产品销售相关的数字指标都和文艺作品带来的经济效益挂钩，成为衡量文艺产品成功与否的重要参考依据。

---

① 李胜清：《消费文化的形象异化问题批判》，《湖南科技大学学报（社会科学版）》2008 年第 6 期。

当市场作为一只看不见的手自由操控经济的时候，真正为民众所需要的东西才能得以存活。此时，消费已经成了民众手中的一种权力，用以支持那些真正为自己需要的物质产品或精神产品。文艺作品作为一种精神产品，经历市场的竞争和淘汰，在市场经济条件下，正在演变为一种普通的商品。不论在什么年代，在追求经济富裕的同时，精神层面的、审美的需求都是正当的和必要的，只不过在改革开放之后，大众需求才逐渐得到社会的普遍认可，特别是代表着大众审美取向的流行文艺，才逐渐通过商业化运作走向民众精神视野的前沿。

不同于我国传统精英艺术，流行文艺并不拘泥于高雅和低俗，而是以十分灵活的姿态出现：既可以用十分优美的曲调承载我国古典高雅文化，又可以大众爱情以及其他情感为主调创作十分简单且容易被接受的作品，正可谓是"阳春白雪与下里巴人"兼容并包。流行文艺形式上的灵动使它鲜活地存在着，也容易被各个层次的人接受，所以在消费时代会有不竭的生命力。而这种形式上的灵动也是一种艺术自由精神的表现，这种自由与社会整体将注意力转移到经济层面之后所产生的思想氛围的相对自由有着巨大的关联。流行文艺与生俱来的感性和自由的表达方式使它十分易于被大众接受，在市场中，它足以找到自己的受众并且存活下来。它自由、鲜活、多姿多彩，和"文革"时期那种死板的、一元的文艺形式形成了鲜明的对比。在十年的政治高压之后的自由市场当中，人们积压已久的对自由鲜活的文艺形式的渴求一下子有了得到满足的希望，因此也容易对各种多元的、自由的文艺形成一种无条件的认同心理。流行文艺是最能承载多元自由文化的文艺载体，所以会逐渐成为文化传播的中坚力量。

流行文艺是自由的市场经济条件下民众自然而然的选择。在市场经济的消费热潮中，当民众去购买流行艺术品的时候，就已经在为这种艺术形式贡献力量了。对经济的重视、对物质追求的合理化是大众思想解放的征兆，因此，我们并不能单纯地将之等同于拜金主义等不良的价值观。虽然社会将重点转移到经济建设之后带来了道德和价值观混乱的问题，但是经济发展所带来的思想多元和自由也是有目共睹的。

市场经济对文艺的冲击引起了文艺价值取向和审美趣味的改变。在市场经济体制下，官本位、等级观念、平均主义、依附意识等传统的具有封建意味的观念受到了极大的冲击，平等、法制、竞争意识得以凸显，个体利益被置于非常突出的地位。也就是说，以发展经济为中心的国策很大程度上消解了国家对思想文化领域的单一控制，文艺有了一定程度自由发展的空间，大众思想更加自由开放。因此，当代流行文艺的一大特点就是在经济原则的驱使之下形成的多元并存发展态势，以及在此过程中文艺形式的不断流变。这也影响到了主流的文艺政策，使其不得不追随时代的脚步而提出"弘扬主旋律，提倡多样化"[①] 的文艺价值观。

三、流行文艺价值形成的文化因素

流行文艺价值的形成归根到底取决于大众的审美需求，也就是受众的心态，从社会学角度来看，就是整个社会的审美文化心理状态。从意识形态的高度统一到思想观念的逐步开放，从文艺组织体制的日益稳固到自由创作的蓬勃发展，从文艺现实作用的极度强调到文艺审美功能的重新提倡，中国的文艺创作者和接受者看到了自己和世界文艺间的差距，开始如饥似渴地吸收国外的文艺理念，追赶先行者。改革开放以来，对外交流的频繁使中国社会对外来文化的接受更为便利，中国民众在吸收国外文化的同时自觉地将之与中国本土文化相结合。在中国传统

---

① 江泽民：《在全国宣传思想工作会议上的讲话》，中共中央文献研究室编：《十四大以来重要文献选编》，北京：中央文献出版社 2011 年版，第 572 页。

文化的影响下，长期统一意识形态的延续和突如其来的境外文化的冲击、消化、重组，形成了一种兼具中西方文化特质的新型市民文化。这种新型市民文化在市民阶层中的影响不断扩大，由此导致社会整体价值呈现出多元的取向。但社会整体价值取向的多元化背后，又隐含着某种矛盾对立的社会文化心理。

一方面，中国文化开始走向色彩纷呈的解构大潮和世俗大潮。流行文艺的接受者大多是年轻的一代，是改革开放以后出生并成长起来的一代，这是流行文艺最核心的群众基础。他们生活在物质资源相对丰富的时代，对文化的追求更加纯粹，对文化的需求更加迫切。大众开始关注当下的幸福，开始不断满足自己感性的和审美的需求。流行文艺大多并不追求终极的价值，而是对人性当中细微的、直观的感觉进行合理化的表达。西方的"上帝死了，我们还活着"这句话可以用来形容中国民众当时的处境：当我们找不到一种存在的终极价值的时候，所能做的就是把握当下，当下的喜怒哀乐是最重要的事情之一。

有人说当今社会"诗歌在流行歌曲中"，人们不去阅读诗歌，而是聆听更多的流行歌曲，在音乐中品味诗歌。传统的文艺形式在当代已经发生了变化。人们更多地关注那些容易被接受的东西，而不去理会所谓的高雅和深奥。流行文艺扩张了人性的需求，大雅和大俗在流行文艺中都可以进行消费和推广，这成了它存在合法性的基础。它以一种开放的姿态出现，在逐渐认可世俗生活合法性的时代里，流行文艺恰切地迎合了这种风气，通俗而真实地反映大众审美趣味。

因此，流行文艺也就具有了一种鲜明的草根特征。草根文化的大众认同是一种世俗化的文化认同，意在消解神圣、崇高的东西，而将日常世俗的情感和欲望合法化。"草根"就是这样的一种社会存在，他们遍布各个地方，虽然力量弱小却有燎原之势。在中国流行文艺这片土壤上，是广大的草根群体为之撑起了一片蓝天。草根群体的需求决定了市场的需求，文艺的生长建立在符合草根群体胃口的基础之上。这个群体不去思考过于深奥的东西，只要是能够表达草根群体心声的文艺，就会赢得大量的支持。大众喜闻乐见的文艺作品的成功，就是因为迎合了草根阶层消解神圣的愿望。最典型的例子就是周星驰的系列作品。出身平民的周星驰在电影当中的无厘头风格，把英雄主义和正统严肃的东西演绎得滑稽可笑，在让人捧腹的同时也得到了一种打败权威的快感。这不仅是出身香港平民阶层的周星驰一个人想表达的东西，也是"草根"潜意识的心声。

另一方面，文化多元化同样意味着价值观的某些失序和混乱，这是社会文化焦虑心理的来源。近百年来，对传统文化的激烈否定已经深深地刻在了整个民族的记忆里，这在某种程度上也导致了在中国社会走向现代化过程中，难免会面临价值混乱和迷茫。虽然改革开放以来又恢复了对文化的尊重和认可，但是在短时间内并不足以建立起完善的文化环境。没有坚固的文化信仰之根是民族文化转型面临的最大难题，我们难免会面临这种虚无和迷茫所带来的阵痛。这样的文化环境显然不能培育一代具有深厚文化底蕴的青年人，他们会自由地接受比上一代更多的传统文化，但同时又充满怀疑和批判，当中国的青年人在中国的文化土壤里寻找真正的养分、寻找精神支柱的时候，文化的找寻、文化的焦虑、文化的无根便成了社会现象。

可以说，在经历了巨大的文化动荡之后，理想主义价值所带来的现实残酷瓦解了人们对严肃与崇高的集体主义价值的崇拜与信仰。主流意识形态所能提供的理想和价值取向不足以在人们心中生根发芽，反而有时候因其空洞而流于说教，在许多人心里形成某种排斥。如果社会核心价值观没有能够很好地结合民族文化传统的特性，重新扩充和丰富自身的内涵，也就很容易导致其只是提供一种虚无缥缈的社会理想。

从整体上看，中国的社会文化景观呈现出一种多元混杂的状态。文化面对困境，经济却蓬勃发展，这带来的结果必然是社会性的焦虑和浮躁。浮躁就意味着浅薄，浅薄使人们丧失了自主选择的能力，面对流行的风潮，大多数人来不及思考就已经接受。已经接受的未经咀嚼便丢弃，转而注意更加新鲜的东西。在焦虑与浮躁的社会文化心态之下，人们更注重追求物质和感官的享受，感性的甚至是感官的流行文艺便会迅速蔓延。当大众来不及思考，流行文艺对精神的表达往往便成为一种短暂的迎合，看似凝聚了很多时尚的元素，却没有深入骨髓的真实，甚至用感官的麻痹来逃避真实。

流行文艺的影响是广泛的，其短暂性的缺陷会被层出不穷的替代品弥补。大众的广泛需求，必然会使流行文艺的价值更加凸显，它承担着一种文化建构的使命。年轻一代接受什么文化，中国的未来就会有怎样的主流文化。所以流行文艺在当下的文化环境中扮演着非常重要的角色。

第二节　流行文艺与大众传媒的演变

在 21 世纪信息迅猛发展的时代里，大众传媒作为当代流行文艺传播最为得力的工具，对流行文艺的价值形成发挥了独特作用。为实现文艺产品经济利益的最大化，流行文艺的生产呈现出产业化发展的趋势。"在作品生产的过程中，前期调研、产品策划、经费筹措、组织生产、产品宣传等各环节环环相扣，构成了整个流行文化作品的生产系统。"①而新型媒体的出现无疑为流行文艺的生产、制造推波助澜。

工业技术提高了产品的生产效率和质量，因而取得了生产力的优势。不仅如此，工业技术还改变了文艺作品的形式与面貌，为文艺作品的传播提供了便利的条件，但是信息时代的文艺也不可避免地存在着机械复制的缺点。市面上流行的文学作品或者流行歌曲，都是经过一系列的工业制作才得以大量生产的。日益先进的工业技术为流行文艺的大批量生产创造了条件。每当流行文艺作品形成普遍的市场需求之时，厂商就会迅速投入宣传和生产，直到占领市场，以此掀起一波又一波的流行风潮。当今时代是工业技术占领主角位置的时代，没有工业技术水平作为资本，文艺作品很难存活。

可以说，传播方式的变更，传播速度的提升极大地扩大了流行文艺的影响范围。文艺的生产等运作过程常常不得不满足流行文艺的商业生产和发展的需要。因此，大众传媒与流行文艺价值形成之间的关系，是

①　苏桂宁：《消费时代中国文艺的价值演变》，北京：中国社会科学出版社 2010 年版，第 273 页。

双向互动的。总的说来，当代流行文艺的价值形成与大众传媒变迁、大众传媒的性质特点、大众传媒的功能、大众传媒各类载体特性等密切相关。

一、大众传媒发展与流行文艺的价值形成

"媒介是人类器官的延伸"，媒介所改变的不仅仅是文化的形式，它对个人和社会的影响，将导致文化新的衡量尺度的产生。大众传媒是在传统传媒的基础上发展起来的。传统的传播媒介可以追溯到人类语言出现时期，它开启了人类之间实现相互交流的时代。1833 年 9 月 3 日，美国人本杰明·H. 戴伊创办的《纽约太阳报》问世，这份报纸历史性地揭开了大众传媒传播时代的序幕。今天，大众传媒发展更是突飞猛进，它的飞速发展与流行文艺传播速度和效果相互影响。

根据传播学理论的划分，媒介发展大致经历了五个阶段，即口语传播阶段、文字传播阶段、印刷传播阶段、电子传播阶段和网络传播阶段。口语传播阶段以及文字传播阶段虽然对特定时代流行文艺起到推动作用，可是由于媒介的普及范围不广泛，利用率不高以及媒介承载技术不成熟等局限性，信息的传播范围自然过于狭隘，信息的沟通传输缓慢，接收者获得的信息也较少。

印刷业的诞生历史性地拉开了大众传媒的序幕，印刷技术的逐步改良标志着人类在文化信息传播方面开辟了新的领土。据国家新闻出版广电总局发布的《2016 年新闻出版产业分析报告》指出，2016 年，全国新闻出版产业营业收入超过 2.3 亿元，较 2015 年增长 9%；增加 1 939.9 亿元。数字出版收入继续保持高速增长，对全行业营业收入增

长贡献超过三分之一。① 报纸、期刊和书籍等传播媒介促进了知识信息的大批量生产和复制，这意味着信息能够更大范围地在社会生活中传播。印刷传播时代是信息传播飞速发展的开始，流行文艺虽然只是被传播信息的某种类型，但这恰恰为其价值形成奠定了传播条件。

如果说，印刷媒介的出现使得文字信息得以大量生产和复制，那么在电子传播阶段，速度和质量则是这一时期传播的显著特征。1837 年电报机的发明，以及后来的电话机、留声机、无线电、摄影机、电影、电台、电视的陆续诞生，使得电子传播媒介技术不断提高，打破了印刷时代信息传播的单一化，信息传播在空间距离和传输速度上都有了突飞猛进的发展。而流行文艺的"流行"离不开大众传播的广泛性和即时性。

进入网络时代，人类社会迈入一个新的信息时代。互联网的诞生是全球信息资源共享的根基，在跨越空间和时间距离上逐渐达到前所未有的高度，人类真正地踏入了大众传播成熟的阶段。这个时代最突出的特点在于信息资料传播的共享性，资料传播的丰富性以及信息传递对象的广泛性。

互联网的信息传播速度比起任何一个时代都要迅速，在全球网络速度领先的国家和地区中，前三名位于亚洲，分别是韩国（15.7 Mbps）、日本（10.9 Mbps）与香港（9.3 Mbps）。中国大陆位居全球第 93 名，平均网络速度仅有 1.5Mbps，大大落后于全球平均水平的 2.6Mbps。② 尽管如此，互联网时代的到来依然极大地加速了中国信息传播的速度。根据中国互联网络信息中心发布的第 39 次《中国互联网络发展状况统

---

① 国家新闻出版广电总局：《2017 年新闻出版产业分析报告》，http：//news. xinhuanet. com/2017 – 26/11/c_ 674246884. shtml。

② http：//www. torestry. gov. com/articles/202072. htm.

计报告》① 显示，截至 2016 年 12 月底，我国网民规模达到 7.31 亿人，互联网普及率为 53.2% 。在数字化时代里，互联网已经将各阶层之间厚重的文化边界冲击殆尽——曾经，阶层文化作为一种身份象征，是那样神圣而庄严、深厚而稳定，并且极具排他性。但如今，这种阶层间的文化壁垒正在逐渐受到互联网文化的冲击。互联网等新媒介的普及使得当下文艺的变革更为纵深和彻底，大众在这个多媒体开放的时代获得了空前的开放化、自由化、个体化的文艺表述契机。

二、大众传媒性质特点与流行文艺的价值形成

流行文艺的价值形成与大众传媒的性质特点密切相关，二者相辅相成，大众传媒的各种属性间接导致了流行文艺价值取向的改变，现代传媒自身的社会属性、舆论属性以及经济属性与流行文艺有着密切的联系。

从社会属性上看，大众传媒为流行文艺与当下社会的对接提供了便捷的传播途径。大众传媒促进了流行文艺的产业化。由于产业的介入和参与，原来的文化失去了它纯文化的性质和特点，得以成为社会大众的鉴赏对象和消费对象，从而超越了文化的狭隘范围，成为社会各个领域和各种力量相互关联的场所。它有利于文化本身从传统的小圈子里走出来，也使文化的生产和再生产过程发生了改变。流行文艺作为大众文化的一种主要形式，其重要价值就是为社会文化大繁荣营造良好的文化氛围，让更多的人感受到文化带来的精神满足。在社交舞台的大背景下，大众传媒的服务对象、传播内容及其传播目的都相应地为流行文艺提供

了平台支撑，在公共生活领域中大大提高了流行文艺的共享性和社会性，是人们当下接收流行文艺信息的重要渠道，为社会成员进行文化的相互交流、信息传递和沟通起到突出的作用。

从舆论属性上看，大众传媒为流行文艺的传播提供了更多的反馈机制。流行文艺在当代作为时尚文化的潮流，往往是社会舆论的中心，每一个观点的提出都将对社会价值导向产生一定的影响。随着社会物质生活的不断丰富，人们对精神生活的需求逐渐增强，文化生活是他们的新坐标。对于各种文化浪潮背后大讨论的关注和参与，往往会对人们价值观的形成起到一定的作用。例如，韩寒与方舟子因代笔事件争论不休引发了大众对文学原创性的深刻思考并对文学权威产生了质疑。人们在网络上对文化事件的关注、讨论和反思，也会促使流行文艺产生新的价值。大众传媒除了传播信息，还具有制造舆论的能力，其舆论属性更多地表现为统治阶级对传媒的直接领导与控制管理，统治阶级利用传媒制作舆论，从而宣传其核心政治观念，使传媒服从于自身的思想利益。不过，当今的大众传媒已经日益表现出多元化的趋向。大众传媒使舆论的气氛更加活跃，舆论的形式和舆论的焦点更加反映和贴近人们的思想生活。在强大的舆论压力下，流行文艺的产生更多地带有当代人的活跃思想，从而间接缩短了流行文艺的生产周期，流行文艺的价值也更具开放性。

从经济属性上看，大众传媒促进了流行文艺的消费。人的精神生活的丰富多彩离不开一定的物质形式载体，大众媒体作为承载精神文明的物质符号，要推动流行文艺的发展，其物质形式必须在不断的革新中配合其发展，因此，大众传媒自身的经济属性就显得与流行文艺息息相关。大众虽然有在五花八门的市场当中选择自己相对喜爱的文艺作品的自由，但前提是只能在工业文明提供的文艺作品的有限范围内进行选择。当一种流行文艺铺天盖地地涌向市场的时候，它占据了市场当中最为有利的因素：信息。一种文艺作品充斥在大众耳朵里的时候，它基本上已经走向了胜利。这是流行崇拜的现象。流行文艺在当下成为人们精神生活的一部分，更多是通过消费文化商品这一路径实现的。而大众媒体作为物质载体，可以促进文艺作品在商品经济中实现价值交换。在人们的文化生活中，各类音像制品、报纸杂志以及互联网上的各类书籍消费等，无一不在促进商品经济的繁荣。以电影为例，很多电影在市场中大获全胜并不完全是因为其剧本优秀、演员表演境界纯熟，而是它的视觉效果。基于商业价值和市场效益，电影制作会把电影幻化为极具视觉冲击效果的立体感受性的文艺形式。人们对于电影的审美消费往往会变为视觉消费。可以说，不断提高的大众传播媒介技术，是文艺作品市场竞争力的重要组成部分。唯有如此，才能获得更多消费者的青睐，获得更多的社会消费动力，甚至反过来促进大众传媒运营利润的增长。因此，大众传媒的经济属性会带来流行文艺生产的商业化，也会间接提升人们对流行文艺的消费需要。

但是在此基础上，我们也应该看到，尽管大众传播媒介技术给文艺的创作和流行提供了支持，但机械复制特征也导致了当今一些流行文艺作品平庸、缺少创新的特点。为了更快、更高效地通过流行文艺聚集财富，流行文艺生产呈现出产业化的模式。新媒体一方面使文艺的传播更加迅速，另一方面消解了文艺的独特性，大量可供复制的流行文艺作品充斥着文艺消费市场。阿道尔诺在对文化工业的批评中，一再地强调文学艺术创作的自由和多样性，反对因商业和技术力量的干预而导致艺术的单一化和标准化。[①] 这种观点固然和他的文化悲观主义精神相关，也确实反映出流行文艺与商业的复杂关系。没有工业技术资本的支撑，文艺作品很难走向大众，但一味地依赖技术支持也往往容易导致市面上的文艺作品流于空虚和低级。流行文艺作品跟随时尚的风潮红极一时又迅

---

① 马克斯·霍克海默、西奥多·阿道尔诺著，渠敬东、曹卫东译：《启蒙辩证法——哲学断片》，上海：上海人民出版社 2006 年版，第 121 页。

速衰落，一次次地被万众瞩目之后又被遗忘。不断以视觉或技术取胜的感官文艺培育出来的大众没有形成对于艺术本质性思考的习惯，他们喜欢新鲜刺激的东西，看似不断更新的文艺潮流，其本质是相同元素的不同组合，于是流行文艺的不断兴盛和衰落，也就成为现代工业技术文明时代之下特有的文艺景观。

三、大众传媒的功能与流行文艺的价值形成

大众传媒具备了向受众传播信息、沟通情况、宣传教育、传授知识、引导受众、形成舆论、提供娱乐、丰富生活、协调社会、弘扬道德、启迪心智、传承文化等功能，这些功能往往又是流行文艺的价值形成的催化剂。

流行文艺作为精神文明的特殊产物，最突出的特点在于它能迅速在接收群体当中传播普及。大众传媒的信息符号可以借助科技的优势迅速在社会当中传播，不受时空的限制，一个焦点的出现往往瞬间就能在互联网或各大新闻报刊中引起一连串的大讨论，甚至被大量复制保存，使流行文艺的价值取向更加明晰。

很多时候，流行文艺以其张扬个性、颠覆传统、解放自由等观念挑战传统文化，但也容易因此被视为快餐文化而被踢出高雅文化的圈子。但是大众传媒的存在使流行文艺保持了强劲的社会文化地位。大众传媒不仅仅是传播与沟通信息，它有更深层的功能，它传授知识、启迪心智与传承文化的功能很多时候是被忽视的。流行文艺作为一种特别的文化，始终是社会文化的一面先锋旗帜，具有敢于开拓进取、打破常规、标新立异的特征，这与大众传媒传播信息的使命不谋而合。流行文艺能够成为文化经典，往往离不开它在大众中普及、被认识再到被认可的过程，这也是流行文艺的价值被合法化的历史过程。可以说，一种新文化

的诞生总少不了一个传播者，大众传媒就是独当一面的扛旗手。

流行文艺往往因为其张扬的个性而备受舆论的压力，但这些舆论的来源还是归根于大众媒体的传播效应。各种大众媒体的载体形式利用不同的渠道在人群中输送和传递流行文艺的价值观。每当新的流行文艺诞生，传统文艺的地位就会受到撼动，各类知识分子中保守的人与主张解放自由的人就会为此形成激烈的文艺价值大讨论，学术的味道庄严而厚重。由此，大众媒体也就为流行文艺在社会的立足开辟了一扇门，媒介舆论也就成了创造流行文艺价值的先锋。

大众传媒娱乐生活、陶冶情操的功能，在当代社会越来越突出。随着生活节奏的加快，社会成员接受传统文化经典的兴趣逐渐减少。《人民日报》的调查显示，中国人均图书消费量多年变化不大，生活压力和生活环境的改变迫使有能力接受传统经典文化的人越来越少，而流行文艺弥补了这样的一种遗憾，它以流行文化的美感去感化社会中的人。大众传媒在互联网上提供娱乐生活的方式越来越多样化，间接催生了更多的自由与时尚。更多的社会群体趋向于利用先进的大众传媒载体进行流行文艺消费，而流行文艺生产也促进了文化产业的繁荣。

四、大众传媒的各类载体特性与流行文艺的价值形成

流行文艺的价值形成主要是通过各类大众传媒的载体传播来实现的。不同的特性形成不同的传播效果，因此，大众传媒主要载体的传播特性就显得尤为重要了。如今的大众传媒主要的载体包括报纸、杂志、书籍、电视、电影、互联网以及各种新媒体，它们对流行文艺价值的形成影响深远。

首先是报纸，其最突出的特点就是受众面广、数量庞大、信息装载量大、时效性强，同时制作简便，成本低廉，公众影响力大。流行文艺

要在社会成员当中有一定的影响力，少不了报纸这个重要的大众媒体进行传播，当下的流行文艺在报纸呈现的形式日益丰富，除了专门有对文化事件的回顾与评述，还有专栏、随笔，并连载当下比较有影响力的作品，如《广州日报》的"每日闲情""每日连载"专栏等。我国的报纸种类繁多，印刷和排版都越趋精美，报纸的获得也越来越方便，使大众每天都有接触当前主流文化的机会与可能，而流行文艺面向大众，反映大众生活呼声的价值也就慢慢形成。

杂志作为大众媒体，它的流行趋向更加明显，时下的杂志种类日渐繁多，重点是杂志的专门性强，例如针对美食、时尚、潮流、人文地理、时政等，国际大事和生活琐事也都能在杂志中找到专门而细致的信息。人们对精神文化生活层次的追求，逐渐在杂志的内容中反映出来。当下的人文社科类杂志，如《青年文摘》《读者》《萌芽》《文艺评论》《意林》等都深受读者的欢迎，各种流行文艺观念在这里逐渐衍生、传递、交流与碰撞。杂志这类媒体的一大特点是其印刷比报纸精美，图文并茂，多以月刊和双月刊为主，生产周期长，可以为读者反复阅读，细细品味。流行文艺在杂志中更能体现主流价值观念，散发时尚气息。流行文艺利用人文类杂志作为其衍生价值的土壤，聚集支持者，形成文艺传播阵地，及时输送精神养分。

至于书籍，古往今来都是人类汲取知识的重要途径，流行文艺要在当下众多文学类型中脱颖而出，还得靠大众传媒中书籍的传播。流行文艺区别于经典文学和传统文学的一个重要标志在于，它有一种重新整合当下文化格局的力量，极力争取必要的文化话语权，要使这样的价值得以形成，就必须借助书籍特有的专业性、权威性、专门性，借助书籍保持价值高的特性以及书籍传播价值内涵的深刻性来实现。我们不难发现，各大书店以及书籍销售网站中会出现畅销书排行榜，还会根据各类读者需要推荐相关类型的书目。同时，一些著名网站的文化主页也会向读者推出最新、最引人注目的文艺资讯。可以说，以往我们是主动追求书籍给我们带来的精神食粮的满足，现在流行文艺也更主动地向受众展现其价值内涵，主动与读者接触。

作为传播媒介，电视和电影更加注重人的审美感觉，关注人的心理需求，它利用声音、图像、符号，对人的视觉、听觉形成一定的冲击力，这也是流行文艺偏爱表现的形式。电视节目的丰富多彩，雅俗共赏，更贴合时下多元化的文化生活要求，与流行文艺体现多元时代生命力的文化价值的目的相一致。电影也是当下人们进行文化消费的重点领域，流行文艺在此领域的表现手法更是别出心裁，许多夸张的、大胆的、流行的元素都集中在电影上。随着电影技术的日趋成熟，人们对视觉和听觉审美的享受也会逐渐提升，流行文艺则能提供适应这种艺术要求的表达形式，这也是它被时代接纳，被人们在一定时间内认可的价值所在。

互联网和各种新媒体是现代流行文艺的主要载体，新媒体泛指卫星电视、网络广播、数字电视、手机、博客、微博、微信等基于无线电通信技术和网络革命的媒体产物，新媒体的出现是大众媒体一场新的革命。互联网的开放性和包容性与流行文艺自由开放的价值内涵相吻合，是更适应它生长的土壤。流行文艺新的价值内涵诞生必须依赖这些被人们接触最广泛的互动平台，这个互动平台比起任何媒介都更加富有弹性。

传统传播从发送、传输到接受需要一定的时间，而如今的发送、传输、接受与反馈可以同时进行，大大缩短了时空的限制，更重要的一点是流行文艺的价值能收到更多的反馈，而反馈往往就是流行文艺价值形成的导向，从反馈中才能得出大众对文艺生活的精神渴望和时代价值取向；从反馈中才能发现存在的问题。总而言之，流行文艺的价值形成离不开大众传媒对于信息的收集和传播，而大众传媒也相应地在流行文艺的繁衍中开辟出适合其发展的路径。

第三节　流行文艺与文化消费的扩张

　　流行文艺的消费问题，是随着文艺产品的商品化现象出现的。在古代，文学艺术或成为诗人的精神依托，或成为朋友间的情感载体……这其中精神性的成分较多，商品性的成分较少。进入消费社会后，许多文艺产品商品化，特别是依托于现代市场的流行文艺，更是处处透露出商品性的气息。消费，作为文化产业链的终端环节，在大众消费观念、消费动机、消费行为等方面影响着流行文艺商品化的进程和样态。

　　首先，在现代市场经济中，大众的文化消费观念产生了根本性的变革，现代消费已经不再依赖人们的需求原则，而是取决于人们的欲求原则，即对文艺资源的占有欲望构成了人们基本的消费观念；其次，在消费动机方面，人们摆脱了温饱的生理需求，在精神层面对文艺和文化产生了多层次的消费动机，如享受动机、审美动机、认知动机、社交动机、求异动机等；再次，消费行为在当代多元化的消费观念和消费动机的推动下，也呈现出不断扩张的态势。随着流行文艺的日益发展，对其消费也早已超越了娱乐的目的，而情感消费、时尚消费、炫耀式消费、休闲消费等方式逐渐成为当下流行文艺消费向纵深开拓的多向途径。

一、消费观念的变革

　　消费指人们为了生产和生活的需要而消耗物质财富。现代社会的消费已经不再依赖人们的需求原则，而是取决于人们的欲求原则。需求在本质上与使用价值相联系，欲求则与商品的符号性相联系，欲求超出了生理本能，进入了心理层次，因而具有无限的要求。所以在现代消费中，欲求原则将取代以往的需求原则。

事实上，消费文化是随着 20 世纪 90 年代以来中国市场经济体制的逐步确立和市场化进程的推进而逐渐形成的一种显著的社会景观。当卡拉 OK、健身房、流行音乐、电影院、咖啡馆、酒吧、美容院、服装店等一切流行时尚成为人们日常生活的消遣娱乐时，人性本身的欲望和享乐，也就成为新时代人们关注的主题。而在此之前，也就是从中华人民共和国成立到"文革"时期，一切消费性文化观念都难以产生。那是一个生产力相对匮乏的时代，生产匮乏导致物品稀缺，正因此，一切物质分配都需要通过社会层面的供给结构来集中进行。

在生产力匮乏的社会，必然需要抑制过度消费，也最容易导致整个社会追求一种节欲俭朴的道德，但消费社会的到来则颠覆了这种观念，反而不断通过肯定人性的本能需求来鼓励消费。正如鲍德里亚指出："关于消费的一切意识形态都想让我们相信：我们已经进入了一个新纪元，一场决定性的人文革命把痛苦而英雄的生产年代与舒适的消费年代划分开来了，这个年代终于能够正视人及其欲望。事实根本不是这样。生产和消费——它们是出自同样一个对生产力进行扩大再生产并对其进行控制的巨大逻辑程式的。该体系的这一命令以其颠倒的形式渗入人们的思想，进入了伦理和日常意识形态之中：这种形式表现为对需求、个体、享乐、丰盛等进行解放。这些关于开支、享乐、非计算的主题取代了那些关于储蓄、劳动、遗产的清教式主题。但这只是一场表面上的人文革命：实际上，这种内部替换只是在一种普遍进程以及一种换汤不换药的系统范围内，用一种价值体系来取代另一种变得无效了的价值体系而已。"①

---

① 让·鲍德里亚著，刘成富、全志钢译：《消费社会》，南京：南京大学出版社 2014 年版，第 65 页。

在鲍德里亚看来，西方社会的人文主义革命，表现出对人性欲望的肯定，是对"需求、个体、享乐、丰盛"等价值的肯定，而这与以往的那种崇尚节欲俭朴的清教式价值观念构成了一种对立——但波德里亚同样指出，这种可以彰显出来的对立，不过是消费主义的一种"意识形态策略"。因为消费社会的到来，意味着生产过剩，生产过剩势必导致商品囤积，因此必须要鼓励消费以促进商业的正常循环。"'生产过剩'的消费社会恐惧节欲俭朴的传统道德，它渴望挥金如土、欲壑难填的'消费者'，因为只有他才能拉动生产，使生产的无限发展成为可能。"①因此，消费社会从本质上来讲就是一种符号化的社会，也就是说，商品除了要满足消费者的实用性需求，还需要以一种形象化、品牌化的方式来吸引消费者，刺激消费者的购买欲望。因此，商业化社会带来的消费观念的最大转变，就在于人们不再仅仅关注商品的使用价值，同时关注附着于商品使用价值基础之上的符号价值。

在消费社会中，广告的作用就是以符号化、形象化的感性形式不断激发人们的消费欲求。

在这方面，聚美优品做得很成功。聚美优品选择了自己的创始人陈欧作为代言人，喊出了"我为自己代言"的口号，这本身就是一种创新，从他者到自我的转变，符合当下年轻人追求自我的心理。在聚美优品的广告词中，陈欧将自己的奋斗和 80 后的生活经历联系在一起，把小我的经历放大为一代人的群体体验，他以梦之名来讲述自己的奋斗故事，既道出了当前年轻人所遇到的困难，也展现了年轻人的理想与憧憬，引起很多 80 后甚至 90 后的共鸣。不久，网络上便出现了各种版本的"我为自己代言"，大学生版、幼师版、医生版等，形成了各式各样的"陈欧体"。这就是广告文本的魅力。广告就是一个文本，通过这个

---

① 余虹：《文学的终结与文学性蔓延——兼谈后现代文学研究的任务》，《文艺研究》2002 年第 6 期，第 19 页。

文本的衍射，日常的消费品便具有了某种梦幻特质，与金钱、权力、浪漫、欲望、希望等人生意义之间形成某种象征关系，制造了消费社会无所不在的符号化和影像化世界，把个人的欲求都激发出来，把个人培养成为潜在的"消费者"。

二、消费动机的增加

人们的消费活动都是由一定的消费动机引起的，也就是说，消费动机是引起、推动和实现消费行为的内部动力，是消费主体为了满足某种需要，由内外刺激引起的行为反应。来自人体的内部因素的刺激是引起物质消费动机的主要原因，寒冷的人会去购买衣服，饥饿的人会去寻找食物。文化消费动机是指能够引起人们购买某种文化产品的兴趣、意图、愿望等的动机。

来自人体外部因素的刺激是引起文化消费动机的主要原因，这里的人体外部因素主要是指社会现象，那么，人们在消费流行文艺产品时是基于一种什么样的动机呢？

基本动机是一种享受动机。从消费动机的定义看，动机产生的基础是需要，人的需求是多种多样的，也是有层次的，由低到高为生存需要、享受需要、发展需要。当人类的生存需要不再成为问题时，就会产生享受需要和发展需要。享受动机主要是以享受需要为基础的。当人们不再为温饱问题发愁时，就希望快乐，希望放松。人们寻求各种方式来满足自己，如阅读武侠小说、看电视剧、听流行歌曲等。一般来看，大多数人在消费流行产品时，不是抱着"我要学习"的目的，而是怀着"我要休闲和体验"的想法。这是人们选择消费流行文艺产品的基本动机。

人的消费动机是复杂的，尤其是流行文艺作为一种特殊的消费品，其消费动机就更加复杂而多样。除了享受动机，以下的诸种动机也时常出现在消费行为中。

审美动机是一种以追求商品的欣赏性和艺术性等审美价值为目的的消费动机。对美的追求是人所共有的，正如高尔基所说："照天性来说，人都是艺术家。他无论在什么地方总是希望把美带到他的生活中去。"[①]随着社会的发展和物质水平的提高，人们的审美视野也在不断扩展，审美活动范围不断拓宽，审美动机也在不断强化。购买商品除了实用，还要求美观。流行文艺产品作为特殊的商品，消费者对它的审美期待比一般商品要高。所以人们在听流行音乐，阅读武侠小说和言情小说时，除了娱乐之外，有相当一部分人也希望从中体验到美的享受。

认知动机是一种以追求知识、追求真理为目的的消费动机。持这种动机的消费者期待能在流行文艺活动中掌握一些知识，学会一些技能，使自己在认知上有所收获。如看电影可以提高理解力和感悟力，可以增长见识，这对于一些求知欲旺盛、好奇心强的人来说，认知动机在消费中起着突出作用。

社交动机是一种以促进人际交往、关系融洽为目的的消费动机。这种动机在流行文艺的消费中相当突出，如看电影、唱歌、旅行时独自一人消费的不多，大多是朋友或同事结伴成群。故娱乐之时，也可以增进感情，促进友谊。

求异动机是一种以追求新颖奇特、时髦刺激为目的的消费动机。这种动机在都市青年中较为常见。他们富于表现力，渴望改变，蔑视传统，这些心理特征使他们在消费中追求与众不同。当一种新的文化形态如流行歌曲、时尚服饰、微博文化等一出现，抱着求异动机的消费者往往就会蜂拥而至，及至满足了好奇心之后，又去寻找新的刺激点。

---

① 高尔基著，孟昌、曹葆华译：《文学论文选》，北京：人民文学出版社1958年版，第260页。

仿效动机是一种基于仿效他人的消费行为而产生的动机。人是生活在群体之中的动物，其消费行为也是互相影响的。由于受各种社会心理因素的制约，消费者会自觉或者不自觉地去模仿周围的人，模仿公众人物或者心中的偶像的言行。仿效动机使流行文艺在消费中热点纷呈，而"流行"一词本身就体现了仿效的特点。

三、消费行为的扩张

娱乐消费是流行文艺基本的功能，人们选择这种产品，第一目的就是快乐。玩网络游戏、听流行歌曲，是人们在生活节奏变快、工作压力增大的境遇中使身心得以暂时放松的重要方式，但它们只是暂时的解脱方式，使消费者暂时摆脱了现实生活的情感空虚、生活苦恼或工作压力，并不能真正解决人们内心的问题。

在现代社会，由于人际关系的疏远和人情的弱化，人们情感的满足渠道除了以物作为情感支持的替代品，也越来越依赖市场作为情感的支持。对情感进行消费，市场也提供了相应的情感消费品来满足这种需求。在文化市场，言情小说、流行歌曲、电视剧、电影等，这种以文艺为载体的情感消费品不仅遵循了艺术创作的规律，更重要的是遵循了市场的原则，把握了消费者的情感脉搏及其情感需要的变动和流行趋势，这其实是一种虚拟的情感消费。韩剧里的浪漫故事，武侠小说中的英雄情怀，电子游戏里感受到纵横捭阖、运筹帷幄的雄才伟略，人们消费这些文艺产品，使自己获得某种情感的支持与安慰。这种消费还包括大众传媒消费，例如报纸、杂志、网络、电话、音像制品等。

这种大众传媒的主要形式不仅向大众传播信息，更重要的是还向大众传播一种为社会所接纳的价值、理想和情感。王小波"死亡与再生的神话"就是一个例子。王小波于1997年去世后受到媒体的强烈关注，形成了"王小波现象"。使"王小波现象"出现的传播媒介就是现代报刊，其中就有《三联生活周刊》。

《三联生活周刊》是全国有影响力的都市文化刊物，它的读者对象主要是"受过高等教育，关心时代发展进程，不断从中寻找自己的新型知识分子"，即现代化都市中的白领阶层，它的宗旨是"我们说的是一种生活观，作为一个新的时代里生长的新型的知识分子，在这样新的时代里他应该有什么样的生活观"。王小波 40 岁辞去大学教职，专事写作，他本人就是自由人的身份。其自由不羁的写作风格，尤其是他在杂文《一只特立独行的猪》中塑造的猪兄形象，加上《三联生活周刊》对其作为一个文化符号和时尚明星的打造，使得他的自由变成了时尚话题，受到了都市白领的推崇。可以说，《三联生活周刊》抓住了现代都市白领阶层的情感需求。在现代社会，认同性的问题就在于我们是如何在他人面前展示我们自己以使他人认识我们。《三联生活周刊》将王小波笔下猪兄的特立独行成功包装为现代社会的生活方式，并向大众传播，这种时尚的生活方式成为都市人的生活理想和追求，这正是"王小波热"的由来。

对于时尚，德国哲学家西美尔是这样定义的："时尚是既定模式的模仿，它满足了社会调适的需要；它把个人引向每个人都在行进的道路，它提供了一种把个人行为变成样板的普遍性规则，但同时它又满足了对差异性、变化、个性化的要求。"① 时尚不仅表现为一种物质形式、一种行为方式，更包含着一种意义、一种文化。它是根据变化着的各种代码、样式和符号系统制造出来的。时尚的表现形式，即时尚的外延可以分为三个层次：物的流行、行为的流行、观念的流行。流行使时尚由贵族走向大众，由此现代社会的消费发生了价值尺度的根本变化，即消

---

① 齐奥尔格·西美尔著，费勇等译：《时尚的哲学》，北京：文化艺术出版社 2001 年版，第 72 页。

费品的使用价值已经没有那么重要，人们重视的是消费品的时尚价值。时尚通过把消费品符号化，赋予消费品象征性的社会意义而使消费品产生社会价值。时尚象征着成功、身份、地位和人生价值的实现，它是一种社会编码。人们的时尚消费，主要不是消费商品的使用价值，而是消费其符号价值。

20 世纪，时尚出现了大众化和文化产业化的趋势，大众化是指时尚的主导力量从贵族向平民转化。由于经济和科技的高速发展，时尚的权利开始向普通大众倾斜，时尚的大众意味越来越强，时尚作为一种个性化的文化形式与大众文化有了交汇。时尚文化产业化是指时尚已经成为文化产业的一部分被生产。各种时尚按照市场的需要被生产出来，加入社会的流行大潮，生活中处处可以感受到带有经济和文化双重身份的时尚文化产品的存在。例如，一部电影走红后，我们就可以看到，电影的原创文学作品往往会站在畅销书的书架上，电影的光碟、电影音乐的 CD 以及带有电影 Logo 的系列产品都将成为时尚文化的符号而被批量复制，占领消费市场。

炫耀式消费是指不以实用和生存为目的，对物品进行的浪费性、奢侈性和铺张性的消费，从而向他人炫耀和展示自己的经济实力和社会地位，由此带来荣耀、声望和名誉。因此，这种消费实际上是向人们传达某种社会优越感，以引起人们的羡慕、尊敬和嫉妒。例如，在消费社会中，"我是谁"的问题可以通过他的消费来回答，那些穿着几千块一件的名牌衣服的人不是名人就是大款，而穿着从地摊上买来的几十块一件的当然就是老百姓。在这里，衣服的使用价值，即遮体和御寒已经不重要了，重要的是它的品牌。

不仅如此，"我是谁"的问题还可以通过人们扔掉的东西得到答案。这实际是对前一个问题的补充。如果说前一个问题是通过自身实际消费的东西来向人们昭示他的社会地位的话，那么，后一个问题则是通过浪费的东西来显示他的身份。它们从正反两方面回答了"我是谁"

这个问题。在消费社会中，甚至形成了所谓的垃圾箱文化，垃圾箱也成为代表人们社会地位的符号。"告诉我你扔的是什么，我就会告诉你是谁!"[①] 这无疑是对炫耀式消费最好的阐释。

在当代中国，休闲消费逐渐成为现代人特别是年轻人的生活方式，休闲消费是在人们收入水平不断提高的基础上，基本生活消费满足以后在更高层次上的消费。它形成的必要条件是有钱同时有时间。

作为一种现代生活方式，休闲消费不仅限于旅游、运动、娱乐等休闲方式，而且体现在人们日常的消费行为中。它表现为一种多层次、多形式的消费。它不仅限于节假日的集中消费，如打高尔夫球、度假、吃外国料理等，同时也包含了在工作之余看一场体育比赛、欣赏一部电影、和朋友喝咖啡、去酒吧放松精神的日常休闲消费。所以休闲消费包括休闲服务的消费和休闲产品的消费两大类，是一种以精神消费为主的多目的消费。在休闲消费中，无论人们外出娱乐还是购买一些时尚商品，都不是为了满足生活的基本需要，而主要是满足某些精神上的需要。比如，人们锻炼的方式有很多种，可以跑步、散步、打羽毛球，从实际锻炼的需要来看，并不一定要花钱到健身房去锻炼，也没有必要以十分昂贵的费用打高尔夫球来达到锻炼身体的目的。人们之所以要以付费的方式"买流汗"，显然另有所图，即在达到锻炼身体的目的的同时，也将个人的消费时尚、生活品位、事业成就与消费实力等内容展示给公众。

在流行文化时代，随着经济发展和生活水平的提高，大众的消费需求和消费方式等由传统的量入为出转变为多元化、个性化的消费模式。流行文化的这种消费模式对于唤醒大众的主体意识，提升大众的审美品格，充实和丰富大众的生活起到了积极的作用，但是流行文化商业化的

---

① 让·鲍德里亚著，刘成富、全志钢译：《消费社会》，南京：南京大学出版社2014年版，第24页。

特性使得大众的消费特征逐渐变得物态化，流行文化的内容变得肤浅，显示出享乐倾向和游戏特征。这也是我们应该继续思考的问题，即在消费时代，如何使流行文化健康发展，仍然值得我们进一步探讨。

第四节 流行文艺与创作群体的形成

文艺创作者在不同时代的定位，是与一个民族和社会对文艺的需求紧密联系的，社会总体的价值倾向会直接影响到文艺者的社会地位。随着现代商业消费时代的到来，文艺创作也成为经济消费中的重要一环，因而面向市场化的文艺创作摆脱了传统单一的政治要求，创作者立足于经济产业链条，在利益的驱使下进行创作，其目的和艺术操守同样也围绕着经济这个轴心，从而出现了形形色色的文艺形式。

在经济利益的驱使之下，创作者需要不断翻新文艺形式以吸引受众。网络文学、流行歌曲、贺岁档电影、翻新的文艺形式奏响着当代流行文艺的交响乐，文艺以其多样性内化到了日常生活的每个角落。而流行文艺创作者们的精神背景、知识状态、生活资源和艺术伦理等在这种市场化的背景下有了较大的转向，他们需要不断转换自己的艺术角色，适应受众的不同需求，来为自己寻找最合适的艺术定位。

随着传播媒介的发展和艺术门槛的降低，当前流行文艺创作者的知识状态是繁杂、良莠不齐的。如果说50后、60后文艺创作者更多地坚守着文艺的"人文"传统，依然以其深厚的学养对"人"进行终极的关怀，同时也程度不同地参与进当前流行文艺的生产大潮中；那么现代教育机制下产生的70后、80后、90后则更多是以自我享乐、个性张扬为旗帜建构着多样的流行文艺，使得流行文艺变得越来越青春化、时尚化的同时也存在着思想深度的缺失、视界的局限性等弊端。

一、流行文艺创作群的产生

随着我国经济发展的市场化趋势渐强，当代文艺生产机制也开始转型。国务院在1984年发布的《国务院关于对期刊出版实行自负盈亏的通知》中声明：除少数指导工作、推动科学技术进步，以及少数民族、外文等类别期刊外，其余一律"独立核算，自负盈亏"①，这就是俗称"断奶"政策的开始。从1999年文艺期刊大规模改版潮的发生，到2009年出版社和文艺期刊全面"转企"的启动，"市场化"的进程虽经受重重阻碍，但仍毫不动摇地进行到底。此间，经济利益原则越来越深地折射进文艺场。期刊发表原则、文艺出版原则、批评和评奖原则以及新人培养机制等都发生了本质的变化。甚至很多作品如商品一样是经历"策划—写作（生产）—推销"等过程被"制造"出来的。而这些变化给创作者带来的不仅是文艺形式的多样化、更迭性，更是深层次的艺术观念的转换。

以余华的《兄弟》为例来看文艺市场化道路。余华在2004年与上海文艺出版社签约，成为其正式签约作家。二者由独立的关系变为固定的买卖关系，出版社购买了作家的个人品牌和市场号召力，作家必须和出版社合作，一同打造出畅销书，抢占市场份额，获得较大的商业利益。于是，在二者的合作下，《兄弟》于2005年8月出版了上部，次年3月又推出了下部，且截止2006年6月，已累计发行近100万册，余华拿到版税100多万元。走出"先锋"的余华获得的市场成功，从外部因素来看，自然是其市场营销策略的得当。这部作品从一开始就具有清晰的市场定位，务实的市场营销策略、推广策略，并且作者本身的这种行

---

① 《国务院关于对期刊出版实行自负盈亏的通知》，《中华人民共和国国务院公报》1985年第1期。

为又招来了很大的争议，而争议越大，造势就越强，这部书也就越畅销。而从作品本身的内部因素来看，作家还在书中描写了很多性、暴力、煽情等刺激内容来进一步迎合当下大众的审美需求。

《兄弟》瞄准了大众心中隐藏的密码，顺应了大众内心的情感趋向和阅读习惯，作家在调侃"宏大主题"的背后隐藏着大众对强势力量的崇拜，对能够引领时代潮流的"大英雄""成功人士"的崇拜，可谓一部典型的"顺势之作"。但是，《兄弟》虽然是市场化规则运作出来的结果，其深厚的精神关怀力度仍不为此而损减。这种模式代表了很大一部分传统文艺家的市场化转型道路，如重庆出版集团推出的"重述神话"系列，包括叶兆言的《后羿》、苏童的《碧奴》、李锐和蒋韵的《人间——重述白蛇传》等，也是由出版社策划选题，由作家来完成的。作家们在建构一种有艺术深度且符合大众心理、顺应时代审美要求的文艺追求的同时，也注重"制造"作品，收获经济利益。

有别于传统媒体，网络的一系列优势在网络歌曲、网络文学、电影电视等文艺形式的发展中不断得到验证。从网络小说来看，就包括了言情、恐怖、玄幻、灵异、架空、穿越、耽美、网游等多种形式，远远超出了传统纸质小说的内涵，出现了像猫腻、唐家三少、天下霸唱、南派三叔、当年明月、天蚕土豆、流潋紫、蒋胜男、桐华等一批有着极高市场号召力的网络作家，为当代社会衍生出的大量"宅男宅女"建构了一个个虚幻但让人欲罢不能的文学世界。

随着受众需求的变化，网络小说也在不断寻求新的发展空间，如穿越小说与电视剧的结合造就了多部国民热播剧，《穿越时空的爱恋》《寻秦记》《神话》《灵珠传奇》《九五至尊》《穿越时空之明月郡主》《穿越时空之灵格格》《穿越时空之大清宫祠》《穿越时空之来客》《宫》《步步惊心》等都取得了较高的收视率。

另外，独立书店、小众电影、小清新音乐、小清新文学、相亲和亲子类综艺节目等都是当下受众追捧的文艺形式。

中国第一个较为专业的音乐网站建于 1999 年，但网络流行音乐则真正开始于 2000 年。当年，雪村凭借《东北人都是活雷锋》而成为"中国网络音乐第一人"。"翠花，上酸菜！"成为街头巷尾的一句流行语。网络流行音乐真正大出风头是在 2004 年，雪村、刀郎、郝宇、唐磊、杨臣刚、香香、陈旭等众多名不见经传的歌手借助网络日渐从边缘迈向日常生活的"主流"，不少歌手在走红网络之后与唱片公司签约，由业余歌手转变为专业歌手，成为专门的音乐人。当下人们日常生活中的恋爱、迷茫、困惑、放纵、戏谑、嘲讽等在网络音乐中获得了自由化、个性化的表达。

面对互联网的冲击，电视节目也不甘示弱，在广电总局许可的范围内，也创新着流行文艺的形式。如《非诚勿扰》《非你莫属》《爸爸去哪儿》等"温情"节目，将民众生活中较为个人化、私密化的求职、相亲、亲子关系等推到了幕前，摆脱了传统文艺的"大叙事"之后，当下流行文艺体现出更明确的个性化、平民化特征。另外，在网络的催生下，QQ、微博、微信等公共社交平台也发展得如火如荼，产生出了独特的"微"文艺，例如越来越多的微小说创作大赛等，都是将文艺的个性化体现得更为彻底的形式。这些公共社交平台凭借及时性、开放性、互动性等优势影响并引导着文艺的发展，民众在这些社交平台中取得较少限制的发言权、较少审查的访问权及信息获取的自由权。因此，"微"文艺成为快节奏生活中民众理想的个体表述方式。

二、流行文艺创作者的知识状态

在当下流行文艺的大舞台上，既有 70 后、80 后甚至 90 后的"恣意狂欢"，也有经历市场化涅槃后的 50 后、60 后文艺家。他们承载着不同的社会时期留给他们的精神印记，以各自特有的方式努力在当下的流行文艺领域内争得一席之地。"多元化"成为当下流行文艺的主要特征，正是源于这几代文艺创作者的不同社会经验和知识状态。虽然大多数创作者都有一个共同的目标：赢得读者、占领市场，但是其知识背景的不同，导致其在迎合市场时的方式、文艺的最终价值取向上存在一定差别。

50后、60后文艺家们出生在新政权刚刚诞生的时期，革命理想主义是他们童年成长的鲜明底色。他们受到的启蒙教育是要完成民族和社会主义国家光荣而伟大的使命，要让崇高感和使命感成为其一切活动的精神指导，那种由革命前辈的鲜血凝聚成的悲壮感奠定了他们审美的基础。因此，终极的"人文关怀"等较为沉重的主题是他们善于并乐于表现的。

"文革"这场社会性的大灾难对50后、60后文艺家们的馈赠就是让他们得以卸下"国家"与"时代"使命的包袱，重新寻找并建构属于自己的精神家园。随后，借着"平反"和改革开放之风，他们续接上曾经断层了的知识体系。所以，50后、60后文艺家们还是学养较为深厚、知识体系较为完善、知识视界较为广博的。现今，这些老一辈的文艺家们大多执教于高校或立身于较为主流的文艺单位，其中一部分仍然坚守其学院派道路，但也在以自己独特的方式顺应商业化了的文化生产潮流，如前文提到的余华《兄弟》的出版。但是，他们更多的还是坚守着文艺的"人文"传统，以其深厚的学养对"人"进行终极的关怀，将对生命的哲思、现实的反省、终极理想的建构不断折射进文艺理念和文艺形式的变革中。

较之老一辈文艺家的艺术活动，70后、80后、90后也是当下流行文艺创作的大军，网络文学、流行音乐、新锐电影、街舞等都是由这一批"新人大军"创造出来的。他们的活动虽然在20世纪90年代中后期已经开始，但真正作为一种文化现象得到社会各方面的关注应该是在2003—2005年。

21世纪以来，网络文学的创作群体，其写作资源大部分来源于中国港台流行文化、欧美奇幻文学和科幻电影、日韩动漫影视剧等。再比如以韩寒、郭敬明、张悦然等 80 后为主的创作群体，在非常短的时间内就取得了异常惊人的市场成功，这无疑成为新世纪文艺和文化关注的焦点问题，学术界也开始以序、评论文章及专题研讨会等形式介入对 80 后创作的批评。有学者认为："50 后作家写作充满了社会责任感，欲从文学中寻找政治学、社会学层面的意义。而今的青年创作者，在审美趣味和价值定位上与上一代作家存在着很深的代沟。他们的创作追求陌生化，崇尚游戏精神，并不寻找意义……以《幻城》为代表，很大一部分 80 后作家从动漫、网络游戏中寻找创作资源，有语言陌生化、叙述反经验化的倾向。"[①] 这算是对 80 后创作的一种较为宽容的评价。

中国教育体制的改革为这一代人提供了较为完善的知识体系，但随着强国战略的提出、经济改革的不断深入、企业中学历高于能力的择才标准，无疑把社会性的焦虑和压力转交给了教育。于是，教育背负的使命越来越多，也就越来越走向应试化。在填鸭式的教学中，学生的个性被忽视，主体性受到压抑。由此产生的一个后果是学生厌学情绪普遍滋生，学生的叛逆性普遍增强。

国家与家庭的重托，要求这一代人用一套勤俭、刻苦、向上、甘于寂寞的价值观来支撑。但是，80 后在接受这一套既定、强加的教育理念的同时，另一种追求自由、享乐、冒险的价值观也在社会变革中得到了发展。这不仅源于青春期叛逆意识的萌动，更源于经济变革中新事物的出现对他们的精神冲击，如第三产业的快速发展带来的物质充盈及精神变革。因此，他们厌恶学习、逃离学校、逃避责任，追求物质享乐、追求个性张扬，用蹦迪、摇滚、自由写作等方式宣泄内心的不满和无以名状的躁动感。在创作中，他们有意把逻辑规范与"内心"对立起来，把理性与感性对立起来，毫无顾忌地展现其反理性的价值立场；常人眼

---

① 丁丽洁、费爱能：《"80 后"祖露心声：渴望关注理解》，《文学报》，2004 年 7 月 15 日。

中的问题少年，恰恰是作者寄托其理想的形象；没有道德底线，没有责任约束的自由是他们共同的追求。他们把文艺创作视为一种随心所欲的自我表达，排斥责任，不去背负任何与己无关的东西。他们或愤世嫉俗，利用网络相对自由的空间，宣泄自己对现实的不满，开创出自己的文学领地；或企图利用自由表达的网络优势，尝试展现自己的才华，以期名利双收。从总体来看，这一代人所接受的知识教育和其所处的年龄阶段尚不足以支撑他们进行更深一步的艺术探索，因此，思想性深度的缺席、视界的局限性是这一代文艺创作者的通病。

三、流行文艺创作者的艺术伦理

文艺创作与社会生活的关系历来是文艺理论关注的焦点，而中国主流的文艺观念一贯是：社会生活是文艺创作的源泉，文艺起源于劳动。没有社会生活作为基础的文艺创作都是"假、大、空"的，是没有艺术价值与社会价值的。现实主义的创作原则要求创作者对社会现实能够从本质上进行把握与分析，对社会的阶级性有清晰的判断，要站在工农兵的立场上为他们写作，为他们摇旗呐喊。

但是随着西方文艺思潮的大量涌入，以及中国经济体制改革的不断深入，大众的价值观念发生了极大的改变。现代主义与后现代主义文艺观念也成为一种创作潮流。

现代主义在西方从美术入手，采取超乎社会、超乎自然的艺术态度，用荒诞的语言、离奇的寓意来影射社会和人生，展现现代人的精神创伤和变态心理，其作品中流露出对现实生活消极、悲观和失望的情绪，有着强烈的虚无主义倾向。在我国，继20世纪80年代中期出现一系列文学思潮的演变——伤痕文学、知青文学、反思文学、改革文学——之后，"先锋意识"开始有了现代主义思潮的萌发。创作者开始注重人的个性、人的潜意识和心理历程，对传统文化进行批判，对不合理之处进行讽刺，摆脱传统的情节构造，尝试前卫、新颖的艺术手法。虽然在探索阶段这只是一定程度上借鉴了现代主义手法，但还是具有很大的进步意义。

中国在 20 世纪 80 年代末，社会结构发生了深刻的改变。"中国在90 年代快速的城市化和消费化，使得中国的城市也迅速进入文化幻象的时代"①。这种改变为"后现代话语"提供了广泛的话语场所，所以"后现代主义"的盛行为当下流行文艺的蓬勃发展蓄足了力量。后现代主义作为现代主义内部的逆动，在反叛现代主义的纯理性、功能主义尤其是形式主义的同时，取得了个性化、自由化及多元化的艺术战果。在中国，它又联姻 80 后青春一代躁动的文艺创作，似有裹挟一切之势。

在这样的社会背景之下，流行文艺创作者的精神状态自然不能以一个较统一的标准来衡量，他们所取得的成果自然也要分而论之了。李舫先生曾总结了当下阻碍中国文艺健康发展的十大恶俗：回避崇高、情感缺失、以量代质、近亲繁殖、跟风炒作、权力寻租、解构经典、闭门造车、技术崇拜、政绩工程。② 当然，从传统的、主流的文艺标准来评判时下的文艺创作，李舫先生的批评还是相当中肯的。当下的流行文艺创作确实存在着较多引人焦虑的弊病，但是在市场商业化浪潮的裹挟下、在新的网络传媒时代里，文艺的审美选择和价值标准都有着极大的自由空间。创作者们既要去迎合大众的文艺口味以赢得市场，又要标新立异地表达出中国在这个特定的时代带给他们的精神冲击。所以也就不难理解近年来出现的那些香艳、诱惑的流行音乐，沉溺于穿越、架空等内容的网络小说，以及那些无法界定其内容和意义的街头舞蹈。职业文艺创

---

① 陈晓明：《仿真的年代——超现实文学流变与文化想象》，太原：山西教育出版社1999 年版，第 32 页。

② 李舫：《十大恶俗阻碍中国文艺健康发展》，白烨主编：《2011 中国文坛纪事》，北京：人民文学出版社 2012 年版，第 127 页。

作者和文艺投资人的出现，在很大程度上为文艺作品的生产制造了有利条件，却使得文艺为了寻求投资回报而更加以"市场"为纲。快餐文艺、消费文艺使文艺生产、传播和接受的周期缩短。为了吸引关注，部分创作者或创作团体利用受众的猎奇心理，将一些有悖道德的内容公之于众，在一定程度上扭曲了人民群众的审美取向，混淆了人们的道德评价标准。

哈贝马斯认为非理性主义是后现代主义的主要特征，而非理性是对传统理性的非难和批判。由此，后现代主义开始否定确定性，在他们看来，世界不是一个相互联系的整体，事物之间没有同一性，而是碎片化的和相对化的。所以他们极力崇尚"差异性""多元化""异质性""矛盾性"等，而反对所谓的"宏大叙事"。80后创作者自觉跟随着后现代思潮，他们普遍表现出对终极价值叙事模式的怀疑，他们的创作不再具备批评精神、教谕宗旨和人性关怀，甚至用"戏仿"的手段嘲讽历史和崇高。他们率性而为，以自我为中心，追求绝对的自由，服从内心原始的愿望，与传统作家的"超我"意识相比，他们更多地表现出"本我"的色彩。后现代思潮对他们的影响可以从他们的群体性倾向上看出：创作中的自我迷恋、颓废悲伤；现实生活中的自私自利、及时行乐、责任感淡薄等。

纵观当下的流行文艺发展趋势，在技术与市场合谋的冲击之下，无论是传统的文艺家还是"新生代"的创作者，都"被迫"将文化与审美推向泛化、多元化的境地。文艺受市场规律和消费原则的支配，感官享受取代了理性反思，其商品属性和消费功能被前所未有地强化和放大，导致文艺自身不断发生剧烈的变异。实际上，不管是现实主义作家还是现代主义、后现代主义创作者，他们文艺创作中的生活经验已经不仅仅是社会现实生活，多元化的生活方式及对内心世界独特的体验和想象正日益成为文艺创作的主要资源。特别是现代传媒的介入，为他们提供了取之不尽的网络信息，他们不需要直接介入现实，就能在网络信息中获得另类的体验，并依据这种相对虚化的体验进行文艺创作，甚至开展一种纯粹想象化的文艺行为。

　　在消费社会中，处于文化消费化语境中的流行文艺，就不可避免地成为市场机制下提供给消费者的"文化商品"。在这一过程中，文艺可能丧失了许多独立的精神和艺术品格，但文艺也借此渗透到社会生活的各个方面，并由此获得了种种新的功能。

第二章　流行歌曲与主流价值观的关系

　　流行歌曲是当代中国流行文艺最重要的形式之一。三十余年间，由几遭禁锢到广泛流行，流行歌曲的流变与主流价值观看似无甚关联，其实双方关系几经周折，相伴相生。流行歌曲虽惯于吟咏风花雪月，但也绝不缺乏黄钟大吕之音，它的众声喧哗，恰恰喻示它的兼收并蓄，故而能在娱乐大众的同时记录了社会转型进程中芸芸众生的情感变迁。因此，流行歌曲本身的衍变，实实在在地表现着中国现代化进程的重要转变，与主流价值息息相关。我们研究二者关系，不只可以捕捉当代中国的思想与情感律动，而且可以一窥当下中国独特的文化面貌。由此去推想主流价值观与流行文艺有机融合的策略，或许可以说信而有征了。

第一节　从解构到组构
——流行歌曲与主流价值关系的历史嬗变

　　风雨兼程，当代流行歌曲已经走过了三十多个年头。对于这一历程，批评界正在着手回顾、整理，其中卓尔有成者，如金兆钧的《光天化日下的流行——亲历中国流行音乐》和李皖的系列文章。二者或以亲历者的身份娓娓道来，或以观察家的眼光审视音乐与社会的关联，都对这一段音乐史进行了骨肉丰满的描述，让那并未走远的故事又重现眼前。同时，也恰如二者的叙述所昭示的，历史的叙事从来都是多维的，尤其是艺术史，它更需要通过这些多维叙事的共构互补来展现自身的丰厚意蕴。当然，艺术史叙事的多维性不仅源于叙事视角的差异，有时也源于问题意识的敞现，这种敞现会更明晰地揭示艺术表征和历史状况所包蕴的社会症候。

　　自阿多诺始，流行歌曲与主流文化的意识形态关联就成了研究流行歌曲乃至大众文化绕不过去的重大问题。当我们从这一问题域来观照当代流行歌曲三十年的传播历程时则会发现，流行歌曲与主流文化及其价值观念体系的抵牾、对话与互动，始终或隐或显地贯穿于这三十年历程，并且每每在关节处牵制着当代流行歌曲的顺逆、进退。而这一历程烙刻的时代印记，又超过了任何一种理论预设，向我们展现着它独有的意义构造方式与历史况味。

一、解冻之春：流行歌曲与主流价值观之间的紧张

　　如果要给当代流行歌曲一个确凿的起点，学界公认是李谷一的《乡

恋》。《乡恋》是纪录片《三峡传说》的插曲，1979 年 12 月 31 日晚在中央电视台播出，一时大受欢迎。虽然名为思乡曲，其实《乡恋》亦是"相恋"①。就这样，流行歌曲隐隐约约地吐露着某些私人化情感，世俗情味在新时期复苏了。

需要强调的是，今天我们回顾《乡恋》，不仅应该明确它作为当代流行歌曲起点的艺术史地位，更应明确它的艺术思想史意义，那就是当文学、电影这些当时最主要的艺术形式还在"向后看"——抚慰伤痕、反思过往的时候，流行歌曲已经开始悄悄地"向前看"，来吟唱一直都在，却久未谋面的世俗情味了。但这显然与那时"大公无私"的主流价值观相抵牾，或者说流行歌曲的再出现确乎表现出对那种"一体化"主流价值体系的解构。故而 1980 年下半年，准确地说是"西山会议"之后，这首歌被认定为"靡靡之音""黄色歌曲"，禁止演播。

然而《乡恋》被禁三年却没有被人们遗忘，1983 年的首届春节联欢晚会上，最终应观众的千呼万唤，它又获准演唱。毕竟，随着改革开放带来的从经济、思想到文化的社会转型，私人情感、世俗情怀的文艺表现终究是人心所需，终会赢得它的合法地位，只不过流行歌曲比其他艺术形式超前了好几年进行尝试。《乡恋》的命运，一面呈现出流行歌曲再出发的举步维艰，另一面也折射出流行歌曲与主流价值观的紧张关系。

主流观念不容纳流行歌曲尚有其他理由。不可否认，中国流行歌曲是在西方流行歌曲的影响下催生的，烙有明显的西方文化痕迹。在以"革命"为旨归的新中国主流文化视域内，它自然被视作靡靡之音。"文革"期间，"以阶级斗争为纲"的主流意识形态，更是视"西方的＝资本主义的＝反动的"，黎锦晖等老一辈流行音乐家因此遭遇悲惨

---

① 蒋述卓、李凤亮主编：《传媒时代的文学存在方式》，桂林：广西师范大学出版社 2010 年版，第 237 页。

命运，流行歌曲也就此销声匿迹。而当李谷一唱出《乡恋》时，一些人又捕捉到了西方流行歌曲的气息。因为这首歌不仅在音乐上采用了探戈节奏，而且在演唱上借鉴了气声唱法，这两方面一个明显来自西方，一个有意取法于港台歌星，总而言之都源于资本主义社会，都明显不符合当时主流观念的要求。当时的主流观念一如金兆钧所说：

20世纪80年代初的文化动向则太明显地来自西方，来自资本主义社会，这对于和"帝、修、反"战斗了多年的我们而言实在是很不习惯，更与传统的民族文化格格不入。而且，即使当时社会对反对"四人帮"文艺有了共识，但文化主流的呼声是希望回归到在印象中十分美好的"文革"前的17年，回到"左联"文艺的道路。①

在这样的思想环境中，《乡恋》艺术形式上的异质性来源坐实为意识形态上并未洗脱"原罪"的证据。这意味着，拨乱反正结束了一个狂乱的历史时期，但那种"极左"的评价方式却并未就此作古。

不过，《乡恋》被禁虽然揭示了主流意识形态的思维逻辑，但也让我们看到主流价值体系出现了"不容中有容"的转变。因为李谷一与黎锦晖等比起来，已算幸运。她当时虽然也承受了来自各方面的压力，但她的艺术生命并未就此终结，而是得到了进一步发展。1983年，她仍然可以登上春晚舞台，也使《乡恋》趁机获准解禁。由此可见，主流意识形态对于文化、思想上的异端，已不再是"一棍子打死"，而是有选择、有甄别地冷处理。这不能不说是一种转变的开始。

正在转变中的主流价值观对流行歌曲来说是一种牵制力，让它在发展探索时不能与主流价值观的要求相去太远。然而"文革"后的社会

---

① 金兆钧：《光天化日下的流行——亲历中国流行音乐》，北京：人民音乐出版社2002年版，第59页。

心理却是急切地需要一种温情的表达与抚慰，邓丽君歌曲的秘密流行正体现了这种社会心理。有人这样分析邓丽君歌曲流行的原因："她的演唱声音柔美亲切，旋律具有浓烈的中国风味，吐字清晰、情感真实动人，乐队伴奏轻灵活泼。对于刚从'文革'噩梦中惊醒，听腻了'高、硬、快、响'的'文革'歌曲的广大群众尤其是青少年来说，这种轻柔抒情的音乐风格，无异于久旱之逢甘霖，与急迫的审美饥渴相契合。"①

民众对通俗文化的强烈需求是当代流行歌曲能够存在和发展的重要支撑力，它与主流文化权力彼此制衡，营造了独特而有趣的社会文化格局，即不少人在公共空间聆听主流意识形态的宣讲，而在私人空间中寻求个体感情的寄托。在这种社会文化格局中，在上述文化力量的牵制和推动下，流行歌曲开始了所谓"中间腔"的歌唱。

"中间腔"的代表曲目有《绒花》《心中的玫瑰》《知音》《太阳岛上》《大海啊故乡》《我们的生活充满阳光》等。此时，人们把青春期的迷茫忧郁倾注到"朦胧诗"中去倾诉，而把年轻人的轻快乐观投放到了"中间腔"里来欢歌。对于"中间腔"的流行，李皖评论道：

"中间腔"流行的背后，是意识形态的保守在暗中支配着。此时，一方面意识形态从高调下移，另一方面中心意识仍在起作用，这种意识甚至是大众自身的。迷惘、失落、痛苦等生活中的正常情感，在主流价值中依然被视为不健康的；流行音乐、气声唱法，依然被视为低级趣味、不正派；大众意识处于政治的中庸状态，在心理上对流行音乐抱有道德过敏式的抗拒和排斥。②

---

① 居其宏：《20 世纪中国音乐》，青岛：青岛出版社 1992 年版，第 124 页。

② 李皖：《解冻之春（一九七八——一九八五）："六十年三地歌"之五》，《读书》2011 年第 6 期。

诚然，"中间腔"在价值形态上表现为主流价值、社会心理和流行歌曲之间的相互折冲、妥协，甚至在艺术形式上也表现为流行歌曲不成熟的发展，但它呈现了一种特定的美学风格，那就是一种作别了激昂的明快、一种尚未低媚的轻柔、一种懵懂而真挚的浪漫。这些歌曲中，我们的生活是"充满阳光"的，或者说青年们更多的是以阳光的心态来憧憬生活的。这些歌曲中，人们可以"轻描淡写"地吟唱爱情的甜蜜，而且唱出一份清纯到透明的浪漫情绪。这种风格，以前没有出现过，以后也不会再出现。"中间腔"的出现与转瞬即逝似在诉说，确乎存在过一个短暂的纯真年代，但确乎已经离我们远去。

二、社会转型中的兼容：流行歌曲身份合法化的获得与另类价值取向

"中间腔"的消失是流行音乐的必然，也是社会发展的必然。因为流行音乐的走向非常明确，那就是终归要融入更加都市化的生活和更加商业化的旋律。改革开放启动的社会转型并非只让人们看到市场经济带来的活力和希望，很快，假药案、倒卖汽车案等一系列事件也让人们经受了市民社会领域扩展带来的道德考量。应该说，最终是现实让"中间腔"难以为继。但"中间腔"是一个必要的准备，创作界需要这样一个阶段趁愈加开放的社会环境向中国港台甚至直接向欧美学习，在"中间腔"的创作尝试中逐渐转换自己的音乐语言，探索更成熟的流行歌曲。主流文化需要这样一个阶段，调整自身的价值观体系，逐步兼容这一新的文化形态。其实中国的受众也需要这样一个阶段，来调整自己的欣赏习惯，真正接纳流行音乐。流行音乐界曾流传一件趣事，1985年，"威猛乐队"来京演出，台上的乐手声嘶力竭、狂蹦乱跳，台下的观众却安坐不动、悄无声息。乐队成员安德鲁·波治力回忆道："这是我一生中经历的最艰难的一次演出，起初我真的无法相信那么多的人居然会

如此安静。"中国观众对流行音乐的中庸欣赏（甚至排斥）态度由此可见。

其实，从《乡恋》到"中间腔"，流行歌曲在主流视域中的身份一直有一种"妾身未明"的暧昧。"中间腔"消失之后，流行歌曲与主流价值体系的关系又发生了微妙变化。一方面，主流文化对流行歌曲更为包容，流行歌曲的文化身份进一步合法化；另一方面，流行歌曲既有了适应主流需要的表现，也传达出了更为异质性的价值诉求。这种变化由1986年《让世界充满爱》（以下简称《让》）的演出集中表现了出来。

主流文化对流行歌曲的包容，突出地表现在它批准了《让》的演出形式。20世纪80年代初，文化部门曾有"三个流行歌手不能同台演出"的硬性规定，彼时对流行歌曲的紧张，可见一斑。然而，《让》突破了这一规定，它由群星合唱，演唱人数共百余名，并被中央电视台录播。因而《让》作为一首歌，不同凡响；作为一个文化事件，更是意义非凡。有人说它是当代流行歌曲真正获得合法身份的标志，我们认为它也标示了从社会到主流意识形态的宽容度的扩大。这种宽容的出现已有前奏，如1985年前后，北京市委已经组织了流行音乐与京剧等戏曲融合的尝试。这种宽容的扩大更事出有因。因为改革开放的中国需要展现一种姿态，表示它在履行国际事务上的负责态度。中国的一个重要国际身份，是联合国常任理事国，而1986年是联合国倡议的"国际和平年"，《让》的副标题恰是"献给国际和平年"，可以说《让》的出现恰好满足了主流意识形态的需要。所以，主流文化更为宽容地对待流行歌曲，给予它合法地位，也就成了顺理成章的事。

但《让》并不是一种"遵命"文艺，它只是顺应社会结构的调整转型而逐渐调整自身，"巧合"了主流需要。它当然可以由此被视为当代流行歌曲社会功能转化的开始，但就本身而言，它其实是有着"拿来主义"意味的借鉴。我们知道，在《让》出现之前，美国已经有了 *We Are the World*，台湾也有了《明天会更好》，都是群星合唱，社会反响良好。有此铺垫和影响,《让》才应运而生,并因展现了流行歌曲表现重大社会题材的能力,同样获得了良好的社会反响。

同时,《让》也是当代流行歌曲艺术风格转换的风向标,标志着对不高不低的"中间腔"的告别,和一种新的"大歌"年代("西北风"的流行)的到来。然而,它在向宏大抒情风格的靠近中,却隐隐闪现着非主流的价值向度。无须刻意地深度耕犁文本就能发现,"让世界充满爱"既是一种真挚而感性的呼吁,也是一种普世性价值关怀的宣示,这与曾经以确认"人性"与"爱"的社会差异性、矛盾性为基础的主流价值观显然并不一致。但在20世纪80年代中期的历史语境中,"爱"终究已经是"不能忘记的"了,民众渴望用"爱"来抚慰"文革"浩劫留下的创痛。金兆钧如此阐释《让》的情感内蕴:"《让世界充满爱》实际上还是一种对'文革'灾难的哀悼,对'阶级斗争'时代的告别。"① 这种抚慰、哀悼和告别恰与主流需要的情感相融合,使得《让》呈现的异质价值观被忽略了。

在那次演出中,表现出更为另类的价值取向的歌曲是崔健的《一无所有》。透过《一无所有》和崔健,有人看到了"个人英雄主义与革命集体主义的完美结合"②。有人看到了"革命"迷思的破灭,以及迷思破灭后渎神的快感与绝望、青春的向往与迷惘的纠结交织。也有人看到了一种新的人格理想:"真正的男子汉恰恰不愿意也不需要别人给他准备好现成的一切。他因此有了自己的追求和自由。"③

援借这些阐释,我们可以更为明晰地洞见,《一无所有》描绘出社会转型期滋生的心理空场,呈现了传统的思想体系将灭未灭、新的思想形态将生未生之际的价值空洞和立场罅隙,以及在此空洞和罅隙中个体

---

① 金兆钧:《光天化日下的流行——亲历中国流行音乐》,北京:人民音乐出版社2002年版,第89页。

② 参见张晓舟:《崔健:我们时代的伟大杂种》,《南方都市报》,1999年9月14日。

③ 周国平:《安静》,太原:北岳文艺出版社2002年版,第130 - 131页。

自由却无所适从的悲凉。因此，与许多摇滚歌手激进的社会批判不同，崔健式摇滚的批判既是指向社会的，也是指向自身的。或许今天的中国流行音乐和中国摇滚已经宣判这样的崔健不合时宜，但即使以今天的眼光来看，《一无所有》仍可敦促我们扪心自问：心灵解放之后，自我究竟是借此自由飞翔，还是就此自由落体？

不只存在批判指向上的二重性，崔健式摇滚也呈现出悖论性的价值症结，那就是在思想层面与"革命"传统的价值内涵抗辩的同时，却在符号形式层面与"革命"传统的崇高风格暧昧流连。正如崔健自己所说，他仍然是"红旗下的蛋"，他虽然不得不发起"新的长征"，却发现自己"没有目标，也没有根据地"，反倒是思想上始终铭刻旧时代的胎记。因而在摇滚这种最具叛逆性的流行音乐形式中，我们却意外地发现崔健在叛逆中的继承、在突围中的固守，发现支配性的价值范式在一个所谓价值失范时期的形式化存留。

随之而起的"西北风"在艺术风格和价值形态上都没有越出《让》和《一无所有》开辟的范围。"西北风"的话语主体，不复"中间腔"中青春而清纯的"我们"，而是一个个"我"，一个个具有人文关怀和独立精神的"大我"。因而像《让》和《一无所有》一样，"西北风"是一首首恢宏超迈的"大歌"，不同的是受当时思潮的影响，"西北风"更为明确地转向对悠远的民族文化和历史的反思，于民族寓言式的抒怀中寄寓启蒙大抱负。今天看来，这一方面的确造就了那个阶段流行歌曲追求崇高的整体品格的局面，另一方面不得不承认，在流行歌曲中全面倾注宏大价值担当和社会责任，是一种价值观超载，最终使流行歌曲负重过多，难以为继。

不过必须补充的是，此时的主流意识形态对流行歌曲仍有些敏感。1989 年夏天之后，一首来自港台的《跟着感觉走》被贴上"资产阶级自由化"的标签并受到批判（后来再没有流行歌曲受到如此意识形态化的批判）。当代流行歌曲在起起落落中走完了第一个十年的历程。

三、走向成熟：流行歌曲与主流文化的合作及其商业化

20 世纪 90 年代之后，得益于日渐壮大的市场经济环境的涵育，流行歌曲与主流文化的关系可谓"正常化"了。主流文化的指挥棒虽仍在挑动着文艺"主旋律"，却已不再总是用"政治正确"的尺度来衡量流行歌曲，而是让它们回归寻常。流行歌曲也借此摆脱了身份焦虑，实现了"光天化日下的流行"，它的兴衰起伏，自此更多受到文化市场的规约。

正是在这种"正常化"态势中我们觉察到，一种"一统而多元"的文化格局和价值架构已悄然嵌入当代中国社会结构。所谓"一统"是指社会主义的文化仍然牢固地掌握着文化领导权，它倡导的价值观念仍占据社会中的主导地位，但此时的"一统"已不是"极左"时期断然排他的"一体化"，而是兼容了多种差异性的文化和价值形态，这就有了"一统"之下的"多元"共存。"一统而多元"的组构方式为上层建筑打造了更具弹性和开放性的空间框架，能够容纳多种文化力量和价值观念的即时博弈，容许它们相互争鸣、对话、协商和妥协，保持主导与从属、中心与边缘间的动态平衡。具体到主流文化与流行歌曲的关系而言，那就是二者虽不能尽然合拍，但多数情况下可各行其是，甚至有时还能满足相互的需要。

20 世纪 90 年代伊始，作为"多元"之一的流行歌曲就很好地与"一统"的主流文化合作，取得了适应相互需要的成果，这就是《亚洲雄风》（以下简称《亚》）。十年的改革开放形成了有趣的文化空气，主流文化掌握着领导权，但流行歌曲才是大众"喜闻乐见"的文艺形式。1990 年北京亚运会的到来，也带来了一个迫切任务——创作主题歌。显然，主流文化难以用"主旋律"的方式独自承担它，因而选择了通俗的《亚》。需要指明的是，《亚》已与 1986 年的《让》有了质的不

同。《让》是自发创作，"巧合"了主流需要，《亚》却是"命题作文"，是主动适应主流的订单生产。这首歌本身没有给流行歌曲注入新的价值内涵，词曲上也能捕捉到"西北风"的流风遗韵，大气中带着些许空疏，但是，它却昭示了流行歌曲新的价值功能，那就是能为主流所用，也因此进一步提升了流行歌曲的社会地位。

这一时期流行歌曲与主流合作的另一种方式，是充当海外文化交流的重要使者。自1992年始，文化部艺术局就多次召集内地最有代表性的流行音乐歌手，组成"中国风"艺术团出师海外。这个团队被戏称为流行乐坛的"国家队"，队伍中有韦唯、蔡国庆这样成名已久的歌手，也有杨钰莹这样的新锐。不管他们演唱什么内容的歌曲，此时都代表"中国"，代表从中国内地"吹来的乡情与友情"[1]。此举的政治意味，有人这样来阐释：

随着1997年香港回归的临近，如何增强香港民众对大陆的文化认同是大陆政府关心的事情，而流行音乐在这时也就恰恰扮演了一种"调色剂"的角色。用港台民众都喜闻乐见的流行音乐演唱会的形式［需要强调的是，参与这次流行音乐演唱会（指1995年的那次——论者）的歌手及演唱曲目已经是被大陆政府文化部门在全国各地200余名选手中，由组委会专家、评委推选，并经文化部艺术局批准审定了的］去逐渐地影响港台民众对大陆文化的认知态度，传递大陆的文化信息，甚至于通过这样一种方式对港台这种有别于大陆的"异文化"加以改造都是有可能实现的了，最起码"联络感情"的作用是具备的了。在这样一种情形下，流行音乐的艺术审美意义已经远远弱于其政治的统战意

---

① 巴素：《"中国风"四度刮过香江，大陆歌手首次集团亮相"无线"》，《音乐周报》，1995年11月24日。

义了。[1]

　　"统战意义"喻示一种别致的文化"挪用"。在亨利·詹金斯描述的文化"挪用"一般是指下层对上层文化资源的"挪用"[2]，这里却是上层"挪用"下层文化资源，以展现中心文化的亲善姿态，求取海外民众的文化认同。这里姑且不论流行歌曲的"统战"效用有多大，流行乐坛"国家队"的出现，则足以说明，流行歌曲与主流文化的对立立场已基本消除，流行歌曲（甚至流行文艺）已重组为"一统而多元"文化拼图中的一块。

　　当然，更常态化的情形是，20世纪90年代的流行歌曲终于"回归本位"，"回归"到商业化的运行轨道，"回归"到日常生活中小情调的自如表现。人们常常感叹，由于商业化运营，20世纪90年代的流行歌曲已不复20世纪80年代的激情与梦想，越来越娱乐化，越来越平庸。这种判断自有其无须辩驳的现实根由，但笔者想提请注意的一点是，符号生产的经济之维凸显之时，其意义之维也从未失落。因而在运营模式的直接作用之外，尚需补充考察"财富"观念在主流价值体系内部的位移对流行文艺生产的推波助澜。

　　曾经，主流价值观还认可"越穷越光荣"，"富有"是羞于启齿的，甚至是危险的。20世纪80年代，一句"穷得只剩钱"也些许透露出"财富"与社会、政治地位之间的脱钩。但在20世纪90年代，"先富"的许可和"共富"的承诺，终于为"财富"在主流价值观中奠定了地位。这至少有两重作用，对上，它进一步消解了"极左"守成思想，巩固了"公""私"兼顾的主流价值观，为文化的产业化赢得了政治支

---

　　①　王思琦：《1978—2003年间中国城市流行音乐发展和社会文化环境互动关系研究》，福建师范大学博士学位论文，2005年。

　　②　亨利·詹金斯：《"干点正事吧！"——粉丝、盗猎者、游牧民》，陶东风主编：《粉丝文化读本》，北京：北京大学出版社2009年版，第43页。

持；对下，它唤起了大众对经济利益的大胆追逐（其时有"十亿人民九亿商，还有一亿待开张"的流行语），为文化的商业消费扩张了受众基础。此时可以说，流行歌曲商业化的条件从物质到意识都比原来成熟。这样，在初具规模的生产线上，流行歌曲卸去了启蒙包袱，淡化了人文关怀，开始充斥着红男绿女的悲欢离合。

但是，因商业化就对流行歌曲作出均质化认定未免过于草率。产业化的流行歌曲数量激增，不止形态上更为繁复，其实体也承载了多种价值内涵。可以说随着社会大气候的形成，流行歌曲也步入了包罗万象的"多元"时代。

"多元"时代的流行歌曲，更能发挥它"轻、快、小"的特点，追逐着生活最细小的律动和社会心态的些微波动，在表达了生活观念转变的同时，也参与了生活方式的改变，其社会功能不可小觑。只要深入流行歌曲文本，我们就不难发现，在千篇一律的卿卿我我之外，也有不少对生活新动态的鲜活表达。举几个例子，如《涛声依旧》之所以化《枫桥夜泊》为追忆旧情的恋歌，不正是因为南下和北漂使现代爱情不断接受分离的考验吗？《九月九的酒》《一封家书》虽都是吟唱自古皆然的思乡情绪，但不正是当时万千打工者的情感常态吗？《祝你平安》中一句"你的所得还那样少吗？你的付出还那样多吗？"又包含了多少下岗人员的辛酸？还有，《最近比较烦》道出了现代人万千烦恼在一身的心境。《寂寞让我如此美丽》《爱上一个不回家的人》都影射出现代女性婚姻和情感的困境。这些歌曲诚然没有反思的深度，也缺乏批判的力度，但对现实的写照还是不容否认的，其敏锐捕捉社会细节变化的能力更是超过了主流文化、高雅艺术。

与此同时，《我的未来不是梦》《水手》等励志歌曲，对于失去了宏伟理想召唤，又要在重重现实压力下坚持、奋进的青年人来说，则不是"麻醉剂"，而是"强心剂"，它们传达出自我进取的价值观，大大弥补了主流宣传套话的不足。还有《阿姐鼓》《回到拉萨》和"新民歌"的探索，以及后来的朴树、许巍，都表明流行歌曲还在走向民间、回归边缘、寻求差异化的艺术和文化价值呈现。

《大中国》《把根留住》《沧海一声笑》还表明，告别了"大歌"时代之后，流行歌曲中的黄钟大吕之音并未全然消寂，流行歌曲不会就此任由商业利益驱使，仍然可以有大主题、大抱负和大襟怀。也许如金兆钧所说："流行音乐虽然完全可能与主流文化合拍，但它的骨子里面由于是青年的，因此就隐藏有一定叛逆性的亚文化本质。"①

四、新世纪新动向：流行歌曲与主流价值关系的持续调整

进入 21 世纪，流行歌曲与主流价值的关系形态并无结构性变化，但出现了一些值得注意的新现象、新因素。

其一是以《同一首歌》栏目为代表的流行歌曲怀旧潮。《同一首歌》是诞生于 1990 年的一首歌，2000 年初它成为中央电视台一档大型音乐栏目的名称。栏目特色即是请"大家熟悉的歌唱家和歌手，唱一些耳熟能详的经典老歌"②，《同一首歌》十余年间走遍中国各地，收视率极高。它大受欢迎，是因为直接满足了年龄渐增的受众的心理需要。进入 21 世纪，当代流行歌曲的一批听众已由懵懂少年成长为社会中坚，他们的欣赏习惯已经相对固定，很难再追新逐异，但歌声不老，人心将暮，他们更愿意从昔日歌声中寻找内心深处的情感记忆。《同一首歌》的怀旧因此而生。

当代流行歌曲历程中不止一次出现过怀旧，如 20 世纪八九十年代之交的"红太阳热"。但《同一首歌》的怀旧与之不同。如果说那次怀

① 金兆钧：《光天化日下的流行——亲历中国流行音乐》，北京：人民音乐出版社 2002 年版，第 36 页。

② 《同一首歌》百度百科：http：//baike.baidu.com/view/29755.htm。

旧中尚有些许因不合时宜而生的思想寄托的话，这一次的怀旧则是关乎一两代人的情感体验的。有学者指出："怀旧本身即为一种情感化、感性化、体验式、想象式的审美活动。它不是认知式的，它的亲和性仍然在于一种情调、感受、氛围和价值观的认同。"① 的确，怀旧是通过情境重构对生命体验的再度想象，在很多情况下它是无意识地对产生了时间距离的对象的审美把握。对象的象征价值会因时间的久远而提高，甚至全然改观，像一些当年"难登大雅之堂"的流行歌曲，如今已被《同一首歌》作为"经典"加以传播。更有趣的是，"《同一首歌》紧紧抓住紧扣时代脉搏的重大题材，举世瞩目的奥运会、首次登陆中国的F1赛事、全国两会召开……体育明星、政协委员、人大代表走上了《同一首歌》的舞台，与演艺明星欢聚一堂，共唱同一首歌"②。这不能不说，《同一首歌》唱出了受众集体无意识与媒体政治无意识的奇妙融合。在这种融合中，边缘与主流彼时格讦对方的棱角在怀旧的再度想象中被融化了，或者说曾经矛盾的价值立场凭借媒介镜像的非历史化而产生了异质同构。《同一首歌》成为主流媒体借助流行歌曲建构社会心理认同的新方式。

其二是"入世"之后，日韩歌曲大量传入所昭示的全球化格局中文化价值形态的博弈问题。"入世"意味着开放进入一个新阶段，对流行音乐产业而言则意味着文化产品全球传播的可能和更为激烈的竞争。应该承认，产业化才十余年的内地流行音乐产业先天不足，更是全球流行音乐地貌中的一片低洼地带，曾先后受到中国港台流行音乐和欧美流行音乐的冲击，日韩歌曲传入已经算是第三次浪潮了。也应该承认，日韩歌曲受欢迎有音乐本身的原因。比如韩国流行歌曲就在舞曲的技巧、风格等方面远胜中国，因而催生"哈韩"一族。

---

① 赵静蓉：《想象的文化记忆——论怀旧的审美心理》，《山西师大学报（社会科学版）》2005年第2期。

② 《同一首歌》百度百科：http://baike.baidu.com/view/29755.htm。

不过，跨国的文化自由贸易绝不仅仅意味着经济利益的争夺，在其符号层面的象征价值交换中也包含着思想价值观念和生活方式的对比、转换和博弈。早在中国港台和欧美流行音乐风行内地之时，就有学者提醒注意这其中包含的"全面文化殖民的危险"①。此番"欧风美雨"未去，又添"日潮韩流"来袭，似乎使危机更胜一筹。进而言之，这种"危机"的内涵包括三个层面：一是在强大竞争对手的挤压下，中国的流行音乐产业能否继续发展的问题；二是面对他者文化的强势渗透，主流文化能否保持自身领导权，保持"一统而多元"架构的稳定性问题；三是要着眼全球文化生态系统，维护中国文化的差异化发展，进而维护文化生态的多样性问题。不过，在跨文化交际中，强势"他者"的出现一方面加深了弱势者的文化身份焦虑，另一方面也强化了弱势者内部的文化认同感。而且在全球化格局中，无论是欧美还是日韩，其文化态势的扩张都不是直接进行意识形态灌输，而是依托文化产业实现的，因而必须以文化产业抗衡文化产业，这也就将主流文化与流行音乐更密切地"捆绑"在一起，形成了新的文化统一阵线。

面对这一危机，如果说中国流行音乐产业还在实践中艰难摸索的话，主流文化在文化观念上已经有了显著更新。直到20世纪90年代中期，"文化搭台，经济唱戏"的政府行为显示"文化"还处在为经济中心服务的配角地位。近年来中央文件中频频出现的"文化软实力"概念则表明，主流观念已经认识到，"文化"已经不仅是思想情感载体和教育工具，还是促进经济的包装手段，其本身更是综合国力的重要组成部分。虽然这一认识更新与危机的现实解决还有相当的距离，但它无疑会促使主流更为重视文化产业，从而为流行音乐产业发展提供更多的扶持与帮助。

---

① 金兆钧：《1994——中国流行音乐的局势和忧患》，《中央音乐学院学报》1994年第4期。

其三是网络流行歌曲中的草根表达现象。网络媒介是全新的艺术传播渠道和艺术生产手段。对于正在艰难探索中的中国流行音乐产业而言，网络不但革新了网络生产传播方式，同时又是一"搅局"因素。因为网络发行的低门槛，它几乎成了"盗版"的温床。这严重损害了流行音乐产业整体的利益，损害了流行音乐生产体制。其中许多问题，必须由相关文化部门和政府机构通过适当的文化管理政策和法规加以调整、解决。这当然从另一个层面提出了流行音乐产业与主流合作的问题。

但不可否认，网络媒介是对大众音乐生产力的释放。借助数字多媒体技术，许多人不会演奏也能生产出完整的音乐作品，许多人更是可以凭借网络平台自主发表作品，甚至一举成名。如杨臣刚的《老鼠爱大米》、雪村的《东北人都是活雷锋》等。甚至对"传统"流行音乐生产体制而言，网络都可以成为新人的摇篮和新歌的试验田。关于网络流行音乐生产问题，我们将在别处做更为详尽的讨论，就本章而言，更重要的是网络歌曲中的草根表达与主流价值的关系问题。

"草根"一词源自英文"grassroots"。相传在19世纪美国淘金热时期，人们认为黄金蕴藏在有些山脉的土壤表层和草根生长的地方，"草根"缘此得名。后来"草根"一词被赋予了"基层民众"的含义。中文语境中，"草根"常被用来代指经济、文化和社会地位等方面的弱势阶层。

从某种程度上说，原创（无论创作还是表演）的网络流行歌曲都是草根性的。这不是说所有的网络歌曲演绎者都来自底层，而是指他们一般都缺少足够的文化资本，因而试图通过网络来促进自身象征价值的增加。而他们成功的基本策略就是凸显自身的草根性以获得尽可能多的网民的围观和认可。在网络上红极一时的《老男孩》和《春天里》就是这样。《老男孩》通过怀旧唤起了为生活奔波劳碌而渐渐冲淡的温情，获得了广泛心理共鸣。《春天里》本来不是网络歌曲，但是"旭日阳刚"组合的打工经历，以及未经剪辑的视频对底层生活场景的直接呈现，赋予了这首歌草根群体的文化代言功能。

虽然网络孕育的草根明星屡屡被商业机构或主流媒体收编，但草根表达的屡屡出现则以事实说明，在新的传媒语境中，流行歌曲捕捉生活新变奏的步伐并未停驻，通过狂欢化的民间演绎方式，它仍在"一统而多元"的格局中继续闪转腾挪。

因此，听听流行歌曲吧，你可以听到时代脚步踏过历史长廊时留下的回响！

第二节　叠合与疏离

——流行歌曲与主流文化价值内涵的共时对比

从时间层面入手探寻流行歌曲与主流价值形态的关联，能为我们宏观勾画这一段历史轨迹的曲折多变。但彼此数十年间的话语权力争夺与象征资本交易，导致二者价值内涵上的耦合与分殊，则难以为时间轴向的线性演绎尽然囊括，尚需我们敞现空间视域，烛照不同文本的细枝末节，来呈现其中繁复的价值意蕴。

当代中国的文化面貌可作如是观，那就是主流文化的领导权地位不可动摇，而流行歌曲尽管越来越商业化，其亚文化地位却依然如故，它借标新立异的演绎传达对认同的渴望，它借闪烁其词的话语诉说非主流的追求，主流价值观念体系难以尽然消化。质言之，在空间形态和价值形态上，当下中国都是一个"一统而多元"的结构，它轴心明确，但仍有无法也无须闭合之处。因此，我们有必要从共时的结构层面入手，将主流文化文本与流行歌曲这种商业文化生产线上的快餐式文本并置，在两套话语系统的相互比较中，具体呈现两种价值观念的相互关系。

而一旦深入文本，价值观范畴的诸多议题即纷纷浮出地表。无论主流文化还是流行歌曲，都包含了对爱情、亲情、友情、人生等多方面的价值判断和诉求，因而两套话语系统彼此对照后折射的价值观层面之多，远超人们的预估，要对它们一一进行比较、甄别，实为一个烦琐的工程，非本书能够胜任。不过，由于流行歌曲始终是一种"青春之歌"，而对于一个青年来说，最重要的事当然是爱情与自我价值的实现，同时在这些个体性追求之外，青年的人格塑造中仍有集体性的身份认同的需要，而集体性价值归属也是主流文化最为关注的问题。因此在这里，我们只选择"爱情观""志向观"和"国家观"三个价值观层面进行比较，以求展现两者在基本价值内涵上的联系与区别。

一、爱的代价：流行歌曲与主流文艺"爱情观"之比较

爱情，本是文艺表现的永恒主题。从"关关雎鸠"开始，爱情的文艺表现就饱含生命的激情，铭刻个体性的身体体验，展示对人生幸福境界的企慕。

"爱情"也曾是与革命的文艺叙事如影相随的伴侣，它们的融合，隐喻着救亡的民族共同体诉求与个体自由的实现这两种渴望的象征性结合，"爱情"因之在中国的现代文学叙事中享有不言自明的合法地位。

但在"革命"文艺占据了文化的至尊地位之后，爱情则变得难以启齿，甚至给对它念念不忘的艺术家带来灾祸。如此，在当代文化语境中，爱情一度在主流文艺话语中缺席。爱情的不可言说其实也是一种爱情观，或者隐隐指涉了一种主流爱情价值判断，那就是"革命"的阶级性伦理霸权对"爱情"的个体性伦理主张的断然排斥，或者说在"革命"话语构筑的崇高镜像面前，"爱情"因与生俱来的私人性被卑污化为"资产阶级生活方式"，只能蜷缩在某些社会心理的角落。它偶然得以出场，也必须是在加上"革命的"前缀之后。与爱情表达的合法地位被取消相应，流行歌曲缺席了当时中国内地的文化语境。此时比较二者的爱情观，只能是一种对象缺失的奢谈。

新时期以来，一方面，随着"革命"宏大叙事话语及其相应价值观念体系的逐渐解构，"爱情"回归主流文艺话语体系；另一方面，流行歌曲由地下而公开，及至当下，终因依托商业逻辑而大行其道，情歌也顺势成为流行歌曲的第一大类。几乎 90% 的当代流行歌曲是情歌，或者可以当情歌来看、来唱，它与主流文艺的爱情观之比较才有可能和

必要。

也因为这样特定的历史情势，所以在着手比较之前，特别有必要阐明的一点是，暂且不论这数量庞大的流行歌曲的优劣，必须承认，流行歌曲历史性地履行了一个重要的文化职能，那就是实现了爱情的日常表达。这不只是说，在此前的主流文艺中，"爱情"是很难被表达的，而且是说，即使是"爱情"得到了表达，这种表达也是非日常性的。它要么服务于"革命"，如《九九艳阳天》中唱的"这一去革命胜利呀再相见"；要么需到边疆民族风情去寻觅，如在《阿哥阿妹情意深》这样的少数民族风情歌曲里才能听到爱的放歌。没有这种表达，它要么接受阶级性伦理的纳入，要么被有意识地安排在边缘性的文化语境中，才能换得表达的资格，因而都是某种泛政治化的表达。因之，对那时的年轻人来说，"爱要怎么说出口"竟然成了一大难题。

彻底改变这一局面的是流行歌曲。因为，虽然说是精英文艺的反思告诉人们"爱是不能忘记的"，恢复了"爱情"被文艺表现的权利，但是在流行歌曲不厌其烦的吟唱中，新一代年轻人才不再是"想说爱你不容易"，人们也逐渐习惯了大街小巷都回荡着爱的旋律的生活氛围。正如有的学者所言："任何解放都首先是感性的解放，都不能不落实到感性的解放。"① 至此，"爱情"不仅在整个社会价值体系中重新占据了一席之地，而且正是在流行歌曲这样的亚文化中，它才不必然为阶级性伦理所限制，回归到一种彻底的私人化言说形态。

爱情表达日常化的重要意义在于，正如爱情表达的非日常化折射社会生活的不正常一样，爱情表达的日常化则表征了社会生活的正常化。由此视之，著名流行音乐人陈小奇的话就不无道理了："流行音乐必须在一个稳定与和谐的背景之下才能够产生，换句话说，稳定和谐的社会

---

① 赵士林：《李泽厚美学思想的文化背景与当代价值》，《华文文学》2010 年第 5 期。

需要这种音乐。必须是双向需求才能产生这种东西的。"①

如前所述，个体性的伦理诉求是在流行歌曲中才得以尽然释放的，流行歌曲因而也唱尽了人间的爱恋情态，从初恋、热恋到失恋，从单恋、相恋到三角（多角）恋，不一而足。由于它不再遵循阶级性伦理的严格规约，其中汇集的爱情观念之丰富、复杂，也就远远超过了主流文艺，因而，在价值向度上，二者就呈现出契合与游离的杂糅形态，需要具体而仔细地辨析。

与主流文艺的爱情观最为契合的是表现了"执着"爱情观的流行歌曲。"执着"在此意味着对一份感情的专注和投入。在这样的情歌中，弥漫的是抒情主人公对爱人痴心不改，甚或九死不悔的爱恋，爱恋对象的无可替代成就了爱情在个体情感宇宙和生活世界中的至高无上。在这样的情歌中，人生境界的圆满奠定在爱情的自足性上，而不需凭依任何集体性道义承诺就能夯实自身的价值根基。表达这种爱情价值观念的流行情歌是最多的，我们几乎在描述各种爱恋情态的歌曲中都能发现。远如邓丽君演唱的《月亮代表我的心》，近如这几年流行的《死了都要爱》。前者是对月盟誓的古典情境的重现，借象征皎洁圆满的"月"之意象柔情似水地倾诉对爱人的一往情深，以至于"你问我爱你有多深""月亮代表我的心"成了坠入爱河的现代人用来表达"爱之深"的"经典对白"；后者则突破传统海誓山盟的时空局限，化淋漓尽致的激情宣泄为"宇宙毁灭心还在"的超越生死的信念，近乎偏执地传达了一份爱的巅峰体验。

流行歌曲不止在两情相悦的恋歌中表现出对爱的执着，还在失恋和单恋的情歌中传达对爱情的坚持。如在《让我欢喜让我忧》（李宗盛词）的一开始就是："爱到尽头/覆水难收"，点明一段恋情已经无可挽

---

① 陈小奇、陈志红：《中国流行音乐与公民文化：草堂对话》，广州：新世纪出版社2008年版，第17页。

回。但副歌部分反复吟唱的仍是"就请你给我多一点点时间/再多一点点问候/不要一切都带走/就请你给我多一点点空间/再多一点点温柔/不要让我如此难受",用一种哀求的口吻表达出对已经消逝的爱情的留恋。而《一生守候》(李宗盛词)中,抒情主人公一再吟唱"等待着你",则表示要将对爱情的执着贯穿到自己的生命整体中。

其实,不管是吟唱相恋、失恋还是单恋,"执着"观流行情歌都极为细腻地表现了情感的纯洁性、至上性。歌曲中抒情主人公对恋人的倾慕、礼赞和依恋,不言而喻地澄明了他人主体性的珍贵。同时,细腻的情感体验传达也使自我主体性得以风格化呈现。故而可以说,"执着"观的流行情歌表现的爱恋情态虽然繁复,却都非常浪漫地构筑了各主体间的对等地位。

主流文艺表现的主要也是一种"执着"的爱情观,即同样专注而投入。随着主流文艺恢复了言说爱情的话语权,阶级性伦理逻辑也渐次弱化,让渡给更具包容性的人民性伦理。人民性伦理秉持兼收并蓄的态度吸纳个体性伦理诉求,但毕竟固持集体主义价值观的优先地位。在这种人民性伦理的感召下,主流文艺的爱情言说"人情味"渐浓,却仍嫌不够浪漫。像20世纪80年代中后期起,那首广为流传的《十五的月亮》就是如此。歌曲唱的是妻子对军人丈夫的相思,分离的原因自然是丈夫要"保卫国家安全"。这样,思念转化为理解,私人性情感中升华出对崇高奉献的认同:"军功章啊/有我的一半/也有你的一半"。这样,歌中的爱人是可"爱"的,更是可"敬"的,私人情感的不圆满获得了道义上的补偿。这样,主流文艺的爱情观中,除了流行歌曲中经常吟唱的"两情相悦",更多了一份对"志同道合"的讴歌。这样,主流文艺中的爱情或许深沉,但不叫人沉醉;或许温柔,但不百转千回;也许大气,但不回肠荡气,少了那种专属于二人世界的快意与恣性。

除却"执着",主流文艺几乎不再歌唱其他爱情观,但近年来的流行情歌则游离其外,还多了另一种"游戏"的爱情观。如果说无论在主流文艺还是在流行歌曲那里，"执着"的爱情观都还保留着与传统伦常秩序和古典爱情理想不绝如缕的联系的话，那么，"游戏"的爱情观则确乎为一种更为"摩登"的生活理念了。

社会的快速转型释放了生产力，也释放了更多的私人空间，快节奏的现代生活不仅制造了更多美丽的邂逅，也制造了更多擦肩而过的遗憾。从身体经验到思想观念，个体都不得不在这种美其名曰"现代性"的社会与生活方式中经受考验、重塑自我。就像越来越少的人始终如一地坚守爱情是值得赞叹的一样，越来越多的人随波逐流地处理爱情，似乎也是可以被谅解的。身不由己的放手、难以预料的背叛和说不清道不明的烦恼，都让现代人的身体与记忆里不止注入了甜蜜，还铭刻了遗憾、无奈和伤痛。生活的波澜推动爱情观念的变化，并在流行歌曲里留下了痕迹。20 世纪 90 年代初，一首名为《现代爱情故事》（潘伟源词）的歌曲就这样唱道：

你我情如路半经过/深知道再爱痛苦必多/愿你可轻轻松松放低我/剩了些开心的追忆送走我/皆因了解之后认清楚/离别时笑笑明晨剩我一个/潇洒里也会记起当初

在这首男女对唱的粤语歌曲中，我们全然不见为爱执着的歌唱中那种缠绵悱恻、痛彻心扉，取而代之的是一种难得的洒脱态度。恰如歌中"路"的意象所诠释的，爱情已不再是贯穿生命的情意绵延，而被视为现代生活的一种阶段性和伴随性的衍生物，因而当行则行、当止则止，在离别时仍可以笑，在分手后则不必哭，仍可潇潇洒洒。这种洒脱态度与其说是一种达观，不如说是一种避免因陷得太深而受伤的自我保护意识。

自我保护意识只是"游戏"爱情观形成的必要心理铺垫，身心快感的公开化才是建构这种爱情观最重要的一块拼图。无论在古典美学还是后现代理论中，"游戏"都指向"快感"的实践方式。席勒认为"爱"就是"让欲念与尊重在一起游戏"①。快感冲动引发游戏，游戏过程净化快感。最终，情感与理性必然在古典美学静穆观照的"光合作用"下统一。与此相反，后现代性的理论话语则宣布了身体、快感和欲望弥赛亚般的降临。后现代性的理论家把身体当作抵抗的武器，正如伊格尔顿敏锐地揭示的那样，福柯的《快感的享用》和利奥塔的《游戏》实则涉及了后现代性伦理问题的两个核心范畴。他们在思想上努力解构理性霸权，精心组构了新的快感的伦理范式，现实中却染上晚期资本主义文化辩护词的嫌疑："它崇拜享乐主义和技术，具体化的能指，以及用任意的激情来取代推论性的意义。"② 因而后现代性的文化语境中，身心快感不再需要外在伦理褓褓和温情面纱的掩饰，它就是一个纯粹能指，一种自我指涉的快乐游戏。这样，当郑钧唱出"我的爱/赤裸裸"时，实际上宣示了一种新的爱情方式的出现。而当《爱情转移》（林夕词）中叩问"流浪几张双人床/换过几次信仰/才让戒指/义无反顾的（地）交换"时，则已表明当下的个体在抵达婚姻归宿之前，一般都要经历多次爱情对象的转换了。现代人爱情观念的开放，由此可见一斑。

其实，后现代理论只是推动了"游戏""身体"和"快感"观念的合法化，"游戏"观的流行情歌远没有后现代理论有那么大的抱负。情歌中的"游戏"观没有抵抗或救赎意图，连任何彼岸性的幸福承诺也一并放弃，它关注的就是快乐的现实兑现，而不企及天荒地老的圆满。简言之，它就是要"活在当下，享受现在"。因为现代生活节奏实在太过匆忙，谁又有把握"拿青春赌明天"并"和你一起慢慢变老"。现代生活秩序下的个体已如此脆弱，为什么还要扮演"全世界伤心角色"

---

① 转引自朱光潜：《西方美学史》，北京：人民文学出版社2003年版，第438页。另可参见席勒著，冯至、范大灿译：《审美教育书简》，北京：北京大学出版社1985年版，第74页。

② 特里·伊格尔顿著，王杰等译：《美学意识形态》，桂林：广西师范大学出版社1997年版，第372页。

而不"独自去偷欢"呢？因此，不同于"执着"主体的敢于付出，"游戏"的主体更为自恋，它不仅不会背负集体性道义承诺的十字架，而且也明了痴心不悔的徒劳。

在"游戏"观情歌的叙事空间里，主体老道而自信地控制自己的身体和感觉，向对象也向自我期许感官的适意，将个体性伦理的自由向度呈现为一种不受羁绊的游牧情态。这样的爱情，有时不仅是"一场游戏一场梦"，更像一场"玩的就是心跳"的博弈。就如《爱情三十六计》（胡如虹词）中唱的：

爱情三十六计/就像一场游戏/我要自己掌握遥控器/爱情三十六计/要随时保持魅力/才能得分不被判出局

"要自己掌握遥控器"、要"得分"都表明，这里的恋爱已经变成一场虚拟的电子竞技。游戏的主体要做的，就是"保持魅力"，征服对手。言下之意，恋爱的对象也是一个深谙此道的对手。这样，恋爱中本应有的情投意合竟然变成了需要手段、计谋的争强好胜。这首歌似乎是在提醒时下的青年，你准备好参加这一场公平的角逐了吗？"游戏"（game）的另一种含义——"比赛"，在这首歌里出人意料地得到了体现。

这样的情歌从现实道德秩序的密网中破茧而出，作为都市化的原始回归和精致化的媚俗，怡然自得地将自己置于"平庸乏味的绝对对立面"。恰如布尔热所说："那么就让我们沉迷于我们的理想和形式的不寻常性吧，就算我们把自己禁锢在一种被忽略的孤独中也罢。那些投奔我们的人将真正是我们的兄弟，为什么要把那些最私密、最特殊、最个人的东西为别人而牺牲呢?"① 或者说，这的确是一种"有利于美学个人主义无拘无束地表现的"颓废风格。② 自然，这样的风格是不会出现在主流爱情价值观中的，因为早自普列汉罗夫始，就将"颓废"判定为落后、腐朽之物，几欲除之而后快。但"游戏"的爱情观毕竟与人无尤，其颓废底色中尚且饱含着对只此一回的个体生命的眷顾与慰藉，因此它与人民性伦理秩序的关系是游离而非对立的。

但流行歌曲不止顺乎个体性的爱情需求，还依循商业逻辑和媒体需求。于是在"执着""游戏"的爱恋情态之外，还出现了像《广岛之恋》《香水有毒》这样颇具"写实"风味的歌曲。它们传递的爱情观念，既有悖于主流价值观，也是对现代个体自尊、自爱精神的亵渎，甚至挑战了基本的社会伦常，因而理应为我们所警示和批判，这里就存而不论了。

二、励志与立志：流行歌曲与主流文艺"志向观"之比较

当代中国社会的多维转型，不仅隐隐推动人们爱情观念的转变，更实实在在地影响了人们安身立命的方式。宏观总览，三十多年国强民富的盛世图景向世人展示民族复兴的勃勃雄姿；微观细察，人们虽然摆脱了思想枷锁，解决了温饱问题，却不得不在资本、权力等的重重宰制下，艰难寻觅自我价值实现的可能。两相交织，"成就怎样的自己"不止作为一个思想命题而存在，还化作一个个具体的生活渴望，悬在每个人心头，进而迸发出关于人生抱负、志向的差异化追求，并在主流与大

---

① 马泰·卡林内斯库著，顾爱彬、李瑞华译：《现代性的五副面孔：现代主义、先锋派、颓废、媚俗艺术、后现代主义》，北京：商务印书馆2002年版，第183页。

② 马泰·卡林内斯库著，顾爱彬、李瑞华译：《现代性的五副面孔：现代主义、先锋派、颓废、媚俗艺术、后现代主义》，北京：商务印书馆2002年版，第183页。

众的不同文艺话语中得到表现。

　　某种程度上说，以儒学为根基的中国文化是一种尚志文化。自孔子首倡"人无志则无以立"以来，"内圣外王"、知行合一的君子人格就一直主导着中国知识分子的心理，在中华民族的文化心理结构中占据重要地位。这才有了孟子的"天降大任"的自许、嵇康"人无志，非人也"的自我鞭策、朱熹"不患妨功，惟恐夺志"的自警和秋瑾"水激石则鸣，人激志则宏"的自勉，也才有了"丈夫志四海，万里犹比邻"（曹操）、"凿井当及泉，张帆当济川"（李白）、"千年精卫心平海，三日於虎气食牛"（陆游）、"昂昂千里，泛泛不作水中凫"（辛弃疾）等千古流传的诗文佳句。

　　这种君子人格首重"立志"。此"志"要么是"平天下""济苍生"这样的社会担当，要么是"立德、立功、立言"这样的人生抱负，宏远高渺，大义凛然。"立志"之所以首要，是因为人们坚信，有此高远志向、抱负的激励，主体的进取动力就会喷薄而出，无穷无尽。而究其极，此"志"其目的仍在内在道德人格之完善，或曰拥抱"求仁得仁"的道义初衷和欢喜心境。而运用审美意象或艺术符号序列将此存在性价值秩序和巅峰体验表现出来，即为"立志"文艺。

　　承续这一文化传统，当代主流文艺的"立志"类作品曾经极为发达，而且它似乎无意识地将君子人格与人民性伦理结合，建构了种种具有社会主义特色的"立志"文艺表征。说这种结合、建构是无意识的，是因为在意识形态层面和主观愿望中，彼时主流立志文艺无疑是旗帜鲜明地反传统的，但无论是在形象塑造方式、话语言说方式上，还是在内烁于作品的象征秩序里，都能窥见君子人格这种民族深层心理结构的影响。当然，它还是被糅合进现代阶级性伦理话语编制的善恶对立寓言中，鼓动起了改天换日的激情和斗志。

　　举凡彼时的英雄人物塑造，少如"张嘎""潘冬子"，长如"江姐""黄继光"，莫不如是。彼时英雄人物的感召力，又岂是今日商业文化神话打造的青春偶像所能比拟的！如此情形，借用雷蒙·威廉斯的术语表述即是，主导文化在无意识中还是与残余文化耦合，才形成这具有广大认同基础的情感结构。

文学、影像如是，歌曲亦复如是。激昂如《英雄赞歌》（电影《上甘岭》主题曲），歌曲一面调用大量崇高性文学意象和强劲音符，塑造、烘托英雄形象，另一面反复征询设问："为什么战旗美如画/英雄的鲜血染红了她/为什么大地春常在/英雄的生命开鲜花"，英雄牺牲生命的果敢与坚毅，正源于保家卫国的崇高目标激发起的献身热忱。英雄形象也因此被"国家/民族"的总体性象征秩序铭记，化为与天地同在的道德符号。同时，我们也不由扪心自问，我们的和平安定，何尝不是来自这样的英雄的保卫？因而，我们怎能不以百倍的热忱奉献回报这个英雄的祖国？

清新如《让我们荡起双桨》，歌曲在描述了少先队员们一天的愉快生活后，也有一个设问："我问你亲爱的伙伴/谁给我们安排下幸福的生活"。结合《英雄赞歌》，答案已经不言自明。它的召唤效果，也同样不言而喻。

意识形态目的更为明确的一首立志歌曲是《我们是共产主义接班人》。歌曲用高昂明快的旋律重复"向着胜利，勇敢前进"，前进的动力则为"爱祖国，爱人民"，"共产主义接班人"的人生目标在此得以统一定位。这首歌又让几代人心潮澎湃，唤起了几代人童年记忆里的光荣与梦想？

新时期以来，立志歌曲仍基本坚持上述叙事形式。不过，君子人格的存在由隐而显，主流歌曲通过更频密地调动与之相关的符号、意象，将之嵌入人民性伦理的象征秩序，交相掩映，构成一种新的、具有全民感召力的话语范式。如1988年春晚的那首《我们是黄河泰山》（曹勇词，士心曲）：

我漫步黄河岸边/浊浪滔天向我呼唤/祖先的历史像黄河万古奔流/载着多少辛酸多少愤怒/多少苦难/黄河向我呼唤/怎能愧对祖先/我登上泰山之巅/天风浩荡向我呼唤/中华的风骨像泰山千秋耸立/铭刻多少功绩多少荣耀/多少尊严/泰山向我呼唤/要做中华好汉/我面对大海长天/用歌声向未来呼唤/中华的希望像太阳一定会升起/我们不负祖先继往开来/走向明天/我们就是黄河/我们就是泰山/我们就是黄河泰山

一般认为这是一首爱国歌曲。鉴于主流话语中"志向"与"国家/民族"的紧密关系，这样归类亦无不可。不过，我们仍可作进一步探究。从歌曲题目看，"我们是黄河泰山"为一个吐露身份认同感的判断句，而且"黄河""泰山"这样经典的中华民族的象征符号表明，歌曲确乎要建构一种"国家/民族"的认同。但建构这种认同的目的何在？歌中已明言："要做中华好汉！"立志之意，跃然纸上。不唯如此，歌曲跳出前一个时期阶级对立、敌我分明的叙事老套（如《英雄赞歌》），转而建构一个历史（"黄河"）与伦理（"泰山"）二维纵横交织的召唤结构，反复召唤那种勿忘屈辱、满怀希望的族群主体意识。至此，本歌的志向内涵已表达得非常清晰，那就是要唤起复兴中华、再创辉煌之全民理想。因而更准确地说，这是一首立志歌曲，一首格调伟岸、寄寓高远的立志歌曲。

但新时期以来，特别是近二十年来，如此"立志"又能在人们心头激起波澜的作品却不多见了。笔者通过社会调查和网络考察发现，时下青年喜闻乐见的，已不是主流的"立志"歌曲，而是流行的"励志"之歌。如果在百度中搜索"立志歌曲"，获得的结果较少，而搜索"励志歌曲"，则有千百条链接。其中的绝大部分曲目都是流行歌曲。如在题为"经典励志歌曲100首"的帖子中，网友开列107首歌曲，全为流行歌曲。① 其他帖子、回复，情形大同小异。

其实"立志"与"励志"，字面虽有别，联系却仍在。简言之，二者都以"志"为核心，催人奋进。因此，"立志"之歌，本身就含有"励"志之意，"励志"也需先"有志""立志"。

流行音乐产业致力于励志歌曲生产已有一段历史。1998 年，美国一位知名企业文化顾问特蕾西在一本名为"企业庆典"的著作内，选出了 20 首流行于不少美国企业的励志歌曲，② 其中一些歌曲已有数十年的历史。

20 世纪 70—80 年代，港台地区也开始出现励志歌曲。其中著名的如《狮子山下》，已被誉为香港"市歌"。歌中虽有"理想"一词闪烁其间，却不道出真实所指。它着力抒写的，实为人们在经历生活道路的艰辛、崎岖时的悲喜情怀，进而以人人共有的人生感受为心理根基，彼此鼓舞，呼唤同舟共济的精神，打破逆境而奋发进取的毅力。至此，歌中之"志"反而转虚为实，呈现出大体轮廓，那就是平凡人念兹在兹的一己福祉、市井愿望。而其具体所指，无论是财富、名望、地位，抑或其他，都可因人而异地代入此"志"中，因此易于引起普通市民的广泛共鸣。数十年流传间，《狮子山下》已融入港人精神世界，成为香港市民精神的代言。以至于金融风暴后，政府高官也引用其中歌词，以期振奋民心，重建繁荣。

其他"励志"歌曲的抒写策略也大体如此。这里不妨以另一首广为流传的闽南语歌曲《爱拼才会赢》为例再作印证。歌曲一开始也是感叹"一时失志不免怨叹/一时落魄不免胆寒"，然后又告诫听者，尽管人生起伏如海上波浪，好坏难料，但生活总要继续，故而仍需努力。最后以"三分天注定/七分靠打拼/爱拼才会赢"的警策口号相互激励，

① http://zhidao.baidu.com/question/87528725.html.

② 曹荣编著：《竞争力提升：80/20 经理人充电法则》，北京：世界知识出版社 2002 年版，第 50 页。

维系生活的希望。这样的歌曲固然难以追摹高迈的君子人格，却自有一份来自民间的苍遒醇厚，用以敦促草根们的自勉自励，也被某些企业用作提振士气。

当然，并非所有的励志歌曲都蕴含这般辛酸的生活况味，尚有像《隐形的翅膀》这样的歌曲，始于低吟涉世不深的苦闷彷徨，终乎高歌风华正茂的激情飞扬，于"励志"光环之上，更多了一重"青春"独有的梦幻色彩。然究其实质，乃属一份平凡少年不懈追梦的自我期许，因而与其他励志歌曲的志向底蕴并无二致。难怪有人会说："励志歌曲一般都具有较强的社会功能性，在弱势群体或普通人碰到挫折时能起到一定的鼓励作用，内容具有积极向上的特点。"[1] 由此可见，励志之"志"为凡人之"志"，是源自生活的现实热望；立志之"志"为君子之"志"，是胸怀天下的崇高担当。

回顾当代文化"志向"建构的不同路向。"立志"文艺秉承久远的文化道统，将君子人格时隐时现地融入人民性伦理秩序，一度意图凭借一统江山的话语范式，打造出那种能一肩挑起"革命"与"民族"两副重担的历史主体，随着当代社会转型的推进，终而淡化斗争思维模式，凸显志向内涵的整体性价值担当之维。

"励志"歌曲依托新兴的文化产业，锤炼饱经沧桑的警句，为在坎坷人生路上摸爬滚打的草根一族打气加油，祝佑个体福祉的无悔追寻。二者出自不同的社会义理生产机构，本应各对所需，各居其所。不想在当下却出现了一边倒的欣赏倾向，说到底，这是社会情势推动使然。简言之，是当代社会转型才使"励志"的社会需要激增。20世纪90年代以来，内地原创的励志歌曲数量渐增，出现如《相信自己》《步步高》《从头再来》等有广泛流传度的作品。

---

① 尤静波编著：《流行歌曲写作》，长沙：湖南文艺出版社2006年版，第175页。

毋庸讳言，流行歌曲惯于私人情感的低吟浅唱，疏于集体情感认同的表达。但三十年间，其中的黄钟大吕之音，却是缕缕不绝，与主旋律中蔚为壮观的爱国歌曲相互唱和，其凝聚人心、强化认同的作用不容小视。因此，尽管流行歌曲中这方面的作品数量稀少，但由于它呈现了"国家"这一特定社会族群的价值维度，故仍有必要联系二者，作一简单比较。

在此价值维度上，我们发现，主流与流行的爱国歌曲表现出了前所未有的一致性。例如，中宣部、中央文明办等十部委颁发的《关于广泛开展"爱国歌曲大家唱"群众性歌咏活动的通知》，推荐了100首爱国歌曲（其中流行歌曲不足20首）[1]，它们大多分享了同一主题——歌唱祖国。为使这一宏大主题得以贯彻，抒写出一个个情致饱满的声乐文本，其叙事、抒情的结构方式也颇为相似。

首先，它们大多运用"长江""黄河"等最具代表性的意象，凸显中华特性。主流歌曲中如《歌唱祖国》唱道："越过高山/越过平原/跨过奔腾的黄河长江/宽广美丽的土地/是我们可爱的家乡。"《我的祖国》更是开腔即唱："一条大河波浪宽/风吹稻花香两岸/我家就在岸上住/听惯了艄公的号子/看惯了船上的白帆。"按词《我的祖国》作者乔羽的创作意图，这"一条大河"，可以是长江、黄河，也可以是每个中国人熟悉的任意一条家乡的河[2]，如此以虚代实，反能赢得更多共鸣。流行歌曲也不甘于后。《万里长城永不倒》中的副歌即是："万里长城永不倒/千里黄河水滔滔/江山秀丽叠彩峰岭/问我国家哪像染病/冲开血路/

---

① 《抒发爱国情怀，唱响时代主旋律———100首爱国歌曲名单》，《党建》2009年第7期。

② http：//baike. baidu. com/view/918470. htm.

挥手上吧/要致力国家中兴。"《我的中国心》则是:"长江/长城/黄山/黄河/在我心中重千斤/无论何时/无论何地/心中一样亲。"各类歌曲不约而同地运用上述经典意象,只因其中积淀深厚民族情感,已成不假思索即可确认的国家象征。

其次,它们乐于采用将祖国比作"母亲"、比作"家"的修辞策略。最典型的如《我爱你中国》的核心乐句:"我爱你中国/我要把最美的歌儿献给你/我的母亲/我的祖国",用的是"母亲"的比喻。《爱我中华》中唱道:"五十六个星座/五十六枝花/五十六个兄弟姐妹是一家/五十六种语言/汇成一句话/爱我中华/爱我中华/爱我中华",则用了"家"的比喻。而流行歌曲《大中国》中"我们都有一个家/名字叫中国/兄弟姐妹都很多/景色也不错/家里盘着两条龙/是长江与黄河/还有珠穆朗玛峰/是最高山坡",更是将前述的经典意象运用和这里的常用修辞结合到了一起。语用实践中,"祖国"与"国家"虽可互文,但二者的意指侧重仍有不同,"国家"多涉主权意识与政治意识形态,"祖国"则更强调这国土为祖先开辟的生存之疆域,是世代生生不息的繁衍之地,是同根同源的万众生死相依之所。"母亲"之喻,即是最直接地将繁衍族群的载体之意赋予了祖国,"家"之比,则在彰显祖国养育、保护族群的恩德之外,更寄寓了中华各民族手足情深之意。经此两种比喻,热爱祖国成为一种歌者真情的自然流露,共同体的想象建构了人人皆有的情感根基。

最后,它们越来越趋向于采用由近而远、推己及人的颂咏角度。如《我和我的祖国》中唱:"我的祖国和我/像海和浪花一朵/浪是那海的赤子/海是那浪的依托/每当大海在微笑/我就是笑的旋涡/我分担着海的忧愁/分享海的欢乐。"《大海啊故乡》中唱:"大海啊/大海/就像妈妈一样/走遍天涯海角/总在我的身旁。"这样的颂咏角度的可贵之处在于,它不作标语口号式的呼叫,而是给了这份伟大情感的抒发一个可靠的着力点。流行歌曲《我的中国心》和《故乡的云》则另辟蹊径,塑造两个海外游子形象，一个身着洋装，心怀祖国；一个浪迹天涯，念念不忘故乡。由此，抒情者的飘零姿态将个体情怀代入社会共同关切的心理空间，引导听者的心理力量注入族群想象的广阔天地之中，与主流叙事的主题相互呼应，产生同构的美学影响和意识形态效应。

然而，问题的有趣之处不在此三管齐下引发的美学与意识形态影响，而在于原本追寻不同价值维度的流行歌曲与主流文艺，何以在"国家"（确切地说"祖国"）这个关节点上取得如此一致的高度？为此，我们有必要重溯当代主流和流行的爱国歌曲的"国家"观念和身份建构策略由何而来，以探明二者在此取得一致性的文化心理根由。而这一重溯竟使我们发现，看似亘古有之的"国家"意识竟然是一现代产物。

虽然中华民族自古推崇群体性价值尺度，但我们的"国家观"却是形成于近代内忧外患的曲折历史进程中。由于西方列强的坚船利炮粉碎了数千年"普天之下，莫非王土"的"天下"迷梦，自居中土、环视四夷的普世帝国观念被迫纳入现代世界秩序，以至于梁启超等先驱惊觉，华夏国人竟无现代"国家"观念①，"爱国"之心也就无从谈起。

如此，建构现代"国家"观骤然成为启蒙与救亡的关键所在，成为不止一代先哲自觉肩负的思想重任。正如列文森所言："中国近代思想史的大部分时间里，可以说是一个使'天下'变为'国家'的过程。"② 其实，从理论到实践，近代以来中国的"国家"建构都追摹西方，以期使中国成为一个"屹立于世界民族之林"的"国家/民族"。而为建构这一身份，则不仅需要内蕴民主、平等价值观念的西方现代民族精神之参照启迪，更需要调用华夏历史文化传统，以在同根同源的心理依存感上激发民族自豪感，才能在列强环窥的情势中完成。

---

① 梁启超著，李华兴、吴嘉勋编：《少年中国说》，《梁启超选集》，上海：上海人民出版社 1984 年版，第 124 页。

② 约瑟夫·R. 列文森著，郑大华、任菁译：《儒教中国及其现代命运》，北京：中国社会科学出版社 2000 年版，第 87 页。

"祖国"的语用意涵恰与此身份建构需要对应，因而成为上至精英、下讫民众普遍认同的符号表征。易言之，是民族存亡的历史经验共在，决定了国家民族认同这一身份政治策略的普遍有效性。今日之主流文化与流行文化，依然共享这一历史经验与情感结构，"歌唱祖国"也就顺理成章地成为它们的共同主题。

然而，抗战的爆发使鸦片战争以来的民族危机增至无以复加之境地，抗战的胜利则不仅使中国摆脱了半殖民地半封建的命运，获得了彻底的独立，从而赋予了"中国"概念以新的内涵。那就是，在以西方为参照的"国家/民族"模态之中，当代中国的国家观还注入了马克思主义的内涵。

马克思、恩格斯的国家思想丰富复杂，散见其论著各处。其中最彰著者，当属恩格斯在《家庭、私有制和国家的起源》中的表述："国家是表示：这个社会陷入了不可解决的自我矛盾，分裂为不可调和的对立面而又无力摆脱这些对立面。"[1] 列宁则继续延展道："国家是阶级矛盾不可调和的产物和表现。"[2] 由于建国伊始苏联的巨大影响，列宁的国家观遂为主流之学理常识。故此，我们所说的"新中国"，就既是中华民族共同体，也是无产阶级的专政机器，其情感结构上汇聚着万众一心与同仇敌忾等多种认同需要。受此影响，上述100首爱国歌曲中，还有相当一部分主流歌曲，更明确地是在歌颂今日之"新中国"，以及新中国的缔造者——中国共产党。而除了《五星红旗》，流行歌曲中则鲜有此类讴歌，这或可视为主流歌曲与流行歌曲于上述大同之中的小异之处了。

但无论如何，在此政治、经济、文化各种实力综合竞争的全球化时

---

① 马克思、恩格斯著，中共中央马克思恩格斯列宁斯大林著作编译局编译：《马克思恩格斯选集》（第4卷），北京：人民出版社1995年版，第170页。

② 列宁著，中共中央马克思恩格斯列宁斯大林著作编译局编译：《国家与革命》，北京：人民出版社2001年版，第5页。

代，对于中华民族而言，"国家/民族"仍是能最大限度地凝聚华夏人心的精神源泉。因此，主流与流行的歌曲携手唱响四海一家亲的大中国胸怀，为民族复兴梦之憧憬奠定坚实的群体性价值根基，就不仅是必要的，而且是必需的了。

第三节 多元与统一的辩证互动
—— 新媒体、受众与主流价值观建构

历史与共时形态的交相映照，虽描绘出流行歌曲与主流文化在价值观层面的关系，但如果我们有心秉承理论与实践相结合的思维方向，就应不满足于前述知识论层面的爬梳与厘析，而需将我们的思考落足于"新的历史条件下，如何完善社会价值体系和文化秩序建构"的方略上。为此目的计，则从主导与流行的歌曲文本形态本身去着眼已嫌不足，至少有相互关联的两方面因素尚需考虑，即近年来媒介传播方式的变化，以及由此带动的受众实践方式的变化。因为价值观终究需扎根民众的精神与情感世界方为落到实处，而媒介技术手段的日新月异，已在悄然改变包括音乐在内的文化生产方式，连受众的认知方式也一并重组，所以若忽略二者对价值观建构的影响，则所有的策略谋划都将沦为空谈。于此，我们也就找到了探索当前主流价值观建构策略的基本方向。

一、理论与实践：新媒体语境中的音乐生产与收听

由于现代媒介转化对艺术生产的显著影响，衍生的理论探索可谓精彩纷呈。早在马克思的艺术生产论命题中，就已包含艺术生产条件这一维度，由于马克思主义创始人带有总体批判资本主义社会的思想，也囿于其时传播媒介条件的影响力并未彰显，这一命题在他那里并未得以充分展开。但他启示后人，需将媒介传播机构与意识形态生产，进而与民

众的文化实践联系起来，探明其与无产阶级革命的关联。回顾此后的理论发展，我们基本可以归纳出如下几种趋势：其一是强调媒介机构对民众的意识形态操控功能；其二是与此相对，着意凸显民众在使用当代媒介文化产品时的能动性和创造力；其三是相对辩证，或从媒介文化实践中看到整合与颠覆的并存，或将媒介文化空间视为一个各种文化力量博弈的场域。

第一种趋势的代表是法兰克福学派与阿尔都塞主义。早在 20 世纪 40 年代，阿多诺就将现代媒介文化生产机构命名为"文化工业"，并以流行音乐为例指控其生产的标准化和伪个性化特征，刺激虚假欲望，带动被动消费，因而是资本主义社会的黏合剂。[①] 其他法兰克福学派主要成员立场与阿多诺基本一致。而后，法国马克思主义思想家阿尔都塞则创造"意识形态国家机器"概念，直接指认社会中的媒介机构为国家机器的一部分，因而它传播的符号表征其实是想象性的社会关系再生产。[②] 受此影响，当代文化研究中出现阿尔都塞派，依据其理论，揭发在各种媒介精心编制的文化符号序列中，所产生的意识形态操控效能。与此对应，则民众要么被分裂为原子化个体，要么化身为被社会机构征召的臣属，其文化实践皆堕入麻木不仁的盲从形态。

然而法兰克福与阿尔都塞两派的精英姿态和对媒介意识形态功能的绝对判断，一再与后来学者体认的文化现象相抵牾，因而催生了一种对立的学术立场。此即第二种趋势，我们可以称为文化民粹主义的立场。按吉姆·麦克盖根的总结，文化民粹主义的理论谱系轨迹其来有自，可上溯至伯明翰学派的第一代重要人物的早期作品（如霍加特的《识字的用途》等），但其当代典型却是菲斯克。菲斯克调用消费主义、后结构主义和女性主义多种理论资源，一反精英学者建构的麻木不仁的大众

---

① 阿多诺·辛普森著，李强译：《论流行音乐》，《视听界》2005 年第 3 期。

② 阿尔都塞著，陈越编：《哲学与政治：阿尔都塞读本》，长春：吉林人民出版社 2003 年版，第 334 - 335 页。

形象，从男人穿破牛仔裤中发现颠覆的快感，从女孩崇拜麦当娜发现语意双关的狡诈策略，对大众的文化实践做了颠覆传统的阐释。① 然而，现实的文化实践又岂能与上述非此即彼的两种立场圆满契合？因而早有一种辩证立场存在于媒介文化实践研究的话语场中，即第三种趋势。早在现代媒介转型之初，本雅明受马克思艺术生产论启发，就敏锐地注意到，现代媒介传播方式耗散了传统艺术品的光晕，进入一个真伪莫辨的"机械复制时代"，但普通民众却缘此得以亲近艺术，对之的态度由膜拜转为观赏，出现"人类感性认知方式"的历史性变异，② 因而现代传媒催生的艺术嬗变却暗含解放可能。

无独有偶，意大利革命家葛兰西也调整马克思主义社会结构理论，发掘社会统治的文化基础，提出文化领导权为一个主导与从属之间多种文化力量的商讨过程，认为无产阶级文化不能从天而降，需在斗争中妥协、吸收和改编，形成具有广泛认同基础的"人民—民族的"文学、文化。故此，依托现代传媒工业的商业文学亦可被视为"人民—民族文学"的一个分支。③

在文化领导权理论的启发下，当代文化研究纷纷"转向"葛兰西，抛弃非此即彼的本质主义文化观念，揭示文化实践中的各种权力博弈，寻求新的批判话语实践方式。在此（以及后伯明翰学派范式的文化研究）视域中，受众的文化实践方式也呈现出更为复杂多变的形态，出现抵抗、从属、改写与接合等诸多方式的杂糅并存和流变转化。

以上所列的文化理论观念或许各有千秋，对民众主体性的判断也是有悲有喜，但实际上都认同媒介对受众的巨大影响力，并毫不掩饰自身

---

① 吉姆·麦克盖根著，桂万先译：《文化民粹主义》，南京：南京大学出版社2001年版，第79–82页。

② 瓦尔特·本雅明著，王才勇译：《机械复制时代的艺术作品》，北京：中国城市出版社2002年版，第88–89页。

③ 葛兰西著，吕同六译：《论文学》，北京：人民文学出版社1983年版，第35页。

的批判锋镝。然而，各派学说之间的抵牾也一再提醒着我们，既然媒介是一个不容忽视的文化生产力要素，那么具体到当今的媒介生产条件下，它又给流行音乐生产带来了哪些影响，与之相应的受众文化实践又出现了怎样的变化呢？这就需要我们将讨论落实到中国当代流行音乐的生产实践之上，寻求答案。

三十余年间，中国当代流行音乐从无到有，不断壮大。及至今日，它已迎来决定自身发展的一个关键时期，而影响其发展的诸多要素之一，就是媒介这一生产技术条件的变化。流行音乐的工业化本身就是技术变革的产物。具体说来，正是录音技术的不断发展与完善，为音乐文本的大规模机械复制提供了技术基础，此即流行音乐产业的必要前提。而自唱片问世，中经磁带、CD、VCD、DVD，音乐复制文本形态几经变化，今日已是 IPA、APK、EXE 等纯数字产品的天下。不妨说，今日之流行音乐生产已进入无须硬件依附的"无唱片"时代。换言之，网络、手机等所谓新媒体已经对流行音乐的生产、消费产生了革命性影响。

然而，新媒体的出现并非等于向流行音乐生产宣示的一纸福音，十余年间，其对中国流行音乐生产的冲击已成为有目共睹的事实。随着计算机、互联网和流媒体技术在音乐生产领域的应用日趋广泛，几乎一切音乐生产领域都被数字化了。但这铸就了一把挥向流行音乐生产的双刃剑，即它一方面大大降低了音乐生产、传播的成本，使音乐的创作变得越来越个体化，即只需通晓一定的乐理，掌握上述技术应用，普通人亦可进行创作。如《老鼠爱大米》的横空出世表明，对于那些有志于此的社会个体而言，生逢此时，何其幸哉！但另一方面，它也使流行音乐产业危机四伏。流行歌曲的当代再发生，不只昭示一种通俗文化形态的出现，而且意味着一种新的文化生产体制有别于传统事业型生产的市场化文化生产体制出现了。然而，当代中国流行音乐产业未及壮大，即遭遇此网络传媒时代的来临，这让它在邂逅一场广场式音乐文化狂欢的同时，也陷入生产管理失范和生产利润锐减的困顿之境。于是才有了《猪之歌》的风行，乃至《你的妈是我的丈母娘》之类哗众取宠之歌。再经网络无偿音乐下载的冲击，于是乎一干歌星无心发片，频繁走穴，消磨了锤炼作品与歌技的耐心和兴趣。长此以往，中国流行音乐生产的品质都会受到根本威胁，遑论正确价值理念的输出与传达。

不仅如此，新媒体也促进了音乐收听和交流方式的改变。如果说新媒体技术使当代流行音乐生产越来越个体化了，那么它也使音乐受众的收听方式更加私人化了。早在"随身听"问世时，有人即评论道，这是一种所谓"私人化收听"的方式。因为它是"把私下收听带入公共领域的标志"[①]，就此模糊了"公共领域"与"私人领域"间的楚河汉界。不过，它并非尽然是雷蒙·威廉斯所言的"流动的利己性"："迫使一个真正的公众世界退回到一个由自己选择的和斤斤计较的个人小天地。"[②] 毋宁说，自随身听始，便携型的收听装置在滋长私人化收听行为的同时，也滋生了某种"权力对冲结构"：由于穿越了常见的社会领域的"公/私"界限，这种收听方式对于特定个人或特定群体而言是规避规训的游击战术，对另一些人或群体而言却是破坏公共秩序与行为准则的胡作非为。二者并置，形成对立性权力向度，相互折冲。如此，插入磁带、塞上耳机后，究竟是与世隔绝抑或超然出世？其实践效果真可谓存乎一心了。

毋庸讳言，MP3 等的出现以及手机音乐功能的开发，诚可视为随身听开辟的"私人化收听"道路的延伸，然而不应忽略，从随身听到手机，音乐"载体"已经从磁带变成了网络平台，其引动的价值秩序迭变又岂能小视？本来，除个人翻录，任何一本磁带中的歌曲都为唱片公

---

① 保罗·杜盖伊、斯图尔特·霍尔等著，霍炜译：《做文化研究——索尼随身听的故事》，北京：商务印书馆 2003 年版，第 112 页。

② 保罗·杜盖伊、斯图尔特·霍尔等著，霍炜译：《做文化研究——索尼随身听的故事》，北京：商务印书馆 2003 年版，第 129 页。

司的搭配销售，不是每首都像主打歌那么好听，都能投你所好。但在MP3 和手机中，哪首歌不是听众的自主选择？再者，利用与之相连的网络平台，数码媒介要实现歌曲更新用"易如反掌"来形容都已嫌不足，而且，更新的声音品质与原声几乎无异，这又岂是当年的磁带翻录所能想象？

不唯如此，网络等数字媒介推出的诸如"单曲循环""随机播放"之类的新奇收听功能，也使受众的收听方式更趋随心所欲，在此实不需一一赘述。由此可见，音乐生产、传播的数字化，使当前音乐收听不只日趋私人化，简直演变成一种个性化的自由出击和数字化音乐原野上的随性游牧。然而所有这些，对文化产业实体而言似乎并非好事。例如，唱片、磁带时代的"专辑"生产理念，还能适应当前的新媒体传播情境吗？流行音乐产业的生产利润又如何保障？音乐人劳动成果的价值回报亦如何保障？归根结底，当生产与消费在新媒体情境中变为一对尖锐矛盾时，音乐世界中的价值体系和文化秩序又应如何建构呢？

以计算机网络为基础的新媒体不只带给受众收听方式的改变，也让其交流方式推陈出新。近年来网络文化的研究突飞猛进，固然使申说网络交流互动性的言论有沦为老生常谈之嫌，然而我们不得不说，正是这种互动性的存在，建构了新的社会群体存在形态。

一方面，网络交流的匿名性，使现实中的社会关系和身份定位的影响与制约降至最低，所谓抛开现实假面的无羁表达，亦可视为一场乔装改扮的戏语嘉年华，在此平面化的话语狂欢中，现实社会的群体或等级划分亦随之消解。另一方面，一些新的虚拟社区和群体又于此悄然成型，散落在浩瀚的赛博空间中。我们不妨再次聚焦流行音乐受众。利用网络等新媒体平台，流行乐迷获得了前所未有的表达空间和言说权力，并且他们根据自己的兴趣爱好迅速形成了不同的群体。这是一个个典型的"想象的共同体"，其成员虽然散居各地，却因对某一明星或某一媒介文化产品的强烈认同而"凝聚"到了一起，即自愿获得了同一性文化身份。在其内部，各个成员虽也根据经验值和活跃度隐然分出高下，但基本上不受约束、一律平等。而各个网络歌迷群体和社区之间，既可不相往来，也可自愿交往。如此情形，犹如原始部落，以明星、偶像为图腾，建构认同基础，万千歌迷为部落成员，各尽所能，共享意义。如此，网络文化空间何尝不是一个多元共存的文化部落联盟？新媒体受众的文化实践中宁不蕴含一种新的民主交往和社会组织方式？

二、"草根"的文化腾挪：一个流行音乐粉丝个案分析

在此群落化的虚拟社会肌体中，原本籍籍无名的受众不仅扩展了其言说权力，而且释放出了前所未有的文化生产力，故而在新媒体的音乐实践中，受众就不能被简单视为意义吸收者，还应被当作意义创造者。对于音乐作品中的价值观念，他们也就并非简单接受，还会有各种形式的改写与挪用。而音乐实践中最活跃的群体无疑是粉丝，鉴于其实践方式的多样性，本书拟选择一个新媒体中形成的粉丝群体——"钢镚"，进行个案分析，以求见微知著。

"钢镚"是流行音乐组合"旭日阳刚"的粉丝。2010 年 10 月，被称为"农民工歌手"的王旭、刘刚在网络上传了一段用手机拍摄的音乐视频《春天里》，不想引发百万网民围观。网友"么么无茶"这样描述这段视频：

两个沧桑的男人，光着膀子，在啤酒和香烟中，用最朴实的声线吼出多年漂泊的辛酸和委屈以及作为男人那种为人父、为人子、为人夫的快乐和骄傲……对于有过在外漂泊经历的人，这种感觉是一种共振，震撼你的心灵，穿透你的胸肺，从而让你的泪腺失去控制！大哥拈花般的微笑，日晒的肤色，微醉后发红的脖子，廉价的大裤衩，无意地下蹲抓

痒，左手半支烟，背后的火车，旁白的杂音……①

　　"感觉共振"的出现源于社会经历给草根阶层塑造了相似的情感结构，使他们在这段视频中辨认出"自己"，进而将王旭、刘刚认作自己的代言人。这二人也因此蹿红网络，并在歌迷们的支持下，一鼓作气登上央视春晚舞台，终于梦想成真，做了签约歌手，其中一人还当选某市政协委员。这就是"旭日阳刚"组合，他们的粉丝就自称"钢镚"。

　　"旭日阳刚"的成功首先展现了网民"围观"的力量，第一批"钢镚"即是这些围观网民。与受众接受传统媒体信息的方式不同，"围观"是通过受众自发的信息传递接力，使某一信息点如涟漪般在新媒体平台迅速扩散，最终引起大范围的自发性群体关注的一种新媒体交流方式。它能使最隐秘的个体行为迅速升温为无所遁形的公共事件，故而有"围观就是力量"的流行语。而积极的"围观"评价等于公诸天下的集体赋权，使"围观"对象的文化资本以几何级数提升。发生在"旭日阳刚"身上的正是这样一种情形。他们起初只能算作《春天里》原唱汪峰的粉丝，借用约翰·詹金斯的概念，他们的演绎不过是一次对汪峰文本的即兴"盗猎"，但这次"盗猎"式的放歌却引发了万众瞩目的感动。至今，他们上传的《春天里》视频，仅优酷网点击量就超过400万次，跟帖超过8 000次。王旭、刘刚的"盗猎"和网民的围观赋予了《春天里》以新的价值内涵——"草根性"的象征价值。

　　利用新媒体平台，笔者对"钢镚"进行了将近一年的观察。而笔者的调查也表明，"钢镚"们的文化实践的确很像詹金斯所说的，是在"挪用"（appropriation）流行音乐或者说通俗文化。"挪用"的特点，首先是在文本解读中，他们并不着意提炼出对抗主流意识形态的意义，而是与之达成某种意义兼容。用詹金斯的话说就是，媒介产品"文本的

① 《春天里》精华评论，http://v.youku.com/v_show/id_XMjEwOTQ4MTQ0.html。

意识形态建构和粉丝的意识形态承诺之间早已有了某种程度的兼容性"①。"钢镚"们对"出租屋版《春天里》"的解读就是如此。不可否认，视频中简陋的生活场景再现和"如果有一天／我老无所依"这样的歌曲相结合，是可以解读出一定的批判意味的，但网友"落拓猫猪"却这样描述他的视听感动：

> 农民工自弹自唱《春天里》，往大了说，这首歌呈现的是改革开放的一个缩影。是城市和乡村、梦想和现实的碰撞。缩小城乡差距消除两极分化，让更多弱势群体沐浴在"春天的阳光"里，让勤劳奋斗的人们老有所依……虽然很遥远。我们热泪盈眶地期待着。②

即使自居底层，即使意识到两极分化的严峻现实，"落拓猫猪"这样的歌迷的期望仍然是通过自上而下的举措来改善生活。这是为什么？笔者认为，必须注意到"钢镚"的身份意识构成。我们知道，"群众路线"是我国政府一以贯之的政治方针，十八大以来，"人民性"的文化创造又被再次强调。尽管"草根""底层"与"群众""人民"等概念存在思想内涵上的差异，但在现实所指中，这些概念存在相当程度的交集。我们认为，正是这种身份交集使许多"钢镚"仍将"老有所依"的希望寄托在领导层的关怀上，从而表现出与主流价值观念的某种契合。

另外，粉丝的文化挪用还是一种文化"游牧"。詹金斯借用德赛都的"盗猎"模式来强调"意义制造的过程和大众阐释的流动性"，认为每个读者都在持续重估他或她与文本的关系，根据更贴近的利益重构文

---

① 亨利·詹金斯：《"干点正事吧！"——粉丝、盗猎者、游牧民》，陶东风主编：《粉丝文化读本》，北京：北京大学出版社 2009 年版，第 44 页。

② 《春天里》精华评论，http://v.youku.com/v_show/id_XMjEwOTQ4MTQ0.html。

本的意义，因而粉丝的文化挪用"既是文本性的，也是互文性的"①。

"钢镚"们在百度"旭日阳刚吧"中的"吧楼"同样体现了这种挪用的互文性。"吧楼"的内容五花八门，除对"旭日阳刚"的赞许，还有诗歌、散文、美图等，不一而足。比如随着伦敦奥运会的临近，网友"境外客"建起了"钢镚体育楼"，许多钢镚跟帖分享他们的奥运记忆或经典赛事记忆。网友"左旭右刚"则以"老歌大搜罗"为主题建楼，网友们的跟帖也多是提到自己记忆中的许多老歌，几乎涵盖了当代流行歌曲三十年的历程。另一个跟帖数量很多的"吧楼"主题则是回忆童年生活。这样，贴吧里汇集了各种文本和多种文化资源，形成了一个互文性的民众文化群落。而且，利用贴吧和微博、QQ 等新媒体工具，"钢镚"们在多主题甚至无主题的交流中，既支持了偶像，也相互支持，一种包含友情的集体认同正在形成。

但"钢镚"的文化实践也有詹金斯的"挪用"观念不能尽然囊括的一面。前文已述，"挪用"概念源于德赛都的"盗猎"观。在运用中，该观念暗示"禁猎区"的存在以及相应的"意义掠出"行为。由于制度、教育和学术机构的文化霸权地位，经典文本解读或许存在"禁猎区"，或者说存在德赛都所说的由文本生产者和被制度认可的阐释者共同主宰的"圣经经济"。但在流行文化和新媒介文化交流中，"禁猎区"真的存在吗？我们认为，"禁猎区"在经济层面或许存在，但在文化层面却很难确立，或者说流行文化符号层面本身就是一片疆界模糊的游牧之地。因为，在流行文化符号交换中如果存在"禁猎区"，那么"旭日阳刚"的"文本盗猎"一开始就有可能被扼杀。

事实上，由于符号价值交换的便捷性和受众解读的自主性，也由于文本生产者和权威阐释者很难以"圣经经济"的方式主宰意义阐释，

---

① 亨利·詹金斯：《"干点正事吧！"——粉丝、盗猎者、游牧民》，陶东风主编：《粉丝文化读本》，北京：北京大学出版社 2009 年版，第 47 页。

要在流行文化中划出"禁猎区"是很困难的。甚至在符号交换和意义阐释层面，文本生产者允许和鼓励受众的自主阐释或挪用，因为这有利于扩大媒介产品的流通，拉动产品消费。所以，一开始"旭日阳刚"的翻唱是受到了原唱汪峰的支持和鼓励的，而很多人更是因为"旭日阳刚"而知道了汪峰。然而一旦进入经济层面，由于受到了法律制度等的保障，"禁猎区"就很容易确立，就像汪峰后来可以禁止"旭日阳刚"在商业演出中演唱《春天里》一样。

既然文化层面的"禁猎区"难以确立，以"意义掠出"为特征的"盗猎"就不是必然的。具体到"钢镚"的文化实践，我们发现，他们不仅不追求出离"禁猎区"的"意义掠出"，相反，他们热衷于推动他们喜爱的"草根"文化进入主流媒介构建的公共领域，与主流文化共处，使二者性质融合。如此，"钢镚"更像在进行一场自发的群体性的文本"狩猎"而不是"盗猎"。因此，"钢镚"的文化实践不只是"挪用"，更是一种与主流媒体、文化贴身而舞的"腾挪"方式。

"腾挪"是一个围棋术语，一般是指在彼强我弱情况下的特定下法，大多东碰西靠，轻巧而有弹性。"腾挪"与"挪用"一样，既避免正面对抗，也是一个话语协商和意义"游牧"的过程。但"腾挪"有时不强调"掠出"，而是积极进入对方子力范围之内，甚至是与对方子力勾肩搭背地"黏"在一起，从而达到消解对方子力，从中获益的目的。具体到"钢镚"们的文化实践，其"腾挪"最突出的表现就是他们和主流媒体一道，将"旭日阳刚"塑造成"励志"偶像。

如前所述，本来被赋予了"草根性"符号价值的"出租屋"版的《春天里》是蕴含一定的批判意味的，但是，"钢镚"们却将"旭日阳刚"作为"乌鸡变凤凰"的成功典范，以此激励自己实现个人奋斗。有趣的事情就这样发生了，"钢镚"们积极将"旭日阳刚"从网络推入主流媒体，主流媒体也非常配合，让他们直达主流文化平台的巅峰——央视春晚舞台。在北京电视台的《全景对话》栏目中，"旭日阳刚"还成了"中国梦"的注脚。这种"励志"形象的确立，实际上使"旭日阳刚"成为一个草根文化诉求与主流文化意义共享的象征符号，使"钢镚"们在与主流的意义共鸣中坚持了自己的生活梦想，甚至部分地改写了主流文化的意义空间。其间的意义协商微妙而复杂，有能动也有被动，有创造也有接受，有融合也有间离，有妥协也有抵抗，有放弃也有坚持。

我们可以从这场文化"腾挪"中发现这种"草根"型的文化认同所展现的文化力量，也可以发现主导文化的包容和收编，但无论如何，这种"腾挪"对推动兼容性的文化权力系统和社会利益体系建构都是有帮助的。

三、于喧哗中求和声：当下主流价值观的建构策略探析

上文以当前流行音乐生产为基点，检索了一些媒介、流行音乐受众实践与主流价值观建构中正在遭遇的问题。毋庸讳言，当下价值观建构的基本方向当在促进流行文艺与主流价值观的融合。由于本题重大，且头绪繁多，笔者仅能围绕当前流行音乐的现状和发现的问题，提出两点构想或期望，以待方家指正。

首先，我们应从流行文艺与主流价值体系各自的不足出发，发现彼此需要之处，促进相互提升。前文已述，由于新媒体技术力量的飞速发展，中国的流行音乐生产体制尚不及与之适应，反而遭遇困难。当此之时，压抑新媒体的技术力量，企图由此引动受众实践方式变化，显然是因噎废食，故而可行之路只能在完善流行音乐生产体制本身。虽然凯恩斯早就宣称市场是一只"看不见的手"，但基于中国的现实，中国流行音乐生产体制的完善却难以任由其自然完成，它必须借助政府等外在力量。因为当代流行音乐市场化起步晚，它当前遭遇的问题一方面可以说

是制度性的，即相应的生产、管理制度不够完善，另一方面也可以说是观念性的，例如中国的许多网友都将音乐在网上的无偿提供视为理所当然。这表明在社会常识性的认知中，尊重音乐生产者的劳动成果、维护其应得利益的观念尚未成为大众自觉遵奉的行动指南。因此，要改变这一点，尚需在大多数社会成员尊奉的主流价值观中明确此类意识，才能促进音乐消费行为的规范化。在这些方面，政府等外在力量的作用是毋庸讳言的。

不仅如此，经济全球化和世界空间的"地球村"化，也使中国流行音乐产业必须直接面对强大的竞争对手——欧美、日韩流行音乐产业。众所周知，大陆流行音乐与港台流行音乐产业比较尚有不足，遑论欧美、日韩。20世纪90年代末，著名乐评人金兆钧就通过调查发现，北京等大城市青少年喜爱欧美流行音乐的人数十分庞大。十几年来，这方面不仅有增无减，更增添了所谓"哈韩""哈日"二族，说中国的流行音乐市场是列强环伺亦无不可。文化是综合国力的重要构成，已成为自上而下的共识。因而，流行音乐这样的文化产业发展，在今天就自然具有了政治、经济和文化的综合意义。据此，完善流行音乐生产体制，扶持中国流行音乐产业发展实为政府等有关机构和部门当仁不让之事。

同时，越来越多元化的社会空间区分和价值诉求，使主流价值观如何保持其领导权地位同样成为一个敏感的问题。顾名思义，主流价值观就是为大多数社会群体和成员接受的共享意义。它虽不完全等同于我们的"核心价值体系"，却也存在许多相互涵盖之处。甚至在特定的历史时期，主流价值观即主流意识形态。如我们在前文历史梳理中所呈现的，今日之主流价值观就脱胎于此。由此产生的问题是，它常常受那历史阵痛的影响而削弱了自身的说服力，那么，如何使主流价值观成为被大多数人欣然接受的价值观呢？我们认为，流行歌曲可以发挥一定作用。像许多流行文艺或通俗文化一样，流行歌曲之所以流行在于普通人可以轻而易举地从中收获快感。且与它们不同的是，流行歌曲因为容易

第三章　热播电视剧与主流价值观的关系

社会主流价值观是指延承了可贵的民族精神，体现了鲜明的时代气息，承载了人类真、善、美的价值取向，同时包容了人类乐观、进取、积极、健康的思想情怀与文化境界的价值观念，它在社会诸多价值观念中居主导地位，甚至影响着整个社会价值体系的建立。

然而，电视剧在娱乐化、世俗化、感官化、欲望化的浪潮中，在中国多元混杂的文化思潮的影响下，与主流价值观形成了冲突对抗、交融共振的复调式对话模式。自1958年第一部电视剧《一口菜饼子》开始，作为当代中国最重要的大众文艺类型之一的电视剧，已走过了半个多世纪的风雨历程，在大众文化日益盛行的今天，电视剧作为视觉文化传播的影响日益突显，而部分电视剧则在一味迎合观众的低俗化商业洪流中失去了基本的价值底线。

不过，近年来的大部分热播剧，诸如《潜伏》《悬崖》《人间正道是沧桑》《闯关东》《知青》《金太郎的幸福生活》《媳妇的美好时代》《夫妻那些事》《医者仁心》《心术》等，则在创作中坚守着艺术对于真、善、美的追求，对社会主流价值观表现出高度的认同。这些热播剧远离了低俗娱乐化的创作路径，摒弃了历史糟粕，重新回归人类崇高的审美境界，以审美化、诗意化的方式高扬人类的主流价值观。电视既契合了大众的文化心理和审美趣味，在受众的思想与现实生活中产生着广泛影响，同时对文化价值的传播、整合、维持和强化起着重要的作用。随着全球化进程的加深、现代科技的高度发展、市场经济的快速推进，在传统型社会向现代型社会转型的过程中，人们的思想意识、生活方式、价值观念甚至人生选择都受到了极大的冲击和影响，但同时，社会转型背后也藏有深刻的文化和精神危机。在多元的社会文化语境中，如何建构我们时代的主流价值观成了当下异常严峻的问题。而作为当今数字技术、电子技术时代影响最为广泛的文化产品，电视剧在确立、彰显和弘扬主流价值观方面具有不可推卸的责任。在此逻辑下，对电视剧的文化内涵以及价值传播与重构的研究也就具有重要的意义。

第一节　中国电视剧与主流价值观关系嬗变

中国电视剧伴随着电视台的诞生走过了风风雨雨的历程，自 1958 年首家电视台试播之后，同年第一部电视剧《一口菜饼子》面世。历经近 60 年的发展演变，今天的中国电视观众已经达到数以十亿计，而中国电视剧年产量则达到了 1.7 万部（集）。随着电视的普及并晋升为"第一媒介"，电视剧成为国人阅读故事、消费故事的"第一载体"。据统计，中国人平均每天花费 150 多分钟看电视，其中用于收看电视剧的时间就超过 1 小时，中国已经无可争议地成为电视频道最多、电视剧产量最多、电视剧观众人数最多的电视大国。

我国电视台肩负着传播社会主义精神文明，把党和政府的声音传到千家万户的责任与使命。尽管电视剧不是新闻发言，没有直接的宣传作用，但几十年来，电视剧文艺宣传的功能一直没有改变。电视剧的生产和发行都必须在法律和政策的允许范围内运作，最起码不得与主流政治意识形态背离。然而，娱乐功能与宣教功能其实一直存在着不同程度的错位。电视剧对主流价值观的承载、叙述与表现方式及其与主流意识形态和价值传播的博弈关系，都与整个中国社会的政治背景、文化语境、社会思潮有着密不可分的联系。

如果说早期的电视剧是一种主流意识形态的宣传教育工具，那么，随着改革开放以及社会的急剧发展与转型，电视剧与主流文化及其价值形态的关系形成了对立融合、渗透与对话的多边复杂关系，在不断分化的社会场域中产生了剪不断、理还乱的微妙效应。两者的紧张关系或显或隐地贯穿在中国电视发展的风雨历程中，既映射了中国社会的巨大变迁以及各种社会力量的分化、冲突和影响，同时也反映了中国社会的时代风尚、文化潮流和价值观念的变化。

一、"文以载道"：早期电视剧对主流政治文化的皈依（1957—1980）

1958 年 6 月 15 日，试播仅一个半月的北京电视台就直播了我国第一部电视剧《一口菜饼子》，这标志着我国电视剧文艺的诞生。这部根据同名短篇小说改编的电视剧，是为了配合党中央关于"忆苦思甜""节约粮食"的宣传精神而制作的。电视剧讲述了吃过饭的妹妹拿一块枣丝糕逗狗玩，二姐看见后加以阻止，由此引出她对 1949 年之前全家悲惨遭遇的回忆，妹妹听后深受教育。剧作旨在教育人们不要忘记过去的苦难，要珍惜粮食。《一口菜饼子》这部最早的电视剧以姐妹冲突为题材、以日常生活为背景、以忆苦思甜为主题，在一定程度上代表了以后 20 年间中国电视剧"政治文化"的传统，并成为国家主流意识、集体伦理价值、现实认同趋向的表达载体。

早期电视剧的传播形态与中国共产党的文艺政策、管理机制紧密相连。在 1949 年之后的很长一段时间，政府对文艺管理基本上沿用、继承和完善战争年代发展起来的对文化进行意识形态控制的管理方式、方法和手段。选择了苏联"中央集权型"对文化事业进行高度集中和统一管理的体制，强调把文化事业作为政治宣传工作的一个部分，强调文艺为政治服务、为某一时期的政治中心服务的功能，以政治宣传活动的形式推进文化事业的发展。这个时期电视剧生产以行政手段来组织，由官方意识形态来决定剧目的投产，资金主要来自国家政府机构，电视剧不会进入市场，主要注重社会效应和政治意义。电视台作为党的喉舌，主要承担宣教任务，电视文艺成了典型的"革命文艺"。

在发展初创期，尽管由于技术条件和社会政治文化环境的制约，电视文艺的创作手法还存在着许多不尽如人意之处，但是在传播社会主义新价值观念、引领社会思想建设风潮，整合新生社会文化秩序上，也提供了不容忽视的历史成绩和经验范式。北京电视台共摄制了《一口菜饼子》《焦裕禄》《江姐》等80余部电视剧，上海电视台则在《红色的火焰》之后，陆续播出了《姐弟血》等35部电视剧，广州电视台在这一时期共播出《谁是姑爷》等30余部电视剧。在长达八年的直播时期内，电视剧发展较为缓慢，中央和地方电视台共播出电视剧（包括电视小品）180余部。这一时期的电视剧主题迎合了当时的政治风云，表达了对集体伦理、革命至上、爱国主义热潮的呼吁，几乎都是对当时的政治、经济、文化政策的宣传性演绎，电视媒介是主流意识形态的政治宣教工具。

"文化大革命"伊始，电视剧的发展遭到扼杀，电视剧生产陷入了长期停滞的荒芜状态，电视剧制作部门被全部撤销，电视文艺工作者的创作信心和艺术勇气都受到了严重干扰和沉重打击。长达十年的"文革"时期，全国电视剧只有《考场上的反修斗争》《神圣的职责》《杏花塘边》三部图解特定时代的政治话语的作品问世。在极"左"路线的干扰下，电视台反复播放的只有几台样板戏。面面俱到的创作指令和苛刻的政治要求，严重限制了电视文艺创作发展的艺术空间和想象力，从而陷入概念化、平面化、人物形象脸谱化的泥潭，"文革"行政令导致了电视剧创作的严重僵化和教条式宣传弊端。

1978年后，党的十一届三中全会全面肃清了"左"倾思想，中国社会进入改革开放、以经济建设为中心的新时期，政治、经济、文化等各方面的政策得到调整，中国电视事业也进入十年解冻之后复苏发展期。

1979年8月，中央广播事业局在首次召开的全国电视节目会议提出了"大办电视剧"的号召，全国各地方台相继建立了电视剧制作部，先后涌现出一批质量较好、观众评价较高的优秀电视剧。如中央电视台的《有一个青年》、上海电视台的《祖国的儿子》等都达到了初创期的最好水平，有的还有所突破。中国的电视事业逐渐形成了一定格局，具体表现为：电视覆盖面扩大、电视剧在家庭中逐渐普及、电视观众的快速增长、电视艺术的快速成长。以 1978 年的彩色电视剧《三家亲》的播出为标志，中国电视艺术在紧扣时代脉搏，建构社会主流价值观上，重新回归到健康的发展道路上来。

从"文革"结束到 20 世纪 80 年代，整个电视文艺节目对社会主流意识形态和政治文化导向形成了积极的呼应与传播形势，这一时期的电视剧体现在对传统文化的反思和对"文革"思想的肃清与批判上。主要集中于两大主题：其一，顺应时代命题和政治背景，出现了一批叙述人们在政治动荡中的曲折命运的"伤痕电视剧"（或称"反思电视剧"），如《蹉跎岁月》《今夜有暴风雪》等电视剧叙述了在特定年代里青年人所受精神和肉体的折磨。其二，体现改革开放过程中产生政治冲突的"改革电视剧"登堂亮相。以《乔厂长上任记》《新闻启示录》为代表的改革题材创作，比如，以《凡人小事》《燃烧的心》为代表的歌颂优秀共产党员的创作，以《生命的故事》《赤橙黄绿青蓝紫》为代表的反映新一代青年精神面貌的创作，以《家风》《冠军从这里起飞》《矿长》等弘扬优秀民族美德和拼搏精神为主题的创作，以及《凯旋在子夜》《便衣警察》等优秀剧作，都集中显示出这一时期中国电视文艺在积极介入并建构社会主流价值观的巨大作用。

总而言之，20 世纪 80 年代的电视剧作品以其浓郁的民族特色和深厚的文化底蕴为支撑，在恢复社会主义事业建设的信心，重塑时代价值观，重构人伦与法治秩序，舒缓民众情绪和紧张的社会关系等方面，起到了良好的宣传效应与传播业绩。

然而，也有一个隐性的现象值得我们关注，20 世纪 80 年代的电视剧在重视政治批判、思想启蒙、艺术探索的同时，另一种大众娱乐形式在悄然滋长，从而促使电视文化悄悄地尝试转型和变化。以 1980 年央视播出的《敌营十八年》为标志,这是中国第一部电视连续剧,也是第一部采用情节剧模式制作并最早产生广泛影响的通俗电视连续剧。

诚如尹鸿教授所言:20 世纪 80 年代,以启蒙文化作为过渡,中国电视剧从舆论宣传工具开始逐渐向大众文化形式转化。这种转变当然不仅仅来自外来文化的影响,应该说,当时以"解放思想,实事求是"为宗旨的思想解放运动为电视剧突破原来单一政治教育功能的束缚创造了思想条件。同时,中共中央提出用"为人民服务,为社会主义服务"替代"为政治服务"的口号也为电视剧题材、主题、风格、样式、效果的多样化作出了一定的政治保障。[①] 在这样的时代契机下,20 世纪 90 年代的电视剧进入了多元化的发展期。

二、冲突与共谋:20 世纪 90 年代电视剧的转型与主流价值观的兼容合作

叙事学家罗伯特·麦基曾说过:"价值观、人生观的是非曲直,是艺术的灵魂。价值观的腐蚀便会带来与之相应的故事的腐蚀。我们必须首先深入地挖掘生活,找出新的见解、新的价值和意义。然后创造出一个故事载体,向一个越来越不可知的世界来表达我们的理解。"[②] 电视剧对主流价值观念的表述从其诞生至今从未停止过。时代生活、社会思潮、文化观念的演变使得电视剧对于主流价值观的镜像表现需要不断寻找新的路径进行创新。特别是 20 世纪 90 年代以来,在中国特色社会主义的国有性双轨运行的市场经济体制下,中国电视剧的发展一方面受到国家的控制、干预和引导,另一方面又受到市场经济、消费文化的强力

---

① 尹鸿:《中国电视剧文化 50 年》,《电视研究》2008 年第 10 期。

② 罗伯特·麦基著,周铁东译:《故事:材质、结构、风格和银幕剧作的原理》,北京:中国电影出版社 2001 年版,第 21 页。

冲击，某种程度上成为当代中国媒介在各种权力角逐中演变历程的缩影。

20世纪90年代，中国社会处于政治、经济、文化的急剧转型期。社会转型的冲突、分化、无序与寻求共荣、整合、有序等时代图像，也在这一时期的电视镜像中扎下了深深的历史印痕。在用"中国特色"来搭建社会主义与市场经济之桥的过程中，消费主义和物质主义笼罩了整个中国的社会市场和现实。中国电视剧在主导文化、精英文化、大众文化的对话权力结构中沉浮，它们分别代表着国家意识形态、以知识分子为主的精英诉求、民众的文化需求及市场对商业利润的追求。

在多种文化形态的博弈中，中国电视剧既经历着从国家文化向市场文化的过渡，又面临着国家主导文化与市场大众文化的共存。一方面，"主旋律"电视剧在继续努力维护国家主导意识形态的权威；另一方面，大量通俗电视剧通过市场机制来形成文化产业格局。国家的政治控制、市场的经济支配、大众的文化诉求、知识分子的理性意识都成为制约电视文化的既相互排斥又相互融合的社会力量。①

在中国电视剧的政治方针和文化战略方面，1989年中共中央通过了《中共中央关于加强宣传、思想工作的通知》，明确提出了"反对资产阶级自由化，让社会主义思想占领意识形态阵地"，而在影视创作领域就是坚定不移地贯彻"弘扬主旋律"的创作方针。但事实上，主导意识形态对于社会的分化和文化生态的多样化，所持的却是一种相对宽松的态度：首先，在立场上放弃了主流文化与知识分子文化所守持的"对立—冲突"模式，从而消解了文化建构中激进的政治理念和热情②；其次，对于主流文化具有某种依附性，也因此，主流意识形态对大众文化的发展逐渐采取了一种鼓励和支持的态度，从而使在民间备受欢迎的

① 尹鸿：《冲突与共谋——论中国电视剧的文化策略》，《文艺研究》2001年第6期。

② 王德胜：《娱乐化的历史：90年代中国电影中的"历史"问题》，《当代电影》1998年第1期。

大众文化正式"登堂入室"。这种文化战略的调整，使得游走于文化边缘的大众文化最终获得了与主流文化并存的身份。与此相反，精英文化话语由于跟国家权力话语的某种不和谐而被悬置，也因为其对大众文化的排斥和疏离，而逐渐被大众"抛弃"。

文艺创作要高扬主旋律，这是社会主义文艺政策及宣传目标所规定的；文艺作品又必须大众化，这是文艺实现其审美、教育、娱乐功能的一个必由之路。但在以往的创作与批评实践中，不少人总喜欢将主旋律与大众文化对立起来，认为二者水火不容、难以共存。

20世纪90年代以来电视剧理论界围绕着电视的雅与俗、主旋律与娱乐性、市民化与艺术化、通俗化与精品化、现实题材与历史题材、还原历史与戏说历史等话题都展开过热烈争论。从20世纪80年代初期围绕《敌营十八年》到20世纪90年代末期围绕《还珠格格》所展开的一次次批评，其实都反映了政府立场、商业立场和知识分子立场之间复杂的意识形态冲突，反映了人们在电视市场与社会责任之间的两难抉择。在这些矛盾与冲突中，市场力量与政府力量之间也常常通过权力较量、谈判、协商来寻找结合和协作点，电视剧也在各种思潮和力量的交融共振中寻找和开拓新领域。在此期间，最有影响力的电视剧就是那些在市场与政府、利益与责任之间采取了一种妥协合作的"政治立场"的通俗情节剧，如《北京人在纽约》《外来妹》《大潮汐》《情满珠江》《英雄无悔》《人间正道》等，无不是主旋律电视剧娱乐化、娱乐电视剧主旋律化的典型，并掀起了电视市场的收视高潮。它们用政治娱乐化、娱乐政治化建构了当今电视文化叙事的主流基调。

主旋律与娱乐化、主导文化与大众文化在电视剧中的交融共振表现在两方面。在内容方面，电视剧尽力回避直接宣扬国家意识以及党的政策思想，减少了刻板的正面说教，竭力在各种日常事件、世俗生活、现实场景、婚姻爱情中歌颂人性的崇高，对理想的不懈追求，对国家的赤胆忠诚，使之能在情感上更平易近人地引发共鸣，传播手段从"灌输"

"说教"到"影响""熏陶"的转变，力求达到润物细无声的境界。

在表现形式方面，电视剧从以往的重思想性、轻观赏娱乐性，转变为既呈现了主流的价值观，又更加重视电视文艺的故事性、情节性，以强化戏剧冲突。譬如电视剧《情满珠江》以日常生活化的手法描写了改革开放背景下人们的情感、欲望与人性的冲突，围绕着女主人公梁淑贞展开对爱情、友谊、亲情、事业的主题刻画，表达了对改革开放的歌颂、对社会主义新人的礼赞、对爱国主义的弘扬以及对民族传统美德的肯定。《北京人在纽约》则通过"北京人"在国际化大都市纽约的故事满足了中国观众"发财、成名、出国"的三个世俗梦想，同时又通过将美国地狱化和将个人奋斗漫画化的方式，完成了当时中国主流政治意识形态对西方国家和西方文化的抵制和排斥。

诚然，代表时代精神的通俗剧实质上更体现了一种大众艺术的主流文化性质，也就是说，社会的主流文化决定着通俗剧的文化精神；而真正能获得广大观众支持的通俗剧，必须自觉地与主流文化一致。文艺的主旋律与大众化不仅不矛盾，而且还是相辅相成、彼此促进的孪生体；只有主旋律的大众化，或大众化的主旋律，才能真正走入观众的视野，融入人们的心灵。从各方面的数据来看，这些通俗电视剧的热播，也证明了在电视这一大众文化中也可能产生精品，产生先进文化。消费主义的思潮并没有阻碍人们对于精神境界的追求，事实上在日益物质化的时代，人们尤其需要精神的指引。

三、杂糅共生：新世纪电视剧的多元化发展与主流价值观的互构

进入新世纪，特别是 2002 年以来，随着中国社会转型的深化以及改革发展的深度推进，中国社会主义建设步入了一个新的时期，各种国

内外矛盾也不断尖锐凸显。中国的政治、经济、文化场域正经历着深刻的重组和变革，任何一种思潮都难以覆盖当代中国社会的价值话语，整个社会处在多元共生、对话交错的思想价值场域中。

在这一阶段，中国电视走向了市场化快速发展的时期，在多元权力话语的博弈中，电视文艺所充当的角色也产生了微妙的影响。新世纪以来的电视剧在自身的价值建构、审美精神、生产传播等方面发生了明显的变化。

这一时期较为突出的现象是后学热潮与电视文本的频频结合。尽管中国目前还未真正进入"后现代"，后现代的思潮、现象和观念却不断渗透人们生活、文化和艺术的方方面面。由此，电视剧、电视节目的娱乐至上的问题及其精神价值的坚守成了一个令人担忧的紧迫话题。

中国毕竟有着数千年的儒家文化传统，中国的国情也与西方大不相同，儒家文化中对道德、伦理的自律和中国的社会主义现代化目标都规定着中国人的审美心理始终不会因非理性大潮的冲击而致使内省的理性大坝被彻底冲垮。[①] 诚然，后现代文化所具有的解构颠覆、无中心无意义、感性快感、拼贴戏仿等特质在与中国电视文本、本土文化相遇结合的时候，发生了微妙的效应和改变。

世纪之交热播的《还珠格格》是一部具有时代转折意义的作品，"小燕子"的"无厘头"的形象正是源于她的叛逆性，对传统文化、权威的解构和挑战，使之从众多影视女性形象中凸显出来，获得人们的广泛喜爱。"小燕子"因此也成为一个时代和文化的标签，代表着某种解构的精神。然而，解构是一种反叛，它的直接冲动来自人们要求开放和民主的呼声、来自突破垄断式的思想专制和语言权力的霸权主义。因此，来自"民间"的"小燕子"草根形象建构了一种新的精神：一种大胆、平等地追求自由与爱的平民精神。《还珠格格》在一系列看似插

---

① 金丹元：《"后现代语境"与影视审美文化》，上海：学林出版社 2003 年版，第 60 页。

科打诨的情节中，始终坚守着儒家伦理的宽容和仁爱的理性情怀。

紧接着，《铁齿铜牙纪晓岚》《康熙微服私访记》《武林外传》《爱情公寓》等明显带有后现代叙事特征的文本接连登堂亮相，并席卷了电视收视市场。其中2005年热播的《武林外传》的蹿红标志着中国本土化"大话"艺术的成熟，显示出解构与建构、颠覆与妥协的奇特融合，此片甚至被许多媒体人称为"寓教于乐"的"主旋律"。

《武林外传》表面上虽然充斥着戏谑搞笑的情节和对话，但它所提倡的是友谊、守法、尊师重教，对传统文化道德以及主流文化表现出一种积极合作的态度。虽然《武林外传》也对一些不合理的社会现象进行了"曲线"的讽刺，但基本上对主流政治采取了敬而避之的立场。在解构性削弱的同时，《武林外传》表现出了一种"建构"的努力，每一集的结尾都在强调一种主题：依法纳税、真诚、友情、拒赌、环保等。当然，《武林外传》受到热捧的更为重要的原因在于它的娱乐搞笑。在多元共存的当代中国，"庶民的狂欢"因文化的民主化倾向而有其存在的价值，《武林外传》解构和意义建构的融合不愧为一种有益的尝试，它扼制了大众文艺庸俗化的倾向，探索了"寓教于乐"新的实践方向。

同时，影视文化与主流文化表现为一种互相建构和动态平衡的发展方向。主流价值观对大众文化和流行文化表现出更为开放和包容的姿态，影视文化当中所体现的具有时代特色的人际关系和价值观念的变化，也构成了主流价值观念建构的要素。

其一，新世纪电视剧以"个体式生存和情感"代替了"集体伦理和情感"。随着新世纪改革开放的深度推进，物质主义、功利主义和世俗文化的深入人心，宣示了"人"的解放——个体解放的到来，被"询唤"的主体重新走向个体，昭示着个体自我意识的觉醒、个体感性欲望的被正视，表示自我"小时代"的到来。如《蜗居》《新结婚时代》《小夫妻时代》《夫妻那些事》《裸婚时代》《咱们结婚吧》《AA制生活》等一大批都市生活情感剧，以都市普通人及其琐碎的日常生活为叙事对象，聚焦于新世纪中国转型巨变期的热点社会问题和民生话题等。在传统与现代、东方与西方的交织碰撞当中，电视剧对诸如买房难、就业难、养孩难、试婚、裸婚、婆媳关系、城乡矛盾、夫妻 AA 制等问题进行探讨，表现了人们在精神追求、价值观念、文化生活、思想道德等方面的彷徨和困惑。

这些电视剧不同于 20 世纪 90 年代初盛极一时的首部通俗剧《渴望》，《渴望》在家国同构的叙事当中，通过主人公"慧芳"隐忍辛劳、自我牺牲的平凡而又伟大的形象，把传统的以集体主义和国家为本位的伦理观演绎到了极致；亦不同于 20 世纪 90 年代中期妇孺皆知的《情满珠江》，《情满珠江》虽反映了改革开放大潮中人们的价值理念与人性欲望的冲突，但其中核心主人公"梁淑贞"依然是弘扬中华民族传统美德的光辉代表。相比之下，新世纪电视剧在价值观的表现方面更加开放多元和包容，电视剧突出的主题就是其现代性特征的情绪表征：个人价值的凸显，对人性复杂和个体欲望的肯定，对个体自由、平等和爱的大胆追逐，折射出由"大我"时代至"小我"时代的改变。如《蜗居》里在欲望中沉沦的海藻；《裸婚时代》中大胆"裸婚"之后又"闪离"的童佳倩以及把结婚对象当成可消费"商品"的娇娇；《AA 制生活》里提倡"AA"制生活的何琪；《夫妻那些事》中为了个体的生活品质坚持"丁克"的林君……

这些电视剧都以现代、时尚、大胆、张扬、个性、自我甚至带有自私特点的年轻人作为核心主人公。从青年群体与社会价值观之关系的角度看，青年作为社会变革的"晴雨表"，他们的思想行为、价值观念的演变更映射出整个时代变革的步伐。因此，他们在接受社会文化和价值观影响的同时，也在不断地挑战主流文化及其价值观，创造出新的文化和价值观。主导价值观被青年认同与接受的同时，也将吸纳更多青年价值观中具有活性的成分，在青年文化的反哺中走向年轻。电视剧文本背后展示的精神价值与主流价值既有承接又有变化；既有冲突又能相互建构；既在一定程度上承载着被普罗大众接受的传统价值观念和文化精神，又体现了代表着青年亚文化的当代价值理念和具有时代风尚的行为意识。

其二，"英雄"价值内涵的变化和置换。"英雄主义"写作和"英雄叙事"历来都是文学与影视文本中的母题和重要的叙事方式，尤其是历史题材剧和军事抗战剧。而对"英雄"的崇尚和书写、对英雄内涵和价值的诠释更关涉社会和时代价值观念的演变，对"英雄"形象的公共构建直接彰显了主流文化价值观的话语表达。进入新世纪，在各种思想潮流的冲击影响下，"新英雄主义"的语汇出现在大众的视野中，"草根"英雄、"痞子英雄"等"反英雄"的英雄形象在各类文学和影视文本中异军突起，平民型（民间型）英雄范式取代了崇高型（伦理型）英雄范式。英雄的世俗化、平民化、另类化取代了高大全式的完美英雄，以个体生存为视角的生活流叙事取代了以宏观历史为背景的崇高叙事。如《士兵突击》中傻里傻气的许三多，《亮剑》中桀骜不驯、"亦正亦邪"的"草莽英雄"李云龙，以及《勇敢的心》中由混世魔王蜕变为抗战勇士的霍啸林等，这些人物突出的审美特征在于身份平凡普通，个性突出，人物性格复杂丰满，远离了假大空的崇高形象，有了"接地气"的真实感。伴随着中国改革开放的进程，尊重个性、宽容个性、张扬个性，追求民主与平等，传递对底层社会与百姓的人文关怀已然成为大众文化评价的内在尺度，成为主流价值观建构的重要元素。

此外，政策影响市场，导向引导发展，这是政策导向在市场调控机制中处于核心地位的主要原因。新世纪电视剧的生产除了受到大众的文化思潮、价值取向的引领，还与电视剧的市场调控、产业转型、生产传播与政策调控不无关系。如在管理标准上，广电总局由过去的重政治审查变为现在的重社会影响评价，从过去的一元化政治标准转变为现在的多元价值取向。这些政策方针的转型升级都为新世纪电视剧多样化、个性化的发展提供了必要的前提和保障。

第二节　都市生活剧的叙事伦理和价值观分析

　　1990 年，电视剧《渴望》作为内地首部标准的都市生活剧，成就了收视奇迹。自此，《牵手》《中国式离婚》《空镜子》等国产都市生活剧在收视率和口碑方面不断喜获佳绩。特别是近年来，都市生活剧的高生产与高收视相得益彰，形成了与偶像剧、古装剧、谍战剧"平分秋色"的势头。

　　都市生活剧以城市为故事发生、发展的背景，展现和勾勒出社会变迁中生活在城市的人们的生活状态、思维方式及价值观念，它紧扣时代的潮流和脉搏，立足于家庭、婚姻、经济等，时时处处都展示出了和现实千丝万缕的联系；较之于古装和涉案剧，更容易使观众产生强烈的情感共鸣，形成当下的社会话题；较之于偶像剧，都市生活剧显现出平民化、生活化、接地气的现实主义风格，更贴近生活，关注民生，注重家庭伦理关系的展示，具有现实内涵。

　　都市生活剧的产生与发展并不是一蹴而就的。作为大众流行的电视题材之一，都市生活剧与时代思潮、社会发展、审美风尚有着密不可分的联系。都市生活剧在全国引起很大反响，不仅获得大众的青睐，而且深受专家（精英知识分子）和官方（主流意识形态）的认可。对此，我们可从一年一度的"金鹰奖"（反映大众意愿）和"飞天奖"（体现专家、官方观点）的获奖作品中找到确切的证明，比如《牵手》《激情燃烧的岁月》《空镜子》《媳妇的美好时代》《我的青春谁做主》《老大的幸福》《金婚》《中国式离婚》等都市生活剧在中国电视剧荧幕上大放光彩，故事内容和时代背景因表现题材和主题的不同而呈现千姿百态的人生境遇和悲欢离合。但总体而言，这一类型的电视剧所继承和开拓的仍是中国传统的审美文化和主流价值观，表现出巨大的精神感召力和审美教育意义。

一、都市、家庭、人伦：都市生活剧的表征与文化实践

纵观都市生活剧，我们可以触摸到其中的基本形式和元素。都市生活剧以现代都市为故事发生发展的大环境、大背景，以家庭为叙事的元单位，借助一个或几个家庭在一定时间段内的变迁、交集、冲突来折射、反映一定的伦理主题和时代特征。因而，都市、家庭、人伦成了现代都市生活剧的表象符号和叙事元素，三者互相交织和吸纳，共同建构和编织着电视剧的题材、情节和主题，与都市生活剧的生产、传播和文化实践有着密切的联系和影响。

我国都市化过程加速，越来越多平民集中到由现代文化控制的大都市中生活，越来越多的人的日常生活在大都市中度过。近代社会的都市化，从根本上改变了人们的日常生活方式及其意义。都市生活剧的兴起，与新时期中国经济的迅猛发展、城市化进程的日益加速有着密切的关联。一方面，随着城市化进程越来越快，人们越来越多地卷入城市中，个人经验受到城市的锻造，人们对于城市本身的兴趣就会越来越强烈。[①] 另一方面，"都市"成了电视剧叙事的重要镜像符号和叙事元素。高楼大厦、购物广场、车水马龙的街道、闪烁耀眼的霓虹灯、随处可见的广告牌，以及快节奏、高压力的生活工作方式和变动复杂的人际关系等，都成了现代"都市"的重要意象和表征，也是都市生活剧叙事的

---

① 汪民安、陈永国、马海良主编：《城市文化读本》，北京：北京大学出版社 2008 年版，第 2 页。

表象材料和核心线索。电视剧艺术通过对都市家庭生活的镜像反映、模拟和表现，呈现了社会转型及城市变迁中人们的生产方式、思想道德、价值观念、人情人伦的诸种变化。

对中国人来说，"家"不仅仅是一个可供容身的住所，而且是承载了血脉亲情、人伦道德、心灵港湾等重要意义的"复合体"。从古至今，对"家"和"团圆"的渴望一直主导着中国人的内心世界和人生追求，无论是传统的"乡土社会"还是深受西方文明和文化冲击的"现代社会"，安居乐业、家和万事兴以及家国同构的思想一直是中国社会的主流价值取向。正是在此意义和逻辑语境下，"家"成了中华民族文学艺术中的重要"母题"，自然也成了影视艺术中的重要叙事单元和表象符号。而"家庭主题"在电视剧文本中的表现方式和处理方式也隐含着社会价值观念的嬗变。

当代都市生活剧对家庭题材的处理表现为两类文化取向：其一，以家庭为本位表现社会，把家庭当作抵御社会压力、人生压力的情感道德依靠的重要支撑，如2010的《老大的幸福》、2011年的《养父》《幸福来敲门》等剧作；其二，以个体为本位表现家庭的新视角，如2011年的《夏妍的秋天》《裸婚时代》《双城生活》等，表现个体如何在家庭中学会相互尊重、相互沟通、相互理解，表达现代都市家庭之中人与人关系的新价值观。这些电视剧同时也为走向现代化的中国呈现了如何解决家庭、个人与社会、公众之间关系的人际命题的新思考。

在另一个层面上，由于中国传统农耕型社会的文化特色，也由于几千年来在儒家传统思想主导下的中国社会中，家庭是中国传统伦理的基础，它不仅建构着中国传统社会的基本结构，而且隐含着中国伦理精神的文化结构和价值取向。自从家庭在人类社会出现以来，社会发展的每次变革都必然波及和反映在家庭成员和关系的变化当中，比较典型的如《家》（巴金）、《活着》（余华）、《白鹿原》（陈忠实）等作品，因此家庭也成为我国文学艺术叙事表意的中心载体和映照风土人情的审美明镜，有关伦理道德的叙述也成为极富东方民族特色的美学传统。

在都市生活剧中，家庭伦理叙事成为传达传统文化价值观念的重要叙事载体。透过看似琐碎的家长里短，剧作往往呈现出转型期新旧不同文化和价值观的碰撞，只是这种碰撞已不是激进的存亡之争，而更多融合了温情脉脉的同情和理解。诸如《蜗居》中海藻的沉沦及其人生悲剧，无不是年轻人在面对社会不可承受之重时因为选择的偏差而付出沉重代价的缩影。《AA 制生活》中的年轻男女主角，在追求自由、个性、独立、自我的现代文化环境中成长，当两者建构的现代"小家庭"要面对传统"大家庭"所负载的义务和责任时，表现出强烈的价值冲突和不适应性。《裸婚时代》展现了当代都市婚龄男女为现实和物质所困的婚恋问题。《新结婚时代》折射了在现代化进程当中，城乡差异导致的一系列关于社会和家庭、人际冲突等现实问题。整体而言，都市生活剧之所以能受到当代观众的高度关注，从价值取向的角度来看，都市生活电视剧贴近生活、贴近民众，代表社会主流价值观。它将主旋律的思想意蕴以亲情化、人伦化、生活化的方式表达出来，给人以一种无法抗拒的亲和力和认同感。像《新结婚时代》中顾小西和何建国最后破镜重圆的结局设置虽然有些牵强，但从深层次上映射着编导和中国观众对城乡二元对立的圆满弥合的一种渴望和祈愿，这也是符合中国主流意识形态对和谐家庭、和谐社会的价值诉求的。

二、"转弯处的困惑"：二元结构叙事中的价值冲突

自 2009 年《蜗居》在全国热播和引起热议以来，国产生活剧正迈着"年轻化"的步伐走得越来越轻快。从优酷、土豆等国内较大的视频网站的点击排名来看，近几年都市青年生活剧在产量和点播数上占据着核心位置。如 2011 年的《蚁族的奋斗》《家的 N 次方》《三十而嫁》

《双城生活》，2012 年的《小夫妻时代》《AA 制生活》《裸婚时代》《北京青年》《北京爱情故事》《夫妻那些事》等。虽然《中国式离婚》《金婚》《结婚十年》《老大的幸福》等反映中老年人生活的影片也取得了较好的收视效果和反响，但是，年轻人在都市生活剧中作为主角出场却日益成为主流题材。尹鸿教授也多次撰文指出电视年轻化将越来越成为自觉，青年人与电视的关系将更加紧密。[①] 这有很多方面的因由，如都市剧本身的"都市"特质、都市剧的收视对象主要是青少年群体，以及青年人在社会转型期对 21 世纪未来社会发展的重要意义等，对于这些问题，笔者将在他处作详解。

而有的研究者认为中国电视剧已进入"话题时代"。话题时代的电视剧，更应紧贴现实，凸显时代气质和脉搏，折射社会生活的变化，揭示并引出大众对潜于"历史地表"的各类问题及"话题"的关注和思考。21 世纪的中国，恰处在历史转型发展的关键时期，整个时代的社会思潮、生活方式、价值观念都发生了翻天覆地的变化。当代中国的社会和文化处于新旧之交，传统与现代发生碰撞、冲突、融合的过程中，而这种变化都充分反映在电视剧创作上。尤其是都市生活剧以都市文化为焦点，以都市普通人及其日常生活的琐碎叙事为对象，更凸显了人们在精神追求、价值观念、文化生活、思想道德等方面的二元对立状态。其中，以青年人的婚姻、人生、事业、家庭为主要内容的都市生活剧，常集中于二元结构的元素中展开叙事：比如代际冲突、性别冲突、家庭与事业、个体与社会、理想与现实、传统与现代、婆婆与媳妇、城市与乡村、物质与精神等二元结构元素。在各种矛盾冲突的对立发展、交织与碰撞当中，故事发展高潮迭起，人物关系和形态也更有张力，更立体丰富。

---

① 尹鸿、杨慧：《形态多元　草根当道——2011 年中国电视剧备忘》，《南方电视学刊》2011 年第 6 期。

西方文化研究学者认为电视神话往往企图解决社会矛盾。凯尔纳也认为，电视能否受到各种社会群体的欢迎，核心问题是它是否存在着矛盾。在多元文化的冲突与碰撞中，现代人的人生观和价值观也在不断调整、反思和改进。特别是作为"迷惘一代"的年轻人，他们的思想、性格、行为特征具有更大的未定性、可塑性甚至叛逆性。具有社会边缘的亚文化特性，这使得他们的人生轨迹更能凸显时代的变化、社会矛盾和价值冲突等。笔者主要以《夫妻那些事》与《裸婚时代》为典型个案进行具体讨论。

改革开放的洪流，市场经济大潮，以及全球化、信息化浪潮，使中国青年的思想观念和社会价值观发生了巨大变化。物质与消费、信息与网络、都市文明与全球化，构成了这代人成长与发展的社会结构的重要变量。《夫妻那些事》反映了都市年轻人在快节奏、高压力、竞争激烈的都市生存中，直面生育、个人事业与家庭问题等产生的矛盾纠葛。故事一开场就置于"代际冲突"的叙述中，故事的主角林君夫妇本是典型的"丁克"家庭，特别是林君作为新时代的都市高级女性白领，一直把个人发展、独立自由、高品质的生活追求作为生命的"重心"，视"生育孩子"为人生事业的绊脚石。这种时尚前卫的生活方式，具有明显消费文化的时代特征和价值观"西化"的双重色彩，与中国传统的孝道观念之间就构成了难以调和的矛盾。因此，林君与以公婆为代表的老一辈之间就自然会产生冲突和斗争。诸如唐母的"亲自督战"或"偷偷下药"，唐父临终时深切的遗憾和恳求，孤苦一生的范叔的忠告等，都与小夫妻的"丁克"生活方式和价值观念形成了反差。

"男女性别冲突"也是该剧叙事和表现的重点。其中以林君为首的女性与唐鹏等男性展开了情场和心智的较量，真实地呈现了男女两性由于性别、心理和思维的差异，在生活中产生的难以避免的争执、隔膜和分歧。电视剧在"婚姻问题"的叙述中亦采取了多向度互文交织的叙事结构，将男女关系立体地放置在不同模式的关系场域中：理想的"男女平等"型（林君夫妇）、前卫的"女强男弱"型（那依夫妇）、传统的"男强女弱"型（安娜夫妇）。电视剧文本通过叙述相互关联而又迥然有别的婚姻生活，无不显示出创作者对两性地位的辩证思考和对夫妻间秉持平等与尊重的现代婚姻观念的呼唤与肯定，同时也代表着主流社会所提倡的平等尊重的人际关系诉求。

剧中在男女地位的叙述处理上有了不同程度的翻转，不管是对工作、事业的追求，抑或对待爱情、家庭、生育等重要问题，现代女性们都起着一定的支配或主导作用，即便是处于压迫附庸地位的安娜，最终也在女性意识觉醒之后大胆抗争，由此彰显了现代都市女性独立自主、自立自强、勇于自我追逐的时代气息。

纵览同类型的其他电视剧的女性角色，诸如《AA 制生活》中的何琪、蔡娟，《裸婚时代》中的童佳倩、陈娇娇，《小夫妻时代》中的戴可可、叶莹等，无不具有同样的气质特征，女性们的性格更具张力，戏份也更加突出。相比之下，男性们反而被弱化，或干脆呈现出女性化的倾向。在某种程度上，这是电视剧文本对男权封建社会的一种否定或颠覆，以及对新型现代女性形象的塑造。

另一热播剧《裸婚时代》在理想与现实、物质与精神、父母与子女、男性与女性、传统与现代等多重结构中，交错推动着故事的逻辑发展。在大都市出生、成长的 80 后刘易阳与童佳倩，这对情侣简单、纯粹、理想的婚姻爱情观一出场就遭遇了双方父母物质、现实的婚姻观的抵制与冲突。在"奉子成婚"的中国特色文化中，两代人、两个家庭才最终达成妥协，刘易阳与童佳倩"裸婚"成功。但是"裸婚"最初的烂漫、美好在残酷的现实面前却不堪一击。因为裸婚，他们一无所有，在面对当今大都市高房价、低收入、高消费的窘境生活中，在面对生活的压力和挫败、情感的失落和冷漠、个人的理想和现实的冲突中，两个深爱八年的年轻人结婚不到一年就"闪离"了。电视剧文本借童佳倩的母亲对此进行批判："你今天结婚，明天生孩子，后天离婚。"

"想结就结，想离就离。"冷漠自私、冲动随性、自以为是，因而气愤地说他们是"垮掉的一代""不负责任的一代"。

《裸婚时代》体现了两代人在婚姻、价值观和生活方式方面的碰撞、摩擦和冲突。年轻主人公开放大胆，更注重自我的情感追求，向往精神和个性的自由随性，追求物质和享乐，家庭观念淡薄；而父母更注重稳定、踏实、客观实在的生活，注重婚姻的承诺性、责任性，生活的坚忍性。这是两代人之间在对待婚姻和生活方式方面的根本差异，而这也正是"裸婚"之后遭遇"闪离"的根结所在，当然也是现代都市文明带来的一种冲击。这类电视剧中体现的"青春期症候"也为年青一代的生活现实和精神现实提供了一面反思的镜子。

总之，都市生活剧的编导们通过对"都市"进行意味深长的时空"凝视"，描绘出现代人生活于其中的"震惊"、紧张不安、矛盾焦虑的心态，表现出它的变动性、不稳定性、快速而多向的发展性以及时空结构的多样性。电视剧架构于二元矛盾中展开叙述，展现了现代社会发展与个体主体性发展的二元模式之间最根本的矛盾张力，同时通过对传统伦理道德的继承和批判，以传统的美德指引现实生活，折射出一定的文化实践意义。

三、偏离、整合与变奏：伦理精神的守望与新追求

电视剧创作者要创造出感动人心的作品，必须有自己坚定的价值立场并传达出明确的价值观，而且，"一个冲突的深度和广度达到人生体验的极限的故事，必须遵循以下的模式来进展：这一模式必须包括相反价值、矛盾价值和否定之否定价值"。且电视剧是"话语和价值观的对

话场地"，是"趣味、社会理想的抵触与妥协的公共交往领域"①。电视剧的创作，就是要通过话题的设计，透过电视剧中人物和故事，创造出一个多种价值观冲撞和对话的场地，而观众也自然而然地加入了这场价值观的对话当中。在碰撞和对话中逐渐达成全社会共同的价值观，找到社会的"最大公约数"，那就是一种"人同此心，心同此理的共同的人类价值观"。

以青年为主人公的当代都市生活剧，在故事、题材、人物、结构、主题的处理上有着类型化、仪式化的特征。男女主角都青春靓丽、个性独立、自尊自强。他们都有自己的人生理想和现代追求，必然会与以父母为代表的传统观念产生很大的争议和分歧。在优越的环境以及父母的宠爱中成长的他们，常常在现实面前不堪一击，特别容易在现代都市高压力、快节奏、高消费的生活之流中，暴露出其潜在的缺点：自私、懦弱、冲动、沉迷于感官享受与物质追求。在个体与社会、理想与现实的角逐中，他们的思想观念呈现出都市的"现代性"特征——"过渡、短暂和偶然性"（波德莱尔语），且被烙上了消费主义文化的符号表征——追求短暂即时性，突出个体的感官欲望。

都市年轻时尚的青年族群的生活方式以相对充裕的物质财富和足够的文化资本为基础，对精神层面的要求就更加注重个性与自由。而他们所追求的个性与自由，体现在生活方式的选择之中，也构成了对主流道德的规范，特别是对儒家伦理精神的反叛。诸如林君在剧初表现出的"丁克"观念，她由于对现状的不满足、不甘心而"私自堕胎"，与中国人伦理观念中的"孝道理义"形成了强烈冲突。又如童佳倩的"裸婚"以及不到一年"闪离"，表姐娇娇把结婚对象当成可消费的"商品"等，《蜗居》中的海藻在欲望中沉沦自甘堕落为"小三"，《AA制

① 郝建：《中国电视剧：文化研究与类型研究》，北京：中国电影出版社 2008 年版，第 31 页。

生活》中的何琪对"AA"制生活的提议等，都表现出冷漠自私、个人至上、物质主义等一定程度的价值观西化倾向，与中国注重人情伦理的朴实和厚重形成反差。

从社会结构观察，青年位于成人社会结构边缘，在其成长过程中，青年常以偏离主流文化价值观的姿态，努力表现自身的存在以引起社会关注。同时，青年人受西方思想价值观念、流行时尚文化、消费文化的影响颇深。消费文化的世俗性带来的是追求无深度、平面化的快感体验，摈弃对深度意义、终极价值、崇高理性的追求，而把个人的感官刺激与欲望追逐扩张到极致。

正如波德里亚所言："现代商品社会不断鼓励甚至强迫人们超越或逾越他们的需要……人们被说服要消费多于他们真正需要的东西，这是现代社会大多数——如果不是全部苦难的原因。"① 林君、那依、佳倩、娇娇、何琪、海藻等新的现代都市女性形象，都体现出现代人不同程度的对物质，如房子、车子、票子等的追逐和渴求，人物内心处于极度不安之中，人被物所奴役或异化，或者为了攫取金钱不择手段。这是这个消费时代的都市现代性烙印在年轻人心灵中无法磨灭的印迹。

然而，电视剧文本却也表现出一种张力美学，通过似是而非的"叛逆"，以貌似"反伦理"形式表现出对伦理的回归和守望。都市年轻人虽在生活形式上表现出欧化与西化的倾向，但心灵深处的思想情感、伦理追求却还是"民族化"的。传统伦理道德中的美德从古至今一直是主导文化所倡导的价值观念，而现代中国人身上仍然有着难以割舍的文化之根的血脉相承性，在社会矛盾冲突中逐渐成长、经历挫折和变化的年轻人，在回归冷静和理性之后，其在深层次的思想价值观的诉求上，逐渐表现出对中国伦理之"家"的回归。剧中的许多现代女性，诸如何琪（《AA制生活》），戴可可、叶莹（《小夫妻时代》），林君、那依

---

① 尤卡·格罗瑙著，向建华译：《趣味社会学》，南京：南京大学出版社2002年版，第84页。

（《夫妻那些事》）、童佳倩（《裸婚时代》）等都经历了典型个人主义思潮下的自由、享乐到生发出对"家"的重新认识和重视：意识到温情、包容、责任和奉献等才是支撑中国家庭的核心要义。特别是《夫妻那些事》中林君由坚定的"丁克"一族，转变成为生孩子赴汤蹈火的母亲，更凸显出中国人骨子里对伦理血脉之情的强烈认同。《裸婚时代》中的"裸婚"，尽管因为物质基础的匮乏，因为缺乏计划、基础和准备，婚姻关系的转瞬即逝，但实质上，在今天这种物质主义至上的商品经济的年代里，童佳倩和刘易阳以爱情为基础的纯粹的婚姻观才显得尤为可贵，因而编导让他们经历了生活的艰辛、困难、诱惑和动摇之后，重新收获了美好的爱情，回归为一个完整的"家"，"裸婚"最终成了一个反话题。

从青年文化观察，不断演变的青年价值观总是不断在孕育着未来新文化的因子，总是实际地、潜移默化地冲击、反哺和作用于社会主流文化结构。父母所代表的老一辈的观念在与孩子的抗争、妥协中，也正悄然发生改变。比如童母在经历了女儿的婚姻变故后，在与女儿进行一系列的"战争"而未果后，在歇斯底里、绝望、抗争与痛苦后，最终回归平静，平和地接受了这一切。童佳倩婚后的"柳暗花明"（杜毅的追求和刘易阳的默默坚守）又让她重新看到了女儿的希望，使她突然悟道似地发出由衷的感叹："孩子的事千万别管，就让他们自己做主。"童母的话里充满着生活智慧：所谓"儿孙自有儿孙福"，成长于现代社会的年轻人自有其生存之道，他们独立自主，追求个性，再多的干预和强求只能适得其反。因此，老一辈在某种程度上可放开并尊重儿女们的意愿，并相信他们的选择。这表现了一种新型的平等、尊重、对话与交往的代际关系和人际交往理论的尝试性构建。同时，现代人所奉行的独立自由、追求个性、平等尊重等价值观念亦将逐步发展成为新的时代主流诉求。

第三节　青春镜像与价值认同
——青春偶像剧的叙事特征与价值意蕴分析

2002 年刮起的"流星雨"恍如昨日，那时还只是一阵"零星小雨"，而今天，《致青春》《小时代》《中国合伙人》《爱情公寓》《奋斗》《花非花，雾非雾》等青春偶像剧犹如一阵阵狂风暴雨掀起了影视界的轩然大波。偶像剧以其高收视和高产量成为流行文艺当中的一个重要话题。

偶像剧的概念源于日本 20 世纪 90 年代的诸如《东京爱情故事》《101 次求婚》等以偶像明星主演的剧种，称为"Trendy Drama"，即"趋势剧"或"爱情时髦剧"。1991 年底，香港卫视中文台开辟了偶像剧专场，专门播放日本制作的"趋势剧"，此后，偶像剧这个约定俗成的电视剧类型在中国流传开来。究其形式，偶像剧指集数不多、大量采用面貌俊美的演员、搭配符合社会流行的造型服饰和现代场景，以细腻爱情戏为主，以青少年为主要收视对象的剧种。而在本质内涵上，它不仅涵盖和表现当代青少年人群的生活和面临的各种问题，同时紧扣当下的流行趋势，引领社会时尚和时代潮流。

中国第一部学界公认的真正意义上的本土偶像剧《将爱情进行到底》于 1998 年问世，浓郁的青春气息为电视剧事业注入了一股新鲜的血液。但之后的几年青春偶像剧无论在质量和产量上都没有取得观众的广泛认同，"因为没有过硬的艺术质量，青春偶像剧一度被认为黄金时段的'票房毒药'，各上星卫视纷纷敬而远之，只是排在白天或深夜时段播出"①。经过几年低迷曲折的发展，随着城市化进程的加速，中国大众文化时代的来临显然脱离了自五四以来近百年的文化传统，开始了从政治、启蒙文化向娱乐文化的转型。大众消费的世俗趣味第一次成为审美文化的主导趣味。消费主义语境下主体的零散化以及人们对美好单纯情感的渴求，都促成了青春偶像剧的流行。大陆电视剧市场集中而迅速地出现了一批以都市年轻人和大学校园生活为题材的青春偶像剧，偶像剧市场从此进入兴盛阶段。

偶像剧作为当代流行的一种大众文化，不同于精英文化致力于公共关怀的视角、引发深远的思考、生产经典的意义，它与现代性社会的感性欲望、快感刺激、娱乐消费达到了高度的契合。偶像剧的产生与现代社会的文化和生产机制有着深层的因缘关系，在一定意义上，偶像剧是现代社会发展到一定程度的文化副产品。特别是随着消费主义时代的来临，物质的丰富程度超过了人们的基本生存需要，经济的再发展就取决于对人性感官欲望的最大激发，在这种情况下，人的本能欲望的开发和社会的发展是一致和可行的。刘小枫也指出在现代社会"享受感性快感的程度，成为对人生的终极辩护"。感性欲望诉求不但本身构成了现代文化的一部分，而且还要通过文化的艺术形式表达出来，偶像剧就在这种情境中应运而生，它借助现代电子媒介，通过营构一个个物象的盛典来"生产需求与欲望，动员欲念与幻想、政治与消遣"。

偶像剧正是由于其平面性、感官性、欲望性、消费性、娱乐性等特征，曾一度被学者们或评论家们鄙夷和不屑。很多人甚至认为偶像剧幼稚可笑、脱离现实。然而，我们不能以文化偏激主义去否定一切。在时尚元素的包裹下，青春偶像剧也表现出自己特有的价值取向，而不只是肤浅与幼稚的代名词。偶像剧能为大众所喜欢与追随，总有它的理由。它们至少在很多方面做出了积极的努力，并为主流价值观提供了积极因

---

① 张国涛：《青春偶像剧的童年记忆与成长的烦恼》，《艺术评论》2007 年第 12 期。

素。同时，作为最受青年群体欢迎的电视类型之一，偶像剧对青少年价值观的积极建构产生了非常大的影响。因此，主导意识形态正需要借助偶像剧的媒介力量，通过寓教于乐和润物无声的方式，积极对青少年的价值观进行引导和建构。

一、青春叙事："我的青春我做主"

青春是人类永恒的话题，是每个人一生中最值得追忆的盛世年华。青春期是人的生理、心理、认知和社会情感急剧变化、发展和转型的关键时期，是由儿童逐渐发育为成年人的过渡时期。无论是从生理发展还是从心理体验上讲，青春的本质都不仅在于年轻和活力，更在于个体的蜕变和成长。青年的成长是社会发展和精神文明建设的一个关键问题。可时下中国正处于现代化进程深入和中国社会转型发展的时期，面对各种主义、思潮的冲击，特别是媒介时代各种信息的轰炸和图像刺激，人生价值观尚未成型的青少年更是不知所措、无所适从。"他们迫切需要找到一个发泄的豁口，需要寻求一种遥远的亲密感来满足其对归属与爱的需求，来缓解生活中的枯燥与无奈，得到某种替代性满足，即便会与现实有违背，却也正是这种超越现实的爱与温暖，可以让心灵得到暂时的宁静与安稳。"[①]

在这种语境中，艺术作品中的青春主题和青春叙事成了较受青年受众追捧的对象。"许多视觉艺术作品对青春的描绘，体现为对新的自我视像的描绘、认知、痛楚的表达及其心理治疗。"[②] 如青春文学作家韩

① 周静：《和而不同，超越腾飞——中、韩青春偶像电视剧比较研究》，南昌大学硕士学位论文，2008 年。
② 包洁：《中国当代艺术中的青春受伤意识考辨——试析"青春残酷"艺术现象》，华东师范大学硕士学位论文，2006 年。

寒、郭敬明、安妮宝贝、张悦然、辛夷坞等，他们用极富张力的文字，以独特的视角和方式展现了当下青年人成长时期的疼痛和美好。而《致青春》《小时代》《奋斗》《我的青春谁做主》等影视剧则通过唯美的视听影像，尽情演绎着动人、浪漫、伤感的青春爱情故事。

从 20 世纪 90 年代青春偶像剧的发轫之作《十六岁的花季》《北京夏天》《将爱情进行到底》，到 21 世纪热播的《奋斗》《新闻小姐》《永不瞑目》《玉观音》《男才女貌》《白领公寓》《粉红女郎》《一起来看流星雨》《丑女无敌》《爱情公寓》等，大陆偶像剧的涌现伴随着青少年的成长历程，经过十多年的发展逐渐成熟丰富，并形成形式多样的亚类型：比如反映校园生活题材为主的偶像剧（《红苹果乐园》《恶作剧之吻》）；比如由校园内延伸至校园外，再现当代大学生"后校园时代"青春感悟的偶像剧（《将爱情进行到底》《奋斗》）；或把故事背景放入古代宫廷或民国时期的偶像剧（《情深深雨蒙蒙》《还珠格格》）；或反映都市现代生活的偶像剧（《白领公寓》《爱情公寓》）；或把爱情剧与警匪剧进行嫁接、糅合的偶像剧（"海岩剧"系列）；甚至具有主旋律性质的红色偶像剧（《恰同学少年》）。以上只是从题材角度对偶像剧的类型作尝试性的划分。表面看，偶像剧貌似类型多样，但从深层的叙事形式和母题探析，偶像剧通过高度同质化的叙事方式表现了青春的迷惘和躁动、青春的叛逆和成长，以及伴随着对青春苦涩而美好的回忆。

迷惘和躁动不安，是青春叙事的主要基调。处于青春期的个体生命，一方面渴望摆脱父母的束缚而独自飞翔；另一方面由于自我认知和资源能力的不足，加上生理期对性和情感的懵懂、困惑和冲动，以及常置于人生的十字交叉路口无法抉择的痛苦，而时常陷入无所适从的青春萌动中。更遑论当代社会在快节奏、高压力的现实生存之流中，早已把芸芸众生抛入了一个不知所终、惶恐不安的生存境遇。偶像剧正是紧密契合和表达了当代青年人的思想和情绪体验以及暗合社会的时代变迁。

《将爱情进行到底》描绘了一批 20 世纪 90 年代大学生毕业后的社会群像，我们可感受到他们在面对友谊、爱情、事业、人生等方面的苦闷困惑和彷徨挣扎。相较于《将爱情进行到底》，时隔十年的《奋斗》虽在题材上相似，但其反映的对象是生活在世纪之交的时代青年，他们面对从象牙塔走出后"三高"时代（高房价、高物价、高消费）的生存和竞争压力，以及消费主义时代的欲望膨胀、刺激，后现代主义思潮的冲击和影响，在处理理想、情感和人生的问题上更加复杂矛盾和充满变数，其中伴随着的就业困境、情感困惑和事业迷惘无不是青春期个体生命的表征。

反叛和成长是青春叙事的重要表象和主题。青春期特有的迷惘和躁动的情绪深层，所蓄积的正是一种叛逆和奋进的力量，而成长是其必然的归宿。一方面，在生理和心理层面，反叛是青春期特有的一种行为特质，是青少年自我人格和独立意识逐渐增强的自我体认和膨胀期，因而异常反感长辈的说教或者管制，强调"我的青春我做主"，哪怕是困难重重也要青春无悔走一回。比如《奋斗》中的男主人公陆涛异常反抗父辈们的说教，不论是养父陆亚迅，抑或是生父徐志森，他宣称："凭什么我要听你的，这是我的人生，由我自己做主！"《我的青春谁做主》的主题曲这样写道：

谁说有家就必须回家/天天回家就不想家……我是我而不是你的影像/别再说我行不行/别再管我听不听/可怜天下父母心/爱我不是帮我做决定/别再说我醒没醒/别再管我赢不赢/让我自己做决定/一个人决定/我自己决定

另一方面，"叛逆""颠覆"等话语又与时代思潮和现代话题高度一致。特别是处于青春期的 80 后和 90 后，他们生长的年代已经发生了很大的变化，比起传统的思想观念，他们更愿意选择和接受西方文明和文化的影响，消费主义、后现代思潮等时尚观念也很容易在他们心中落地生根。"反叛"具体所指为不按照常理出牌，对传统方式和价值观背离。如《十八岁的天空》中玉树临风、穿着时尚的古越涛老师，其不拘一格的教学方式和态度受到了学生的一致爱戴，这与传统印象中古板守旧的教师形象形成了鲜明的对比；《奋斗》中杨晓芸与向南的"闪婚方式"（随意、冲动），便是对传统婚姻观念的反叛。青春剧强烈地表达出了校园青年在走出校园步入社会后不断成长中的个性精神：孤独、忧伤、骚动以及对传统社会体制的反叛。他们对成长过程的反思并非没有价值，而是真实地反映出这一代青年人对社会传统制度、思想的看法，对新的人际关系的评价以及对如何实现自我价值的思考。

从心理学研究的角度出发，青春的终结是以拥有恒定的价值体系和行为标准的"独立自我"的确立为标志的。反叛和磨难，相对于这个结局来说，都只是成长必需的过程。成功的偶像剧，其结局一定是以主人公结束反叛、确立较为稳定的价值体系和行为方式为标志的。[①] 比如《流星花园》结尾中F4的成长和价值观与人生观的蜕变，《北京青年》中何氏四兄弟对人生目标和理想观念的重新确认。总之，青春剧以其生活化的叙述方式将青春、叛逆、爱情等主题编码到电视剧的叙事之中，对"成长"这一叙事母题进行了丰富的阐释，故事中所刻画的"困惑和迷茫""叛逆和颠覆"等矛盾冲突最终在青少年"改邪归正"中落下帷幕，而其"正"的内涵无不是社会核心价值观所倡导和构建的内容。

二、偶像书写：偶像崇拜与自我身份的建构

青春需要偶像。偶像崇拜是青少年这一特定年龄阶段心理的一种表

① 宋素丽：《青春叙事与偶像认同：对青春偶像剧的心理分析》，《当代电影》2010年第2期。

达形式，它作为青少年与情感表现的完美形式，是他们能够接受，同时又能充分表现自我与独立意识的情感依托形式。同时，青少年时期是自我同一性混乱和同一性形式相冲突从而获得新的同一性的时期。有些青少年热情地寻找崇拜对象，这有助于他们获得稳定的自我同一性。调查研究表明，随着时代的迅速变迁与价值观的变化，青少年崇拜的偶像呈现出从英雄、大师到偶像明星、社会名流的转换。然而，偶像剧的"偶像"塑造并不能被仅仅理解为表层的对青春靓丽的偶像派明星的倾情包装和打造，更为深层的是，影视剧通过全方位的影像呈现的"拟态化"书写，为青少年观众塑造了令人崇拜、羡慕的理想化的人物形象和生活场景。青春偶像剧作为大众文艺的流行方式之一，在题材的选择和叙事方式上具有高度同质化的倾向，偶像剧的人物叙事也具有模式化和脸谱化的特征。才子佳人、郎才女貌的爱情模式依旧是电视剧亘古不变的生命主题。

青春偶像剧择取来自现实客观世界广受热捧的事物，如青春靓丽的俊男美女、时尚多变的服饰妆容、美轮美奂的现代建筑、琳琅满目的购物商城，通过对画面的剪辑、声音的处理等技术工作的提升，电视剧为观众呈现了意义纷呈的意象和镜像世界，如人物的青春意象（时尚、靓丽、活力、个性）、都市的繁华镜像（酒吧、豪华餐厅、摩登商场、星级酒店等），使来自现实生活的"符码能指"完成了文化层面的"表现所指"。同时在现实物象的能指和表现所指的互文共构当中，一种高于文化层面的世界观和价值观的主题意蕴不断生发出来。如韩国的《对我说谎试试》《浪漫满屋》《拜托小姐》等剧目通过服装、发饰、化妆等符号化描摹，塑造了青春时尚、智慧美貌而又不失现实传统的偶像人物，同时以豪宅、高级会所、奢华购物广场、豪华商务大楼等营造的都市幻象作为叙事的背景，使他们从服饰妆容到生活方式、价值观念都成了潮流时尚的引领者，从侧面烘托出韩国社会当下的消费主义文化。而观众在接纳人物的同时不自觉地陷入影视幻境，并在潜意识中试图通过对剧中偶像人物的模仿来重塑自我的生存环境。

与韩国偶像剧相比，大陆的偶像剧叙事多了一份真实，少了些梦幻的虚拟夸张，通过更加生活化和平民化的叙事，在含蓄中充盈着催人奋进的力量，在大胆中示人以适当的自持和反思。电视剧《奋斗》《我的青春谁做主》《北京青年》同样抒写了青年一代青春激昂的奋斗与情感历程，故事发生的背景也是高度现代化的大都市北京，但是电视剧文本在整体叙事基调上更加平实化，无论是演员的服饰、妆容等形体塑造，人物语言、行为性格等思想形象塑造，或者是故事发生的背景（生活场所、工作场所等），抑或是故事的情节设置等都少了些童话的梦幻色彩，而多了对现实生活的写照与人物成长轨迹的描绘。即便《奋斗》中陆涛的父亲是公司的大老板，《我的青春谁做主》陆毅饰演的男主角周晋是某房地产公司的 CEO 等，但这样的背景并不纯粹为了炫富或者刺激个体欲望，而是在叙事中更加衬托、激化和突出了青年们在经历成长时、在个体奋斗中所面对着的无法抹去的矛盾、痛苦和挫败，其间还夹杂着当代中国社会在经历转型中使青年人承受的压力、迷茫和抉择。诸如《奋斗》里的陆涛在一段时间的矛盾纠葛后，终于确认了自我的人生价值观，离开了其生父徐志森及其所代表的价值观（其父灌输给陆涛的是资产阶级性质的，视金钱和事业为全部价值的冷漠人生观），选择了踏实、奋进、独立、温情的具有中国伦理底蕴的"立志"人生观。这正是中国的主流价值所努力宣扬的。

青春偶像剧的"偶像"镜像及其所负载的文化符号意义能使青少年摆脱身份的焦虑，构建自我身份的认同。拉康镜像理论认为，幼儿在镜中的映像助成了幼儿心理中的"自我"建构，而帮助自我建构的是镜子中的虚像。从镜子阶段开始，人们始终在追寻某种形象，并将它们视为自我，人的一生就是持续不断地认同某个特性的过程，这个持续的认同过程使人的"自我"得以形成并不断变化。偶像剧的电视影像是青春个体生命成长的重要镜像，作为具有亲密伴随性和引导性的资源，它所呈现的某些形象符号、价值意蕴必然成为青春个体认同的目标。对于大多数青少年来说，对偶像的崇拜并不是为了真正成为偶像，只是借助偶像来解决建立独立自我过程中的各种矛盾、困惑和冲突，从偶像身上获得自我价值依附的源泉，排遣被分离后的自我焦虑、烦躁和孤独。在对偶像的膜拜中，青少年也在一次次地强化自我、实现自我认同，进而寻找和现实的契合点，为形成独立自我做准备。而偶像剧中健康向上的文化追求和价值人生观，也在获得了青少年认同后，成为青少年身份认同过程中自我建构的重要参照。

三、价值视阈的双面观：意义与快感

对青春偶像剧的叙事特征所做的上述探讨有助于打破一种惯常的情绪化判断，即认为青春偶像剧以及与之相关的青少年流行文艺形式，诸如动漫、网络小说、流行歌曲等，皆为肤浅幼稚的文化快餐，其目的只是为了快感刺激、眼球效应、商业利润，而与意义生产、审美精神无关，除了把它们当作茶余饭后的消遣或当作主流和精英文化的低劣对手加以批判与压制，不值得学术界特别的关注。然而，在偶像剧所构建的镜像叙事中，意义与快感的流通是并行不悖的。青春偶像剧强烈地表达出青少年在成长中的个体生命感悟和精神诉求：孤独、忧伤、苦闷、骚动以及对传统观念和体制的反叛。通过独特的青春叙事和偶像书写，折射出这一代青年人对传统观念的看法、对新的人际关系的评价以及对自我身份如何建构和自我价值如何实现的思考。青春偶像剧也是有价值判断的，他们既有忧伤痛楚，也有温情细腻；既有感性冲动，也有反思自省；既有彷徨叛逆，也有励志进取，其中的爱情观、人生观、自我价值观整体上是积极健康的，与主流意识形态并行不悖。

其一，偶像剧对人性真善美的刻画表现出对传统文化的拥抱与热爱。对真、善、美的追求以及对传统伦理精神的宣扬是主流文化一以贯之的主题。其中韩国偶像剧中对儒家传统理义道德（诸如尊老爱幼、诚信友爱、善良仁义）达到了极致而完美的表现，有一种让人在家长里短的生活叙事流中沉醉和感动的"折杀"魅力，是值得国人借鉴的宝贵经验。大陆青春偶像剧的主题表现也贯穿着真、善、美的主旋律，但在细节的处理方面，没有韩剧那样的温情和细腻。在剧作文本的整体叙事中，无论偶像剧的故事和情节如何跌宕起伏，人物关系如何繁杂纠葛，也不论男女主角性格如何，但他们一定心灵美善；或者一方被另一方的善良、正义征服、打动甚而蜕变，在情感和思想方面达到升华和净化，这样的叙事逻辑无一不是对人性美的肯定和彰显。在观剧过程中，青少年一方面为偶像们的理想结局拍手称快，获得审美愉悦和快感；另一方面也强化了他们对美善的肯定和褒扬，在不自觉中成为善的潜在执行者。诸如《我的青春谁做主》中赵青楚对周晋的感化和人格提升；《爱情真善美》中夏天美的善良、宽容、谦让以及最终让她"守得云开见月明"等，都让观众为之欢呼雀跃。这些美与善的故事经过偶像的演绎既令剧中人物可亲可敬，又对青少年健康的人格建构起到了重要的引导和参照作用。

其二，表现出对青少年健康婚恋观和励志人生观的建构作用。励志、爱情、友情、时尚等，是青春偶像剧叙事的核心主题，而励志与爱情元素几乎贯穿了每部青春偶像剧。青春期的苦涩和惆怅、躁动和不安，是这个阶段的人们共有的心理特征，是生理上荷尔蒙激素产生作用的结果。特别是对异性表现出不可抑制的好奇、冲动和敏感，渴望找到理想的爱情和情感的归宿是每个人年轻时共有的生命体验，这也是青春偶像剧吸引年轻受众的重要原因之一。而青春偶像剧所表现出的爱情大多是唯美的、纯真的，爱情至上，坚贞不渝，甚至很多时候被处理为青年人为了争取自己的幸福，对传统门当户对等封建观念和世俗功利观念的叛逆，把爱情化作一股勇往直前和催人奋进的力量。这些由偶像扮演的痴情男女无疑给了青少年关于爱情的启蒙教育，尤其在这个金钱和财富表征一切的功利主义和消费主义时代，爱情和婚姻都变成了可以用来交易和消费的商品，偶像剧中所上演的唯美纯真爱情观，无疑是对当下日益泛滥的情感交易的有效疏离与公然抗拒，这有利于引导年轻人树立积极健康的婚恋伦理观。

"励志"标签的主题叙事又是当今偶像剧的一大亮点。自从2004年韩剧《大长今》的热播在中国引起广泛关注后，2005年中国大陆的《奋斗》《我的青春谁做主》《士兵突击》《杜拉拉升职记》《丑女无敌》等掀起了以"励志"为主旋律的青春偶像剧热潮。青春偶像剧塑造了青年群体经历困惑和挫败后勇往直前，经历成长最终获得成功的故事，这些青年群像的塑造不仅是青春生活的再现，更承载着时代精神和社会的主流文化，折射出现实生活的多元价值观。而其中的励志主人公也开始"草根化"和"平民化"，更接近平民百姓的生活，诸如没有背景靠单枪匹马在职场打拼的"杜拉拉"们、"无敌丑女"们。在"弘扬主旋律"观念的引导下，大众文化向主导文化的价值观念靠拢与回归，而主流意识形态文化也在借助大众文化进行更广泛的传播与阐释，在这样的情境中，青春偶像剧与主旋律实现了共识与互动。

我们无法否认，涵蕴丰富的新生代青春寓言的偶像剧在给青少年受众带来积极正能量的同时，也产生了一系列不良影响，如对时尚、服饰和奢华的过度凸显使青少年易养成追逐名牌、享乐消费、沉迷物欲等不良嗜好，其中营造的爱情梦幻更容易滋生早恋倾向和虚幻主义，其中所彰显的任性自由、冲动叛逆的情节更容易误导青少年的自我中心主义倾向。它被冠以世俗化、商业化和娱乐化的标签，向受众灌输一种低级趣味、短暂的欲望快感，或以负面的姿态消解着主流意识形态和价值精神，因而常遭受学界和批评界的冷落和批判。然而，诞生于20世纪八九十年代的青少年个体，他们在生活成长中早已依赖和习惯于图像、影像、媒介所呈现的流行文艺方式，特别是青春偶像剧对他们的成长更起到了举足轻重的作用。因而，关于偶像剧的生产和传播是摆在我们面前的重大议题。一方面，青春偶像剧怎样在产制过程中追求"绿色收视率"，挖掘或增添社会现实质感，鼓励青少年勤勉拼搏、积极进取，构筑完好的叙事文本的同时折射出深刻的主题意蕴；另一方面，怎样提升媒介素质教育，使青少年提高自我甄别文艺节目的能力和树立健康健全的自我价值观念，这是青春偶像剧必须面对和思考从而获得良性发展的关键问题。

民族意识，还能有意识地帮助国家宣传民族文化、民族思想和本民族的价值观，有时一部电视剧甚至会改变观众对一个国家、一个民族的看法，所以，在作品中应该坚持弘扬正气的主流方向，而不是挖掘那些非主流的东西。《汉武大帝》的导演胡玫说："本剧导演的根本创意，是创作一部能弘扬中华民族精神、高扬爱国主义的史诗性作品。"[1]

人们以往会直觉地把"主旋律"和"商业片"对立起来，可如今大量历史剧，尤其是清朝剧的热播，却正面体现了媒体在主导文化与商业行为之间妥善处理的一面。"主旋律电视剧"甚至可视作是主导意识形态话语对历史事件的重构与表达。历史题材电视剧以游离于当下现实的逍遥姿态诱使观众跳出现实的藩篱，看似明修栈道，实则暗度陈仓。表面上剧作讲述的是"过去的事"——能指与当下相疏离，实则影射所置身的现实世界——所指与当下的暗合。观众正是在这样一个讲述"遥远的故事"的情景之下，在对意识形态"完全不设防"的情形之下参与了剧作的意义生成，进而接受主流意识形态的询唤。[2]

《司马迁》《林则徐》《康熙王朝》《雍正王朝》《精忠岳飞》等史诗性历史正剧，无不以弘扬中国传统文化、表达爱国主义精神为基本视角，用以秩序、集体为本位的东方伦理精神来对抗以个体为本位的西方价值观念，用舍生取义、国家至上的历史故事来加强爱国主义和民族情感。历史剧文本涉及的往往是制度改革、国防建设、反腐倡廉、抗旱救灾、振兴教育等内容，在世纪之交的中国传媒文化语境中，这些宏大主题与社会现实形成强烈对话。受众围绕着历史剧现象从不同的角度发言，不仅并不满足于就某种传媒形象"就事论事"，而且展开诸多延伸话题。人们借助历史剧展开自己的话语言说，或将现实矛盾移植到历史背景后进行"想象性解决"。

---

[1] 参照 http://www.cctv.com/teleplay/xjkt/2004 - 12 - 17/13746.shtml。

[2] 尹鸿：《中国电视剧文化50年》，《电视研究》2008年第10期。

（一）英雄叙事与主题建构

福柯说，关键的不是故事讲述的年代而是讲述故事的年代。在中国历史题材的电视剧中，对于帝王形象的艺术书写是其中重要的镜像表达。从秦始皇、汉武帝、唐太宗、武则天、唐玄宗、宋高祖到成吉思汗、明太祖，再到清朝的开国之君努尔哈赤、皇太极，最后到康熙、雍正、乾隆等，每一个朝代的开国功勋帝王以及历朝历代关键时期明君的生平都被堂而皇之搬到了电视荧屏中。自 20 世纪初，窝囊的皇上终于被英武的帝王逐出荧屏。创作者们经过认真、严谨的改写和删减，使其能以积极进步的形象与当代主流意识形态形成暗合。1986 年播出的《努尔哈赤》就是在文化转型期对于帝王意象书写与呈现的一次标志性转变，剧中帝王洗去了腐朽的封建统治者身份，以崭新的民族/国家的传承者和代言人的身份进入了共同体认同的想象建构中。

在历史与当下的时空张力中，当代古装主旋律剧中的帝王常被书写成"国家英雄"，这些核心意象在历史语境中巧妙地构成了对于现代民族、国家共同体的想象和转喻，在电视剧的崇高叙事中，皇帝不仅仅是一个生命的个体，更重要的是民族/国家的象征，所指为一个民族/国家的价值认同符号。创作者们不同程度地借鉴并套用了家与国的安危同构、个人利益与集体利益同构的模式。具体地说，就是采取了"一种个人政治群体化与政治群体家庭化的基本叙事策略，这一策略既是中国革命文艺的叙事传统，同时也是主流意识形态始终如一的社会政治主题"①。而封建帝王比任何平民都更容易成为"个体群体化"的典范。

主旋律历史剧中的帝王意象在崇高叙事中粉墨登场，"他们"在新时代的感召下兼具个人主义英雄和民族/国家英雄的双重特质。"他们"

---

① 李奕明：《〈战火中的青春〉：叙事分析与历史图景解构》，《当代电影》1990 年第 3 期。

高大强壮、端庄威武、博学多才、足智多谋、浩然正气，兼具"好皇帝""好领导""好男人""好儿子""好爸爸"等多重身份。饰演帝王的演员则要求其形象刚正、充满正气、演技精湛，非一般的偶像明星所能担任。作为重要"领导人"，"他们"承担着整个国家、民族和人民的兴衰荣辱的使命，体现出"当家难"，以及"先天下之忧而忧，后天下之乐而乐"的责任和担当，因而注定在国与家，在集体与个人之间艰难取舍，同时也注定了他必须为整个国家付出自己的全部身心。

《雍正王朝》的编剧刘和平在接受采访时说："托尔斯泰说，帝王是历史的奴隶，如果一个皇帝或上层集团把国当成国，那他的家庭利益就让步了，从这个意义上分析，雍正恰恰是有国无家的人。"①《雍正王朝》通过宏大叙事，为观众着力呈现了一个顶天立地的民族/国家英雄形象。全剧将故事分为"夺嫡篇"与"治国篇"两个部分，真实而生动地表现了其治国之难、利民之难。一方面，电视剧展现了雍正冷峻威猛的王者气象；另一方面，电视剧又从"人"的角度，将皇帝置于日常家庭背景下，血肉丰满地再现了雍正在"家国两难全"的境地中徘徊挣扎的痛楚和经历高处不胜寒的孤独凄凉，同时也为大众制造了亲切和熟悉的日常情感体验，让国家英雄沾染民间烟火。

电视剧一开篇在一幅扣人心弦的赈灾画卷中推出雍正，为全剧的叙事主题奠定了一个基调。在一系列的事件中，剧作通过将雍正置于小家与大国的矛盾选择和考验之中，进一步凸显了他以国为家、为国为民的胸襟和气度。比如雍正追讨户部欠款，一视同仁，不惜为了国家的利益得罪皇亲贵族，孤身奋战；在治理国家的时候，以民为本，以农为本，以铁腕推行"摊丁入亩"和"官绅一体纳粮"等新政；其他如"铁帽子亲王大殿发难逼宫"，雍正遵照遗嘱不弑兄弟；弘漪在八王爷的煽动下欲刺杀兄弟弘历，雍正含泪杀亲子，在"杀"与"不杀"的对比中，

① 阎玉清：《〈雍正王朝〉编剧刘和平访谈录》，《中国电视》1999 年第 11 期。

仁义、崇高的帝王形象就被凸显出来。而历史上关于雍正残暴、阴冷的反面形象已被刻意改写和修饰。《雍正王朝》的导演如是说："英雄对一个民族的提升太重要了！黑泽明电影中的英雄振奋了日本二战后的不振，我们为什么不能在千百个荒淫皇帝中塑造一个好皇帝？"①

帝王电视剧，往往在角色设置与英雄的叙事策略中，呈现出趋同的叙事规律。在《康熙王朝》中，康熙大帝为统一祖国而呕心沥血的丰功伟绩的形象被突出和彰显。全剧围绕着康熙帝生平中四大重要事件——智除鳌拜、平定三藩、收复台湾、御驾亲征噶尔丹，使作为个体的"玄烨"与作为帝王的"康熙"形象融合为一，避免了传统的"英雄"叙事单向度的描写。尤其在"平定噶尔丹"中，已至中老年的康熙面临着更强烈的"家"与"国"之间的冲突：女儿蓝齐儿的阻隔与大清的统一之战；子觑父权、太子的废立与大清的未来等之间的矛盾纠葛。

历史正剧对历史人物形象的完美塑造恰恰完成了对"时下"主流文化的历史隐喻，并隐含着浓烈的民族文化精神和价值取向。电视剧中勤勉、英明、仁慈、勇武的"领导者""为政者"形象，以人为本、"为人民服务"的"当家人"心态是百姓喜闻乐见的，也是主流话语期望和默许的。历史人物的英雄化书写谱写了民族/国家的符号意蕴，表达和契合了当代主流的国家主义/集体主义的价值建构。

（二）历史符号、当代意识与接受程式

如上所述，在叙事视角上，主旋律历史剧与家庭伦理剧、青春偶像剧等以情感为主线的女性视角不同，它表现出以男性视角横扫历史长河的宏大胸襟和气魄，在某种程度上，受众接受男性视角的同时就更容易认同其建构的主流价值观。

----

① 转引自史可扬：《历史剧与民族形象的建构》，《中国电视》2010 年第 9 期。

首先，历史题材电视剧的创作者多为男性，即便少有的知名女性导演如胡玫，她在大型的历史剧中（如《雍正王朝》《汉武大帝》），仍旧通过对历史逻辑理性的深刻把握，超越"自我"身份，采取了惯常的宏大、理性的叙述方式，把感性的细节推向历史的必然。一些研究者认为，男性视角主导的历史剧，更容易被人们预期为对普世价值的抒写，卿卿我我的儿女情长在剧中被淡化，从中国传统文化和性别文化的角度分析，这当然有一定的道理。在正剧中，观众也更期待看到历史的智慧经验与人生哲学的真谛，生命意识与儒家情怀被建构到宏大叙事当中。剧中大多呈现的是儒家的救世主题，满足了观众的入世愿望，消解了性别的差异，以一个强者的胜利姿态来缝合历史的差异。人们在历史剧中，不仅能重温历史，更能感悟生命，获得精神上的升华。

其次，就人物形象而言，历史人物在剧中最能表征中华传统文化符号，历史题材电视剧通过二元对立的方式设置人物形象，忠奸善恶异常分明，接受者在不断累积的欣赏经验中逐渐形成符号化的接受模式。历史正剧中的主角往往是男性，而且是具有理想人格范式的国家英雄，成为普通老百姓仰视和崇拜的对象，满足了观众对逝去的光辉岁月的追忆和英雄偶像的集体无意识心理，在某种意义上激发了百姓对民族/国家的认同感和归属感。与男性/英雄相对的人物符号是女性/美人，其在历史题材剧中的刻画和作用亦是不可小视的。如《康熙王朝》中的孝庄太后，她是贯穿全剧的一个关键人物，然而在绝对的意义上，"孝庄太后"更是一个以"父"的名义存在的男性社会的权威者，是一个被男性化的自我性别身份缺席的存在者。其他如苏麻、容妃等女性更是"缺席的在场"，她们集中华妇女温良恭俭让的传统美德于一身，在历史剧中成了欲望符号，是男性主人公和男性观众欲望想象和投射的对象，是故事情节的助推器，引导着观众对男性英雄形象/民族国家形象的拥护和认同。正如戴锦华的精辟论述："她们无从指认自己所演出的社会角色，无从表达自己在新生活中特有的体验、经验与困惑……一个以民族国家之名出现的父权形象取代了零散化而又无所不在的男权，成了女性至高无上的权威……在宏大叙事中，她们被明确地编码、置换为某种必须而有效的神话符码。作为人物的性别身份，她更多地被用作革命的'前史'、用作人民、'个人'与党……用作被压迫阶级历史命运的指称。"①

　　历史题材电视剧运用多种艺术技巧，汇合各种当代价值观念，满足了当下观众多元化的审美趣味和倾向。从 1982 年的《武松》等名著改编的历史剧开始，到 20 世纪 80 年代中后期的《杨家将》《红楼梦》《努尔哈赤》的播出，再到 21 世纪的《汉武大帝》《康熙王朝》《雍正王朝》《天下粮仓》《大明宫词》《贞观长歌》《赵氏孤儿案》《精忠岳飞》等主旋律历史剧，都体现了时代语境下电视剧与受众审美倾向的互动。

　　"'历史'远离了当代中国各种敏感的现实冲突和权力矛盾，具有更丰富的'选择'资源和更自由的叙事空间。因而，各种力量都可以通过对历史的改写来为自己提供一种'当代史'，从而回避当代本身的质疑。历史成了获得当代利益的一种策略，各种意识形态力量都可以获得历史的包装而粉墨登场。"诸如权谋文化、改革、反腐和统一等主题不断在帝王剧中反复演绎，于世纪之交的特殊传媒文化语境中体现出强烈的社会意识形态症候。人们对历史剧的意识形态解读本身构成了其盛行的重要原因之一。受众围绕着历史帝王剧现象从不同的角度发言，并不满足于就某种传媒形象"就事论事"，而且展开诸多延伸话题。帝王剧与"权谋文化""改革、反腐和统一"之类话题不一定有必然联系，但就当代媒体文化而言，人们借助历史剧展开自己的话语言说和意向关联性，却正是现代观众"生产意义"和"符码"的一种表现，当然与主流文化所提倡的主导价值观也是相呼应的。

　　① 戴锦华：《斜塔瞭望——中国电影文化 1978—1998》，台北：远流出版事业股份有限公司 1999 年版，第 108－110 页。

总之，历史题材剧对人类共通的历史文化母题进行了时代的演绎，既强化了主题内涵，又引发了当代观众的情感共鸣和对现实社会人生的思考。历史题材剧把对生命意义的追问，表现为一种对民族品格、民族精神的坚守，始终以自强不息、坚韧不拔、修身齐家、爱国主义等民族精神品格作为历史正剧表现的核心思想，而这样的普世价值观仍然是我们当代社会核心价值观的重要内容，具有十分重要的现实价值和意义。

二、"建构"或"解构"——宫廷戏说剧的批评和反批评

与"正剧"相对立的历史题材剧的另一种重要类型是宫廷戏说剧。1992 年《戏说乾隆》在中国大陆的热播开启了人们对历史题材演绎和欣赏的一片新天地；1995 年《宰相刘罗锅》大获成功；1998 年《还珠格格》红遍大江南北，戏说历史剧逐渐占据了电视剧市场的重心。借用巴赫金的狂欢理论，我们可以用一系列的对立面来概括历史题材剧"正说"和"戏说"两种类型的特质：正说——严肃/官方/教条的/一成不变的/丰富正规；戏说——搞乐/非官方/开放的/偶然的/不足随意。笔者以表格对两者的人物设置、主题叙事和审美风格进行具体的比较：

历史题材剧"正说"和"戏说"之比较

	正说	戏说
主角性别	偏于男性	偏于女性
身份	帝王、忠臣	宫女、妃子
叙事风格	严肃、悲剧性、崇高、阳刚	喜剧、荒诞、柔媚
叙事策略	宏大、英雄化	私人化、戏说、民间叙事
主题	政治、改革、权谋	后宫争宠、宫斗、爱情
审美表现	历史感、史诗性	娱乐化、世俗化、平面化

随着宫廷剧的流行，特别是在大众文化"娱乐至上"的今天，历史题材剧的"戏说"之"戏"——游戏、嬉戏、娱乐，简直到了无以复加的地步。如果说早期的《戏说乾隆》之"戏"只是手段和方式，其意义在于开拓一种新的帝王剧的叙述方式和类型；那么到了近年来宫廷戏说剧泛滥成灾的局面，"戏"直接成了商家和制作者们追求的终极目标。在此文化语境中，学者们对宫廷戏说剧展开了一系列研究和探讨，但讨伐之声盖过了赞誉之音，抛开题材扎堆、剧情雷同、品质低下等问题，学界尤其集中在电视剧对社会思想价值观的传播和影响方面，表示了忧虑和批评。

一方面，这种批评表现在对权利崇拜和权谋文化的渲染方面，当然，以古代封建帝王为题材的正史剧，也有类似的负面影响，然而在一部分宫斗剧中，"权利争斗"和"权谋之术"却被演绎到了极致，而其背后的是非对错和价值判断全然被消解掉，"专制主义""奴化意识"深入人心，"胜者为王，败者为寇"成了冠冕堂皇的生存法则，如《金枝欲孽》《宫锁珠帘》《步步惊心》《美人心计》等剧。因而学者们纷纷撰文批判，这些思想的表达与现代文明的大潮——民主、平等、自由、法制的普遍价值观是背道而驰的。

另一方面，"戏说剧"常常采用后现代戏仿、复制、拼贴、夸张的手法，通过插科打诨的方式，消解了深度的历史感、道德感、崇高感、神圣感，给受众带来了强烈的感官刺激、欲望快感的满足和宣泄。因而一部分"戏说剧"在娱乐至上的路上渐行渐远，至而表现出平面化、低俗化、媚俗化的审美趋向，给人无意义感和荒诞感，比如《武则天秘史》《杨贵妃秘史》等。特别是《杨贵妃秘史》，通过对历史进行肆意"改造"，对现代流行元素超越时空的嫁接和拼贴，对神圣历史人物（如李白）进行"降格"的戏谑狂欢，为观众呈现出令人忍俊不禁的"雷人"快感，这种高度媚俗化倾向的"戏说剧"，只是在暂时的高收视率中"一笑而过"罢了，同时这种低级趣味中表现出的审美追求和价值意蕴同样不利于观众高雅、健康人格的建构。

然而，在 21 世纪社会转型的大环境中，时代的社会思潮和价值观念不断发生变化，这种价值观念的变化也对大众的心理产生影响。而不同风格内容的电视剧的价值观表达所引发的诸多争议，都说明了当下社会审美心理的多重性和复杂性。正是在这个意义上，我们发现舆论和学界在对宫廷戏说剧的一片骂声中，也出现了对戏说剧的不同解读。特别是随着这类电视剧不断地自我改进和反思，我们亦能从深处捕捉到宫廷戏说剧的建构价值和意蕴。

其一，对权力、权谋文化的批判和反思。2012 年的热播剧《甄嬛传》在历史的颠覆性想象中体现出对文化和商业的双重诉求，从而在一大批粗制滥造的古装剧中脱颖而出。作为一部"宫斗剧"，同样离不开后宫争宠、权谋争斗的情节和主题，但是为何它能获得众多专家学者和大众百姓的好评呢？正如金丹元教授在谈到电视文化时所言："问题的关键，不在于是否忠实于史实（仅仅是一堆史料，也无法构成艺术作品），而在于如何表现历史，编导者是以何种历史观、审美观去再现或重构历史的，并向观众展示了一种什么样的审美文化。"[1]《甄嬛传》消解了近几年清朝剧中帝王的"英雄"符号形象，赤裸地为观众呈现出封建帝王为维护个人权益所展现的阴狠、冷酷、无情，批判了在帝王中心权威下封建社会对女性的摧残与戕害，塑造了一批后宫畸形生存环境下的悲剧女性形象，具有强烈的现实主义批判色彩，同时也侧面向观众传递出一种主流思想和价值判断。加之剧中精致的场景、服饰、道具与别具意味的古典音乐、诗词歌赋等传统文化元素交相辉映，在一定程度上满足了人民大众甚至知识分子们的精神文化和审美诉求。也许人们对其"比坏心理"[2]"以恶制恶"（甄嬛最后用计谋和阴狠制服了"华妃"

---

[1] 　金丹元、游溪：《从〈甄嬛传〉的热播谈古装剧对历史的重新想象》，《浙江传媒学院学报》2013 年第 6 期。

[2] 　参照陶东风：《比坏心理腐蚀社会道德》，《人民日报》，2013 年 9 月 19 日。

和"皇后")提出了批判和质疑，但我们仍能感受到编者的良苦用心，在结局中：甄嬛虽最终赢得了"天下"，却众叛亲离，失去了本心和"人性"，在孤独、悲哀和寂寥中老去，终其一生到头来也是惨败而归。《甄嬛传》借助从"权谋"到"反权谋"的成功叙述和表现方式，对今后的古装剧拍摄具有一定的启示作用。

其二，平民化叙事、艺术形式、思想表达的创新。"戏说剧"的叙事常常只是借助于"历史"的外衣，通过对"权威""等级"的解构，运用平民化的视角和日常生活流的叙事，表达对历史与现实的反思。当年电视剧《还珠格格》《宰相刘罗锅》《铁齿铜牙纪晓岚》热播的时候，也不过是将皇宫生活平民化，将皇帝凡人化，采取了老百姓喜闻乐见的审美表现方式。这些热播剧用老百姓的眼光去观察日常生活，用日常生活的语言叙述，也用与老百姓一样平视的眼光去看事情，故能得到普罗大众的喜爱。小燕子的形象为什么那么深入人心并受到人们的追捧和喜爱？就是因为小燕子那种叛逆、敢说敢爱敢恨的个性精神感染了当代观众，他们不像 20 世纪五六十年代的中年人那样只是怀旧，而是在青春反思中前行。"刘罗锅""纪晓岚"的形象为什么能成为当代中国雅俗共赏的文化符号，就在于电视剧通过滑稽喜剧和充满市情味的手法，打造了充满智慧、正义、不畏强权、惩恶扬善、平凡而又超凡的清官形象。而《陆贞传奇》则被冠上了"宫廷职场励志剧"或"中国版大长今"的标签，表面上它是一部古装剧，实质上无论从台词还是从内容来说都充满着现代思想和意识，更像一部青春励志偶像剧。这也是古装历史剧的一种突破和尝试。如总制片人于正所言："我不想把《陆贞传奇》定位为历史剧，也不想定位为戏说剧，它就是一部青春、好看的、带有正能量的古装电视剧。至少我所呈现的主人公在剧中都是通过努力，不懈地奋斗，实现自己的理想，这就是正能量。如果有观众因为看了电视剧又去查了历史，那就是普及历史知识了。与其纠结剧情是不是符合历史，还不如从中吸取正能量，我创作坚守的一点是，男女主角都肯定是好人，这是我的底线。"诚然，在大众对宫廷剧欲罢不能，影评者对宫廷剧欲说还休的纠葛中，我们依然能真切感受到其中所传播和表达的社会核心价值的脉搏与呼吸及其对当代人价值建构的积极意义。

第四章　电影与主流价值观的关系

电影是当代中国大众文艺最重要的类型之一。自 1905 年第一部电影诞生以来，作为视觉文化的代表，电影日益强大，到了今天，它已经代替了文学的诗教功能，深刻地影响着人们的娱乐生活与价值观念。电影既有娱情搞笑之作，也不乏反映现实的警世之作，这也喻示它的兼收并蓄，故而能在娱乐大众的同时，反映和记录中国社会发展与转型过程中的欢乐与痛苦。

从早期上海娱乐电影、"左"翼电影到新中国政治电影、20 世纪 90 年代的华语电影，皆是中国传统文化的传声筒，渗透甚至代表了与一个个时代共呼吸的主流价值倾向。即使在今天由青年人所创造、所喜爱的青春电影如《失恋 33 天》《那些年，我们一起追过的女孩》《初恋未满》等影片中，它们的感悟式个性表达都不自觉地包含新的大众价值观，不仅为主流价值观的进一步发展提供了积极的因素，并且作为创新的内容也逐步被主流价值观接纳。

第一节　中国电影与主流价值观关系嬗变

　　从世界范围看，世界电影格局分成三类：一是以苏联为代表的政治电影，二是以美国为代表的商业电影，三是以欧洲为代表的艺术电影。就中国电影而言，早期上海电影走的是好莱坞商业电影的路线；1949年以后追寻了苏联政治电影的足迹；第五代导演追寻了欧洲艺术电影的足迹，其代表作《黄土地》《红高粱》《孩子王》等拿的都是欧洲的奖项，如《红高粱》获第 38 届德国柏林电影节金熊奖，《孩子王》获法国第 41 届戛纳电影节教育贡献奖等。自 20 世纪 90 年代以来，华语电影的大片格局再次效仿了好莱坞的商业电影模式，却又始终放不下政治电影式的教化倾向。

　　中国电影成为人们生活中必需的娱乐产品、饭桌前的谈资、微信中的常客，由于其较大的社会影响力，国家一直通过它进行意识形态的控制。如果说美国的电影是与主流价值观高度一致的话，那么，中国电影则在主流价值观、大众价值观、商业价值观三者之间变幻挣扎。自法兰克福学派开始，大众文化与主流意识形态关联就成为研究大众文化绕不过去的重大问题。商业与政治，既成为大众文化的软肋，又成为大众文化存在的基石，当我们从这一问题域来观照百年中国电影的发展历程时，则会发现，电影与主流社会文化及其价值观念体系的对话与互动，始终或隐或显地贯穿于百年历程之中，每一历程烙刻的时代印记，向我们展现着它独有的意义构造方式与历史价值。

一、历史之初：早期电影与主流价值观之间的张力

清人说"国家不幸诗家幸"，一方面道出了文人在苦难中写作的不屈精神，另一方面也反映了在杂乱的社会背景之下，由于正统权威的式微导致文化管制的松动，使得文章写作进入自由状态，对于中国电影的发源而言，这句话似乎有着异曲同工之处。可以说，中国电影诞生于一个动乱的时代，1905 年，皇权已岌岌可危，列强咄咄逼人，而这一年中国的第一部电影《定军山》拍摄了。从该片内容来看，它奠定了早期电影的价值取向，即老百姓的大众价值观，采用人们喜闻乐见的京剧形式，运用京剧大腕的明星感召力来拍摄电影。

《定军山》选择了一条与中国普罗大众喜好相仿的成熟的艺术形式。在中国导演看来，这是一种安全的市场选择。这种选择有以下几个原因：第一，传统的艺术形式已经拥有了大量拥趸，这些人将成为电影票房的绝佳保证；第二，传统艺术中的综合价值观与主流价值观之间早已形成契合关系。《定军山》中蜀国老将黄忠在诸葛亮的刺激下打败了驻守天荡山的魏国大将张郃后，又经法正指点，夺得定军山以西的挡箭牌山的山头，直取夏侯渊，夏侯渊措手不及，被黄忠腰斩，黄忠从而夺得了定军山。黄忠大败张郃象征着正面势力对反面势力的压倒性胜利，这契合了以汉室为正统的传统主流价值观。可以说，早期中国电影中的主流价值观就是中华传统价值观，也可以说是古典价值观，这一价值观一直延续到 1949 年中华人民共和国成立。

电影，作为 20 世纪意识形态的新工具，它与报纸、杂志一样承担着主流价值观的传播责任。李少白认为刊登于 1897 年 9 月 5 日的上海《游戏报》上的一篇题为"观美国影戏记"为现存最早的影评文章，该文已经"把观看影片与省察世事联系起来"，体现出"传统的'关乎人生'的文化价值观"，因此他推断出"能否有利于社会，有利于民众，

有教于人心，是当时评论影片优劣的最常见的，也是首要的标准、尺度"。① 郑正秋撰写的最早的情节片《难夫难妻》揭露批判了封建婚姻的买卖性、盲目性与非法性，即在各种繁文缛节的形式之下，将素不相识的男女送入洞房；同年黎氏拍摄的《庄子试妻》探讨了关于女性忠贞与背叛的话题。这两部电影无疑与五四新文化运动中所提倡的恋爱自由、婚姻自由等社会话题遥相呼应，把导演对生活的看法与感触用直观娱乐的影像呈现于普通观众面前，宣扬了自由的普世价值观。

尤其在中国老牌的家庭伦理剧中，主流价值观的宣扬更是无处不在。1932 年，以郑正秋为编剧、张石川为导演拍摄的《孤儿救祖记》是第一部具有成熟形态的家庭伦理片。片名中的"记"采用了唐传奇中如《莺莺传》《古镜记》等传记的命名方式，其故事一波三折：孤儿寡母遭人陷害，被人谋夺财产，可谓祸不单行；以寡母之薄力，含辛茹苦地抚养孤儿成人，可谓感天动地；长大后拯救祖父，惩治坏人，使过去之事真相大白，可谓一家团圆。这种先抑后扬的叙事模式不仅与"中国古代小说的总体结构模式：情节巧合、预叙特征与大团圆结局"② 不谋而合，其惩恶扬善的道德意图也继承了传统话本小说的教化功能。这类电影不仅具有足够的传奇色彩，而且满足了中国观众常规范围内的道德审美期待，受到了广泛认可与欢迎，并以出色的票房挽救了危机四伏的明星公司。借着这股东风，一系列家庭伦理片接踵而至，比如《空谷兰》《梅花落》《玉梨魂》《多情的女伶》《歌女红牡丹》以及《姐妹花》等。这些电影被"左"翼知识分子斥为"鸳鸯蝴蝶派"之作，然而，他们未曾认识到的是这类电影中所宣扬的创作宗旨在于"保守旧道

---

① 李少白：《影史榷略——电影历史及理论续集》，北京：文化艺术出版社 2003 年版，第 346 页。

② 白艳玲：《因果报应思想与中国古代小说中的常见结构模式》，《江西科技师范学院学报》2008 年第 8 期。

德""借银幕感化人心""劝善惩恶"①。盘剑认为"鸳鸯蝴蝶派"电影"既现代又传统"，而且"还非常复杂"，其现代性在于它们敢于触摸中国都市进程中的各种问题，敢于表现物欲横流的社会中人的异化；而其传统性主要体现在两个方面：表层上这类电影极力呼吁传统道德的回归，深层上电影的创作者固守着古典主义道德的立场，借电影之名兴发寄托，成为第一代利用大众媒介手段教育民众的精英知识分子。

"左"翼电影可能与当时国民党的价值观在政治观念上有所抵牾，但所谓的革命性的价值观在某种程度上代表着未来的价值观。例如，在著名的"左"翼电影《一江春水向东流》中，导演四次使用南唐后主李煜的《虞美人》中的诗句，并将其编成乐曲，利用女声合唱方式加以强化。众所周知，李煜作《虞美人》之词时已是亡国被俘之人，该词表达了他思念故国的哀愁，而摄于1947年的《一江春水向东流》以该词的历史背景与文化内涵为喻，通过电影故事完整地表现了在抗战年代中国及其人民所遭遇的悲欢离合。

作为政治预言片，该电影在批判现实的同时，暗中透露出未来社会的基本信息，尤其是结尾处提及的一封来自忠民的书信，不仅隐含了共产党的政治中心——延安的美好新生活，而且预示着这种符合历史潮流的平民主义新生活将最终颠覆"坏人能享福，好人遭受磨难"的二元困境。

二、历史之惑：新中国电影主流价值观的政治化

新中国成立后，全国上下对国家由新民主主义转向社会主义的深切

---

① 盘剑：《选择、互动与整合：海派文化语境中的电影及其与文学的关系》，杭州：浙江大学出版社2006年版，第40页。

期待使得整个电影界的创作以及指导环境转向了苏联的国家模式，而对私营电影公司昆仑公司拍摄的《武训传》所进行的全国性批判，深刻地影响和制约了当时的文化制度以及电影题材。

以中华人民共和国第一部故事片《桥》为例，它是由长春电影制片厂的前身即东北电影制片厂摄制的。这是中国共产党建立的第一个电影制片基地，东北电影制片厂始建于解放战争的隆隆炮声中。《桥》不仅是新中国电影史上第一部故事片，也是第一部"写工农兵，给工农兵看"的人民电影、第一部以工人阶级为主人公的电影、第一部体现执政党知识分子政策的电影。

它讲述了在1947年的冬天，东北某铁路工厂为支援解放战争，接受了抢修松花江铁桥的任务。一开始，总工程师看不到群众的力量，对能否完成任务持怀疑态度，而有的工人群众也确实存在雇佣思想。在这种情况下，厂长主动深入工区、深入群众，启发动员大家为修复大桥出谋献策。为了制造修复铁桥需要的桥座和铆钉，他们首先修复了炼钢炉，但第一次炼钢失败，工人梁日升又想出了用耐火砖代替白云石的办法，并获成功。此后，为了按时完成修复铁桥的任务，铁路工厂的工人们群策群力，响应上级号召，投身修桥工作，终于在松花江解冻之前将大桥修复。这部电影几乎没有具体的主角，如果硬要拉出一个主体，铁路工人们无疑是影片要赞美、讴歌与表现的对象。一个庞大的阶级群体代替过往电影中独一无二的男女主角，完成了私有制电影向社会主义公有制电影的变革，从这个层面上来讲，电影文化不仅是经济制度的折射，也成为政治制度的风向标。

我们可以将当时的电影政治生态总结为以下三点：

其一，用政策手段改变私营电影制片业，实现电影行业社会主义公有化的经济制度。由于社会主义的经济特点是消除私有制，因此政府早期通过组织"公私合营的联合制片组织"以及发行贷款来指导扶助私营制片业，一年后，为了配合社会主义三大改造，电影指导委员会第四次会议（常委会）针对私营影业提出八大决议，其中就包括了"加强私营影业的领导……有步骤有计划地走向公私合营和全部国营"①。1953 年 2 月，由昆仑、长江、文华、国泰等私营公司组成的上海联合电影制片厂并入国营的上海电影制片厂，彻底结束了新中国私营电影业短暂而光辉的历史，最终实现了电影业的全面公营化。

其二，为了加大影片的审查力度，电影局与文化局于 1950 年分别设立了影片审查委员会和电影指导委员会，其中，电影局颁布的《中央电影局各厂剧本及影片审查办法》规定了各国营厂生产的故事片的主题和故事梗概、文学剧本、美术片的分场剧本及大型纪录片的拍摄纲要等均要送局内审查；同时，文化局下的电影指导委员会将在电影局初审之后再次进行创作计划、文学剧本以及电影三阶段的复查，其中文学剧本又分初审与复审两个步骤，如遇到重点片以及政治问题影片，其创作计划与文学剧本"由文化部送请中共中央审查"②。通过剥洋葱式的层层检查，政府可以完全将"为工农兵服务，为政治服务"的电影基调确定在每一部电影之中。从 1949 年《桥》开始，到《白毛女》《钢铁战士》《上饶集中营》《新儿女英雄传》《翠岗红旗》《我这一辈子》《腐蚀》等影片，在很短的时间内，政府将政治主题和题材全盘复制进了电影文化中。

其三，电影制作的国营化，使之纳入国家高度集中的计划经济体系之中。这种计划体系包括两个方面：第一，在每年年初制订制片计划，规定不同种类不同题材电影的制作数量，例如，《1952 年电影制片工作计划》在总结上一年成就的同时，拟定了当年故事片、纪录片、教育片、新闻片、翻译片、美术片的数量，甚至确定以上各类型电影的题材

---

① 汪岁寒纪录：《电影指导委员会第四次会议（常委会）纪录》，吴迪编：《中国电影研究资料：1949—1979（上卷）》，北京：文化艺术出版社 2006 年版，第 225 页。

② 杨学庄纪录：《关于国营电影的审查问题》，吴迪编：《中国电影研究资料：1949—1979（上卷）》，北京：文化艺术出版社 2006 年版，第 227 页。

范围。第二，影片通过国家权威体系发行全国，从根本上架空其与市场的联系，再度保证了作品意识形态的正确性与纯粹性。私人化的电影语言被打入了历史的冷宫，从而迎来一个集体主义话语权力的高峰。

三、当代之魅：华语商业大片与主流价值观的商业化

20 世纪 90 年代之后，得益于日渐壮大的市场经济环境，电影与主流意识形态的关系开始逐渐转化为电影与传统文化的关系。党意识到以传统文化凝集中华民族的团结力与向心力的重要性，因此，承载着主流价值观的主旋律电影，已不再用"政治正确"的尺度来衡量，而是以传统文化价值观为中心，依托社会主义核心价值观，进行传统道德理论的深化。同时，"一统而多元"的文化格局和价值架构已悄然嵌入当代中国社会结构。所谓"一统"是指传统文化与社会主义核心价值观为主，掌握文化领导权，它倡导的价值观念仍占据社会主导地位。在电影艺术界，"一统"由主旋律电影负责把握。但此时的"一统"已不是极左时期断然排他的"一体化"，而是兼容了多种差异性的文化价值形态，这就有了"一统"之下的"多元"共存。"一统而多元"的组构方式为上层建筑打造了更具弹性和开放性的空间框架，能够容纳多种文化力量和价值观念，容许它们的相互争鸣、对话、协商，保持主导与从属、中心与边缘间的动态平衡。具体到主流文化与商业电影的关系而言，那就是二者虽不能尽然合拍，但多数情况下能满足相互需要。

当代中国的三种文化形态即主导文化、大众文化和高雅文化，带来了主旋律电影、商业电影和艺术电影的划分。而在饶曙光看来，这种划分在某种程度上夸大了三者之间的二元对立，已经"不能准确把握和阐释当下的中国电影"。他进一步提出"主流商业电影应该成为当下中国主流电影中的主流"，而早已不是所谓的"主旋律电影"。从当代中国

主流商业电影的发展来看，它不仅已经"融进主流的价值观，在一定意义上也直接间接地反映了当代社会的主流价值观念和主流社会心理"。①也就是说，如果早期主旋律电影仅仅是政治意识形态电影的话，当代中国主流电影非主流商业电影莫属了。

与此同时，商业电影的逐步增长与政治环境是相辅相成的，由于中国大陆与香港、澳门的电影圈渐渐进入一个跨区域化互相渗透、互相整合、互相竞争的阶段，政治环境、经济理念的认同以及学术交流的加速，使得中国电影的概念在新环境新形势下，面临着新的变化，因此，华语电影的概念应运而生。

美国华人学者鲁晓鹏认为"华语电影"概念的出现，反映了"用一个以语言为标准的定义来统一、取代旧的地理划分与政治歧视"②的愿景，它"是一个更加具有涵盖性的范畴，包含了各种与华语相关的本土的、民族的、地区的、跨国的、离散的（diasporic）和全球性的电影"③。因此这一概念的提出本身就带着消解政治地理差异、追求华人文化繁荣的价值取向。陈犀禾、刘宇清认为"华语电影研究的新视野呼应了大陆、香港和台湾在政治上走向统一和体制上保持多元化"④，借助着文化精神上的相通性，中国大陆与香港、澳门的经济实体组织从商业上着手，一步步地实现了经济、文化、意识形态上的全方位融合。

对大陆而言，这个拥有庞大人口的区域在计划经济转型为市场经济过程中需要一个较长的发展阶段，各方面的因素导致了 20 世纪 90 年代出现电影市场的瓶颈，"1993 年国产影片的生产下降 50%，观众人数下

---

① 饶曙光：《改革开放三十年与中国主流电影建构》，《文艺研究》2009 年第 1 期。

② 鲁晓鹏、叶月瑜著：《华语电影之概念：一个理论探索》，陈犀禾编：《当代电影理论新走向》，北京：文化艺术出版社 2005 年版，第 197 页。

③ 鲁晓鹏、叶月瑜著，唐宏峰译：《绘制华语电影的地图》，《艺术评论》2009 年第 7 期。

④ 陈犀禾、刘宇清：《跨区（国）语境中的华语电影现象及其研究》，《文艺研究》2007 年第 1 期。

降 60%，票房总收入下降 35%，发行收入下降 40%"①。一年之后，唯一拥有电影进出口权的中影公司宣布每年将引进十部"基本上反映世界优秀文明成果、基本上反映当代电影艺术、技术成就"的外国影片，从此它们几乎占据了大陆主要的票房市场。斯坦利·罗森调查到"自1994 年起，进口分账影片已经成为中国电影工业的发展生存基础，进口分账影片给中国电影带来了1 200 万美元收入的 60%。1995 年前半年的票房总收入超过往年同期的 50%，并且夏季北京影院观影人次已经上升了 70%"②。在经历了多年计划经济体制保护的中国大陆电影，若想快速地提高其在全球化时代电影市场的竞争力，那么它与香港、台湾电影界联手打造合拍片尤其是合拍商业片似乎成为上乘的出路。

　　实际上香港和台湾的电影业也面临着紧迫逼人的形势，由于香港电影工业的崛起一直依靠海外市场的繁荣，与此同时 20 世纪五六十年代的两大影业巨头——邵氏和电懋——不仅起家于新加坡，而且在东南亚一带都拥有相当实力的发行企业。然而，20 世纪 90 年代以来，日、韩、东南亚一带自身文化娱乐业的腾飞以及政府出台的一系列保护本土电影产业发展的政策，再加上全球化好莱坞电影的文化侵略以及香港回归后亚洲金融风暴的打击，香港内外受到影响，一方面是急剧减少的海外收益，另一方面本土市场也受到了好莱坞电影的侵占。大量的数据调查表明，从 1997 年到 2006 年，香港电影无论是首映数量还是票房收入都呈现不断下降的趋势，还出现市场萎缩、人才流失、数量减少等一系列现象。有学者甚至提出"香港电影之死"的终结性口号③。

　　与此同时，20 世纪 90 年代的台湾电影产业与它发达的经济指标呈

---

　　① 斯坦利·罗森著，戚锰、钟静宁、龚湘凌译：《狼逼门前：1994—2000 的好莱坞和中国电影市场》（上），《北京电影学院学报》2003 年第 1 期。

　　② 斯坦利·罗森著，戚锰、钟静宁、龚湘凌译：《狼逼门前：1994—2000 的好莱坞和中国电影市场》（上），《北京电影学院学报》2003 年第 1 期。

　　③ 列孚：《香港电影之死》，《明报月刊》1995 年第 351 期。

现反比的状态，一方面是国际上频频拿奖，另一方面岛内无人问津、票房尽失，孙慰川把这种现象归结为"对国际影展的美学观的依附与迎合"，从而部分地"丧失了主体性和独立性"①，再加上来自港片以及好莱坞大片的竞争，台湾电影自 1990 年开始迅速减产，由当年的 76 部跌至 1994 年的 28 部。与此同时，就各大影院放映情况而言，"香港影片为台湾之 5 倍；外片更高达 26 倍"，因此这个时候的电影市场被总结为"上映片数少、观众少、票房收益低、档期弱，完全缺乏市场竞争能力"。正因此，卢易非不禁感叹道："（20 世纪）90 年代后，商品与消费文化盛行，文化工业生产模式与全球资本主义的大串连，更是巩固了好莱坞的垄断地位，将台湾电影一步步逼进绝迹的困境"②，继而发出"恐再无前行之路"的啼血之泣。

在世界全球化自由竞争的趋势下，闭关锁国的时代早已过去，而呼吁并实践拥有共同的审美趣味以及文化认同感的华人社圈的联手合作才是明智之举。事实上，早在大陆制定改革开放政策之后的 1979 年，文化部电影局就成立中国电影合作制片公司，简称合拍公司，它的诞生不仅首次以政府的姿态打破了中国大陆与香港、台湾冰封已久的文化交往，而且整合了华语电影区域的从业人员并将其拧成一股绳，为组合成为金刚式华语巨轮对抗好莱坞的文化侵略打下了一定的基础。

沈芸曾在《中国电影产业史》总结过"合拍片"的三大历程："1979—1989 年是其初始阶段，这一时期的'合拍片'更多的是以协拍为主，主要来自欧美日等国家和香港地区"；第二个阶段伴随着"'第五代'导演走红于国际影展"，是"台湾的资金，香港的技术，大陆的人才"调整后的新关系；新世纪以来是合拍片的第三个阶段，"它的概念不再满足于各自优势的一种简单组合，而是向纵深拓展，有了更为丰

---

① 孙慰川：《当代台湾电影（1949—2007）》，北京：中国广播电视出版社 2008 年版，第81 页。

② 卢易非：《台湾电影：政治、经济、美学（1949—1994）》，台北：远流出版事业股份有限公司 1998 年版，第 350 - 390 页。

富的国际内涵"①。在这里，我们将着重讨论第二个阶段尤其是第三个阶段的合拍电影，因为 21 世纪以来内地政府通过 2001 年加入世贸组织、2003 年与香港特区政府签署的《内地与香港关于建立更紧密经贸关系的安排》（简称 CEPA 协议），真正有效地落实了区域化合作的设想，不仅帮助香港电影打开了内地 13 亿人口的广阔市场，同时也稳住了内地电影业下坡的趋势，带动了整个电影市场的繁荣发展。从 2002 年的 9 亿元、2003 年的 10 亿元、2004 年的 15.7 亿元、2005 年的 20 亿元到 2006 年的 26.2 亿元票房量，我们坚信尽管在合作的过程中会出现相互妥协、相互迁就的情况，但基于团结基础上的优势互补会令 21 世纪的华语商业电影再次获得全世界的瞩目。

合拍商业片的发展不仅加速了 20 世纪 90 年代以来电影多元化的形成，而且促进了电影市场机制的完善，并强化了类型片的种类，喜剧片、爱情片、警匪片、黑帮片、社会生活片、恐怖片……在这些琳琅满目的电影类型划分背后，我们仍然会坚持认为一部优秀的影片必然紧跟时代的脚步，准确地反映时代的精神特质，基本符合时代的审美趣味，以及有效地宣泄慰藉时代的人类情感，并且继续在这个众声喧哗的年代里寻找着那些不变的规律与价值统一体。合拍商业片里体现了富强、民主、文明、和谐的精神重塑，表达了自由、平等、公正、法制的呼唤，弘扬了爱国、敬业、诚信、友善的道德自律，这些都是商业电影走向主流电影的首要条件。

① 沈芸：《中国电影产业史》，北京：中国电影出版社 2005 年版，第 227－228 页。

第二节　青春电影中的爱欲与离恨

从历时层面入手探寻电影与主流价值形态的关联，能为我们宏观勾画这一段历史轨迹的曲折多变。但彼此数十年间的话语权力争夺与象征资本交易，导致二者价值内涵上的耦合与分殊，则难以时间轴向的线性抽绎尽然囊括，尚需我们敞现空间视域，烛照不同文本的细枝末节，来呈现其中繁复的价值意蕴。

当代中国的文化地貌可作如是观，尽管主导文化、大众文化和高雅文化，带来了主旋律电影、商业电影和艺术电影的划分，随着当代电影的商业性质越来越凸显，其亚文化地位却依然如故，借标新立异的演绎传达的认同渴望，借闪烁其词的话语浮现的非主流追求，令主流价值观念体系难以尽然消化、收编。质言之，在空间形态和价值形态上，当下中国都是一个"一统而多元"的织体性构造，它轴心明确，但仍有无法也无须闭合之处。因此，我们有必要从共时的结构层面入手，从以青少年亚文化为表达对象的青春题材电影入手，在两套话语系统的相互比较中，具体呈现两种价值观念之间的相异与相悖关系。

一旦深入电影文本，价值观范畴的诸多议题即纷纷浮出地表。无论是商业大片还是青春电影，都包含了对爱情、亲情、友情、人生等多方面的价值判断和诉求，因而两套话语系统彼此对照后折射的价值观层面之多，远超人们的预估，要对它们进行一一比较、甄别，实为一个烦琐工程，非本书能够胜任。不过，由于青春电影始终是对于人类青春时代的回忆与表现，而对于一个青年来说，最重要的事当然是爱情与自我价值的实现，在这些个体性追求之外，青年的人格塑造仍有对集体性的身份认同的需要，而集体性价值归属也是主流文化最为关注的问题，因此在这里，我们只选择"爱情""理想"两个价值观层面进行比较，以求展现两种话语系统在基本价值内涵上的联系与区别。

一、集体与个体

爱情是情窦初开的青春少男少女之间最美好的情感交流，它具体表现为男女性准成熟期对异性产生的憧憬与向往，并由此带来了身体与精神层面的双重接触与交融。《诗经》描述了"有女怀春，吉士诱之"的两性张力，李清照的"和羞走，倚门回首，却把青梅嗅"呈现了少女的憨态可掬，元稹以"垂袁开怀待好风"的"风"比喻思春女子期盼的男子之爱。同样，各种各样的爱情故事在电影艺术中获得了数度演绎，尤其是青春电影，男女主人公之间懵懂朦胧的第一步爱情成为影片重要的情节模式。

爱情，本是文艺表现的恒常主题，然而"爱情"也曾与革命的文艺叙事如影相随，它们的融合，隐喻着救亡的民族共同体诉求与个体自由的实现这两种渴望的象征性结合。例如，拍摄于 1959 年的少数民族爱情题材电影《五朵金花》，其三个创意来源之一便是政府组织的先行写作班子，其中滇剧团的席国珍和王少沛提供了一个叫作"大理花甸坝矿洞六姐妹的先进事迹"，"讲到捞海肥、畜牧场和找矿石的姑娘，后者怎样遇到大熊，被困在洞里关了一夜。还谈到修水利和采茶等等内容"。[①] 这才引发了作者"把'矿洞六姐妹'安置到农、牧、付、渔包括当时大炼钢铁的现实典型环境之中"的设想。[②] 时任大理地委宣传部

---

① 公浦：《读〈五朵金花访谈录〉几点质疑——兼及我内心的倾诉》，《大理文化》2005年第1期。

② 赵季康：《写在〈五朵金花〉重新上映的时候》，《云南日报》，1978年10月15日。

副部长的张树芳认为《五朵金花》的拍摄原因来自"文化部召开的关于 1959 年艺术片主题会议"，只因为在国庆十周年献礼片安排不足，"计划中缺少反映社会主义建设时期大跃进、人民公社方面的题材"，文化部长夏衍决定让云南大理宣传部配合"制片厂赶时间完成一部国庆十周年献礼片"。于是，张树芳召集了两名先行青年写作者，"深入作邑水库工地、花甸农场、畜牧场、洱海沙村备耕捞海肥等地。着重搜集白族青年妇女的先进事迹"，从而"全面展现白族人民的新生活"。① 显然，该电影从拍摄目的、素材选择、创意来源到情节安排，都是表现民族融合、国家统一、政策落实等主题，而男女爱情不过是"大跃进：生产时期的政治转喻"，它们的存在使得《五朵金花》的爱情喜剧风格成为一个时代的口号。

政治化的爱情观隐隐指涉了一种主流爱情价值判断，那就是"革命"的阶级性伦理对"爱情"的个体性伦理主张的断然排斥，或者说在"革命"话语构筑的崇高镜像面前，"爱情"因与生俱来的私人性被卑污化为"资产阶级生活方式"，只能蜷缩在某些社会心理的角落。它偶然得以出场，也必须是在加上"革命的"前缀。与爱情表达的合法地位被取消相应，《五朵金花》的编剧赵季康也被革命队伍无情地请出了当时的主流文化语境，她"被打成'黑线人物'""押着从公路上走过来，在圩场上边走边自报家门，自称'我是黑作家，写了不少毒草，得了许多稿费'"，最终被折磨成精神失常者。她在电影中对爱情的赞扬与描写被认为是宣扬资产阶级的毒草，爱情此时成了革命者摧毁一切的借口。

新时期以来，随着"革命"宏大叙事话语及其相应价值观念体系的逐渐瓦解，"爱情"回归主流文艺话语体系。不仅在主流商业大片之中，爱情成了最重要的情节主题，就连青春电影也无一例外地以表现青

---

① 张树芳、赵定甲：《〈五朵金花〉访谈录》，《大理文化》2004 年第 2 期。

少年之间的爱情故事为主题，在这些年轻的生命体身上，反映了新一代人的爱情观念，他们与主流文艺的爱情观形成了良性的互动关系。既在某些层面上遵循了主流文艺爱情观的普遍情感规律，又加入了现代爱情生活中新的元素与观念。

《致青春》与《中国合伙人》重现了 70 后与 80 后这代人的青春世界，里面夹杂着浓厚的亲情、青涩的爱情、深厚的友情，填充了整个电影的时间与空间。《致青春》中的爱情是整首青春奏鸣曲的主旋律。除了假小子室友，几乎所有主要角色，都被包裹在一段又一段情缘中，都陷入一环又一环或明或暗的三角关系中，种种不同类型的爱情故事，连缀起影片百分之九十的悲喜剧。此影片的爱情观是，爱情的世界里没有先知先觉者，也没有不付出就有回报的真爱大胜利，只有"摸着石头过河"的探险者，人人都无可避免地被刮到鲜血淋漓，甚至失去生命。青春时代的爱情，茫然又炽热，相爱之时自身能发出灼热的火焰，随时将爱人与自己燃烧，面对岔路分手之时，又是不知如何是好的举步维艰，不断质疑、权衡、否定着当下的状态，对迈出崭新的一步战战兢兢。无论是郑微与陈孝正，还是阮莞与赵世永，青春时的热恋都会走入最后悲伤的绝恋，它们要么被现实摧毁，要么在时间里改头换面，唯一能留下青春爱情的方法只有死亡，一如郑微对阮莞的最后评价——"只有阮莞的青春是永不腐朽的"——死在青春永恒的时候，死在追寻爱的路上。以个人死亡来表现青春的价值与意义，表现真爱的壮烈与伟大，这对于传统的爱情观既是一种继承也是一种冲击。

与《致青春》不同的是，《中国合伙人》导演则是从一个男性的视角重温了 20 世纪 80 年代的青春时代。三个怀有热情和梦想的年轻人在高等学府燕京大学的校园内相遇，从此展开了他们长达三十年的友谊和梦想征途。与陈可辛的其他电影一样，女性作为爱情的象征已经沦为附属，由友谊合作带来的事业征服才是男性价值的最终体现，而这种成功早已不属于集体时代的光荣，而是个体时代财富的胜利，所谓的青春回忆也成为一番曾贫穷过、曾奋斗过的往事，在镜头里显得又伤感又美好。电影中的爱情也变为成功的牺牲品，无论是男性还是女性，以自我为前提的选择让恋情成为不堪回首的虚无，让青春展露出一种严密计算过的世俗气质。苏梅可以为了去美国放弃深爱她的成冬青，即使是十几年后重遇，也仍然不后悔自己的选择。象征着繁华梦想与成功的美国，可以破除任何爱情的生死魔咒，这是个人主义的又一次胜利。

二、理想与现实

台湾青春电影发展到 20 世纪 80 年代末期，随着经济的高速发展，多元的文化形态流入台湾社会中，对当下的年轻人形成了不同层面上的撞击。特别是对于台湾电影创作者而言，这个时期既充满契机，又充满未知的危险。从电影作品上来看，这个时期的电影人继承了 20 世纪 80 年代初期作品的写实主义，同时也从不同层面上做出对于"写实"的"解构"，形成了不同于上个时期的特色。可以说，他们是对写实主义电影语言的创新，这种创新更趋向于导演内心的表达，非理性的电影语言、主观化的艺术表达、激情化的情感展示在这个时期的作品中逐一形成。而香港青春电影则沿着商业片的脚步继续前进，以生动的故事、独特的题材、新颖的手法在牢牢抓住观众眼球的同时，踏实地做出了一步又一步的创新。

学界普遍认为从 1982 年杨德辰、杨德昌、柯一正和张毅执导《光阴的故事》到 1987 年《民国 76 年台湾电影宣言》发表，台湾新电影运动历时五年，这短短五年内所取得的成果对于台湾后期的电影发展却有着不可估量的作用。单单就学术命名而言，新电影运动之后出现的电影被称为"新新电影"，其导演则被称为"第二代新导演"或"新浪潮第二波"，并被冠以"后新电影时代"之称，其影响力之深广可见一斑。事实上，新浪潮影片一方面继承了以琼瑶小说改编式电影为中心的青春电影传统、李行的中国乡土式伦理电影传统以及国民政府长期以来提倡的写实主义电影传统，另一方面打破了青春电影的理想性、乡土电影的二元对立以及官方写实主义电影的伪现实性，建立起一种平淡悠扬、敢于面对真正的生活以及各种人生困境的现实风格。其发轫之作《光阴的故事》由"小龙头""指望""跳蛙""报上名来"四段组成，从小学生小毛的恐龙梦、中学生小芬的情窦初开、大学生杜时联为理想而奋斗再到一对小夫妻的搬家经历，反映了每一个平凡的台湾人的成长过程——从小学、中学、大学到成家立业，从乡镇的平房格局到城市公寓生活——"呈现并反省1960年代至1980年代台湾现代化过程中的生活取样"①，它把一种伪理想的理想主义拉下了历史的神坛，还之以真正的与生活接轨的真理想。

在《风柜来的人》中，三个初入城市的年轻人被骗上空荡荡的十一楼看电影，影片借助高楼的开阔视野，模拟阿荣的视角观看整个高雄市的全貌，揭示了隐藏在车水马龙繁华都市之下的诸多陷阱；结尾处阿荣与郭仔租摊位吆喝卖磁带，镜头却游走在热闹的市场中，大城市中熙熙攘攘的日常生活与电影开头时所展现的宁静风柜形成了强烈的对比，而电影院里播放着成龙的作品《蛇形刁手》以及阿荣姐姐朋友口中"老板要娶小老婆"的谈笑暗示着外来文化的到来以及给台湾年轻人带来资本主义社会的金钱冲击与文化改变。当三个人第一次坐在公共汽车上欣赏这座城市时，阿清感叹道："那幢房子好正啊，等我发财了一定要搬过去住。"商业城市通过它琳琅满目的物质以及由物质引发的消费文化吸引着一群又一群的年轻人投入它的怀抱。

《恋恋风尘》中的阿远与《风柜来的人》中的阿清有些相似，家贫

---

① 孙慰川：《当代台湾电影（1949—2007）》，北京：中国广播电视出版社2008年版，第34页。

辍学却仍然坚持自学，他在一家私人印刷厂工作两年多，一直舍不得辞职，"就是因为印刷厂时常印书，我一边检字，还可以一边看"；他钟情于阿云，得知她手被烫伤以后，主动拿钱出来替她周转医药费。然而，就是这样一个平凡善良的孩子，却像只被蒙上眼睛的小鸟，找不到前进的方向，只能扑腾着翅膀跌倒了又试着飞起来。资本主义初期发展阶段绝不会体恤到年轻个体的困境，而城市发展与罪恶衍生如影随形，阿远送货的摩托车被偷，这不仅使他丢了工作，还把自己和阿云的存款全部赔掉，之后他大病一场；恒春仔做工被机器切走了一节手指头，他打趣说"像香肠一样红红的"，阿远却清楚地知道他再也无力拿起心爱的画笔；家乡的露天电影荧幕上播放着政府拍摄的田园牧歌式的农村生活片，荧幕下的青年人却在向伙伴们展示被工厂师傅打骂后伤痕累累的身体。经济的飞速发展与政府管理的相对落后造成了台湾年轻人在转型期的焦虑与不安，导演紧紧地抓住阿远个人辗转的足迹来表现农村与城市生活的差异，冷静地反映了一个不成熟的社会形态对年轻人命运与希望的残酷扼杀。或许，那个"一面想着（家）眼泪就流到裤脚出来"的打工仔和那段离乡背井之人在夜晚唱出的几许惆怅寂寞才是这部电影最好的注脚：

今夜又是风雨微微异乡的城市，路灯青青照着水滴引我的悲意，青春男儿，不知自己，要往何处去？啊……漂泊万里，港都夜雨寂寞时。

没有了凤飞飞那标准的普通话发音，这呢喃不清、旋律哀伤的闽南语在黑暗中控诉着这由时代执掌的一场青春悲剧。

从台湾到香港，我们看到经济基础的不同对于青春电影文化的巨大影响，转型期的台湾是错乱的，底层的年轻人看不到目标与方向，甚至当爱情都渐行渐远之时，以大房子为代表的金钱生活成为唯一的追逐；资本主义时期的香港是迷惘的，富足安稳的生活对于青春而言是一种难耐的平庸，理想中的成功究竟是什么样子？是成为父母眼中的人还是寻找到真正的自我？电影终于放弃了那些华而不实的青春颂歌，直面不同时代不同背景不同人生中的真实青春。

三、高票房与主流价值观

在普遍追求高票房的电影市场上，主旋律电影遭遇了现实的尴尬。以《兰辉》和《天上的菊美》两部电影为例，它们以党员干部的先进事迹为蓝本，以弘扬正能量为主题，被推上大荧幕，却无人问津。这类电影一般是以行政的手段安排党员干部去观看，叫好不叫座。这些电影为宣传主流价值观而量身打造，却遭遇了市场的滑铁卢。而《小时代》这样价值空泛的电影，却在吵吵嚷嚷中皆大欢喜地收场，取得了不菲的票房，似乎暗示着主流价值观败给了票房。那么，那些高票房的电影中究竟有没有与主流价值观暗合的存在，又或者说，怎样的电影能获得票房与价值的双重垂青呢？

滕华涛的《失恋33天》改编自鲍鲸鲸的一篇日记体小说，轻松地以890万元的小成本投资换来了3.5亿元的巨大票房，堪称国产小成本电影的奇迹。影片真实地记录了女主人公黄小仙如何从失恋的困惑与困境中走出而获得自由和爱情的心路历程。影片的最后用一场浪漫的求爱肯定了爱情的存在，赞美了真爱的温馨，更重要的是，当我们把黄小仙与那个俗气的拜金女对比之后，不禁感叹金钱或许只能买来无趣的婚姻，而内心丰富、真实善良的黄小仙最终会等来属于她的精神上的真爱，这无疑是一次主旋律爱情观的文本实践。但该文本却从细处提供了诸多新的思考，这一思考代表了当代青年价值观对主流文艺观的冲击与补充，正是这些冲击与补充获得了大量观众的价值认同。

失恋的黄小仙，从影片的一开始便遭遇了男友的背叛，按照一般的叙事套路，她是爱情故事中最值得观众同情怜悯的对象，然而，影片并没有跟从惯常的思路，从她与男友陆然的一场对话中，却慢慢凸显出一个尖酸刻薄、从不退让的80后独生女的性格。

我们在一起这么长的时间，每一次吵架你都要把话给说绝了，一个脏字不带，杀伤力足以让我撞墙一了百了，吵完以后你舒服了，你想过我的感受吗？我每次都像狗一样地腆着脸，去找一个台阶下，你每一次都是趾高气扬地站在那儿一动不动，你每一次都是高高在上，我要站在底下仰视你，我仰视够了，我受不了了，我仰视得脖子都快断了，你想过吗，全天下就只有你一个人有自尊心吗？我想过，要么，我就一辈子仰视你，要么我就带着我自己的自尊心开始我自己新的生活。你是改变不了的，你那颗庞大的自尊心，谁也抵抗不了，我不一样，我想要往前走，你明白吗？

中国计划生育时代出生的黄小仙，虽受过高等大学教育，却依然带着独生子女某种遗憾的性格缺陷——机敏而刻薄的用语、趾高气扬的姿态、庞大却易碎的自尊心，在爱情生活中以相互对抗、绝对平等为原则，打死也绝不让对方。显然，她的爱情婚姻观完全打破中国早期文艺作品中塑造的"贤妻良母"的形象，即使在追赶前男友陆然所乘坐出租车的一刹那显露出软弱无助的一面，但在王一扬的一记耳光之下，她开始清醒地认识到虽然有人说过"世界上最肮脏的莫过于自尊心"，但"即使肮脏，余下的一生，我也需要这自尊心的如影相伴"。对于新一代的女性而言，保持并维护个体的自尊心，在任何人甚至是至爱的人面前，也绝不低头，连分手之后，也要"实实在在地恨上了对方"，并通过恨的行为方式，让对方知道"我不稀罕你的抱歉，我不稀罕你对我说很亏欠，我要的就是这样的对等关系"，因为"我们始终势均力敌"。爱上就爱上了，分手了就是再见，80后女性果断决绝的失恋态度，反而帮助她们迅速地走出阴影，开始新的生活。

影片在最后将 80 后的女生们总结为两种，一种是"LV 是生活必需品，爱情是奢侈品"，而另一种是"LV 是奢侈品，爱情是生活必需品"。接着，电影有意安排了"高富帅"魏依然与"广大的草根阶层未婚女性们"的代表黄小仙来一场"调研式"的恋爱，让男性切身地感受到物质女郎与精神女郎的爱情方式，正如黄小仙所总结的那样：

有一种姑娘爱你的方式，是把你带到新天地下面，给你一个机会为她们消费，另外一种姑娘是把你骗上来，真心实意地想和你在好风景里接个吻，让你看看北京的小夜晚有多梦幻。我不评价哪种姑娘更好，我只想说更多选择，更多欢笑。

在某种程度上，电影中的这段对话试图纠正当代中国绝大部分以金钱为目的的观念。尽管黄小仙以"我不评价哪种姑娘更好"的方式来将价值判断抛给观影者，实际上，每位观影者都已经在这强烈的好坏对比之下有了答案，正如开着奔驰的魏依然在最后大声地喊道："我承认，如果我再年轻个五六岁，我会追求你这样的姑娘。"然而，追求黄小仙这样的姑娘也许不需要名车、名包与别墅，但必须付出时间、努力与真心，甚至必须保持爱情的新鲜感。

显然，在黄小仙的身上，体现了与主流文艺的爱情观最为契合的是对物质的鄙视与对真爱的执着，甚至执着地守护着爱情或者执着地恨着已分手的男友。黄小仙的执着精神在电影中被替换成为庞大的自尊心与得饶人处不饶人的执拗，比起主流文艺的女主人公们，她的形象有些让人讨厌，却旗帜鲜明地表现了 80 后女性的个性特征，尤其是与魏依然的"调研式"约会中，当他们在新天地的喷泉前面，准备完成最后一吻时，黄小仙及时地撇开了头，以她惯有的话语方式讽刺了魏依然的虚情假意——"虽然喷了高级古龙水，可还是带着一股天生的混蛋味"。

彻头彻尾地以一个女"屌丝"的形象逆袭了人人艳羡的"奔驰型高富帅"，于是，那点让人讨厌的自尊心化作洁身自好的爱情守护屏障，从另一角度赞美了在金钱至上物欲横流的社会里，对真爱的执着与肯定，对精神价值的追求与实现，仍然是我们最崇尚的人性闪光点。在这样的青春爱情电影中，人的尊严与自强奠定在美好爱情的自足性上，它是对于集体主义与商业主义的彻底反讽与背叛，当它以三亿多元的票房量席卷电影市场，赢得大家的叫好叫座声之时，也反映了当代青年男女的个人价值观与该时期的主流价值观是以融合的姿态出现的。

第三节　主流价值观引导下的微电影

继报纸、广播、电视、杂志等传统媒体之后，网络技术不断发展，出现了新的媒体形态，即新媒体。在传统媒介中，受众通常只能被动地接受创作者提供的信息，单纯地接受信息和娱乐。在以往的中国电影推广活动中，"宣传"意识往往大于"传播"意识，缺乏相对应的反馈机制及合作互动机制。然而通过新媒体，受众能够进行互动交流，在网络时代，"人人都是艺术家"并非一个难以实现的梦想。尽管传统媒体还存在于人们的日常生活当中，但新媒体以其自身的数字化、个性化和互动性等特征，深刻地改变着社会的信息传播方式、生活习惯、审美趣味和价值观念。微电影正是借助新媒体平台而逐渐衍生并发展成熟的一种流行文艺样式。

一、微电影的诞生与发展

被称为"第九艺术"的电影，是人类艺术发展史上最年轻的艺术。电影不仅与社会的发展、文化的兴衰有着紧密相连的关系，而且其自身的发展也会随着社会文化的发展而变化。在这个碎片化的时代，面对当前信息和技术的高速发展，电影的形式也更加多种多样。微电影的诞生并非偶然，而是与长期的技术发展进步和网络受众群体的形成密切相关。一方面，单反、微单、手机、平板电脑等智能机器大范围普及；另一方面，网民规模的不断扩大以及网络传播技术的不断提高，也为微电影的诞生创造了根本的技术条件。

　　事实上，微电影最初是以网络视频短片的形式出现在受众面前的。2006年，各大视频网站的诞生让人们可以通过互联网收看到影视作品，视频网站也为"拍客"提供了良好的视频投放平台。也是在2006年，一部不同于传统电影的视频作品横空出世，网民胡戈制作上传的视频短片《一个馒头引发的血案》，以一种戏仿拼贴的画面剪辑方式，对当时著名导演陈凯歌的电影《无极》进行了犀利的嘲讽和颠覆，引发了网友的疯狂分享与转发。

　　某种程度上，微电影就是对以往视频短片的进一步延伸，运用新媒体传播，以网络为主要平台，并以广大网民为主要受众而拍摄的新的电影形态。从2008年开始，微博在互联网上掀起一片狂潮，由此而衍生的网络短剧开始出现在人们的视野里，这些视频具有"微时""微制作周期""微规模投资"等特点。2010年，筷子兄弟的《老男孩》通过优酷网以及人人网、豆瓣网等传播平台，获得了巨大的网络点击率以及良好的口碑，由此掀起了微电影创作的热潮。2011年，吴彦祖和莫文蔚分别为凯迪拉克汽车品牌拍摄的《一触即发》和《66号公路》，某种程度上则开启了微电影制作的商业广告模式。

　　"微"代表着"快、精、短、新"，是当今网络上非常流行的一个字。事实上，微电影与微博的关系是密不可分的。微博的兴起，为有电影梦的人提供了一个巨大的平台。微博为微电影制作提供了传播的平台和媒介，而微电影也为微博提供了优质的内容，以此吸引了大量用户的注意力，二者各取所需。

　　目前，微电影主要分为四类：业余的微电影爱好者为了娱乐而自发创作并上传的短视频；由视频网站，如爱奇艺、优酷、腾讯等视频网站独家制作的作品；由明星参演的微电影形式的商业广告；由政府主导的宣传社会效益的公益微电影等。据统计，目前上映的微电影中，以爱情片、动作片、剧情片为主，话题也集中在青春、温情、喜剧、悬疑等方面。微电影受众观看比例是 92%，微电影受众中有 98.7% 的用户使用宽带连接微电影，平均每周在网上看视频花费的时间为 10 个小时。微电影受众以 80 后和 90 后为主，男女性别结构比为 60：40，其中以男性居多，并呈现增长的趋势。

从诞生到发展，微电影呈现出题材风格的丰富性和多样性。微电影既具有传统电影的基本要素，比如人物、主题、情节等，同时又呈现出其与媒介技术发展的共生性。在媒介特征上，微电影是完全依托于网络平台进行生产和传播的，因此在时间长度和制作周期上，都大大短于传统电影；因此，在创作风格上，微电影生产就必须迎合自媒体的传播特征，以快节奏的情节和台词、快速切换的画面、幽默搞笑的风格来吸引网络受众，体现出明显的流行文艺的草根性和娱乐性特征。正因此，微电影也同样受到了与流行文艺一样的指责和批评。像胡戈的《一个馒头引发的血案》《春运帝国》作为微电影发展的较早作品，某种程度上引领了以娱乐颠覆性为主要创作风格的微电影生产。这一类型的视频短片，大部分影像和音乐素材都来自于剪辑和戏仿，并自行设计幽默戏谑的台词来达到娱乐、讽刺、颠覆的效果。这种恶搞戏谑风格在后来的一些广告微电影中，如《七喜广告——史上最爽的七件事》《家安空调消毒剂广告——咆哮私奔谍战剧》《威猛先生洁厕炮广告——2016 炮有传奇》等中都有呈现，更别提有着同类型娱乐戏谑风格的《屌丝男士》《万万没想到》等视频短剧了。

如今微博平台中被大量生产、转发、分享的各类短视频，某种程度上也都是媒介变革下的草根性的网络文化的滥觞。碎片化、草根化的审美方式的变化，固然受到媒介以及社会受众文化心理变化因素的影响，但这也促使我们不得不思考这样的问题，那就是作为一种基于业余爱好或商业利益而制作的短视频与作为一种艺术的微电影之间的界限究竟在哪里？单纯以娱乐、视觉、恶搞、戏仿等方式来创作，又如何能够保证微电影的持续生产，更具有社会效益以及精品追求的生产制作又是否能成为可能？

　　2011 年，在"第三届中国传媒产业高峰论坛"上，对于传媒产业新机会、新旧媒体融合及资本进军传媒业所带来的影响等热点问题，与会专家、媒体学者等从不同视角进行了热烈探讨。① "内容为王"是多位专家得出的结论，面对传统媒体的重大改革以及新媒体技术的发展，不论怎么变，内容始终是受众的第一需求。媒介融合时代，受众既可享受传播自由，也要面对内容海量化的传播环境。微电影的创作者应该好好思考如何才能够突破海量化信息的大环境，吸引受众的眼球。而随着观众审美趣味的不断提高，微电影不仅在创作来源上要有趣、贴近生活，还要能够在创作的内容中挖掘深度，给人启发和思考。

　　在核心用户已经开始向新媒体转移的大环境下，一时的热点和炒作已经不能满足于微电影的营销。土豆网在接受《广告主》杂志采访的时候提出："微电影的成功要素包括三个方面：首先，该作品是否拥有优质的具备强传播性的内容，没有传播性的影音作品就是空谈；其次，微电影与品牌的结合是否巧妙，如果内容与产品的契合生硬，也是一个失败的作品；最后，微电影推广是否多元化。"② 因此，微电影所具有的低门槛、广泛性以及互动性等特点，如何能够更好地与当下社会大众不断提升的精神诉求进行结合，已成为微电影发展的重要问题。更值得一提的是，2014 年国家广电总局发布的《关于进一步加强网络剧、微电影等网络视听节目管理的通知》对强化网络微电影的审核与管制的强调，某种程度上可以说是主流意识形态对微电影生产的一种牵制和引导。

　　事实上，我们并不能因为微电影的"微"所具有的个人性与颠覆性，而忽视了微电影整体上作为一种新的文艺创作样式与主流价值观之

　　① 刘佳佳：《从"鲶鱼效应"看微电影对广告的影响》，《经济论坛》2011 年第 10 期。

　　② 默琪：《卡萨帝携手土豆网玩转微电影营销》，《广告主：市场观察》2011 年第 9 期。

间融合的可能性。以姜文的《看球记》为例，这部微电影有着鲜明的自媒体特性，比如情节的紧凑和镜头剪辑的快速切换，但它讲述的是一个父亲为了与儿子看一场足球赛，结果进场时发现忘了带门票，最终通过"骗子"的帮助，用相机记录下了比赛进球的精彩一幕。尽管这是为佳能相机进行广告宣传而拍摄的微电影，但是这部作品依然透露出了父子之间浓厚的亲情，可以说是对传统伦理价值观的某种回归。

二、公益微电影的社会责任

可以说，微电影尽管与新媒介技术的发展有着某种共生性，但"微""新"并不意味着微电影与传统的、主流的价值观存在着必然的排斥关系。正如广电总局在其出台的政策中强调微电影"作为面向社会大众的文化产品，必须始终坚持正确导向，把社会效益放在首位，自觉遵守法律法规和社会道德，积极传播主流价值，充分发挥引领风尚、教育人民、服务社会、推动发展的积极作用"[①]。由此看来，主流文化价值观同样可以充分借鉴微电影这一新的流行文化媒介来扩大自身的影响力。因此，公益微电影在一定程度上代表了实现微电影的社会效益和主流价值诉求的重要题材。

作为公益传播新载体的公益微电影，制作上比传统电影更便捷，内容上比公益类广告更新颖，传播效果与影响力更大。然而，一个新事物的产生必然有其需求。社会的需求、企业的需求、个人的需求是使公益微电影在这几年发展迅速的主要原因。从企业文化宣传与广告的角度看，由国家广电总局下发的《〈广播电视广告播出管理办法〉的补充规

---

① 《关于进一步加强网络剧、微电影等网络视听节目管理的通知》，http://www.sarft.gov.cn/art/2014/3/19/art_113_4861.html。

定》指出：播出电视剧时，不得在每集（以四十五分钟计算）中插播任何形式的广告。自从这限广令执行之后，各个电视台可以播放广告的时间被大幅缩减，广告商可以自由选择的时间段也相应减少了。再加上近年来新媒体广告激增，竞争激烈，面对这样的环境，媒体公司要怎样才能获取更多市场份额，产品该如何通过广告深入人心，该通过何种途径进行广告的传播，成了媒体公司主要思考的问题。从受众的角度看，单一的、强制性的、缺乏创意的广告植入，容易使受众产生审美疲劳，而在影视作品中植入硬广告，也容易引发观众的抵触情绪而直接影响广告传播的效果。因此，在受众的消费心理日渐成熟的趋势下，人们对广告的审美要求也日渐提升，从而使得商家必须寻找新的方式来吸引受众的关注。从社会的角度看，微电影在某种程度上可以成为主流价值观的一种"广告"宣传方式。公益微电影的现实性非常强，与当下社会发生的现实事件联系非常紧密。如前些年的小悦悦事件背后，折射出社会的冷漠，道德的沦丧，人文关怀的缺失，那么，如何从社会热点话题中积极选择相关素材，通过微电影的方式引领正确的舆论导向，传播正确的价值观和道德观，也就成为"公益微电影"的价值诉求。

2013年10月，首届中国国际微电影展隆重举行。这次微电影展有着鲜明的"公益"主题，特别设立了"公益微电影推动力奖""十佳公益微电影""优秀公益微电影影响力奖"等奖项。除了社会上每年举办的公益微电影大赛，各企业家也纷纷试图通过公益微电影的创新广告营销为企业做宣传，通过投放创新型的广告在市场竞争中获得尽可能大的市场份额，如联想的企业公益广告《爱的联想》三部曲。企业公益微电影满足了企业宣传的要求，也传播了积极向上的主流价值观，因而这种方式越来越受到企业的青睐。同样，国内高校的校园公益微电影大赛陆续开幕，产自大学生团队的公益微电影也愈来愈丰富。如小悦悦事件后，广州大学城十所高校的学生分别用迥然不同的故事和镜头制作，推出了十部公益微电影，意在呼吁大家"拆掉心中的墙，拒绝冷漠"，由此引起了社会较大的反响。政府部门也同样越来越热衷于通过公益微电影来传达一些健康向上的主流价值，在微电影中表现法律知识、关爱留守儿童、环境保护、禁毒等主题。

从目前来看，尽管公益微电影的发展势头向上，但是公益微电影的制作水平、影片的质量等都参差不齐。

从高校大学生拍摄公益微电影可看出，在创作内容上，大学生拍摄公益微电影更多是以某一极端的网络事件或者校园生活为主题，拍摄主体缺乏深刻的思考，影片的表现手法也不太专业。电影视听语言的运用能力也相对不足。在摄影、剪辑、录音、剧本写作、色彩调节、音效等方面还有待提高。

相比之下，企业投资拍摄的公益微电影在设备、人员、技术等方面都比在校学生要专业，时间要充足，设备要齐全，表达的内容思想更成熟，故事情节的把握更有张力和节奏感。作为社会广告营销的公益微电影，一方面，是通过微电影进行公益宣传，比如表达对弱势群体的关爱，另一方面，企业同样存在着商业诉求，借助公益微电影为载体进行营销，获得社会的良好口碑，从而获取更多消费者对其公司品牌的关注。例如保利地产拍摄的公益微电影《心愿》中，出现多处"保利地产"的字样。影片讲述了一个和妻子一起在外打拼、小有成就的企业家，却没时间陪自己的母亲和孩子，最后因母亲心脏病发作才回家看望她，最终一家人团聚的故事。该片通过字面配音来点题，略显生硬，片尾甚至直接出现"保利集团赞助"字样。

而由联想资助的《爱的联想》三部曲，由联想青年公益创业计划呈现。其中《十二邻》讲的是一群大学生通过戏剧表演为社区中的独居老人送去关怀；《科学松鼠会》讲述的是一群人和一个工作室的故事；《多背一公斤》讲述一群旅行者在旅游时多背一公斤书送给当地贫困儿童的故事。这三部影片都通过微电影的艺术表现形式，鼓励大众发觉身边微小的社会需求，将爱心付之于行动，从而创造不平凡的力量。

同时，影片的品牌植入也较多，多次提及联想赞助支持的公益活动。可以看出，通过商业广告来实现社会公益目的，也成为公益微电影的发展方向之一。

除此之外，作为政府出资的公益微电影更多承载的是关爱生命、远离毒品、关爱自然等主题。视听语言的运用以及情节的设置都较为深入人心。

三、广东微电影节初探

广东省的微电影从第一个微电影大赛开赛以来短短的一两年时间内，无论是数量还是质量都有了迅猛的发展。截至 2015 年 3 月，广东省共举办省级以上微电影大赛 8 个，市、区级微电影大赛 30 个左右。这些大赛的组织者和参与者涵盖了社会的各个方面，例如由政府组织的中国国际新媒体短片"金鹏奖"、深圳电影节、深圳国际微电影节、广州国际微电影创作大赛、佛山首届微电影大赛等。由部门和社会团体组织的南方微电影大赛，广东省大学生立志、修身、博学、报国主题教育活动微电影大赛，广东家庭环保微电影大赛，《创文·美城》微文明微电影大赛，"飞 YOUNG 青春"广东大学生微电影大赛等。

在以上的大赛中，举办较早、影响较大的电影节集中在广州与深圳两个城市，参赛者以年轻人为主，甚至吸引了大量的外国参赛者，提升了微电影节的影像品位与短片质量。

由中宣部批准，国家新闻出版广电总局和深圳市人民政府主办，深圳市文体旅游局和深圳广播电影电视集团承办的中国国际新媒体短片节，简称"金鹏奖"，是广东地区历时最长、规模最大、奖金金额最高（最高可达 30 万元）的微电影节。其活动包括"金鹏奖"竞赛活动、短片展览展映、新媒体产业论坛、Workshop（工作坊）系列活动、国际新媒体短片交易市场五大板块，其宗旨是奖励国内外优秀新媒体短片创作，激励有理想、有激情、有创造力的影视人才，孵化优质新媒体视频创意项目，促进国际文化交流与合作，创建新媒体短片原创、汇聚、展映、交流、交易和投融资的国际性平台，推动新媒体行业健康可持续发展。作品奖项类型分为故事短片、纪实短片和动画短片三类，大赛的主竞赛单元将从三类参赛作品中选出最佳短片、最佳创意短片、最佳导演、最佳编剧、最佳剪辑、最佳视觉效果六个大奖。

随着新媒体的迅速发展，第五届大赛对参赛作品有了新的题材要求，分为剧情短片、动画短片、纪实短片、网络系列短片（网络剧）四类，尤其是最佳手机短片奖、最佳网络微电影奖、最佳微电影奖的出现，凸显了微电影与新媒体等智能终端之间的密切联系。

首届南方微电影大赛在 2013 年 4 月 13 日正式启动，指导单位是广东省委宣传部，主办方是南方日报和现象传媒，并于每年 11 月至 12 月举行"南方微电影节"。大赛以 5 分钟左右的微电影作品为主要评奖对象，设有多个竞赛单元。大赛基础奖金由南方日报提供（10 万元），但是由于不断获得奖金赞助，到目前奖金总额已经超过百万元，因此成为奖金最高的微电影大赛之一。通过巨额奖励的支撑，南方微电影大赛成为中国南部的第一大微电影展示交流平台，并因此聚集了大量微电影人才，这个平台为更多的微电影爱好者提供创作和展示的机会。大赛组织者通过争取各媒体支持及专业高效的策划执行，使得大赛具有丰富的影视制作经验与相关资源；在宣传上整合全国各大主流媒体进行全程报道的同时借助广东省全会召开，以广东建设主题的政治高度，扩大影响力，使得大赛具有得天独厚的政治、区位优势。

除此之外，由广州广播电视台主办，多家媒体深度合作的微纪录片大赛；由深圳市盐田区人民政府、深圳市文体旅游与深圳市天艺唯创国际文化传媒有限公司合作举办的深圳微电影节；由共青团广东省委员会、广东省教育厅、广东省文化厅、广东省学生联合会主办的"飞

YOUNG 青春"广东大学生微电影大赛；由国家新闻出版广电总局发展研究中心、广东广播电视台、中国网络传播学会联合主办，由中国残疾人事业新闻宣传促进会、广东南方新媒体发展有限公司、中国明阳集团协办，由广东网络广播电视台荔枝台、广东南方广视传媒广告有限公司协办的红棉奖公益论坛暨公益视频大赛等，都是目前广东地区颇具影响力与辐射力的微电影活动。

表1　广东省市、区级以上微电影大赛获奖作品分类表

题材	情感	公益	记录	立志	伦理	科幻	青春	搞笑	悬疑	音乐	合计
部数	109	32	15	39	4	21	51	27	16	2	316

注：表中数据截至 2014 年 2 月。

表2　南方微电影大赛、深圳微电影节部分获奖作品表

类型	作品	导演	所属电影节
情感类	《1999》	柯淼赋	南方微电影大赛
	《青木瓜之夏》	徐浩光	南方微电影大赛
	《变身母女》	向灼	南方微电影大赛
	《鲸鱼爱丽丝》	徐浩光	南方微电影大赛
	《三年之约》	吴正豪	深圳微电影节
	《田恨恨的世界末日梦》	庄佳龙	南方微电影大赛
幽默类	《深水区》	郑成飞	深圳微电影节
	《真巧》	卢德伟	南方微电影大赛
	《谁是你的菜》	李蔚然、韦正	深圳微电影节
动作类	《鱼石传奇》	吴正豪	深圳微电影节
	《刺客》	易莉	深圳微电影节
纪录片	《思·海》	陈启勋	深圳微电影节
公益片	《传递圳能量》	易虎臣	深圳微电影节

从表1和表2所列数据可以看出，大赛获奖作品几乎涵盖了微电影的全部类型，最终仍是以亲情爱情等情感类的作品居多。这一方面反映了微电影对于人情人性的探讨，另一方面也反映了广东微电影拍摄在其初创阶段的题材探索上的不足。

在这些大赛中，微电影的主题紧密贴合社会生活，试图传达民意，启发民众对社会的思考，大多数作品通过对当代人在工作、亲情、爱情等各方面社会现实的描绘，激励人们努力奋斗改变环境，传递亲情、友情、爱情方面的正能量，继承中华民族优秀传统，获奖作品表达的主题都有一定的深度和现实价值。

第一，在微电影创作实践中促进主流价值观与大众价值观的融合。当前中国的主流价值观集中在社会主义核心价值观上。因此，广东微电影节在创作主题上就有着明确引导年轻人建立正确大众价值观的意图。例如，南方微电影大赛设定广东建设主题，设置三个子竞赛单元分别是"幸福细节""绿道上的故事""海洋经济微纪录片"，分别在最佳剧情、最佳导演、最佳男主角、最佳女主角、网络人气王等五个方面设有金奖、银奖、铜奖。力图以幸福为主题将国家层面上的和谐与公民层面上的个体幸福相结合。以"飞 YOUNG 青春"作为活动主题的广东大学生微电影大赛，指导参赛者从青春励志篇、青春飞 YOUNG 篇、校园生活篇、情感百味篇中选择一个进行创作，把中国梦具体实践为公民梦甚至青春梦。

第二，加强环保、垃圾分类等公益性微电影节，凸显公益价值理念。例如，由省妇联联合优酷网举办的"'微'观环保"广东家庭环保微电影创作大赛，旨在通过这一活动，呼吁每个家庭成员关注环保，从身边细微小事着手，将环保细节落实到家庭生活的方方面面。在某种程度上，把制度性的环保措施简化为以家庭为单位的公民道德感化，在缓解政府行动压力与责任的同时，也唤起了普通人的爱家爱国爱环境爱自然的情感。

第五章　网络文学的叙事传统与主流价值观的关系

　　随着改革开放的逐步深化，到 20 世纪 90 年代，中国渐次迈入消费时代。此时的文学也发生了巨大变化，其启蒙意义和教化功能逐步让位于娱乐和市场价值，传统文学渐趋式微，文学向"文学性"转化，中国步入了一个"泛文学"时期。在消费时代，文学存在方式的多样化以及文学意义的普泛化，引发了一场文学的内部革命——俗文学与雅文学的场域争夺，并希冀重新分牌，随之而来的是网络文学的"横空出世"与异军突起。网络文学迥异于传统文学的，不仅仅是它的网络媒介形态和市场化产业生态，更与它所显现出来的文学特质（既与文本层面的能指不同，也与价值观意义上的所指相悖）有关。从产业角度看，网络文学作为一种新兴的流行文艺类型，自诞生之日起，取得的成绩有目共睹。中国互联网络信息中心（CNNIC）《第 38 次中国互联网络发展状况统计报告》的数据显示：截至 2016 年 6 月，我国网民规模达 7.1 亿人，其中网络文学网民数为 2.81 亿人，网络文学已发展为文学市场中的一支重要力量。

　　可以说，网络文学风风雨雨一路走来已有十数载，创作之数量不可谓不丰，创作之影响不可谓不大，但国人及学界对它的接受和评价却远远落后于创作的现状。值得庆幸的是，在经过一段长时间的缺席和无序之后，网络文学的研究终于步入正轨，评论家和学者开启了介入分析和对话机制，从理论高度和作品层面研究其生态现状，并引领其未来走向。事实上，"网络文学已发展为主流文学"的观点，得到了许多学者的响应与支持。网络文学越来越受到学界、批评界、理论界、文化产业、新闻媒体、出版界、文学史界等各界的重视和认可。特别是自 2014 年习近平在文艺工作座谈会中提出要"抓好网络文艺创作生产，加强正面引导力度"以来，不管是官方还是民间，都在有意识地通过各种力量推进网络文学的主流化。

　　从表面上看，网络文学与通俗文学一样，游离于主流文学和主流意识形态之外，作为一种边缘文学散见于文学史和主流媒体，但其实这只是现有的文学规则和文学惯例下的话语权争夺中的"失语症",而实际情况却并非如此。对于网络文学或通俗文学是不是主流文学的问题,这应留待文学史家、文学批评家和文学理论家来探讨,我们暂且不谈。但网络文学和主流意识形态的关系,却并非如表面呈现的,而是相互建构、走向合流。汤哲声在《中国当代通俗小说史论》中对通俗小说的社会价值的表述为:"通俗小说在当代中国为什么会有如此表现,我认为与通俗小说的文化品质有关,而通俗小说的这些文化品质又为当代主流意识形态所容忍、所接受,甚至在很大层面上与当代主流意识形态处于相同或相交的状态。"① 这些文化品质以中国传统文化精神为核心,因此在价值取向上,通俗文学与主流意识形态相符合。

以此作为基本的反思与探讨的视角,我们试图重新追溯网络文学的发展历史与传统,分析具体的文本内涵及其背后的文化资源,进而通过分析具体的类型文学传统的演变,有效地揭示网络文学与主流价值的精神分合(不仅有消解与反抗"异"的一面,也有弥补与建构"合"的一面),一方面推动网络文学健康有序地发展,另一方面也为当代主流价值观的建构提供一种有益的借鉴视角。

---

① 汤哲声主编:《中国当代通俗小说史论》,北京:北京大学出版社2007年版,第3页。

第一节　通俗文学视野
——网络文学与主流价值观关系的一种视角

网络文学是网络时代的产物，"网络"是它的媒介形态和载体，但它的母体、根基还是文学，因此，它并不是无源之水、无本之木，而是多种生产场次合力所结的硕果。

汤哲声曾指出："通俗小说与大众媒体有着不解的渊源，说通俗小说就是媒体小说也未尝不可。"他从清末民初报纸出现开始一直分析到当下互联网时代网络小说的异军突起，进而总结道："中国的通俗小说几乎是随着媒体的出现和变更而变化、转型，它们之间的关系密不可分。"① 因此，汤哲声在其主编的《中国当代通俗小说史论》一书中提出网络小说隶属于通俗小说的观点。质言之，网络文学是新时代下的通俗文学。所不同的是，网络文学经过十几年的发展，已成功升级为一个全新的文学概念，还形成了一个完整的文化产业生产链。以网络为依托，如今网络文学的生产初具规模，开始与传统文学分庭抗礼。按照麦克卢汉"媒介即讯息"的观点看，一种新的媒介形态必然产生一种新的审美价值，新概念的产生往往与它的新美学形态有关，网络文学之所以是网络文学，一个最显著的特征就是鲜活生动的网络语言，但这并未否定它与通俗文学叙事模式及其特征的吻合。网络文学也是通俗文学传统的承续与延伸。

通过深入分析和对网络文学的传统追根溯源，我们发现，中国网络

---

① 汤哲声主编：《中国当代通俗小说史论》，北京：北京大学出版社2007年版，第7页。

文学不仅得益于传统文学和古典文学，尤其得益于现当代通俗文学。正如有的学者所分析的那样："从中文网络文学的实际情况来看，网络文学兼收并蓄多种文学传统，其中主要是通俗文学的传统。"[①] 无独有偶，另一位研究网络文学的名家也提出了相似的看法："在经过一小段'文青'时期后，中国的网络文学没有如欧美那样走上'超文本'的实验之路，而是被资本席卷着成为类型化通俗一统天下的'快乐大本营'。"[②] 这里，我们有意识地将网络文学置于通俗文学的视野下来考察，一方面可以通过溯源网络文学的传统，更好地把握其发展脉络和精神价值；另一方面论述通俗文学与主流价值的承载，以期更准确地探究网络文学与主流价值之间的分分合合，寻找二者相互建构之道。

一、网络文学的演进历程

20 世纪 90 年代的中国文学呈现式微之势，不料在 20 世纪 90 年代末的网络上开创了别样风景。一开始只是网民自娱自乐，大多揣着"玩一把"的心态参与其中，玩着玩着就有了"网络文学"。网络文学一路走来，虽然只有十几年，却经历了风风雨雨，一路上跌宕起伏，"沧海横流，方显英雄本色；青山矗立，不堕凌云之志"。网络文学能走到今天，能有今天这般成就，值得我们深入追寻其演进历程，而这巡礼的过程，注定也是一次文学意义思考之旅。

邵燕君曾将网络文学比作野草，对此很形象地描述道："正是在'主流文学'荒芜的田野上，网络文学的野草旺盛地生长起来。"[③] "野

---

① 周志雄：《追溯网络小说的传统》，《文学评论》2008 年第 5 期。

② 邵燕君：《在"异托邦"里建构"个人另类选择"幻象空间：网络文学的意识形态功能之一种》，《文艺研究》2012 年第 4 期。

③ 邵燕君：《为什么要研究网络文学》，载广东省作家协会、广东网络文学院编：《网络文学评论（第二辑）》，广州：花城出版社 2012 年版，第 43 页。

草"这一形象概括了网络文学发展中的第一个阶段：自由自在，无拘无束，没有花香却绿意盎然。自由虽好，却终归散漫，难有大作为，于是其第二个阶段开启了商业化运作和产业化经营，网络文学从概念走向了文学场域。网络文学的产业化模式毁誉参半，但平心而论，还是瑕不掩瑜。盛大文学的出现使网络文学生态日渐集团化，也慢慢从边缘走向主流，网络文学与传统文学的新一轮建构开始发酵，对接的结果也将直接左右着网络文学的未来。每一个阶段都是一次洗牌，一次重生，同时也是各种力量妥协、谈判、较量而形成的结果。

（一）自由与狂欢：网络文学风生水起（1998—2002 年）

1994 年，中国正式加入国际互联网。1995 年，具有网络文学属性的水木清华 BBS 建立了，其中读书、武侠、文学等板块开始陆续出现原创作品；1997 年 12 月 25 日，"榕树下"即全球中文原创作品网面世，这可以看作网络文学的开端；但网络文学真正意义上的开端还是1998 年痞子蔡的网络小说《第一次的亲密接触》，它在大陆引发广泛效应。

在痞子蔡的《第一次的亲密接触》余温尚未散尽之时，邢育森的《活得像个人样》再度发力，将网络文学这个传递棒抛向大陆。1999 年安妮宝贝以一部《告别薇安》"告别"了台湾网络文学的"拿来主义"与"资本输入"，踏上了本土化网络原创文学写作的辉煌之路。这时期，有所谓的"五匹黑马"，即除邢育森和安妮宝贝，还有宁财神、俞白眉、李寻欢；有吴过所认可的"网络文学三驾马车"——邢育森、宁财神、李寻欢，也有后继有为者如云中君、黑可可、瞎子、燕垒生、南琛、今何在、蔡春猪、慕容雪村等。尤其是今何在的《悟空传》，无论从叙述语言、文体风格还是文学价值来看，都是此前为止最能代表网络自由精神的作品，与《第一次的亲密接触》一样，在网络文学史上留下了浓重的一笔。众多网络写手共同缔造了网络文学的第一次高潮。

2001 年，网络文学生态现场充满了变数和不可预期的未来走向。2001 年 4 月，人民文学出版社出版了网络接龙小说《风中玫瑰》；同样是 4 月，作家出版社出版了宁肯的《蒙面之城》，此长篇小说曾在 2002 年获得"第二届老舍文学奖"。前者是一部纯粹的网络小说，发轫于网络，写就于网络，成名于网络，意想不到的是它同时也获得了权威主流出版媒体的认可；后者同样是网络小说并获得了巨大成功，只是它更多地像是开了一个大大的玩笑——宁肯获奖后即离开了网络文学。于是，"不少人认为，'网络文学'并非一种新的文学样式，不过是创造了作者推出作品的全新方式而已"①。这两本书预示了网络文学一个较为理想的发展趋势：借网络平台走传统图书出版之路。在文学网站的运营上，2001 年也发生了一件大事："榕树"的"落叶"，"天涯"的"冲浪"——"'天涯'取代'榕树下'成为中文网络原创基地"，② 此事件表征着"榕树下"效仿纸质文学期刊运营模式的失败。2002 年贝塔斯曼正式收购"榕树下"。③

在网络文学初创期，网络写手和网络作品如雨后春笋般渐成风起云涌之势，书写着个体自由之本能与群体狂欢之思想，关于网恋、关于青春、关于卑微的理想、关于当下年轻人的生存状态和自我思考。这是一次回归文学本身的探寻过程——写作自由，自由写作，我手写我心，"为文学而文学"。然而，追求文学的纯粹与自由，固然催生了网络文学的"草长莺飞"，但也缺乏进一步深入发展与优化整合的动力。2002 年，除了几部耀眼的小说（醉鱼《我的北京》、慕容雪村《成都，今夜

---

① 欧阳友权主编：《网络文学发展史——汉语网络文学调查纪实》，北京：中国广播电视出版社 2008 年版，第 361 页。

② 马季：《读屏时代的写作：网络文学 10 年史》，北京：中国工人出版社 2008 年版，第 168 页。

③ "榕树下"于 2002 年被贝塔斯曼收购后，又于 2006 年由贝塔斯曼折价卖给欢乐传媒，之后在 2009 年成为盛大控股文学网站。

请将我遗忘》），网络文学总体上门庭冷落，且多是跟风、抄袭之作。这一年，网络文学步入了寒冬期（老一代人气写手如李寻欢、安妮宝贝、慕容雪村等纷纷离开网络文学），一度风生水起的网络文学面临着瓶颈。慕容雪村的《成都，今夜请将我遗忘》证明了网络文学的实力和人气，也道出了"网络文学，今夜请将我遗忘"的尴尬，新的网络文学"革命"一触即发。

（二）商业与产业：网络文学场域争夺（2003—2008 年）

2003 年，起点中文网实行 VIP 阅读收费制度，开启了网络文学的商业化与产业化新时代。自此以后，网络文学的自由性书写渐渐被商业化气息笼罩，类型化写作风靡其中。2002 年和 2003 年被称为"青春文学年"，2004 年被称为"悬疑小说年"。2005 年被称为"奇幻小说年"，2006 年被称为"盗墓小说年"，2007 年被称为"穿越小说年"，"你方唱罢我登场"，迎接着网络文学的一波又一波创作高潮。而 2008 年盛大文学成立，几大类型小说进一步糅合与细化，网络文学与文化产业、传统文学的联系更加紧密。

悬疑、奇幻、盗墓、穿越类小说无疑是网络新类型小说，也是当下最成功、最有影响力的网络小说。以奇幻小说为例，玄雨的《小兵传奇》、老猪的《紫川》、萧鼎的《诛仙》、萧潜的《飘渺之旅》、江南和今何在等奇幻作家联袂推出的杂志《九州幻想》、树下野狐的《搜神记》、唐家三少的《斗罗大陆》等，这些都是当时人气非常旺的网络小说，他们和他们的代表作也是最有可能被后世尊为名家和经典的网络作家和作品。类型化写作往往被传统文学家诟病，但不可否认，这也是网络文学受欢迎和流行的一个重要原因。盗墓小说《鬼吹灯》的作者天下霸唱说："原因很简单，一是新奇，读者没有接触过；二是悬念，读者猜不到情节。"①

这一时期是网络文学的转变期，也是其高速发展期。类型化模式写作趋于成熟，充分体现着以改革创新为代表的时代精神质素，贴合了当代青年人的主流意识形态与精神脉搏，反过来也促进了网络文学的升级与换代，推动了网络文学与出版、影视、游戏、动漫等文化产业的发展和良性互动，也为网络文学在当代文学与文化产业场域竞争中争得了一席之地，为网络文学进驻主流文学和主流视野打下了坚实基础。难能可贵的是，网络文学所彰显出来的与世界主流文化高度吻合的精神特质，为中国当代主流价值观与世界主流价值相融合提供了一种有益的借鉴视角和实践机遇。

（三）磨砺与整合：网络文学去向何方（2009 年至今）

盛大收购起点中文网、晋江原创网（2010 年更名为晋江文学城）和红袖添香网并以此三家原创文学网站为基础成立了盛大文学有限公司，之后又连续收购了榕树下、小说阅读网、言情小说吧和潇湘书院等，基本完成了其版图扩张。对网络文学以及网络文学与文化产业的结合来说，盛大文学都是一股不可忽视的力量。2009 年以来，网络文学面临维权难与三俗两大阻碍，对此瓶颈的不同解决方案，将直接影响着网络文学的未来走向。一方面，网络文学收费阅读模式基本建成，影视、动漫、网游改编方兴未艾，数字出版方面也大放异彩，自成体系的产业链发展模式趋于成熟，但也面临盗版的侵害，以致丧失产业创造力；另一方面，网络文学与传统文学进入全面融合期，这主要体现在"政策上的大力扶持与创作上的频繁对话交流，以及产业上的创新拓展

---

① 张晓然：《追求"每个人都能成艺术家"的梦想——盘点走过十年发展历程的中国新兴网络文学》，《新民晚报》，2009 年 5 月 18 日。

与进一步规范"①。质言之，网络文学在磨砺与整合中有两条路可供选择：坚定不移走产业链发展道路；稳扎稳打走网络写作与传统写作对接之路。

坚定不移走产业链发展道路，即如盛大所宣布的那样："盛大文学继承了中国传统文化基因的中国网络文学，已经与世界性写作同步，正在构建一个恢宏的想象力世界，创新打造网络文学全产业链。"② 这是与传统文学全然不同的一个新兴文学场，文学的意义最大限度地扩展到文化产业领域，不论是从叙事结构、语言风格到思想内涵，还是从网上付费阅读、出版（实体出版、数字出版）到影视动漫网游改编，再到手机及其他终端阅读，网络文学俨然成为一个新兴文学场，有着自己一套独立的运行规则，是可以与传统文学场并立的一个文学空间。如果将网络文学的第一个发展阶段看作回归文学本身（自由而平等）的一次自觉运动的话，那么第二个阶段"小白文"的兴起与盛行则昭示着读者要求回归网络文学本身（通俗而流行）的一种呼声。诚然，"小白文"也可以看作一种类型写作，一种适合读者和网民轻松阅读的"通俗小说"。但网络文学在经过了十几年的充分发展后，加之作者、读者和网民文化程度的提高，网络文学已远远超出了曾经的通俗文学水平，毋宁说是"新一代的青年文学"③，高度和深度虽略显不足，但富于创新和活力。

稳扎稳打走网络写作与传统写作对接之路，即持有这样一种基本观点：网络文学与传统文学，二者在山麓分手，终在山巅会合。这种观点基于这样一种事实：当网络成为我们日常生活的一部分，当用电脑写作与用纸笔写作一样习惯的时候，"网络文学"也就是名副其实的"文

① 马季：《与传统形成最大公约数，生产消费产业化——2009 年网络文学综述》，马季：《网络文学透视与备忘》，北京：中国社会科学出版社 2010 年版，第 252 页。

② 盛大官网：http：//www.cloudary.com.cn/introduce.html。

③ 潘冰洁：《文化视域下网络文学发展趋势之透析》，《大舞台》2010 年第 6 期。

学"。这只是假想的未来，十年之后或几十年之后网络文学还叫不叫网络文学都是一说，而现在的情况是，网络文学渐渐由边缘向主流靠拢，开始更多地进入公共视线和公共话语空间。一方面得到主流文学界（传统文学界、文学理论与批评家、主流媒体等）的更多认可，另一方面通过自身的成功为传统文学提供了互补可能。但就笔者观察所得，这更像是为了扩大网络文学影响力而进行的一种被收编策略，有利于传统文学的多，有利于网络文学的少。然而网络文学面临的维权难和三俗两大阻碍的解决，都迫切需要国家政策和国家意识形态的介入，也与传统文学的合作有密切关系，一切还处在错综复杂之中。

今后一段时间里，网络文学最有可能的发展趋势是：以类型化和产业化写作为主，向纵深发展，同时借助主流意识形态和主流文学界的影响整治盗版和三俗现象，完善网络文学场建设机制（应着力加强网络文学场内批评话语和理论建设），打造新青年、新文学；网络写手应该自觉地将中国传统文化精神、当代主流意识形态和自身聪明才智相结合，创造出更多既能让大众喜闻乐见，又能承载中国文化，还符合中国主流价值观的优秀作品。

二、网络文学的四种文化资源

从网络文学的发展历程来看，网络文学最终走向市场化、产业化的发展道路，不仅因为媒介技术的发展促进了其产业模式的形成，还有一个重要原因在于网络文学回归的是通俗文学的叙事传统，通俗文学因此也就成为网络文学创作重要的思想和精神文化资源。

（一）传统通俗文学

此处的传统通俗文学，从时间跨度上，指的是 1949 年中华人民共和国成立前的通俗文学，涵盖了古代神话，魏晋志人、志怪小说，唐之传奇小说，宋之话本小说，明清章回体小说以及近现代通俗文学。近现代以前的白话小说都是通俗小说，也是传统文化的精神所在，一直以来都是网络文学借鉴、吸收和承载文化意蕴的不竭资源，是网络文学的重要传统之一。"从史实来看，中国的小说一直是通俗的，没有不通俗的小说，其前后的区别只在于'通俗'的标准随时代的不同而发生变化。"① 虽然都可以称为"通俗小说"，但也有文言小说、白话小说和史传传统、诗骚传统之区别，网络小说都有所继承，但主要还是体现在白话小说和诗骚传统的延续与变迁。

真正意义上通俗文学称谓的诞生是近现代以来的事。20 世纪初，梁启超倡导新小说，将"小道中的小道"的小说提升到"经国之大业，不朽之盛事"之"文学之最上乘"的高度，而当时通俗文学中的谴责小说、社会小说等与新小说的关系极为密切，尤其与中国文化精神和民族文化心理的诉求不谋而合。但随着外国小说的引进、"五四小说"的诞生及其对"文学为人生"等启蒙、现代性的追求，其与通俗文学的消遣娱乐、重传统指向在文学功能观上产生了分歧，这也开启了现代意义上严肃文学和通俗文学二分法的格局。

近现代通俗文学继承了古代通俗文学传统，但也有一些出新和变异，可以概述为："指以清末民初大都市工商业经济发展为基础得以繁荣滋长的，在内容上以传统心理机制为核心的，在形式上继承中国古代小说传统模式的文人创作或经文人加工再创造的作品；在功能上侧重趣味性、娱乐性、知识性与可读性，但也顾及'寓教于乐'的惩恶劝善效应；基于符合民族欣赏习惯的优势，形成了以广大市民层为主的读者群，是一种被他们视为精神消费品，也必然会反映他们的社会价值观的

---

① 张赣生：《民国通俗小说论稿》，重庆：重庆出版社 1991 年版，第 8 页。

商品性文学。"① 近现代通俗文学的特质也奠定了网络文学的一些基本基调，如商品性、娱乐性、趣味性，民族文化心理机制，市民读者文学等。在文化精神和伦理道德上，网络文学不过是通俗文学在新时代的翻版，从形式到内容，从文本语言到指涉层面的价值观，都有许多相似甚至相同的地方。

（二）港台通俗文学

20 世纪 50—70 年代，中国实行计划经济体制，政治意识形态左右文学创作，在"计划文学"体制下，通俗文学"名存实亡"，寄居在严肃文学体内、以其为掩护生存下来，如革命通俗小说《林海雪原》。而在中国港台地区，通俗小说却延续和开创了近现代通俗文学的传统和辉煌，其中影响力较大的有新派武侠小说和以琼瑶为代表的言情小说。20 世纪 50 年代，香港的金庸、梁羽生勇挑大旗，以新文学手法、新表现技巧和新文化内涵（将武侠与历史、儒释道等思想和言情结合起来）开创了新派武侠小说；20 世纪 60 年代，古龙在台湾异军突起，将武侠与推理糅合在一起，善造悬念，其行文跌宕跳跃，情节出人意表，结尾不落窠臼，充满着浪漫情怀，深受读者喜爱，也进一步推动了新派武侠的发展。20 世纪 60 年代的台湾，琼瑶等人引领了言情小说的新方向。琼瑶是"钻石级"纯爱代言人，美化人生的理想爱情永远是琼瑶言情小说创作的主旋律，不唯如此，她的小说情节一波三折而又能曲尽其妙，行文充满诗情画意，因而能雅俗共赏。

"自新时期以来，港台的通俗小说开始风靡大陆，金庸的武侠小说、琼瑶的言情小说、梁凤仪的财经小说，曾经在大陆刮起一阵阵的旋风。"② "这些通俗小说的艺术水准较之几十年前已经不可同日而语，比

---

① 范伯群、孔庆东主编：《通俗文学十五讲》，北京：北京大学出版社 2003 年版，第 55 – 56 页。

② 周志雄：《追溯网络小说的传统》，《文学评论》2008 年第 5 期。

现代文学史上一般化的新文学小说还要技高一筹。从这里可以看出五四新文学和西方文学的滋养大大促进了通俗小说的现代化。"① 通俗文学在大陆20世纪50—70年代名存实亡但并不是销声匿迹，它在港台得到了延续和发展，随着"文革"结束，通俗文学又转战回来，开始了新一轮的本土化创作和辉煌。港台通俗文学在大陆的流行，其真正价值在于"唤起了中国大陆读者的文化价值的回归，开启了中国大陆读者情感之河的闸门"②。网络文学中的网络言情小说、武侠玄幻小说等都以此为旨归，如明晓溪的都市言情小说《泡沫之夏》《会有天使替我爱你》，萧鼎、凤歌的武侠玄幻小说《诛仙》《昆仑》等，都可以看作港台通俗小说在21世纪的网络仿写与翻版，只不过是多了一些时代特征和时尚元素，在文化旨归上却是殊途同归，拥有共同的思维方式、共同的民族心理特征、共同的文化价值诉求。

（三）20世纪八九十年代的通俗文学

改革开放，打开的不只是国家的大门，更是国人的思维之门。在文学领域，则是伤痕文学、反思文学、改革文学、朦胧诗派、寻根文学、先锋文学、新写实主义等流派的轮番登台与递进嬗变，这是20世纪80年代高雅文学的流变历程，也是高雅文学"最好的时代"，自新写实主义为代表的90年代起，传统文学走向式微，走向边缘，走向个人化叙事和写作。通俗文学的发展与此相反，80年代是观望的十年，创作上作品寥若晨星，但通俗文学的传播和接受却如火如荼地进行着，以《今古传奇》为代表的通俗文学期刊不断发酵，创造着文学期刊发行的新纪录。

---

① 范伯群、孔庆东主编：《通俗文学十五讲》，北京：北京大学出版社2003年版，第349页。

② 范伯群、汤哲声、孔庆东：《20世纪中国通俗文学史》，北京：高等教育出版社2006年版，第284页。

20 世纪 90 年代，政治意识形态淡出文学场域和日常生活，经济上步入消费主义王国，哲学上现代主义、后现代主义大行其道，映射在通俗文学创作上，则是繁花似锦一片。"其中，随着中国的改革开放而出现的以各种社会热点为创作题材的社会小说，由于观念更新而带来的对历史传奇题材深刻思考和描述的历史小说，以及因网络的普及而出现的网络文学的风头最健。通俗文学的发展进入了新的时期。"[①]

这一时期对网络文学影响较大的是王朔和王小波的小说。他们在小说中解构着宏大叙事和崇高话语，代之以感性化叙事和欲望化写作，以幽默的方式调侃、嘲讽、消解着家国、人生、日常生活及周遭世界，以平民心态而非精英立场审视着文学并自觉写作。王朔的"痞子逻辑"和王小波的黑色幽默，对 80 后、90 后这一代网络写手的影响不可谓不大。语言上、结构上、叙事上，甚至是文本背后的人生观、价值观、文学观上都能看到王朔和王小波的影响，这影响是深远且宽广的。除此之外，寻根文学、先锋文学、新写实主义文学也是网络文学的传统，写作手法、表达技巧、表现方式、精神价值等都有许多可供借鉴和参考的地方。伴随着文学消费主义和文化产业的发展，"通俗文学的创作与出版业、影视业、互联网络紧密相连，一荣俱荣，一损俱损，牵一发而动全身。这种状况促成了通俗文学开放的形态，出版业大量引进的外国通俗小说给中国通俗文学创作提供了新的参照系；影视艺术给通俗文学的美学内涵增添了新的要素；网络给通俗文学创造了新的载体，并裂变成新的文体——网络文学"。[②] 20 世纪 90 年代末以来，"作为新时代通俗小

---

① 范伯群、汤哲声、孔庆东：《20 世纪中国通俗文学史》，北京：高等教育出版社 2006 年版，第 285 页。

② 范伯群、汤哲声、孔庆东：《20 世纪中国通俗文学史》，北京：高等教育出版社 2006 年版，第 288 页。

说的主体"①，"某种程度上，网络小说代表当今最大的通俗文学市场"②。

（四）外国通俗文学

中文网络文学作为一种新兴流行的文化样式，不可避免地受到了世界流行文化的浸染和裹挟，尤其是通俗文学和流行影视的双重挤压与意识渗透，其中主要是欧美和日本的通俗文学与影视文化，而对拉丁美洲魔幻现实主义文学的写作技巧和方法也有一些借鉴。言情小说如玛格丽特·米切尔的《飘》，岩井俊二的《情书》《关于莉莉周的一切》；魔幻小说如鲁埃尔·托尔金的《霍比特人》《魔戒》，乔治·马丁的《冰与火之歌》，罗琳的"哈利·波特"系列；悬疑推理小说如丹·布朗的《达·芬奇密码》以及江户川乱步、松本清张、东野圭吾等作家的作品。影视化方面，如《乱世佳人》（《飘》）、《名侦探柯南》和《吸血鬼日记》等。这些通俗小说及相关影视作品的引进与热播，极大地开拓了网络写作的手段和空间，刺激着网络写手的他类表达与创作热潮，写手们在模仿中形成特点，在因袭中渐变渐新。

网络文学对外国通俗文学传统的吸收主要是外在形式，如曲折离奇的故事和情节、新奇的生活方式和生活习惯、天马行空的幻想世界和游戏规则，不是一种直接的"拿来主义"，而是将其中国化、本土化、网络化的过程。一方面，中国网络文学对外国通俗文学中惹人喜欢、受人追捧的美学特色的引入不遗余力，使之呈现出一种全新的美学形态；另一方面，对外国通俗文学进行本土化改造，其文化意识、精神状态符合中国传统文化思维和当代主流意识形态的就接受，不符合的就抛弃或重新改造加工，使之能够更好地表现出本民族的精神价值和当代中国人的

① 汤哲声主编：《中国当代通俗小说史论》，北京：北京大学出版社 2007 年版，第367 页。

② 周志雄：《追溯网络小说的传统》，《文学评论》2008 年第 5 期。

人生观、价值观。

事实上，网络文学对众多不同的通俗文学资源的继承和融合，与改革开放以来西方与港台地区文化大量涌入大陆有着紧密的联系。在全球化的背景下，本土文化与外来文化的交流互鉴，既是文化多元与开放的证明，但同时也存在意识形态观念的激烈争执与碰撞。这就不难理解为何网络文学对通俗文学特别是对西方与港台地区通俗文学传统的继承和借鉴会引起如此巨大的争议。也正因此，站在新的时代背景下，如何以新的视角来重新探讨和界定网络文学与主流价值之间的关系，就具有重要的理论价值。

三、网络文学叙事类型的演变与精神价值的分合

通俗文学是以读者为本位的。从接受美学的角度看，姚斯突出了艾布拉姆斯在《镜与灯》中所提出的文学四要素中"读者"的重要性，与文本中心论相对，接受美学提出了读者中心论，他认为："文学史就是文学作品的消费史，即消费主体的历史。这里的所谓消费主体就是读者，也就是要把文学史变成读者的历史，可见读者在接受美学中具有举足轻重的作用。"[1] 因此，从某种程度上可以说，通俗文学就是读者的文学，而广大读者的阅读能力、兴趣爱好、期待心理等都对通俗文学的创作、阅读和传播有着不可忽视的作用和反作用。这样，我们就比较容易理解通俗小说的定义："通俗小说是指由文人创作的、以大众传播媒介为载体、按商业机制运作的、旨在满足读者娱乐需要的小说。"[2]

正因为网络文学回归到以读者为中心的创作立场，其创作在与读者

---

① H. R. 姚斯、R. C. 霍拉勃著，周宁、金元浦译：《接受美学与接受理论》，沈阳：辽宁人民出版社 1987 年版，第 6 页。

② 王一川主编：《大众文化导论》，北京：高等教育出版社 2004 年版，第 118 页。

消费的互动过程中也就自然地走上了商业化的类型小说创作道路，也就是重视小说叙事过程中的通俗性、故事性和情节性。如果说，精英小说或高雅小说更多是为了艺术追求和美学意义而有意识地打破情节模式，通俗小说则恰恰相反，它更强调文本叙述情节本身，久而久之就形成了一种类型化、程式化或模式化写作。类型写作因其模式单一、审美单调而常常为精英小说家所诟病、轻视，但同时这也是通俗小说的一大特性，能确保其拥有庞大发行量和成批读者群，而类型写作中的佼佼者或优秀之作还可以稳居畅销书之列。

正如陈平原在《中国小说叙事模式的转变》一书中指出的："中国小说叙事模式的转变应该包括叙事时间、叙事角度、叙事结构三个层次。"① 而通俗文学的叙事模式也可以主要从这三个方面进行阐述。从叙事时间上看，通俗小说除了采用连贯叙述，也经常运用一些倒装叙述、重复叙述、交错叙述等叙事方式，这一点在更加随意化、自由化了的网络小说中更为明显。从叙事角度上看，通俗小说的叙事方式非常多样，既有全知视角、全知全能叙事，又有限制叙事（第一人称、第二人称、第三人称叙事），还有纯客观叙事等；既有宏大叙事，又有小叙事或私人叙事。从叙事结构上看，通俗小说既承袭了传统小说以情节为中心的模式，又有以写人（成长模式）为中心、以情绪为中心、以背景为中心等各种叙事模式。

除此之外，我们还可以从叙事对象和叙事话语两个方面来讨论通俗文学的叙事模式。在叙事对象上，通俗文学主要有两种来源：一是来自唐传奇传统的"非奇不传"，叙述能够引发并满足读者心理期待的"传奇之事"，是通俗文学叙事对象的题中之义，如武侠小说、侦探小说往往充满传奇性，而网络小说中的玄幻小说和盗墓小说更是将这一传统发挥得淋漓尽致，有过之而无不及；二是来自宋话本传统的"日常生

---

① 陈平原：《中国小说叙事模式的转变》，北京：北京大学出版社 2003 年版，第 4 页。

活"，也就是叙述世俗之事，描写日常生活或世俗生活，表现琐碎主题和现实梦想，实现对现实生活的超越和提升，将"日常生活转化为某种审美规划"①，从而实现"日常生活审美化"，将遥不可及的梦想在小说中变得唾手可及。

在叙事话语上，通俗文学主要以感性的叙事方式和狂欢的叙事策略为中心。感性叙事更容易描述生活图景，传达自我诉求和生活质感，而与之相关的身体叙事也屡禁不止，木子美、竹影青瞳一夜爆红即是典型例子。

正因此，"类型化"可以说是以往的通俗文学传统以及商业化趋势下网络文学写作的共同特征。但即便网络文学很大程度上继承了通俗文学的叙事传统，我们依然不能简单地将这两者直接等同起来。实际上，由于生产和传播媒介的巨大变化，网络文学与通俗文学之间也产生了重要的差异或者说分化。就类型来划分，通俗文学（通俗小说）可以分为老类型小说和新类型小说，相应地，它传达的价值也呈现出两种截然不同的形态。

老类型小说主要指社会、历史、言情、武侠、侦探等小说，它们接受中国新小说和传统文化中"史传"传统。老类型小说在形式上青睐类型化、程式化，内容上倾向二元对立的价值判断和褒贬标准，这种形式和内容是统一的，也容易被普通人群明了和认同。"现代作家追求个性特征，有意隐瞒传统的胎记。而在古代小说或现代的通俗小说中，传统的胎记及程式化倾向更突出，因而也更适合于类型分析。"② 形式上如此，内容上亦如此，"老类型小说实际上就是中国传统的文化观念和道德标准的宣扬书"③。它体现的是一种"易于明了的意识形态内容，通常是一种现存的、不悖时代的社会准则和观念，具有一种共识性。这

---

① 周宪：《文化表征与文化研究》，北京：北京大学出版社2007年版，第282页。

② 陈平原：《小说史：理论与实践》，北京：北京大学出版社2010年版，第138页。

③ 汤哲声：《论新类型小说和文学消费主义》，《文艺争鸣》2012年第3期。

种准则与观念往往源于传统，较为稳定，且现今仍在流行并被普遍接受，它们能与读者的习惯性思维与情感流动达成较大程度上的'共谋'"①。在价值取向上惯用二元对立模式，善恶、是非、真假、美丑等价值判断明晰，褒贬标准多与主流意识形态相吻合。

言情小说中不管感情过程多么曲折坎坷，结果都还是有情人终成眷属；武侠小说，不论是金庸还是古龙，其塑造的侠者形象或"侠之大者为国为民"，或忠肝义胆侠骨柔情，都是真君子、大丈夫；侦探小说总是善恶明显、好坏易分，书中宣传的好恶思想就是读者的好恶思想，也是主流意识形态的好恶思想。可以说，中国的历史、言情、武侠、侦探等传统类型小说，与中国传统社会的伦理价值观之间有着某种共生关系。

而新类型小说是网络时代的产物。在新时代，随着叙事类型的演变，网络言情、新武侠、玄幻、盗墓等新类型小说的价值观发生了很大变化，与以往相对稳定、更新缓慢的主流意识形态之间产生了缝隙。从大的层面看，当代文化价值观一直处在中国传统文化精髓、马克思主义意识形态、西方普世价值观和消费主义等多种文化价值观混合交织的状态。改革开放以来中国社会价值观的变迁，可以概括为"从一元价值观向一元价值观与多元价值观互动的变化；从整体价值观向整体价值观与个体价值观融合的变化；从理想价值观向理想价值观与世俗价值观共存的变化；从精神价值观向精神价值观与物质价值观并重的变化"②。价值观念的多元分化是中国现代化进程中的一部分，而文艺是社会的一面镜子。网络文学作为一种新兴的流行文艺类型，在质疑集权政治、拥抱世俗和消费主义、鼓励个体价值诉求等方面起到了重要作用。

从文学类型的内部演变上看，新类型小说更多受到欧美、日韩及中

---

① 雷卫军：《论通俗文学的叙事》，《浙江传媒学院学报》2005 年第 4 期。

② 廖小平、成海鹰：《改革开放以来中国社会的价值观变迁》，《湖南师范大学社会科学学报》2005 年第 6 期。

国港台通俗文学以及影视动漫的影响，随着国外、港台地区通俗文学和影视动漫的中国化、本土化，通俗小说也开辟出了新的天地，出现的不光是新的叙事类型，同时这些新类型以更为感性化的叙事方式彰显出这个时代个体的价值追求。叙事类型演变的背后是精神价值的分分合合，文本背后的精神价值与主流价值有承接亦有变化，既承载着广为大众和主流社会所接受的传统价值观念与文化精神，又体现了代表青年文化和新风向的当代意识与思维理念。

在下文中，我们将从网络言情小说、网络奇幻小说和网络盗墓小说三种网络小说叙事类型的演变，揭示网络文学叙事传统与主流价值观之间的互动过程。

第二节 从浪漫言情到网络言情
——情爱伦理的继承与变奏

在通俗小说阵营中，言情小说可谓永远的热点，汤哲声在《中国当代通俗小说史论》中这样定义言情小说：

言情小说，简而言之就是以写爱情为主题的小说类型，在内容上有着对真挚爱情的讴歌与赞美，对人间情爱百态的描摹与展示；在叙事上通俗易懂；在美学特征上仅仅围绕男女间的爱情展开，才子佳人一见钟情，生生死死缠绵悱恻。①

网络言情小说是通俗言情小说在网络载体上的一种新变，主要指首发于网络并且以情爱叙述为中心的小说。为了论述的方便，笔者在此以网络为界限，将网络世界以外的通俗言情小说统称为"浪漫言情"，以便与"网络言情"进行区分和比较。从发展历史上看，浪漫言情是网络言情的前身，网络言情与浪漫言情一脉相承，是通俗言情小说在不同时代的不同呈现。

言情小说作为通俗小说的一支，始终与"主流"保持着一种若即若离的关系。一方面，对爱情的描绘和歌颂以及对人性中善与美的张扬，使言情小说在与主流价值观相伴而行的同时获得大批读者喜爱；另一方面，对个人感受及体验的传达又使它无法与社会的主流思潮真正汇

---

① 汤哲声主编：《中国当代通俗小说史论》，北京：北京大学出版社 2007 年版，第 113 页。

流，当代言情小说越来越热衷于对身体快感作情绪化、商业化的表达，更使得"言情"这一题材流于低俗，与主流价值观愈呈背离之势。如何看待通俗言情小说与主流价值观之关系？通俗言情在当代的最新模式——网络言情又能否对主流价值观产生积极的影响？浪漫言情与网络言情在对主流价值观的承载上有何异同？网络言情怎样才能避免恶性发展，保持文学性，获得主流价值的体认？这些问题将是本节的关注点与落脚点。

一、网络言情的前世今生

（一）浪漫言情的价值观体现

从时间跨度上看，浪漫言情小说可分为古代通俗言情小说、现代言情小说以及当代言情小说。而其始终包含的真、善、美价值取向，是浪漫言情之艺术魅力和创作活力的最根本内核，同时也是浪漫言情在不同时代与当时的主流价值观形成合流的体现。

浪漫言情的"真"体现在反映社会现实的爱情言说上。优秀的言情小说总是以真挚的情感打动人，只有构筑在具体时代背景与社会深度基础上的爱情言说，才能成就有根基、有骨血的真情实感。如徐枕亚的《玉梨魂》因触及传统婚姻制度中极为敏感的寡妇问题而备受瞩目，何梦霞与寡妇白梨影的爱情悲剧使读者对造成悲剧的社会与传统思想有了更多的思考。现代"狭邪小说"[①] 如毕绮虹的《人间地狱》、张春帆的《九尾龟》和周天籁的《亭子间嫂嫂》等，都在一定程度上展现了具有

[①] "狭邪小说"，即专门写妓院、妓女与嫖客故事的小说，此小说命名是鲁迅在《中国小说史略》中提出的。

时代感的文化内涵以及地域特色。这些言情小说在当时都对主流的传统伦理价值形成一定的冲击，却真实地反映了社会现状和人们内心深处的渴望，因此与主流价值观形成良性的互动关系。

浪漫言情的"善"体现在反抗中所彰显的爱情正义上。社会现实不仅是爱情故事的背景，而且更多时候是作为爱情的对立面存在的，主角对爱情的自由追求往往须经历一系列对现实的顽强抵抗才能实现。正是在这种真情与现实的博弈中，人性的光辉得以呈现，属于正义的一面得以彰显，言情小说也就在这个意义上成为宣扬爱情正义的武器，用以对抗落后腐朽、扭曲人性的"伪道德伦理"。如古典言情作品《西厢记》《牡丹亭》，现代言情小说《玉梨魂》《啼笑因缘》等，这些作品皆在对现实的反抗中维护着爱情的正义，使人性向往自由与善良的一面在作品中得到实现与张扬。这既是在主流思潮影响下的爱情言说，同时也对主流价值观的发展起到积极作用。

浪漫言情的"美"是对美好爱恋的永恒追寻。现代言情小说继承了诗、骚传统中意蕴缠绵的美学特质，体现出充满古典色彩的纯爱理想。作为纯爱言情小说的主要代表，琼瑶的作品始终体现着一种真情至上、至死不渝的爱情理想，这点从《窗外》到大家熟知的《还珠格格》都有明显体现。小说中的男女主人公常常为了爱情"头可断，血可流"，把青春与追爱的激情挥洒得淋漓尽致、无所顾忌。港台言情特别是琼瑶的小说自诞生之日起就引起社会广泛讨论，其中不乏批评的声音，却丝毫未减读者追捧的热情，归根到底是因为作品中对纯洁爱情的追求符合大众的审美期待。

（二）网络言情对浪漫理想的虚拟同构

作为通俗言情小说在网络时代的新变，网络言情出现在消费文化盛行、以娱乐消遣为主要指向的网络环境中，作品的文学性一直受到质疑。网络言情能否与浪漫言情一般体现出对主流价值的承担？应该看到，作为一种文学在当代的存在形式，网络言情的发展中不仅有低俗献媚的"网络产品"，还有真正继承浪漫言情传统、体现着一定文学性的"网络写作"。这些网络言情小说在虚拟的电子传媒中与传统的浪漫言情形成一种价值观上的同构，在虚拟的世界中对浪漫言情的"真、善、美"理想进行承接，并在新的时代背景与流行趋势下，以多元的表达呈现出与主流价值观在互动中形成合力的可能性。

首先，网络言情的"真"体现在现实而彻底的欲望书写上。这里所说的欲望书写，是指作品所反映的人性在现实生活中对各类欲望的追逐，具体包括物质欲望与身体欲望。都市言情是展现物质欲望的典型代表，现代生活展现的诱惑景观与时尚快感使狂欢与孤独、放纵与救赎成为都市人的心理常态，都市言情就是在这样的审美意象之上构筑情爱模式，将都市人的情爱关系与物质欲望紧密地搭建在一起的。安妮宝贝以及她的"小资"作品是其中的代表，浓厚的物质色彩与贫乏的精神状态形成强烈映衬，突出一种爱情的幻灭感，贴合了都市人的生存感受，因此在一段时期内获得了很大的成功。"性"作为情爱关系中的一环，历来是许多作者表现情爱关系、人性冲突的描写对象，如贾平凹的《废都》、王朔的《一半是火焰，一半是海水》等。对身体欲望的叙述也被认为是网络言情中欲望模式的最直接体现，大家所熟悉的《成都，今夜请将我遗忘》《天堂向左，深圳往右》（慕容雪村）、《性感时代的小饭馆》（尚爱兰）均属此类，作品中凸显的性爱叙事既是对中国传统性禁忌的反叛，也是对情感的多元表达。欲望书写作为网络言情所承载的一种"真实"，既反映了人们在物质丰富而浮躁的大环境里，对刺激性与猎奇性作品日益膨胀的需求，同时也是对当代人欲望心理彻底而现实的暴露。

其次，网络言情在对成长的体验与抵抗中体现出对"善"的承接。网络言情中的校园言情小说，以描写青春时期对爱情的纯洁憧憬以及成长中的隐涩情愫为特点，成为网络言情中不可忽视的一支。对"成长"① 母题的表达是这类小说的最大特点，如何员外的《毕业那天我们一起失恋》、江南的《此间的少年》、孙睿的《草样年华》等。校园言情小说大多表达了对当下社会功利、保守家庭教育以及专制教育制度的抵抗，并把这些情绪都内化在纯洁爱恋的成长故事里。如《草样年华》的邱飞，以张扬叛逆的个性来抵抗现实秩序的侵蚀；《毕业那天我们一起失恋》则展现了一种对"现实功利毁灭纯洁爱情"的抵抗。这类网络言情小说展现出"青春"这一敏感的时期里人们对个性与自由的憧憬、追求与留恋，它既是"小众"的，同时也是一个群体的整体诉求。

最后，网络言情以纯爱之"美"对浪漫言情的古典爱情理想进行承接。人们对"比特世界"中的言情小说一般冠以欲望、功利以及不切实际之名，但这不妨碍网络言情对纯爱模式的创作与追捧热潮。如歌颂纯净爱情的《山楂树之恋》（艾米）、讲述坚定执着之爱的《被时光掩埋的秘密》（桐华）、表现温情守护的《失恋 33 天》（鲍鲸鲸）等。这类言情小说一方面继承了琼瑶式的古典爱情韵味，表现"愿得一人心，白首不相离"的唯美爱情理想；另一方面又在故事设置上体现出时代特征，具有一定现实性，能引起读者更大的共鸣。比如《裸婚：80后的新结婚时代》（唐欣恬）中"房子票子与孩子"的问题映射了现代爱情与物质的矛盾。此类小说流行的原因既包括大众对纯洁爱情的期望，同时也离不开网络言情小说对现实热点话题的关注。

---

① 芮渝萍在其《美国成长小说研究》（北京：中国社会科学出版社 2004 年版，第 5 - 6 页）中这样定义"成长小说"：展示的是年轻主人公在经历了某种切肤之痛后，改变了原有的世界观或性格，（这种经历）使其摆脱了童年的天真并最终把他引向一个真实而复杂的成人世界。这种"成长"正是校园言情故事的主题。

二、情爱伦理叙事模式的网络演绎

上文论述了网络言情在内容主旨上与主流价值观形成合力的可能性，但要审视网络言情在与主流价值观的互动关系上的特点，还要从小说内在的叙事肌理去剖析网络言情与浪漫言情的不同点，进而讨论网络言情所体现的新特点能否成为对主流价值观的多元表达。基于对网络这一写作与传播平台的依赖，网络言情对情爱伦理叙事模式的创新与网络文学的自由性、交互性及民间性这些特点密不可分，下面笔者将从自由平等的叙事观念、读者本位的叙事策略以及民间化本真叙事三方面对网络言情的叙事特点进行分析，以探讨网络言情以多元途径承载主流价值观的可能性。

（一）网络言情的自由立场——以男性话语权的退让与复归为例

自由与平等是人类共同向往的，也是主流价值观的要旨，对于这一点，网络言情比浪漫言情更为突出地表现在自由平等的叙事观念上。言情小说直面两性关系问题，对作品中性别话语权的讨论更是无可避免，这里就以男性话语权的退让与复归为例，探讨网络言情的自由立场。

在中国言情小说的发展史上，随着社会不断进步，情爱叙事的男性话语权经历了一个不断退让的过程。传统言情小说无论从创作背景、叙事主体还是表达主题上看，都呈现以男性话语为中心的叙事模式，女性在故事中作为男权社会的依附者，受到来自以男性为主导所建立的道德伦理的规范甚至压迫。从现代言情开始，由于外来思想的传播与女性地位的改变，女性开始了对自身话语权的觉醒与思考，男性话语权的绝对性地位出现退让，但这种改变往往停留在作品的叙事表面，难以体现更深层的女性独立精神，这一点在张爱玲的小说①以及后来的《青春之歌》等作品中都有明显体现。究其根源，乃中国女性长期以来依附家庭而没有真正获得独立生活的能力与社会地位。而改革开放后言情作品所塑造的女性形象，真正具备了这样的条件，最有代表性的是亦舒的作品，她塑造了一批诸如林无邂、杨之俊、苏更生②的高学历女性，不仅具有美貌和气质，更重要的是靠着一纸文凭和独立的经济能力在爱情里始终处于主动的地位，这些作品对男性话语权起到真正的颠覆作用。

在网络言情中，首先，出于取悦女性读者的需要，以女性作为叙事主角的小说更为流行，如《甄嬛传》《步步惊心》《美人心计》③等。这些小说在女性形象的塑造上不再突出男性审视下的温顺、贤惠等特质，而是凸显女性的柔性魅力与母爱光辉如何在男权世界的尔虞我诈中获得胜利，并且更多地"关注女性自身的内心感受、自我意识和内在要求，并基于自由平等的人权要求，不作过多的道德判断"④。其次，现代社会是一个男女日趋平等、和谐的社会，在网络情爱叙事中，男性话语的存在与女性话语的发展一样是理所当然的，这就有了男性话语权的"复归"。这种"复归"并非单纯传统意义上的男权主义回归，而是一种讲究叙事主体之平衡的性别话语新体现。如《裸婚：80后的新结婚时代》强调了男女双方在感情上的对等付出，共同面对来自家庭与爱情本身的挑战；《被时光掩埋的秘密》中既有重情重义的宋翊与陆励成，也有勇于追爱的独立女性苏曼，呈现一种男女双向"凝视"。最后，这些作品不再停留在性别叙事的表面，而更多地关注两性心灵上的痛苦与

---

① 张爱玲的言情作品，虽然以女性作为叙事主体，但在其所构建的情爱关系中，女性仍然处于被支配与服从地位，用身体与爱情去依附作为权力中心的男性。

② 分别出自《银女》《胭脂》《玫瑰的故事》三部作品。

③ 《步步惊心》为清代背景的"穿越"言情小说，作者是桐华；《美人心计》原名"未央·沉浮"，为古代背景的言情小说，作者是瞬间倾城。

④ 李霞：《爱情的建构：解读影视传媒中的社会性别符号》，《学术界》2004年第6期。

成长，在更立体的层面体现出新时代的男女话语权的平等。男性话语权在网络演绎中的被颠覆与复归，体现了网络言情在叙事视角上的革新与自由、颠覆与平等。

（二）网络言情的交互性体现——浪漫与现实并存的叙事策略

网络文学是读者参与性极高的创作，多向交互式的传播把主动权更多地交给读者，与浪漫言情相比，网络言情进一步消解了作者的中心位置，体现出一种浪漫与现实并存的读者本位叙事策略。

在传统的浪漫言情中，存在着"大团圆"与"哀情"两种主要叙事模式。"大团圆"是中国古典言情作品的重要艺术特征之一，在"才子佳人"小说中，主人公的爱恋过程总是"错中错各不遂心"，但结局一定"锦上锦大家如愿"。① 至清末民初，"大团圆"模式遭到弃用，出现了一批具有时代烙印的"哀情小说"，其最大特点乃是勇于打破大团圆的美好理想，书写现实爱情的破灭与失落。《玉梨魂》中，身为寡妇的梨娘与梦霞相互爱慕却不敢逾越封建礼教而导致毁灭，《孽冤镜》里王可青与薛环娘敢于相爱却因为父权的专制而酿成悲剧，这些作品反映了当时一种对封建伦理感到怀疑的同时又对现实感到迷惘的社会心理。"大团圆"和"哀情"模式虽然都在一定程度上体现了当时读者的心理，但还是以作为社会对立面的反思为主，在传播方式上呈现一种从作者出发的单向传达。

在物质生活丰富、精神上得到解放的当代社会中，简单的"大团圆"或者悲情结局已无法满足大众的期待，人们需要更为立体和丰富的作品来满足审美要求。网络言情对浪漫言情的叙事模式进行继承与革新，采取浪漫与现实相结合的策略，以夸张虚幻的手法表现了一个人为爱情挣扎并最终取得完满结局的曲折故事，既有贴近现实生活的一面，

---

① 出自《玉娇梨》第十九、二十回的篇目。

又能满足读者对虚幻的渴望心理。如被誉为"最煽情爱情小说"的《会有天使替我爱你》①，作品在叙事架构上比较单薄而且并无真实感，却在极力渲染一番惊心动魄的真相揭穿与痛彻心扉的爱恨徘徊之后赚取了无数读者的点击与眼泪，可见这一叙事策略的成功。对当前流行的言情作品稍加留意即可发现，无论是小说还是改编的影视剧，都爱冠以"虐心""虐恋"等名号加以宣传，这正是从读者本位出发、迎合读者消费的策略，这种浪漫与现实并存的叙事方式使作品在读者市场中获得了主动。

（三）网络言情的民间本位——从解构"元叙事"到本真书写

"元叙事"是法国后现代哲学家让·弗朗索瓦·利奥塔尔在论述后现代主义对现代主义叙事的解构时，用以指称现代叙事方式的名词，②也是主流文艺惯用的叙事方式。其特征是以宏观的意识形态对叙事进行统摄，以宏观的立场、全景式的叙述和有深度的思考对作品进行建构。在浪漫言情中，"元叙事"的传统是明显的，如《红楼梦》以爱情的自由诉求表达对封建伦理的反叛，《青春之歌》通过林道静对爱情的选择凸显革命理想的重要性，《爱的权利》（张抗抗）以对爱情权利的争取来实现对"文革"创伤的思考和拯救等。正如周志雄所说："现代初期的情爱叙事基本上是古典情爱叙事，情爱叙事变成对历史反思的附庸，个人情爱淹没在时代的合唱之中。"③

---

① 《会有天使替我爱你》：作者明晓溪，于2004—2005年连载于晋江文学城，总点击率达五百万。2005年被改编为电视剧，并于2010年二度翻拍。

② 让·弗朗索瓦·利奥塔尔在《后现代状态：关于知识的报告》第九章"知识合法化的叙事"中提到：一个理性的元叙事，"就像连接精神生成中的各个时刻一样把分散的知识相互连接起来"。这个元叙事保证了知识的合法性，但是在这种机制中，所有知识话语都没有直接的真理价值，它们的价值取决于思辨话语所讲述的哲学在全书中占据的位置。

③ 周志雄：《中国当代小说情爱叙事研究》，济南：齐鲁书社2006年版，第51页。

"元叙事"在言情小说中的消解出现在改革开放之后，"新写实小说"①是其中的代表，如池莉的《不谈爱情》《绿水长流》，从对爱情神性的谱写转为对柴米油盐等生活琐事的关注，以实用主义的情爱哲学解构了传统对爱情的美化。世纪之交，新时代语境下的言情小说以私人经验为基础，如《上海宝贝》（卫慧）、《乌鸦》（九丹）等，把对个人欲望的放纵式消费作为写作中心，以对个性张扬的顶礼膜拜抹去了一切"宏大"的意义。

市场经济观念的形成以及西方后现代思潮的涌入，使"个人化"的写作热潮持续升温，网络的推波助澜使这一写作模式进入"狂欢"的高潮。网络言情的"民间性"特征体现在私人化的情爱叙事上，回归世俗生活以及现实心理、真实欲望的言情作品，不再是神圣而不可企及的美丽故事，也不是某种宏大意识的传达手段。从这个意义上看，网络言情小说能使读者更具参与感，更容易激发大众的共鸣。如安妮宝贝的小说，惯于塑造一些诸如蓝、乔、安生②等女子，以细致的心理描写表现她们在欲望的盛放下如何体验着爱情的枯萎与破败，并最终以暴力且极端的方式来结束这种绝望的困境。这种完全本真的、私人的写作方式使作品获得流行。

应该注意的是，"民间性"的书写本位并非对一切意义的抛弃，在对现实作世俗而切身的书写的同时，还必须包含对个体理想与人生价值的真诚思考和执着追求。爱情作为个人化的主题，在过去被特意拉高成为宏大的意义命题，这在一定程度上损害了情爱叙事的真实性和世俗

---

① 新写实小说：1989 年《钟山》杂志在第 3 期开辟的"新写实小说大联展"上为其正式命名，并且对什么是新写实小说作了比较正式的说明："所谓新写实小说，简单地说，就是不同于历史上已有的现实主义，也不同于现代主义'先锋派'文学，而是近几年小说创作低谷中出现的一种新的文学倾向。这些新写实小说的创作方法仍以写实为主要特征，但特别注重对现实生活原生形态的还原，直面现实，直面人生。"

② 分别出自安妮宝贝的小说《七年》《告别薇安》《七月与安生》。

性。但正如周志雄所说：

> 伟大的文学作品总是折射出一个时代的面貌，体现出一个时代特有的审美趣味。小说中的男女人物关系往往能表现一个时代的情爱观念，体现出特定时代情爱状态的历史性，反映出这个时代的社会风尚、情爱道德、民族心理等方面的因素。①

网络言情以现实的经验对其进行解构与还原，在一定程度上体现"民间性"叙事方式之优越的同时，还应该承担应有的社会责任和精神追求。如果以不成熟的方式对欲望和隐私进行狂欢式的宣泄，不再追求艺术的深度与超越，对于当代人爱情现状的反映将会与现实脱节，与真正的主流脱节，成为一种无价值的孤独狂欢。

三、从童话到现实：网络言情小说的社会视野和价值深度

从网络言情与浪漫言情之间继承与变奏的关系可以看出，网络言情在反映真实社会情爱关系、表达集体精神诉求以及宣传自由平等的爱情观等方面与主流价值观存在互动的可能性，其多元化的叙事模式也为传达主流价值观提供了更为丰富的可能。如何使这些可能转化为积极的现实，则有待于网络言情在创作实践中对社会视野与价值深度的开拓和承担。正如欧阳友权所说：

> 媒介和载体变了，文学的创作手段和传播方式变了，甚至文本的构成形态和作品的功能模式也变了，但文学作为一种审美现象的价值命题

---

① 周志雄：《中国当代小说情爱叙事研究》，济南：齐鲁书社 2006 年版，第 17 页。

没有变，文学作为人类把握世界的艺术方式没有变，文学寄寓人文精神、承载人道情怀、表征人性希冀的价值本体没有变也不会变。①

从童话到现实，言情小说在"比特世界"里体现其独特的社会视野和价值深度，在虚拟与现实、欲望与精神、放纵与追求的滑动中，展现其已有或应有的价值承担。

（一）网络言情的社会视野：情爱叙事与现实的疏离及遇合

周志雄在论述新时期小说情爱叙事时这样认为：

> 是一个独特的时代提供了这样的情爱叙事空间，情爱叙事之中可以清理出这个时代的两性情感的自由和谐度。在这个意义上说，情爱叙事以其独特性在当下的文学之中是游离于时代主流的，但又是在场的，情爱叙事从来没有真正地从历史中退场，这是从历史文献、哲学思考、新闻事件中无法见到的一个既虚拟又真实的情感世界。②

这是对情爱叙事与现实之间疏离及遇合之变化关系的一种非常贴切的评价，言情小说所注重的个人性与私密性，使它对现实表现出必然的疏离，但是小说对时代思维的依赖以及对社会现实的取材，又使言情小说与现实两者共同构成充满张力的遇合空间。

网络的自由性使文学创作卸下了束缚，天马行空畅所欲言的平台使言情小说更往脱离现实、唯美虚幻的方向飞驰。一方面，产生了一批以"总裁""恶少""校花"等关键词为卖点的纯消费型言情产品，这些"产品"非但没有承载主流价值，往往还把读者的观念导向非现实的一

---

① 欧阳友权：《网络文学的人文底色与价值承担》，《求是学刊》2005 年第 1 期。

② 周志雄：《中国当代小说情爱叙事研究》，济南：齐鲁书社 2006 年版，第 29 页。

面，因此其本身也是"非文学"的。另一方面，一些真正形成流行之势、为大众所普遍接受的言情作品，在讲述爱情故事的同时注重对现实生活和人生理想的表达，真实地反映了年青一代爱情与成长的心路历程。如辛夷坞的《致我们终将逝去的青春》，故事讲述年轻人从进入大学到毕业再到工作之后的生活，反映了青春年代的冲动与纯洁、面对现实时的无奈和动摇，以及进入社会后的成熟和思考，表达了不同人在成长过程中对爱情、对生活的真实感悟。其中郑微对林静和陈孝正的感情变化，陈孝正面对爱情与出国的选择，阮莞发现男友背叛的妥协，以及毕业之际的"醉笑陪伊三万场，不诉离殇"等情节都能激发读者强烈的共鸣，引起人们对爱情与生活、理想与现实的思考。这样的网络言情作品包含了对爱情的真实刻画，同时也能令读者对现实问题产生一定的反思，因此受到大众的欢迎。可见，网络的虚幻性不一定会侵蚀小说的现实性，网络言情能否在对现实的反映上体现一定的社会视野，取决于作者在创作中能否将现实与艺术真实熔铸在作品里，做到了这一点的作品才能在更广大的读者群体中获得真正的"流行"。

（二）网络言情的价值承担：消费主义与欲望书写下的精神诉求

"网络文化作为数字化时代极具影响力的一种文化现象，它已经无法选择地被裹挟进现代消费文化大潮。"[①] 消费主义下的网络写作是自由的同时也是被捆绑的，没有发表门槛与传播壁垒的网络写作是自由的，但同时也是缺乏他律的。如果完全以消费主义去填补"指挥家"一席，网络写作将被商业与欲望消遣所捆绑，在完全"他律"之下失去"自律"，在丢失"自由"的表演场之外，还会自动卸落作品以及作者的社会道德、人文精神以及艺术审美。作为网络文学的一员，网络言

① 欧阳友权：《比特世界的诗学——网络文学论稿》，长沙：岳麓书社 2009 年版，第256 页。

情的创作正是在这种消费主义的内在动力和文化底色上进行的，消费主义对网络言情的负面影响显而易见。小说中对欲望，尤其是身体欲望的无底线书写，并不是以追求现实深度和揭露真实人性为目的，而是一些平面化、肤浅化的"快乐产品"。这样的网络言情小说以提供刺激性、猎奇性、私密性的内容为卖点，吸引读者的眼球，完全无视文学应有的理性和价值、审美与诗意，如此毫无立足点的虚幻的欲望叙事只会使人在放纵过后感到更加孤独和空虚，在一时的哗众取宠之后将无以为继。

"欲望"作为"一种反叛性登场"，用以抵抗异化现实的观念，有其现实根据和文化历史，在工业文明时代，作为主体的人性不断向技术的理性妥协，取缔关于"身体"和"感性"等方面的欲望本性，这是成就"文明"的一种需要。马尔库塞的《爱欲与文明》对现代社会以人的不自由和对生命本能、对自我升华了的性欲——爱欲的压抑作为高度文明的昂贵代价这一现象提出了批判，并且认为反抗现代西方文明首先必须消除对人的本性的压抑，解放爱欲。作为情爱叙事的"承担者"，小说中的"欲望"书写也是一直在场的，而人们对"欲望"出于不同目的的表达，才使小说在精神诉求上产生不同的体现。如在20世纪八九十年代出现的先锋小说中，《红高粱》（莫言）、《匪风》（熊正良）等作品把性爱欲望作为拷问人性的一种方式，对当时的精神解放与身体解放进行了反思；后来的九丹、春树等人，则更多地把对性爱私密及另类的暴露作为推销广告，在对传统文化的颠覆上矫枉过正。

网络言情中的欲望书写背后也确实存在对精神的表达，而这种表达是否在一定的价值深度上进行，同样取决于作品的文化命意与审美原点。在浪漫言情中，"欲望"背后的精神诉求往往表现为一种对人性禁锢的反抗和解放；在网络言情中，无论是精神还是身体都已得到很大程度的自由和释放，这时的"欲望"书写则表现为对"过度放纵"之后空虚、孤独的精神状态之揭露，从反面上达到对精神诉求的追问和反思。如安妮宝贝以《彼岸花》为代表的一系列作品，基本上都是对浮躁不安的物质欲望与荒诞焦虑的身体欲望进行展露，小说反映的人们对"金钱"与"性"的欲望成为生活主宰这一现象，使读者在畅快淋漓地阅读之后，对小说所展现的情境产生一种空虚感与失落感。

对"欲望"的表达是体现小说精神诉求一个不可忽视的领域，但是在消费主义下进行的游戏化、虚幻化的欲望快感叙事是需要引起警惕的，因为对"欲望"的放纵并不能成为精神解放的良药，它也无法解决精神解放所面临的所有问题。"欲望"背后的精神诉求应该作为一种对当下的精神失落现象的反射，这种反射于现在看到的创作中也许是非刻意的，但是也隐喻了一个无根的、沧桑的"自由"世界，从读者接受的层面上，使人们在体验欲望释放快感的同时，产生对这个"自由"而空虚之欲望世界的警醒。

（三）网络言情与主流价值观的汇合点：对爱情理想的始终追求

综而观之，主流价值观对网络言情小说所包含的社会视野、情感导向以及精神诉求进行制约和积极引导，网络言情则为主流价值观在爱情主题上展现更为多元的表达，二者在互动中相互影响、若即若离。最后，笔者认为，无论是浪漫言情小说还是网络言情小说，它们与主流价值观的最终汇合点，都在于对爱情理想的始终追求。美好的爱情是古今中外人们共同憧憬的，自由、平等、坚定、真挚的爱情理想，既是每个人心灵深处最温暖的梦想，也是国家、民族、大众所共同承认及倡导的价值观。

从古代"执子之手，与子偕老"① 的吟诵，到现代"等到风景都看透，也许你会陪我看细水长流"的流行，可见人们对爱情的期待并没有随时代的变迁而改变。在流行文化的"速成"与"速亡"、娱乐狂欢的"当下"与"瞬时"中，美好事物的沉淀似乎显得更加困难，爱情变得

---

① 出自《诗经·邶风·击鼓》。

脆弱，永恒显得虚妄，渗透着现代功利价值观的网络书写，能否继续承载对爱情的美好理想？答案是肯定的，现代人正是因为有无数个理由去怀疑爱情的存在，才更渴望有一些故事能让他们"又相信爱情了"，为什么《失恋 33 天》《裸婚时代》以及《被时光掩埋的秘密》等作品能够在网络与荧屏上大受欢迎？最重要的原因乃是作品中当代人对爱情纯粹的追求和执着的守护让人感动。网络言情小说作为流行文学的一支，尽管有着无法忽视的缺陷，但同时也是当代人寄托美好爱情愿望、感受爱情永恒脉动的载体，在对传统情爱叙事的解构与颠覆中，也寻求着、建构着一种更为符合当代爱情观念的表达模式，延续着对爱情理想的执着追求。

第三节 从传统武侠到网络奇幻
——侠义精神的承传与新变

孙中山先生曾说："武侠乃中国的国粹。"[①] 诚哉斯言。中国武术有"四大国粹之一"的称谓，而按照通行的说法，武侠小说就是将以"武"行"侠"写成故事。武侠小说是一种最能承载中国文化的通俗文学样式，"不能说只读武侠小说就能了解中国文化，但不读武侠小说却很难完整地理解中国文化，这是因为武侠小说中的某些文化味道，在其他小说类型中很难找到"[②]。武侠小说于刀光剑影中沉淀着中国文化精神，它又被称为"成年人的童话"，在历经了千年所形成的文化积淀和集体记忆之中，武侠小说业已成为中国人心中难以磨灭的文化情结。

不论是武侠小说中的江湖武林，抑或是奇幻小说里的异域世界，都是一个游离于正统现实社会之外的虚拟世界，是以"侠义"为核心构筑而成的乌托邦式的"童话空间"。"侠与侠义精神，往往被视为中国传统俗文化中的一极，与主流的儒家文化共同构筑了中国的文化精神……侠义精神是每个人内心深处始终飘荡着的理想风帆。每个热爱自由、追求平等、忠勇守信、讲求义气、打抱不平、扶助弱小的中国人灵

---

① 汤哲声：《中国通俗文学与大众文化：武侠小说研究》，《苏州教育学院学报》2012 年第 1 期。

② 陈平原：《武侠小说与中国文化》，陈平原：《千古文人侠客梦（增订本）》，北京：北京大学出版社 2010 年版，第 183 页。

魂中都有侠义文化的精魂。"① 侠义精神乃至侠义文化为中国文化的历史形成和当代演绎都留下了浓重的一笔，成为中国文化的一个重要组成部分。而网络奇幻小说则是由武侠小说衍生出来的新生代文学体裁，它折射出来的是对中国传统文化精神的再确认、对当代主流意识形态的颠覆与重构，反映了生在红旗下、长在新中国的年青一代新的人生取向和价值观念。

一、从武侠传统走来：网络奇幻的溯源与类型

据叶永烈先生所言："幻想文学分为两大类，即幻想小说与童话。就幻想小说而言，又分为三大类，即科幻小说、魔幻小说和奇幻（玄幻）小说……这第三类幻想小说，最常见的名称有三个：'大幻想小说''玄幻小说''奇幻小说'，通称为'奇幻小说'。"②"奇幻"一词的指称较为含混，它是由中国台湾学者朱学恒翻译"fantasy"而来，用来代指那些类似于《魔戒》的小说文体。奇幻小说可以说是"具有中国特色的幻想小说"，它脱胎于志怪和神魔小说，同时又继承了武侠小说的叙事传统。

武侠小说是侠义精神与侠义文化积淀和传承的表现，它的基础是中华民族的传统文化，而它的价值观却指向当代的现世精神，它独特的文化意味及其彰显的侠义精神，使其即使多番变迁亦能赢得读者青睐，成为最重要和最受欢迎的通俗文学样式之一。

从历史上看，中国武侠传统大致经历了三个不同时期的演变。

---

① 焦若薇：《灵魂的另一面——中国侠义精神的传承与衍变》，《长春师范学院学报》2002 年第 3 期。

② 叶永烈：《奇幻热、玄幻热与科幻文学》，《中华读书报》，2005 年 7 月 27 日。

其一是古代武侠小说。尽管"武侠小说"这个称呼直到民国时期①才正式出现，但武侠的历史却可以追溯到上古神话时期。在女娲补天、后羿射日、精卫填海、愚公移山、夸父逐日、刑天舞干戚、共工怒触不周山等神话和传说中，我们可以嗅到"侠"的气息，他们的精神滋润着武侠文学的土壤。春秋战国之际，烽火连天，时局动荡，民众水深火热，侠义之士（有游侠、有刺客）不畏艰难困苦，慨然赴难，哪怕是"捐躯赴国难"，也是"视死忽如归"，他们的英雄气概和侠义形象在司马迁的《史记》（《游侠列传》《刺客列传》）里缀成了不朽的篇章。这一时期可以看作武侠小说的萌芽期，虽有迹可循，但终究还只是个雏形，有其筋骨，却欠缺血肉，尚停留在"史"——实录的范畴内。

唐代，是一个充满游侠精神的浪漫时代，气象磅礴，豪侠小说便是这游侠精神的最好注脚。唐代的豪侠小说是武侠小说进入形成阶段的标志，不仅数量丰富，而且艺术性和思想性都达到了较高水准。罗立群对唐代豪侠小说赞誉有加，称其"是唐代小说中重要一支，是唐代小说艺苑中一朵夺目的鲜花，也是中国武侠小说发展史上至为重要的一环"②。

明清是中国武侠小说的繁荣阶段，盛行的类型有侠义公案小说、儿女英雄小说、忠义侠盗小说、幻想仙侠小说等。明清兴起的才子佳人小说也渗透到武侠小说的创作中，出现了一些侠情兼备的小说题材样式——儿女英雄小说。虽然这些小说充满了道德说教和封建名教气息，但对以后武侠小说摹写人情世态（民国旧武侠小说）和阐发人性（港台新武侠小说）提供了有益的借鉴视角。

其二是民国旧武侠小说。这一时期的武侠小说以技击类为主，平江不肖生（向恺然）于1923年出版的《江湖奇侠传》引发了武侠小说的创作狂潮，白羽、郑证因等都是武侠技击小说写作的高手。除技击类武

---

① 1915年12月，包天笑主编的《小说大观》刊登了林纾的文言短篇《傅眉史》，编者直接将其类目标示为"武侠小说"，这也是国内"武侠小说"的提法第一次以书面形式出现。

② 罗立群：《中国武侠小说史》，石家庄：花山文艺出版社2008年版，第65页。

侠小说外，还有以王度庐的作品为代表的侠情小说、以还珠楼主（李寿民）的作品为代表的奇幻仙侠小说。旧派武侠小说家平江不肖生、赵焕亭、顾明道被时人誉为"武侠三鼎甲"。如平江不肖生的《江湖奇侠传》《侠义英雄传》两部作品享誉海内，其内容弥漫着侠义精神，火烧红莲寺、大刀王五、霍元甲等故事妇孺皆知，读之令人精神大振。还珠楼主既是奇幻仙侠小说的一代宗师，也是网络奇幻小说的鼻祖之一，《蜀山剑侠传》在业界评价甚高，如中国台湾学者叶洪生就对其赞誉有加："在过去千余年的中国传统小说史上，有谈儒家忠孝节义者，有谈佛家因果报应者，更有谈道家神仙、术数及狐鬼修行者；但从未有作家或作品将儒释道三家之思想学说精义共冶于一炉而予以高度艺术化之发挥者——有之，则自还珠楼主始。"①

其三是港台新武侠小说。港台新武侠代表着中国武侠小说创作和影响力的巅峰，"武侠三大家"梁羽生、金庸、古龙可谓家喻户晓、妇孺皆知了。倪匡、温瑞安、黄易、卧龙生、司马翎、诸葛青云、柳残阳等也都算得上武侠名家。一时间，群雄毕至，侠士咸集，将武侠小说推向了历史最高峰。之后的大陆新武侠虽然信誓旦旦夸下海口要超越前驱，但终究只是在"梁金古温黄"伟岸的身影下过活；而另辟新路、剑走偏锋的网络奇幻小说虽然良莠不齐，缺乏代表性的大家，但也生机勃勃，作品层出不穷。

20 世纪 80 年代中期②后，武侠小说发生了些微变化。金庸封笔、古龙去世，一时无英雄承其志，又逢影视改编兴起，诸多武侠作者纷纷跳水为"名利"。以梁羽生、金庸、古龙为代表的港台新武侠时代过

---

① 叶洪生：《天下第一奇书〈蜀山剑侠传〉探秘》，上海：学林出版社 2002 年版，第 15－16 页。

② 1984 年，梁羽生宣布"封刀"；1985 年，古龙因病溘然长逝；而早在 1972 年，金庸写完最后一部作品《越女剑》后即"挂印归山"。20 世纪 80 年代中期开始，武侠小说创作步入"后金庸时代"，在大陆，则为一般意义上的"大陆新武侠"时期。

去，之后进入了"后金庸时代"，温瑞安、黄易勇挑大旗，捉刀奏笔书写江湖，怎奈时代发展太快，后现代主义消解与颠覆着古典与现代模式，而唯一"不变"的是这个社会持续的变化，武侠小说也在经历着这场"突变"与"裂变"。结构框架、叙事语言、价值取向，一切都还处在解构与重构之中。

黄孝阳认为："目前在网络上风起云涌的中国玄幻小说有两个半源头。第一个源头是西方的奇幻与科幻。西方奇幻可上溯希腊神话、罗马神话、日耳曼神话、北欧神话。第二个源头是中国本土的神话寓言、玄怪志异、明清小说以及诸多典籍。最后半个源头是日式奇幻加周星驰无厘头加港台新武侠加动漫游戏。"①

由此，在中国大陆，后金庸时代的武侠小说发展为网络奇幻小说。网络奇幻小说是随着网络文学的异军突起而风生水起的一种网络小说类型。它以中国传统幻想文化（古代神话、魏晋志人志怪、隋唐传奇、明清神魔小说、早期武侠）为主，辅以西式奇幻、东方玄幻、日韩式动漫网游、港式无厘头等幻想素材和文化符号，表现的却是当代青年的生活风貌和价值观念。

因此，从传统武侠到网络奇幻的发展演变，某种程度上既显示出不同的文学性元素大杂烩般的拼贴和杂糅状态，同时又显示出文化交融过程中的复杂性。

第一，对中国传统文化的再挖掘与再确认。在中国传统文化形成的早期——先秦时代，史传传统重史写实的风气还远未展开，而重表现和想象的"诗骚传统"却一直在蔓延，滋润了一代又一代幻想文学的创作，如神话寓言、志怪小说、仙侠小说、神魔小说、鬼怪故事等，而这正是网络奇幻小说取之不尽、用之不竭的传统文化资源。

---

① 黄孝阳：《漫谈中国玄幻》，黄孝阳编选：《2006 中国玄幻小说年选·前言》，广州：花城出版社 2006 年版，第 2 - 12 页。

先秦诸子百家对奇幻文学的影响很大，不仅为其提供了素材，也为其注入了浓厚的文化底蕴和人文底色。《诗经》《老子》《墨子》《荀子》《庄子》《周易》等中国"元典"类书籍滋养了一代又一代的中国文学创作，尤其是《老子》《庄子》《周易》，它们为玄幻世界和虚拟空间的另类表达和他者表述打开了一扇心灵的窗户，还想象力和精神自由以一片天地。

有"诗骚"之称的《诗经》（主要是《国风》部分）和《离骚》，以及中国第一部浪漫主义诗歌总集、骚体类文章总集《楚辞》，它们重抒情和表现，充满了浪漫主义色彩，又是中国文化的源头之一，因此在同样重表现和抒情的奇幻文学中所占的比重不言而喻。

鲁迅曾说："中国本信巫，秦汉以来，神仙之说盛行，汉末又大畅巫风，而鬼道愈炽；会小乘佛教亦入中土，渐见流传。凡此，皆张皇鬼神，称道灵异，故自晋讫隋，特多鬼神志怪之书。"[1] 是以魏晋六朝多志人志怪之作，著名的有《十洲记》《灵鬼志》《搜神记》《世说新语》《抱朴子》等。

盛世的唐朝，本身就是一个传奇，因此也盛产"传奇"：才子佳人类的，如《李娃传》《霍小玉传》；神仙鬼怪类的，如《南柯传》《柳毅传》；行侠仗义类[2]的，如《虬髯客传》《昆仑奴》。此外，从唐代开始，儒释道三教合一，"红莲白藕青荷叶，三教由来是一家"，其中新近兴起的佛教和禅宗思想对奇幻小说的影响也很大，承担着积淀小说文化底蕴和哲理思考的功能。

王国维认为"一代有一代之文学"，小说则为明清之时当之无愧的"一代文学"。神魔小说方面，不仅产生了中国流传最广的四部神鬼仙怪之书——《镜花缘》《济公传》《封神演义》《聊斋志异》，更有四大

---

① 鲁迅：《中国小说史略》，北京：人民文学出版社 2007 年版，第 43 页。

② 此处行侠仗义类即我们前面所说的唐代豪侠小说，此后的武侠小说同时也将是网络奇幻小说的源头之一，并且就是其前身，异质同构，貌离神合。

奇书和四大名著之一的《西游记》，成绩卓著，璀璨文坛。侠义小说方面——更准确的称呼应该是剑侠仙侠小说，《七剑十三侠》《仙侠五花剑》等大放异彩，它们更是催生了奇幻武侠巨著《蜀山剑侠传》，后者将中国传统奇幻小说推向巅峰，也为网络新生奇幻类小说开辟了一片肥沃的土壤。

第二，对西方幻想文学和影视作品的挪用与嫁接。20世纪90年代以来，随着西方大型幻想电影"魔戒"系列、"哈利·波特"系列的引入，西方幻想小说也随即进入了国人文学阅读视野，一时间在中国引发了一场想象力的革命，使人们燃起对奇幻世界的向往。这股旋风也深深地印刻在了网络奇幻小说之中，尤其是早期的奇幻小说创作，我们可以从中察觉到很明显的模仿意味。

"西方主流奇幻小说至《魔戒》，风格得以稳定。至今，'魔戒'系列作品销售量超过1亿本，被翻译成40多种语言，发行量仅次于《圣经》，并被誉为2000年最伟大的书。"[1]《魔戒》作者鲁埃尔·托尔金也被人们尊为"奇幻之父"，是现代正统奇幻小说的开山鼻祖。在《魔戒》中，作者虚构了一个"第二世界"——中土世界，这里有奇特的种族（巫师、精灵、矮人、霍比特人、树精等），有自己的文明（语言、风俗等），也有一套独特的价值观。

受西方奇幻文学的影响，早期的网络幻想小说在跟风与追潮中过了一把模仿瘾。据高冰锋观察："2001年与2002年中国网络'玄幻小说'写手们几乎全在创作西方魔法异世界的奇幻小说，当时的玄幻小说以西方中世纪神话为创作源泉，沿袭西方中古骑士文学的传统，带有很强的模仿痕迹。"[2]

---

① 黄孝阳：《漫谈中国玄幻》，黄孝阳编选：《2006 中国玄幻小说年选·前言》，广州：花城出版社 2006 年版，第 4 页。

② 高冰锋：《中国网络玄幻小说的前世今生——浅论中国网络玄幻小说的发展与现状》，《重庆社会科学》2006 年第 12 期。

模仿体现了西方奇幻文学的深刻影响，但一味地模仿只会导致平庸和被人遗忘，而网络奇幻小说的创作现实并非如此，这是因为在模仿的基础上，网络写手们对其进行了挪用和嫁接，使其更好地中国化、本土化、网络化。大抵从2003年起，奇幻小说开始走向了本土化创作阶段，由之前的西方奇幻魔法类一统天下到多元题材与类型雨后春笋般出现在网络上。尤其是中国传统的仙剑文化开始在网络奇幻小说中得到延续与发展，重新激活了传统幻想文学的生命力，使得网络奇幻小说一举成为网络小说无可争议的主流。代表作品如树下野狐的《搜神记》《蛮荒记》，萧鼎的《诛仙》等，以中国文化传统和精神价值驾驭西式奇幻结构和幻想空间，从而呈现出西式美学形态与中式思维的和谐统一。

第三，日本动漫与香港无厘头影视文化渗透。日本动漫文化对网络奇幻小说的影响，没有中国传统武侠文化的内在侠义精神那么强烈，也没有西方幻想文学外在美学形态那么惹眼，它的魅力在于二者兼而有之且无意识渗透，润物细无声，悄悄地改变着网络写手的写作风格和思维定式，也拓宽了读者的期待视野。

随着改革开放的深入和网络的普及，日本动漫文化也不断地被引介和译介过来，风靡于各个年龄段的人群，尤其是80后、90后。电视动画如《名侦探柯南》《哆啦A梦》《海贼王》《七龙珠》《火影忍者》《银魂》《死神》等，动画电影如宫崎骏的《龙猫》《天空之城》《千与千寻》《幽灵公主》《魔女宅急便》《起风了》等，充满了魔法、巫婆、仙女、忍术、推理、幻想、自由、梦想等空灵元素，动漫作品中呈现出唯美的意境、温馨的画面、紧凑的节奏、恢宏奇特的想象空间，给人以强烈的视觉冲击和审美愉悦，也吸引了无数奇幻文学的爱好者。而网络一代的奇幻小说写手也更为年轻化，他们大都在日本动漫的耳濡目染下成长起来，长于想象和幻想，擅于编织奇幻梦。"大陆新武侠"代表人物之一的沧月就被称为"动漫时代的少女武侠宗师"①。

关于"无厘头"，新华字典的释义为："故意将一些毫无联系的事物现象等进行莫名其妙的组合串联或歪曲，以达到搞笑或讽刺目的的方式。指一个人的言行毫无意义，莫名其妙。香港影星周星驰主演的影片《大话西游》里有一些对白便是如此。由此，'无厘头'表演方式常被提起。"可见，"无厘头"和周星驰是捆绑在一起的。在周星驰的影片中，语言的所指功能出现了紊乱甚至被颠覆了，其塑造的英雄人物形象也在某种程度上修改了崇高与卑微的界定。最终，周星驰成功地使"无厘头"成为时尚文化的一种象征。许多网络奇幻文学作品也纷纷将无厘头风格融入其中，如法炮制了一批夸张、讽刺、自嘲、疯狂、无知无畏、自我、无使命感的主人公形象，这是一种草根阶层神经质般的幽默的表演方式，展示了现实生活中小人物的窘况和尴尬处境。这是一种促狭的心态，一种无奈的苦笑，不足为训，却也不应大加挞伐，作为一种亚文化，我们应以宽容开放之心看待它，同时也要善加引导，使其趋向真善美。

第四，网络游戏与奇幻文学的相互影响。世纪末的焦虑使得奇幻成为世界性文化潮流，21世纪以来呈愈演愈烈之势，"它几乎渗透到了文化产业的所有领域——从图书到影视，从游戏到动漫，以及广告、网络服务、计算机软件、信息、数据服务等，都与'奇幻'有千丝万缕的联系"②。在奇幻文化方面，图书、影视、游戏、动漫四者紧紧联系在一起，也经常相互转化，融入共生的文化产业链条。因此，网络游戏与奇幻文学的相互影响不言而喻，在这个链条上，文学语言表达与游戏角色代入无缝衔接，既承载了作者的情感宣泄，又满足了读者的阅读期

---

① 郑保纯：《论大陆新武侠的当代性回应》，《西南师范大学学报（人文社会科学版）》2004年第4期。

② 杨鹏：《关于奇幻图书"井喷"的思索——浅析当前奇幻图书出版态势》，《出版广角》2006年第3期。

待，也契合了文化产业的多元发展，一举三得。

网络游戏与奇幻小说是天然的同盟军关系，小说催生游戏，游戏需要文学解读，小说是游戏的催化剂，也是衍生品。奇幻小说《奇迹·幕天席地》就是以网络游戏《奇迹》为蓝本创作而成的，《轩辕剑之天之痕》便是根据单机游戏《轩辕剑3外传·天之痕》改编的官方原著小说，至于先有小说后出游戏的主题系列作品更是不胜枚举。

《仙剑奇侠传》《轩辕剑》《古剑奇谭》《剑侠情缘3》《传奇》《鬼泣3》《生化危机4》《最终幻想》《地下城与勇士》《魔兽世界》《波斯王子》等，这些都是网络写作一代非常熟悉的游戏，游戏的故事情节、文化背景、人物对话、英雄形象塑造等方面的成功因素被网络奇幻写手所挪用和借鉴。游戏的元素如胎记般深深地印在奇幻小说文本之中，扩展其写作空间，丰富其文化符号，以一种文学表达的形式展现在读者面前，彰显着时代特色和流行元素，影响着奇幻文学新的生长形态。

二、网络奇幻小说中侠义精神的承传

武侠小说一路走来，从古代武侠小说到民国旧武侠小说，从港台新武侠小说到大陆新武侠小说，一直延伸到当下的网络奇幻小说，侠义世界的叙事逻辑发生了根本性的变化，侠义精神自然也随之发生变动。在网络奇幻武侠时代，奇幻小说文本中所折射出来的精神理想和价值观念，既传承了武侠小说的文化内涵和伦理精髓，又彰显了新时代下由社会和文化变迁所带来的新文化和新价值。

关于传统武侠小说的主题，按照学术界的一般看法，可以概括为三类：义（古代武侠小说）、情（民国旧武侠小说）和人性（港台新武侠小说）。这三者与其说是并列关系，毋宁说是一种递进关系，是在原先侠义精神主题上的延续与发展，是递进与创新，从而完善和深化了这一主题。这一点我们也可以从武侠小说所塑造的人物形象——侠客上进行分析。侠客是英雄的一种自我表达和文人书写，在古代武侠小说中，侠客是正义的化身和传统伦理道德的践行者，形象塑造侧重其侠义行为和侠义道德操守。而民国旧武侠小说，除了弘扬其正义和传奇事迹，开始注重挖掘其侠骨柔情一面，所谓"无情未必真豪杰"。港台新武侠小说则为其注入了丰富的人性描写和合理的内心表达，使得侠客形象立体化、真实化、人性化。而在后现代社会滋生和成长起来的大陆新武侠和网络奇幻小说，其所塑造的侠客形象不仅糅合了"义""情""人性"等传统侠文学主题，还添加了一些反映时代精神、民族精神和侠客个体精神的新因子，如个性、自由、私义、幻想等。

传统武侠小说中，"义非侠不立，侠非义不成"，在"侠客行"被广为传颂的同时，文人和民众也赋予了侠客主掌"正义"的社会使命。正义，作为不义的对立面，在中国传统的道德伦理社会中有诸多阐释和内涵界定，然而，"所谓'义'的基本实质，在这纷繁复杂的义界中却有某种稳定性，即是为正义、为群体、为群体中的其他个体去主动承担某种责任。主体的行为之所以无愧地被称为'义'，不仅是由于其不谋私利，且往往是因为其损己而利他，或者是慷慨地奉献"①。而"随着时代的推移，侠义之观念已越来越脱离了'桃园结义'和'梁山聚义'阶段的历史具体性，而演变成一种文化精神和被称为民间美德的伦理原则。于是，世俗化的侠与理想化的侠义精神就是这样奇妙地组合、存活在传统的侠文化中"②。

但以往的武侠小说，或书写侠客"有仇不报非君子"的复仇行径，或描摹侠士"士为知己者死"的报恩模式，而忽略了侠者的情感世界，造成情感描写和女性形象塑造的缺失。受"才子佳人"小说的影响，

---

① 王立：《伟大的同情——侠文学的主题史研究》，上海：学林出版社 1999 年版，第 68 页。

② 杨经建：《侠义精神与 20 世纪小说创作》，《云南社会科学》2004 年第 1 期。

明清之际盛行的儿女英雄小说，使武侠小说摆脱了单调的题材格局，由"侠不近色"到侠骨柔情、侠情兼备，武侠这一刚性文学题材也由此变得刚柔相济，有声有色。至民国"情侠"王度庐及其"鹤—铁"系列五部曲，武侠小说步入了一个新境界。王度庐小说的成功之处在于写出了"情"的生动传神——侠骨柔情，爱恨情仇，情真义切，情义两难。于情处彰显义薄云天，于义处描绘绵绵情意。有情有义，重情重义，此乃真豪杰！王度庐外，经朱贞木继承、港台新派武侠小说家传播和创新，"侠情"业已成为武侠小说一个重要的表现主题，同时也开启了侠客形象的内心世界，为武侠小说家进一步挖掘和解析笔下人物的人性世界开辟了道路。以梁羽生、金庸、古龙等为代表的港台新武侠小说家，继承了侠义精神传统和侠情写作主题，添加了富有时代精神的民族主义和富有民族特色的传统文化，进一步勾勒出了复杂的人性世界和传奇的侠客江湖，义、情、人性、民族主义、传统文化共冶于新派武侠小说一炉，使其在当时大放异彩，余晖耀及今日，新派武侠小说从而成为武侠小说史上一座不可逾越的高峰。

可以说，"义""情"和"人性"是传统侠文学创作和表达的三大主题，也是网络时代奇幻武侠所要表达的重要元素。然而，在当今和平与发展的时代主题下，法治观念和平等思想深入人心之际，侠客主持正义的时代已一去不复返了，人们关注的也不再是抽象的侠义精神，而是那些鲜活的、可歌可泣的人情和人性。汤哲声在分析大陆新武侠这一批作家时就曾指出："他们并不纠缠于武侠小说的'侠义精神'，甚至鄙视'侠义精神'，他们表现的是人性和人情，是自我生命力的释放。"① 这一说法不无吊诡之处，因为我们知道，侠义精神是武侠小说安身立命和取得成功的本质所在，背离和疏远了侠义精神，武侠文体便失去了它

---

① 汤哲声：《大陆新武侠关键在于创新》，《西南师范大学学报（人文社会科学版）》2005年第1期。

的魅力所在，而大陆新武侠和网络奇幻小说虽然没有在侠义精神上下多大功夫，但它本身"红"得一塌糊涂的原因与其"侠义"所指的关系却是不言而喻的。因此，这个问题也就不证自明了，所谓"鄙视"充其量是其"侠义"概念随着时代的变化而发生了变化而已，"侠客虽倒，正义不倒"。

以萧鼎于 2003 年开始在幻剑书盟连载的《诛仙》为例——这无疑是一部优秀的网络奇幻小说，它曾被新浪网誉为"后金庸武侠圣经"。不唯如此，萧鼎的这部长篇奇幻系列小说，"在中国台湾一经出版，即飙升至港台畅销书冠军榜，以其天马行空的想象、雄健恢宏的叙事迅速成为华语奇幻文学巅峰之作，扬名海外。网络点击数超过三千万人次，被誉为可媲美还珠楼主《蜀山剑侠传》的国内新一代有浓郁中国风骨的奇幻精品巨著。"① 此书的写作，源于萧鼎酷爱《蜀山剑侠传》而感慨其"人物情感比较苍白"，于是心里一直藏着一个夙愿——写一部具有中国古典风味且以东方为背景的仙侠小说。诚然，这部小说塑造了一个恢宏瑰丽的仙侠世界，讲述了一段纠结的爱恨情仇，有因果是非、正邪道义，也有悲欢离合、复杂人性，更有侠义。但"小说中所体现的'侠义'已经不再是绝对的单一的正面含义，它是一种世俗的、与人的原始欲求结合在一起的'侠义'"②。因此，《诛仙》呈现的"侠义精神"就是一种既糅合了传统正义、人情、人性三大主题，又经过了后现代文化和思想消解的产物，缺少了二元对立所烘托的典型性，但契合了当下后现代网络文化和青年人的思想，因而更能引起青年人的共鸣。

小说设定了一个侠义江湖世界，在这里，有正邪对立（青云门、天音寺、焚香谷作为武林正道，与魔教及一切邪道相对），正派间也有门派之争（虽同为正道，却各自为营，在修炼上偷学他门他派是大忌），

---

① 萧鼎：《诛仙》，北京：朝华出版社 2006 年版，扉页。

② 李昀男：《侠·情·传统：〈诛仙〉的三个关键词》，《重庆三峡学院学报》2012 年第 4 期。

但他们都将降妖伏魔、主持正义视为义不容辞的责任和义务。对于这些我们并不陌生，金庸武侠小说《笑傲江湖》《倚天屠龙记》等都是这般设定，正邪二元对立，并且邪总是不能压正，正义最终得到伸张，江湖在正道的努力下回归和平。这是继承传统武侠世界的侠义设定。但《诛仙》并不止于此，它还走向一种正邪二元对立的悖反，走出传统的武侠母题，通过描述主人公内心的个人诉求与现实理想的碰撞冲突，展示出对"正义"与"邪恶"对立的困惑和矛盾心理，以一种当代人的思维意识对其进行了无情的反讽和解构。例如，当周一仙亲眼见到青云门下正道弟子张小凡手持邪物噬魂棍与手持玄火鉴（正道焚香谷圣器）的魔道三尾妖狐对战的时候，他喃喃道："这世道真的是变了，正道门下弟子手里拿着的是煞气逼人的邪物，妖孽手中拿的反而是至高无上的神器！"在他老人家的眼中这一切不可思议，因其有违传统正义之道。他的孙女小环却对其嗤之以鼻："这么老土的话，你说出口居然还不脸红？都什么年头了，还顾着当年正道邪道的区别！"（《诛仙2·第五十一章》）周一仙对此"瞠目结舌，一时不能言语"。物本无正邪，人使之然也。小说中诸如此类的言语碰撞不胜枚举，通过多番探讨和深化，作品跳脱出了传统武侠正邪（既指神器与邪物形式层面，又指正道与邪道本质层面）二元对立的思维禁锢。

当然，更值得一提的是《诛仙》男主人公张小凡的形象塑造。在萧鼎笔下，张小凡并不是一个传统意义上的英雄抑或侠客，而是一个平凡人，一个"非正非邪、亦正亦邪，正邪双方都无法真心接纳的'边缘人'"[①]。张小凡的"边缘人"特征折射了当下年轻人的生存困境，用当下的网络流行语来说，他是个典型的"草根"，而他的逆袭，无疑满足了平凡人对成功的幻想和渴望，这个人物也就自然而然成为大众代言

---

① 胡燕：《奇诡荒诞　至情至性——评玄幻武侠小说〈诛仙〉》，《当代文坛》2006 年第 5 期。

人，起着心灵理疗和心理代偿的作用。张小凡平凡，是因为他出身平常、长相平淡、资质平庸、先天不足；张小凡不凡，是因为他最终集魔道佛于一身，看破《天书》，彻悟人生，与诛仙剑合而为一，成为一个非凡人物。张小凡的"成功"起码向我们证明了一点：即使先天不足，我们也有追逐梦想的资格。而他的"成功"源于他的始终如一：为人老实、真诚、纯朴、善良，以心交心，重情重义；做事执着，坚韧不拔，百折不挠，下定决心的事情就一定要实现。张小凡既有老实隐忍的一面，也有血性狠辣的一面，这两种截然不同的性格就这样在同一个人身上得到了集中体现，但他同时还保留了善良的本性——一个有血有肉的现代男性形象呈现在我们眼前。小说塑造的这一人物形象与当代人尤其是80后、90后在某些方面不谋而合，因此年轻读者能够最大限度地在书中找到共鸣和慰藉。

可以说，网络奇幻小说作为当今武侠题材的最新形式，与传统武侠小说相比在叙事模式和审美风格上发生了诸多变化，但在精神内核上将侠义精神承传了下来，并进行了整合和融汇，以适应社会变迁和时代精神的要求。正如有学者指出："与儒、道、佛文化相比，侠文化是一种缺乏精确的话语外延和严格的语义规范的文化构成类型，以致在中国传统文化庞大的体系结构中处于若即若离、若隐若现乃至有形无相的状态……尽管如此，有一点却是简明了然、人所公认的，即侠义精神和侠义伦理是传统侠文化话语内涵的价值核心。"①

侠义精神和侠文化的时代书写与价值表达正是武侠这一独特题材的魅力所在，也是其内在精神追求。网络奇幻小说之所以能够引发读者巨大的阅读热情，不仅仅在于其充分运用了众多的文化元素，还在于其对武侠小说侠义精神的传承，并于文化层面较为成功地表现了中国传统文化精髓和民族心理诉求，在实践层面又塑造了弘扬正气、维护正义的正

---

① 杨经建：《侠义精神与20世纪小说创作》，《云南社会科学》2004年第1期。

面形象。因此，侠义精神应当成为我们予以肯定和加以重视的精神财富，作为一种优秀精神文化资源继承下来，并结合时代精神进行创新性发挥。

三、网络奇幻作品中侠义精神的新变

网络奇幻作品中的侠义精神，如果说在"传承"的意义上主要是对传统的侠文学主题"义""情"和"人性"进行当代演绎，并且以"侠"为旨归；那么它在"新变"上，则突出地表现为反映了当代文化价值观的多元化。在侠文学、侠文化的发展历程中，侠义文化渐渐演变为江湖文化，侠义精神被悄然置换为"江湖义气"，传统意义上的侠义精神不再光彩照人，但并不代表它已不复存在，恰恰相反，它在当代社会的价值传播和接受中潜移默化、润物细无声地作用于人，彰显着当代文化价值底蕴和时代精神风貌。

新时期以来，人们对侠义的看法，"一是侠义作为助人为乐和见义勇为的文化符号融入社会的日常道德规范，二是武侠小说的普及带来人们对江湖武侠的审美和回味，同时潜在地影响着人们的思想行为"[①]。这"思想行为"凸显在对群像中的个体意识和价值诉求的表达，是一种不拘泥于宏大叙事的个体化写作，是一种韩云波所指称的"自由—正义联合体"，即"更加强调个人的权利，因为只有个体有了权利，才会有群体的民主"[②]。而所有这些，昭示着侠义精神的新变是时代、文化、当代青年人之自我选择所共同造就的。新变方面涉及极广且驳杂，难以面面俱到，我们且从多元文化诉求与价值多元表达，自我意识觉醒与个

---

① 韩云波：《从侠义精神到江湖义气》，《新东方》1998 年第 5 期。
② 韩云波：《中国当下武侠、奇幻文学二题》，《现代中国文化与文学》2007 年第 1 期。

体价值呈现，一种独立、智慧的现代女性观兴起这三个方面窥一斑而忖度其全豹。

（一）多元文化诉求与价值多元表达

一元价值失效而带来的多元价值盛行，不仅体现在当代青年亚文化价值观的诉求和表达中，在他们自由创作的网络文学作品中也有清晰痕迹，尤其是以幻想为主题的奇幻小说，其折射出来的价值性征尤为明显。不论是在神魔小说、玄幻小说、修真小说还是仙侠小说中，他们一方面鄙视一元价值，高扬多元价值，另一方面又追寻和探求多元价值统一的某种可能。质言之，他们不是价值多元主义的鼓吹者，正相反，他们是某种程度上的"一元主义者"，希冀通过具体文本书写和人物形象塑造来寻找到某种平衡点，并把这个点作为小说的价值评判准则。

事实上，在文学创作的泛武侠小说中，"天理、国法、人情"呈现为有机的统一体，其中天理、人情为主，国法为辅，最终的评判结果是这三者彼此消融的混合产物。因为，在侠文学创作者看来，审判标准应当上达天理，下符民情，中间还要遵守社会基本规范即国法。而在现代社会中最重要的国法，在侠文学创作中却被最大限度地架空了，它成了一种最低保障，带有某种国家机器强制性的约束力和法律底线，这种意识形态霸权机器在传统武侠中还有所强化（如清代侠义公案小说）。但随着港台新武侠的过渡（如金庸《天龙八部》中萧峰以自杀作为折中），到网络奇幻小说中"国法"已经完全被架空（如洪荒流、无限流类幻想小说），侠客以"制度补丁"的身份执行着所谓的国法。由此观之，奇幻小说中的价值观念渗透了当代人的价值意识和思维方式，在向中国传统文化的回归中嫁接了普世价值，希冀寻觅一种更美好的精神空间和价值维度。在漫长的寻觅和嫁接之中，难免会出现一些诸如相对主义、虚无主义的错误观念，从而导致价值失范、道德滑坡等不良现象，对于这些错误观念和不良现象我们要加以规避、引导，使其朝健康有序的方向发展。

（二）自我意识觉醒与个体价值呈现

在流行音乐界，真正表达自我意识觉醒的是崔健的《一无所有》，曾经，"我"这个个体还是被"询唤"的主体、被遮蔽的群像，隶属于集体、时代和社会，是"一无所有"的，而在20世纪70年代末崔健"问个不休"，由此发出了个人表达和主体意识的先声。新时代下，崔健《新长征路上的摇滚》已不能满足新时代大众的内心诉求和个人表达，他们需要寻找更为广阔的新天地。无疑，网络及其衍生品的适时出现，顺应了时代发展潮流。在文学领域，最能体现这一鲜明特征和价值诉求的非网络文学莫属了，网络文学中，又以最具幻想性、最能表达个人内心自由的奇幻小说为典型。

如果我们回到问题的原点——审视侠义精神，我们会清晰地看到，侠文学与侠文化，由古代武侠小说到港台新武侠再到网络奇幻小说，侠义崇拜已悄然间变更了原来的发展轨迹，从民间崇拜到民族崇拜再到个人崇拜。这种"个人崇拜"有其积极意义，因为它"反映了身处'启蒙的绝境'的中国人的信仰危机、理论贫困和心灵不安。当平等、自由、公正、公平这些基本理念不能获得更好的制度保障和更有力的理论论证时，只能借助最朴素古老的天理良心建立'个人的另类选择'"[1]。猫腻在《间客》里通过勾勒许乐这一"个人英雄主义"的人物形象，使得作品"在'后启蒙时代'保持了启蒙主义的情感立场"，"从而为读者打开了另一向度的幻想空间"。[2]事实上，猫腻的一系列小说中的人物都体现出一种个人英雄主义的倾向，比如《朱雀记》里的易天行、

---

[1] 邵燕君：《在"异托邦"里建构"个人另类选择"幻象空间：网络文学的意识形态功能之一种》，《文艺研究》2012年第4期。

[2] 邵燕君：《在"异托邦"里建构"个人另类选择"幻象空间：网络文学的意识形态功能之一种》，《文艺研究》2012年第4期。

《庆余年》中的范闲、《将夜》中的宁缺、《择天记》里的陈长生，他们的骨子里多多少少都带有一种"狠厉"的气质。猫腻对这些人物的成长历程的描述以及对他们性格的塑造，某种程度上都试图以一种对抗权威和命运的反叛姿态出现，但同时又通过他们的对抗本身来捍卫个体的生存和思考，并重新拿回价值选择的权利，由此呈现出鲜明的"个人英雄主义"色彩。但必须指出，后现代语境下的"个人英雄崇拜"带有一种私义性质和江湖义气。年青一代（主要指70后、80后、90后），也曾经"书生意气，挥斥方遒，指点江山，激扬文字"，但面对社会和时代的巨大变化，他们不无悲观地承认，曾经支撑他们的人生理想已渐渐模糊，人性中更多的东西被现实残酷地剥离了，结果只剩下"适者生存"的本质。这也从侧面解释了网络小说中"小白文"之所以能够迅速崛起且长盛不衰的内在原因——这类小说文意通俗，同时又是"爽文"，主人公是丛林法则中的"大王"，一路打怪升级，遵从"快乐原则"而规避"现实原则"，将人的个体价值推向了高潮。

因此，我们也应该保持清醒的认识，如果网络奇幻小说过分强调个体自我和个体价值，就会远离中国传统侠义精神的本质，而沦落为对个人主义和个人欲望的赤裸表达与诉求，这样一来不仅与启蒙、建构等无缘，更与侠义精神的本意背道而驰。不唯个人主义，网络奇幻小说中渗透的享乐主义、犬儒主义等也应引起我们重视。陶东风教授曾在《青春文学、玄幻文学与盗墓文学——"80后写作"举要》一文中指出："犬儒主义不仅仅表现了现实的价值秩序的失范，或者现实世界中道德的颠倒和真空状态，更是人们对于这种颠倒和真空状态的麻木、接受乃至积极认同。犬儒主义者在心里也不再坚持起码的是非美丑观念，不但对现实不抱希望，而且对未来也不抱希望。犬儒主义的核心是怀疑一切，不但怀疑现实，而且也怀疑改变现实的可能性。也就是说犬儒主义是一种深刻的虚无主义。"① 上文曾剖析过虚无主义的危害，由此对奇幻小说中所折射出的犬儒主义也应当加以批判和引导。

（三）一种独立、智慧的现代女性观兴起

网络奇幻小说中的侠义精神，"超越了传统武侠中替天行道、重义轻生和港台新武侠时期'侠之大者，为国为民'的侠义观，而更多体现出突破传统、张扬个性的精神内涵"②。这种新的"精神内涵"是与网络时代的自由精神相吻合的，也与新的"江湖图景"息息相关。相比于传统武侠的江湖世界，新"江湖图景"，既是郑保纯所指称的"后江湖景观"③，也是韩云波所论证的"后现代的现代追求"④。江湖观的变迁，必然带来侠文学创作的新异景观。随着女性作者的涌现和女性文本的书写，侠义世界的叙事逻辑发生了根本性的变化，侠义精神内涵彰显了一种独立、智慧的现代女性观。

奇幻武侠作品中的女性写作主要有两种：一是关于女性作家的写作，二是关于女性主义的写作。第一种是指女性作家加盟奇幻武侠小说写作，编织女性眼中的武侠梦；第二种主要指女性作为奇幻武侠小说的

① 陶东风：《青春文学、玄幻文学与盗墓文学——"80后写作"举要》，《中国政法大学学报》2008年第5期。

② 苏晓芳：《试论三种网络小说新类型》，《西南大学学报（社会科学版）》2010年第6期。

③ 后江湖是一种结构性、平衡性很强的江湖，既不像金庸作品中的江湖那样具备两极性，也不像古龙作品中的江湖那样具有不可知性，更不像温瑞安的江湖那样盲目。权且称之为诸多因素混杂并发挥作用的后江湖。详细内容参见郑保纯：《论大陆新武侠的当代性回应》，《西南师范大学学报（人文社会科学版）》2004年第4期。

④ "无望之希望"和"人之精神"构成了美国现代悲剧奠基者奥尼尔的作品的思想灵魂，对于在大陆新武侠中江湖中活动着的那些勇者，"无望之希望"构成了他们的后现代语境，"人之精神"构成了他们的现代追求。可以说，大陆新武侠中具有独创精神的江湖，就是这样一种后现代语境下现代追求的体现。详细参见韩云波：《论21世纪大陆新武侠》，《西南大学学报（人文社会科学版）》2004年第4期。

主人公，她们从女性主义意识和女性主义视角出发看待她们所身处的幻想世界，在这个虚拟世界中解构着旧传统，并希冀对未来新大陆的建构有所贡献。女性主义写作是在女性作家写作基础上进一步的诉求，是女性意识发展到一定程度后的女性文本书写和女性文化探讨。代表作家主要有沧月、沈璎璎、步非烟、小椴、斑竹枝、可蕊、藤萍、丽端、随波逐流、南方玫瑰等，她们既是大陆新武侠的女性代表作家，同时也是奇幻小说写作中的佼佼者。

根据女性作家作品中设定的"后江湖的江湖图景"，女性奇幻武侠所展现出来的女性写作可以划分为四类：男性江湖，女性摹习；男性江湖，女性主体；男性江湖，女性颠覆；诗意江湖，走向自由。斑竹枝的《晓风残月》便是第一类的代表，女主人公血泪因为一场大火而成了无人疼爱的孤儿，侠客断情救下了她并成了她的义父和师父，并改名为残风，从此在血泪心里，残风就是她唯一的亲人和全部世界。随着血泪的年龄不断增长、剑术不断进步，她也渐渐发现，残风总是在想着一个女人，那名女子那么凄苦而美丽，想必是师娘。终于有一天残风向血泪讲述了他和那个女子（晓月）的故事，因为他已下定决心要退出江湖和晓月长相厮守。结果第二天，"残风在天地间消失了，但断情，却一直存立于世间"①。因为血泪以她义父之名"断情"行侠仗义，锄强扶弱，延续着残风和晓月的梦想。只是，每个晓风残月的夜晚，当恶徒或弃剑而逃或跪地求饶或质问她是谁之时，她会迷离地望着这晓风残月，轻轻吟诵"今宵酒醒何处？杨柳岸，晓风残月……"

郑保纯对此分析道："一些女作家认同江湖的男性色彩，女侠客在原有的框架里活动，她们对男性作家的江湖进行摹习，女性的意识只是在不经意中流露出来，如斑竹枝的《晓风残月》等。"② 这是女性网络

---

① 斑竹枝：《晓风残月》，《今古传奇（武侠版）》2003 年第 23 期。

② 郑保纯：《论大陆新武侠的当代性回应》，《西南师范大学学报（人文社会科学版）》2004 年第 4 期。

写作的初期，虽然有了一些女性主义意识和女性主义视角，如"女性从被动者走向主动，从欲望客体成为叙事主体，女性第一次真正成为武侠小说的第一主人公"①，但还没有完全独立，还处于一种摹习状态。

沧月和沈璎璎体现了男性江湖中女性主义写作的两种不同形态：平和的女性主义写作和激进的女性主义写作。② 沧月小说中所设定的虚拟空间仍然以男性江湖为基本背景，但女侠客在男性江湖中作为主体独立存在，她们不再依附和隶属于男性和男性社会，她们的主体意识已经觉醒并走向自觉，开始为了独立人格而争取自身权利。因此，沧月"更像是为女子在男性的江湖中争取'一间屋子'的女权主义者"③。虽然她笔下的女子多是悲剧人物，但无疑都是有血有肉、有情有义、有自我意识和独立人格的现代女性形象，她们的存在和价值并不因她们的悲剧结局而有所减弱，反而被映衬得更加丰满有力。至若沈璎璎，她则没有沧月那般平和，她之所以选择男性江湖作为背景，纯粹是出于叙事张力需要，在这种"极限情境"叙事中，女性对男性江湖的规则和"阳谋"不屑一顾，她们在反抗、在颠覆，用着不同于男性的武功（如巫术），凭借着女性自身的智慧实现独立。

关于沈璎璎作品中巫术的使用，学者郑保纯认为："巫实则是女性在男性的世界里曾获得的唯一独立的存在方式，巫出现在沈璎璎的作品里，显得轻灵，富于诗意，独立自由，周游天下，怀着淡淡的感伤与生存的喜悦，不依傍于那些男性的施舍与怜爱，对男性的世界坚强地拒

---

① 韩云波：《论21世纪大陆新武侠》，《西南大学学报（人文社会科学版）》2004年第4期。

② 韩云波：《论21世纪大陆新武侠》，《西南大学学报（人文社会科学版）》2004年第4期。

③ 郑保纯：《论大陆新武侠的当代性回应》，《西南师范大学学报（人文社会科学版）》2004年第4期。

绝。"①"巫实则是女性在男性的世界里曾获得的唯一独立的存在方式"之说不敢苟同，但女性因巫而获得独立并得以对男性世界表示拒绝、反抗，笔者还是深以为然的。这里，巫是一种女性特有的智慧，女性通过自身智慧获得独立身份和独立地位。在女性主义书写和表达上，沧月较斑竹枝有进步，斑竹枝还停留在摹习阶段，是对女性意识的主观模仿和被动接受，沧月笔下的女性已有主体意识和独立人格，并开始为此争取江湖中的利和势。到了沈璎璎那儿，主体意识更为自觉，女侠客已不满足于男性江湖，她们充分运用自身智慧争取独立、平等和自由，从而塑造出了一个女性江湖和女性文化空间。

随着女性江湖的建构、解构与颠覆，女性奇幻武侠开始走得更远、更从容，并走向一种建构状态——一种男权主义与女性主义的和谐统一，人与自然界的和谐统一。北大才女步非烟笔下的诗意江湖已隐约有建构和再统一的迹象，她在谈及诗意江湖时曾经说道："侠即逍遥。侠就是要自在，要逍遥，要舒放自己，要自然，要和谐。庄子所说的乘风云而游天外，也就是这个意思。这难道不是侠？我觉得这不是柔软，而是一种发展。一种对'侠'定义的发展，在我的书中我希望融入我自己对'侠'的理解。"②因此，在步非烟笔下，我们看到的大多不是"侠之大者，为国为民"的"儒家之侠"，而是希冀达到"与天、道和谐的逍遥之境的'道家之侠'，比如卓王孙，比如杨逸之，比如石星御……"③

"侠"与"江湖"定位的不同，步非烟笔下的侠客形象也与传统的不同。民国旧武侠时期，女性完全是以男侠客为中心出现的；港台新武

---

① 郑保纯：《论大陆新武侠的当代性回应》，《西南师范大学学报（人文社会科学版）》2004年第4期。

② 光明网：《步非烟：我一直想构造一种诗意江湖》，http：//www.gmw.cn/content/2006－06/20/content_436740.html。

③ 孙玉良：《步非烟：诗意江湖的蛊惑者》，《中华儿女（青联刊）》2008年第6期。

侠时期，两性之间有冲突，但总体和谐，因为这种和谐是委身在男权下的女性用自我牺牲换来的"畸形"平衡；到了大陆新武侠时期，女性主义的呼声日益高涨，拒绝、反抗、争斗等声音此起彼伏，彰显着女性主义的觉醒和自觉；而到步非烟笔下，男女侠客形象浑然天成，不再拘泥于侠义世界和男女有别，女侠客不仅是独立、智慧的，而且是逍遥、和谐的。如"华音流韶"系列里的秋璇，她身世显赫、艳绝天下，但她并不是政治工具或男人的玩偶，而是智慧超群、个性张扬、敢爱敢恨的女性，即使面对深爱之人卓王孙，她也没有苦苦纠缠，而是保持着独立的人格，给了对方也给了自己自由。

侠文学与侠文化，由武侠小说到网络奇幻小说，侠义精神有传承也有新变。总体来说，武侠小说是一种历史架空类文学题材，它旨在回归民族传统，向传统文化致敬；相对而言，网络奇幻小说是一种虚拟架空类文学题材，它的追求在于迈向世界，与世界潮流接轨。而融合了古今中外优秀资源的网络奇幻小说，借科技之风、网络之势与平台之便，占据天时、地利、人和，正在以井喷之势蓬勃发展，得到愈来愈多人的关注。

物竞天择，适者生存，大浪淘沙，优胜劣汰，网络奇幻小说的发展和未来亦将遵循此规律。因此，我们有理由相信，总有一天，网络文学会成为主流文学的一种，中文网络文学会在世界文学之林中大放异彩。

第四节　从悬疑推理到盗墓小说
——探索精神的接续与推新

弗洛伊德说，人类的"性"蕴含着巨大的生命能量，它是人类历史发展的原动力，当它在现实当中无法得到满足时，就会通过艺术升华的方式让多余的生命激情得到缓释。借用弗洛伊德的这个说法，我们也可认为，人类的智能也是一种在漫长的历史中积累起来的生命力，它有着同样的发泄欲望，人类总是倾向于在智力的宣泄中证明自身的强健精神。因此，我们可以看到人类历史中层出不穷的战争谋略、宫廷政变以及进入现代商业文明之后的各种高智商犯罪。但是现实生活中的智力角逐往往充满了血腥和暴力，人们更愿意以一种无伤害的方式获得接近于真实的智力体验，于是自然而然地，文学成了最合适的替代品。文学可以通过强大的想象力和洞察力，行使虚构的权力为人们创作出多种智力角逐的模式。

从 1841 年开始，美国作家爱伦·坡陆续发表了《莫格街凶杀案》《玛丽·罗杰神秘案件》《金甲虫》《你就是杀人凶手》《被盗窃的信》，这五部小说让爱伦·坡获得了"世界侦探小说鼻祖"的美名。随后，柯南·道尔的"福尔摩斯"系列和侦探推理小说女王阿加莎·克里斯蒂让侦探小说在世界范围内大行其道，由此侦探小说从爱伦·坡式的幻想恐怖走上了逻辑推理的转型之路。

侦探推理小说主要以探案解谜为元素，运用强大的叙事能力，以充满悬念的故事和情节，邀请读者共同进行一场智力游戏。可以说，柯南·道尔和阿加莎为西方悬疑推理小说奠定了某种古典推理的基础。到了 2004 年，丹·布朗的《达·芬奇密码》以 100 万册的销量打开了中国悬疑小说的大门，而《达·芬奇密码》与传统侦探推理小说的不同之处在于，它不仅仅让读者在叙事中享受斗智的快感，而且注重从社会、历史、文化、艺术之中挖掘出更多元素来吸引读者。

反观近年来中国网络文学中不断涌现的悬疑小说、探险小说、盗墓小说等，和西方悬疑推理小说相比，这些随着中国互联网技术的发展而迅速崛起的小说目前显然还处于良莠不齐的起步状态，但也正因如此才显示了其蓬勃的生命力。2006 年，《鬼吹灯》《盗墓笔记》红遍网络，其实体书随之出版并迅速脱销，这两部标杆性作品让盗墓小说从玄幻小说中脱离出来，催生了新的网络小说类型。作为一种新的网络文学类型，盗墓小说与传统的智性写作存在何种继承与创新关系？同时，盗墓小说作为通俗文学的一支，与当前的主流价值观构成什么样的互动关系？这一高热度的网络文学现象背后反映了怎样的大众文化心理？盗墓小说在网络文学、通俗文学阵营中具有怎样的精神价值意义？这些都是下文将要着重探讨和解决的问题。

一、盗墓小说：智性叙事传统在当下的兴起与转变

"智性叙事"在中国学术界至今还没有系统的概念界定和理论阐释。我们可以从部分论文或访谈中看到一些批评家用"智性写作"来评价中国的麦家、晓航、朱苏进等，这些作家都不约而同地在文学创作中引入了科学、知识等理性素材来表达对人类智能的崇拜以及对现实和人生的终极思考。

虽然麦家、晓航、朱苏进等人对叙事能力和推理能力的追求，一方面使其收获了无数的侦探迷和推理迷；但另一方面，这些作品也可能因对读者的智商有一定要求而让部分以轻松消遣为阅读目的的读者望而却

步。从 2006 年天下霸唱的《鬼吹灯》在网络上迅速走红再到《盗墓笔记》《盗墓之王》《盗墓者》《墓诀》《西双版纳铜甲尸》《茅山后裔》等一批盗墓小说的扎堆出现，在这股盗墓热中，我们似乎发现了智性叙事在网络文学中的兴起。盗墓小说的奠基之作《鬼吹灯》以中国传统道家的阴阳五行学说为基本的哲学思想，融入了多学科知识，但显而易见，这已跟传统的智性写作有较大差异了。那么，盗墓小说所表现出来的对于知识、胆识、技能的推崇与传统的智性叙事之间有什么不同？盗墓小说作为通俗小说阵营中的一支，与通俗小说又有着什么样的继承关系？下面将从"从精英化立场走向大众化狂欢""从智力崇拜走向智力消费""以写人为中心转向以叙事为中心"三个方面进行分析与透视。

（一）从精英化立场走向大众化狂欢

这一点也许是纯文学跟网络文学之间最根本的区别。传统的智性写作有着坚定的叙事立场和作者本位，虽然会考虑到读者的阅读接受程度，但作者始终有其自身的终极价值追求，他们希望运用叙事的权力来建构起自己的理想世界，这一"作家本位"思想是任何因素都无法改变的。但是网络文学最大的特征之一是消费性，点击率是衡量一部网络小说成功与否的首要标准，所以盗墓文学必然会完全以读者为本位，力求尽可能地调和众多网民的审美趣味。

周冰心评价作家晓航的智性写作时认为，晓航的作品"无一例外地在外表罩以普适的当下流行元素，小说内心却层叠建构起关于哲学的生存探索和生命追问，使小说既具有丰富魅人的当下性涂抹，又有某种终极式科学理性的探秩索隐"[1]。这一说法得到了晓航本人的深刻认同。而《鬼吹灯》的作者天下霸唱在谈到自己的作品为何会走红时说："原因很简单，一是新奇，读者没有接触过；二是悬念，读者猜不到情节。

---

① 周冰心、晓航：《访谈：智性写作与可能性探索》，《花城》2004 年第 6 期。

如果小说都像国产电视剧就很没有意思了，大家一看开头就能猜到结局，无法提起读者的兴趣。如果作品缺少了想象力，就难以给读者带来阅读的快感，也就很难说是好作品了。"①

从这两个作家对作品的自我认知中，我们可以看出智性叙事从精英化向大众化的转变，前者是以作家创作理念为首要立场，后者是以大众接受为第一标准，因此传统的智性叙事中对于智力的崇拜走向了网络创作对于智力的消费。

（二）从智力崇拜走向智力消费

"智性写作要探讨的，其实是人类的天赋、思维、精神能力及智慧形态。"② 因此，我们能看到传统的智性叙事文学虚构了一个个有着超人禀赋的科学家、军人、破译者、情报员等，看到作者对于天文学、地质学、矿物学、物理学等多学科知识结构的罗列和编织，以及对主人公屡屡深陷险境而又绝处逢生的冒险经历的叙述。作家想要让读者跟随他一起，顺着叙事的逻辑和推理，在为主人公绝处逢生击掌欢欣的同时，也为作家严密的逻辑思维和大胆的想象力推崇备至。换言之，传统的智性叙事在一定程度上可以说是作家的某种智力炫耀、智力痴迷和智力狂欢。

但是网络小说对于读者来说，只是一种消遣而不是膜拜。和传统的智性叙事相比，盗墓小说中虽然也融入了大量的各学科知识，也展示了盗墓者过人的胆识和技能，但是在这背后，我们可以发现它藏着十分隐晦的人性欲望。"在这个崇尚财富的年代，《鬼吹灯》等盗墓小说里千年古墓幻化出的尸体、奇宝、奇特景象成为模糊的财富象征，阅读的过程会让人不自觉地陷入探险的自我模仿当中——感觉自己正通向神奇的

---

① 苏晓芳：《网络与新世纪文学》，北京：中国社会科学出版社 2011 年版，第 251 页。

② 金理：《孤绝中的突击：论智性写作》，《小说评论》2008 年第 3 期。

财富之路。"① 在盗墓小说作者的笔下，对于智力的展示与角逐已经不再是作者叙事的重点了，作者巧妙地抓住了当代都市人群的共同心理，在一场充满悬念和惊险的猎奇之旅中点燃人们对财富的渴求和幻想。此时，知识、智能、胆识都附庸或服务于这一吸引读者的手段之上，网络文学中的智力运用成了可供读者消费的产品。

（三）以写人为中心转向以叙事为中心

无论传统的智性写作如何醉心于叙事中的逻辑掌控和情节推理，他们在作品的深层次上始终保有自身的终极理念。但是，任何抽象的理念总要找到自身的感性形象，而智性写作中最能够体现这些作家创作理念的无非是那一群天生有着高智商和超绝能力的人物。"智性写作一开始主要集中在间谍小说、特情小说等具有解密性质的类型小说上，它聚焦的往往是一些极富天赋和智慧的孤胆英雄或者天才般的科研工作者。"② 以麦家的《解密》《暗算》为代表，这些作品大量运用现代的高科技知识，描绘出天才在智力和技术之间的斗争和游离。

《解密》中的数学天才容金珍对破解密码有着极度的痴迷，他天生的才华让他有可能为世界创造奇迹，但是最终在国家意志的劫持下成为世俗的牺牲品。朱苏进借助李觉、孟中天等人物，展示了一批孤独而决绝的精英人物的生存状态，表达了对于天才和庸者、精英与弱者、善与恶的哲理思考。"在这拨智者的智慧形态中往往潜藏着恶的因子，他们恃才傲物不顾及伤害周围人的自尊，才华横溢又性格乖戾，创造力旺盛同时欲望不知餍足。"③

这种传统到了盗墓小说中就从以写人为中心转向了以叙事为中心。

---

① 马季：《话语方式转变中的网络写作：兼评网络小说十年十部佳作》，《文艺争鸣》2010 年第 19 期。

② 田宏宇：《"智性写作"下的反思》，《宁夏社会科学》2010 年第 6 期。

③ 金理：《孤绝中的突击：论智性写作》，《小说评论》2008 年第 3 期。

人物的哲理性刻画不再是盗墓小说的叙事中心，以往的文学审美功能无可避免地让位于文学的消费功能。在《鬼吹灯》中，天下霸唱笔下的胡八一既具有军人的刚毅和镇定，又有散漫而易冲动的性格；王胖子虽懒惰贪财但是讲兄弟义气；Shirley 杨受过良好的教育，天生具有冒险精神。天下霸唱看重的是这三个主人公身上的"民族正气、爱国情怀和英雄气概"①。作者虽然对这些人物的性格有不同的设置，但是都清晰立体、可爱可感。由此可知，盗墓小说并不着重展示出某种哲理性的人格悖论，虽然悖论式的人格结构具有极大的审美魅力，但是对于大多数网络读者来说他们过于高大、遥不可及。因此，盗墓小说不仅极力将人物描写得平易可感，人物的刻画也不再是叙事的着重点，而成为盗墓小说多元文化流行元素中的一部分，更加吸引读者的是具有好莱坞大片风格的充满历史、文化、地理、考古、巫术等元素的神奇探险之旅。"盗墓文学既没有机械的说教，也没有刻板的言情，更没有沉重的社会话题，整体展现出明快、清新的文风，在生活压力日趋严重化的今天，显得尤为独特。"②

　　总而言之，这是一个消费的时代，智性叙事传统在当前的网络文学中已实现了新的变异，文学的哲理性观照转向了网络上的大众消费狂欢。盗墓小说既借鉴了传统的智性写作中"多学科的组合方式"，又坚守着以消遣娱乐为阅读趣味的通俗文学立场。盗墓小说就在这个基础上与社会的主流价值观实现了承接，表达的基本还是善有善报、恶有恶报的因果报应的道德观念，虽然丧失了作品的内在精神哲理，但获得了更高的大众认可度。

---

① 朱婉莹：《论〈鬼吹灯〉的艺术特色及其贡献》，《东南大学学报（哲学社会科学版）》2011 年第 1 期。

② 马善梅：《"盗墓文学"兴起之源探索》，《科技信息》2011 年第 28 期。

二、流行叙事的高潮：想象的释放与控制

网络文学不同于传统文学，它从创作、推出到被读者接受的整个过程首先需要借助网络这一新的传播媒介，点击率是衡量一部网络小说成功与否的首要标准。因此，"想象"成了网络作家们所持有的最重要的创作武器。但是如果无法把握大众的阅读心理并迅速地刺激他们的兴奋点和敏感点，那么作者在虚构的过程当中就无法准确地找到自身的落脚点，"想象"也就成了无的放矢。

前文所述，盗墓小说既对传统的智性写作有所借鉴，又坚守着通俗小说的写作立场。在此基础上，下文将围绕盗墓小说在网络上备受追捧的原因进行剖析，探讨作品中"想象力与大众文化心理之间"以及"想象力和叙事模式之间"的关系。

（一）现代文明与原始蒙昧："盗墓"的文化心理背景

盗墓小说为何能火？很多研究者往往都会从作者的想象力和读者的猎奇心理进行解析，但是网上的奇幻小说、穿越小说、科幻小说、悬疑小说林林总总，没有一种小说类型不是围绕着作者的想象力展开，没有一种不是以满足读者的猎奇心理为目的，为何偏偏盗墓小说呈现出如此迅猛的发展势头？

笔者认为，盗墓小说"火"的原因应该从"盗墓"这一渊源久远的民间行为中寻找。"盗"本身就暗含了这一行为的非法性质，而"墓"则能让人嗅到死亡和鬼魂的神秘气息，前者意味着对现实文明秩序的颠覆，后者意味着某种刺激的神秘体验。中国民间有着远古的"墓葬"传统、丧葬文化，"墓葬"本身是对祭奠的尊重，也是死者身份的象征。因此，"盗墓"这一行为是对亡灵的侵扰，在中国传统文化里是受世俗谴责的，而盗墓小说不仅为读者们提供了一个颠覆现实秩序和传

统文化规则的虚拟空间，同时也为读者虚构了一场运用智慧和胆识寻求惊人宝藏的财富之旅。"墓葬本身就充满了历史感，考古学家通过考古墓葬了解墓主人生前的事迹，进而了解当时的社会历史状况，墓中的一件随葬品甚至一道机关都可能包含一个被历史的河流湮没的秘密。"①由此可知，阅读盗墓小说对于习惯了现代文明、在当代都市中工作生活的网民来说是一次充满了历史感的神秘体验。

正因为这种独特的文化心理背景，"盗墓文学"才为创作中天马行空的想象力打下了足够坚实的历史文化基础和读者基础。作者抓住了现代都市的大众文化心理，通过想象把读者巧妙地引入这一探险过程中。伴随着一个个远古谜团的最终揭秘、一个个湮灭古城的逐渐发现，作者在这一过程中虚构了一系列神秘的地名，如《鬼吹灯》中"精绝古城"一章考古队寻找精绝古城的过程，作者就充分利用了众多的地理文化元素，如西域沙漠、孔雀河、双圣山、三十六国、楼兰女尸、敦煌壁画等；又如《盗墓笔记》中，主人公共同踏上盗墓的冒险旅途，而在十年前，这群人中一名成员的父亲曾在发掘出无数金银财宝之后和队友们全部死于非命，在这一次时时感受到死亡气息的生死旅途中，作者让"昆仑胎""墙串子""百足神龙"等神秘事物接连出现，"藏尸阁""排道""火山口""门殿""殉葬渠"等不同场景的设置都给读者带来了真实而刺激的阅读体验。

这便是想象给读者带来的阅读享受。随着科学和理性思维的不断发展，人类的生活变得越来越便利，这在很大程度上反映了人类对自然的掌控，但是过于方便和舒适恰恰是对人类某种原始本能和非理性本质的压抑和控制。所以，当作者将现代读者卷入作品所虚构出来的原野、荒漠、深海中纵情奔驰之时，原始野性就逐渐代替了现代文明，原始诗性

① 彭绿原：《网络盗墓小说的流行与巫文化的渗透：以〈鬼吹灯〉为例分析盗墓小说中的巫术文化》，《青年文学家》2013 年第 22 期。

也就代替了现代理性。

因此，盗墓小说火热的狂潮背后，不仅仅有着渊源久远的盗墓历史，同时也有大众对现代文明的某种精神叛逆以及对庸俗生活的离心趋向，现代文明和原始诗性之间构成的巨大张力便成为盗墓文学取得成功背后的文化心理背景。

（二）真实与虚幻：叙事模式控制下的想象力释放

"模式本身就是通俗小说的特色，没有模式也就没有了通俗小说。"① 可以说，叙事模式是支撑一部作品的内在结构，不同的通俗文学类型在其发展的过程当中会沉淀出不同且固定的叙事模式，作品中的情节、人物、事件等都会围绕叙事模式而进行拓展和生发。但是，叙事模式的重复运用又容易造成创作方法上的一成不变，故事、场景、人物都可能走向僵化，缺乏创新。

西方悬疑推理小说主要是以"设谜—解谜—说谜"的线索来进行虚构的，这种小说非常注重作者跟读者之间的某种智力游戏，它力求犯罪和破案都合乎科学推理，一旦作者把想象的权力扩大，就会闯进幻想小说的领域，妨碍情节和线索的逻辑推理。英国侦探小说家 S. S. 范丹在其侦探小说理论《侦探小说二十准则》中认为："诸如读心术、招魂、看水晶球那类的巫术，乃是侦探小说之禁忌。和读者斗智的应该是个凡人。读者在玄学的第四维空间里和神仙幽灵斗法，又岂有得胜的机会呢？"②

反观盗墓小说，它在一定程度上保留了惊悚、悬疑、推理的因素，作品叙事转化成了"盗墓—历险—成功"的探险模式，这一模式虽然和传统的叙事模式相差不大，但是它开始注重为读者挖掘出更多的科

---

① 汤哲声主编：《中国当代通俗小说史论》，北京：北京大学出版社 2007 年版，第 13 页。

② 杨博一、马季：《欧美悬念文学简史》，长春：时代文艺出版社 2004 年版，第 236 页。

学、社会、历史、文化元素。盗墓小说不仅融入了考古学、古文字学、文物鉴赏、史学、土木工程学、军事、地理、气象学、医药学、野外生存本领等科学知识体系，同时加入了大量的中国神秘文化元素，如阴阳五行、巫术奇幻、风水墓葬等，引入了更多用科学无法解释清楚的神秘因素。而且，我们从盗墓小说的大受追捧中可以得知，这一被西方推理悬疑小说视为禁忌的创作因素，却受到了中国大批读者的欢迎。

有了这个基础，作者就能够充分地行使想象的权力了。以天下霸唱的《鬼吹灯》为例，《鬼吹灯》以一本家传的秘书残卷为引，在小说中创造了四大盗墓门派：摸金校尉、卸岭力士、发丘天官、搬山道人，每个门派有各自的行规；小说为盗墓这个行业设置了"摸金符""悬魂梯""鬼母击钵图"等各种盗墓的道具；设计出了落石、暗弩、流沙、窝弩、石桩、天宝龙火琉璃顶等墓地机关；还有旱魃、痋婴、山魈、尸蛾等多种怪物。总而言之，作者借助中国远古的神话、地理、文化元素以及自身的想象力，虚构出了丰富多彩且名目繁多的地名、动植物名、技能名、器物名。可以说，《鬼吹灯》为网络盗墓文化奠定了一个整体的系统，而这正是让读者在真实和虚构之间感到可信的基本前提。

盗墓小说对于读者的吸引力到底有多强，从网上的一则新闻中就可以看到，张道生、余靖静在新华网上发表的《盗墓小说：是文化还是异化》一文中称，受盗墓小说的影响，一些"不法之徒照葫芦画瓢，依据小说提供的'知识'盗起墓来"；"目前，就已经有六七个盗墓贼给身在杭州的'南派三叔'发去电子邮件问询，是否真有书中所描写的古墓？是否可以按照书中描述的手法'寻宝'？"① 我们无法验证这些信息是否真实，但是我们可以用更为轻松的心态来看待这样的现象，即作家虚构出来的盗墓探险直接影响了现实生活中不法之徒的违法行为；或

① 张道生、余靖静：《盗墓小说：是文化还是异化》，http://news.xinhuanet.com/mrdx/2007-09/07/content_ 6681714. htm。

者，那些想向盗墓小说作者"取经"的"盗墓贼"，其实只是一群考古爱好者，这样一来我们可以认为，盗墓小说强大的想象力直接影响了很多对未知充满想象的读者。

正如余华所说，"强劲的想象产生事实"。读者的想象可以百倍地增强作品的虚构功能，在这"无法控制的相信"背后，是作家对于大众读者共同心理和基本情感的准确把握。猎奇、财富、冒险向来是吸引人们的因素，在这个基础上构建起来的想象，充分表达了人们的欲望和情感。如果回避人类的基本感情，那么一切构思都如沙上筑塔；而具备了感情，任何奇思妙想都可以成立——这正是通俗文学的重要落脚点。

三、盗墓小说的意义和价值

文学评论家马季说："与传统文学的差异性，恰恰是网络文学的可取之处，那里存在新的文学的可能性。在一定程度上网络文学就是变化中的传统文学，前者从后者中分离出来，试图探索新的道路。"[①]

发源于网络的盗墓小说正是传统的悬疑推理和智性写作的变异。笔者并非全盘认同文学走向网络之后在创作立场上的许多根本性改变，特别是小说中对于千奇百怪事物和情节的过多渲染。但是我们不得不承认，盗墓小说凭借着天马行空的想象，确实取得了相当大的成功。因此，我们应该以冷静而客观的态度来认真思考盗墓小说的价值和意义以及盗墓小说与主流价值观之间的互动关系。

（一）新的网络文学类型的开辟

对小说进行分类，其实是在给作家贴标签，这是文学批评家出于方

---

① 马季：《话语方式转变中的网络写作：兼评网络小说十年十部佳作》，《文艺争鸣》2010 年第 19 期。

便研究和评论而做的事情，但也并非对作家的创作完全没有用处。尤其对网络文学创作来说，作者确定了小说的基本类型，其实也就确立了自身的创作品牌，让小说得以从众多的网络文学类型中区分出来，迅速获得读者的认可和追捧。

虽然中国互联网发展的历史还不长，但是早已催生了众多的如玄幻、科幻、奇幻、魔幻、穿越、盗墓、悬疑、恐怖、侦探、言情、青春、武侠、修真等网络文学类型。盗墓小说刚开始被学术界归为奇幻或者玄幻文学，如陶东风把盗墓文学看成玄幻文学的附属；由欧阳友权主编、聂庆璞所著的《网络小说名篇解读》一书将《鬼吹灯》划归到奇幻文学名下。但是随着"盗墓热"的持续升温，《鬼吹灯》和《盗墓笔记》这两部代表性著作推动了盗墓文学系统的整体建立，自然而然地以自身的独特性确立了新的网络文学类型。

盗墓小说并不是凭空而生的产物，它对于以往的科幻、穿越、悬疑、侦探等小说类型都有继承和创新，但是又打破了许多叙事传统，对网络作品的创作形式进行了大胆的探索，对多元文化流行因素的运用使它获得了极大的成功；它接纳了智性叙事对于科学理性的推崇心理，融入了大量的学科知识，但又淡化了对现实和人生的终极思考。总而言之，盗墓小说的出现意味着网络文学在不断地细分，在一定程度上说明了网络文学的发展在与主流价值观的互动中逐渐走向成熟。

（二）平庸生活的感性释放：当代都市人的精神诉求

盗墓小说是对生活于都市的文明大众的某种精神满足。从网络文学的受众来讲，白领阶层应该是推理、悬疑、惊悚、盗墓等类型小说的稳定读者。都市的白领们每天得严格遵守上下班的工作制度，而阅读网络小说可以让他们在虚幻的世界里寻求对原本生活状态的暂时逃离。如果根据弗洛伊德的精神分析学进行解析，我们可以认为盗墓小说是作家和读者共同完成的一个梦，这个梦的原动力来自他们对超越平庸生活、让激情得到感性释放的本能渴求。在弗洛伊德看来，审美或艺术是人类在现实中无法得到实现的欲望在想象中的某种变相满足。而盗墓小说抓住了当代的大众文化心理，将多种文化元素融合在了一起，既给读者提供了好莱坞电影般的幻觉盛宴，又保留了浓厚的中国民间色彩，满足了读者对刺激、神秘、财富的渴求心理。

"通俗文学一般思想内容浅薄，缺乏深刻的内涵，而以流行的世俗社会价值观作为作家的创作意图，因此，对读者的精神世界不能提供丰富和充实的粮食，至多只能起一种无害的消遣作用。"[①] 由此可以看出，盗墓小说作为一种以消费为主的网络文学类型，必然缺乏对作品的思想深度和精神内涵的更多追求，盗墓小说也无法带来更多对人生哲理和价值的启发，但是其催生的阅读快感可以在一定程度上缓解读者因现实和社会产生的紧张情绪。

（三）大众文化心理与主流价值观的交接与呈现

中华民族是一个十分强调感性直觉的民族，这个特征与西方人追求逻辑性、科学性、准确性恰恰相反。中国人入世、乐天的特点，使得他们倾向于小说、戏曲中的大团圆结局。这说明了在中国大众的审美观念中，通俗可感的作品往往更容易受到认可与追捧。

由此观之，首先，传统智性叙事中的人物大都具有一种超越道德评判的独特美感，作者借这些人来表达对现实和社会的怀疑和批判；但是盗墓小说却充分体现了通俗文学的特点，作品中的主人公都有着强烈的民族正气、爱国情怀和英雄气概，这种人物角色设定必定能引起更多普通读者的共鸣。在这一点上，盗墓小说不仅与通俗文学所体现的"明确的价值判断"和"善恶是非的二元对立"一脉相承，同时明显地跟主

---

① 此处为翻译家董乐山先生对"通俗文学"的理论界定，参见李勇：《通俗文学理论》，北京：知识出版社 2004 年版，第 8 页。

流价值观所提倡的爱国精神和民族精神并行不悖。

其次，盗墓小说也体现了中国传统的因果报应价值观念。如前文所述，在这个追求资本的时代，盗墓小说抓住了人性对于财富的欲望，在虚构的探险之旅中实现了人们对财富的渴求和幻想，这种心理可以归结为一个"贪"字。而在《鬼吹灯》中，作者便对人性的"贪"发出了警醒："古今盗墓掘冢败事者极多，有多少盗墓贼就为了这个'贪'字而送了性命？非是智不足，亦非技不能胜，唯'利'昏其心。贪婪之心，是天下祸机之所伏，乃事败命丧之根由，摸金摸到适可而止，给自己留下余地和清醒的头脑，有命才有财，无命都是空。"（第六卷第122页）作者十分聪明地在为读者提供了一场财富追逐的精神大餐之后，又以"因果报应"这种受大众普遍认可的价值观念及时地将人们从幻想当中拉回，这一点既体现了中国道家物极必反的思维方式，又显示了作者对于现存社会规则的维护。

综而观之，盗墓小说虽然受"过分渲染中国传统迷信"的诟病，但是它在价值取向上并没有偏离中国的主流价值观，它寄托了世俗大众的审美理想，吸取了各种类型文学的经验，为满足读者的猎奇心理进行了一次形式上的突破和创新。

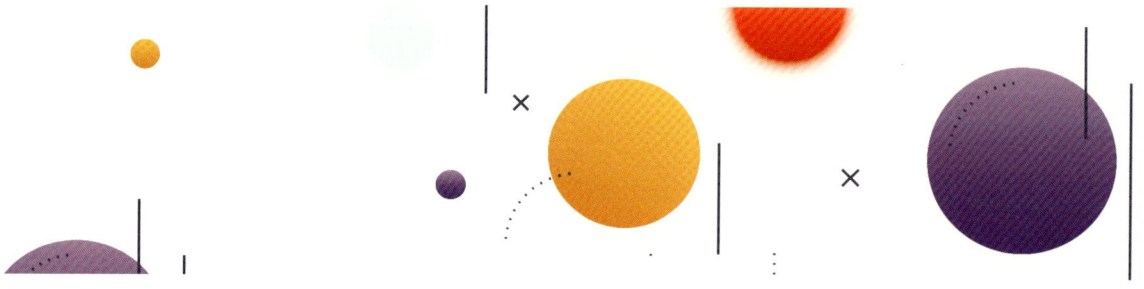

国家出版基金项目
NATIONAL PUBLICATION FOUNDATION

"百部好书"扶持项目
GUANGDONG PUBLISHING

"十三五"国家重点图书出版规划项目

流行文艺与主流价值观

关系研究

下卷

蒋述卓 等 著

Study on the relationship between
popular arts and core value

暨南大学出版社
JINAN UNIVERSITY PRESS

中国·广州

图书在版编目（CIP）数据

流行文艺与主流价值观关系研究：全二册 / 蒋述卓等著 . —广州：暨南大学出版社，2018.8
ISBN 978 - 7 - 5668 - 2505 - 6

Ⅰ.①流⋯　Ⅱ.①蒋⋯　Ⅲ.①现代文化—关系—社会主义建设—价值论—研究—中国　Ⅳ.①I206

中国版本图书馆 CIP 数据核字（2018）第 211227 号

流行文艺与主流价值观关系研究（下卷）
LIUXING WENYI YU ZHULIU JIAZHIGUAN GUANXI YANJIU（XIAJUAN）
著　者：蒋述卓　等

出 版 人：徐义雄
策划编辑：潘雅琴
责任编辑：潘雅琴　崔军亚
责任校对：刘雨婷　叶佩欣　苏　洁
责任印制：汤慧君　周一丹

出版发行：暨南大学出版社（510630）
电　　话：总编室（8620）85221601
　　　　　营销部（8620）85225284　85228291　85228292（邮购）
传　　真：（8620）85221583（办公室）　85223774（营销部）
网　　址：http://www.jnupress.com
排　　版：广州市天河星辰文化发展部照排中心
印　　刷：广州市快美印务有限公司
开　　本：787mm×960mm　1/16
印　　张：31.5
字　　数：446 千
版　　次：2018 年 8 月第 1 版
印　　次：2018 年 8 月第 1 次
总 定 价：128.00 元（全二册）

（暨大版图书如有印装质量问题，请与出版社总编室联系调换）

目　录

第一节　网络文学媒介形态与主流价值观

网络文学作为一种新的文学存在方式，因其特有的网络媒介形态而与以文字印刷为主要媒介形态的传统文学区别开来，成为文学概念中新的形态内容。随着网络技术的发展，全方位、多节点、新形态的网络媒介成为现代人采集、加工、传播、接受信息的主要工具。电子书是否会代替纸质书，网络文学是否会使传统文学越来越边缘化等问题成为现代知识人头顶上的"坦塔罗斯大石"，甚至在某些新锐的未来学预言里，网络媒介有改天换地、重塑文明的通天神力。如何看待网络文学这种新的媒介形态，如何理解网络媒介所引发文学的存在方式、书写方式和评价标准的变化对人的感官模式与价值判断所产生的影响，成为研究网络文学如何成为主流价值观新的表征方式的必经之路。

一、媒介变革与文学创作价值变迁

目前，网络文学在整个文学的发展历史进程中还只是一种新现象，网络媒介在理论上大步向前的推演想象有时还会超出其自身而被打上某些科幻色彩，这同现实的网络文学实践还存在着相当大的差距。因此，与其大费周章地向充满不确定性的未来索求网络文学的新意义，不如从文学媒介自身的变革中获取对网络媒介的客观界定以及这场媒介变革可能引发的文学价值的变化。

早在网络文学与传统文学、网络媒介与文字印刷媒介发生争斗之

目　录

第六章　网络文学新形态与主流价值观建构

前，口头文学与书面文学交锋的硝烟就已经燃起。探究这场媒介转化过程中的位置变化、话语重组以及价值变迁成为我们理解网络媒介融合的新特质，拆除与之相对立的传统文学这一笼统概念，从而扫清道路，将网络文学在历史变革中的媒介特质与价值属性凸显出来。

众所周知，早期文学是以口语为主要存在方式的。它需要以生物人作为传播的媒介，将文学的生产者、传播者与接受者聚集到同一时空之中，通过各种沟通对话手段在互动中共同完成意义的生成，从而确立最初的在场意识。在古希腊，一切意义都在互动交流中生产，即使是苏格拉底，也并不是意义的提供者，而是引导对话促使共同意义生成的"助产士"。这种作者与读者、文本共同在场的状态，能尽可能减少传播过程中意义的损耗、流失与误解。

语音媒介因其对时间性生物器官的依赖，在当时无法超越物理时空的限制，从而不可避免地为文字媒介所取代。当柏拉图用希腊文记录下苏格拉底的对话时，就完成了一场文字媒介对语音媒介的改造，原来现场生物人之间未知的谈话固定成书面符号人之间完整的对话，原来可不断犯错、删除、更改的流动性变成了按序排列前后一致的确定性，原来的口头文学逐步被改造后的书面文学所取代。由文字印刷媒介逐步确立起来的新表征系统、话语空间、价值标准大大地提高了表达的成本，文字这种在当时社会只有少数人才能掌握的媒介工具站稳了脚跟，从而将大众天然具有的口语媒介贬斥为一种次媒介。这种媒介等级的确立使文学内部也发生了相应的变化，乡野民间俚曲小调虽然质朴无华，自然天成，但始终无法入大雅之堂。

《诗经》文学经典地位的取得并非依靠其语音媒介，而是像孔子这样掌握了新表征系统与价值规范的先贤们用文字的方式确立起来的经典范例。那些未被选入《诗三百》的乡间俗曲也好，官宴祭祀雅乐也罢，终究只能消失在历史的尘埃里。所以事实上，像《诗经》这样的文学经典，已经不是真正意义上的口头文学。

在人类印刷技术不断发展的过程中，我们一次又一次地目睹了语音媒介的步步后退与文字印刷媒介的步步紧逼。文字印刷所带来的不仅仅是技术上的胜利，更是一种媒介意义上的革新，准确来说它不仅革新了工具，更在深层次上"在我们的事务中引进一种新的尺度"①，继而使我们更习惯一种线性的、有秩序的、理性的思维方式与价值倾向，而遗忘或者在某种程度上压抑了"伊安的迷狂"。当新的具有区别意义的网络媒介出现时，我们看到的不仅仅是机械的、井然有序的文字印刷媒介世界，更是包括长期被压抑、被改造的口语媒介在内的整个传统文学。

在现代社会，所有具备初步文字能力和简单终端操作能力的人——随着技术的革新这个门槛在不久的将来必将更加低——都可以在任何网络平台上自由书写，意义由单个人自由输出，一种真正意义上的多元化在网络空间中成为可能。文学自身从口语媒介一直到文字媒介时代所积累起来的一切美学意义上的形式技巧、审美趣味、体裁高低与教化意义上的思想高度、价值尺度、真实程度等都遭到挑战，成为一种可被征用的资源或者吸引读者的手段而失去了其自身在文学上的真理性。网络文学的介入使原来高低立见的固有文学秩序受到挑战。

在此之前，当我们谈到网络文学与传统文学的区别时，我们很容易习惯性地只将传统文学看成是单一的文字印刷产品，而忽略了文字印刷媒介与语音媒介之间复杂的转换关系，以及这种位置转化可能带来的传统文学与网络文学之间的互动启发。同样的错误也会发生在只是从语音媒介、文字印刷媒介、网络媒介的历史线性发展中去把握网络媒介，好像语音媒介只是一种遥远的记忆，而网络媒介是一头随着现代技术革新横空出世，而找不到根基的野兽，企图吞噬一切现有的规范秩序。

按照麦克卢汉的看法，媒介本身是"人类的延伸"。它是我们与世

---

① 马歇尔·麦克卢汉著，何道宽译：《理解媒介——论人的延伸》，北京：商务印书馆2000年版，第33页。

界、他人，甚至自我相联系的介质。当我们所依赖的媒介发生变化时，我们对世界的看法乃至对自我主体身份的认知也会发生偏移。"任何媒介或技术的'信息'，是由它引入的人间事物的尺度变化、速度变化和模式变化。"① 事实上，网络媒介的"信息"恰恰不体现在它与旧有媒介的差异当中，而体现在它从根本上将原来单一割裂的书写、传播与接受的工具与方式融合成一个整一的集合平台，通过将各种旧有媒介纳入自身的方式，消融其在长期的应用中所形成的媒介特性（"信息"），尤其是对文字印刷媒介，准确来说，是对一种长期占主导地位的等级秩序的摧毁，将原来的权威金字塔表征结构改造为以兴趣为核心的群落结构，从而使各种价值、意义在一个甚至比现实空间更为广阔的虚拟真实中生成，反过来又影响现实世界。

网络媒介作为一种数字媒介，以数字化的"比特"为信息符号虚拟出其他一切媒介形态，"正如网络是所有媒介的媒介一样，比特是符号的'符号'"②。正是由于网络媒介的开放性与包容性，它吸纳一切现有的文学手段以及文化资源，并在一种逐步磨合的互联网逻辑中促成权力的重新分配。网络文学虽然在呈现上依旧保留着文字符号，即麦克卢汉所说的"以旧的媒介为内容"，并且在可预见的相当一段时间内仍然摆脱不了这种符号束缚，但是它在利用文字印刷媒介的同时，剥离了文字媒介在与语音媒介长期争斗中所确定下来的秩序等级、表意系统乃至一整套精英价值标准，从而取消了文字符号的第一性以及由这种特性形成的书写、传播权力，使之与其他媒介处于同等的位置，共同为意义的书写、传播与接受充当介质。与此同时，语音媒介、图像媒介、动画媒介等媒介形态自然也凸显出来。随着这些在原来场域中被长期压抑的媒

---

① 马歇尔·麦克卢汉著，何道宽译：《理解媒介——论人的延伸》，北京：商务印书馆2000年版，第34页。

② 蒋述卓、李凤亮主编：《传媒时代的文学存在方式》，桂林：广西师范大学出版社2010年版，第100页。

介"信息"的迅速释放，原来文字印刷媒介时代筑起的传播壁垒与表征系统仓皇无措，一种低门槛的、"广场型"的众声喧哗充斥在网络空间之中。

新的媒介出现除了会打乱原有的文学秩序与价值尺度，也会在某种程度上为人类提供某些新的"信息"以及价值意义。"数字化媒介对文学的赋型，带来的不仅仅是载体的改变和文学存在方式的变化、甚至是文学内容的置换（如'网人写网络'之类），还涉及文学体制与文学观念的变化。"① 网络文学除了由纸搬上屏幕，由单一媒介向多种媒介的变化外，还会带来文学创作价值乃至生活观念的变化。

传统精英文学对"文学真实"深信不疑，由这一范畴所引发的诸多讨论更是贯穿整个文学理论史。尤其是深受真理范式影响的西方文学界，对文学真实性的重视不亚于文学的审美性，"美属于真理的自行发生"②。当文学无法反映（提供）真理时，文学也就不能称为文学，而沦为一种胡言乱语的迷狂。网络媒介所塑造出来的虚拟空间以其对整个人脑中枢神经的模仿一次又一次地刷新人们对真与假的认知阈值。姑且不谈如电影《黑客帝国》《盗梦空间》中的那种真假难辨的"赛博空间"是否会成为现实，也不论"事物是感觉的集合"这些唯心主义论是否站得住脚，就在现实的网络文学创作中，大量天马行空、穿越历史、快意恩仇的"主神空间"③ 乐此不疲地塑造了一个又一个想象的盛宴。真实在文学中被悬置，情感的急速宣泄、想象的不断爆发、非理性的狂欢重新被提升到一个重要的位置。

网络媒介自身的设计理念决定了网络文学的大众化狂欢属性。麦克

① 欧阳友权：《网络文学的学理形态》，北京：中央文献出版社 2008 年版，第 57 页。
② 海德格尔著，孙周光译：《林中路》，上海：上海译文出版社 2012 年版，第 69 页。
③ 参看刘克敌主编：《网络文学新论》，南京：凤凰出版社 2011 年版，第 76 - 84 页。

卡曾言：“没人曾经设计过网络。这里没有规则，没有法律。”① 互联网的开放性结构使得它的智慧源头来自网内的各个“节点”的不断交互与生产。知识文化在网络空间里是以分享交流的形式存在的，从而消除了印刷时代所确立起来的文学与政治制度审查。事实上，在把大众与传统精英之间划分出来的那条界限——对知识（权力）的话语垄断——在开放的网络媒介里是模糊的。“网络文学天生就享有无中心、无权威、平等的自由环境，没有门槛，没有把关人，没有等级区分，没有篇幅限制——开放的文学园地。”② 需要指出的是，这种充满激情幻想的理想园地在进入整个权力场之后，又不得不形成关于自身新的话语逻辑与等级规则，虽然它最初的设计就是为了与之不断争斗下去。

大众在网络媒介中都获得了书写的权力，但由其他场域所积累起来的权力资源仍然能使一部分人在网络关注中脱颖而出，如那些明星“大V”们的微博网站，又比如在纸质青春文学中尝到甜头的韩寒转入博客杂文的创作；真正由网络媒介所推出的网络新人们又不得不面临着读者点击率的考验以及商业价值的考量，或是被其他场域正式收编的命运。大众成为网络媒介的背景。但与陈陈相因已久，必须等待某个灯塔式的前辈高人提携发掘的传统文学场域相比，还在形成中的网络媒介承诺每个人都有自由创作以及被看到的机会，虽然你被看到后又可能随时被后来的话语所淹没。

网络媒介还能消弭由于旧有传播媒介的局限而导致的文学活动的人为割裂。在口语媒介时代，文学是作者、读者、文本三者都在场的集体创作，而由文字记录以及后来印刷技术所造成的个人创作使得作者与作品、作者与读者割裂，文学生产与文学接受作为不同的环节确立起来。而网络媒介的传播速度之快，使读者与作者、作品虽然在空间上相隔千

---

① 雪莉·贝尔吉著，赵敬松主译：《媒介与冲击：大众媒介概论》，大连：东北财经大学出版社 2000 年版，第 230 页。

② 蒙星宇：《网络少君》，北京：九州出版社 2011 年版，第 62 页。

里，却可以在线上的群落交流互动，从而享受到共同创作的乐趣。这种互动交流与语音媒介时代的逻各斯在场意识虽然在空间上都强调在现场——这也是文字印刷媒介所无法做到的——二者却有着深刻的内在区别。群落创作消解了追求真理实在的金字塔结构，而将整个文学创作引向对具体人的关注，对人的兴趣、情感、灵魂的关注。文学创作的价值意义不再仅仅指向某种单一的、权威的顶峰，而是围绕着人类多样化的兴趣、多元化的生存方式形成众多自由运动着的群落。

二、网络媒介发展与文学价值的生成

近些年，网络文学的媒介发展带来的文学繁荣是以往任何一个时代都无法想象的，当然它所产生的文化垃圾数量也是前所未有的。这也督促着我们从普遍抽象的媒介变革思考中走出来，联系中国当下的网络媒介发展以及不断运动着的文学语境，继续思考这个多种文学方式并存的大文化空间中文学价值标准发生了怎样的变化。

早期的互联网技术门槛很高，书写代码转换非常复杂，当时是中国小部分留学北美的理工科学生最早接触到了互联网写作。他们积极创办电子刊物，随后不断壮大的北美互联网写作群也成为中国第一批网络文学的实践者。纵观这一时期的文学活动，它还没有脱离传统的审美经验与写作模式，大量的诗歌、随笔、小说都透露着个体的边缘心态与苦闷意识，要借写作来进行倾诉与自我表达。远离主流的文学语境，用新兴的互联网来开拓话语空间，为在物理空间中和心态上双重失落的北美学子们提供了心灵的栖居地。

随着互联网技术的成熟，中国在 1994 年以“. cn”的域名正式加入国际互联网，到 1997 年左右就已经逐步形成了大规模的在线创作与交流。“榕树下”“黄金书屋”“中文网络文学精粹”“天涯虚拟社区”等网站相继问世。

一般在总结中国网络文学的发展时，都不得不提台湾网络写手痞子蔡的《第一次亲密接触》。这种用清新忧郁的笔调书写充满幻想、期待与梦幻的青春小说，于 2000 年前后风靡中国大陆，并强有力地刺激了当时内陆网络文学的创作。网络媒介跨地域的开放性又一次显露出来，与北美留学生那种单纯的网络写作相比，痞子蔡对内陆网络文学的发展产生了更深刻的影响，并直接创立了一种带有鲜明都市时尚、对生活充满小情怀和感性体悟的青春爱情系小说。几乎与此同时，邢育森、宁财神、李寻欢、安妮宝贝这些被网络文学研究者划分为中国第一代网络写手的作家①竞相出现在读者的视野中，使网络文学真正以作家作品的形式入驻整个文学的大观念之中。

这一时期的网络文学虽然或是强调个性解放、感性体悟的生命经验，或是调侃、"无厘头"的嬉笑怒骂，与当时的精英文学有所区别，但是多多少少还是打上了传统文学的烙印，这种写作"无论在主观上还是客观上，都没有摆脱传统的文学审美经验""早期网络写作所谓对纸媒体写作的颠覆，主要体现在传播方式、阅读方式或者表达形式方面。在文学建构上只是蹊径独辟而并未另起炉灶"。② 直到 2004 年以后，网络上大规模出现的穿越、玄幻、网游等网络小说才是我们现在通常所指称的网络文学主干。这类网络小说在书写方式、文学价值、审美趣味、评价标准等方面都与传统的书面文学截然不同，从而彰显了自身，在权力场中获得新的位置。

长期身处书面文学秩序下的作家对笔和纸这两种书写工具有着深厚的情感。这种如同雕刻者雕刻、制衣者裁缝一样带有明显器具经验的书写方式使得作家在下笔时有一种"每一个字落在新的稿纸上，就应该像

---

① 欧阳友权主编：《网络文学发展史——汉语网络文学调查纪实》，北京：中国广播电视出版社 2008 年版，第 39 页。

② 马季：《网络文学透视与备忘》，北京：中国社会科学出版社 2010 年版，第 29 页。

钉子钉在铁板上"① 的使命感，仿佛嘴里说出的语言永远比不上用笔写在纸上的文字那般清晰明确且井然有序。然而，使用键盘输入的网络写手们却运用着一种近似于说话的书写方式，就像波斯特所说的："荧光屏—客体与书写者—主体合二为一，成为对整体性进行的令人不安的模拟。"② 这种无须面对写作过程中工具阻碍问题的书写方式使得长篇小说的创作一下子变得轻松起来。

网络媒介的数字虚拟像语音媒介一样剥离了具有鲜明"痕迹"的纸笔书写，将文学的精神性凸显了出来。网络小说最常见的载体是 txt 格式的电子书。txt 格式是一种文本信息，即文字信息。与纸质书相比，它没有了由印刷媒介所带来的物质外壳，只保留了内容层面；由数字虚拟的文字与充满油墨书香的印刷文字相比，其物质性如同语音那般被遮掩了起来。另外，在网络媒介中，txt 格式的电子书可以最直接地被转换成语音媒介的有声书。一本 txt 格式的网络小说，既可以在屏幕上当作文字阅读，也可以加入有声软件聆听。这种跨媒介的阅读体验正是网络媒介融合性的表现。

在起点中文网站上，百万字以上的 txt 格式的长篇小说比比皆是，有的甚至还在连载中，大有生命不息、故事不止的势头。这样粗放型的写作方式也带来了某些隐忧，就拿网络玄幻小说的扛鼎之作《诛仙》来说，单靠一腔才情，故事到了后面难免错漏百出，虎头蛇尾。玄幻的网络小说常常就是只靠着网络写手个人天马行空的想象力去构建一个新世界、各个人物角色与故事情节，所以在写作上很不稳定。有时候状态好一天写上万字，状态不好几天写几千字，更有甚者直接"弃坑"，换个故事重新开始；即使拼命坚持下来，也不过是不断重复的"魔高一尺

① 路遥：《路遥全集：早晨从中午开始》，广州：广州出版社、西安：太白文艺出版社2000 年版，第 57 页。

② 马克·波斯特著，范静哗译：《信息方式：后结构主义与社会语境》，北京：商务印书馆 2000 年版，第 151 页。

道高一丈"模式，主人公所向披靡，对手也一个比一个高强，死了一个强的，再来一个更强的，人间之外还有天界，天界之外还有其他界，不断推下去，直到作者才思枯竭，或者读者审美疲劳为止。

与传统文学的层层把关相比，这种鸿篇巨制的创作模式往往给人一种错觉，写作的主体像创世神一样"指点江山，激扬文字"，可以自由地创造一个世界。再联系网络媒介自由、开放、包容的媒介特质时，我们难免会希望文学的自由之花能在这片纯洁的土地上唯美绽放。但现实的网络空间并不像网络媒介那样天然地开放与包容，其他权力场的权力资源在网络空间中依然惯性存在着，尤其是消费时代的商业价值，如同人文价值在传统文学领域中一样牢牢地攀附这一新生的文学力量。马季也认为："由于网络文学出现在我国市场经济的发展期，不可避免地打上了市场经济的深刻烙印，价值取向的市场化成为它与生俱来的特性。"① 商业价值的介入让原本单纯的业余创作进入某种职业化状态，在点燃了网络写手的创作热情的同时对作品的写作技巧以及评价标准都提出了新的要求。

一直以来，文学观念的演化，或是源自其内部某个文学要素的升降，或是某种外力的强行介入。艾布拉姆斯所区分的文学四要素——世界、作者、作品、读者，就曾为西方学界构建出一系列由模仿论到接受美学不断渐变的文学批评标准与文学理论演化史。随之而来的是在不同标准下对文学自身的认识以及文学价值的重新厘清。读者在传统文学的价值演变中是最后被重视的，这一曾经在遥远的语音媒介时代作为意义的共同生产者，在印刷文字时代成为意义的接收者的存在此时滑落到文学生产链条的末端。在当代消费文化与网络媒介的大众化语境下，读者作为消费的主体在文学生产中的地位越来越高。

较为成熟的传统文学场在长期的争斗中会建立起自身的合法性原

---

① 马季：《网络文学透视与备忘》，北京：中国社会科学出版社 2010 年版，第 82 页。

则，"与市场建立了关系，市场无名的制约可以在他们之间创造出前所未有的差异，这些关系无疑左右着他们对既可爱又可鄙的'大众'形成的情绪矛盾的表象"①。这种对大众读者的矛盾情绪来自高度自主场域的自身精英逻辑，但与此同时，高度发达的市场介入之后，大众读者地位的上升，使得商业价值在文学场域中的地位逐步升高，作家不得不考虑读者的阅读和喜好。网络文学自身也面临着类似的矛盾境地：一方面，它因拒绝壁垒重重的传统文学而凸显了自己的位置，继而试图允诺一种更为开放与自由的写作方式；另一方面，商业价值的积极介入，加上媒介延伸之后的感知麻木，读者的点击率成为写作的直接评判者而取代了抽象的标准规则，点击数量的多少似乎直接决定了写作的成功与否。

网络文学的好坏不受限于传统文学的价值标准，而是要在一个充斥着电影、音乐、图像、文学的网络世界中受到关注，"点击率几乎决定了一部文学作品的好坏"②。各大文学网站相继推出各种排行榜，既有按时间要素排的当天、当周、当月点击率排行榜，也会结合性别与阅读习惯列出榜单，如起点中文网的"女生热榜"。这种一人一票把制定作品标准的权力下放到读者手中的评价方式，在传统文学中是难以想象的，同时也引发了某些人的担忧，如果大众的审美趣味不高，选出的都是些粗俗不堪、价值扭曲的文学该如何是好？这种杞人忧天的设想先天把一部分人看作是无知的大众而将自己划出，好像自己高人一等，或者是习惯性把网络世界看成传统文学场域金字塔式的权力结构而忽视由网络媒介所建构起来的以兴趣为中心的群落结构。事实上，网络媒介正是以开放的结构，将一切文学资源纳入自身，"使文化资源的稀缺走向非

---

① 皮埃尔·布尔迪厄著，刘晖译：《艺术的法则——文学场的生成与结构》，北京：中央编译出版社 2011 年版，第 14 页。

② 刘克敌主编：《网络文学新论》，南京：凤凰出版社 2011 年版，第 181 页。

稀缺状态"[1]，在一个到处都是文学作品的无边界、无规范、开放包容的互联网世界中，读者可以按照自身的文化修养、文学爱好自由地选择文学作品，形成相应的文学群落，在沟通交流中展开文学价值观念的诸多具体内容。

随着网络媒介的发展，文学价值不再局限于传统文学之中，它为自身打开了新的实践土壤。反观传统文学内部，一部分充满偏见的狭隘的文学价值观念遭到挑战，一部分遭到压抑的文学媒介得以释放其"信息"。网络媒介作为一种新的文学形态积极进入整个文学传统之中，为文学概念的向前发展注入了新的活力。文学自身的向前发展，必然会带来一些新的审美经验与价值观念，等着我们去适应与反思。

三、网络文学：主流价值新的表征形式

网络媒介自身的开放性与不确定性，使得网络文学的发展充满了无数种可能性。所有的既定经验、思维惯式、文学条例都如同沙堆上的沙子，谁也无法预测究竟哪一粒能使整个沙堆坍塌重塑。面对这样一个不可预测的充满可能性的网络世界，年轻人的创造力被激发出来。由无数个充满活力的"端口"以幂的方式叠加的互联网价值逐步浮出水面，虽然我们依旧看不清它的全貌。网络文学也正是这类由青年人的创作为主体的网络实践，它从一开始就有着浓郁的青春气息。天马行空的想象力，开启了穿越、玄幻等网络小说的创作，以及富有文学先锋意味的网络文学实验，从而磨合出许多新的文学价值。考察这些价值取向与主流价值之间的关系，有利于我们更好地看清网络文学的媒介形态，把握它所带来的整个文学场域的变化。

---

[1]　杨守森等：《数字化时代与文学艺术》，济南：齐鲁书社 2010 年版，第 33 页。

网络文学所创造的文学价值并不是毫无根据的，它与传统文学有着天然的联系。传统文学自身的复杂决定了它是由多种文学风格、话语方式、文学媒介构成的。网络文学对于这些文学传统并没有一概否定，另起炉灶。相反，网络文学将各种文学传统分别纳入自身，再进行整合创新，创造出文学价值接受的新方式。描写禁忌题材、边缘话题、异样人生的文学作品在任何一个时代都不在少数，但是古代社会大都将其列为"诲淫诲盗"之书，其所塑造的人物形象，标榜的文学价值取向都是受到压制和质疑的。如《红楼梦》这样的经典小说，我们也能看到许多为当时主流价值观念所不容的性描写以及同人耽美情节。但是实际上，当读者带着一种审美的眼光看待贾宝玉与秦钟之间的情感时，他们在有意无意中也看到了同性之间有着某种超越友情的可能性。当然，读后我们可以不认可，可以反对，可以压制，但是它在一种连贯的审美体验中已经烙在了我们的脑中，它与我们产生了某种关系，成为我们所认知（体验）之事，从而强迫我们形成某种价值判断。即使封建礼法强行设立准则告诉我们这是不好的，但它在告诉我们它不好的同时，也把它展现在我们的面前，进入个人的价值判断之中，虽然这种判断背后隐藏着发自内心的人性选择以及外力的约束。

在网络文学中，无论是来自外部的还是内部的价值审查都有所削弱，有许多在传统文学价值标准看来是"诲淫诲盗"之书在网络上大行其道，就像被封建统治者封杀的《水浒传》在当时的民间社会仍旧传播甚广。由此，我们既看到封建社会存在着一种价值的断裂，即由上而下的价值观念与自下而上的民俗人欲之间始终处于某种博弈的动态关联之中；又看到网络社会的平等民主与价值融合，各种价值取向在网络世界里共存，就像它实际地存在于现实世界复杂的关系中一样。

当代中国正处于改革的深水区，社会转型带来的剧烈阵痛让人们不禁感叹：我们处于一个价值多元的时代。在这个现实与理想沟壑难填的时代，官方意识形态所主导的核心价值体系遭到一部分人的怀疑，甚至有人机械地从主导价值与主流价值概念上的辨析来人为地割裂二者之间在内容上的同一性。

事实上，在当代中国，国家所提倡的以社会主义核心价值观为代表的官方意识形态，是一种具有积极价值导向的文化理念，它体现国家与人民意志的统一。任何一个合格的中华人民共和国公民都不会对社会主义核心价值观的内容本身有所疑义，它是所有中华儿女共同的价值准则与生活理想。不少学者，在辨析主导价值与主流价值的时候往往偏信西方马克思主义学者的文化理论，脱离其资本主义文化语境，大谈主流文学的大众意识与主导价值观的官方意识之间的差距，而忽略了在中国官方意识形态尤其是以社会主义核心价值体系为核心的主导价值观念就是中国的主流价值观。它就是从广大人民群众的角度出发的，既照顾到国家层面，也照顾到制度、公民层面，是符合人民大众的价值追求与内心愿望的官方意识形态。

网络文学和其他一切文学文化活动一样，为主流价值观提供了广阔的话语空间，使得主流价值观在这一场域中得到了新的表征方式。每一部网络作品都或多或少地涉及生活中各种酸甜苦辣以及对未来的美好想象，这些故事情节无论是以穿越小说的表征形式出现，还是玄幻、架空等话语方式出现，都在一幕幕鲜活的生活场景中再现了人物角色的情感体验与价值判断。在这一判断过程中，主流价值观获得了它具体的内容，不再是一句空洞的概念口号。

网络文学作为主流价值观新的表征方式，与传统文学对主流价值观的诠释还是有差异的。正如前文两个部分所言，网络媒介所引发的媒介变革及其自身的发展在很大程度上改变了传统文学的价值生成方式，将原来站在金字塔尖的价值布道者拉回地面，使得因兴趣而集合的文学群落在虚拟的网络空间中得以生成，继而从根本上避免了自上而下的价值传播与自下而上的价值生产之间内在的抵牾。主流价值观不再以高高在上、不可企及的视角俯视读者，而是融合在具体的文学形象之中，并以青年人喜闻乐见的形式表现出来，从而不断地内化在每个读者心中。

因此，网络文学生成的价值属性与主流价值之间并不是天然的剑拔弩张关系，而是处于不断的、动态的调整之中的，正如网络媒介并不是靠消除书面印刷媒介获得自身的位置，而只是通过吸收一切现有媒介方式来扩展自身的疆域，确立起新的准则和边界。从媒介传播的角度来说，网络文学活动既包含了主旋律的价值属性，也充满了个体对美好生活的各种想象，这种想象所孕育的正能量是我们这个时代不断进步的源泉之一。即使有对主流价值构成挑战的边缘价值生成，在具体社会实践与文学接受中，它也会自觉地被标示为边缘价值观念，在其自身的价值群落中运作；并伴随着它与主流价值的不断碰撞与摩擦，或是被消除，或是积极融入主流之中，使主流价值在大方向不变的情况下，获得诸多不同层次的表征形态与话语方式，从而真正融入每个现代中国人的生活实践、文化血液与对未来的美好憧憬之中。

第二节　网络小说伦理形态与主流价值观

一、想象与碰撞：穿越小说的历史伦理叙事

近年来，穿越小说的流行形成了一个有趣的现象：一方面，穿越小说成为网络文学领域中最热门的小说之一，出版发行后大受欢迎，由其改编的影视剧更是一度霸占荧屏；另一方面，主流文化对"穿越"热潮频频抵制，2011 年，国家广电总局公开批评火爆荧屏的穿越剧"不尊重历史"，其创作"不足以提倡"。① 读者的喜爱和主流价值的批评使"穿越"成为一个值得思索的文化现象，而二者态度对立的焦点即在于对历史的态度。

历史是文学书写无法割裂的永恒主题。从本体上来说，历史是指人类社会过去的事件和行动，它凝聚着人类社会经济、文化、道德、宗教等诸多价值链条，以及个体与之形成的伦理关系。因此，"对待历史的态度，最终是一种伦理态度的体现，也是一种伦理文化姿态的映现"②。同时，历史从其意义而言，是为了以过去参照未来。梁启超认为，历史之功用在于"记述人类社会赓续活动之体相，校其总成绩，求得其因果关系，以为现代一般人活动之资鉴也"③。中国文化传统中，主流文化

---

① 广电总局：《穿越剧不尊重历史　禁四大名著翻拍》，http：//ent. 163. com/11/0401/14/7OIH48BV00031GVS. html。

② 张文红：《伦理叙事与叙事伦理：90 年代小说的文本实践》，北京：社会科学文献出版社 2006 年版，第 83 页。

③ 梁启超：《梁启超全集》，北京：北京出版社 1999 年版，第 4088 页。

向来主张"以史为镜""古为今用",因此,传统文学中的历史话语不但需要尊重历史真实,还需传递历史规律,实现历史对当下的观照。换言之,文学中的历史叙事,不仅意味着对历史本体的回顾与梳理,更是为了建立起历史与现实的某种价值关系。

在中国文化传统中,历史指官方所载的"正史",它与国家政治伦理紧密相连。从1949年以来的"革命历史小说"到新时期的"伤痕文学""寻根文学",历史叙事不仅意味着对历史时代本体的回顾与梳理,更承担着揭示社会发展规律、建构民族记忆和文化传承等意识形态功能。20世纪80年代末兴起的新历史小说,以"个人历史"消解了传统历史话语的宏大叙事,但其创作立场仍是从个体角度还原历史的真实血肉。

但在穿越小说处,历史开始彻底偏离主流文艺的轨道,严肃的历史伦理被娱乐伦理所取代。现代人"穿越"至过去这一假想满足了现代人对历史的窥伺欲望,在快节奏的都市生活中,历史成为现代人驰骋想象、表达欲望的舞台。"多数人对于修复历史真相或者阐明形而上的'历史精神'无动于衷,他们想看到的是'好玩'的历史。"① 同时,穿越小说的时空旅程实现了"现代—历史"的文化碰撞,折射出现代生命个体对待历史及其所指涉的"传统""权威"等价值系统的态度。在穿越小说里,历史不再是传统文学中叙述客体的历史话语,而转换为与现代人互动的场域。"历史与当下的创作个体形成一种基本的伦理关系。"② 探究流行穿越小说文本中的历史伦理话语,能够一窥当代个体对"国家""民族""传统"等社会核心价值的认知。

① 南帆:《消费历史》,《当代作家评论》2001年第2期。

② 张文红:《伦理叙事与叙事伦理:90年代小说的文本实践》,北京:社会科学文献出版社2006年版,第126页。

（一）历史的想象与消费

1. 历史叙事的想象化

穿越小说的历史伦理叙事的基本特征是历史叙事的想象化。由于穿越小说叙事的出发点在于现代人"时空穿越"至"历史"，这首先从叙事逻辑上消解了其所叙"历史"的既定性与真实性，因为"穿越时空"从根本上来说只是现代人的一种假想，因而文本中有现代人存在的"历史"本身是不存在的，它只是作者基于历史知识的一种主观假想。这就使穿越小说历史叙事从根本上消解了所叙历史的真实性，而走向一种想象化的历史叙事。

从小说"穿越"的时间向度来看，穿越小说可以分为"现代—古代""现代—未来"两种模式，以前者为主流。穿越至古代的小说又可分为古代中国和古代时期其他国家地区，如中世纪的欧洲等。目前流行的网络穿越小说大部分是主人公穿越回中国古代时期。这部分穿越小说按其所搭建的历史空间的真实性，大致可分为两个类别：一是以真实历史时代为背景的历史穿越小说；二是含有历史质素的虚构时空，即所谓"架空历史"小说。

历史穿越小说的叙事背景是真实存在的中国古代时期，秦、唐、宋、明、清是创作者较常选的穿越朝代。历史穿越小说的主线基本为现代主人公因某种缘由"穿越"回中国古代某一历史时期，亲历重大历史事件并展开自己在新时空中的全新生活。这类小说中的历史事件、人物信息、场景服饰等历史元素均接近官史话语，故事情节基本以真实的历史走向为框架敷衍而成。如近年来广为人知的"清穿"小说《梦回大清》《步步惊心》，都涉及了"九子夺嫡"等真实的历史事件。这类小说由于是在真实的历史事件上展开故事，因而更具有历史感。

架空穿越小说指以虚构历史时空为叙事背景的穿越小说。这类小说没有明确的时代指称，通过各类历史元素建构出一个语焉不详的历史时空，但从其文本对人物对白、服饰、居处等生活细节及社会大环境的描述中，可以捕捉到某一与之相似的时期的影子，如波波的《绾青丝》中对空曼国集市的描写，我们可感受到不少唐朝四方文化交融的历史气息。

概而观之，历史在穿越小说中，是作为一种叙述背景而非叙事主题存在的。历史穿越小说的叙事情节虽然是在正史框架之上敷衍而成，具有较强的历史质感，但历史的本体价值并不是小说表现的主题；而在连历史框架都不再存在的架空小说中，历史则彻底沦为碎片化的叙事场景、符号，只为烘托叙事氛围而存在。换言之，穿越小说的创作不是为了还原历史面貌抑或传递某种历史规律或历史精神，而是为了现代人的娱乐，穿越文本真正的叙事主题是现代人在"历史"中的生活。在"历史"中，现代女性能够结交王公贵族并与他们发展出旷世恋情，现代男性则可以凭借自己历史走向超前的认识成为国家的肱股之臣、历史英雄，甚至登基为王，实现治国理想，建立个人基业。穿越之后的"历史"，从一个既定的时空存在转变为现代人可以充分参与并表达自我、实现理想的虚拟空间。至于历史本身如何安排、真实与否，则完全由作者的想象力决定。

被视为中文穿越小说鼻祖的《寻秦记》，作为主人公的香港特警项少龙穿越回秦代并凭借自己的现代智慧，辅佐赵国王子赵盘成为秦始皇。夜惠美的《海月明珠》中主人公穿越至清初成为海兰珠，而孝庄皇后大玉儿却阴差阳错嫁给了多尔衮。这类改编历史的情节在穿越小说中不胜枚举。

可以说，在穿越小说中，历史在传统文学中所具有的既定性和权威性被彻底打破，历史叙事不再"以'他者'为中心，而是以'自我'

为中心"①，有学者甚至直接将历史穿越小说定义为"主观历史小说"②。创作主体通过想象"现代人参与的历史"，"其目的并不是要建构起一个真实的历史，而是重在表达作者的人生体验、哲学理念甚至道德情感"③。这是穿越小说区别于传统小说历史伦理叙事的根本特质。

2. "历史体验"的消费

如前所述，穿越小说文本为现代人提供了一种参与"历史"的方式。"穿越"小说的创作源于现代人对于历史的窥私欲望与冒险精神。波波创作《绾青丝》的初衷是"满足自己，意淫一下"。阿越谈及他创作《新宋》的目的时认为："我们可以通过一个现代人回到古代的奋斗史，探讨一下某段历史究竟是哪个地方出了差错，演示一下历史的另一种可能。"④ 通过"穿越"这一假想，现代人可以获取一种类似游戏快感的历史经验。质言之，现代人在穿越小说中消费的是一种虚拟的历史体验。这种历史体验是通过穿越小说历史伦理叙事对历史场景的构建来实现的。

穿越小说历史叙事的源头与素材来自正史典籍、史传文学及历史小说。优秀的穿越小说作品对待历史细节十分考究。小春所创作的穿越小说《不负如来不负卿》于2007年1月在晋江文学城连载。2008年该作品由山西文艺出版社出版，上市后受到读者的热情赞誉。小说讲述了历史系女大学生艾晴穿越回到五代十国时期与佛教高僧鸠摩罗什一路成长、相濡以沫的感情故事。在处理五代十国这一纷繁复杂的历史背景时，作者小春阅读并参考了大量史料中记载的佛教文献：对龟兹社会环

---

① 汤哲声：《穿越小说：历史消费的张扬和现实心态的苦涩》，《中国图书评论》2012年第10期。

② 汤哲声：《边缘耀眼：中国现当代通俗小说讲论》，北京：北京大学出版社2013年版，第75页。

③ 董胜：《论网络文化视野中的穿越小说》，苏州大学硕士学位论文，2010年。

④ 阿越：《新宋》，http：//www.qidian.com/Book/9300.aspx。

第六章 网络文学新形态与主流价值观建构 021

境的描述参照了玄奘的《大唐西域记》；主人公鸠摩罗什的生平叙述参照《高僧传》、僧祐的《鸠摩罗什传》；书中出现的佛法经义也来自《法华经》《楞严经》《金刚经》典籍与研究专著。同时小说中描写的边疆民族习俗、集会等也来自相关历史著作或古代诗词，如对"苏幕遮"大会上出现的胡旋舞和胡腾舞的描写，作者也都注明了改编自唐代白居易的《柘枝妓》《胡旋女》等诗词。该小说在晋江文学城连载时，作者在每一节文章后贴出该节内容涉及的史料出处，以求读者明晰。

另一部穿越文的经典《新宋》的作者阿越在创作之中也以大量宋史典籍为支撑，以求历史细节真实可信。阿越希望《新宋》作为一本穿越小说亦要"有道"。实际上，清穿小说《步步惊心》《梦回大清》等都在历史叙事上参照正史并融合了许多似是而非、无从定论的"野史"材料。对历史的遵循还表现在一些穿越小说的作者在创作时恪守着"历史的轮廓不得更改，历史的局部允许虚构"的原则，这类小说文本会刻意强调主人公的行动不能改变历史这一观点，因此，《步步惊心》里，洞悉历史大势的若曦也只能眼见皇子们为争夺帝位手足相残而无能为力。

由史料支撑的"历史"虽然看似真实可信，但这一场景"真实性"并不能遮掩穿越小说叙事逻辑内在的虚构本质。史料的运用为文本建构出一个看似真实的历史场域，读者乃至创作者自身置入其中时便会获得一种更接近历史真实的体验。质言之，穿越小说历史叙事所追求的真实性，从某种意义上来讲，其实是对历史真实的消费，而并非出于对历史本体的探究。阿越在面对一些严肃历史读者对作品情节进行考究时，也明确表示"作为作者，我必须要让读者看我的小说'爽'，这是基本前提"。小春也认为，穿越小说不是学术小说，"我写的充其量就是一言情文"。网络小说从本质上就作为一种文化商品而存在，小说阅读需要付费，那么创作就必须考虑市场需求，符合大众的阅读趣味。

消费历史是文化消费主义盛行的必然结果。现代以来，商品社会使文化的高雅目标开始屈从于生存与市场逻辑，交换价值开始主宰人们对文化的接受。英国学者迈克·费瑟斯通认为："消费时的情感、快乐及梦想与欲望等问题，消费产生的欲望、快感是受大众欢迎的。"① 在互联网时代语境下，大众不仅能够获取丰富的文化商品，同时也可以参与文化商品的生产。一部网络小说开始连载后，每发布一章都可以接收到读者的即时反馈，而读者的意愿、爱好、情绪也左右着小说故事的走向。换言之，穿越小说中"历史"的走向可能是由作者和读者共同完成的。"消费的真相在于它并非一种享受的功能，而是一种生产功能——并且如此，它和物质生产一样并非一种个体功能，而是及时全面的集体功能。"② 借由网络，每个人都可以参与历史，甚至书写历史，获取自己的历史体验。穿越小说对历史的消费在于它在历史中生成了现代人的理想与欲望，表达了现代人的情绪与思想。历史的真相被屏幕前现代人五光十色的情绪与欲望所主导与填充，只余一具躯壳。历史真实以及随之产生的权力话语，也在大众的狂欢中消逝了。

穿越小说不仅提供了大众参与造访历史的机会，并且通过制造历史场景与细节，使现代人在"真实的历史"中充分体验新的生存乐趣。由此，穿越小说历史伦理叙事进一步更新了传统历史的权威性、严肃性与灌注其中的意识形态和时代反思。它甚至不再反映个人，而更多地指向一种毫无深意的娱乐行为。它所叙述的"历史"，已不再是历史本身，而是在历史的影像、符号，在其中现代人的个体诉求才是主角。"只有将'历史'改造为寄寓人们欲望的白日梦，这些'历史'才会赢得市场，赢得消费者。"③

---

① 张文红：《伦理叙事与叙事伦理：90 年代小说的文本实践》，北京：社会科学文献出版社 2006 年版，第 126 页。

② 让·鲍德里亚著，刘成富、全志钢译：《消费社会》，南京：南京大学出版社 2014 年版，第 104 页。

③ 南帆：《消费历史》，《当代作家评论》2001 年第 2 期。

（二）历史与现代的碰撞

1. 历史中的现代个体意识

如前所述，占据穿越小说历史伦理叙事核心的并非历史本体，而是在历史中生活的现代人。在以女性为主人公的穿越小说中，几乎所有女主人公都要与历史人物谈一场旷世之恋，而在男性穿越小说中，历史则成为现代青年实现人生抱负与治国理想的平台。细究之，我们可以发现贯穿女性穿越小说与男性穿越小说的个人意识分别表现为女性情爱诉求与男性的奋斗诉求。

女性穿越小说即以女性为主人公的穿越小说，创作者与读者几乎都为女性，这类小说的内容基本是构建在历史背景之上的爱情伦理叙事。拜伦曾说"女性的爱情意味着女性生命的全部"，女性对爱情尤为敏感也尤为重视，在爱情中，女性丰富的心灵特质能够得到全面的舒展。因此，关注女性生命的文学创作几乎都将爱情作为叙事核心，穿越小说也不例外。在情节设计上，女性穿越小说不过是披着历史外衣的寻常言情故事，主人公与爱人相识、相知、共历磨难而最终在一起，三角恋、多角恋也是常用桥段，但由于女主人公所具有的现代智慧和历史知识，在历史时空中，她们总能轻易获得王公贵族的青睐。

2006年，金子创作的《梦回大清》被视为中国网络穿越小说史上的里程碑之作。小说叙述了女主人公小薇穿越至清代并与十三阿哥胤祥发生的爱情纠葛。

桐华的经典之作《步步惊心》讲述了现代白领张晓穿越至清朝康熙年间，成为"马尔泰·若曦"后的生活。她与十阿哥、八阿哥都擦出火花，最终情定四阿哥胤禛。与此类似的清穿小说《鸾：我的前半生，我的后半生》《瑶华》《独步天下》等，都描写了女主角与帝王阿哥间缠绵刻骨的爱恋。同时，由于"现代优势"赋予了女主角同时代女子所未有的独特魅力与智慧，许多原本平凡的女主角，在穿越之后成为贵族，集万千宠爱于一身，为全天下最优秀的男人们所瞩目。这一美好境遇无疑满足了无数平凡女性的爱情理想。

一些女性穿越小说还有意识地将现实爱情与历史爱情进行了对比。《木槿花夕月锦绣》开篇，女主角孟颖即是因为目睹了男友偷情后出了车祸才穿越时空的。历史中的浪漫梦幻与现实中大多数女性平淡的感情境遇形成巨大反差，极大地补偿了女性渴望完美爱情的心理。女性穿越小说往往将史书中寥寥几笔的男性形象刻画得忠贞温柔、生动饱满，借以弥补现实中男性的薄情，以及两性爱情中的功利、世俗、背叛等遗憾。

以男性为主角的穿越小说大多书写的是现代青年在古代时空中的个人奋斗史。凭借对历史的洞悉与一身现代技能，男主角在古代经商、从政、建功立业，甚至成为帝王，决定历史的命运。总之，在历史中，凭借现代优势，原本平凡的男青年可以轻松成为时代英雄，斩获诸多在现实生活中难以企及的财富与荣耀。《寻秦记》中特警项少龙通过辅佐赵盘登基为秦始皇，成为历史英雄，获得无上尊荣；《回到明朝当王爷》中，乌龙九世善人郑少鹏也凭借现代优势由一名穷书生"逆袭"为显赫王侯。《重生之宋武大帝》《大唐之万户侯》《回到明朝当王爷》《大唐全才》，从诸多男性穿越小说名称中，便可读出现代男儿获取名利、征服历史的野心与英雄主义。

值得注意的是，一些小说中男性的奋斗并不单纯为了名利，有的是为了改写民族的危难历史。中国传统文化素来视国家民族利益高于一切，自古以来，不管朝代如何更迭，"保家卫国"的国家民族意识是贯穿始终的主流思潮。"先天下之忧而忧，后天下之乐而乐""天下兴亡，匹夫有责""苟利国家生死以，岂因祸福避趋之"都代表着个体尤其是知识分子对"国家""民族""责任"等价值体系的自觉承担，也是知识分子的入世理想。而自近代以来，中国所遭受的巨大欺辱与发生的颠簸，更凝结为现代中国人浓重的民族复兴情结。习近平总书记在讲话中

突。"① 同时，"穿越"的假想虚设了现代个体之于历史的"亲历"姿态，为其重新书写历史真相提供了视角上的合理性。海登·怀特指出，不管怎样的历史都要作为客体而被描述，这种描述是"语言进行凝聚、置换、象征和两度修改过程的产物，这些过程就是表示文本产生的过程。单凭这一点，人们就有理由说历史是一个文本"②。穿越小说正是通过解构历史的方式，重新建构历史，并产生新的历史文本和历史真相。

概而观之，无论是女性还是男性，都在历史中表达着对传统的认知与现实中的潜在诉求，在此"女性，历史，男性的能指形象纠葛，隐喻着现代性与后现代性的缠绕，民族国家意识与个体化诉求的冲突与契合"③。

（三）历史幻影中的当代生活：穿越小说的叙事伦理反思

如前所述，穿越之后的现代人在另一个时空自由地表达着理想、愿望、情绪。历史能够给予现代人无法在现实中获取的快乐。但我们需要看到，现代人在穿越历史中所取得的一切成就与荣耀，其根本原因在于主人公所具备的"现代优势"。主人公具有领先几千年的现代智慧，了解现代科学知识，洞悉历史走向，具有先进的思想，这一切都使主人公在穿越后的历史环境中轻松获得成功。

女性穿越小说中，凭借现代优势，女主角既可以征服无数历史英雄，也可自己成为英雄，然而"女主所谓的万能，不过是在现代社会总

---

① 阿越：《新宋十字修改版缘起》，2004 年 5 月 23 日，http：//read. qidian. com/BookReader/9300，255137. aspx。

② 朱刚编著：《二十世纪西方文论》，北京：北京大学出版社 2006 年版，第 386 页。

③ 房伟：《穿越的悖论与暧昧的征服：从网络穿越历史小说谈起》，《南方文坛》2012 年第 1 期。

结前人智慧，比古人见多识广而已"①。男性主人公之所以能够改变历史、撬动社会也是基于其拥有的现代技术与智慧。设想，如果没有"现代优势"，历史是否还能如我们所愿？答案不言而喻。穿越之后的历史之所以吸引人，是因为现代人有着足够的优势去掌控它，而穿越之所以吸引人，也正因为它将我们带到了一个远比现实容易驾驭的生存空间。

克罗齐从历史与现实的关系上提出"一切历史都是当代史"，对历史的解读离不开解读者所处的时代环境。一方面，穿越小说的历史伦理叙事以一种假想、游戏的方式，勾勒出历史与当下的微妙关系，那就是——我们需要从历史中获得什么。而这同时意味着我们如何理解"当代"。②伴随物质文明的鼎盛，消费主义与娱乐伦理成为时代主宰。文化工业消解了艺术崇高的"光晕"。后现代社会，文化工业将时间肢解碎化，传统文化、历史以及与之相关的权威话语体系也在后现代语境下解体。另一方面，网络极大地释放了个体创造与表达的能力。"互联网的创造性潜能最清晰地表现在'文化参与'——年轻人把使用互联网作为文化参与的一种手段，可以产生各种带有自我建构和自反性色彩的'亚文化'身份认同形式。"③

借由互联网，现代人尤其是年轻人涌入自我设定的历史时空中，倾泻彼此的理想与欲望，以逃避都市日趋残酷的生存处境，获得快慰与现实中难以体味的精神满足。④ 现代人的个性与思想在对传统文化的解读乃至解构中得以展示，无论是穿越、玄幻还是武侠小说，其本质都是现代人对传统历史、文化资源的消费。而这种消费满足的，却是这个时代

---

① 波波：《绾青丝》，http：//www.bookbao.com/views/201110/02/id_XMjA5NDM2_7.html。

② 南帆：《消费历史》，《当代作家评论》2001 年第 2 期。

③ 南帆：《消费历史》，《当代作家评论》2001 年第 2 期。

④ 安迪·班尼特、基思·哈恩—哈里斯编，中国青年政治学院青年文化译介小组译：《亚文化之后：对于当代青年文化的批判研究》，北京：中国青年出版社 2012 年版，第 73 页。

的人们的内心需求与生存体悟。质言之，穿越小说的历史伦理叙事的想象化、主观化、当代化，其根本是当代人的生活情状在虚拟时空中的投射。现代人通过想象在历史时空中驰骋，由此摆脱压抑苦闷的现实生活，"虚拟世界中的得意与满足反映出的是现实社会中的失意与不足，神采飞扬中的抒写渗透出个人理想的失落和令人心酸的苦涩，这是当下穿越小说盛行的社会心态"①。

从另一个角度来说，现实生活的影子始终倒映在"历史时空"中。女性穿越小说的流行，正因为它是女性对现实中平庸的生活、当代两性情爱关系中自身弱势地位的反抗。但细观之，历史中的女主人公实现理想的核心要素是凭空拥有的"现代优势"，并且，这些以独立、坚强、智慧为代表的"现代美"，在历史中，更多地却用于帮助女性博得更为强大的男性历史主体的欣赏。换言之，女主角的现代气质在封建社会环境中，更多地是作为博取优秀男性青睐的特质与手段，再强大的女性，最终都以嫁给更强大的男性为归宿。而这一命运是现实社会中女性地位的写照。历史中，主人公依然需要面对无数的明争暗斗、生老病死，这个世界的生存法则与运作规律仍带有现实世界的影子；善与恶、情与理、保守与进步仍旧是这个世界最重要的二元对立关系，对金钱、权力、美色的追求仍旧是这个世界难以摆脱的原欲。

二、逃脱与困囿：网游小说的竞争伦理叙事

网游小说即网络游戏小说，是目前网络游戏文学的重要代表。网游小说大部分是由游戏玩家创作及阅读，以网络游戏为题材所创作的小说

---

① 汤哲声：《穿越小说：历史消费的张扬和现实心态的苦涩》，《中国图书评论》2012 年第 10 期。

类型。近十年来，随着网络游戏在市场上的盛行，网游小说迅速崛起，成为当前网络文学中不容忽视的人气小说类型之一。国内知名网络文学门户如起点中文网、小说阅读网等都开辟了专门的网游小说专栏。

网游小说最早来自玩家对游戏体验的记录和分享。20 世纪 90 年代末，网络游戏《网络创世纪》的民间服务器登陆中国大陆，吸引了最早的一批网游玩家。这一游戏的成功也促使一些痴迷游戏的玩家自发将自己的游戏经历及心得记录下来，在游戏网站的论坛中发表、传播，引起其他玩家的共鸣。这一以游戏心得形式出现的网游文字作品被视为今天网游小说的雏形。①

从宏观上说，按照国内网络游戏的发展历程，网游小说的发展大致可分为三个阶段："三国"时代、"石器"时代、"传奇"时代。② 其中，"传奇"时代是网游小说创作逐渐步入成熟的重要时期。2001 年，由上海盛大网络公司代理的韩国大型网游《热血传奇》（以下简称《传奇》）登陆中国，受到玩家热捧，从而掀起了中国网络游戏发展史上的高潮。《传奇》的火爆也使网络上涌现了大量以之为创作素材的网游小说，如《法师传奇》（麻烦）、《我的传奇生涯》（古凤阁）等皆为当时玩家公认的经典之作。自《传奇》始，游戏与文学在互联网的基础上实现了真正的结合，网游小说进一步成为玩家之间交流经验、沟通情感的重要方式，大量玩家成为网游小说的潜在读者，而一批网游小说写手也开始从游戏玩家中脱颖而出。借由这股势头，许多网络文学门户网站发起了以热门游戏为主题的征文比赛，如麻烦的经典作品《法师传奇》即为起点中文网《热血传奇》征文比赛第一期的第一名。③ 其后，游戏征文的传统一直作为促进网游小说创作的一大推广模式而保留下来，2013 年创世中文推出以热门网游《英雄联盟》《战争前线》为主题的征

---

① 葛娟：《亚文学生产与消费研究》，北京：人民出版社 2013 年版，第 216 页。

② 葛娟：《亚文学生产与消费研究》，北京：人民出版社 2013 年版，第 217 页。

③ 起点中文网：http://www.qidian.com/book/98687.aspx。

文比赛，玩家反响热烈。① 他们创作的小说记录和分享了痛快的游戏体验，抒发了对理想游戏的勾勒，同时也开始从游戏的虚拟影像中，对网络游戏的未来发展提出反思。目前国内网游小说不仅在创作题材上门类齐全，在外部形态上，也成为网络游戏这一产业链条上的重要一环。

　　较之网络小说的火速发展，学界对网游小说的研究却尚属空白，对网游小说这一类型小说的概念界定也尚无统一定论。葛娟认为，网游小说有狭义与广义之分。狭义的网游小说主要指基于某一市面上既有的网络游戏再创作的小说，包括网游体验小说等；广义的网游小说不仅包含前者，还包含以创作者虚构的网络游戏为背景的小说，以及在既有网络游戏的官方故事上进行再创作的小说等。② 此外，网游小说还可以按文本所叙的游戏背景之虚实予以划分。研究者百里清风认为，从作品文本所基于的游戏背景的实有程度入手，网游文学大体上可划分为实在型、半实在型、蓝本型、半虚构型和虚构型五类。③ 以此为标准，网游小说大体也可分为实在型及虚构型两类。实在型网游小说即以某一既有网络游戏为蓝本进行的创作，故事中游戏背景、人物设定、情节等均与原游戏相同或者是对原有游戏的扩展。实在型网游小说的创作模式脱胎于传统电子游戏小说，重在展示玩家在游戏中的心得体会，建构理想的游戏体验。虚构型网游小说则是指以市面上不存在的、由作者个人虚构而成的一款网络游戏为叙事背景的小说，性质类似以游戏为场景的幻想小说。值得一提的是，近年来虚构型网游小说渐成主流，这类作品游戏设定全由作者虚构，作者可以随心所欲、自由地设计、建立一款符合个人理想的游戏来作为小说背景，游戏中的故事主线、角色命运、装备属性

---

① 《英雄联盟》征文活动仅 20 天就收到超过 1 000 部作品，腾讯游戏：http://games.qq.com/a/20130805/013260.html。

② 葛娟：《亚文学生产与消费研究》，北京：人民出版社 2013 年版，第 208 页。

③ 百里清风：《网游文学的心理能量范式研究》，《渤海大学学报（哲学社会科学版）》2011 年第 4 期。

等皆可以根据自我爱好设定。借由文字的想象力与虚构性，作者在不同身份（玩家、游戏设计者、作者）间自由切换，突破了以往玩家单一的游戏参与者身份，集游戏的建构者、观察者、参与者于一身，获得多角度的游戏体验。

概而观之，网游小说主要是游戏玩家出于对游戏体验的分享或对已有游戏体验不满进而希望通过文字获得理想游戏体验所创作的小说文本，是游戏的文本化形态。然而，笔者注意到，从内容上看，网游小说的叙事套路基本围绕着玩家在游戏场景，通过战斗厮杀、打怪练级终于"无敌"的模式进行，叙事主题单一、粗浅，隐现着现代社会竞争的丛林法则。同时，不论在游戏还是小说中，主人公（玩家）所获得的游戏快感皆与杀戮、暴力、权力等概念紧密相连；游戏世界中的技能、装备等属性的强弱竞争，实则表征着现代社会个体之间能力、财富、阶层的竞争。玩家进入游戏希望逃离现实残酷的物质环境和竞争秩序，却又在游戏中陷入另一个争名夺利的氛围。网游小说的生产、消费展示了玩家们的线上争斗，也表达了当代青年群体对游戏价值系统、现代竞争伦理的反思。因此，笔者认为，有必要从伦理叙事的视角对网游小说的文本进行观照，探究"游戏"与"竞争"的深层意蕴关联。因此，本节讨论只限于由玩家创作的表达游戏体验的实在型或虚构型网游小说，不包括广义的网游官方背景小说及网游攻略等。

（一）作为核心的战斗叙事

随意翻看一部网游小说，你便会发现满篇对游戏战争场面的书写。战斗，是当前流行网络游戏最为普遍的角色生存模式，战斗竞技类游戏也是当前最为普遍的一种网游类型。在百度 2014 年"今日网游排行榜"中，进入人气最热游戏榜前五名的依次为：《英雄联盟》《地下城与勇士》《完美世界》《穿越火线》《剑灵》。单从这些游戏的名称，我们就能嗅出十足的火药味。其中，《地下城与勇士》《完美世界》《剑灵》是传统 MMORPG 游戏（大型网络角色扮演类）①，玩家在游戏中扮演一个具体角色，通过不断作战获得战斗经验值，提升所扮演角色的等级、技能等各项属性及获取装备等各种道具，实现角色在游戏中的成长发展；而以《英雄联盟》、《穿越火线》、DOTA 等为代表的竞技类游戏，玩家则需要通过不断对战来赢得胜利。我们可以看到：尽管游戏具体的类别与故事蓝本不同，但网游人物成长发展的核心模式都是战斗、武术、剑术、枪战、魔法。不管是 MMORPG 还是竞技作战类游戏，玩家在游戏中都是通过"战斗"这一动作来实现虚拟角色的生存发展，获得人生价值与奋斗快感。因此，虽然网游世界为玩家提供了各类不同的角色、丰富多样的职业和美轮美奂的超真实场景等自由而多样化的选择，但有一样是不能选择的——玩家必须通过战斗来生存。因此，战斗也相应成为网游小说重要的叙事内容。

网游小说中的战斗叙事大致可以分为两种类型：一是对游戏战斗经验的分享；二是对理想战斗体验的建构。玩家作为网游小说的创作主体，对小说战斗场景的叙述主要参照自己既有的真实的游戏经验。

君莫笑跳开得真是恰到好处，只是刚刚好躲到了起身冲击波的边缘。冲击波攻击一过，叶修已经指挥君莫笑又一次冲上，一矛正顶在了环扣上……骷髅勇士双手翻起就是一记倒撩，君莫笑却刚好一个后滚，那巨剑仿佛是擦着他的身子而过，旁观的田七等三人甚至都看不出这一剑到底是不是对君莫笑造成了伤害。只是从他们队伍列表中共享观看的生命值和法力值中，发现这一剑是完完全全地被躲过了。（蝴蝶蓝《全职高手》）

① Massive（或 Massively）Multiplayer Online Role-Playing Game 的缩写，中文即大型多人在线角色扮演类游戏。

此类小说在对战斗场景和玩家操作技能的描述中，炫耀性地展示了玩家操控的高超技巧。一些小说从头至尾都是由一系列战斗场景铺展开的，这类小说被称为"技术流"作品，一般是高手对自己战斗技能的展示，或者是能力较弱的"菜鸟们"企图从对高超游戏操控技能的虚构中补偿自己在实际游戏中的不足。

对理想战斗体验的建构，与现实生存伦理类似，玩家在游戏世界中的生存发展不会一帆风顺，也会由于能力、等级、失误等导致"game over"；而在网游小说中，游戏世界的种种不如意都可以通过文字来补偿。换言之，玩家身份切换作者，即能通过文字重构游戏场景，获得一种较之实际游戏更为理想化的游戏体验和快感。百里清风认为，网游小说是"玩家释放焦虑和补偿生活（主要是在使用网络游戏过程）中所遇到的挫折的另一种手段，即其心理能量宣泄的特殊途径之一"[①]。对于在游戏中未能尽善尽美完成或者无法完成的任务，玩家可以借由文字的想象力获得。每一个玩家都期望能够在短时间内成为游戏世界中的主宰者，正如期望在现实世界中成为受人敬仰的大人物一样。《全职高手》《高手寂寞》《网游之三界最强》《英灵君王》《超神法师》等小说中"高手""最强""君王""大神"等词语直观显示出玩家们对完美游戏体验和人物极致成功的渴望。许多网游小说甚至在开头就将主角设定为"无敌模式"，在游戏世界中随时"开挂"，所向披靡。玩家们对理想的、完美的战斗体验的描述不仅出于对外在娱乐快感的获取，在深层次的心理动机上也暴露了现代人在社会高度的竞争压力之下，对"快速成功"的极度渴望。

而在游戏中，战斗是获取成功的唯一途径。"战斗"这一行为的本质即"杀人"，"杀"的对象可以是虚拟的敌人，也可以是可怖的怪物，

---

① 百里清风：《网游文学的心理能量范式研究》，《渤海大学学报（哲学社会科学版）》2011 年第 4 期。

玩家需要通过不断地"打怪练级"来完成自己角色的等级增长以获得更多权利。"杀人"这个动作包含"生/死"二元对立关系。在游戏里，如果你杀不死对手或者怪物就无法升级，甚至给对手"秒杀"你的机会。实际上，战斗提供了一个更为简易有效的竞争模式：通过短时间的"杀人"，就必然能实现能力、地位、财富的明显增长，并且"只要努力，就能成功"。

游戏世界对"高手"的评判主要基于其战斗技能的高低，比如能够在多快的时间内使 BOSS 掉多少血（生命值），PK 掉多少个玩家等。成为高手就要不断地提高技术、装备来夺取战斗胜利，而谁的战斗技术好，自然也会在游戏中获得更多的尊崇与话语权。鲍鲲在其网络游戏研究著作《网游：狂欢与蛊惑》中，将"杀人"这一游戏世界的生存方式视为网游吸引年轻人的重要因素之一。"网游以'杀人'为主题制造了一个蛮力、简单、高潮迭起的虚拟世界，这一世界与文明、复杂、平淡的现实世界形成强烈对比。"[1] 换言之，我们可以这样理解：游戏世界的战斗，不仅激起玩家们追逐名利的欲望，也提供了比现实世界更易操作、更简单公平的竞争路径。通过不懈地作战，玩家，尤其是青少年玩家能够轻易获取从现实复杂而残酷的竞争环境中难以获得的成就感。但是，以建立在他人失败基础上的胜利为标志的成功，却恰恰是现代社会冷酷而功利的竞争伦理的倒影。

网游小说中常常会出现游戏中几个玩家协同作战的场景，几个玩家攻击同一个 BOSS。但一些玩家为了在战斗中获取更多的利益，在作战中使计谋、耍手段，故意使队友"挂掉"，这些场景与现实职场斗争情景颇为相似。面对利益，不管在哪个时代，人类的竞争都存在着。网络小说的一大价值则是展示了作为玩家、现代人，在游戏行为中的竞争互动。在不断战斗中，或团队协作或尔虞我诈，"没有永远的朋友，只有

---

① 鲍鲲：《网游：狂欢与蛊惑》，苏州：苏州大学出版社 2012 年版，第 64 页。

永恒的利益"。这些动态的心理过程掩映着微妙的竞争色彩，并且是我们难以在电脑屏幕呈现的游戏画面中窥见的。

（二）线上线下的"丛林法则"

前文所述，不断进行大大小小的"战斗"是玩家们在虚拟世界中生存的基本方式，战斗的目的是提高等级、增加技能、获取装备等。在主流 MMORPG 游戏中，等级是衡量人物发展状况最重要的属性，通过一定量战斗达到升级所需的相应战斗经验值，角色才能提高一个等级，而只有达到一定等级的玩家，才能加入优秀团队、高级城邦，取得进入游戏副本的资格。反之，等级不达标的"菜鸟"，如想要加入某一团队，往往会遭受歧视及拒绝。简而言之，等级高的可以欺负等级低的，能力强的可以蔑视能力弱的。可见，与现实生活相同，游戏世界同样遵循着强者为王、优胜劣汰的"丛林法则"，但这些情景只有坐在屏幕面前的游戏玩家才能体会，网游小说则将游戏世界的生存情状通过文字的方式展现出来。

"丛林法则"（the law of the jungle）是自然界里生物学方面物竞天择、适者生存、优胜劣汰、弱肉强食的规律法则。① 它包含自然属性和社会属性两方面。其中社会属性，是人能够通过自我意志改变的生存、生活发展状况、条件、环境等因素。简言之，丛林法则意味着在社会中优胜劣汰的竞争秩序。游戏玩家在线上拼技术、拼装备，而线上竞争结果也与玩家在现实中即线下的生活发生关联。网游小说的"线下叙事"从另一角度展示了玩家们的生存竞争。

何为线下叙事？按照叙事结构，网游小说文本可分为单线（线上）叙事和双线（线上、线下）叙事两种类型。单线叙事的网游小说，其叙事时空只局限于游戏世界，一切角色、场景、人物皆围绕游戏世界进

---

① 百度百科词条"丛林法则"：http://baike.baidu.com/subview/395800/5112112.htm。

行；双线叙事则包含"游戏世界—现实世界"的双重结构，即小说文本一方面描写玩家在线上（游戏虚拟世界中）的成长发展，另一方面也展示玩家在线下（现实生活中）的经历。

线下竞争叙事展示了玩家在游戏之外的现实生活，同时也展现了游戏与玩家现实生活的紧密联系。蝴蝶蓝的《全职高手》讲述了职业玩家叶修从游戏生涯的低谷重返巅峰的奋斗过程。故事主人公叶修本是网络游戏《荣耀》职业联盟中嘉世俱乐部最顶尖的选手，在《荣耀》联盟的商业化过程中，作为顶尖选手的他却拒绝任何广告和代言，与俱乐部利益产生激烈冲突。最终由于战队发挥不佳、队友排挤，在战队走下坡路的情况下，叶修被迫退出俱乐部，成为一名网管，以"君莫笑"的账号在《荣耀》新区重新开始游戏之旅，一步步回到职业巅峰。在故事中，叶修被迫退出有两个原因，一是因为无法为俱乐部带来商业利益，二是由于俱乐部复杂黑暗的利益斗争。

在游戏中成为大神，除了能在虚拟世界中获得荣耀，在网游产业化的现实世界里，高超的游戏操控技能已经可以转变为现实利益。对于职业玩家而言，游戏技术的高低已然不仅仅关乎虚拟世界中的生活，它也是玩家在现实中的谋生之技，直接关乎玩家作为现代人的生存境况。蝴蝶蓝的《全职高手》被视为网游小说中游戏生涯类别的代表之作。我们可以从小说情节中，勾勒出这样一层关系：个人技术—战队成绩—现实利益。在这层关系中，玩家在线上战斗竞争的结果已然超越了虚拟世界，而变成了现实中所在职业游戏俱乐部的利益，也是个人生存的凭依。线上的竞争失败，也会使职业玩家在线下竞争中处于劣势。《全职高手》中的叶修因为几年间状态不佳使战队成绩下滑，而新一代天才玩家孙翔则成为俱乐部的新宠，叶修苦苦维系十年的战队就此交由他人。职业玩家这一群体的竞争样态是这种现象的一个代表。类似《全职高手》这类描写职业玩家游戏生涯的小说，揭示了职业玩家群体线上与线下利益的紧密纠缠。

虚拟型网游小说近年来日渐成为网游小说界的主流题材。作为小说叙事时空的游戏世界完全是通过玩家的想象构建出来的，其中不乏许多对"未来游戏"的畅想。在文本所呈现的"未来游戏"中，玩家"设想了虚拟现实技术的高度发展、网游虚拟财产的合法化以及电子商务与网游的紧密结合，还描绘了网游虚拟社会的生存体验和人际互动"[1]。虚拟型网游小说是玩家对"未来游戏"的一种畅想，"未来游戏"的最大特质即是游戏与现实在科技主导下实现高度重合，现实和游戏的边界高度模糊。

热门小说《重生之贼行天下》《梦幻魔界王》都以作者虚设的未来游戏为背景。未来游戏以生物电脑为媒介，在彼时，人们对现实世界的诸多要求已经转向在虚拟世界中去获取，正如一位玩家所言："当代人类是同时生存在两个平行空间的，无论哪个空间取得成功，其意义都几乎是完全相同的。"[2] 但尽管社会面貌是"未来"的，整个社会的价值系统却仍是当下社会生存伦理秩序的映射。人物的争斗依然残酷（非生则死），由能力、财富、等级为尺度的价值坐标依然主宰着虚拟社会。同时，科学本身就是现代性的标志之一，自然科学促使现代经济腾飞。因此，科技化越高的游戏，越是渗透着简单冷漠的竞争秩序。质言之，计算机和网络只是游戏运行的媒介，游戏的规则仍然是依照生活在现代竞争秩序中的现代人制定的。虚拟世界尽管为现代人呈现了一个充满浪漫主义和英雄色彩的快乐天堂，但不管是 MMORPG 中的等级、财富、地位，还是最前沿的 EVE[3] 中的虚拟社会，依然有残酷的现代竞争伦理

---

① 葛娟：《亚文学生产与消费研究》，北京：人民出版社 2013 年版，第 220 页。

② 陈凌：《梦幻魔界王》，http://www.bxwx.org/b/22/22695/4075956.html。

③ 《星战前夜》（英语：EVE Online），由冰岛 CCP（Crowd Control Productions）所开发的大型多人线上游戏。游戏设定于科幻太空场景中，玩家驾驶各式自行改造的船舰在超过五千个行星系中穿梭。大多数的行星系透过一个或多个星门（stargate）相互连接，一个行星系中可包含各种物体，例如行星、卫星、太空站、小行星带等。

体系中的符号。

当游戏成为一门营利的产业时，不仅游戏的运营商们，玩家们也都希望自己的物质投入有所回报，因此，网络游戏也很难再保有传统游戏无功利的娱乐功能。网游小说的双线叙事展示了玩家在现实与游戏中的生活切换，更重要的是，它更立体地呈现出了玩家在虚拟与真实两者间的生存互动关系。

（三）逃不出的"游戏规则"：网游小说竞争伦理叙事的反思

如前所述，从线上"战争叙事"到线下的"生存叙事"，网游小说叙事主题始终围绕着现代人的竞争关系展开。但值得回味的是，作为一种以游戏世界为背景、展示游戏体验的类型小说，网游小说无意识地呈现了现代"游戏"与社会"竞争"间某种看似对立实则紧密的关系。

在人类活动的种类上，"游戏"毫无疑问属于一项娱乐活动。在汉语中，"游"的本义为"游历""游玩"；"戏"是"嬉戏"的意思。"游戏"一词，在《辞海》中被解释为："以直接获得快感为主要目的，且必须有主体参与互动的活动。"古希腊人认为，生命活动处于紧张的劳动状态时，即可称为"工作"；处于生命的闲暇状态时就可称为"游戏"。亚里士多德认为，游戏是劳作后的休息和消遣，本身不带有任何目的性的一种行为活动。康德也认为游戏的特质是"自由、无外在目的和追求快适"[①]。在弗洛伊德那里，游戏的对立面不是真正的工作，而是现实。[②] 荷兰语言学家约翰·赫伊津哈在其著作《游戏的人》（*Humo Ludens*）中，将"游戏"定义为"一种完全有意置身于'日常'生活之外的、'不当真'的但同时又强烈吸引游戏者的自由活动。不与任何物质利益相联系，无利可图。按照固定的规则并以某种有序的方式在自

---

① 康德著，邓晓芒译：《判断力批判》，北京：人民出版社2002年版，第147页。

② 弗洛伊德著，孙恺祥译：《论创造力与无意识》，北京：中国展望出版社1987年版，第42页；转引自董虫草：《艺术与游戏》，北京：人民出版社2004年版。

己的时空范围内进行"①。上述解释都阐明了游戏在人类活动中所提供的娱乐功能，并且，人类通过游戏所获取的轻松与愉悦是无功利的。而游戏区别于其他娱乐活动的特质在于规则的制定。剑桥大学游戏研究者杰斯珀·尤尔博士认为，游戏需要具备六大核心要素：

（1）规则：游戏是基于规则之上的。

（2）多样且可计量的结果：游戏具有多样且可计量的结果。

（3）赋予可能出现的结果以（不同的）价值：不同的潜在游戏结果被分配了不同的价值，有些是积极的，有些是消极的。

（4）玩家花费的精力：玩家需要投入精力以影响结果。（即：游戏是富有挑战性的）

（5）玩家依赖结果：即如果是积极的结果就会获得成功和快乐，如果是消极的结果就会感到失败并且不快乐。

（6）可协商性结果：玩同样的游戏（一套规则）既可以有真实生活的结果也可以没有。②

可以看到，规则居于"游戏"概念的首要位置。任何游戏都包含一套游戏规则，规则的制定，是为了确保游戏结果的生成和其生成的公平性。无论是孩提时代玩过的丢手绢、跳房子、跳皮筋，还是如今的网络游戏，竞争机制都是确保游戏公平的核心所在。有意思的是，游戏的此种建构模式似乎存在矛盾："娱乐活动本身是一种无功利的放松，但为什么我们又要受规则的限定？"对此，杰斯珀给出了这样的答案：游戏规则通过设定可能性行动和事件的区别增加了意义并使活动成为可能。换言之，只有设立游戏规则，游戏行为才具备可能性和意义。也就是说，只有在一定游戏规则的实行下，游戏行为才有意义，在丢手绢游

---

① 约翰·赫伊津哈：《游戏的人》，转引自杰斯珀·尤尔著，关萍萍译：《游戏、玩家、世界：对游戏本质的探讨》，《文化艺术研究》2009 年第 3 期。

② 约翰·赫伊津哈：《游戏的人》，转引自杰斯珀·尤尔著，关萍萍译：《游戏、玩家、世界：对游戏本质的探讨》，《文化艺术研究》2009 年第 3 期。

戏中，如果没有胜负机制，胜方从游戏中便难以获取快感，负方也无法被激发出获胜的欲望。规则激发了人们参与游戏的动力，赋予了游戏意义，从棋牌运动到电子游戏再到今天如火如荼的网络游戏莫不如此。但关键在于，传统游戏的游戏快感不关涉实际利益，而在以付费为参与方式的网络游戏中，游戏快感却与物质利益紧密联系。

网络游戏本质上是以营利为目的产业，进入游戏需要玩家付费。网络游戏主要的付费模式有时间收费（点卡、月卡）和道具收费两种。当前流行的网游《永恒之塔》《魔兽世界》按照时间计费，《征途》《天龙八部》《剑灵》等按照道具收费。无疑，线下经济实力强大的玩家可以通过大量购买游戏点卡拥有更多的时间在游戏中获得快乐，而购买成为 VIP 玩家还可以获得更多的游戏机会和升级福利，通过购买道具，这类玩家也可以快速获取强大的装备，瞬间成为高手。

装备的好坏也是决定玩家在游戏世界地位的重要因素。高档装备可以通过战斗或者实体货币购买的方式获得，高等级的装备是玩家身份的象征，甚至一些玩家参与游戏的目的就是获取各种高级装备来"炫富"。游戏准入机制的功利化、游戏规则的市场化，都是现代市场经济竞争秩序的直观投射。与此同时，不仅进入游戏需要物质门槛，游戏本身甚至也演变为现代人谋取利益的工具（卖装备、职业玩家）。游戏世界纵然能够为玩家提供愉悦，但愉悦的获得也需要以大量金钱为代价。"屌丝"在游戏中需要白手起家、辛苦打怪以提高自己的技能和装备，而"高富帅"则可以通过金钱更为轻松地获取游戏中的高级装备与游戏快感，这部分玩家也被形象地称为"人民币玩家"。[①] 拥有财富就能实现更多的成就，游戏中的生存规则难道不是现实中市场经济"游戏规则"的倒影么？网游小说的价值就在于，当玩家的身份转换为游戏之外的创作主体时，也就给予了我们一个旁观游戏世界的第三方视角。因

---

① 鲍鲲：《网游：狂欢与蛊惑》，苏州：苏州大学出版社 2012 年版，第 38 页。

而，被游戏的娱乐场景所遮蔽的金钱"规则"，在网游小说中得以赤裸裸地展示出来。

大文化视角电子游戏研究倡导者库里奇认为，电子游戏的研究"不仅应该注意到电子游戏文本之中的内容，更应该注意电子游戏意义生产过程也是一个与其所处文化环境的符号交互过程"[①]。网游小说即以网游世界为背景，那么从玩家的社会身份及其所处的文化环境来观照网游小说的文本，对我们探究网络小说叙事伦理也有着重要意义。

当代年轻人正面对前所未有的生存压力（学业、就业等），在激烈的竞争中，每个人都渴望获得成就感、存在感，掌握生存的自主权，享受食物链顶端的快乐。网络游戏的一大魅力便在于它在视觉场景制作上的超真实化，人物职业、互动机制日渐精细化、人性化，呈现出一个生动逼真的新世界。并且，在这个世界里，要取得成功并没有那么难。首先，游戏结果是通过电脑数据进行计算的，丰富多彩的战斗模式、人物成长的各类属性实际由简单的电脑数值叠加完成。玩家通过不懈地练习，打副本、练装备，人物的各类数值就能提升，就能实现发展。同时，网游世界的资源也是无尽的，一种资源的消逝必将伴随着另一种新资源的出现，别人所得到的并不影响你在游戏中继续得到。因此，在网游中，"成功的是大多数，失败的是极少数"[②]。与此同时，相比传统电子游戏，网络媒介的介入使传统电子游戏的人机交互模式实际转换为人与人的交互。而电脑的计算程式相比人在现实生活中面临的各类因素交织的复杂环境要简单得多，因此在网络游戏的虚拟空间中，人与人之间的竞争方式被大大简化了。换言之，个体在现实世界中的竞争转移到了虚拟世界之中，并形成一种更为简易轻松的竞争机制。所以，玩家获得竞争快感并不是由于游戏帮助其摆脱现实的竞争，而在于游戏时空提供

[①] 吴玲玲：《从文学理论到游戏学、艺术哲学：欧美国家电子游戏审美研究历程综述》，《贵州社会科学》2007 年第 8 期。

[②] 鲍鲲：《网游：狂欢与蛊惑》，苏州：苏州大学出版社 2012 年版，第 80 页。

了一种更为简单公平的竞争方式，让其在另一个世界中，更为快速地获得"荣耀"与"成功"。可见，网络游戏世界的游戏规则与现实的"游戏规则"实则异曲同工。

网游小说的叙事主题常常是展示一个"菜鸟"奋斗到"大神"的过程。这一叙事为读者呈现了游戏世界所掩映的一条恒定逻辑：只要努力（杀怪升级），就一定有回报，而且这种回报的反馈是即时的，消灭一个怪物就能立即获得经验、钱财、装备等，比现实难见成效的努力吸引力大得多，长此以往就能成为"大神""高手"。这种"努力即有回报"的意识不正脱胎于现代社会的价值体系？"有志者，事竟成""种瓜得瓜，种豆得豆"的道理在网游世界似乎更行得通。网络的迷人之处在于它可以实现"努力就能成功"这一绝对公平的奋斗机制。游戏回避了现实社会中失败与成功所牵涉的复杂关系（出身、背景甚至运气），省去了阻碍个人奋斗的阴暗面，也更易给玩家带来高度的成就感与满足感。因此才有那么多青年人痴迷于网游所提供的虚假成功而恐惧真实的人生道路。

网络游戏极力想避免阴暗面成为现实世界的倒影，但除去美轮美奂的场景，它的游戏规则仍是现代社会的竞争伦理与现代个体的生存法则的投射。一位玩家这样形容"游戏中的现实"："在游戏里，谁不想拥有顶级的装备，谁不想练成高级别玩家呢？因为每一个玩家都清楚，要想在网络游戏这个虚拟世界获得至高无上的权利，唯一的方法就是拥有比别人更好的装备和更高的级别。我们不断地在游戏里打拼高级装备，然而网游是由网游运营商掌控的，运营商可以为延长游戏寿命再给游戏设置新的更高级的装备，这样的话，我们想要继续玩这款游戏，就只能再为一件件装备奔波打拼。"① 获取高级装备、投入更多的金钱，都只

---

① 流水静：《我们玩网游目的是什么》，http://blog.sina.com.cn/s/blog_4eeb85360
1000d1j.html。

为了享受游戏中更高的名望与地位带来的快感，这何尝不是现实的"游戏规则"？在互联网创造一切的时代，没有哪一种游戏能够像网络游戏那样将虚拟世界做得那样梦幻美好，却又那样贴近现实。

因此，我们在网游小说中感受到那么多玩家在"游戏规则"下的热血、痴迷、挣扎和疲惫。从本质上，游戏的愉悦性被其内在的竞争伦理所异化，也就是说，游戏并没有给予玩家真正的无功利的轻松。现代人的竞争只是从现实走向虚拟，严肃走向戏谑，线下走向线上，改变的始终只是媒介本身。质言之，在网游小说中，我们可以看到，网游并未从根本上纾解现代人的焦虑和苦闷，因为它所提供的自由和快乐不仅是从与他人的战斗与竞争中得来的，同时也需要依靠玩家在现实竞争中得到的物质财富去获取。在网游小说中，玩家不断在游戏与现实中往返，它向我们展示着游戏与现实的暧昧重叠：游戏并不能带我们逃离生活，相反，游戏世界的规则就是现实生活本身的规则。

第三节　网络文学群落形态与主流价值观

网络文学作为一种新的价值表征方式，为主流价值观的自我实现开拓了新的话语空间。在前两节中，我们可以看到媒介融合为主流价值观的实践带来的文学价值的变化，同时分析了在网络文学中生成的伦理诉求与主流价值观之间的异同。"与"字透露出二者之间的某种对称性，然而在实际的写作思考中，主流价值观又无形地成为我们考察网络文学的尺度而非仅仅是内容。在这节里，我们试图将视角拉回到网络文学本身，探索网络文学的群落形态，以及这种形态中主流价值观在实现方式上的变化，从而由单纯的外部比较深入内部，让尺度回归到内容本身。

一、网络文学的创作生态图景

作为新生事物的网络文学被期许为具有本体意义的文学转型。网络文学借助自身的媒介优势以主体隐匿的方式不断淹没着已有的文学建制。网络写手、网络恶搞、博客文学、微博文学、超文本等一批新概念增补到文学观念中，形成新的文学样式。自由书写的野性呼唤未去，新的建制大幕就已悄然拉起，加之消费社会商业运作的介入，使得网络文学创作呈现出非此非彼的状态。因此，如何描述网络文学创作生态图景就成为一项急迫的任务。

目前，网络原创小说以天马行空的想象力、成熟运作的商业模式、庞大的读者群落成为最具代表性的网络文学。任意打开一个网络原创文学网站，你都能在菜单栏上找玄幻、武侠、都市、游戏、科幻等细分的类型指引。"今天已经有相当一部分人以类型小说来代指网络小说或网络原创小说。这不仅因为网络小说或网络原创小说在当下都是高度类型化的小说，还因为类型小说无论在商业理论、创作方式、媒体形态乃至文学观念上都区别于传统的纸媒文学。"① 原创文学网站正是通过类型划分的方式将读者与作者、作品迅速整合到同一个虚拟空间之中，形成若干以兴趣为核心的文学群落，从而构建百花齐放的多样文学生态图景。这种多样性不仅表现在不同类型的原创小说群落丛生，也反映在不同文学文本的相互角逐之中。从广义的角度来看，我们可以把网络上所有的文学存在样式都纳入这种群落形态，从而更好地理解网络文学的特质。

"群落"原本是生态学的研究单位，"指在一定时间共同栖息在一定地域的所有种群的复合体"②。20 世纪 80 年代，"群落"一词开始被借用到文学研究之中，示意挣脱了旧有僵化的"高大全"式现实主义文学格局，进入了新时期文学百花齐放的艺术群落图景。文学群落是指"一定环境下形成的具有相对独立特征的文学群体"，"无论是认同还是排斥，原本互相独立的文学主体个人之间产生了关联，互相认同的个人通过多种方式达成交流，最终形成文学群落"。③ 与文学流派、文学社团相比，文学群落更突出文学的原生态，即将文学看成作品、作者、读者、外部环境等因素动态聚合的有机系统。在这个动态过程之中，各要素之间相互影响、不断渗透，从而与其他群落保持着不规则的边缘渐变与融合。

从整体上来看，首先，网络文学保持着文学群落的生态多样性。在

---

① 葛娟：《亚文学生产与消费研究》，北京：人民出版社 2013 年版，第 135 页。

② 李振基、陈圣宾编著：《群落生态学》，北京：气象出版社 2011 年版，第 1 页。

③ 顾金春：《文学群落与 1930 年代中国文学作家群体研究》，《中国现代文学研究丛刊》2012 年第 10 期。

传统的纸媒文学时代，文学创作与文学接受是长期断裂的。作者除了兢兢业业地写作之外，还要与出版商、审查机构之间进行着微妙的角逐。写作被附加了诸多外在于自身的限制，"一切事物在其发展过程中表现出来的形式，与其最终呈现的形式截然相反"①，由创作来衡量的文学界线颠倒为由抽象原则与权力机构限制的写作。文学群落的原生态面貌遭到破坏，自由生成的可能性受到了遏制，成了"江浙之病梅"。网络以媒介融合的方式恰好弥合了创作与传播之间的分裂。然而就此认为网络文学就不再受到写作之外的限制显然是一种幼稚的思维。实际上，网络文学只是开启了关于写作的可能性，使文学的自由生长获得了新的土壤。从这个角度而言，每一种不确定的可能性都是一个潜在的文学群落，都包含了这种可能性所筹划的作者、读者、作品与世界。多样性并不仅仅指当下有多少种现成的文学群落，而是在不可知的未来有多少种聚合的可能。

其次，网络文学展现了文学群落的互动性与参与性。艾布拉姆斯在《镜与灯：浪漫主义文论及批评传统》一书中曾描绘过文学四要素的示意图。② 这四个要素原本是揭示文学的必要组成部分，缺一不可，但是在历时的文学话语表述中往往此起彼伏，从而串联起整个文论史的发展。当网络文学作为一个历史事件到来时，作者、读者、作品、世界才真正像艾布拉姆斯所描述的那个图形一样动起来，成为相互影响、互相渗透的有机整体。网络媒介呈现这一有机系统的结果时，还保留其内部运动生成的所有痕迹。作者在作品之外的感想，读者的阅读体验，乃至当天发生的新闻事件都镶嵌在网页之上，构成一个动态的有机整体。相比之下，当网络原创文学被印刷成书出版之后，这些动态痕迹则会被删

---

① 马歇尔·麦克卢汉著，何道宽译：《理解媒介——论人的延伸》，北京：商务印书馆2000 年版，第 66 页。

② M. H. 艾布拉姆斯著，郦稚牛、张照进、童庆生译：《镜与灯：浪漫主义文论及批评传统》，北京：北京大学出版社 1989 年版，第 6 页。

除掉，只公布失掉了过程的静止结果。

事实上，网络自身作为一种热媒介参与了网络文学群落形态的塑造。麦克卢汉认为"一种非常之大的加速现象，比如随电力发生的加速现象，又可能有助于恢复参与强度高的一种部落模式"。① 网络媒介在速度上的突飞猛进使得在空间上相隔万里的作者与读者、读者与读者进入同一个当下，从而形成相互交流与分享的文学群落。现代性的巨大张力曾将文学赶到内心的意识流之中，从断断续续的叙事碎片中追寻逝去的时间。然而，极端个体话语的表达方式限制了文学"群"的功能，使得《尤利西斯》成为大众读者望而却步的经典之作。相反，网络文学群落中的读者也都是作者，书写的特权遭到悬置，甚至关于原型与摹本的一些理论预设也面临失效，一种集体的话语表达方式重新回到文学本身。

最后，网络文学为边缘文学群落的生长与渐变留足了空间。有学者感叹网络文学研究对具体作品的关注不够，缺少像研究经典文本那样对网络原创文学作品的研究。这种观点固然言之有理，然而未看到网络文学作为一种新的文学存在样式，恰恰将文学还原为有机整体的文学活动。如果说传统纸媒文学提供了文学经典的话，那么网络文学恰恰使边缘性的文学作品通过群落化的方式而得以展开，进入研读者的视野之中。在原生态的植物森林之中，既长满参天古木、栋梁之材，也不乏小草小花。网络文学面临的正是如此情境，甚至更加纷繁复杂。一些在日常世界中人们避而不谈的话题、视而不见的群体在网络文学中都得以扎根生长。这些边缘文学群落在网络世界里获得比日常世界更好的土壤，反而开出了妖冶的花，我们不妨从这些群落出发，进一步研究文学创作群落的类型以及活动模式。

---

① 马歇尔·麦克卢汉著，何道宽译：《理解媒介——论人的延伸》，北京：商务印书馆2000年版，第53页。

二、文学创作群落类型及活动模式分析

就现状来看，依据分类标准、观察角度以及研究目的的不同可以将网络文学划分成不同的文学群落。按文学主题可以分为"穿越文学群落""玄幻文学群落""都市爱情文学群落""官场讽刺文学群落"等；按文学场域关系可以分为"纯文学群落""流行文学群落""主旋律文学群落"等；按文学读者可以分为"女生小说群落""屌丝小说群落"等。如同生态学中群落是作为研究某个地域生物复合体内部及其环境关系的单位一样，文学群落也为我们具体研究某种群落里的创作规律、活动模式、集结能力圈定了大致的范围。

网络知名作家沧月的《苍穹之烬》是其写了四年的"羽"系列收官之作。这个系列接着"镜"系列讲述破军被剑圣慕湮封印，但每年都会有慕湮的转世去唤醒破军，为了防止破军苏醒，云荒上风云再起的故事。云荒是作者构想出来的新大陆，"地之所载，六合之间，四海之内，有仙洲名云荒。照之以日月，经之以星辰，纪之以四时，要之以太岁，神灵所生，其物异形。或夭或寿，唯圣人能通其道"①。沧月精心地设计这片新世界，将其地貌图形、环境气候、物种族裔、起源历史乃至风俗轶事都一一描绘出来。原本优秀的奇幻小说就有创造新世界的潜能。"他造出了一个第二世界，你的心智能够进入其中。他在里面所讲述的东西是'真实的'，是遵循那个世界的律法的。因此，当你仿佛置身其中的时候，你就会相信它。"②《哈利·波特》里的霍格沃茨魔法世界，《地海传说》中的地海国度，《冰与火之歌》中维斯特洛上的七大国等都试图在现实之外开拓出想象的领域，沿袭不同的风俗习惯、使用

---

① 百度百科"云荒"词条：http://baike.baidu.com/link? url = bZIRsLll − hYOWEdQbJLVZyXFxboFcLNaIACegVcIE4PzviDjX1mFnt4EeHXGI8_ p。

② Tolkien, J. R. R. *The Tolkien Reader*, New York：Ballantine, 1966：p. 60.

不同的计量货币、穿戴不同的衣服配饰。与这些奇幻小说的典范之作不同的是，云荒并非沧月一人独立创作的成果，而是由多个作家，乃至读者共同参与筑造的文学群落。

2003 年 5 月，沧月向沈璎璎提出了建立云荒世界的最初构想。2005 年 3 月，在北京的一次作者聚会上，丽端也被沧月与沈璎璎两人拉入云荒大陆。① 从此，在小说世界中专门记录与观望云荒世界的三女神与现实世界中的三个作者关联起来，开始讲述云荒各个方面的故事。三个作者在创作云荒故事的时候在人物关系、情节故事、美学风格上没有什么关联，只是共同分享着云荒这个背景与设定。沧月凭借一己之力，在"镜"系列与"羽"系列小说之外，还写了大量的前传与外传，让云荒有了多种可能性。

云荒小说不断挑战读者的想象力，让读者也不安于坐观这个世界的发展。《今古传奇（奇幻版）》杂志更是把云荒作为一个品牌打造，在2012 年推出了"云荒同人有奖征文"大赛，授予部分读者书写云荒故事的权利。② 以往那些在贴吧、博客、论坛上只言片语的意见与想法，也有可能形诸小说、填补到整个故事之中。在云荒的创建中，我们明晰地把握到一条不断延展的作者群落，由一个人到三个人，由三个人到无数读者作者化，对这个系列有兴趣的人可以书写自己的"云荒同人小说"，而不束缚于作者的权力。一大批人以云荒为理念聚集在一起，创作了一大堆文本、一系列价值观念，在博客、贴吧、论坛、微博、杂志上自由地碰撞与集结，从而使得这个系列的网络小说具备了初期的群落形态。

值得注意的是由于云荒系列小说的杂志连载性质，以及沧月等作者强烈的版权意识，云荒到目前为止还不是一个开放的成熟的群落系统，

---

① 《今古传奇（奇幻版）》2012 年第 7 期。

② 《今古传奇（奇幻版）》2012 年第 7 期。

它仍是少数人所掌控的文学世界。大批聚集其中的人多多少少还只是沉溺于作者的魅力，享受作者智力的成果，而不是自觉以文学群落中一员的身份担负起维护和培养这个群落生长与壮大的责任。

目前，网络文学创作中较为成熟的群落当属耽美同人小说的创作。同人小说是指"同好者在原作或原型的基础上进行的再创作活动及其产物"①。也就是说，作者可以根据自己喜爱的作品人物，在原有故事的基础上发挥再创作。顾名思义，耽美同人小说就是将原作中的同性人物进行配对，换一种视角和方式来讲述旧有的故事，或者干脆架空原来的故事，只拎出喜好的人物来进行意淫。这种边缘性的文学创作在网络世界里大受欢迎，大量的耽美同人文本涌现在各大原创文学网站上。其中，晋江文学城尤以耽美同人类小说见长，可以说是国内耽美同人小说的集中地。晋江文学城正是通过耽美同人小说将分散的单个耽美爱好者聚合到网站论坛之中形成有共同爱好的文学群落。"同人作者进行同人创作的主要动机，是对被衍生的对象的喜爱。他们通过创作同人作品，表达对于人物的美好情感，同时也将原作的故事不断延续。"② 同是喜爱，喜欢云荒小说的读者更多的是消极的被聚合状态，而耽美同人小说却极大地消解了作者与读者之间的隔阂，从而激发每个群落中的个体书写的欲望，使其在交流与沟通的基础上获得对自身身份的再认知，成为群落中的一部分，自由地生长与发展。

我们不妨就具体的文本看看耽美同人类小说如何呈现出不断生长的群落形态。通俗小说《七侠五义》中的展昭一直深受读者的喜爱，也是众多女性爱慕的对象。因而，以展昭为主人公的同人小说层出不穷。单晋江文学城就有几百部以展昭为主人公的作品，其中《开封志怪》《诡行天下》《话说北宋》《紫眸契约》等作品都有不俗的成绩。尾鱼的

---

① 王铮：《同人的世界》，北京：新华出版社 2008 年版，第 3 页。
② 王铮：《同人的世界》，北京：新华出版社 2008 年版，第 25 页。

《开封志怪》发表在晋江文学城，主要是写展昭如何协助包拯侦破妖鬼邪祟的案子，但故事的终点不在于与鬼魅妖邪的神魔斗法，而专注于展昭与端木翠之间的情感纠葛。

小说中描写的真挚而美好的情感抚慰了许多现实生活饱受情感折磨的读者，让读者在阅读小说之余，也获得一份心灵上的慰藉。比如，第一章"引子"后面网友"小鱼儿"评论："那天和老公吵架，一个人蹲在卫生间哭，哭着哭着就想起端木和展昭了，忽然想到，展昭一定不会让端木这么委屈的吧？然后……哭得更凶了……我也想端木了，想展昭了，真的真的好想好想……"①。第二章后小鱼儿继续发表了类似的感受："继续抽风：最近遇到很多让我绝望的事，只好跑回来求安慰。端木，展昭，看着你们幸福，我真想也拥有这样的幸福，哪怕只有你们的十分之一，就够了……"紧接着作者似乎察觉到小鱼儿情感上的波动，于是回复道："么么，小鱼儿，你肿么了？"② 第四章小鱼儿评论道："我被前辈的文陷进去了，前辈啊，你咋恁好捏，鱼儿爱上猫了。"③ 在小说故事之外，网友小鱼儿的情感变化也通过整个网络群落呈现出来，并迅速得到了作者的关注和鼓励，小鱼儿的情感历程与猫（展昭）的爱情历程发生关联，丰富了文本的可能性与复杂性。

相较之下，具有耽美色彩的《诡行天下》在群落形态上显得更加成熟与完善。耳雅的《诡行天下》仍旧以展昭作为主角，讲述他与白玉堂在寻找自己大哥的途中遭遇的一系列诡异的案件。《诡行天下》第一章发布时就表现出了强烈的群落集结意识，随后的评论回复中，风

---

① 《开封志怪》，晋江文学城，http：//www. jjwxc. net/onebook. php？ novelid = 571855& chapterid = 1。

② 《开封志怪》，晋江文学城，http：//www. jjwxc. net/onebook. php？ novelid = 571855& chapterid = 2。

③ 《开封志怪》，晋江文学城，http：//www. jjwxc. net/onebook. php？ novelid = 571855& chapterid = 4。

大、sherry、辛柳渡、然后等网友自发回复了"神算四部曲""诡行天下""新创语 C 群""新建诡行天下群"等门牌号（QQ 群号）①，将喜欢该书、喜欢展昭与白玉堂之恋、喜欢耽美的腐女们集结起来，共同交流与成长。辛柳渡的回复中写道："群号：××××××××/群名：念卿思雅，待众归家/这是一个语 C 群……"② 所谓"语 C 群"是指语言角色扮演，以小说文本中的角色为身份、以打字的方式来交流与沟通的 QQ 群。在语 C 群中所有成员都必须用小说文本中的人物角色来命名，在群内交往中也沿用故事中的人物关系与设置。也就是说，《诡行天下》的读者可以占用小说中的角色来集结成群，小说人物成为通道连接着文本与现实。读者借小说人物之口言说自己日常生活中的琐事，并获得一票相关人物的关心与慰藉，继而延续原有的故事。这些 QQ 群大都命名为"门牌号"，寓意为散落在网络各端口空虚的现代人指明一条归家的路。

除了原创网站与 QQ 群之外，百度"诡行天下吧"也为喜欢该小说的读者提供栖居的空间。与 QQ 群的相对封闭性相比，《诡行天下》的百度贴吧为讨论小说中的人物关系、情节设置乃至延伸出新的文本提供了生长的空间。借助这些虚拟空间，以对《诡行天下》的喜欢为核心的文学群落基本上得以形成，并不断生长出新的边界，从而与其他文学群落在边界的交错地带交融发展。耽美同人文学群落既为其他文学群落确立自身身份提供了对立面与边界，也使身在其中的人找到活动空间，从而形成整体趋于边缘但个体占据中心的双赢局面。因此，网络文学群落并不是拒绝中心，而是创造无数的中心，真正维护文学生态的多样性。

---

① 《诡行天下》，晋江文学城，http：//www. jjwxc. net/onebook. php？novelid = 841529& chapterid = 1。

② 《诡行天下》，晋江文学城，http：//www. jjwxc. net/onebook. php？novelid = 841529& chapterid = 1。

三、网络文学的群落化与主流价值观

在网络文学发轫时的自由宣言与边缘态势历历在目的同时，"这个因其平民性而为人称道的网络文学场，也开始了将自身作品'经典化'的历程"①。我们在使用"经典化"来表述网络文学的发展时，无形中将传统纸媒文学的价值判断与话语机制引入网络文学之中。在这一前提下再讨论网络文学与传统纸媒文学的断裂会是一种嘲弄，因为二者的越界互动本身即包含着某种关联。然而实事求是地来说，这种视角本身是受到限制的，网络文学经典化的过程之中，我们恰恰确认了经典化是传统纸媒文学的特质；而网络文学与其说是在制造一部又一部的经典之作，不如说是将一种新的话语机制——"群落化"引入整个文学权力结构关系的表现形态之中。

网络文学并非真正走上了经典化的路程，它从根本上是反经典化。这在于经典化所依赖的传统秩序与神秘权威在网络媒介中是难以为继的。传统与权威需要漫长的时间来孕育，需要"禁忌""秘密""中心""壁垒"等相关概念来维系。然而网络媒介与生俱来的开放性与自由性设计使得大部分网络文学群落必然像生物有机体般生长、成熟然后消亡，为新的创造力量腾出聚焦的空间。在此期间，不断生长的新生力量并不需要像传统纸媒文学仰望灯塔式地渴望老一辈作家们的提携，渴望着从场域内部获得一些分派出来的资源。当下网络文学写手的年轻化与老写手的被收编倾向，恰好也说明了网络文学的青春特性，它是从网络土壤里生长出的文学群落，自由地聚合并且自觉地向外伸展。

055

---

① 蒋述卓、李凤亮主编：《传媒时代的文学存在方式》，桂林：广西师范大学出版社2010年版，第119页。

真正使网络文学群落得以聚合的因素是自然生长的爱，表现为不同的审美趣味。爱是一个极其重要却因其庞杂的内涵而很难术语化的概念。但是，即使是在宽泛的程度上把握爱的概念，也能够对我们掌握网络文学的群落化有所助益。在这里，笔者将爱界定为一种指向更高存在形式和关系的内在驱动力。爱的原始生命力既繁殖生长出各种新的生命，也培育照顾出各种新的可能性。爱"表现了个人向对方的延伸、拓展和趋近，表现了个人希望影响他或她或它，而与此同时又敞开自己，以期被对方所影响"，同时也是"塑造、形成和联系世界的方式"。① 个体生命内部的爱使得其自身不满足于一种内向性的存在，而试图按照不同的方向联结成群落的生存方式。我们从遥远时期人类部落化生存状态向现代网络文学的群落形态的发展中看到贯穿始终的爱，看到了各种各样正在塑造与形成的文学群落，从而在意识的深处抵挡着现代性的分裂与张力。

网络文学的群落化因其自由聚集的方式而与传统纸媒文学金字塔的等级结构相区别。如果说爱是人类由独白走向对话、由分裂走向聚集的驱动力，那么审美趣味就是这张网上的各个方向。"趣味现象可以被规定为精神的一种分辨能力。趣味尽管也活动于这样的社会共同体中，但是它不隶属于这个共同体——正相反，好的趣味是这样显示自己的特征的，即它知道自己去迎合由时尚所代表的趣味潮流，或者相反，它知道使时尚所要求的东西去迎合它自身的好的趣味。"② 在这里，伽达默尔将"趣味"与"时尚"作为密切相关的现象加以讨论，突出趣味即使在时尚中也需要人们自己的判断，使之与趣味所注视的整体相适应，而不盲从于时尚这个业已形成的趣味规范。因此，由审美趣味所指引的网络文学群落并非对现有文学标准的应用，而是个体以反思性判断力对个

① 罗洛·梅著，冯川译：《爱与意志》，北京：国际文化出版公司1989年版，第312页。
② 汉斯—格奥尔格·伽达默尔著，洪汉鼎译：《真理与方法》，北京：商务印书馆2013年版，第59页。

别事物进行的判断，并使得现有的文学知识从具体的个别文学群落的创造性中得到增补。这是一种自下而上，由个别向整体的聚合过程，是由创造性不断开拓的过程。

在审美趣味的不断具体化中，一个个网络文学群落相继生成，挑战与强化着主流价值观念。网络文学作为流行文化的重要阵地，为主流价值观的具体化提供诸多可能性。以前，我们的文学对许多特殊群体所谈甚少，传统纸媒文学人为地区分题材的优劣。好像主流价值观念是一把设置好刻度的钢尺，将人性高低悉数量化。这实际上导致了主流价值观念在某些群落中的缺席。

事实上，主流价值观念的确立离不开那些处于边缘的网络文学群落，正是在与边缘、小众的区隔中，主流的、大众的价值观念才能被确立与强化。网络文学群落化使得个体人可以因爱与趣味自由地游走在不同的文学群落之间，通过沟通与交流，将差异由对立转变为特色，将人性的立体面与多样性展现出来，真正在行动中展现主流价值观念，而不仅仅满足于对其简单的应用。主流价值观念在网络文学中获得了新的生命力，并借助这一新的文学存在方式而得以延伸。

如上所言，在网络文学世界里，各种姿态迥异的文学群落以爱的名义自由地生长交错，在相互协调、互相影响中不断地将主流价值观念的行动与抉择凸显出来。

第七章　流行动画片与主流价值观关系

1906 年，美国人斯图亚特·波拉克利用逐格拍摄法制作了一部简单的短片《滑稽脸的幽默相》。这部短片相当短小，今天看来甚至非常粗糙，但它却是世界上第一部拍摄在胶片上的动画电影。自此之后，动画片逐渐成为一种固定的影视类型，并随着沃尔特·迪士尼动画王国的建立而成为文化消费的新宠。

动画片最初只是影院正式影片放映前的加场，供观众娱乐。后来成为儿童的专属文化产品，以儿童启蒙和教育为主要目的。而如今，它的受众早已超出儿童群体，覆盖了各个年龄段的人群。在中国，从国家级的中央电视台，到省市级的地方电视台，都纷纷开设专门的动画频道，播放动画片。

随着受众群体的不断扩大和复杂化，以及时代风潮的不断变动，动画片的内容在日渐丰富的同时，所承载的价值观也更加多元。在"媒介即权力"的当今社会，如何使动画片正确地发挥价值宣导和人格培育作用，如何将动画片这一大众文化的重要组成部分纳入主流价值体系建构和普及的进程中，成为一个不容忽视的理论课题。

美国作家辛克莱曾言："一切文艺都是宣传。"此说虽招致鲁迅的微词，但确实在一定程度上揭示了文艺的意识形态属性。无论是将文艺视为政治意识形态还是审美意识形态，文艺作品本身承载的价值观念总是具有导向性而对受众有塑造作用的。这种塑造作用，用亚里士多德的观念来讲是"净化"，用福柯的话语体系来说则是"规训"。动画片作为"寓教于乐"的艺术形式，长期担负着启蒙教育的责任，到目前更是发展成为很多青少年热衷、追捧的艺术形式，它对青少年乃至部分成年人价值观的影响是不容小觑的。尤其在当下价值观众声喧哗、主流价值体系逐渐取得影响力的文化语境中，审视在流行动画片市场占有不小份额的以美日为主的进口动画片所承载的价值观念，对于我国的主流价值体系建构和宣教工作都有积极的意义。

第一节　主流价值观视域下的自由与温情

　　除了《猫和老鼠》《海绵宝宝》等少数动画连续剧外，在我国流行的美国动画片以动画电影为主，而且以每年引进的动画大片为主。限于版权问题，很多美国动画大片并未进入网络平台，这就造成本书的数据汇总中美国动画片在我国市场所占比例不大的表面现象。实际上，美国动画电影在我国动画电影市场的票房表现和口碑情况是有目共睹的。在2012 年的票房榜上，《冰川时代 4》以 4.491 3 亿元的票房，将仅有 1.659 5 亿元的《喜羊羊与灰太狼之开心闯龙年》远远甩在身后。2013 年上半年引进的《疯狂原始人》更是收账 3.947 5 亿元，而且在网络上好评如潮。① 从我们的统计数据来看，网络上美国动画片的均分为 7.25，远高于国产动画片的 6.11。可以说，在影院播放市场，美国动画片是中国动画片市场上少数称得上叫座又叫好的动画片。

　　虽然美国动画片的市场反应和口碑评价皆属上乘，但是相较于日本动画片深刻的价值承载，美国动画片的价值表述显得较为浅薄。这种浅薄既表现在美国动画片主题的类型化上，也表现在对主题开掘程度的不足上。而作为全球消费文化的主导国，美国动画片这种肤浅的类型化，也是在美国消费文化生产机制中生产、制造出来的。

---

　　① 数据来源：国家广播电影电视总局网站，http：//www. sarft. gov. cn/articles/2013/07/11/20130711145839130711. html， http：//www. sarft. gov. cn/articles/2013/01/11/201301111123 29420341. html。

一、自由：美国动画片的核心价值观

1876 年，为了庆祝美国独立 100 周年，法国政府向美国赠送了一尊自由女神像。一百多年来，作为美国和美国精神的象征，这尊自由女神像一直矗立在哈德逊河口，接受世界各地游客的瞻仰。"自由"，既是促使华盛顿等人愤而反抗英国殖民统治的精神动力，也是美国的立国之本——《独立宣言》开篇即言明："我们认为下面这些真理是不言而喻的：人人生而平等，造物者赋予他们若干不可剥夺的权利，其中包括生命权、自由权和追求幸福的权利。"百余年来的社会发展和文化浸染，也使得自由观念深入人心，不仅成为美国的国家精神，更成为每一个美国人安身立命的基石。"无论作为个人还是一个民族，在美国人的自我感觉和意识中，没有任何其他的概念比自由更为至关重要。作为我们政治词汇中的一个中心词，'自由'（freedom）——或经常与之交替使用的同义词'自由'（liberty）——深深地嵌入我们的历史文献和日常用语中。"①

自由，不仅意味着行动和思想的不受约束，更意味着人人有权追求属于自己的幸福和成功，并因此而引申出"平等"的观念。这一点，在美国的爱情动画片中有较为集中的体现。在《阿拉丁》中，为了等待自己的真爱，公主拒绝了众多王子的求婚，并在机缘巧合中爱上了出身贫寒却爱打抱不平的阿拉丁。阿拉丁得到神灯后，冒充阿里王子向公主求婚，遭到拒绝。直到他以真实身份向公主吐露心迹，公主才慨然允婚。阶级和地位的悬殊被打破，真爱成为促成婚姻的唯一动力，这种对爱情自由的歌颂，在《灰姑娘》等片中亦有展露。

---

① 埃里克·方纳著，王希译：《美国自由的故事》，北京：商务印书馆 2002 年版，第 8 页。

而到了《怪物史莱克》系列，对于自由爱情的歌颂已经不再局限于阶级等社会范畴，而是跨越了物种的界限。绿色怪物史莱克独居沼泽，为了获得安宁，他不得不克服艰难险阻，将传说中的菲奥娜公主从恶龙的火龙城堡中救出来。当菲奥娜看到象征真爱的史莱克时，满心失望。而史莱克则大度地表示愿意护送公主回到杜洛国，与法尔奎德大人成婚。在途中，菲奥娜渐渐喜欢上了外表丑陋而内心善良的史莱克，但是公主受到诅咒，晚上会变成像史莱克一样的怪物，所以不敢表白心迹。在驴子唐基的鼓动下，史莱克冲进教堂，中断了公主与法尔奎德的婚礼，并揭穿了法尔奎德的真面目。经过一番波折，菲奥娜和史莱克有情人终成眷属。《帝企鹅日记2》和《丛林有情狼》更是直接以动物对于真爱的追求表达对于自由爱情的歌颂。

这种对于自由爱情的表现，在某种程度上可以视为对欧陆经典爱情叙事罗密欧与朱丽叶模式的改写。罗密欧与朱丽叶由于世仇而无法在一起，只能以死来寻求爱情。但在美国动画片中，仇恨、阶级甚至物种等因素都无法隔开两颗相爱的心。美国爱情动画片的这种书写，意在通过对欧陆、亚洲等传统文明体系中关涉门第、财富等内容的爱情观的批判，来建构和宣示自己毫无历史包袱的完全自由的爱情体系。

除此之外，自由还意味着对个人的充分肯定。美国是一个新教国家，而较早到达美国的流亡者也是在英国遭到教会迫害的新教徒。在新教中，壁垒森严的神职体系被打破，主张"人人皆可为祭司"，无须神职人员作为人神之间的中介，这在某种程度上张扬了人的价值。破除了外在和内在的双重束缚，个人的能力得到了极大扩张，最终导致了个人英雄主义在美国文化中的萌生。英雄主义是西方文化的传统，但是欧陆文明的英雄多是神或半神，如普罗米修斯、大卫等，而美国的个人英雄主义则偏重于普通人。

美国动画片中的个人英雄主义首先表现在对于冒险题材的书写。在《日本现代文学的起源》一书中，柄谷行人论述了"风景的发现"之于日本现代文学和文化的重要意义。① 而在人类文明史上，"冒险"的出现同样具有重要的症候意义，因为它打破了人对自然的惧怕和敬畏心理，肯定了人对于这个世界的自由意志，以及在自由意志的指引下对这个世界的探索与命名。在冒险精神的鼓动下，大批移民前赴后继地抵达美国这个"美丽新世界"，希望能在这里实现自己的"黄金梦"。大规模的西进运动和风靡一时的"淘金潮"，也印证着美国人天生的冒险精神。在动画片中，这种冒险精神同样体现得淋漓尽致。

在 2013 年上映的《疯狂原始人》中，少女小伊就是冒险精神的最佳代表。原始人爸爸瓜哥每天都会在睡觉前给孩子们讲胡编乱造的故事，主要内容就是告诫孩子们不要到洞穴外面，否则就会死掉。而小伊则对外面的世界充满好奇，每晚都会把爸爸堵住洞穴的大石头搬开一条缝窥探外界，直到有一天，她终于忍不住在晚上溜出了洞穴。在洞穴外的世界，小伊见识了许多新奇有趣的事物，而且收获了青春期的爱情，更拉开了一家人四处冒险以渡过难关的序幕。在影片中，爸爸瓜哥被设置为传统观念的代言人：虽然对家人充满关爱，但是胆小而保守，无法适应新世界的变化；盖则是新人类的代表：聪明，勇敢，创新；小伊作为正在萌芽中的"革新派"，在盖的帮助下，最终摆脱了爸爸的桎梏，成为具有冒险精神的新人类。瓜哥最后向盖的投诚，也表征着冒险精神对于保守心态的收服。

在整个叙事中，区分原始人和新人类、保守心态与冒险精神的是代表着人类自由意志的智力。新人类盖与瓜哥、小伊等原始人的区别，就在于盖懂得运用智力应对世界的变化。而瓜哥等原始人最终迈进文明的门槛，也经过了智力开发的过程，如制造飞行器、诱捕大鸟等。

而在《马达加斯加》《冰河时代》等系列电影中，主人公们满世界

---

① 柄谷行人著，赵京华译：《日本现代文学的起源》，北京：生活·读书·新知三联书店 2003 年版。

冒险，后者更是要应对随着冰河时代汹涌而来的重重危机。动物冒险的表象背后，暗喻的是人类对于新世界的憧憬，以及对自身处理危机能力的自信。

除了冒险描写，美国动画片中最能体现个人英雄主义精神的莫过于对于平民英雄的塑造。早些年的美国动画片受到《超人》等电视剧的影响，比较热衷于塑造具有超能力的超级英雄，比如蝙蝠侠、蜘蛛侠等，他们以一人之力对抗邪恶，甚至拯救地球。这类超级英雄形象与欧陆的半神人有着明显的血脉联系，并不能代表美国文化的特色。真正代表美国自由精神的，乃是近些年在美国动画片中不断出现的平凡英雄。这些平凡英雄与常人无异，并不具有蜘蛛侠等人那样的超能力，甚至像常人一样有着懦弱、胆小、虚荣等弱点。但是面对超出自己能力的困难或任务时，他们却能够以坚韧的毅力、不屈的斗志、灵巧的智慧化险为夷，挽救他人的生命，实现自己的梦想。正是对于常人弱点的"半步"超越，使他们成为常人中的英雄。

《功夫熊猫》中的熊猫阿宝是个肥胖、笨拙却怀抱着英雄梦的平凡人。熊猫阿宝的鸭子爸爸守着祖传的面店，认为"面店老板的血管里流的是面汤"，满心希望阿宝能子承父业，将祖传的面店传承下去。而阿宝却不甘于这样的命运，一心想学武功，成为武艺高强的英雄，游走江湖，惩恶扬善。为了实现自己的梦想，他撇下鸭子爸爸和面店，跑到比武大会会场，并在阴差阳错中成了龟仙大师选中的龙斗士。面对阿宝这个毫无武功根基且资质平庸的胖熊猫，浣熊师傅对把他培养成为龙斗士深感绝望。面对五将的排挤、师傅的失望和一连串的磨难，阿宝并没有放弃，而是乐观和坚强，不断磨砺自己的武艺和悟性，最终参透无字秘籍，成为真正的龙斗士，打败了太郎，为和平谷带来了和平。

《花木兰》中的花木兰姿色一般、大手大脚，毫无淑女风范，一直嫁不出去，是父母的心头病。就是这样一个连邻家女孩也算不上的"假小子"，通过自己的努力，在军营中立下赫赫战功，并挽救了整个王朝。

无论是熊猫阿宝还是花木兰，都是带着诸多缺点的普通人。他们之所以能取得成功，成为英雄，是因为他们有超乎常人的毅力，有对梦想的执着坚守。他们的日常性，使我们确信自己也能成为英雄；而他们身上的英雄性，即那种坚韧、执着的精神光辉，成为激励我们在生活中超越平凡的精神动力。就像《无翼鸟》中的 Kiwi，虽然天生没有翅膀，但是从未泯灭飞翔的梦想，即便是赌上自己的生命，也会在翱翔天空的那一刻激动得泪流满面。

与日本的热血动画片以激烈的战斗和紧张的比赛来渲染梦想实现那一刻的光荣不同，美国动画片总是在日常叙事中表现主人公如何有限地（而非彻底）超越了平庸的日常性。《足球小子》塑造的世界冠军和《圣斗士星矢》塑造的宇宙卫士那样的英雄在美国的同类动画片中绝少出现，美国动画片中的英雄归根到底是常人，他们所追求的也不是日本热血动画片中的那些宏伟、整体性的目标。《小蚁雄兵》中的英雄工蚁Z 不过是想跟喜欢的公主结为伴侣，《美食总动员》（《料理鼠王》）中的小老鼠雷米的梦想也不过是想成为大厨，这些日常性的目标设置使得英雄更加"接地气"，也更有促发日常中的你我奋发向上的力量。

日本热血动画片中促使主人公不断奋进、成为英雄的思想基础乃是武士道的拼搏本能和耻感文化催生的荣誉感，本质上是外在意识形态体系对于个人的规训与鞭策；而美国动画片中促使主人公勇猛精进、攻坚克难的思想基础乃是人对于自由的本能追求。因为对于自由的坚信，所以主人公们普遍确信自己有改变命运的权利，就如熊猫阿宝对鸭子爸爸的质疑那样："老爸，你有想过做别的事情吗？"这种改变自身命运的自觉意识，与平凡的阿拉丁对于高贵的公主的追求一样，都是自由的文化风气所催生出的。

除了对平民英雄的塑造，美国动画片中个人英雄主义的另一个体现就是对以弱胜强的表现。上文我们曾提及，日本热血动画片存在着较为明显的暴力崇拜倾向。在面对强敌的时候，热血动画片的主人公并非以智取胜，而是通过不断提升自己的战斗力，在暴力上压倒对方。而美国动画片则全然不同。在美国动画片中，暴力并非取胜的唯一途径，作为人类自由意志象征的智慧则成了重要的博弈工具。因此，美国的英雄主义不是日本的以暴制暴，而是以弱胜强。动画片《猫和老鼠》自1940年问世以来，一直是全球最受欢迎的动画片之一。而该片自20世纪90年代引进中国大陆之后，动画频道经常放映，并被改编为各种方言版，深受各个年龄层观众的喜爱。"猫抓不到老鼠"，这个有悖常识的主题设定正是《猫和老鼠》长盛不衰的原因之一。在无数次的较量中，小老鼠杰瑞都充分运用自己的聪明才智，将硕大的汤姆猫打得落花流水。《小飞侠》中的彼得·潘，以弱小的身躯对抗大海盗虎克船长一行人，靠的也是自己的灵活和机智，最终以弱胜强。对于弱者的观照，体现了美国文化中具有人文关怀的一面，但是这种观照并非毫无原则，弱者的最终胜利依靠的仍是自身的力量。通过这样的叙事，美国文化中对于人的肯定、对于自由意志的肯定都得到了充分展现。

总体而言，美国动画片中对于自由的表现是多方面的，既有对于阶级、种族等人为束缚的批判，也有对人的自由意志的极力张扬。这种自由价值观与我们对于特权和压迫的长期批判以及长期主张的全面发展有着深刻的相通之处，对于青少年的道德教育和素养培育有着积极的意义。但我们也应看到，这些动画片所主张的自由有着极易滑向极端个人主义深渊的危险。

好莱坞动画的自由叙事，总是与幽默滑稽联系在一起。当我们看到弱小的主人公通过巧智令强大的对手无计可施、丑相百出的时候，总会发出会心的笑声。但是，"有一个重要的心理学上的事实一直被历代笑话大师和研究笑话的人所忽视，那就是一群人的笑常常是建立在某一个人的痛苦之上的"①。《猫和老鼠》固然使我们体验到弱者翻身的快感，但是这种自由的快感却是建立在对于曾经的强者汤姆猫的肆意践踏基础上的。在《小飞侠》中，面对彼得·潘的步步紧逼，虎克船长大叫道："已经不是一个小孩子在跟我斗了，是一个会飞的恶魔！"从影片来看，彼得·潘利用自己会飞的优势，对虎克船长的捉弄确实有些恶趣味，甚至当虎克船长被鳄鱼穷追猛打、有性命之虞的时候，他还在隔岸观火、拍手叫好，完全没有孩童的纯真。归根到底，这种自由意志仍是建立在个人主义的基础上的。个人主义对人的肯定是值得赞许的，但是若凡事都以自己为基础和出发点，就不免与"自私"纠缠不清。

二、温情：美国动画片的情感价值

在我们的印象中，美国人是最注重个人独立性的。一到 18 岁，孩子就应该从家庭中独立出去。在人际交往中，也不太容易出现中国人推心置腹、义结金兰等过于亲密的行为。但是，美国的影视作品却经常以人间温情为主要表现内容，比如风靡网络的美剧《摩登家庭》对于美国中产阶层温馨家庭生活的呈现，《破产姐妹》对于困境中姐妹情谊的颂扬等。

相较于日本动画片严格的受众群体区隔，美国动画片以"合家欢"为主要营销策略，即动画片面向所有年龄层次的观众，尤其鼓励一家人共同观影，制造阖家欢乐的效果。在合家欢营销策略的主导下，考虑到美国严格的电影分级要求，动画片就转而表现人与人之间的温情，因为只有温情是跨越年龄和种族的，不会引起消费市场的审美反弹。

---

① 简·布雷默、赫尔曼·茹登伯格编，北塔等译：《搞笑：幽默文化史》，北京：社会科学文献出版社 2001 年版，第 143 页。

这种温情叙事，首先表现在美国动画片对于家庭生活的歌颂。在《小飞侠》中，对于小女孩温蒂来说，长大是一个噩梦，因而与弟弟约翰、迈克一起跟随彼得·潘逃到了梦幻岛。梦幻岛上的生活虽然无忧无虑，但是温蒂却念念不忘自己的家人。影片中，温蒂面对弟弟和梦幻岛上不愿长大的孩子们，深情地唱起了歌颂母爱的歌曲，引得众人潸然泪下。最后，姐弟三人放弃了留在梦幻岛的机会，重返家庭。

作为西方文学艺术中的经典，"小飞侠"一直被视为自由的象征，而姐弟三人的拒绝长大，也是对于成人世界的坚决抵抗。但是，面对彼得·潘"你们去长大吧！长大了就再也回不来了"的威胁，三人依然选择了重回父母的怀抱。在家庭温情面前，自由似乎也显得孱弱无力。相较于原著，美国语境中的《小飞侠》更加凸显了亲情的重要性。

《神偷奶爸》（《卑鄙的我》）中的世界第一大坏蛋格鲁以偷窃为生，他领养孤儿玛戈、伊迪丝和艾格尼丝的目的是让她们帮助自己偷月亮。而在日常相处中，格鲁却喜欢上了这三个懵懂而单纯的孩子。大坏蛋给孩子们讲起了温馨而感人的睡前故事，无厘头的搞笑叙事演变为温情的家庭剧。

《鬼妈妈》则从反面宣扬了家庭温情的重要性，批判当下繁忙社会中家庭生活受到挤压而致使孩子缺乏家庭温暖的社会问题。若不是卡洛琳的父母只顾忙于工作，致使家里充斥着冰冷、破败的气息，卡洛琳也不会因为渴望温馨的母爱和家庭温暖而被"鬼妈妈"诱惑。而更为恐怖的是，在鬼妈妈那里，还有三个因为追求家庭温情而被鬼妈妈取走了灵魂（缝上了纽扣眼）的孩子。

对于一个并不像中国一样重视家庭伦理的资本主义国家来说，无论是正面歌颂还是反面批评，对于家庭温情的着力展现都在某种程度上揭橥了晚期资本主义工具理性压制人性和感性的后果。而随着资本主义生产方式和文化系统的全球扩张，我国也正面临着传统家庭伦理解体的问题。核心家庭取代了大家庭，二人世界或三口之家、四口之家取代了四世同堂，随之而来的就是父父子子的代际伦理危机。尤其是老龄化的趋势，更加剧了此一问题的严峻性。中央电视台播出的公益广告《老爸的谎言》之所以能引起广泛的共鸣，就在于它如实地展现了这一社会问题。美国动画片虽未正面表现这一主题，但它对家庭温情的正面歌颂与对温情缺失的反面批评，却与我们所倡导的新风尚、新道德正相应和。

除了家庭生活外，美国动画片对人际关系也着力表现温情。《海绵宝宝》这样一部表面看来非常低幼的动画连续剧，在乐视网上被网友给出了9.5的高分。这部动画片的主要内容是海绵宝宝和好朋友派大星的日常生活，无论海绵宝宝做出如何荒唐的决定，派大星都坚定地跟随他，两人一起制造欢乐。海绵宝宝和派大星令人回味无穷的友谊，引起了网友的强烈反响，"如果你是海绵宝宝，谁是你的派大星"成为网上风靡一时的话题。[①]

短片《亚当和狗》以隐喻的方式探讨了忠诚的问题。在伊甸园里，亚当和小狗本来都是孤独的个体。二者相遇之后，形影不离的嬉闹为生活增添了不少乐趣。而亚当却为了夏娃抛弃了小狗，被抛弃的小狗在伊甸园里四处寻找，不曾放弃。经过长久的岁月，当略显苍老的亚当、夏娃被逐出伊甸园的时候，偶遇他们的小狗不离不弃地追随他们走出了伊甸园。人的薄情与狗的忠诚成为故事张力的来源，其中的讽喻意味不言自明。

伴随着经济社会的高速运转，人际问题逐渐成为社会性问题。《厚黑学》的数次热销，以及充斥市场的各种人际关系学类书籍，都显示出人们对这个问题的重视，以及人际问题在当今社会的突出地位。埋头于繁忙的格子间，人与人之间的交往越来越简化为工作对接，富有人情味的私下交往逐渐被"压力山大"的负面情绪挤占。在后工业社会，人们承受着比工业社会更为严重的异化后果。海绵宝宝与派大星的备受追

---

① http：//www.topit.me/user/topic/192442.

捧，传达出的是人们对于那种轻松愉悦的人际关系的向往，以及对友情缺失的焦虑与迷茫。《亚当和狗》则承载着人们对于忠诚、守信的呼唤。这种种价值诉求，都与十八大提出的"诚信、友善"的社会主义核心价值观有着相通之处。

由于缺乏足够的历史文化遗产，更由于较为复杂的移民情况和多种族的现实处境，美国动画片不可能像日本动画片那样以民族文化或种族文化作为价值基点，而只能转向对以自由、温情为核心的普世价值的宣扬。这种价值展现，虽然作为"社会黏合剂"缓和着美国资本主义内部以及种族之间的冲突，但是其自身也具有积极的价值，与我国倡导的促进人的全面发展和弘扬诚信、友善的核心价值观，有着诸多相通之处。但同时，我们也要意识到，作为以个人主义为基础建构起的美国意识形态，自由与极端个人主义之间的界限总是显得过于模糊，这需要引起我们的警觉。

第二节　热血动画片的两极化价值表述

在我国流行动画片市场上，日本动画片几乎占据了半壁江山。在优酷、乐视、土豆等主流视频网站的动画排行榜上，日本动画片几乎都占据着半数的份额。日本动画片制作精美、格调昂扬，尤其是其中的热血动画片，更是催人奋进，因而受到青少年的热烈追捧。但是，日本文化本身的两极性特征也注定了日本动画片在价值表述方面的两极化现象。而我们在为日本动画片中宣扬的拼搏、梦想、同情、纯爱等价值感动不已的时候，往往忽略了在这些正向价值观背后隐藏的以军国主义为其极端的日本文化的另一面。这些负面价值观因为其精美的艺术外表而具有一定的迷惑性。在当下价值观众声喧哗、主流价值体系逐渐取得影响力的文化语境中，审慎地对待在流行动画片市场中占有不小份额的日本动画片所承载的价值观念，对于我国青少年价值观的培养和主流价值体系的建构、宣教工作，都有着不小的意义。

一、拼搏精神与暴力崇拜

拼搏，是所有热血动画片都具备的要素。为了梦想毫无畏惧地奋力拼搏，在与同伴的精诚团结之下攻坚克难，并最终实现梦想，正是热血动画片最动人心弦、令人心驰神往的魅力所在。

在冒险热血中，这种拼搏主要体现为斩妖除魔，面对强大的敌人毫不胆怯地迎难而上。这种精神，正如热血动画的代表作《犬夜叉》的主题曲中所唱的："不断战斗，不断祈求，不断寻找""I want to change the world"。

《犬夜叉》讲述了半妖犬夜叉、法师弥勒、除妖师珊瑚、小狐妖七宝、巫女桔梗以及穿越到日本战国时代的人类少女戈薇等人除妖灭怪，寻找并修复四魂之玉的故事。四魂之玉的诞生过程，本身就是一个承载着拼搏精神的元叙事。灵力强大的巫女翠子一生斩妖除魔，维护着人间的和平。在与妖怪大战七天七夜之后，翠子因筋疲力尽而死。在生命即将消逝的瞬间，她用尽最后的灵力，将强大的妖怪和自己的灵魂封印结成四魂之玉，从自己的心脏弹射出去，以近乎同归于尽的方式克制了妖怪。因此，四魂之玉本身也就成了奋勇拼搏精神的承载体，而对四魂之玉的追寻，在某种意义上也可以视为对拼搏精神的追寻。

桔梗本是净化和守护四魂之玉的巫女，但被妖怪奈落设计杀死。机缘巧合重生之后，桔梗始终未忘却自己的职责，仍以收回和净化四魂之玉为己任。复活后的她以死魂为生，在与奈落的战斗中被瘴气重伤，随时有死亡的危险。但为了打败奈落，她用坚韧的执念摄取了四魂之玉创造者翠子的死魂，作为支撑自己活下去的力量。在最后一战中，面对取得全部四魂之玉而力量暴涨的奈落，她毫不畏惧，用自己微弱的生命与之斗智斗勇，念念不忘通过净化四魂之玉将奈落消灭。计划失败后，如同翠子一样，她用尽灵力，将一线代表着爱与光明的灵光封印在被奈落污染的四魂之玉的深处，成为犬夜叉等人打败奈落的关键。可以说，桔梗的一生都在奋力守卫着四魂之玉，她的拼搏精神也使得自身成为四魂之玉的化身。桔梗死后，化为圣洁的光芒，借助死魂虫抚慰、激励着犬夜叉和戈薇等人，这种精神令人动容。

犬夜叉作为半妖，由于有着一半的人类血统，所以在妖力上根本无法与吸收了众多妖怪而诞生的奈落抗衡。但是面对奈落，他没有丝毫的怯懦，而是以坚韧不拔的信念英勇战斗，即便身负重伤也绝不退却。

戈薇是四魂之玉指定的净化者和守护人，虽有强大的破魔箭，但本身只是一个普通的、毫无武功的女高中生。她数次陷入险境，但从未放弃过消灭奈落、重新净化四魂之玉的决心。

法师弥勒从父亲那里继承了奈落的诅咒——风穴。风穴虽然有强大的吸纳能力，能够将一切妖魔吸收殆尽，但是使用过程中随时伴随着风穴扩大而将自己也一同吸纳的危险——弥勒的父亲也正因此而丧命。为了消灭奈落，即使在风穴已经过大，而且吸入的瘴气也随时可能危及自己生命的情况下，弥勒也不惧危险，毅然使用风穴对付奈落。

《滑头鬼之孙》中的旧鼠组织将总大将委派的街区负责单位妖化猫组织打败，并抓了陆生的同学阴阳师花开院由罗和家长加奈。陆生原本准备放弃自己的总大将继承权以换取两位同学的安全，但是明知力有不敌的化猫组织首领良太猫依然要回去处理此事，因为虽然"明知道会输"，但"妖怪也有必须去做的时候"。这种面对困难勇于担当的拼搏精神，在雪女、青田坊、黑天坊、首无、毛娟妓等人身上也有相当深刻的体现。而同为冒险热血类的《火影忍者》《死神 Bleach》《圣斗士星矢》《虫奉行》等动画片中亦有此类剧情。

而在竞技热血动画片中，为了梦想的拼搏主要表现为为了比赛的胜利而不畏强敌、奋勇作战，即便在取胜无望的情况下也要再接再厉。

从早期的《足球小将》开始，日本的竞技热血动画便着重表现主人公的拼搏精神。以大空翼为核心的足球小子们，怀揣着全国冠军、世界冠军的梦想，在足球赛场上挥洒汗水，即便受伤也坚持上场，并用自己的毅力鼓励队友。在全日本少年足球大赛中，大空翼所在的南葛 FC 队第一战就碰到了强敌明和 FC 队，而明和 FC 队的队长日向小次郎以极具破坏力的射门技术声名在外。南葛队的守门员森崎对小次郎的射门感到畏惧，在关键时刻，大空翼奋不顾身地用身体挡下了小次郎的进球，一方面遏制了对方的进攻，另一方面则激励了全队人员，并最终获胜。

在脍炙人口的篮球动画片《灌篮高手》中，湘北队的教练安西安排了本队与强队陵南队的练习赛。赛况甚为激烈，但是实力的悬殊使得湘北队最终面临失败的结局。输掉比赛之后，樱木花道站在赛场不愿离去，喃喃自语道："传球，传球，我总觉得还有 5 秒钟。"众人都为樱木的话感到震撼，而樱木则在激动中奔跑，在奔跑中才发现自己的鞋子早就在激烈的比赛中坏掉了。这种为了比赛而忘记自身苦痛的精神，因为输掉比赛而自责不已的精神，正是体育比赛中"更高，更快，更强"的拼搏精神的最佳写照。

在《棋魂》中，塔矢亮虽明知不是进藤光的对手，甚至在对弈时双手忍不住颤抖以至于将棋子盖打翻在地，但他铭记着父亲的教诲："虽然心存敬畏，但依然敢于面对强手。一个人只有在这种环境下才能成长，以前的你并没有这种斗志。以颤抖之身追赶，怀敬畏之心挑战，只有这样的你才能更接近棋神的目标。"这种信念，可以说很好地诠释了竞技比赛中的拼搏精神。这种拼搏精神在《网球王子》《刀剑神域》《游戏王》《黑子的篮球》等竞技热血动画中同样有体现。

这种拼搏精神，与日本武士道有着密切的联系。山本常朝在《叶隐闻书》中记载："做完事以后，大木兵部统清总是召集组员训话：'年轻的武士们，平时就要激发勇气。所谓勇气，就是只要有口气，就要让它振奋起来。刀折断了，就徒手搏斗；手被斩落了，就用肩骨撞倒敌人；肩骨也被砍掉了，就用嘴，咬十口或十五口，直到咬断敌人的脖子。有这样的准备，就是勇气。'"[1] 这种与敌人死磕到底的精神，正是经过现代转换的拼搏精神的源头。之所以会有这种以命相搏的精神，一方面是因为其中包孕着对自我的强大信任，"武勇之于青年才俊和美少年，必须具有唯我乃日本第一的无比高傲之心"[2]；另一方面则是出于

---

① 山本常朝口述，田代阵基笔录，李冬君译：《叶隐闻书》，桂林：广西师范大学出版社 2007 年版，第 254 页。

② 山本常朝口述，田代阵基笔录，李冬君译：《叶隐闻书》，桂林：广西师范大学出版社 2007 年版，第 78 页。

对责任和梦想的坚定信仰，"常说一念发起，贯通天地。人没志气，就不要起念头"①。日本武士道的这两层修行内容，被转换成为当代人面对困难奋发向上的拼搏精神，淡化了武士道本身的格斗性，更侧重于奋发有为的积极人生观，将原本属于武士道的话语泛化成普适性的人生价值表述，实现了创造性的转换。也正是这两方面的内容，支撑着处于弱势和逆境中的主人公从不言弃，努力开掘自身潜能，在完成梦想的道路上奋勇前行。也正是这种不屈不挠的拼搏精神，使得此类动画片成为当今青少年喜欢的作品，而其中的主人公也成为青少年模仿学习的偶像。

但是，我们也应看到，大部分冒险热血动画片存在着暴力崇拜的倾向。面对实力强劲的邪恶对手，身处弱势的一方总是要在千方百计保存自身生命的前提下寻求胜利的机会。在美国动画片中，面对强大的对手，主人公一般都会选择智取，凭借自己智力等方面的优势与敌人周旋，寻找取胜之机。比如杰瑞鼠总是发挥聪明才智，利用诸多有利条件，把汤姆猫打得落花流水；而阿里巴巴也是巧妙地与四十大盗周旋，避免正面冲突，最终取得胜利。而在日本热血动画片中，无论是《犬夜叉》《滑头鬼之孙》还是《虫奉行》，生物链就是暴力递增的层级结构。实力弱小者，注定被吞噬或无视；只有不断使自己的力量增强，才能保证自己生命的存续。为了打败强大的对手，犬夜叉和月岛仁兵卫甚至不得不选择让妖性吞噬自己，陷入肆意屠杀的疯癫状态，这正是以暴制暴的暴力逻辑统治下不得不如此的举动。

此外，冒险热血动画片中往往存在着明显的个人崇拜，而这种崇拜是建立在对其霸权认可的基础上。在《犬夜叉》中，如片名所示，犬夜叉是除妖五人组的核心。在五人中，犬夜叉的实力最为雄厚，也总是能在危急关头拯救众人、打败妖怪，自然得到众人的推崇。而在《滑头

---

① 山本常朝口述，田代阵基笔录，李冬君译：《叶隐闻书》，桂林：广西师范大学出版社 2007 年版，第51页。

鬼之孙》中，这种霸权崇拜展露得淋漓尽致。奴良陆生因为是上任总大将之子，出身高贵，虽然只有四分之一的妖怪血统，并因而受到诸位干部的轻视，却一直受到雪女冰丽、鸦天狗、鸩、首无、毛娼妓等人的拥护。这种拥护一是建立在血统的基础上，二是这些人都曾领略过陆生在夜晚变身为纯妖时的惊人力量。《滑头鬼之孙》的故事表面上是描述奴良陆生从只会单打独斗到最终领悟了只有与众人合作才是取胜王道的成长过程，但这个故事的本质仍是个人英雄的霸权崇拜。所谓的"众人合作"，只是由陆生吸收同伴的"畏"，创生"百畏缠身"的绝杀招，其间存在的是吸收与被吸收的关系，是带有等级性的奉献行为，而非团结一致的并肩作战。而整个百鬼夜行的成功，也全赖有合法身份的总大将的组织，百鬼只是彰显总大将实力的背景而已。这种霸权崇拜发展到极致，便是为霸权者献出自己的生命。玉章是隐神刑部狸的爱子，继承了父亲的全部力量，因而想超过父亲，收集更多的"畏"，居于百鬼之上。他从夜雀处得到了妖刀"魔王的小槌"，通过斩杀妖怪来增强自己的力量。在与奴良陆生的最终对决中，为了迅速提升妖刀的力量，玉章毫不痛惜地残杀自己的八十八鬼夜行。而在名义上是玉章团体成员的众妖，面对玉章的残杀，竟然毫不反抗，只是在错愕中静等妖刀的砍杀。借助羽衣狐复生的安倍晴明被妖怪们视为妖王和世界之主，安倍晴明在与陆生等人战败后准备退回地狱，而在他的鼓动下，追随他跃入地狱之门的妖怪成千上万。

在日本动画片张扬的暴力崇拜中，我们不难看到日本极端武士道——军国主义的魅影。这种暴力崇拜与武士道乃至整个大和文化对死亡的看法不无关联。在强敌面前，欧陆文明一般会本着人道主义的观念选择投降，而日本人却对之嗤之以鼻。根据日本武士道的精神要求，面对远胜于己的敌人，日本的武士们不仅不应该选择退却，反而应该更加英勇地战斗，因为"只有接受生死考验的，才是英雄好汉"，即便"在无望的情况下，一个日本士兵应该用最后一颗手榴弹自杀，或者以集体自杀式攻击的方式手无寸铁地冲向敌人。但他不应该投降"。① 山本常朝更是直言，"所谓武士道，就是看透死亡"②"死就是目的，这才是武士道中最重要的。每朝每夕，一再思死念死决死，便常住死身，使武士道与我身为一体"③。

正是这种时刻将死亡视为归宿或者荣誉的意识，使得日本动画中的人物在面对强敌时毫不畏惧，反而能激起更强大的反抗意识，搏杀技能和武功修为会在刹那间取得极大的突破，向死而生。只有在以暴克暴的强力冲突中，脆弱的人才能意识到自己深重的存在感；只有在与强力的抗争和搏斗中，生命的价值也才能得到最透彻的显现。正如日本人喜爱的樱花一样，开得绚烂，却瞬间凋零。这种对暴力的崇拜固然造就了主人公面对强敌毫不退缩、英勇无畏的拼搏精神，为日本的热血动画片增加了壮美昂扬的色调，但同时也使得其对于生命缺乏足够的敬畏之心。在这种暴力逻辑的促使下，虽然弱者在自尊心和求生意志的激励下会爆发出惊人的力量，但更多的时候仍是弱者遭到强者的凌虐与屠杀。在热血动画中，弱者被强者残杀、吞噬的场面比比皆是，而《死神 Bleach》中死神的净化工作只能通过杀戮才能实现。

人与人之间的评价标准退化为纯粹的杀伤力比拼，人的追求也变成对更强的暴力手段的追寻，这种对暴力的追寻，甚至在一定程度上遮蔽了热血动画本身所承载的梦想内涵。《火影忍者》中的漩涡鸣人一生的梦想是成为火影，虽然成为火影牵涉诸多品质的要求，但是最为关键的也是武力的技压群雄。不断执行任务的过程，就是与敌人厮杀以精进武

---

① 露丝·本尼狄克特著，北塔译：《菊与刀》，上海：上海三联书店 2007 年版，第 26 页。

② 山本常朝口述，田代阵基笔录，李冬君译：《叶隐闻书》，桂林：广西师范大学出版社 2007 年版，第 1 页。

③ 山本常朝口述，田代阵基笔录，李冬君译：《叶隐闻书》，桂林：广西师范大学出版社 2007 年版，第 52 页。

力的过程。不仅《火影忍者》如此，大部分热血动画片所叙述的主人公的成长，都可以归结为杀敌技能的不断提升。《滑头鬼之孙》中奴良陆生的成长可以分为两大阶段，一个是与牛鬼的对战，另一个是到远野进行磨炼。这两大阶段，也是陆生通过习武和比武使战斗力不断提升的阶段。

　　除了这种对物理暴力的崇拜，热血动画片中的视觉暴力，尤其是情色暴力也是值得商榷的内容。在热血动画片中，时常会出现女性躯体的大尺度暴露。《虫奉行》第一集，月岛仁兵卫刚抵达虫奉行所在的江户，就遇到了乳房硕大的春子，而春子在被大虫绑走之后，更是赤身裸体出现在镜头中。《滑头鬼之孙之千年魔京》中，淡岛的乳房也多次成为镜头表现的主要内容。

　　其实，日本动画片中的暴力崇拜和色情内容，已经在日本本土促发了恶性事件。20 世纪 80 年代的"宫崎勤事件"[1] 和 20 世纪 90 年代末的"酒鬼蔷薇圣斗事件"[2]，都与日本动漫的暴力和色情内容有密切关系。两起恶性残杀事件的受害者均为未成年少女甚幼女，而后一事件的案犯竟是年仅 14 岁的未成年人。这些前车之鉴，应该引起我们足够的重视。

　　而竞技热血动画片中对于比赛胜利的狂热追求，也有着偏颇之处。其实，对于胜利的狂热追求，也是主人公为了战胜对手而异化自己以激发更强大力量的原因所在。相较于纯想象的热血冒险动画，以日常比赛为内容的竞技热血动画对于胜利的狂热追求，显得危害性更大。体育运动本是为强身健体、陶冶情操而创制的，比赛结果只是对于选手技能的肯定和对体育精神的弘扬。但是，在日本的竞技热血动画片中，获胜几乎成了所有参赛者的唯一梦想。

----

① http：//baike. baidu. com/view/919856. html.

② http：//baike. baidu. com/view/3114738. html.

在《黑子的篮球》中，为了能与强队抗衡，诚凛和秀德两队进行了地狱般的夏季集训，而在集训中支撑队员们坚持下去并不断突破自我的，就是"死也要赢"的信念。

在《棋魂》中，对于胜利的执着甚至让进藤光选择了放弃自我。进藤光本来是对围棋一无所知的懵懂少年，因阴差阳错被人下黑手而输掉比赛，并因此怨念不散附着在棋盘上的棋士藤原佐为附身，并在佐为的百般哀求下勉强开始下围棋。佐为之所以放低身段恳求光进入围棋界，也是为了一雪当年战败的耻辱。可以说，进藤光最开始对围棋是抱着抵触的心理，大部分时间都只是作为佐为的"傀儡"，为佐为施展棋艺提供肉身支持而已。但在一次次对战中，进藤光也逐渐萌生了"不愿输给别人"的信念。虽然一直想依靠自己的实力取胜，但是在中学生业余围棋比赛决赛中，面对实力强劲的海王中学围棋社团，进藤光不得不主动央求佐为代替自己对弈："佐为，你来下吧……我不行啊，我赢不了……"并因此而流泪不止。对于取胜的执念，已经使这个中学生到了可以放弃自我意识的地步。这种为了胜利而不惜代价的做法，导致"更高、更远、更强"的体育精神在日本竞技热血类动画片中被扭曲为对于胜利的执念。而更应当引起我们警惕的是，这种扭曲的观念以竞技运动本身的竞技性为外壳，因此表现得似乎合情合理，但是其所宣扬的价值观却是明显有悖于体育精神的，或者说这种体育精神实质上是日本武士道传统的别样表述。

二、仁义观及其恶性膨胀

"仁"和"义"都是中国儒家思想的重要范畴，并为五常之列。而日本的武士道，同样将儒家的道德体系作为自己道德建设的重要参照。"说起严格的道德规范，武士道最大的道德渊源是中国的孔子。君君臣臣、父父子子等训条，在中国被称为五伦，早在儒家的经典传入日本之前，我国就有这种自发的伦理秩序。然而孔子学说的传入让这种秩序固定和规范下来。"① 在新渡户稻造罗列的武士道核心要义中，"仁""义"都有着重要的位置。在武士道的体系中，"'行义之道'就是指履行义务。所谓义务，就是职责的要求，在社会规范的道德下，我们必须要去做某事，而不是别的任何理由"②，而"仁"就是"爱、同情、悲悯、宽和"③，"通常是施给弱者，或在争斗中落败的仁"④。尽管如此，在日本大和民族文化心理尤其是民族自大心理的作用下，这种仁义观却有着泛化和扩大化的倾向。在宣扬职责与悲悯的背后，日本热血动画片的仁义观还隐藏着善恶标准紊乱和过分张扬个人意志的弊端。

在日本热血动画片中，一方面确实存在着强者肆意凌虐弱者的暴力行径，但另一方面也存在着强者扶助弱者的所谓"仁"的悲悯之举。前者主要是恶者所为，而后者一般是善者具有的品质。犬夜叉同父异母的哥哥杀生丸对于弱者包括半妖的犬夜叉和人类一向冷漠，初遇人类小女孩铃的时候，对她的好心也冷眼相向。但是，当看到铃被狼群咬死的尸体后，杀生丸动了悲悯之心，所以才能动用以拯救灵魂为职责的天生牙的力量，将铃从冥界救了回来。之后，杀生丸一直将铃带在身边，时刻挂心她的安危。这种对于弱者的关怀，显示了"仁"的正面价值，与我们所倡导的扶弱助贫也是相通的，但是，热血动画片中另一种"仁"的体现，却着实带有混淆价值体系的危险。

---

① 新渡户稻造著，傅松洁译：《武士道：影响日本最深的精神文化》，北京：企业管理出版社 2004 年版，第 12 页。

② 新渡户稻造著，傅松洁译：《武士道：影响日本最深的精神文化》，北京：企业管理出版社 2004 年版，第 17 页。

③ 新渡户稻造著，傅松洁译：《武士道：影响日本最深的精神文化》，北京：企业管理出版社 2004 年版，第 28 页。

④ 新渡户稻造著，傅松洁译：《武士道：影响日本最深的精神文化》，北京：企业管理出版社 2004 年版，第 31 页。

正邪对立、善恶对峙是日本冒险热血动画片固定的角色设置，虽然二者冲突的最终结果都是邪不胜正，但是邪恶一方在最后总会表现出为善而作恶的一面。在剧情的结尾，观众会充满同情地发现，为恶的一方之所以会陷入偏执、暴力的漩涡不能自拔，对他人造成极大的伤害，并非都出于纯粹的邪恶，而是有着较为光明、善良的初衷。这种初衷，要么是对亲情的珍视，要么是守护自己心中完美而圣洁的存在。为了实现这种初衷，原本非恶的人格为执念所牵引，最终选择通过黑暗的途径达成目的。在最终灭亡到来之前，他的这种善的出发点又散发出了动人的光芒，令参与除恶任务的众人感动不已。

在《犬夜叉》中，作为恶魔奈落的分身，神乐是由奈落的一部分躯体汇集而成的。她的心脏由于被奈落掌控，所以不得不成为奈落的爪牙。但是，她在内心深处一直渴望自由，想要挣脱奈落成为独立的存在。为了取得奈落的信任，进而收回自己的心脏，成为一个独立的存在，追寻自由的生活，她不得不做奈落的杀人机器，成为犬夜叉的劲敌。但另一方面，她又装作不经意地将奈落心脏的藏身地暴露给犬夜叉等人，希望借助犬夜叉等人的力量除掉奈落。在被奈落设计毒杀后，无论是犬夜叉一行人还是神乐暗恋的杀生丸，都赶来为她送行。在杀生丸的注视下，神乐化作了自由的风，实现了自己一生的梦想。面对神乐这样一位双手沾满无辜者鲜血的反派人物，作品并没有将她的死描绘为咎由自取，而是以体贴的同情为她安排了唯美的归宿。而剧中的恶魔首领奈落，之所以会成为嗜血的屠戮者，乃是因为心中对巫女桔梗充满了爱恋。但是由于身份差异，这种爱恋成为无法说出口的秘密。为了赢得桔梗的爱，奈落才不惜一切手段想要获取据说能让拥有者心想事成的四魂之玉，也因此成为一切罪恶的制造者。

热血动画片中这种对于为恶者的同情，与日本文化对待善恶的态度有密切的关联。"事实上，日本人一直拒绝把恶的问题当作一种人生观。他们相信，每个人有两个灵魂，但不是相互争斗的善的冲动与恶的冲动，而是'温和'的灵魂和'粗暴'的灵魂。在每个人的生活中、每个国家的事务中，都有'温和'的时候，也有'粗暴'的时候，并不是注定一个灵魂要进地狱，另一个要上天堂。换一种情形的话，两者都是必须的、善良的。"①

对于日本动画片的这种叙事风格，有研究者将之归为日本人的"至善"追求，似乎这种叙事模式代表着大和文化积极的面向。但是，需要引起注意的是，这种混同善恶的观念，从好的方面来说，可以让人以同情的、理解的方式去悲悯恶者的行径和灵魂，更有助于矛盾冲突的消解；但从坏的方面来说，善恶标准的取消，又使得正义不彰、邪恶难尽。在为恶者貌似充满善意和温情的出发动机面前，无辜受戮的受害者是否就应该放下心中的怨恨，坦然地接纳为恶者的所作所为？善的动机又是否能成为恶的结果的免罪金牌？这一切都是值得考究和商榷的。当然，动画片只是艺术表现，对于神乐的艺术化处理，虽然在一定程度上也是对于她反抗奈落行为的肯定，但是联系到日本对自身侵略行径的强硬态度，就令人担心这种混同善恶的价值表述与军国主义之间的关系。

一旦缺乏了历史主义以及人本主义的价值评判标准，恶就会被置换为个人欲求的合理表达，无论这种所谓的"合理"表达是以牺牲多少人的合理需求为代价实现的，都会被视为合情合理。这种"仁"是以践踏他者的权利为基础的，本质上就是日本的军国主义思想。正如徐渭谈及日本同为这种混同善恶价值观的思想产物"物哀"美学时所说："'物哀'只讲事情本身悲哀与否，不论是非曲直何在。这就是说，在日本看来，死于侵华战争的日本兵很'哀'，因为他们死了啊，至于他们在中国烧杀掳掠而恶贯满盈并不重要。"② 日本作为一个有着深重国

---

① 露丝·本尼狄克特著，北塔译：《菊与刀》，上海：上海三联书店 2007 年版，第134 页。

② 徐渭：《哈哈镜中的重重魅影：对部分日本动漫的一种文化考察》，《书屋》2006 年第2 期。

土危机、生存焦虑的国家，岛国心态促使他们为了自身的存续不择手段，他们于 20 世纪在亚洲进行的残暴侵略，就给亚洲人民带来了极大的创伤。相较于德国对自己纳粹历史的正视和反省，时至今日，日本都在回避甚至否认这一事实，拒绝向各国受害人民道歉，因为这些历史行径在武士道"仁"的思想背景中是能够或应该获得同情的。

"义"，在武士道中被阐释为责任。为了责任，日本武士是可以不惜性命的，在日本广为流传的"四十七义士"的故事就是对于"义"的生动展现。在热血动画中，这种"义"体现为责任的担当，比如桔梗对守护四魂之玉责任的坚守，黑子哲也对身为篮球运动员的责任的看重等；也体现为对同伴及朋友之"义"，比如铃为了救中毒的邪见而不顾危险只身寻找解药，大空翼和流川枫与各自队友的深厚情谊，橡胶人路飞为了救娜美而无惧火属性的对手等；更体现为路见不平拔刀相助的义无反顾，比如黑崎一护对于受到欺负的弱小灵魂的帮助，月岛仁兵卫面对虫狩的强力狙杀而誓死保卫只有一面之缘的虫奉行的侍女（其实就是虫奉行大人本人）等。

相较于日本热血动画中体现的仅仅忠于直属上级的小"忠"，其间的"义"我们可以称为"大义"，因为它不仅指向周边人，而且已经扩大为对全体人的守护和救助。但是，这种大义一旦与日本大和民族的民族特性勾连在一起，就自然催生了军国主义。霍布斯鲍姆在《极端的年代》中指出："日本人的种族意识之强，举世莫出其右，他们自认为是世界上最优秀的民族。"① 这与日本的"武士圣经"《叶隐闻书》中要求的"唯我乃日本第一的无比高傲之心"正相佐证，显示了大和民族对于自己身份的高度期许。也正是在这种"大义"意识的促动下，打着所谓"大东亚共荣圈"的幌子去"拯救"亚洲人民就成了理所应当

① 艾瑞克·霍布斯鲍姆著，郑明萱译：《极端的年代（上）》，南京：江苏人民出版社1998 年版，第 193 页。

的行为。

这种"大义"在热血动画中的极端表现，就是复仇以及灭恶的合理性。在日本人看来："只要侮辱或污蔑或失败没有受到报复或清除，'这世道就不正'。好人应该努力使世界再度回到平衡状态。这就是美德，不是罪恶。"① 因此，复仇不仅在日本历史上有一定的伦理正当性（广为流传的"四十七义士"的故事，就是下属为主公复仇的故事，并受到广泛持久的同情），而且是热血动画片热衷于叙写的内容。《犬夜叉》中的除妖师珊瑚之所以追杀奈落，就是因为一家亲近皆为奈落所设计杀害。《滑头鬼之孙》中促使能力尚不成熟的奴良陆生前往京都绝杀羽衣狐的重要原因，就是杀父之仇。《棋魂》中的古代棋士佐为之所以阴魂不散，几千年附着在棋盘上，也是为了寻找机会一雪当年的失败之耻。

我们并非要否认上述动画人物复仇的合理性，而是想指出，当复仇在"大义"的名义下获得合法身份的时候，任何暴力都有了合法的理由，并因此名正言顺地成为动画描写的主要内容，间接推重了暴力的合法化，这对于如今弘扬法治精神和智慧力量的社会来说并无裨益。极端者，如《死亡笔记》。天才少年夜神月捡到死神遗落在人间的"死亡笔记"，因而获得了对于他人的生杀大权。为了构建自己的理想世界，夜神月就利用死亡笔记的魔力惩罚那些借权力或金钱逃脱法网的罪犯和潜逃中的恶性案件嫌疑人。按照"大义"观，夜神月的行为是值得肯定的。这不仅是因为他所杀死的都是一些罪大恶极的犯罪分子，而且因为他绝非出于私益，而是为了社会更加安定、纯洁，是要消灭残存的不平、罪恶，"使世界再度回到平衡状态"。在这种文化逻辑下，当夜神月用死亡笔记杀害了追踪而来的警方人员时，这种行为的罪恶性似乎能

---

① 露丝·本尼狄克特著，北塔译：《菊与刀》，上海：上海三联书店 2007 年版，第 103 页。

得到一定程度的消解。因为相较于警方漫长的侦查和人间法律机械的肉身惩戒，死亡笔记带来的直接审判似乎更能抚慰受害者的灵魂，也更能威慑犯罪行为。但是，绕开文明社会的法律机制，以超自然的力量肆意屠戮生命，即便这生命是应受到鄙弃的，也毫无疑问是暴虐的行为。这种大义观使得日本人自觉怀有对于全世界的责任，尤其在亚洲，更加是以救主的心态四顾。因此，日本在 20 世纪最终走向军国主义的泥潭，也是在所难免的，而如今对于军国主义暴行的回避与狡辩，也有其自身的文化逻辑在。

日本动画片是带有浓郁民族文化特色的艺术品，在情节营构和人物塑造方面也极为精妙。而且由于中日文化的相似性，中国消费者在接纳日本动画片方面显得如鱼得水，这也是日本动画片在中国流行动画片市场几乎占据垄断地位的重要原因。早在 2008 年陈奇佳等人进行的"中国大学生最喜欢的动漫作品"调查中，日本动画片已经占据了录得结果的 82.67%[①]，以此断言日本动画片构成了当今青少年文化或曰流行文化的重要组成部分似乎并不为过。而且，日本动画片的影响不仅体现在制作精良的动画电影或动画连续剧，以动画片剧情和主人公为中心的动画周边产品，也共同构成了日本动画片的文化/价值影响圈。痴迷于日本动画片的青少年不仅会在审美上认同动画片营造的虚拟世界，更会在价值观上以动画片主人公为效仿对象，通过一系列的文化消费或cosplay行为展示自己的"归宗"倾向。刘小枫指出："听故事和讲故事都是伦理的事情。如果你曾经为某个叙事着迷，就很可能把叙事中的生活感受变成自己的现实生活的想象乃至实践的行为。"[②] 日本动画片所辐射影响的青少年群体，都处于价值观建构的关键时期，一旦日本动画片的价值伦理成为这些青少年比照模仿的重要甚至唯一对象，后果将是令人担

---

① 陈奇佳、宋晖主编：《日本动漫影响力调查报告：当代中国大学生文化消费偏好研究》，北京：人民出版社 2009 年版，第 24 页。

② 刘小枫：《沉重的肉身（第六版）》，北京：华夏出版社 2007 年版，第 5 页。

忧的。在传统价值体系失去统摄力、新的主流价值体系尚未产生完全影响力的当下，这种认同或"归宗"无疑会给主流价值观的宣教和青少年的价值观教育工作带来极大冲击。

虽然日本的热血动画片在传播拼搏、梦想、同情、仁爱、责任等价值观方面有着积极的意义，与我国所一直倡导的主流价值观也有颇多相通之处，且其叙事内容和形式贴近当今青少年的审美品位，受到中国观众的追捧，对于青少年的价值观教育也不无裨益。但是，在看到热血动画片这些表层的积极价值观的同时，我们也必须意识到，日本文化本身具有双面性，热血动画片积极宣扬的价值表象之下仍隐藏有极端武士道乃至军国主义思想的沉渣。其宣扬的暴力至上、混同善恶都有着霸权主义的偏执，是应当引起我们警惕和批判的。在主流价值观的宣教过程中，我们一方面应该引导青少年从日本动画片中汲取昂扬进取的正面价值，另一方面也应该培养青少年的价值筛选能力，从正反两方面着手，将流行日本动画片纳入主流价值观宣教和青少年价值观建构的体系中，使其"为我所用"。

第三节 国产动画片与主流价值观关系的审视

在 20 世纪 80 年代之前，动画片与主流价值观的关系并不构成一个问题。1949 年之后相当长的一段时间内，动画片的任务都被规定为"为少年儿童服务""用社会主义思想教育他们"。[①] 这种严格而略带政治敏感性的定位，使得当时的国产动画片在某种程度上成为主流价值观的忠实传声筒。在国家体制的安排和保护下，这种主流价值观的传达以具有浓厚民族风格的形式得以展现，并不曾引起受众的审美反弹。而这一时期诞生的"中国学派"动画片，如《骄傲的将军》《神笔马良》《没头脑和不高兴》等，更是成为中国动画片艺术性和教育性俱佳的代表作。

而进入 20 世纪 80 年代之后，一方面动画片的制作、生产开始脱离国家体制，向市场化转轨；另一方面，以日美动画为主流的进口动画片因为熟悉市场规律，制作更为成熟，对国产动画片造成了极大冲击。在内外交困中，国产动画陷入了急功近利的创作怪圈。在这种背景下，动画片与主流价值观的关系问题才日益凸显。

探讨国产动画片与主流价值观的关系，一方面是对当下动画片的价值表述进行规范，另一方面则是以日美动画片的成功经验为参照，探索国产动画片传达或承载主流价值观更好的、更具中国风范的途径。

---

① 孙立军主编：《中国动画史研究》，北京：商务印书馆 2011 年版，第 50 页。

一、"小道可观"：主流价值观宣教体系中的国产动画片

当动画片成为动画产业乃至整个文化产业中的重要组成部分的时候，这一长期被视为儿童专属娱乐品的"小道"，便具有了不同以往的价值。

文化产业的影响力不仅在于其对经济社会的推动作用，更在于它以产业化的形式承担着文化涵育、价值——尤其是主流价值观——宣导的意识形态职能。而随着大众文化的迅速崛起，文化产业的这种意识形态职能就显得更为重要。动画片作为文化产业的重要组成部分，由于其自身的特殊性，又在这重要性中占据了特别的位置。

首先，受众的敏感性决定了动画片在主流价值观宣教体系中的重要作用。时至今日，国产动画片仍以少年儿童为主要的受众定位。根据我们的统计，64.29% 的国产动画连续剧明确将 16 岁以下的少儿定为目标受众。而动画片也确实正成为当今少年儿童文化生活中最重要的内容。"当前，我国孩子的娱乐内容也从早年的弄堂游戏转为观看电视或玩电脑游戏，孩子在学校里，谈论的话题也多以动画内容和卡通人物为主，如果哪个同学对正在流行的动画片一无所知，那么他就有可能因此失去话语权以及与同伴玩耍的机会。"①

动画片成为少儿的日常必需品，那么其承载的价值内容也必然会在耳濡目染中对少儿价值观的形成产生重要的影响。根据拉康的"镜像"理论，一个孩子在长大成人的过程中，会持续不断地对其他客体产生类似的想象性认同，而"自我"也就是在这一过程中被逐步建构起来的。对于拉康而言，自我的产生只不过是一个自恋的过程——我们在外部世

---

① 肖路：《国产动画电影传统美学特征及其文化探源》，上海：上海人民出版社 2008 年版，第 199 页。

界中的其他客体身上寻找认同感，来建构一个想象性与整体性的自我。① 而动画片正是儿童建构自我的重要参照物。

主流价值观的宣教固然要面对已经社会化的成人，但是相较于因为社会化而产生价值固着的成人来说，正处于观念形成期的少年儿童的价值引导任务，更显得任重道远。作为未来社会的崭新力量，少年儿童的价值观念关涉的不仅是一己的成才与否问题，更是民族国家的未来发展方向问题。我们今天正着力建构、宣扬的主流价值观若不能深入少年儿童的教育工作中，也会成为一场空谈。

其次，作为大众文艺的重要组成部分，动画片所能发挥的主流价值观宣教作用也是不容小觑的。由于历史原因，消费时代的大众对于主流话语宣扬的价值内容总抱持着一定的抵触心理。在这种语境中，寓教于乐的"乐"就显得尤为重要，即将主流价值观以当今大众所能接受、所喜闻乐见的形式传达出去，使之成为大众文化生活中的日常品。正如陶东风先生指出的："落实和践行核心价值观的关键，是让它从官方文化转化为主流文化或主导文化，进而赢得葛兰西意义上的文化领导权，而这种转化，如果离开了大众文化的积极配合和支持，是不可能达到的。"② 而在主流价值观从神坛走向生活的过程中，动画片所能发挥的作用是可以相当大的。日本前首相麻生太郎曾高度赞扬动漫产业的工作者："你们的出色工作已经抓住了包括中国在内的许多国家年轻人的心，这是我们外务省永远也做不到的事情。"这种评价，从一个侧面反映了动画片在价值宣教方面的巨大作用。

在当今的大众文艺市场，动画片已经成为一股不容忽视的力量。2013 年上半年引进的美国动画片《疯狂原始人》，在短时间内便创造了 3.947 5 亿元人民币的票房，可见如今的动画片已经不是儿童娱乐品了。

① 约翰·斯道雷著，常江译：《文化理论与大众文化导论》，北京：北京大学出版社 2010 年版，第 124 页。

② 陶东风：《核心价值体系与大众文化的有机融合》，《文艺研究》2012 年第 4 期。

而且，动画片所营造的文化空间并不止于几十或一百分钟的影片，还催生了一大批动画衍生品，这些衍生品所发挥的文化熏陶作用是其他艺术形式难以达到的。动漫手办以及 cosplay 活动在青少年群体中有着相当高的热度。如果能正确发挥动画片在主流价值观宣教工作中的积极意义，将主流价值观融入国产动画片的价值表述中，对于主流价值观的宣教工作将是极大的助益。

最后，当今国产动画片在价值表述方面存在的诸多问题，也是不得不引起主流价值观宣教工作者重视的。从上文关于国产动画的数据分析我们可以看出，虽然国产动画在数量上占据了我国流行动画片市场的鳌头，但是市场评价却非常低，平均分仅有 6.11，不仅观众不爱看，学界也批评声连连。一些宣传主流价值观的动画片，如《西柏坡》等，因为做工粗糙或内容陈旧而得不到观众的肯定。另外，部分动画片确实存在价值观导向错误的问题，比如央视《新闻联播》报道的《喜羊羊与灰太狼》《熊出没》的暴力倾向。还有一味模仿，欧化、日化极为严重的国产动画，《高铁侠》模仿日本的《铁胆火车侠》，《少儿猴王传》抄袭美国的《狮子王》，新近热播的《魁拔》系列动画电影存在严重的"去民族化"倾向等。从形式到内容一味模仿外国的国产动画就如同没有灵魂、没有骨头的人，立不起来。在这样的状况下，更应该高度重视国产动画的价值建构，以更好地发挥其主流价值的宣教功能。

正是上述三方面的原因，使得国产动画片在主流价值观宣教工作中有着特殊的重要意义，虽然是"小道"，却影响深远，牵涉众多。

二、贴近与背离：国产动画片对主流价值观的承载

国产流行动画片尽管承担了价值宣教的功能，但就其本质而言，依然没有逃出大众文化的范畴，具有娱乐性、消费性、商业性和通俗性的

特征。在"媒介即权力"的当今社会，大众文化既参与商业活动，又具有强烈的意识形态性。国产动画片就这样游离于资本交易与权力话语的争夺之中，对主流价值观的承载也呈现出贴近与背离的双重景象。国产动画片一方面宣扬了主流价值，为青少年创造了有利于他们人格品格及良好道德品质养成的拟态环境，另一方面又存在片面说教和过多呈现负面价值的误区。由于动画片文本的复杂性，同一部动画片对主流价值的承载可能呈现贴近与背离的多重表现，我们对国产动画片的褒贬评价不能走向片面化和极端化，应怀着包容的心态期待国产动画片的成长与进步。

（一）国产动画片贴近主流价值观的表现

国产流行动画片与主流价值观的贴近主要体现在塑造、完善青少年的个人品格和社会性格两个方面。个人品格主要体现在如何树立人生理想和实现人生价值上，社会性格则主要体现在如何做好"家庭中的人"和"社会中的人"两个方面。

首先，一些优秀的国产动画片所体现的自由、拼搏、奋斗、创新的精神为青少年提供了养分。《猪猪侠之幸福救援队》主题曲的歌词"一切掌握手中，让世界更美好，坚持就一定成功"充满坚持梦想、相信美好和爱的力量。第50集《法令！源源不断的痛苦》中，遇到劲敌时，鼓舞他们继续前进的动力就是各自拥有的梦想。猪猪侠的两位小伙伴回忆自己的梦想时说："如果赚到的钱只是用来满足自己的欲望，那么对这个世界来说，我的价值就会很小。所以，我的愿望是要用金币帮助很多很多人，做一个价值很大的人。"另外一位的梦想是："打扫干净整座城市，让每个人都有好心情。"最终他们一起为梦想努力，打败了"痛苦小怪"，拯救了童话世界。另外，经典国产动画片《海尔兄弟》也讲述了一对由智慧老人所创造的海尔兄弟和他们的朋友为解决人类面临的灾难，及解开无尽的自然之谜而环游世界的故事。海尔兄弟的拼搏、创新精神极大地鼓舞了一代青少年。影片不仅为青少年进行精神启蒙，还进行知识教育，灌输了大量科普知识，是中国动画史上科普类动画的巅峰之作。

其次，人是社会中的人，存在于一定的社会关系之中，而家庭就是最基础的社会组织，对孩子的教育也从家庭开始。"大头儿子小头爸爸，一对好朋友快乐父子俩。"《大头儿子小头爸爸》讲述了大头儿子在一个幸福的三口之家健康成长的故事，由一系列微小故事组成。活泼可爱的大头儿子、和蔼可亲而且有耐心的小头爸爸还有围裙妈妈组成的三口之家，可谓典型中国现代家庭的缩影。小头爸爸教育大头儿子不要学爸爸戴眼镜的表象，而"要学爸爸爱动脑筋、爱运动、爱帮助人"。小头爸爸和大头儿子一起保护果子树，爱护大自然，小头爸爸告诉大头儿子懂礼貌等。这部跨世纪的优秀国产动画片既是孩子的教育片，又是家长的教育片，不仅教育孩子要积极向上，还启发家长如何教育孩子。2004年热播的《大耳朵图图》也是一部适合父母和孩子一起观看的典型的寓教于乐的国产动画片。影片通过简短的小故事讲述了大耳朵图图的成长故事，每一集的结尾都附上"胡图道理"，告诉小朋友一些易懂的道理。

最后，国产动画片还在教育青少年如何与他人相处方面起到了积极的作用，宣扬了文明、和谐、诚信、友善的主流价值观。在《魔法阿妈》的结尾，恶魔被赶走之后，有位叔叔告诉豆豆："无论是多坏的人和事都是从小地方开始的，莫因善小而不为，莫因恶小而为之啊。""害人之心不可有"是最基本的道德底线，只有每个人都能自律，整个社会才能文明、和谐。而《三个和尚》启蒙青少年要注重团队合作，在集体生活中不能自私自利，要为别人着想。这个故事是根据我国古代谚语"一个和尚挑水吃，两个和尚抬水吃，三个和尚没水吃"改编而来的。动画片以"三个和尚没水吃"讽刺了不讲求合作精神、自私自利的人。故事结尾部分起到了积极的价值引导作用，反映了"众人拾柴火焰高"，面对困难和灾难要"众志成城"等道理。小老鼠也是编导的特别设计，当三个和尚谁也不去挑水时，小老鼠便出来作怪，咬断了蜡烛，引发火灾。正是这场火灾让三个和尚幡然醒悟，齐心救火。危机过后，他们还想出了取水的新方法，分工合作、高效省力地完成取水工作，蕴含了革故鼎新的深意。《三个和尚》针砭时弊，运用古谚的内涵和寓意鼓舞斗志，传播正面价值，符合时代的要求。

（二）国产动画片背离主流价值观的表现

国产动画片是一把双刃剑。近年来，在经济利益的驱动和日本、美国动画片的影响下，国产动画片在语言、情节和内容上都出现了暴力倾向、低俗化和价值评价标准单一化的问题。这些暴力、低俗的情节被一些孩子所模仿，给社会造成了不良的影响。如果这些问题不加以解决，任由其发展的话，"娱乐至死"的时代就离我们不远了。

台词是表现一部动画片思想最直接的方式。许多国产动画片的台词中大量出现暴力、低俗的词汇。有网友总结了动画片《虹猫蓝兔七侠传》中的特色语言："扑克、骰子、牌九可是样样精通。""啊？谋杀亲夫啊！""蓝兔，我的美人儿，娘子！美人儿，你的夫君来了！""哼，老娘才不会上当呢。"热播动画片《熊出没》也是暴力语言频出。《开心宝贝之开心超人大作战》的台词中竟然还出现了"兼职代写小学生作业"。这些暴力、情色、粗俗、不当的台词很容易被青少年学习，形成不良的社会风气。

部分国产动画片的情节也充满了暴力、低俗的色彩。国产 3D 动画片《我叫 MT》根据网络游戏《魔兽世界》改编而成，故事由打斗推进情节发展，强调用报仇等以暴制暴的方式解决问题。《开心宝贝之开心超人大作战》中出现从楼上砸下铁桶的情节、"小小怪"捡到书不是想到还给失主，而是占为己有的情节；《熊出没》中乱砍滥伐的情节；《大英雄狄青 4》中下毒药、逛妓院的情节；还有《喜羊羊与灰太狼》

中烤羊肉的情节等。如果孩子们长期接触这些暴力、血腥、低俗的情节，思维和行动肯定会受其影响。

国产动画片出现以上问题的原因是多方面的。一方面是因为受到利益的驱使，为了博观众的眼球，利用孩子的好奇心获得较高的收视率。另一方面也受到欧美、日本动画片的影响，特别是日本热血动画片中大量的打斗情节。还有一个原因是目前我国管理动画片制作、播放的法律、法规不够健全。虽然《中华人民共和国预防未成年人犯罪法》规定，广播、电影、电视、戏剧节目如传播暴力、色情、赌博、恐怖活动等危害未成年人身心健康的内容，需要负法律责任。但是没有具体规定禁止的标准和惩罚方式，责任人也不清晰。另外，我国的动画片没有分级制度，无法保护未成年人免受暴力的侵害。近年来，国产动画片中暴力、低俗的问题越来越受到社会的广泛关注，甚至将青少年产生暴力模仿行为的原因归结到观看了国产动画。笔者认为这是有失偏颇的。虽然国产动画片确实应该大力整顿，消除其不良的价值表述，但儿童的语言行为受到社会环境和家庭环境多方面的影响。另外，由于网络的开放性，青少年也非常容易接触进口的动画作品，会受到这些作品的影响。因此，我们不应该一味地问责国产动画片，而是应该为国产动画片创造更加宽松的舆论环境，促进民族动画产业的发展。

三、民族化与时代化：国产动画片价值表述策略的转型

1954 年，由钱家骏导演的中国动画片《乌鸦为什么是黑的》在威尼斯国际电影节上获了奖，却被评委认为是一部苏联的作品。这给当时的中国动画电影工作者很大的刺激。据当时担任上海电影制片厂动画组组长的特伟回忆说："这件事一方面说明当时我们的动画片已经达到了相当的水平，说明我们模仿别人已经是模仿到家了。但是，你再会学，

学得再逼真，人家还是认为是别人的东西。只从这点上说，也应该考虑创作我们自己的民族动画片了。"①

半个世纪过去了，我国的民族动画片确实取得了巨大的进步，但依然在技术、情节、内容等多个方面表露出模仿欧美、日本的痕迹，国产动画片的民族化道路依然任重而道远。国产动画片需要将民族文化和时代精神结合起来，既能回溯"中国学派"动画片的民族风格，又能结合时代发展，让主流价值观的宣教喜闻乐见，而不是让人厌倦。在此，我们主要从内容、思想价值观和表现形式三个方面探讨国产动画片的民族化和时代化价值表述策略的转型，促进主流价值观与国产动画片的结合。

（一）民族化

目前全球动画价值表述的两种途径是民族化与普世化，前者以日本动画为代表，后者以美国动画为代表。就目前看，美国动画占据上风，因为全球化本身就是去民族化、去地域化，而美国因为没有深厚的历史资源恰巧选择了这样一种普世化的表述路径。但是对于民族国家来说，民族化的价值叙事仍然是在全球化进程中维系自身文化身份、建构文化归属感的重要路径，日本动画的成功例子就是明证。民族化包括动画内容的民族化、思想价值观的民族化和表现形式的民族化。

1. 内容的民族化

挖掘传统文化资源，如神话故事、民间传说、文学经典等。我国五千年的文明积累了大量的优质文化资源，而这些文化资源却被其他国家进行改编创造，做出了优秀的动画片。《白蛇传》《西游记》《三国演义》等中国故事被做成了日本动画片，功夫熊猫、花木兰也成了"美国熊猫""美国木兰"。这些故事内容改编不仅是资源的流失，更是价

---

① 金天逸：《中国动画学派的发轫、成型和成熟》，《电影艺术》2004 年第 1 期。

值主导权的丧失，以上内容被日本化和美国化，导致人们的文化认知出现偏差，不利于民族文化身份和文化认同的建构。而上述改编在今天取得市场成功，说明传统文化资源仍能够与当下的生活发生联系。因此就有必要充分挖掘，借助传统文化资源进行主流价值观宣教。传统文化资源中也保有很多与主流价值观一致的内容。

国产动画片《大闹天宫》从内容到形式上都洋溢着浓郁的民族特色，可谓国产动画片的一面旗帜。《大闹天宫》取材于我国四大名著之一《西游记》，讲述了孙悟空大闹天宫的故事。影片对原著情节进行筛选，将龙宫夺宝、封官弼马温、自封"齐天大圣"、被俘炼成"火眼金睛"、大闹天宫、对阵十万天兵等情节合理设置，达到了跌宕起伏的效果。影片的主题也体现了浓厚的民族特色。与原著讲述师徒四人西天取经的故事不同，影片重点讲述孙悟空大闹天宫的情节，突出孙悟空天不怕地不怕的反抗精神，强调他敢做敢当、机智勇敢的性格特征，展现了刚健有为的民族气质。国产动画片《中华勤学故事》也以历代名人勤奋好学的故事为题材，选取了如"华佗学医""鲁班学艺""王羲之吃墨"等内容，不光在知识和思想上具有教育意义，还有一定的趣味性，吸引孩子持续观看，真正做到了寓教于乐。

2. 思想价值观的民族化

弘扬中国传统文化精神，守住价值观的底线，避免欧化和日化。中国优秀传统文化的核心是关于人生意义、人生价值、人生理想的基本观点，可以称为人本观点。中国几千年来文化传统的基本精神的主要内涵是四项基本观念，即天人合一，以人为本，刚健有为，以和为贵。[①] 国产动画片只有实实在在地体现中国传统文化精神的精髓，才能保持独立的民族品格。只有民族化的东西，才能够与民族化的主流价值观相匹配。

---

① 张岱年：《文化与价值》，北京：新华出版社 2004 年版，第 212 页。

被形容为中国动画片"破冰之作"，具有"里程碑意义"的《魁拔》所引发的热议和惨淡的票房无疑为这部国产动画片平添了一份悲壮。动画片从情节到价值观念都在模仿日本的热血动漫，和日本的武士道精神相联系，不仅失去了民族精神和民族特色，甚至可以说是一种赤裸裸的"去民族化"的作品。另外，这部"拿来主义"的国产动画片内容过于玄幻，不接地气，全是打打杀杀的情节。特别是《魁拔之大战元泱界》的故事基本以打斗情节推动，导致整部动画片的"低龄化"走向，孩子们为这些打斗情节兴奋得手舞足蹈，而家长们只能无奈地打瞌睡。

相较而言，《秦时明月》则具有浓厚的民族化色彩，表现了诸子百家的价值观念。这部根据同名小说改编的作品描述了少年荆天明与侠客张剑走江湖的过程，他们一路体验了复杂的心路历程，最终成长为顶天立地的英雄。《秦时明月》融入了典型的中国武侠精神，将武侠、玄幻与中国历史和传统文化融为一体，带领大家进入一个英雄辈出的年代。故事以秦始皇统一六国到项羽攻占咸阳城秦朝灭亡的历史为背景，以"侠义"精神阐释诸子百家的文化内涵，诠释了正义、勇敢、友善的民族精神。

3. 表现形式的民族化

呈现民族文化符号，回归"中国学派"传统。目前很多国产动画片一味追求三维等新技术，抛弃了中国历史悠久的民族艺术传统，导致动画片风格的雷同，如《果宝特攻》《岚侠》《神兽金刚》等动画片在形式风格上毫无差异。现代动画片应该回归"中国学派"传统，从民族艺术中挖掘形式资源，民族艺术本身就是主流价值观所倡导的，其中也蕴含着主流价值观。

动画短片《入学考试》用短短七分钟的时长讲述了小白鼠、中灰鼠、大胖鼠想拜太极鼠为师，但必须通过严格的入学考试的故事。整个故事中，从道具、造型到背景音乐都融入了大量中国元素。小老鼠们出场的画面中就呈现了中国传统的灶台、玉米串、辣椒串，就连算盘也登场了，让观众倍感亲切。小老鼠们在入学考试中的动作和武器都是中国武侠的经典元素，如点穴、飞镖等。多次呈现的太极图也已经是深入人心的中国传统文化符号。结尾处那一笼冒着热气的小笼包让整个画面充满了温馨，那是让多少国人的胃得到极大满足的传统美食呢！另外，《入学考试》在情节的设置上也不乏幽默，不失乐趣，还用民族乐器唢呐奏响了欢乐的背景音乐。动画不仅呈现了中国元素，还传达了主流价值观念，如秤砣上写的"公平交易"四个字就体现了"诚信""敬业"的主流价值。

（二）时代化

国产动漫不仅要走民族化的道路，还要结合时代发展，顺应时代潮流，从内容到形式都走上时代化的道路。如果只片面强调民族化，不和当代社会发展相结合，就会走入固守传统的误区，不利于中国动画产业的发展。时代化也包括动画内容的时代化、思想价值观的时代化和表现形式的时代化。

1. 内容的时代化

创新和改造民族文化题材，顺应大众文化的发展潮流。如 3D 动画《济公》《小兵张嘎》《中华小子》等作品在原有的题材上进行了许多改编，更加符合动画片的艺术特点，更易让大众接受。根据小说《三毛流浪记》改编的"三毛"系列动画片也是如此。《三毛从军记》《三毛奇遇记》《三毛历险记》《三毛旅行记》不仅继承了原有的题材，还在这一民族文化题材上进行创新和改造。从《三毛奇遇记》开始，三毛就过上了幸福的生活，还结识了更多的朋友。

2. 思想价值观的时代化

发挥传统价值的进步内容，克服和消除其落后内容。张岱年先生曾在《文化与价值》一书中说道："新时代的价值观必然以对于个人与社会、物质生活与精神生活的关系的正确理解为基础。价值观的更新，在于对于真、善、美的更深切的理解，而不在于对真、善、美的违离。我们应该力求达到实现真、善、美的更高境界。"①

国产动画应该对民族文化进行"去文化"与"再文化"的加工与塑造。在对民族文化的表述上"去其糟粕，取其精华"地进行渲染。在这一方面，国产动画可以借鉴迪士尼动画对外民族题材改编的经验。影片《花木兰》虽然讲述了中国古代诗歌《木兰辞》中的花木兰替父从军的故事，但已完全摆脱了"唧唧复唧唧"的悲情形象。木兰替父出征，仅有小部分原因是出于对父亲的孝心，但更重要的原因是木兰不甘于女子顺从、任人摆布的命运，不甘于"父母之命，媒妁之言"的相亲婚姻。她要去实现自我价值，争取个人自由。动画中运用了很大的篇幅描绘原著中所没有提及的相亲场面，用夸张热闹、幽默反讽的手法表现出木兰对女性命运被安排的不满。《木兰辞》中被强调、颂扬的"孝道"在动画片中被淡化直至彻底消失，取而代之的是美国和西方的自由、独立的"女性主义"思想。中国的古老故事被赋予了新的文化价值。

3. 表现形式的时代化

合理利用现代科技，避免技术主义。3D 动画制作的精髓在于能运用技术以更加细腻地表现动画人物的细节表情、动作表现、人物感情等，而不应该本末倒置地唯技术是从，使故事显得僵硬，这是许多 3D 国产动画电影应该避免的。

综观我国的流行动画片市场，日本和美国分别占据了网络和银幕市场的主要份额。这些进口动画片依托纯熟的艺术技巧，恰切地表达了本国或本民族所秉承的文化价值传统，不仅成功地塑造和推销了自身的文化形象，而且在我国青少年群体中有着不小的影响力和号召力。但是，

---

① 张岱年：《文化与价值》，北京：新华出版社 2004 年版，第 30 页。

在看到这些文化产品宣扬积极价值观的同时，还应注意到其价值表述的深层隐藏着专属于该国或该民族的文化之根，这部分不仅与我国的文化传统有背离之处，而且部分价值表述还有其偏颇甚或偏激之处。由于网络审核和电影分级机制的不健全，以及文化产品自身的复杂性，这些价值观杂糅的进口动画片并未引起人们过多的警觉，对我国的主流价值观建构和宣教工作造成了一定困扰，更在一定程度上影响了青少年价值观的塑形。

而反观国产动画片，虽然在相关政策的扶持下在国内动画市场占据了不小的份额，但是由于技术和理念的落后，国产动画片并未收到足够好的口碑，不仅在与日美等国动画片的文化价值宣教的较量中，而且在我国主流价值观的宣教体系中，都处于不利的地位。

我国悠久的历史文化资源积淀，为国产动画片的创造提供了源源不断的素材和思想价值资源。国产动画片只有合理利用这个丰富的素材库，与时代精神相结合，在精神气质上保持独立的民族个性，才能真正做到逃离欧化和日化的怪圈，避免暴力倾向和低俗化，探求中国特色的主流价值观宣教之路。

第八章　网络游戏的表意逻辑与价值向度

　　20 世纪末以来，网络游戏异军突起、狂飙突进，成为关注度、参与度和争议度极高的新型数字艺术形式。在文化产业发展的浪潮中，网络游戏短时间内壮大为一种新锐，成为独特的文化力量与产业。新媒体技术促成了网络游戏向日常生活的广泛渗透，产业化运作方式为游戏赢得了更大的普及范围和商用空间。技术、商业与文化艺术结合，适应了现代人的生活和情感表达方式，同时也带来新的文化悖论、观念冲突和价值纠葛。

　　作为可供娱乐的开放性奇观文本，网络游戏凭借其强烈的视觉冲击力、创造性、参与性和互动性，引发用户高强度、多样化的心理效应，进而影响其认知和价值取向。市场与艺术、商业与文化、技术与伦理，赋予网络游戏复杂的属性与功能。在价值论的视野中审视网络游戏的文化角色，有助于我们寻找一种更契合人的心灵体验、情感诉求的技术手段，使得人机关系能够植根于健康人性的精神原点，在科技与产业的平台上建构价值与意义的维度。

第一节　网络游戏的艺术表征与多维价值

在艺术生产、传播中，媒介是表现和传达的工具。如朱光潜所说："媒介和艺术的关系非常密切，一种媒介往往只适宜于一种风格，媒介与风格不相称时则难以引起美感。"① 回顾历史，艺术本体并非一成不变，它随着社会生活、人的存在和媒介技术的发展而相应演化。媒介变迁是艺术发展的重要动因，从象形文字、图形、线条到字母，从龟甲、兽骨、石材、竹简到纸张，人类逐步寻找到一系列抽象的表达方式和多样化的符号载体，艺术类型和审美样态愈发丰富。

瓦尔特·本雅明指出："每种形式的艺术在其发展史上都经历过关键时刻，而只有在新技术的改变之下才能获致成效，换言之，需借助崭新形式的艺术来求突破。"② 像电影便是人文艺术与媒介技术结合的典范，它将文学、摄影等的艺术表现与技术装备融为一体。摄影机扩大了我们的视听范围，用镜头探索客观世界与人的心灵领地。"机器体系也拓展了人类器官的能力和感受范围，向世人展现了感觉上的新领域，一个全新的世界。机器体系所创造的艺术有着自身的确切标准，也能够以自身独特的方式满足人类的精神需求。"③ 媒介技术孕育的艺术，其表现手段固然有别于传统的艺术形式，但是它们都同样诞生于人类的心灵

---

① 朱光潜：《文艺心理学》，合肥：安徽教育出版社1996年版，第208页。

② 瓦尔特·本雅明著，许绮玲、林志明译：《迎向灵光消逝的年代：本雅明论艺术》，桂林：广西师范大学出版社2008年版，第88页。

③ 刘易斯·芒福德著，王克仁、李华山、陈允明译：《技术与文明》，北京：中国建筑工业出版社2009年版，第284页。

源泉。较之那些拙劣模仿自然的传统艺术作品，高品质的新媒介艺术更可视为探索人性的现代寓言。

一、数字技术演进与艺术跨界扩展

今天，随着电脑、手机、平板电脑等的广泛使用，媒介技术为艺术拓展提供了新的空间。"旧有的等级和分类正在断裂；新技术提供了诸多方式来定义、生产和展示视觉艺术；既定艺术形式被重新审视并加以修正；世界各地多样的文化遗产的交流促进了文化间的相互交织和渗透；日常文化不但为艺术带来灵感，也催生了颇具竞争潜力的视觉刺激。"[①] 以数字技术、网络技术等为基础的交互性媒体，推动传统的美学范畴不断更新，人们在电脑、移动终端和互联网的虚拟空间中探索视觉艺术的表现形式。正如提厄瑞·德杜佛所深刻洞察的那样，现代美学的问题并不是"什么是美的"，而是"什么东西可以说成是艺术（和文学）?"[②] 融合了文字、图像、视频、音频的数字艺术实践，集各种媒介符号形式于一身，在生产、传播和接受等方面促使艺术重新定义自我。艺术的跨界扩展、文本的商业化、产品的海量化、欣赏或接受的大众化，都是不可避免的趋势。

数字技术、信息通信技术改变了流行文艺的生产方式，艺术创造拥有了一个完全不同的视角，思维模式、艺术经验和媒体技术间有了更紧密的联系。比尔·盖茨在《未来之路》中声称，信息通信技术给新一

---

① 简·罗伯森、克雷格·迈克丹尼尔著，匡骁译：《当代艺术的主题：1980 年以后的视觉艺术》，南京：江苏美术出版社 2011 年版，第 16 页。

② 王岳川、尚水编：《后现代主义文化与美学》，北京：北京大学出版社 1992 年版，第 45 页。

代的天才提供了前所未有的艺术和科学方面的种种机遇。[①] 2011 年 5 月，美国政府下属的美国艺术基金会（National Endowment for the Arts，简称 NEA）宣布，所有由互联网和移动技术创造的媒体内容，包括电子游戏，都被正式确认为艺术形式。按平台的不同，电子游戏主要分为单机游戏和网络游戏两大类。单机游戏也称单人游戏，通常是在一个独立的游戏平台如电脑、电视、街机或便携式游戏机上操作的。网络游戏又称"在线游戏"，简称"网游"，玩家必须依托互联网来进行多人游戏，它代表了电子游戏的发展方向，其可玩性、复杂性和创新性都远胜单机游戏。上述美国新的"媒介艺术"分类指导路线，意味着网络游戏的艺术特质获得了官方认同。

被视为继文学、绘画、雕塑、舞蹈、音乐、建筑、戏剧和电影之后"第九艺术"的网络游戏，顺应了媒介变革的历史要求，以一种共享、透明的市场机制，创造了新型的人与机器、人与物、人与人交互的体验方式。网络游戏可以纳入胡智锋等学者所定义的"传媒艺术"的范围，它凸显了"科技性、媒介性和大众参与性"等特征，"构筑起自己迥异于传统艺术的独特而别致的景观"。[②] 网络游戏吸纳了许多新的素材，打破不同艺术门类之间的壁障，复合了技术、人文和商业的诸多元素。它通过影像、声音、文字和画符的协作传达意义，催生了新的视听形式和数字美学，激活了人们的感官体验。网络游戏通过视觉、听觉和触觉传递的带有互动性的感官刺激，超过了任何一种传统艺术形式。

其实，从艺术的视野审视"游戏"，它有着源远流长的历史，柏拉图、马佐尼很早就注意到了艺术或审美活动与游戏有着内在联系。而康德最早从美学意义上给予游戏以充分的重视，他认为游戏是想象力与理解力的自由和谐运动，这种游戏先于审美的快感，是审美快感的根源。

---

① 比尔·盖茨等著，辜正坤译：《未来之路》，北京：北京大学出版社 1996 年版，第 169 页。

② 胡智锋、刘俊：《何谓传媒艺术》，《现代传播》2014 年第 1 期。

康德这一观点常被称为"自由游戏说"①。康德将自由视为游戏的灵魂："游戏是人类一种纯粹主观、绝对自由的感性愉悦的活动，可以带给人一种生命升华后的超脱感觉，给身体一种舒畅健康的状态。"② 席勒和斯宾塞进一步发展了康德思想，他们认为审美就是游戏，艺术起源于游戏，都是"过剩精力"的宣泄。席勒提出，游戏冲动（Spieltrieb）使人在精神方面和物质方面都得到自由，"只有当人是完全意义上的人，他才游戏；只有当人游戏时，他才完全是人"③。

　　荷兰学者胡伊青加更是认为游戏推动了文化和文明的发展。他阐述了游戏的三个主要特征：第一，一切游戏都是一种自愿的活动，是事实上的自由；第二，游戏不是"日常的"或"真实的"生活，相反，它从"真实的"生活跨入了一个短暂但完全由其主宰的活动领域；第三，游戏具有封闭性、限定性。游戏是在某一时空限制内"演完"（play out）的，它包含了自己的过程与意义。④ 胡伊青加认为，在整个文化进程中都活跃着某种游戏因素，这种游戏因素产生了社会生活的很多重要形式。游戏竞赛的精神，作为一种社交冲动，比文化本身还要古老，并且像一种真正的酵母，贯注到生活的所有方面。仪式产生于神圣的游戏；诗歌诞生于游戏并繁荣于游戏；音乐和舞蹈则是纯粹的游戏。智慧和哲学在源于宗教性竞赛的语词和形式中找到自己的表达。战争的规则、高尚生活的习俗，都是在各类游戏中建立起来的。处于最初阶段的

---

① 丁枫主编：《西方审美观源流》，沈阳：辽宁人民出版社1992年版，第610页。

② 康德著，李秋零译：《纯粹理性批判》，北京：中国人民大学出版社2004年版，第39页。

③ 弗里德里希·席勒著，冯至、范大灿译：《审美教育书简》，北京：北京大学出版社1985年版，第80页。

④ 胡伊青加著，成穷译：《人：游戏者 对文化中游戏因素的研究》，贵阳：贵州人民出版社1998年版，第9－12页。

文明乃是被游戏出来的。① 由此看来，游戏在人类的艺术和文化活动中占有重要位置，这昭示了一种活力四射的生命状态和自由精神。

进入互联网时代，延续古老传统的游戏在虚拟现实中嬗变为新的特殊形态。"数码媒体因其程序性、参与性而特别适合玩游戏，又因其是包含静止图像、活动图像、文本、音频、三维可航行空间等在内的媒体，可以比单一媒体提供更多建构游戏世界所需要的叙事板块。游戏与故事都有两种重要结构（竞争与谜题），因此彼此相像。它们都与现实世界保持距离。不过，在后现代世界中，日常体验看来已经越来越像游戏。我们需要有新媒体来表达故事、玩新游戏，计算机正是这种新媒体。"② 科技的支撑，加上市场和利润的驱动，使得网络游戏的产业化实践超常发展。

1996 年，以《侠客行》为代表的文字网络游戏（Mud，Multi-User Dungeon 的缩写，中文译称"泥巴"）开始在国内盛行，这还只是网络游戏的雏形。

2000 年，第一款真正的中文网络图形 Mud 游戏《万王之王》正式推出，成为中国第一代网络游戏的代表作。

2001 年，网易推出《大话西游 Online》，开启了门户网站进军网络游戏的序幕。

2002 年，盛大公司成功运营《传奇》，同时在线人数突破 50 万人，在中国正式开创了网络游戏这一产业形态。凭借《传奇》这款游戏，陈天桥曾经登上中国首富的位置。

2002 年，盛大公司收入和净利润达到惊人的 3.26 亿元和 1.39 亿元；2003 年收入和净利润均较上年翻了近 1 倍，分别达 6.33 亿元和

---

① 胡伊青加著，成穷译：《人：游戏者　对文化中游戏因素的研究》，贵阳：贵州人民出版社 1998 年版，第 222 页。

② 黄鸣奋：《西方数码艺术理论史第五册：数码现实的艺术渊源》，上海：学林出版社 2011 年版，第 1526 页。

2.73 亿元。而国内网络游戏的市场规模在 2003 年为 20 亿元，至 2013 年达到 831.7 亿元，这已经远远超过电影、音像出版等传统行业。2013 年网络游戏市场总产值，超过当年中国内地电影票房的四倍。腾讯、网易、盛大三家公司成为网游业的龙头，仅腾讯一家互联网公司的市值，便超过了全国所有传统媒体的总市值。

作为一门新兴的娱乐产业，网络游戏以商业化的运营模式渗透到人们生活的每一个角落。据中国互联网络信息中心发布的数据显示，2017 年 1 月到 11 月，网络游戏（包括客户端游戏、手机游戏、网页游戏等）业务收入 1 341 亿元，该产业呈现出移动化、国际化、竞技化发展态势。

现代社会的大众娱乐并非中性的，而是具有社会、经济、政治、文化的内涵。网络游戏反映了其制作者、监管部门、市场和用户的意愿、标准与价值，折射了多重主体之间的博弈。网游产业创造了巨大的经济利润，它同时也是价值和意义的生产场域。市场和日常生活剥离了网游生成的原初语境，使它从单一的娱乐刺激向多样化价值维度转换。

二、团队生产运营与行业规范管理

从生产主体来看，产业化、项目化的运营方式使得网络游戏制作成为一种团队协作，不同的价值理念碰撞、交融的行为。网游制作越来越专业化、规模化，分工越来越细化，越来越重视服务性，以提升玩家的满意度。除了前期的市场调研外，网游的制作流程大致分为策划、程序开发、美术制作、音乐和音效，以及游戏测试、运营上市等阶段。网络游戏制作的团队构成，包括项目经理、游戏策划、程序员、美术人员、音乐师等。大多数网络游戏都是集体智慧的结晶，文本中的故事背景、文案、系统策划、主题取向、创意设计、角色形象、游戏引擎、原创音乐等，是集体协作的结果，这与传统的文学艺术创作方式明显不同。

有研究者指出，网络游戏等交互性娱乐也是一种艺术形式，它是一种合作性艺术形式，没有单个人有资格自称艺术家，多数设计者也不认为自己是艺术家。游戏包含艺术要素与功能要素：它必须在审美上令人愉悦，又必须工作正常并适宜玩耍。① 在文化产业研究的语境中，大卫·赫斯蒙德夫提出用"符号创意"（symbolic creativity）取代"艺术"一词，用"符号创作者"（symbol creators）来代替"艺术家"，即诠释、编译或改写故事、歌曲和图像的人。② 简·麦戈尼格尔认为，游戏设计师和开发人员把优化人类体验的直觉艺术转化成一门应用科学。③

事实上，参与网络游戏的符号创作者越来越多，他们是制作游戏文本的主要劳动者，其目的不只是自娱和娱人。作为文本生产商，在产品商业价值与艺术价值之间权衡的网游公司追求赢利，要经过"包装"来实现，即通过形象转移价值。专业符号创作者通过精心的设计，将技术、想象和才情贯注到网游产品中。

网络游戏是一个特殊的文化生产行业，与特定时代的生活方式、群体心理有着紧密联系。当代社会的变革潮流，颠覆了传统的生活方式，改变着群体社会心理，快节奏、高强度、高压力的城市生活，促使人们去寻找舒缓重压、释放心灵的方式。简·麦戈尼格尔指出，游戏充分激活了与快乐相关的所有神经系统和生理系统——我们的注意力系统、激励中心、动机系统以及情绪和记忆中心。这一极端的情绪激活，是当今最成功的电脑和视频游戏让人如此沉迷亢奋的主要原因。④ 数字技术重

① 黄鸣奋：《西方数码艺术理论史第四册：数码文化的艺术影响》，上海：学林出版社 2011 年版，第 1188 页。

② 大卫·赫斯蒙德夫著，张菲娜译：《文化产业》，北京：中国人民大学出版社 2007 年版，第 5 页。

③ 简·麦戈尼格尔著，闾佳译：《游戏改变世界：游戏化如何让现实变得更美好》，杭州：浙江人民出版社 2012 年版，第 39 页。

④ 简·麦戈尼格尔著，闾佳译：《游戏改变世界：游戏化如何让现实变得更美好》，杭州：浙江人民出版社 2012 年版，第 29 页。

塑了游戏方式，具有侵略性的娱乐文化，向四面八方扩散，用"幻化"的视觉表象填充人们空虚的闲暇时间，为沉闷乏味的生活找到一个宣泄口。根据法国后结构主义哲学家吉尔·德勒兹有关"思维的运动"的理论，影像不只是给我们以视觉、感官享受，更重要的是它已经从根本上改变了我们感知、思考自身的方式，甚至影像就是思维的形象，影像的运动就是思维的运动。在数字化时代，不再是我们直面影像，而是我们处于影像的包围之中。① 而网络游戏也可以视为影像对思维和观念的实践，它采用一种"想象的跳动"方式，超越现实限制，自由转换时空，塑造一个互动性的影像世界。大众丰富隐秘的欲望，在网络游戏中幻化为具体、可感知的视听形象。

网络游戏在一定程度上影响着用户的社会认知、自我定位和价值认同，它从一个侧面反映着时代的精神状况，引导着用户的价值判断和文化趣味。网络游戏看上去是虚拟的体验，其实却是现实社会的镜子。从游戏设计者的角度来看，他们开发的游戏总是基于对现实社会的认识，游戏的设计也总是包含着一定的价值观，而这些价值观是来源于现实世界的。用户对游戏的使用情况，也反映了他们在现实生活中的某些境况。从更高层面上说，什么样的游戏在网络世界流行，不仅反映了网络文化的流行趋势，也反映了现实社会的某些突出需要。② 网络游戏是一种"怎么都行的艺术"（the art of making do），其虚拟性、刺激性对用户有着强烈的吸引力，特别是未成年人，很容易沉迷其中，带来网络成瘾症和行为反常等问题。它从诞生起，便一直与争议、批评、质疑相伴。青少年甚至大学生模仿网络游戏抢劫、杀人、强奸的新闻报道屡见于媒体，封杀网游、取缔黑网吧的呼声不绝于耳。一些低俗的网络游戏

---

① 吉尔·德勒兹著，谢强等译：《电影2：时间—影像》，长沙：湖南美术出版社2004年版，第106页。

② 彭兰：《网络文化的主要形式及其特质》，尹韵公主编：《中国新媒体发展报告（2011）》，北京：社会科学文献出版社2011年版，第142页。

产品，以暴力、血腥、恐怖、色情、赌博来吸引眼球。如曾流行一时的以"黑帮"为主题的网络游戏，其主要题材为"黑帮""黑手党""黑社会""古惑仔""教父""江湖"等内容，突出表现"黑社会"打、杀、抢、奸、骗等反社会行为，渲染血腥暴力，鼓动、教唆游戏用户在游戏中扮演"黑社会"成员，赞美"黑社会"生活，挑战社会的法制和道德规范。[①] 另外，色情网游的腐蚀性也非常强。如一款名为《迷情都市》的网络游戏，其市场推广语为"满足你的所有欲望"，游戏中充斥大量色情淫秽内容。类似这种网游严重的价值观偏差误导了用户，也在一定程度上损害了该行业的社会形象。

为了对网络游戏可能带来的负面效应进行遏制，监管部门出台了一系列措施和规定，加强内容管理。2004 年，《文化部关于加强网络游戏产品内容审查工作的通知》明确了内容管理的基本制度，包括实施进口网络游戏内容审查和国产网络游戏备案等。同年，国家新闻出版总署开始实施"中国民族网络游戏出版工程"，着力扶持民族网络游戏产业。2007 年，新闻出版总署等八部门发出《关于保护未成年人身心健康实施网络游戏防沉迷系统的通知》，要求所有网游运营商必须安装并运行网游防沉迷系统，通过技术手段防止未成年人长时间沉溺于游戏之中。2009 年，新闻出版总署开始实施"中国绿色网络游戏出版工程"，意在以绿色网络游戏理念凝聚游戏产业发展的核心价值，引领产业发展方向。2010 年 8 月 1 日，文化部发布的《网络游戏管理暂行办法》正式实施，这是我国第一部专门针对网络游戏进行管理和规范的部门规章。2011 年，文化部等八部委下发《"网络游戏未成年人家长监护工程"实施方案》，决定在网络游戏行业全面实施"家长监护工程"，旨在对日益严重的未成年人沉迷网游现象进行有效控制与防范。同年，新闻出版总署等八部门联合印发《关于启动网络游戏防沉迷实名验证工作

---

① 陈莽：《"黑帮"主题网络游戏全面叫停》，《京华时报》，2009 年 7 月 28 日。

的通知》，启动网络游戏防沉迷实名验证工作。由政府推动并实施网络游戏防沉迷系统，此举在全世界属首创。这些制度化的措施，通过对网络游戏进行审查、管理、规范和整编，试图把体制外的"亚文化"纳入主导文化体系。

在确保网络游戏内容合法性的基础上，主管部门还对这一业态的发展进行了宏观规划。《新闻出版业"十二五"时期发展规划》明确提出：积极发展民族网络游戏产业，鼓励扶持民族原创网络动漫产品的创作和研发，扩展民族网络文化发展的空间。网络游戏被确立为国家重点扶持的"文化创意产业"之一，跟我们时代的媒介生态、社会意识和文化变迁方式有着内在关联，它在提升文化软实力的语境中被重新安置、定位，成为时尚的文化产品。网络游戏兴起初期，国外引进代理的《魔兽世界》《传奇》等吸引了大多数玩家，而如今国产游戏的人气越来越旺，《梦幻西游》《诛仙》《剑侠情缘》《天下3》《问道》《完美世界》《天龙八部》等更是堪称经典。除了传统的客户端游戏之外，网页游戏和手机游戏受到越来越多的青睐。网络游戏运营商打通电脑、手机、平板电脑甚至智能电视等各种终端设备，开发出适用于不同载体的游戏版本，实现跨平台运营。像经典游戏《传奇》《星辰变》等，都开发出了各自的手机版或网页版。还有一些网络游戏与同题材电影一起推出，充分体现了全媒体时代娱乐和视觉思维的符号表征。网游、动漫、影视等合一的趋势，体现了娱乐产品在跨媒体、创意引领的业态中获得了文化增值。市场经济和数字技术改变了艺术的存在方式，产业化的发展模式、媒体化的传播机制使艺术渗透到日常生活中的每一个角落。

三、商业价值与艺术价值之间的合理平衡

网络游戏品牌效应和商业价值的实现，既要遵循经济规律，也要尊

重美学和艺术的规律。文化创意元素有助于网络游戏营构新奇的心理体验空间，构建新型的人机关系。负载着意义与价值的网络游戏作品，是一种泛化的艺术文本。将文学、历史、影视、民间传说等各种资源引入游戏领域，丰富的题材为网游的跨媒介叙事提供了保障。网游将影视、美术、文学、音乐、摄影、武术等门类的艺术元素加以熔铸、改造，其超媒介（hypermedia）的性质，包含了传播的视觉、听觉和文字等诸多形式。尤其是角色扮演游戏（role-playing game，简称为 RPG），新型多媒体艺术的特质更为明显。

腾讯公司研发的全 3D 武侠题材大型多人在线角色扮演游戏《天涯明月刀》，是集合了业界顶尖的电影创作和游戏创作班底倾力打造的首款电影网游。为了充分表现古龙经典武侠小说《天涯明月刀》中的精髓品质，该游戏的制作公司邀请了著名电影人陈可辛、袁和平等参与指导，通过电影化的创作手法，探索电影和网游跨界融合的艺术形态。腾讯公司分别与中国舞蹈家协会、中国艺术研究院等达成战略合作，共同寻求游戏与传统艺术融合的可行模式和路径，以实现网络游戏性质的创新。

网游文本的界面设计、互动性情节，令人具有沉浸感的视觉和听觉组合等，都蕴含独特的审美价值。如在《仙剑奇侠传》的游戏世界中，凄美的爱情故事，优美的音乐、诗词和画面场景营构出的意境，能使玩家获得丰富的审美体验，在精神和价值层面超凡脱俗。Q 版 3D 回合制网游《梦幻聊斋》，通过立体感的场景和极度唯美的画面效果，穿越前世今生，连接人鬼妖仙四界，重叙《聊斋志异》中的神异故事。玩家可以根据自己的审美期待和价值观念，在网游文本中达到一种融入和超越的心灵境界。网络游戏将人的生活导入数字化的"比特世界"，强调的是一种令人眩惑的操作体验，世界变得可视、可听、可触摸，幻觉与真实双向转换。它以丰富的想象和快速更迭的画面，体现了"即时性原

约翰·菲斯克说："游戏机生产信息，但不生产意义，因而就为游戏者成为作者留下了语义空间。"① 如《仙侠世界·定制版》突破固有的游戏设定模式，开放内容定制模块，玩家可享受自己定义游戏内容，在已有的规则下自己去改故事主线，或定制不同的发展线路、玩法等。同时为了配合定制版内容的多元化，《仙侠世界·定制版》还开放了"社会研发平台"的对接口，让更多玩家都能参与到游戏研发中来。

在《仙侠世界》的主框架结构内，每个玩家都可以在平台接任务，撰写策划案，提交美术素材，编写剧情，策划新活动，与他人分享自己的定制。玩家不是网游文本被动的接受者，而是组成了一个共同合作的群体，积极参与作品意义和价值的重构。玩家对游戏文本中的叙事内容，可以进行多重的操作选择和意义创造，他们虽投入自己的经验和情绪，但也不是完全屈从于游戏文本既定的价值理念。玩家在不知疲倦的操作过程中形成了游戏的叙事体系，这种"过程叙事"样态无固定的结构，容许玩家个性化的自主选择。游戏角色、合作者、战斗方式的选择不同，就会产生不同玩家的叙事路径和意义生成方式。玩家是网游积极的使用者，通过身心协调进行智力探险。他们要始终保持清醒的精神状态，注意力高度集中，感觉全面敞开，不断参与到作品的建构之中，在文本的空白和变化处贯注自己的经验和情感。网络游戏改变了传统艺术孤立自足、单向灌输的封闭状态，它以开放式的"召唤结构"赋予用户作为主体的自由放纵。网络游戏以超强的吸附性合作模式，在群体互动中共同生产内容产品。

在网游文本的叙事框架中，繁复的路径体现为分解、裂变、融合、升级等一系列转换运动。游戏中的关卡成为叙述中的关键因素，它设定了相关的人物、场景、情节、任务和目标，为角色提供了活动舞台。出

---

① 约翰·菲斯克著，杨全强译：《解读大众文化》，南京：南京大学出版社 2001 年版，第 95 页。

于叙述节奏、难度阶梯的需要，玩家操纵的角色进入不同的关卡，在陌生的环境中闯荡，遭遇各种危险与挑战。网游文本大多不是一个完整、充足的对象，大型网游通常没有最后的结局，一切操作体验都是稍纵即逝的追寻，无须按照逻辑来行动和思考。这给了玩家想象的空间，使他们始终保持好奇的探索冲动，玩了一遍又一遍，但永远也不会有一种"最终的愉悦"的满足。这便是波德里亚所说的："只有空白的符号，荒唐的、荒谬的、省略的、无参照的符号在吸附我们。"波德里亚所讲的一个故事可以形象地说明这一点：有个小男孩要求仙女给他想要的东西。仙女答应了，但提出一个条件，就是永远也不要想到狐狸尾巴的红颜色。小男孩觉得这个没有一点问题，他答应仙女后就快乐地走了。可是后来小男孩始终无法摆脱那个他以为已经忘记了的狐狸尾巴，他看到那毫无意义的尾巴到处出现，在脑子里、在睡梦里，到处都是尾巴的红颜色。尽管做了所有的努力，还是没有办法摆脱掉。波德里亚说，荒诞的故事，但具有绝对的真实性，因为这个故事凸显了无意义能指的威力，荒唐能指的威力。①

　　网络游戏对玩家的诱惑，类似于波德里亚故事中那个始终萦绕于小男孩脑海中的狐狸红尾巴，是来自"虚空的直接诱惑"。玩家过剩的生命力和渴望超越自身的意愿，驱使他们进行往复的来回运动，努力刷新个人的纪录。当然，游戏者凭借其操作技巧，也可以改变叙事的进程，控制游戏的目标使命和战略部署，延缓或加速阶段性结局的到来。网游文本中存在的空白和裂隙，为玩家操作或填入自身感受创造了条件，这也就成了游戏文本和个体体验之间的纽带。

　　文学艺术的经典文本，其主题、题材、情节、形象、意境等，给予网络游戏制作者激发灵感的触媒。特别是《三国演义》《西游记》《水

---

　　① 让·波德里亚著，张新木译：《论诱惑》，南京：南京大学出版社 2011 年版，第 112 – 113 页。

浒传》《山海经》《搜神记》等古代经典，以及金庸、古龙等人的武侠小说文本，成为网络游戏取之不尽、用之不竭的素材资源库。各种体裁的变异模仿、杂烩，拼盘式的种类混杂，使得高雅文化与流行文化交织在一起。古今、本土乃至异域的大量文本，被改头换面植入网络游戏之中。以往文本中的角色被引入网游之中，不需要作详细的说明和介绍，他们大多已经通过其他传播渠道为人们所知晓。熟悉的原型人物、故事情节，让网游可以省略很多不必要的背景叙述，将玩家直接带入操作程序。众多"潜文本"为网游吸收和转化，无数似曾相识的意象、隐喻从"互文性"（intertextuality）的场景中涌出，相互交织的文本创造了一个更感性直观的多维世界，也使网游获得了文化增殖。

经典故事跨越不同的媒介平台呈现出来，可以调动多样化受众的兴趣，从而促进文化消费。网络游戏采用改写、转置、杜撰或风格混合等多重编码或"过度编码"（overcoding）方式，"重构"了以往的文本。每一种编码方式都有其架构叙事的独特路径，不同的编码手段赋予叙事以不同的意义，也影响着玩家参与的程度和性质。数字技术带来叙事方式的变革，网游不是简单地重复使用传统素材，而是对原有文本进行拓展、衍化。不同种类、模式的网游，其各异的架构手段、编码方式，会产生各不相同的感知效果。

如安伯托·艾柯所说："为了让文本成为受众着迷的对象，它必须能拆分成若干部分，使人只记住其组成部分，而不考虑这些组成部分与整体的既有关联。"① 大型角色扮演网游都有复杂的游戏系统，诸如物品系统、国家系统、阵营系统、战斗系统、任务系统、家园系统、结婚系统等，不同系统中的目标、诉求不同。如物品系统中设计了各式各样的服装、饰品、坐骑、武器，包括一些稀有的装备，以不菲的价格卖给玩家。

---

① Umberto Eco, *Travels in Hyperreality*. New York：Harcourt Brace，1986：p. 198.

外在的完美装备和精良武器，类似于现实生活中的"炫耀式消费"，也是玩家谋求优势地位的便捷途径。任务系统则鼓励玩家完成交派的工作，担负起责任。各种不同类型的任务完成后，玩家可以获得相应的奖励。

而战斗系统是网游的核心构成要素之一，包括即时战斗和回合制战斗两种主要模式，前者如《三国名将》等，后者如《梦幻西游》《问道》等，其共同目标是让玩家保持高度的参与感、体味战斗的乐趣。战斗系统的操作方便性、可玩性以及策略性，很大程度上决定一个网游的盛衰。倘若用传统艺术标准来衡量网络游戏，此类文本是片段化的组合，以防御、格斗、闯关等方式将文化碎片拼接在一起，其叙事结构不落入开头、中间发展和结局这样的单一路径，而是通过玩家的互动参与来拓展叙事的可能性。在感知层面，网络游戏加速消解着叙事的连贯性，成系列的视觉映像、影像群使玩家醉心于无所事事的游荡，眼球不受限制地或凝视、或游走。非线性的零碎化片段具有很大的随机性，玩家在自己的闲暇时间里可以随时进入游戏，而不一定顾及文本叙事的内在联系。

文学作品被大量的网络游戏挪用、改造，其中隐含的文化记忆、主题思想和价值取向发生了种种变异。如《摩登三国》把三国中君主之间的攻城略地，演化为现代背景的都市商业武力争霸。玩家间争夺的目标，由城池转变为商业资产。《梦幻西游》则以紫霞仙子与妖猴孙悟空的恋情为由头，设计出人、仙、魔三界混战的背景。战火过后，心魔肆虐，佛祖如来决定寻找取经人，将三藏真经送往东土，以劝人为善。《梦幻西游》的故事由此展开，玩家在经历一段际遇后得到金莲花，成为有佛缘之人，接受寻找天命取经人的使命，帮助他们拂开尘眼、见性归真。而号称以《山海经》为背景的网游《昆仑OL》《霸道OL》《争霸OL》《屠魔》《乾坤在线》，其实与《山海经》并无多大联系。

网游文本与原初的经典文本呈现出巨大差异，仿本再造了原本的意象，经典的人物形象、大众熟知的故事情节被置换，衍生出独特的游戏角色、时间和历史，体现了消解神话、反权威和零散性的特征，稳定的等级秩序意义被瓦解了。网游的套路和程式，简化了复杂的经典文本，使博大、深邃的内容及其主题指向变得简单和易于操作。有序发展的世界和历史观念，让位于玩家对绚丽影像、壮观场面及零散片段的感知。在难以捉摸、支离破碎的能指与符号世界中，网游的新结构和叙事跟传统文艺形成错位，历史深度和整体感遭到消解，漂浮的能指系统与深层的所指意义剥离开来，玩家感受到数字技术带来的运动、速度、影像和声音的新变化，时空任意穿梭跨越，打破了所有边界，玩家找到一种满足自我意识的快乐幻觉。

网游文本为玩家提供了在时间上分离的操作经验，它充满了模糊性、不连贯性和符号学的含混性，容纳了粗糙、重复、中断和拼凑，表征为一种随心所欲的符号嬉戏，削平了所谓的深度模式，其意义在于从不断的操作中获取挑战和刷新的愉悦、快慰，人们难以对它的主题思想进行深度阐释和挖掘。"作品的开放性和能动性要求确立不确定性和非连续性这样一些概念"①，向游戏者提供一个有待完成的作品，让他们给予具体的补充、演绎。延宕、重复的网游文本，仿佛是幽深曲折的迷宫，没有确定的叙事指向，其敞开的语境始终在接纳新的玩法。变化多端而又环环相扣的关卡，给玩家以新鲜刺激的陌生体验，意义和价值朝不同的维度播撒、指涉，如同四处播撒的种子，缺乏中心和逻辑。混合的符码和无限延伸的语境，会产生多样的价值和意义组合，导向多元的认知模式。玩家体验的并非完整的自我和外部世界，而是一个幻游旅行、夸张变形的超时空，连续的时间和整体的空间分崩离析，成为一系列浮游的片段，主体的意向性飘忽不定。这也就是詹明信所说的精神裂

---

① 安伯托·艾柯著，刘儒庭译：《开放的作品》，北京：新星出版社 2010 年版，第24 页。

变式的体验，现实、历史转化为洋洋大观的影像，转瞬即逝的世界在即时中呈现，它导致一种强烈的紧张、刺激和感官欢愉，能指的相互联系中断了，时间、记忆和历史被割裂，孤立、毫无联系的能指符号，无法连贯出前后一致的深层意义。[①]

由于摒弃了静态的固定结构，变幻无穷的网游文本成为海市蜃楼般的虚空运动，其世界本体是动荡分裂、非逻辑的，其虚拟变形和流动性难以把握，繁复的"意指链"不断漂浮，意义的产生表征为场景无限延伸的动态过程。正如马·布雷德伯里和詹·麦克法兰所形容的："人们可以设想有一种爆炸性的融合，它破坏了有条理的思想，颠覆了语言体系，破坏了形式语法，切断了词与词之间、词与事物之间的传统联系，确立了省略和并列排比力量，随之也带来了这项任务——用艾略特的话来说——创造新的并列，新的整体；或用霍夫曼斯塔尔的话来说，'从人、兽、梦、物'中创造出无数新的关系。"[②] 网络游戏高度重视玩家的直观感应，高密度的能指符号追求瞬间冲击力，凝聚为迷魂陶醉式的"欲望美学"。在沉浸式的视像世界中，虚拟形象支配着叙事，各种形象操控着玩家的视线、趣味和心志。玩家并不是想探寻深度意义和终极价值，他们仅仅是为了消费形象和符号本身。

二、游戏世界观折射出的生存意象空间

网游文本通过设定历史、政治、经济、人文、科技等宏观背景，以及物种、服饰、画面、音乐等微观细节，创造出一个相对完整的世界，

---

① 詹明信著，张旭东编，陈清侨等译：《晚期资本主义的文化逻辑：詹明信批评理论文选》，北京：生活·读书·新知三联书店1997年版，第409－410页。

② 马·布雷德伯里、詹·麦克法兰编，胡家峦等译：《现代主义》，上海：上海外语教育出版社1992年版，第35页。

这个世界给玩家带来的整体感觉，就是游戏世界观。网游中的"世界观"一词，源于日本。在一些游戏策划案中，游戏世界观的设定被放到了开篇位置，它是整个游戏策划最重要的组成部分之一，业内甚至有"卖游戏先卖世界观"的说法。

优秀的网游文本都呈现了一个接近于亲身体验的虚拟世界，延伸自然、社会和人的心理。与真实的行动相仿，玩家沿着游戏既定的世界观进行探索。如《功夫 Online》在制作时便以"武侠创世纪"为产品定位，突出"侠义精神"的主旨，力图以中国人最能接受的方式来制作一款具有鲜明东方特色的世界观的游戏，将游戏精神和中国传统文化、道德结合起来。这款游戏画面风格华丽清新，音乐以东方的丝弦和金石乐器为主，烘托出浓郁的民族风格。《完美世界》以盘古开天地为引子，在中国上古神话的基础上打造了一个特殊的空间，以史诗般的背景和波澜壮阔的剧情为玩家展现了一个古老神秘的奇幻世界。被称为"PK 网游之王"的《大唐无双》，以隋唐历史传说为背景，玩家可以调遣隋唐名将闯荡江湖，还能有倾国红颜相伴。

游戏世界观以叙述为手段，铺陈环境、场景、背景和氛围，包括特定历史时代、政治格局、经济体系的设定等，还有画面、服饰、武器特点和角色之间的关系，阐明这些要素之后，帮助玩家迅速地理解游戏的基本内容和运行逻辑，进入角色状态。待到游戏全面展开，世界观更是渗透在各个元素之中。游戏大作通常都有其完整的世界观，是语境、观念、意象和理想的集合体，举凡现实生活中的要素都能在其中找到踪迹。《魔兽世界》系列拥有宏大而完善的故事背景和历史架构，涉及政治、军事、宗教、神话、种族等，所有这些方面组合在一起，构成一个有内在生命的游戏世界，一种有复杂结构的世界意象，同时也是一种生存方式。

以世界观为基础，网游不只是为用户提供休闲和乐趣，同时也潜移默化地塑造着玩家的价值观，甚至左右着流行文化潮流。在我们这个浮躁的社会中，效率和速度至上的观念让"快文化"引领着人们的生活方式和消费潜意识，网游满足了年青一代"触屏穿越"的操作速度和主观体验，迎合快节奏生活中的大众趣味。正如格兰特·麦克拉肯所说："企业正在造就文化，实际上是在改变我们如何说话、我们如何相互影响、我们如何理解公共生活、我们如何理解闲暇健康的概念以及如何理解我们身体的固有观念。"①

网络游戏公司以艺术产业化的方式深度参与创意经济，促进文本创新和成果转化，创造文化资本，运用传播规律向外部世界释放价值。玩家在游戏的过程中，一方面可能要对游戏账号、道具、装备等投入金钱，另一方面也会积累起虚拟财富，这种虚拟财富还能转化为现实中的真实财富。在消费文化的语境中，网游的符号消费和符号价值脱离了传统的交换价值和使用价值范畴。

从 5173 网、淘宝网等网络交易平台上就可以清楚地看到，每天都有许多游戏账号、游戏装备、游戏道具在线交易。《征途》游戏中一个205 级的人物账号卖到 41 000 元，而《天龙八部》中一个 107 级的人物账号卖到 30 000 元，一把阿波菲斯魔剑卖到 9 999 元，一把屠龙刀有人出 50 000 元。② 玩家为了在虚拟世界中高人一等，不惜花重金购买"顶级"装备，帮助提高其幸福指数和角色实力。在《传奇》和《奇迹》等网络游戏的后期关卡中，玩家的乐趣除了攻城略地，就是身着极品装备、手持超级武器四处游走、赢得钦羡。现在，人们很难分清网游流行的主因究竟是游戏性、艺术性、探索性和社交性，还是玩家对虚拟财富的占有欲。

网络游戏采用类似于"震荡神经"的方法，使玩家摆脱思维限制、

---

① 格兰特·麦克拉肯著，贾晓涛译：《不懂流行文化就不要谈创新》，海口：南海出版公司 2012 年版，第 122 页。

② 赵帅编著：《网络时代："最好"的时代》，北京：北京工业大学出版社 2014 年版，第 63 页。

超越日常生活，消解了主体与客体的对立关系，玩家同对象直接融和。网络游戏可以视为波德里亚所称的一种"关键性的仿真机器"，它再生产影像、符号和代码。反过来，这些再生产出来的东西建构了一个超现实的自治领域。符号与信息在媒体中增殖和扩散，主体与客体、想象与实在之间的界限消失了。① 迷幻式的投入使得网络游戏者暂时忘却自我，心灵和意志脱离现实的束缚，达到物我同一的状态。在这个意义上，网络游戏也是一种"有意味的形式"，玩家在全情投入之中感到精力旺盛、活泼、轻松自由或自豪。但是玩家的这些感受，"并不是面对着对象或和对象对立，而是自己就在对象里面"。游戏者的高峰体验，"并非对于一个对象的欣赏，而是对于一个自我的欣赏。它是一种位于人自己身上的直接的价值感觉"。② 无意识性的移情作用，使玩家融入对象之中，对他者的认同实质上是对自我的肯定、认同和超越。

三、流动的身份转换与欲望的替换机制

现代人的情感、欲望、自我意识都很复杂，玩家可以在网游中选择扮演自己心仪或仰慕的角色，消弭生活跟游戏的界限，在时间和空间的转换、更替中获取不同的身份。一位游戏者解释说："很多人在刚开始游戏时，表演的是与自己全然不同的人物，但最后，大多数人还是禁不住把自己的个性带了进来。"③ 由于人物的行为选择、命运历程完全操

---

① Douglas Kellner, Jean Baudrillard: *From Marxism to Postmodernism and Beyond.* Cambridge: Polity Press, 1989: p. 68.

② 伍蠡甫主编，朱光潜译：《现代西方文论选》，上海：上海译文出版社1983年版，第3－4页。

③ 华莱士著，谢影、苟建新译：《互联网心理学》，北京：中国轻工业出版社2001年版，第44页。

控在玩家手中，原先处于时空隔离中的人物不知不觉地转化为游戏者的自我。玩家越是投入游戏，就越是认同虚拟的角色。玩家扮演的那些虚构的角色，就如同是自己一样，他们与角色之间形成了"一体感"和"交互主体性"。而游戏所预设的对手是一个被掏空了情感和灵魂的符号，一个被玩家所掌控的傀儡。

用户玩得越好，游戏开发商便会把它设计得越难。大型在线网游中数量庞大的任务，让玩家应接不暇而又乐此不疲。如《燃烧的征途》《巫妖王之怒》中的任务多达几千个，无尽的任务赋予玩家以踏实感、使命感。时而闪现、时而飘散的任务，帮助玩家一步步成长，感受一种快节奏的自我连续。玩家在完成游戏中的角色使命时，自己操控的人物越强大、级别越高，游戏的难度和挑战性便相应越大，眼花缭乱的迷宫叙事让人感受到游戏的精彩。

更新决定网游的生命力，当下网游商家非常重视游戏版本的更新，注入新鲜元素，增加新内容或新系统，延续网游的生命力。《神魔大陆》《九阴真经》《大唐无双》《魔域》《天龙八部》等网游更新的频率很快，重铸光影、情节和角色，玩家因而能够长时间津津乐道并沉浸其中。万花筒般的影像变幻，调动起玩家紧张、激动乃至狂喜之情，全身心投入泛化的情感和感官体验，复杂性和乐趣在网游中共生共融。玩家通过想象把自己投射到网游的奇观世界里，打破各种清规戒律，不受限制地进行精神漫游。想象与感知在网游的互动娱乐中重合，玩家可以直接操纵、改变故事世界，"游戏和幻想的目的都在拿臆造世界来弥补现实世界的缺陷"[1]。通过主体的心理投射，网络游戏在视觉、审美、情感等方面营造了一个逃逸、幻想和逍遥的环境，帮助玩家实现自己深层的内心渴望，每个人都可以卓尔不群，拥有梦寐以求的位置。

网游为个体的各种欲望诉求敞开了释放渠道，虚拟的仿真方式为玩

---

① 朱光潜：《文艺心理学》，合肥：安徽教育出版社 1996 年版，第 177 页。

家创造了一种戏剧性的生活空间。虚拟世界促进了自我想象和社会交往，玩家向游戏空间"大规模迁徙"。网络游戏满足了现实世界无法满足的真实人类需求，带来了现实世界提供不了的奖励。它们以现实世界做不到的方式教育我们、鼓励我们、打动我们，以现实世界实现不了的方式把我们联系在一起。① 玩家在自我意识的冲动下，被奇幻的场景带入虚拟现实，重构了空间与时间、客体与主体。

网络游戏生产快感、价值和身份幻象，它创造一种虚拟氛围，让玩家进入奇幻的虚拟物王国自由选择和行动，随时支配象征性权力资源。从消费文化的角度来看，快感本身就是一种复杂的现象。在这一消费观念中，存在许多种不同的关系：有做他人吩咐之事的满足感，有做自己想要做的事的愉悦感，有打破规则的乐趣，有欲望实现时的成就感，有感情的宣泄，有逃避消极处境的舒适感，有认同于某一人物的心理强化，有分享他人情感所带来的激动等。② 在五彩缤纷、充满奇思妙想的游戏世界中，玩家依照网游中的角色和形象来想象自我，轻而易举地建构起自我和他者，由此观照自身和周围对象的价值。

彼得·威纳描述道："游戏中的一切都在玩家的想象中展开。在街上其他的行人看来，玩家的行动可能有点疯癫。有了这些新的工具，设计者以一种玩家周围的世界与他们可能有关或无关的方式建立神秘的领域、定向运动场、引人入胜的小说和与现实平行对等的宇宙。"③ 游戏角色的不停转换，使玩家轻易获得多样性的亚文化身份，用新的思维、眼光观察世界。正如巴赫金所说："人们仿佛从游戏的形象中看见了生活和历史过程中的普遍道理：吉凶祸福，升降沉浮，荣辱得失。游戏仿

---

① 简·麦戈尼格尔著，闾佳译：《游戏改变世界：游戏化如何让现实变得更美好》，杭州：浙江人民出版社 2012 年版，第 5 页。

② 陶东风主编：《粉丝文化读本》，北京：北京大学出版社 2009 年版，第 138 页。

③ Peter Wayner: When All the World's a Staged Game, *New York Times*, November 11, 2009.

佛就是整个生活的微型演出（生活被译成约定符号的语言），而且是没有舞台设置的演出。同时，游戏又把人引离一般生活的轨迹，使人摆脱生活的法律和规则，用另一种约定性——比较简要、快活和轻松的约定性代替生活的约定性。"① 网游为玩家释放社会性的想法和需求提供了虚拟通道，网络化的游戏人在数字化的领地里以幻想的角色扮演不断变换着的脸谱。

　　网络游戏中流动多变的身份转换，使玩家找到一种欲望的替换机制，即通过视像、音乐、文字等的组合，以身份置换、形象切换、情感转移和意义移易等方式，完成多重性欲望主体的身份建构。网游玩家的这种参与特性，与戈夫曼理论中的"角色扮演"相类似。戈夫曼说："如果把社会角色（social roles）定义为对系于特定身份之上的权利与职责的规定，那么，我们便能说，一个社会角色总是包含一个或一个以上的角色，这其中的每一个角色都可由表演者在一系列场合下对各种同类观众或由同样的人组成的观众呈现。"② 戈夫曼指出，个体的角色扮演主要是通过同"角色他人"，即同相关参与者的一连串特定交往而发生的。角色中的个体所具有的这些各种各样的角色他人，被称为"角色丛"。"角色分析中的一个基本假设是，每个个体都将卷入到一个以上的系统或模式中去，并因此而扮演几个角色。因此，每一个个体都有几个自我，这就给我们提出了一个有趣的难题，即这些自我是如何发生相互联系的。"③

　　网络游戏者的角色扮演行为，是一种易装式的自我表演和呈现，以

---

① 米·巴赫金著，佟景韩译：《巴赫金文论选》，北京：中国社会科学出版社1996年版，第205页。

② 欧文·戈夫曼著，冯钢译：《日常生活中的自我呈现》，北京：北京大学出版社2008年版，第12页。

③ 欧文·戈夫曼著，徐江敏等译：《日常接触》，北京：华夏出版社1990年版，第72、77页。

他者的面貌扮装，通过位置互换承担不同的社会角色功能。从根本上说，由于当代生活世界内在秩序的分化，精神生活的变异，人的存在状态不再具有确定性、归属性：从前，一个人呈现的自我是个体的、人类的自我，是一个整体的、单一的人格，而现在则呈现为多重的、分散的多个自我，成为多层次的、复杂的、多样化的人格。① 玩家可以探索各种各样的可能性，包括对异质性思维和生活方式的认同。在带有自我表演和展示色彩的游戏空间里，分散的多个自我及其人格之间仍然有着内在联系，这也就是对理想自我的寻求。变化多端的感性生活、繁复奥妙的视听形式，推动玩家在符号的游弋之中扩张自我，实现其成就动机、情感交流和群体归属等社会性需求。

　　玩家的游戏角色转换十分灵活自由，在不同地位、阶层、职业、性别的角色之间，可以根据需要随心所欲地切换、再造"自我"，游戏世界与个体生活之间并不一定具有真实的联系。英国人类学家贝特森认为，游戏中的行为意义并不代表其在真实生活中的行为意义。游戏者在游戏过程中会学习同时在两种不同的层面上运作：一个层面是"游戏中的意义"，指个体全神贯注地投入所扮演的想象角色中，焦点放在物品和事件的假装意义上；另一个层面则是"真实生活中的意义"，意味着游戏的同时个体要知道自己及玩伴的真实身份和角色，以及游戏中所使用的物品和事件的真实意义。对贝特森而言，游戏并非只有表面，它涉及游戏者脑中的想象与真实情境的转换。②

　　网络游戏是玩家展示自我的一个舞台，游戏行为即带有自我表演的性质，玩家在游戏中扮演特定角色完成一系列事件，从虚拟人群中找到自我的镜中映像。这是一个完全属于玩家的影像世界，角色被任意支配，人物成了游戏者的替身和载体，抽象的意义和价值被赋予一目了然

---

　　① Roy Ascott, Telenoia, Electronic Text of a Talk Given at Fotofeis, *Inverness*, 24 June, 1993.

　　② 恽如伟主编：《数字游戏概论》，北京：高等教育出版社 2012 年版，第 12 页。

的符号形式和行动过程，世界的运行合乎自我的意愿、利益。就像《QQ 西游》打出来的口号："你可以娶个妖精做老婆！你可以嫁个神仙当老公！你可以抓个玉帝当奴隶！你可以拜个兄弟闹天宫！"离经叛道、打破常规，敢为天下先，现实生活中的"弱者""小人物"，完全可以成为游戏中的"强者""大人物"。

通过一种类似于"白日梦"的补偿机制，网游帮助玩家延展自身、逃避世界，实现他们在现实生活中从来不可能达成的愿望。诸如英雄豪杰治国平天下的运筹帷幄，武侠江湖血雨腥风的快意恩仇，灵异修真见性明道的飞舞激扬，神魔决战惊天动地的磅礴气势，冒险探索悬念迭出的紧张刺激——玩家的种种欲望在想象中获得满足。

第三节　网络游戏的价值取向与文化引领

在棋牌、赛车、射击、益智等游戏类型之外，大型角色扮演网络游戏通常有着简单明了的价值指向路标。特定的题材、统一的规则、升级的模式，设定了网游文本的价值判断基点。网游会将角色的性格特点、价值取向和思维逻辑简化，同时选取人物性格最鲜明的一个方面放大。尤其是那些"正邪"对决的游戏，正面角色和反面角色阵线分明，"善"与"恶"的价值冲突格外激烈。玩家在游戏中扮演神仙、皇帝、元帅、军师、战士、杀手等各种角色，简单的价值定位和概念化、类型化的人物最容易获得游戏者的认同，由此轻易抵达现实生活中不能涉足的疆域，进入一个自我和游戏互动编织的意义领地。网游脱离了日常生活的轨道，在行为规范和价值取向上与通行的规则既有重合也有差异。网络游戏不能视为市场制造出来的浅薄潮流和人工制品，它与主流文化的界限并非不可逾越，甚至还有着重叠和交叉之处。

一、主流价值弘扬与网游内在规律结合

从与主流价值观相契合的层面而言，助人为乐、惩恶扬善、激浊扬清、大公无私、追求自由、超越自我、自强不息、捍卫尊严、勠力同心、挑战极限，这些价值内容在网络游戏中时有呈现。

2004 年面世的国内首款青少年教育网络游戏《学雷锋》，着力突出讲文明、树新风、助人为乐、真诚奉献的价值导向。对于游戏中那些

"踩草坪者""说脏话者""乱丢垃圾者""闯红灯者""随地吐痰者"，用户需要进行阻止；而另一些"老爷爷""老大娘""小朋友"等需要帮助的人物，用户则需要对其进行帮助，在规定时间内纠正违规行为和做好事得分并获"小红星"奖励。用户如果没有及时阻止身边不文明行为的发生、没有对其进行帮助教育，没有及时给需要帮助的人以帮助，就会被扣除一定量的生命值，直至游戏结束。尽管这款游戏推出后引发了巨大争议，其"寓教于乐"的出发点跟主流意识形态的要求实则是一致的。

2005 年，国家新闻出版总署曾计划实施大型系列爱国主义网络游戏出版工程《中华英雄谱》，将雷锋、岳飞、郑成功、郑和、包拯等作为网络游戏的主角。爱国主义教育延伸到网络游戏世界，其意图和目标固然好，但要真正激起玩家的兴趣并不容易。一些打着"寓教于乐"口号的游戏最终失败，原因就在于只是简单地图解了教育理念。像爱国主义网游出版工程《中华英雄谱》原计划以百名民族英雄为题材，但在实施中却遭遇难产，其初衷难以实现。

宣传主流价值观，要遵循网络游戏的规律，调动多种叙事方法和视听手段。中青宝研发运营的《抗战英雄传》《亮剑 Online》等网游作品，用爱国主义、英雄主义的情怀来影响玩家，同时努力挖掘游戏的乐趣。如《亮剑 Online》以抗战时期国共两党合作抗击法西斯侵略者为故事背景，玩家扮演的普通士兵，既可加入李云龙的独立团，也可加入楚云飞的 358 团，同仇敌忾、共同抗击日本侵略者。

北京欢乐亿派公司开发的《抗日：血战上海滩》则以淞沪会战为背景，玩家在游戏中扮演一位抗日民间武装的领导人，深入敌后完成一系列"不可能完成的任务"，突破层层封锁杀入日军总部，直至最后手刃日军司令。为了见到这位司令，玩家必须要先跟大大小小的日军士兵、军曹、武士、忍者、自杀式炸弹人、生化兵等作殊死搏斗。游戏舍弃灌输和说教，在追求精彩好玩的同时，也体现了规则的导向性，传递昂扬向上的价值旋律。

南京军区与巨人网络公司联合开发的中国首款军事网络游戏《光荣使命OL》，内容包括守卫钓鱼岛、在"辽宁号"航母上战斗、抗震救灾等众多玩法，玩家可以组队狙击由计算机扮演的假想敌，或进行仿真"红蓝对抗"。《光荣使命OL》可以满足游戏联网对战的要求，同时发挥军事游戏的国防、民防教育作用。

就数量来看，直接弘扬红色主旋律的网络游戏并不多见，爱国主义教育、思想政治教育主旨在纯粹娱乐性的文本中容易流于生硬、牵强。如国内首款大型廉政文化主题游戏《清廉战士》发布后引来铺天盖地的质疑，最后被迫关闭。《清廉战士》的终极目标是到达清廉仙境，那里"鸟语花香，人民恩爱和谐，国家富足，世界一片祥和"。但良好的动机不一定衍生良好的效果，《清廉战士》以游戏的方式将反腐倡廉教育形式化、表面化、简单化，玩家通过"杀贪官""杀贪官情人""杀贪官子女"这种极端粗暴的方式获得经验值，与现代社会的法治精神背道而驰。这种"反腐倡廉"的理念、思路显得过于幼稚。不难理解，真正受玩家欢迎的红色网游只有抗战、国防等题材的战争游戏、军事游戏，除却战争的惨烈，玩家个人的意愿与民族国家的意志具有某种一致性也是导致这种倾向的重要原因。战争游戏中的英雄主义追求，亦契合主流价值理念。

尽管网游属于大众文化，但它以娱乐表现方式传达的内涵和意义，也能够在多个维度上弘扬正面价值。网游中的奇幻、武侠、神魔、修真、战争、历史等题材，都可以在弘扬主流价值的基础上提升用户黏性。正如有论者所指出的："一批批网络游戏中所表达的或特立独行、清节自守，或勤劳勇敢、崇德重义，或胸怀天下、公忠为国，或惩恶扬善、劫富济贫，或励志自强、执着修炼，或擒拿格斗、不懈征战……无不体现一种人文精神、道德情怀和生命价值观。"①

　　像《摩尔庄园》《梦境家园》等游戏构建的网络虚拟社区，如同温馨、舒适的港湾，凸显了健康、快乐、爱心、创造、分享等主题。《天龙八部》《金庸群侠传 Online》《笑傲江湖 Online》等游戏对正义的张扬，意气风发的英雄们忍辱负重、奋力拼搏乃至舍生取义的精神让人感到悲壮。《三国策 Online》《三国演义 Online》《成吉思汗》等游戏中帝王将相纵横捭阖、"治国平天下"的韬略，让人心生仰慕。《剑侠情缘 3 网络版》《仙剑奇侠传》等游戏中情意绵绵的浪漫爱情，让人感悟心灵的纯真与美好。《魔兽世界》《反恐精英》《铁甲战神》等大型多人在线对战游戏，在刀光剑影、枪林弹雨的激烈厮杀之外，强调了团队协调、精诚合作、百折不挠等精神。

　　科斯特在谈及大型多人在线角色扮演游戏（MMORPG）的特点时，提出了一个著名的阐释："它不只是一部游戏作品，它还是一种服务，一个世界，一个社群。"② 网络游戏中的家园系统、宝宝养育系统、宠物养成系统、合成系统，有助于强化玩家的社群归属感。在家园系统中，玩家可以建造自己的房屋、花园和牧场，体会做家具、布置新居等快乐。在养育系统中，无论是已经结婚的玩家，还是单身玩家，都能够获得自己的宝宝，感受养育子女的天伦之乐。在商业系统中，玩家可以自己摆摊或者开设属于自己的商店，体验经营店铺的辛苦与乐趣。这些也是肯达尔·L. 沃尔顿所称的"集体想象的社会活动"，它"涉及的不仅仅是对想象内容的呼应。形形色色的参与者不光是想象许多同样的东西，他们每个人还意识到其他人在想象他的想象，每个人意识到其他

---

　　① 欧阳友权：《多维视野中的网络游戏》，《文艺理论与批评》2012 年第 1 期。
　　② 亨利·詹金斯著，杜永明译：《融合文化：新媒体和旧媒体的冲突地带》，北京：商务印书馆 2012 年版，第 244 页。

人都心知肚明这一点"。① 集体想象与个体情感交汇，网游行业中的人士喜欢说："他们为了游戏而来，为了社交而留下。"游戏者经由想象感受集体性存在，获得从众式的精神和心理感应，在与其他参与者的相互联系和制约中完成社会身份的再建构。

成千上万人在线玩同一款游戏，分别承担某一个特定角色，相互合作对敌、同舟共济，集体激情增加了游戏的黏着度。《魔兽世界》里的粉丝，一心想完成心爱的游戏里的挑战，他们齐心协力在"魔兽世界百科"（WOWWiki）网站上写了海量的说明文章，造就了仅次于"维基百科"的第二大在线百科全书。② 虚拟的世界和社群成为参与者彼此分享经验、价值和逃离外部现实的场域，玩家以美学和技术方式自我演绎，通过在线社交、角色转移来想象理想的自我情形，从中感到更自信、更有力，进而获得心理满足和身份认同。而那些违背游戏礼仪或社会规范的玩家，可能会遭到其他玩家的围攻而致身败名裂，最后只有退出该款游戏，这也说明网络游戏具有一定的社会约束力。

网络游戏包含的价值内涵，总体上遵循的是一种胜利者的逻辑。名利之心和获胜意识，在网络游戏中外化为具体的多重指向性，包括武器、装备、道具、卡片、等级、经验、积分、虚拟货币、资格和荣誉等。玩家拥有的东西越多、级别越高，价值感就会越强烈。网游中的角色扮演，每个形象都代表着一个价值符号，"生"与"死"的较量、"善"与"恶"的角逐、"义"与"利"的纷争、"成功"与"失败"的交替分外明显。网游中的每一个角色通常都是单一价值的符号表征，意义的简明性、确定性迎合了大众的道德判断和文化心理。网游的价值内蕴，与游戏角色的定位和游戏规则的设置有着密切关系，意义被赋予

① 肯达尔·L. 沃尔顿著，赵新宇等译：《扮假作真的模仿：再现艺术基础》，北京：商务印书馆 2013 年版，第 26 页。

② 简·麦戈尼格尔著，闾佳译：《游戏改变世界：游戏化如何让现实变得更美好》，杭州：浙江人民出版社 2012 年版，第 2 页。

在角色的行动之中。玩家借助角色扮演来确定生命信念，价值理想和选择实现目标的方法、手段，释放心中的压力，表达喜悦、爱恋、愤怒或者疯狂。玩家对游戏角色的选择，神仙还是魔兽、侠客或者强盗、警察抑或暴徒，本身就包含了一种价值判断。

二、放纵式娱乐道德与有待完善的规则

游戏族不是蒙昧无知的"群氓"，他们不全然是被动的，群体中成员的兴趣、诉求也各不相同。网游的娱乐本性使得它在观念表达、价值呈现方面更注重玩家的感受和体验。较之其他艺术类型，网络游戏中思想、意识形态控制的尺度要宽松许多，虚拟和快乐原则默认了亚文化的差异感，保持体验的差异性和价值的多样性。网络游戏所属的大众文化是一个争斗的场所，很多种意义在这里交织在一起并由人们展开论争。它也可以被视为各种意义在其中交锋，主导意识形态可以被扰乱的一个场所。[①]

网络游戏追逐刺激和快感的本性，决定了它经常要逃逸出体制文化规范和主流价值体系，其叙事方式、文本风格和价值取向存在诸多差异，它的内部包蕴着价值和规范的矛盾、张力。以竞技游戏为例，古今中外的神话、历史、传说和战争，造就、编织了错综复杂的英雄谱系，以"英雄"冠名的网络游戏层出不穷，为用户感受不同时代、民族的英雄风采提供了路径，如《英雄联盟》《风暴英雄》《超神英雄》《英雄之刃》《无尽英雄》《英雄三国》等，它们契合了玩家英雄崇拜的心理，凸显英雄超常的惊世之举，宣扬百折不挠、勇往直前的意志品质。

---

① Gamman, L. and Marshment, M. (eds), *The Female Gaze: Women as Viewers of Popular Culture*, London: The Women's Press, 1988: p. 2.

但游戏中的"英雄"与"暴徒"很容易相互转化，具有超凡魅力的卡里斯马（charisma）式人物一旦解除了道德戒律的约束和崇高价值的光环，英雄就可能成为凶恶的暴徒，或者成为冒险主义、虚无主义、无政府主义的替身。

英雄的成就之路，充满了残忍与死亡。网络游戏大范围地演绎着暴力，人物角色以优雅、舒展或劲爆、夸张的身体动作，将残酷的杀戮变成纯粹的形式快感。暴力行为是游戏中最常见的元素，题材包括战争、犯罪、黑社会、监狱、竞速、异形入侵等，如《侠盗猎魔2》《侠盗飞车》《死亡空间》《战争机器》《生化奇兵》《战神》《穿越火线》等暴力游戏，都曾流行一时。游戏预设的敌我双方，通常要靠诉诸武力来解决矛盾冲突。网游中的暴力表现，包括爆头、肢解、鞭尸、血肉横飞、内脏外流、尸体腐烂、白骨横野等残酷的场面，加上撕心裂肺的惨叫和激烈的音乐，刺激游戏者的神经，让玩家在惊悚、忙乱的操作中伴随进攻、复仇或虐杀的快感，变成虚拟世界中的"虐待狂"。游戏者还为自己的暴力行为找到各种各样的合理解释：公平、自由、正义、善举、荣耀……玩家"以暴制暴"，用暴力狙击嚣张的邪恶力量。通过一系列极端行为来确证自我价值和社会价值，与敌对方的冲突性越强，玩家的价值感就会越强。

暴力是一些网络游戏的出发点，是先行的基调和主题。如《征途》的运营公司以出售攻击性道具谋取利润，专家曾测评出《征途》中一个玩家要打造一身顶级装备需要350多万元人民币，这是一条金钱铸就的通往奴役之路。《征途》所创造的游戏世界，被指斥为"一个物欲横流、金钱至上、充满欺凌和诈骗，毫无公平竞技、毫无道德感的社会"①。不只是《征途》，在很多网络游戏中，富甲一方成了维系生存的

① 丁文亚：《打破道德底线拥有玩家50万 网游〈征途〉被列为"危险级"》，《北京晚报》，2006年10月16日。

必要条件。在毫无翻身希望的情况下，玩家要么选择离开游戏，要么选择投入金钱提升自己的等级、装备和名望，来适应强者生存、弱者淘汰的游戏环境。有钱就可以购买补给或者其他物品，在战斗或者其他状态中就可以提升自己的各项指数，增加攻击力和抵抗力，为打死敌人、保护自己的安全提供保障。即使一不小心生命出现闪失，还可以凭借灵芝、回魂丸等人间仙草或由朋友救助起死回生。在游戏的世界中，似乎只要有足够的金钱，游戏者的生命就被安置在铜墙铁壁中，任你冲锋陷阵，烧杀掠夺，毫无后顾之忧。① 金钱与暴力合谋，蜕变为"无节操"的"娱乐至死"，极力规避价值评判和反思，这背后潜藏的价值观完全是金钱崇拜、强权崇拜和强盗逻辑。

由于网络游戏崇尚瞬间快乐，倡导愉悦、放松和虚拟成就，它在主流价值标准之外，引入了一种更为相对的思维模式和意义体系。生存与死亡，正义与邪恶，救赎与罪恶，男人与女人，神仙与鬼怪，崇高与庸俗，智慧与情感，真实与梦幻，客观与主观，恬静与惊恐……这些全都纠结、调和在一起，失去了泾渭分明的界线，形成一个彼此难解难分、一团乱麻式的整体，传统的认识论、道德范畴已然失效。

为了满足用户的欲求，吸引他们专注于文本，开放性、生产性的网络游戏符码中预留了相当大的空白，允许玩家认同另类文化和价值。玩家在网游中可以扮演反面角色，与正面人物对抗，游戏是从另外的价值维度和道德视角来叙述故事情节的。如《反恐精英》中玩家被分为"反恐精英"和"恐怖分子"两队，警察和土匪之间的对阵结局是以胜负论"英雄"，而无关乎善恶是非。玩家甚至可以在一些游戏中进行性别转换，男性玩家扮演女性角色，或者女性玩家扮演男性角色，在游戏的结婚系统中成为别人的"配偶"。

① 米金升、陈娟：《游戏东西：电脑游戏的文化意义研究》，桂林：广西师范大学出版社 2006 年版，第 229 页。

力量，是游戏运营的天敌。"①

就游戏本身来说，规则主要分为系统设计者制定的外在规则和游戏中玩家互动交往产生的内在规则两大类，它们不仅是玩的方法、胜利的方法、通关的方法，同时也代表着价值和规范，是不可逾越的边界，玩家只有在游戏规则内活动，方能实现游戏目标。那些刺激、血腥、"打怪升级"的网游，其规则本身便偏离了社会价值和规范。诚然，游戏与现实的价值准则不会完全相同，但网游创作者刻意将游戏规范与现实规范对立起来，无疑将使玩家深陷价值冲突的泥沼。网络游戏中的天地和舞台无论有多么宽广，它都应该有自己的价值砝码和道德准则。一些粗制滥造的网络游戏文本，无视道德人伦底线，也不顾及美学的基本原则，张扬华丽奢侈，极端强调自我，这很可能导致玩家养成自私、自恋和攻击型的人格。

网络游戏的良性发展，有赖于合理、完善的规则。规则具有强制性，是驱动游戏世界有序运作的保障，也是价值导向实现的核心机制。必须用规则来建构集体共识，培育真正的游戏精神，避免出现价值迷失和道德盲点。如《传奇》《奇迹》等游戏中的杀人红名制度，玩家在杀过人之后，其身份标识（ID）的颜色就会转变为红色，这种暂时性的处罚措施，便带有一定的道德警示。对违背他人意愿、主动攻击其他用户角色的恶意 PK，一般游戏里会给予惩罚，即增加恶意 PK 玩家的罪恶值。但是，有的游戏中玩家花钱购买道具就可以消除罪恶，这种"放纵"让运营商获得了更多的金钱，他们有意降低了游戏中的道德尺度，就如同允许现实社会中的犯罪分子通过花钱免去法律处罚一样。不同的规则赋予网游不同的意义和价值，有些是正面的，有些是负面的。规则带有目标指引的性质，规定了游戏社区内哪些是可接受、可容忍的，玩家不得从事哪些活动，违规者将受到什么惩罚。网游设计者在注重游戏

---

① 王世颖：《人本游戏：游戏让世界更美好》，北京：电子工业出版社 2014 年版，第 31 页。

可玩性的同时，要精心构建规则体系，使正面价值能够引领游戏的技能体系、PK体系、经济体系、恋爱体系，也就是玩家都在规则的秩序之内活动，从而维系游戏世界的平衡、稳定。

规则和价值体系的建设，是一个渐进的动态过程。由于网络游戏的种类、数量越来越多，内容极其庞杂，玩家的诉求各异，人们需要面对的问题也会层出不穷，应该加以限制的行为也会不断增加。为了确保网络游戏日常的有序运作，健全游戏管理者（GM）程序是不可或缺的。按照弗里德里的说法，GM在游戏世界中提供了多种多样的功能，他们是仲裁者、导师、警察、公共检举人、分析师，以及设计师与社区之间的通讯员。GM的动作和决定会影响整个游戏世界，并且形成、定义和提供其玩家伙伴的体验和享受，包括警告那些卷入到骚扰和其他反社会、不公平的行为（如作弊、滥用未解决的错误或使用粗俗的语言，再如令人厌恶的宣传、种族污蔑或不适合游戏设置的术语）中的玩家。[①] GM是网游社区中的监督员，可以对越轨者进行惩戒，视其情节轻重、违规性质，分别给予强制离线、删除角色或注销账号等处罚。外在的限制、约束固不可少，但更多情况下，游戏者的行为和取向难以完全用规则来引导，这时就需要靠玩家的辨识力和自律，自觉抵制那些宣扬金钱至上、暴力为尊等不良价值观的网络游戏。

尽管有些网络游戏对主流价值观具有一定的破坏性，代表了一种令人矛盾的亚文化力量，但其整体发展与正面精神维度不是截然对立的。在关于网络游戏的激烈辩论中，曾经有一种观点颇为流行，认为电子游戏与"国人文化价值"存在冲突，声称"中国人早有玩物丧志的警世箴言，玩游戏在我们的文化中本来就带有某种道德风险"，玩游戏甚至"与几千年来传统文化积淀下，向来推崇'勤有功，戏无益'的中国文

---

① 弗里德里著，陈宗斌译：《在线游戏互动性理论》，北京：清华大学出版社2006年版，第146页。

化价值观有着直接的冲突和撞车"。① 这种说法在道德价值论的层面对网络游戏进行全盘否定，本身就值得商榷。媒介的过度使用、价值迷乱和网络游戏成瘾症，并非是网络游戏本身的罪过，"善"与"恶"的观念都是由人植入游戏及游戏者心灵的。正如丹尼斯·麦奎尔所阐述的，"迷"现象作为一种很古老的现象，并非完全囿限于所谓大众文化中，在体育、歌剧、芭蕾、戏剧和文学等领域，长期以来一直存在本质上完全相同的现象。② 事实上，每一种信息技术和传媒艺术都潜藏着创造性、被滥用和使人上瘾等多种可能性。在网络游戏之前，小说、电影、电视等都曾有过相似的境遇。阿兰·斯威伍德指出："19世纪的阅读大众，嗜读恐怖、言情与暴力刊物，一般说来，这样的口味与今天人们对于电视及电影等娱乐素有癖好的情形，如出一辙。"③ 大众通常喜欢新奇、刺激的文化消费，网络游戏的参与者也不例外，其趣味、心理和行为，都需要因势利导、乱中求序。

通常情况下，游戏价值观中的另类思想意识虽偏离了正统，但并不会对现实社会中的主流价值观构成同等的威胁，玩家从行走江湖、闯关PK、杀人越货的虚拟世界中走出来后，不会简单地将游戏逻辑与现实逻辑等同。波德里亚认为："游戏所建立的秩序是约定俗成的秩序，它与现实世界的必要秩序没有共同的尺度：它既非伦理的秩序，也非心理的秩序，对它的接受（对规则的接受）既非屈从也非被迫。只是在我们精神和个体的感受中不存在游戏的自由。游戏不是自由。它并不听从自由意志的辩证法，这种辩证法是假设的辩证法，属于现实和法则的领

① 刘健：《电玩世纪——奇炫的游戏世界》，天津：百花文艺出版社2006年版，第225－226页。

② 丹尼斯·麦奎尔著，刘燕南等译：《受众分析》，北京：中国人民大学出版社2006年版，第48页。

③ 阿兰·斯威伍德著，冯建三译：《大众文化的神话》，北京：生活·读书·新知三联书店2003年版，第153页。

域。进入游戏，就是进入一个义务的礼仪体系，其强度来自它的秘传形式——绝对不会来自某种自由的效果，不会像我们一厢情愿所想的那样，通过我们的意识形态的一种斜视效果，处处将目光偏向那个幸福与享受的、唯一'自然的'源泉。"①

并非所有游戏都需要跟主流价值观绝对一致，有些游戏只需"有趣"便足够了。玩起来十分"无趣"的游戏，不管怎么符合"常理"，都不会受到玩家的喜爱。一些西方的研究者指出，男孩的文化传统就是暴力和侵略性。孩子们彼此伤害，借此宣扬自己的男子气概。电子游戏取代了暴力、攻击、肢体冲突、挑战、胆识、特技等，这些本来就是男孩与人类文化相连时的核心部分。综观历史，孩子们一直都在玩暴力的游戏。在 20 世纪初，小男孩用锡兵队玩"打仗"游戏，在假想的战争中，把他们一个个打倒。再下一代的人则玩牛仔打印第安人，或是官兵抓强盗，孩子们自己假装倒地战死。当父母不再买玩具兵和玩具枪给下一代时，孩子们就自己创造武器，继续发展好人杀坏人的剧情。游戏中的价值观绝对不是一个简单的议题。② 诚然，年轻人迷恋网络游戏，不全是出于对善或美的东西的追求，他们涌动的激情背后，是一种不自觉的"亚文化"身份认同和自我建构。他们的游戏价值观体系既疏离了主流文化，又为主流文化更新提供了多维视角和资源。

经主流文化和艺术价值熔铸后，网络游戏也会发生种种变异，在主流意识形态的缝隙间起到拾遗补阙的作用。网络游戏创造性的实践，在平衡社会文化生态、拓宽文化建设深广度方面，具有积极意义。有学者在论述数码游戏的价值理念时指出，游戏叙事的"真"是按照让玩家所能接受的生活逻辑建构虚拟世界，"善"是通过玩家在游戏世界中的

---

① 让·波德里亚著，张新木译：《论诱惑》，南京：南京大学出版社 2011 年版，第204 页。

② 唐·泰普斯科特著，陈晓开、袁世佩译：《数字化成长：网络世代的崛起》，大连：东北财经大学出版社 1999 年版，第 228–229 页。

行为所获得的反馈来强化其符合人类良知的价值观，"美"是玩家通过化身在虚拟世界中的活动所确认的人的本质力量。① 这也就是约翰·费斯克所说的，对快感的生产，包含着对快感的重新定义、重新调整以及管理的过程。②

还有研究者声称，计算机游戏应该被纳入学校的教学中去，因为它们有利于儿童的发展。应该允许儿童玩电子游戏，谈电子游戏，甚至在课堂上自己动手创制游戏，这是伦敦大学教育学院学界人士的主张——电子游戏促进社会发展。"电子游戏素养是表达和表征的手段，就像写作和绘画一样。而且，通过游戏工具的开发，游戏者还成为游戏的消费者和生产者、读者和作者。"③ 借助于制度安排、心理干预、媒介素养教育和美育教育等手段，引领游戏制作的价值导向，建设道德与信任网络，提升玩家自制能力，主流文化可以控制网络游戏的发展方向，使共同性的主流价值观有能力去赋予另类叙事文本以有效性与合法性。

必须承认，网络游戏的价值立场是多维的：有些文本与主流价值观保持一致。也有网游作品力图在主流文化、商业文化和流行文化之间谋求平衡，成为"文化产业"的一部分，以妥协姿态进行意义和价值规范之间的重新"协商"。还有一些低级、粗俗、毫无想象力的网游文本，背离了文化价值和艺术规律，正是这类文本引发了人们对于网络游戏的"道德恐慌"，也使其行业形象受损。庸常、低俗的网络游戏文本，挑战社会伦理道德和文化秩序，需要得到方向性的指引和提升，使之在向多种情感、意愿开放的同时不与主流价值观相悖。网络游戏的叙

---

① 黄鸣奋：《西方数码艺术理论史第四册：数码文化的艺术影响》，北京：学林出版社 2011 年版，第 1241 页。

② 约翰·费斯克著，王晓珏、宋伟杰译：《理解大众文化》，北京：中央编译出版社 2006 年版，第 79 页。

③ 罗伯特·洛根著，何道宽译：《理解新媒介：延伸麦克卢汉》，上海：复旦大学出版社 2012 年版，第 147 页。

事态度天马行空，因而有必要在角色扮演、内容创意、规则设置中确立价值的边界，排除那些传递负面价值的叙事和操作，精心搭建理想、规范、有序的游乐场，让文本蕴含较多的人文和审美价值元素。

第九章　综艺的魔法：娱乐化影像与主旋律表达

进入新时期以来，伴随着经济的腾飞，中国电视机的普及率达到了相当高的程度，中国的大众传媒文化也因此得到迅猛的发展。作为重要的文化传播媒介，电视进入中国的"寻常百姓家"，从最初只能收到几个频道的黑白电视，到现今可以悬挂在墙壁上的液晶电视，它的技术在不断地完善，可供选择的频道也发展到了上百个，电视已经渗透人们日常生活的方方面面了。

显然，电视具有流行文化的重要特征，电视节目具有无孔不入的广泛传播性，如一年一度的中央电视台春节联欢晚会，"家家户户看春晚"几乎成为欢度春节时必不可少的一种节庆仪式。凭借现代传播技术，电视突破了时间与空间的限制，尤其是同时性的电视直播，实现了全球化跨时区地域的传播效果，不论你在哪里，只要站在电视荧屏前，便可以随时收看不同频道、不同地区乃至不同国家的电视节目。随着以互联网为平台的新媒体技术的不断发展，人们又可以通过无线通信的方式随时随地收看电视节目，网络文化也成为大众的一种重要的生活和娱乐方式。可以说，电视和网络已成为当今时代最具影响力的大众文化传播方式，因此，电视综艺与网络综艺也就自然成为大众在生活、文化、娱乐、休闲等方面的重要内容。

事实上，中国的综艺节目有着多种类型，它是一种融合了视觉和听觉，以影像化形式呈现的综合艺术。从节目类型看，根据学者统计，2013—2014 年，中国综艺节目就有亲子类、旅行类、演讲类、竞速类、文化类、喜剧类、励志类、跳水类、拳击类、魔术类、探险类、生存类、宠物类等 30 种类型。[①] 也有学者从历史发展的角度，对综艺节目从"综艺晚会类""游戏娱乐类""竞猜博彩类"到"普罗选秀类"的类

---

① 刘俊、胡智锋：《多元类型的"井喷"：中国电视综艺节目内容生产的新景观》，《中国电视》2015 年第 2 期。

型演变进行了梳理。① 但是，上述对综艺节目类型的总结和梳理，基本没有涉及网络综艺节目，而事实上，由于互联网技术和网络文化的发展，如今网络综艺越来越受到年轻受众的青睐。中国的综艺节目，经历了从电视综艺到网络综艺的过渡，甚至网络直播类的游戏、音乐、舞蹈等也成为新的网络综艺形式。

不过，对综艺节目类型进行细致的分类和爬梳并不是笔者主要的研究目的。笔者的目的在于结合一些重要的综艺节目及其热播现象，从文化价值诉求的角度来反思并重新确立综艺节目的价值功能，进而寻求作为市场消费的娱乐综艺与主流价值观之间的互动融合。因此，我们接下来考察的内容分为电视综艺、春晚节目和网络综艺三个部分。

需要说明的是，春晚尽管是典型的晚会类综艺，严格来讲属于电视综艺，但由于春晚发展历史的独特性及其与主流意识形态之间的复杂关系，我们单列一节进行集中论述。

---

① 参见萧盈盈：《中国综艺节目的类型演变及其文化语境》，《现代传播（中国传媒大学学报）》2007 年第 2 期。

第一节　电视综艺与主流价值观的博弈

在诸多电视节目类型中，电视综艺节目无疑是构成电视流行文化的一个重要内容。电视综艺节目以其娱乐性、艺术性、多样性、灵活性、综合性、混杂性等多重的文化特征，成为深受大众喜爱的一种电视艺术类型或样式。由此，我们试图对时下受关注度较高的电视综艺节目做一个整体把握，分析其审美文化内涵，探寻此类电视艺术样式所呈现出的大众流行文化与主流文化价值之间的互动关系。

一、价值的能量：“庙堂”与“江湖”的交互融合

毋庸讳言，主流文化与流行文艺之间存在着一定距离，人们往往将其视为两种不同的文化样态。大致上说，主流文化来自官方的建构、倡导与推广，而流行文艺则源自大众民间，两者似乎各行其道、互不相关，有时甚至无法统一。主流文化经常为了最大限度地发挥其导范性功能而限制或改造流行文艺，而流行文艺有时为了与主流文化保持距离，不居“庙堂之高”，而处“江湖之远”，两者之间经常构成某种紧张关系。然而，这只是问题的一个方面，另一方面，我们也应该看到，两者之间依然存在着交互融合的广阔空间。尤其是在主张对话交流的多元主义时代，人们越来越认识到，不同文化、不同趣味、不同价值之间并不存在非此即彼的对立，“和而不同”“交往对话”才是当代文化所追求的最高境界。无论从历史上看，还是从现实上看，主流与流行、官方与

民间、通俗与高雅、娱乐与崇高，都绝非水火不容的二元对立项，事实上，它们之间始终存在着流通交互的广阔空间。这有赖于文化价值正能量的延展流动，原因在于主流的价值导范必须建立在民间大众认同的基础上，以使主流价值获得文化的感召力和凝聚力。主流文化的积极导向作用其实长期影响着流行文艺的发展，而流行文艺中富有个性的表达方式、新颖的主题以及丰富的艺术形式等，又为主流文化提供了许多可借鉴、可发展的积极因素。因此，两者之间始终存在着互动融合的可能性。

然而，这种互动融合并非畅通无阻，而是一个需要磨合，在协商中逐渐获得价值意义的文化认同过程。因此，要探究主流价值与娱乐精神相互融合、互相协商的文化现象，我们必须首先正视这种文化现象的存在。

电视综艺节目同样展现了这种文化现象。应该看到，综艺节目鲜明的娱乐性色彩导致其娱乐倾向，甚至可以说，综艺节目最主要的功能是娱乐大众，但是，过分强调娱乐而忘记电视所应该承担的社会文化教育功能势必会导致"娱乐至死"的大众文化悲剧。必须认识到的是，娱乐绝非电视的唯一功能，它同样应该承担社会的文教功能。当今，消费主义风行，众神狂欢、娱乐至死，于是，电视台的收视率诉求与主流价值之间的冲突就会比较集中地表现出来。有的电视娱乐节目忽视教育功能的重要性，放弃主流价值的文化导向，标榜"纯粹娱乐"，这类节目在播出之初还能够通过"玩乐"的特点吸引观众，但播出一段时间之后却很难继续吸引观众的眼球，可见大众对娱乐节目的诉求不仅仅是欢乐、新奇，同时也注重节目本身的文化价值。真正受欢迎的电视娱乐节目绝不仅仅是为了迎合大众的审美口味，而是在符合大众心理诉求的基础上寓教于乐，既能愉悦大众，又保持了文化价值的诉求。总体而言，在流行文艺与主流文化的交互融合中，时下流行的电视综艺节目的整体审美特性主要表现为以下几个方面：

（一）技艺性与崇高性：积极人生的励志精神

主流文化以集聚正能量为旨归，倡导一种积极向上的乐观人生态度，其中，"励志精神"构成了这种积极乐观的人生态度的重要内涵。主流价值在集聚人生正能量的实践中，鼓励拼搏奋进的精神。无论对于社会，还是对于个人，树立积极向上、拼搏奋进的励志精神，培养不畏困难、知难而上的意志品质，消除灰暗消极的悲观情绪，都是一种生命境界的提升。将励志精神作为优秀的意志品格以塑造积极进取的世界观和人生观，一直是人类文化价值的一种追求。对励志精神的张扬已经不算是一个新的话题，这种品质一直受到人们的推崇与尊重。中国儒家一贯倡导的"富贵不能淫……威武不能屈"的"浩然之气"，体现了传统主流价值的境界，今天，这种传统价值被赋予了崭新的内涵，成为现代社会文化价值观的主导方向之一。

励志精神在电视综艺节目中往往以个人的形式表达，如身世普通、经历坎坷，但最后获得成功的"草根"一族，讲述自身的奋斗历程；或是选秀类节目中，平凡的普通人怀揣梦想，展示技艺，赢得社会大众的广泛认可与好评。

迄今为止，电视选秀类节目已经走过了十余年。十几年前，电视选秀在中国大陆还是一个新颖的节目，但随着《超级女声》《快乐男声》《中国好声音》等歌唱类选秀节目的热播，电视选秀节目不仅捧红了一大批娱乐圈新人，更为重要的是，节目所呈现出的流行文化理念已经对广大受众产生了影响。参加这类选秀节目的选手通常为年轻人，有的是在读的大学生，有的是刚毕业不久的年轻人，也有学历不高的打工者，他们都是怀揣梦想的平凡人。这些人大多没有显赫的家世背景，有的甚至身处社会底层，但他们拥有梦想、青春、才华、技艺，不甘沉寂，渴望展示，向往成功，希望得到社会的认同和关注。2006年《超级女声》的冠军尚雯婕，本身是复旦大学法语专业的学生，没有专业学习音乐的经历，相貌也不算特别出众，但凭借持之以恒的毅力、独特的嗓音以及风格自然的唱功，她战胜了许多音乐学院毕业的选手，一举夺得冠军。她在采访中经常提到，做歌手是她的梦想，为了这个梦想她抓住了每一次机会，一直不曾放弃。

近年来，央视推出的大型选秀节目《我要上春晚》也受到广大电视观众的欢迎与好评。大部分选秀节目都对选手的年龄没有特别的要求，但是往往节目的导向与设置会有意偏向年青一代，所以基本都是年轻人、青少年去参加。然而，这档选秀节目打破了年龄的界限，不论是孩童还是老人，只要有一技之长都有机会到舞台上展示，如果获得评委们的一致认可，还有登上春晚舞台的机会。《我要上春晚》以更为包容的节目理念容纳了各个年龄层的选手，同时，这一做法也为其争取到了各个年龄层的观众。这种形式无疑更加体现了励志精神——励志并不仅仅是年轻人独有的精神，它是没有年龄界限的，想要实现人生理想，在任何时候都不晚。

江苏卫视的《非诚勿扰》是一档相亲主题的电视节目，在介绍男女嘉宾时，主持人侧重于介绍他们的人生经历，这其中也有不少励志的故事。如一位从山村走出来的男嘉宾，没有条件接受高等教育，小小年纪便到大城市闯荡，后来通过自己的努力创办了工厂、销售门店，事业蒸蒸日上，并且通过了自学考试，拿到了大学文凭。他自身并没有非常高大帅气的外形，但他的经历感动了在场许多女嘉宾，最后成功"牵手"一位女孩。

这种个体的励志经历，不论是通过何种方式在电视节目中呈现，它受到推崇的原因都与大众的心理诉求息息相关。其一，个体励志经历本身就具有感染力，锐意进取是一种积极向上的品质，是无论男女老少、无论从事什么职业的人都需要的一种精神，是主流价值与大众价值取向共同肯定的一种精神。其二，观众在他人励志的经历中看到了自己的影子，这其中或许有类似经历的人，或许有正在奋斗的人，励志的例子让他们看到了自己的目标，也让他们受到鼓舞与激励，感受到在奋斗的道路上自己并非孤身一人，有许许多多的人都在通过自身的努力实现理想。励志精神在电视节目中的呈现十分精准地击中了大众的内心，反映出人民最朴实真挚的愿望，并且给大众以鼓舞的力量。

（二）审美性与日常性：幸福生活的和谐图景

早在 20 世纪三四十年代，西方学者便开始建构媒介理论，把电视作为一个重要的媒介进行了多方位的阐释，其中不乏这样的观点，即电视节目最早的一大功用是国家意识形态的传声筒。这一功用在电视新闻节目中体现得最为明显，但早期电视的综艺节目也有着深刻的主流意识形态痕迹，不论是中国还是西方，这一现象都曾出现过。诚然，这与国家发展的历史背景息息相关，也是电视媒介发展的一个必经过程。英国学者安德鲁·古德温与加里·惠内尔在《电视的真相》一书中这样写道：

斯图尔特·霍尔把新的研究范例描述成对"电视意识形态效应"的关心：意识形态是如何在电视中和通过电视来进行表达的。它是建立在对电视传播意念、价值和信念的认识上的。它不仅传播纯属个人观点的个人看法，而且传播特定情境下由社会制作的信息，并从文化角度解释世界运作情况。换言之，它们是解释信念体系的"意识形态"。①

这种阐释突出了电视节目设置的特定性与针对性，强调意识形态对电视的影响。《电视的真相》一书以一种文化研究的视角，为电视"揭秘"，书中许多观点是以反思的视角来观照大众电视的发展史的。在特定的历史时期，电视确实有着浓重的意识形态的痕迹，如 20 世纪六七

---

① 安德鲁·古德温、加里·惠内尔编著，魏礼庆、王丽丽译：《电视的真相》，北京：中央编译出版社 2001 年版，第 23 页。

十年代在电视上播出的样板戏等，那一时期，不仅电视作为传达意识形态与主流价值的工具，广播、报刊等媒介也承载着传导国家政治思想的使命。然而，从特殊的历史时期走出来后，人们越来越渴求丰富的电视节目，单纯传播主流意识形态的节目已经不再受到大众的欢迎。如今，人们向往的是平静欢愉的生活，电视节目也因为这样的需要在不断变化着，从央视到各大地方卫视，所播出的综艺节目都展现出生活的方方面面，而这一具有历史纵深感的节目变化，恰恰是主流价值观与大众诉求互动融合的充分体现。

在当下社会竞争激烈的时代背景中，人们都承受着来自社会、家庭的生存压力，娱乐活动成为释放压力最好的方式之一。电视综艺节目长期以来能受到大众的欢迎，也是由于娱乐节目传播的轻松、快乐气氛可以让人们在观看节目时得到身心的放松。早些年收视率极高的央视综艺节目《同一首歌》，以大型歌会为主要形式，以经典老歌为主体内容，给人们带来怀旧的享受，老人们在老歌的旋律中回忆自己走过的岁月，年轻人在过去的旋律里感受时代以及生活的变迁。除此之外，央视益智类节目《开心辞典》以答题闯关的节目形式为主体，在问题的设置上有很多偏重生活常识的内容，奖项都是家用电器等与人们生活息息相关的东西。

总体来看，对日常生活的聚焦是当下综艺节目所体现的价值内涵中非常重要的一个方面，这种对日常之美的展现让大众在电视节目中感受到多种多样的生活图景与人文关怀，从娱乐化的节目形式中得到放松，获得精神与身体的双重审美体验。

（三）娱乐性与反思性：现实关怀的问题意识

著名文化批评者尼尔·波兹曼在他的著作《娱乐至死》中，以十分精彩的观点分析了在娱乐业时代，一切公众话语日渐以娱乐的方式出现，并成为一种文化精神的现象。政治、宗教、新闻、体育、教育和商业都心甘情愿地成为娱乐的附庸，人本身已经日渐成为一个娱乐至死的物种。书中亦有许多内容对娱乐节目进行了反思批判，综艺娱乐节目种类繁多，其中不乏苍白无力、哗众取宠的例子。但若是对当下的众多综艺娱乐节目做一个分析，便会发现受关注度高的几档节目并没有过分的泛娱乐化倾向，而是在节目中渗透了对社会问题的思考与讨论。

《非诚勿扰》是婚恋类节目中比较成功的一档，节目中有优秀的男女嘉宾、机智诙谐的互动对话；除了以婚恋嫁娶为主题的内容之外，更有对一些社会问题的反思。每一期《非诚勿扰》会出现五至六位男嘉宾，他们来自不同的行业，其中有底层的草根一族，如油田工人，也有海外留学回来的高等人才，如海归博士。主持人经常在与男嘉宾的互动中了解其具体的生活状态、工作状态，进而引发许多对社会现象的反思供大家讨论。比如曾经有位来自农村的男嘉宾，在与主持人的对话中引发在场人员和电视机前的观众对城市与乡村资源占有不平衡问题的讨论；还有一位从事环境工程类工作的工程师，他的到来引起了大众关于环保从我做起的思考；2013年9月的一期节目中，来了一位从事社工行业的男嘉宾，他奉献社会、积极为民的精神获得了全场女嘉宾、主持人以及观众的认可与支持，并在节目现场引发了一场对社工、义工职业意义的讨论。这些在节目中体现出来的思考与讨论虽然不能形成一种完善的分析阐释，但由于电视综艺节目广泛的传播性及其受关注程度，依然能够直接地传送给大众，产生良好的社会效应。

《超级女声》《快乐男声》这两档选秀节目在湖南卫视热播的几年里，对于选秀节目中投票造假、肆意炒作等话题的讨论充斥了各大网络论坛。这虽然体现出了娱乐节目的一些弊端，但是因综艺娱乐节目的关注度提高而引发的大众评论及思考，其实也是综艺娱乐节目的一种价值凸显——它的积极因素激发了大众关注社会民生，它的消极因素引发人们思考社会问题症候。这两者其实都是主流价值与大众娱乐相融合的体现，即人们关注国家、社会的发展，并且始终希望国家可以越来越富强、民主、和谐。这与主流价值观中所弘扬的"共建和谐社会"等核心思想是一致的。

综艺节目在以娱乐性为基准的同时，也在试图参与主流话语，试图建构起一种带有反思性的节目内涵，使娱乐性与反思性能够巧妙地结合起来，在节目中以互动互助的方式呈现，这正是流行文艺向主流价值观靠拢的典型例证。

以上所分析的一些综艺节目，都以婚恋、益智、选秀等轻松愉悦的主题为基础，将娱乐精神融入其中，在节目的内容设置上建构起与主流价值观相契合的内容，在不同的方面体现出崇高性、日常性和反思性，又不失其根本的娱乐性。这正是一种若隐若现的表达——主流价值与娱乐精神在博弈中互相拥抱、融合、渗透。

二、底层的梦想："草根"与"明星"的秀场位移

纵观目前综艺节目的整体情况，可以发现尽管节目数量众多，但大多数综艺节目都集中为这样几种类型：选秀、益智、婚恋、游戏、晚会（歌会）。不同类型的节目在具体的内容设置上虽各不相同，但隐含的主题却有许多共通之处，尤其选秀、益智、婚恋这三种类型的综艺节目，都有着民间草根文化的特点。电视综艺节目成为一个可以实现梦想的平台，普通民众带着自身的理想走上这个平台，为自己发声。然而，看似个体的表达其实不仅仅代表了个体的价值理念，它同时也代表着大众文化价值观的一隅，更为重要的是，这种表达也呈现了与主流价值观念融合的趋势，即在节目中彰显人们为梦想、生活而坚持不懈地努力着，在表达大众心声之时，也将人们满载的正能量展示出来，这符合主流价值观中建设和谐社会、塑造公民意识以及提高生活品质等多方面价值意义的倡导。

主流价值观必须且一定是有强烈的意识形态特征的，但在当今多元化的社会中，这种意识形态已经不单单指向爱国、爱党、爱家，还有对积极生活态度的倡导、对国家文化的塑造等。十八大报告用简短的二十四个字对核心价值观做了一个总括，遵循这一观念的同时，我们应当看到，在丰富的社会文化场域中，人们所推崇的奋斗、积极、和睦、勤勉等观念其实正是主流价值与大众观念结合的产物。这些被普遍认可的理念与品质正是推动社会文化良性发展的重要因素，在这其中，主流价值观念在大环境中影响与规范着大众思潮的走向，而民间草根文化张扬也在丰富着主流价值观念的内涵，如选秀、益智、婚恋三种类型的综艺节目中所体现出的核心观念，可谓是充分展现草根文化力量的一种方式。

选秀类节目以其丰富的娱乐性、竞技性、悬念性在近几年来受到大众的青睐，各大电视台、卫视也在自主创办富有新意的选秀节目，知名度比较高的有：浙江卫视的《中国好声音》《中国梦想秀》、湖南卫视的《超级女声》《快乐男声》、中央电视台的《星光大道》《我要上春晚》、东方卫视的《中国达人秀》等。《中国好声音》这档选秀栏目老少咸宜，从 2012 年红遍全国以来，如今已经连续举办了六季。

值得注意的是，自湖南卫视的选秀栏目被国家广电总局限制后，选秀节目在中国的电视行业中遭遇了一段冷冻期，节目时长与播出时间都受到了很大的限制。然而，《中国好声音》第一季却在诸多选秀节目遭到冷遇时异军突起，受到了广电总局的好评与支持，在这之后，《中国好声音》的许多学员也出现在央视的众多综艺节目之中，这在央视的历史上非常少见。央视作为国家电视台基本不邀请任何选秀出道的明星，即使偶尔有，也是极少数。值得我们思考的是为何这档节目能够受到官方的青睐？或者说，代表着主流价值核心的官方声音，这次为何如此乐于拥抱大众文艺呢？

首先，《中国好声音》打破了对选手硬性条件的限制。《中国好声音》最有特点的节目设置，莫过于"导师转身"——即先听声音后看人，这样不仅不会以貌取人，在选拔时也更为公平。

其次，节目几乎没有对年龄的限制，以往的选秀节目如《超级女声》，虽然在报名条件上无年龄限制，但最后进入决赛的都是年轻女孩，因为节目本身的定位便是以年青一代为主。而《中国好声音》放开了这样的一个限制，节目面向各年龄层的观众，选手的年龄跨度也很大。在第二季中，汪峰组的学员钟伟强有六十岁，他带有复古风的摇滚范儿颇具人气，许多网友表示，喜欢钟伟强就是喜欢他坚持音乐的精神和一颗永远年轻的心，这正是一种对积极生活态度的展现。

除此之外，《中国好声音》对每一位选手的身世背景都有比较翔实的介绍。这看似简单的环节其实是非常吸引大众的，不仅可以满足观众对选手的好奇心，还可以从选手的经历中看到人生百态。有的人家境贫寒，但自己一直非常勤奋，如张恒远；有的人喜欢音乐，却遭到父母的反对，因而想要向父母证明自身的音乐实力，如刘雅婷；有的人经历了家庭变故，把沧桑感带入歌唱中，如朱克；还有的人具有极高的音乐天赋，终于有机会得到施展，如吉克隽逸。这种对选手个人经历的展现会使观众产生共鸣，当选手们站在舞台上，他们便已经成为大众意志的传播者和代言人。

最后，《中国好声音》在不失娱乐性的基础上，对专业音乐技能与知识进行了发扬。许多歌唱类的选秀节目为了突出娱乐性和提高收视率，完全以娱乐为主，丢弃了宣传音乐知识的责任。《中国好声音》在这个方面有很大的改进，四位导师均是流行乐坛中颇有代表性的人物，他们各自有着不同的音乐风格。尤其在第一季中，导师刘欢以其丰富的音乐知识、扎实的唱功、独到的眼光受到观众们的喜爱。参赛学员们的音乐风格也十分多元，摇滚风、情歌嗓、新颖改编，更有国际元素的老歌新唱，使台上竞技更像一台大型歌会，给观众带来非常愉悦的视听享受，从音乐素养上看，选手们的整体水平还是比较高的。而导师们在点评的过程中，常常谈及音乐知识，其中不乏专业建议，这可以让广大观众在听歌娱乐之余，收获大量的音乐知识，可谓寓教于乐。

中央电视台的《星光大道》是一档老牌的选秀栏目，曾经从《星光大道》走出来的很多选手现在都成了家喻户晓的明星，如凤凰传奇、阿宝。央视作为国家电视台，一直有着极高的权威性、规范性以及广泛的影响力，因此央视的许多综艺节目与地方卫视的节目相比，在内容、形式设置上有很多不同：央视节目的娱乐性相对弱一些，但整体节目的规制、价值传播会更完善，它的主流价值观倾向会比地方卫视的节目更明显。《星光大道》在每期节目伊始，主持人都会说出一句经典的开场白："欢迎来到星光大道！星光大道是百姓的舞台！"顾名思义，"百姓舞台"这样一个理念，是《星光大道》整体的节目定位。事实上，这档节目只是把选秀变成了一种节目形式，而不是节目的最终目的：节目的最终目的是展现广大劳动人民的生活热情与生活百态，表现为一种亲和大众的人文关怀。这类综艺节目还有《我要上春晚》，与《中国好声音》《超级女声》等同属于选秀类的节目相比，央视的选秀节目更贴近主流价值观，更接近主旋律。甚至可以说，节目本身的核心价值理念便是以民众为主体、以主流价值观为精神、以选秀为形式，从个体表达中寻找与主流价值观的契合与融通。

央视的《开心辞典》栏目是益智类节目中比较经典的一个，以答题闯关的形式为主。参与这档节目的选手也并不是知名人士，都是普通老百姓，其中也有不少知识渊博的大学生。这档节目不仅普及了许多生活常识、文史常识，还展现了广大人民的智慧以及年轻学子的精神风貌。人们在观看这档节目时，常常是"全家总动员"，尤其是家中有学龄儿童的，家长会带着孩子一同观看、答题，在娱乐的氛围中教会孩子许多知识。节目所体现的全民学习、崇尚智慧、活到老学到老等观念与主流价值观中鼓励提高全民素质、丰富业余文化生活等观念非常契合。

而在2012年播出的《中国汉字听写大赛》也是益智类电视综艺节目，节目一经播出就受到观众的欢迎，来自全国各中学的在校学生自发组成代表队互相比拼，比赛精彩激烈，引人入胜。汉字听写的内容多为成语，不乏许多我们时常用到却容易写错的字，这无疑是对中国传统文化的一种重视与发扬。在电子时代，我们依赖电脑、手机进行交流与书写的时间已经太长了，提笔忘字、会说不会写等情况几乎在每个人的身上都发生过，《中国汉字听写大赛》让人们意识到汉字书写、文化传承的重要性。参赛主体是中学生，这又突出了国家这些年来对义务教育的重视。

自江苏卫视《非诚勿扰》热播以来，其他地方卫视也趁势推出了自己的婚恋节目，主要有湖南卫视《我们约会吧》、浙江卫视《爱情连连看》等，都是以结婚交友为目的的电视相亲栏目，但整体上都没有超越《非诚勿扰》，《非诚勿扰》依然是这类婚恋节目中最成功、最典型的代表。前文中曾谈到《非诚勿扰》成功的原因之一是节目中有很多对社会问题、婚恋问题的讨论，对当下只看重物质甚至盲目追求物质基础的婚恋关系进行批判与反思，并针对来自不同职业、不同背景的男女嘉宾引发的许多与社会民生有关的问题进行探讨，秉承积极向上的价值导向。在保持娱乐性的基础上，以服务大众为节目根基，将主流价值观中所倡导的多种思想融入节目的建构中，可以说，《非诚勿扰》的成功得益于它正确积极的价值导向。

不论是选秀节目，抑或益智、婚恋节目，能受欢迎，究其根本，还是因为人们在节目中看到的并不是光彩熠熠的明星，也不是遥不可及的偶像，而是就在我们身边的普通人，平凡朴实的老百姓，他们有了走上大舞台实现自身理想的机会，有了展示自己才华的平台，有了寻找到人生另一半的可能。这正是"中国梦"的一个缩影。优秀的综艺节目以良好的娱乐运作模式，不仅吸纳了大众文化，更把主流价值观念融入其中，很好地融合了"官方—民间"的差异性与丰富性。

三、狂欢的代价:"泛娱乐化"的反思批判

在前面的阐释中,笔者以几个综艺节目作为典型案例进行了分析,寻找其价值内涵与主流价值观念相契合的方面,然而,并非所有的节目类型都能够做到这一点。在几档同样高收视率、广受欢迎的综艺娱乐节目中,"泛娱乐化"倾向就比较明显,节目的人文内涵、社会价值相对比较薄弱,有肤浅之嫌。

20 世纪 90 年代,大型的明星参与类娱乐节目在电视上兴盛起来,其中湖南卫视《快乐大本营》是最受欢迎、知名度最高的明星参与类节目之一。这档节目最早以明星闯关的方式来进行,每一期节目会有四至五种游戏,由明星主导,观众共同参与,不仅笑点百出,也有着一定的游戏娱乐性、悬念性,在当时的电视综艺节目中可谓别具一格,新颖出位。1998 年 10 月,《快乐大本营》荣获中国电视金鹰奖。在十几年的发展中,《快乐大本营》为了保持节目的火热度,紧跟大众诉求不断改版,以适应新的电视文艺发展潮流。

当《快乐大本营》成为收视王牌后,各大地方卫视纷纷模仿它的节目形式,也推出了类似的明星游戏类节目,这导致原本独树一帜的《快乐大本营》收视率急剧下滑。由此,《快乐大本营》在 2004 年开始新一轮改版,力求寻找新的突破。从 2004 年开始,栏目确立"以阶段性活动为亮点,以普通观众为主角"的节目改版方向,淡化"大综艺"的明星套路,逐步尝试"海选""真人秀""现场 PK"等娱乐化的新概念。2007 年,《快乐大本营》改版为创新的主题性综艺节目,突出了"全民娱乐"的概念,为普通观众或草根团体组合打造了一个展现个性的"全民娱乐"平台,给予他们与大众一同分享快乐的机会。同时也极力为电视机前的观众推介时尚、新奇的文艺表演形式,传递"快乐至上"的娱乐精神,突出了以观众为主体的"娱乐天下"的节目宗旨。

2008 年至今，《快乐大本营》节目形式转为主要邀请偶像明星来游戏、访谈、互动等。

从 2004 年到 2008 年，短短四年时间里，节目已经进行了两次改版，如今改版后的节目虽然依旧受到人们的欢迎，但是与其最早的节目相比，已经是大相径庭。事实上，改版后的《快乐大本营》已经完全是另外一档形式的节目，它仅仅保留了"快乐大本营"这样一个家喻户晓的节目品牌；而从前节目"注重全民互动"的理念也几乎荡然无存。在现今的节目里，参与脱口秀、游戏互动的都是被邀请来的明星嘉宾，与观众的互动少之又少，有时甚至只是一种表面化的形式。《快乐大本营》已经出现了大而空的趋势，目前收视率高的原因除了这个节目品牌本身的知名度外，便是明星嘉宾的撑场，连续看几期节目就会发现，每期节目都大同小异，看的时候也会跟着笑一笑，但过后觉得并无新意，更无回味之感。

那么，这样一档价值内涵日渐苍白的节目，为何还能获得如此高的收视率？是大众的审美品位下降了吗？还是人们更向往泛娱乐化所带来的狂欢式体验呢？这是一个值得深思的问题，因其不仅仅是对一档综艺节目的审视，在更深层的意义上，牵扯到部分社会观念扭曲后所产生的不良反应，这是游离于主流价值之外的负面内容。

"泛娱乐化"现象，其实是指电视媒体制作并且播出格调不高的娱乐类节目，人为地制造笑料、噱头，"恶搞""戏说"的成分泛滥，甚至在某些新闻、社科类的节目中也掺进娱乐元素，乃至用打情骂俏、大话性感、卖弄色相的情节和画面来取悦观众，以求得高收视率。在这样的基础上产生的收视率，自然不是长久的，所以在每一期的节目中需要不断加大炒作、娱乐的成分来出新出奇，刺激观众的关注度与好奇心。早些年出现的"审丑"风潮也是泛娱乐化的产物。芙蓉姐姐、凤姐、兽兽等网络红人，或以展示丑陋的外形博出位，或以透露私密视频来炒作，凤姐更是经常公开发表许多惹人非议的言论，引来一片争议之声。

然而，即便在这样的争议中，她们却依然受到了很高的关注度，许多电视台为了增加节目卖点，也请这些以"丑"出名的人来参与节目，以求引起观众的注意。审丑之风的盛行，固然有其深层的社会心理因素，但媒体间的无序竞争也为审丑、泛娱乐化等有负面影响的现象提供了温床。

一方面资本的趋向性要求媒体最大限度地掌控受众，另一方面信息全球化的必然结果是信息的利益相关性降低，即传统的高利益相关性信息受到地理环境的制约，而科技的发展打破了这种制约，并且创造了更多的利益可能。娱乐是最能与大众建立利益传播机制的一种方式，电视节目中商业成分也越来越多，商家冠名节目，不断被延长的广告时间、短信投票等，都体现着商业运作机制对综艺节目的渗透。电视台往往为了寻得更高的广告收入而与商家捆绑在一起，以降低节目质量为代价来求取利益。《中国好声音》第二季播出后，大批网友反映第二季与第一季相比在整体水平上有大幅度的下降，连参赛选手的整体水准也不如第一季高，这其中不乏一些商业因素的影响。比如赛制比第一季要长，每轮三进一的节目内容也不够丰满；第一季的热播使得在第二季中有许多"过气"歌手参赛，这其中不乏有人抱着急功近利的心理。第二季播出期间，许多网友质疑参赛者身份的真实性，也爆出了不少真假难辨的消息。以上种种现象引起了我们的反思，连《中国好声音》这样一档成功的、受到广电总局褒奖的综艺节目，都开始受到商业模式的影响，其他节目更是难以逃脱商业赢利的目的。

在受众方面，精英阶层话语权的丧失，也使得泛娱乐化的节目泛滥。群众的文化品位被迫降低，社会责任感也被削弱了，同时，媒体的社会职责也被弱化，这些都是大众传媒媚俗化的负面影响。这种泛娱乐化的综艺节目，是对主流价值观的一种僭越与颠覆，它在这样一个过程里，没有起到宣传正确价值观念的积极作用，却在商业利益与市场竞争的驱使下，偏离了主流价值观。因此，如何从价值重构的视角出发对电视综艺节目的价值取向进行正面引导，也就成为我们应着重探讨和实践的问题。

第二节　新媒体时代春晚与主流价值观的关系

　　所谓"春晚"，是中央电视台春节联欢晚会的简称，它是在每年的除夕夜由中央电视台主办的一档文艺晚会。从1983年到现在，春晚走过了三十多年的历史，既创造过举国观众看春晚的辉煌，也引起过颇多的质疑和争议。随着文化生态的多元化以及大众审美趣味的多样化，如今春晚的影响力相较于以往有些式微。但不可否认，如今每年的春晚依然获得全国众多观众的追捧。从表面上看，春晚是一种晚会型综艺节目，属于流行文艺的一种，但春晚的定义并没有这么简单。事实上，春晚既属于流行文艺中的电视综艺节目，但同时它又是由国家主流电视媒体举办的节目，因此一直以来承担着弘扬国家主流意识形态的职责，有着鲜明的主流意识形态色彩。而随着20世纪90年代市场化的推进，春晚的商业色彩也逐渐变得浓厚起来。因此，春晚的发展历史，可以说是国家意识形态、商业运作以及流行文艺三种力量之间不断博弈的历史。

　　从春晚的发展历史看，如果说20世纪80年代春晚在计划经济体制以及知识精英的话语权下，很好地实现了国家意识形态与大众审美意识的统一；那么随着20世纪90年代以来社会的转型和流行文艺的日益勃兴，春晚则逐渐开始向通俗文化、民间文化、商业文化转变；特别是21世纪以来，消费性的商业文化力量的明显增强，使得国家意识形态、商业化与流行文艺之间的互动在春晚中越来越明显。在快速膨胀的城镇化过程以及大力发展文化产业的背景下，春晚以及围绕着春晚呈现出来的众多话语的互动，显示出时代变迁下大众审美趣味的不断分化以及国家主流意识形态的不断调整和变化。

新媒体时代以来，借助于新媒介技术的力量，春晚逐渐呈现出主流价值观与流行文化相融合的趋势。本书所重点研究和分析的就是在新媒体语境下——也就是 2011 年以来——春晚与主流价值观之间的复杂关系。所谓新媒介，是相对广播、电影、电视等传统大众传播媒介而言的，是随着互联网技术的发展、智能手机终端的普及和微博、微信等社交媒体的出现而产生的一种以去中心化、碎片化为特征的信息传播方式和形态。在以网络、微博和微信等为代表的新媒体的冲击下，媒介场的强势崛起让流行文艺的民间性和草根性不断加强。大众不再满足于被动地消费，而是对文化的制作权和参与权有了强烈渴望。他们渴望真正属于大众的文化，草根的文化。春晚在向大众的联欢回归，它在让尽可能多的民众参与进来的同时，也日益亲民化和草根化。这种互联网技术带来的文化表征意义对于中国未来社会的走向有着重大而深远的意义。尽管如此，春晚也并没有因为新媒体的冲击而彻底走向商业化和娱乐化，相反，在弘扬社会主义核心价值体系的主旋律下，在"限娱令"政策的执行下，春晚的消费式狂欢大幅减少；营造温情纯情的氛围，坚守美好精神家园和传统节庆习俗的特点在突出和强化。

一、大众的联欢：参与性和草根化

作为一种媒介文化，流行文艺依赖和受制于媒介技术的特点是非常明显的。"按照麦克卢汉的媒介理论，任何一种电子技术都是人的中枢神经系统的延伸，任何一种非电子技术都是人的肢体的延伸。"[1] 加拿大经济史学家因尼斯同样研究得出结论："不同时代的文明形态往往是

---

① 埃里克·麦克卢汉、弗兰克·秦格龙编，何道宽译：《麦克卢汉精粹》，南京：南京大学出版社 2000 年版，第3页。

建筑在不同的传播手段基础之上的。"① 流行文艺作为现代文化产物，从一开始就与大众传媒结下了不解之缘。由最初的以图书和报刊为主，发展到现在的以广播、电视、电脑、手机为主。流行文艺的每一次变革都与技术变革息息相关。

央视春晚在 20 世纪 80 年代的火爆与当时刚刚成熟的电视技术有着重要的关系。进入 21 世纪，新一代媒介互联网开始飞入寻常百姓家。经过 21 世纪的第一个十年，中国已成为世界上最大的互联网大国。随着互联网的普及，社会民生各方面开始深受网络影响，特别是微博、微信所带来的影响更是深远。2010 年被称为"微博元年"。正是从这年开始，越来越多的网友开始使用微博。紧接着在 2011 年，微信又横空出世，并发展神速。2014 年，"据腾讯公布的数据表明，微信用户已达 6 亿，微信公众账号达 580 万个，日均增长数由上年的 8 000 个上升至 15 万个，国内政务微信账号已达到 25 万个，它已经成为国内最大的移动社交应用平台"。② 2014 年下半年，据各类网站的数据统计，微博的总覆盖人数达到 3 亿，总访问次数达 93 亿人次，总页面浏览量达到 423 亿人次。③ 可见，在当下高速发展的信息时代，微传播"正成为一种主流传播"④。

微传播并不仅仅是技术的胜利，它们作为新的文化载体，还传递出了新的文化信息和象征意味。互联网及其特有的微博、微信等信息传播平台不仅是一个让大众平等自由地参与时事焦点评论、制造社会舆论的自由交流的公共空间；更以其发布的便捷和无门槛准入让文化的制作权

① 周宪：《视觉文化的转向》，北京：北京大学出版社 2008 年版，第 143 页。

② 唐绪军：《国家战略：中国新媒体发展的新阶段》，唐绪军主编：《中国新媒体发展报告（2015）》，北京：社会科学文献出版社 2015 年版，第 6 页。

③ 唐绪军：《国家战略：中国新媒体发展的新阶段》，唐绪军主编：《中国新媒体发展报告（2015）》，北京：社会科学文献出版社 2015 年版，第 16 页。

④ 唐绪军：《国家战略：中国新媒体发展的新阶段》，唐绪军主编：《中国新媒体发展报告（2015）》，北京：社会科学文献出版社 2015 年版，第 3 页。

和参与权重新回归到普通大众手中，回归民间文化的草根性和自发性。互联网的技术革命极大地冲击了传统主流文化领导权。在原本的政治场和经济场之外，媒介场的出现又让天平大大倾斜了。大众在获得消费权后，又有了参与权、生产权和传播权。许多原本默默无闻的普通人就因为敢说敢秀而成为网红，如芙蓉姐姐、凤姐、papi 酱（姜逸磊）等。"我爸是李刚"和"郭美美事件"等都因互联网的传播而引发了众多网友的热议。各式更具草根性和戏谑性的网络春晚的出现更是对传统的央视春晚形成极大的挑战。

新媒体文化的"大众至上""人民至上"精神在文化领域里表现为唯"大众"是从，强调"大众"的神圣性和"大众"文化的先进性。认为只要是大众认可的，就是最好的。在这种文化思潮的影响下，电视上相继刮起了"游戏热""相亲热"和"选秀热"，网络上的"个人秀""山寨版"和恶搞等新样式层出不穷，草根化、全民狂欢的热浪扑面而来不可阻挡。这些文化样式可能不精致、不完善，但其表征的平等、参与和主导等意识让大众得到了极大解放，让大众内心深处无意识的本我表现和释放的欲望迅速膨胀。含蓄内向的中国人开始敢于、勇于在人群中表达和释放个人情感和内在自我，甚至是个体最隐私的一面。同时，面对多元化、多样化的冲击，大众不仅变得愈加包容，不再盲目排斥，也变得愈加有自己的主见，勇于对自己不喜欢的事物说"不"。甚至在对外界的批判中强烈感受到自我存在的价值和意义。例如关于春晚的网上调查，同一个节目有人点赞有人"拍砖"。

互联网及其传播的参与理念不仅让流行文艺回归民间文化、草根文化，也使得流行文艺的狂欢色彩愈发浓厚，全民参与和自由狂欢特点愈发显著。因为狂欢节的重要特征就是全民性和参与性。"在狂欢节中所有的人都是积极的参加者，所有的人都参与狂欢式的演出"①，"人们不是袖手旁观，而是生活在其中，而且是所有的人都生活在其中，因为从其观念上说，它是全民的"②。在这种参与意识的推动下，大众不再满足于仅作为被动接受文化的角色，而对文化的生产制造权有了强烈的渴望与追求。他们希望参与并生产"自己的文化"，获得自我表现的快感和文化参与的乐趣，从而体验一种前所未有的狂欢状态。

正是在以互联网为代表的新型媒介文化冲击下，高贵如央视春晚也不得不开始重视民意，在 21 世纪初就不断地"开门办春晚"，集思广益，不断变革。这种变革力度在 2011 年之后越来越大。晚会在慢慢回归 20 世纪 80 年代最初的联欢主旨，突出"大众"的联欢，百姓的春晚。

一方面，春晚充分利用各种方式和新媒体技术，让更多的大众参与进来。2011 年的互动环节设计明显比往年突出。开场有艺术家阎肃问候观众："都到家了吗？"节目中设置五次主持人与现场观众交流的环节，小品中插入教观众拜年的礼仪环节。2012 年打破往常的严格保密、故作神秘的状态，充分利用官方微博与网友零距离接触和互动，及时发布排练和彩排等相关信息，并"获得了网友多达 1 600 多万条的评论"③。歌曲《叫一声爸妈》的歌名就是应网友意见修改后的最终版。节目组专门从网上征集"最美全家福"照片，并将获选的一家人请到了节目现场。2013 年更是充分利用新媒体，将微博、微信等社交网站作为宣传主平台。2014 年多了扫描二维码参与互动环节。2015 年与新

---

① 巴赫金著，钱中文主编，白春仁、顾亚铃等译：《巴赫金全集（第五卷）》，石家庄：河北教育出版社 1998 年版，第 161 页。

② 巴赫金著，钱中文主编，李兆林、夏忠宪等译：《巴赫金全集（第六卷）》，石家庄：河北教育出版社 1998 年版，第 8 页。

③ 张利英：《春晚三十年 不破怎能立：谈龙年央视春晚的革新》，《声屏世界》2012 年第 5 期。

浪微博实现跨平台联动，网民可一边看视频直播一边参与讨论。"电视、视频网站与社交媒体三者的结合，形成跨媒体多终端的整合传播模式，实现了春晚的立体化传播效果。"它还通过微信抢红包的设置，让"110亿人次参与了春晚的互动"①。更能体现全民大联欢盛况的是节目最后的歌曲《难忘今宵》，节目开始前春晚通过微博征集了各地观众的演唱视频，这些视频在李谷一唱响歌曲的时候同步在演播厅的大屏幕上播放，形成全民同唱一首歌的狂欢局面。

另一方面，晚会日益重视大众，日益亲民化、草根化。在2012年哈文执导的春晚上，春晚的演播大厅重现了20世纪80年代的茶座与圆桌。2014年冯小刚执导的马年春晚也继续保留了茶座式，并结合了联排式的观众席。主持人的话语和风格也日益亲民化。2011年极具娱乐消费代表性的主持人李咏归来。2011年的主持语态由过去的"报幕式"变为"交流式"。2012年导演明确要求主持人说"人话"，实现口语化。于是我们看到主持人的话语变得平实风趣，相互之间多了调侃揶揄，显得轻松幽默。2013年在上一年的基础上进一步平民化，追求亲切自然的效果。2014年更具里程碑意义，主持人完全没有了司仪的做派，成为"观众、串场、演员"三重角色的复合体，主持样态灵活转换，有时是"表演式"，有时是"幽默式"，有时是"感悟式"，让观众笑声不断，回归联欢的欢乐喜庆主题。

除了场地设置和主持人话语方式转变，更重要的变化是演员的草根化。草根选秀节目《我要上春晚》于2010年9月在央视开播，并向2011年春晚成功输送了"我要上春晚"大板块和激光舞混搭《非常1加1》，两个节目都获得了成功。特别是第一个大板块节目，由西单女孩任月丽的歌曲《想家》、网络红人旭日阳刚的《春天里》和深圳民工街舞队的舞蹈《咱们工人有力量》组成，引发了巨大的轰动效应。虽

---

① 彭亚辉：《羊年春晚之"大变脸"》，《新闻战线》2015年第5期。

然任月丽的声音和技巧不是顶尖的，旭日阳刚组合因为紧张在演唱中出现了跑调的情况，但他们不是依靠天籁般的歌喉、新潮前卫的装扮和华而不实的技巧来博得观众的喜爱。他们用歌舞表达了自身的境遇和情感，表现广大弱势群体共同的命运和追求，从而感动了亿万观众，引发了广泛的共鸣。此板块节目在各大网站的评选活动结果中都名列前茅，特别是《春天里》，在新浪网和凤凰网都雄踞第一。

草根上春晚，让千千万万朴实简单的草根成功圆梦，充分发挥自强不息、奋发向上的草根精神。它同时表征着春晚是大众的春晚，百姓的春晚。之后草根演员和平民家庭走上春晚的频率就越来越高。2012 年的草根演员有唱开场童谣的邓鸣贺、演唱《我要回家》的农民大哥朱之文、表演水晶球舞蹈《眷恋》的胡启志、演唱《冬天里的一把火》的金美儿、演唱《新贵妃醉酒》的李玉刚、演唱《中国美》的玖月奇迹等。在开场歌舞《东西南北大拜年》中，由众主持人领衔唱过一首拜年歌后，依次是胡军一家、胡海泉一家、陈羽凡和白百何夫妇、沙溢和胡可夫妇、张卫健和张茜夫妇演唱了四首新春歌曲。在节目间隙，主持人专门采访了多个家庭，包括从网上征集的"最美全家福"山西任福生一家、杨利伟一家、北京"最帅交警"一家、费翔一家和演员王珞丹一家。这些演员差不多占了当年春晚四分之一的比例。特别是冯小刚执导的 2014 年春晚，严格执行相关规定，歌曲演唱者大多是通过《直通春晚》《我要上春晚》和《星光大道》及各选秀节目如《中国好声音》《快乐男声》等获得直通春晚的资格的。此外，此时期的春晚有不少节目直接模仿选秀节目的 PK 形式，让众多草根表演者现场 PK，好不热闹。如戏曲节目《戏迷一家亲》（2012）、小品《我要上春晚》（2013）、小品《高手在民间》（2015）等。这些草根节目都获得了观众好评。

除了草根演员和平民家庭，春晚的亲民性和大众参与性还体现在对众多人气明星的启用上。不同于 20 世纪 90 年代所邀请的大牌明星、老面孔，此时期的春晚在确保实力派明星占一定比例的前提下，启用了一大批具有超高人气的影视明星、草根歌星和笑星。影视明星如陈数、海清、刘涛、孙俪等；草根歌星如凤凰传奇、玖月奇迹、张靓颖、王二妮等；笑星如曹云金、郭德纲和刘云天等。据统计，龙年春晚不仅在主持人团队里多了80后的李思思，"演员的近三成也是由80后组成"①。因此有人戏称，过去的演员靠春晚捧红，现在则靠有人气的演员来捧春晚。

春晚演员的草根化、人气化和年轻化，都反映了主创人员对观众的深刻认知。春晚在努力地向大众的联欢、百姓的春晚转变。除了节目组成方式的变化，在节目内容上，春晚也更多地站在了大众的立场，思民所想，努力接地气和人气，表现时代气息。越来越多的节目聚焦于平凡人，表现平凡人的日常生活。相声《奋斗》（2012）、《这事不赖我》（2013）和《说你什么好》（2014）深刻揭示了不成功的普通年轻人之所以不得志的人性弱点。小品《今天的幸福》（2012）、《爱的代驾》（2012）和《今天的幸福2》（2013）告诉所有的青年和中年夫妻相互信任、珍惜当下的恩爱生活的重要性。小品《我就这么个人》（2014）和相声《我忍不了》（2015）展开了平凡人对自身行为的个人反思和检讨。

二、价值观的构建：对伦理亲情与传统文化的回归

这一时期，春晚的大众参与性和草根化让其狂欢的火焰燃烧猛烈。除此以外，春晚的狂欢不同于21世纪初狂欢的两极走向，在弘扬社会

---

① 宫承波、张君昌、王甫主编：《春晚三十年》，济南：泰山出版社2012年版，第317页。

主义核心价值体系的主旋律下，在"限娱令"政策的执行下，春晚娱乐化、消费式的狂欢大幅减少；营造温情纯情的世界、坚守美好精神家园和传统节庆习俗的一面在突出和强化。狂欢向传统回归，向真情回归，致力于构建和弘扬真善美的价值观。

面对风云变幻的社会思潮，面对物欲横流、道德沦丧的社会现象，面对西方消费文化的严重侵袭，政府和有识之士都看到了文化建设的重要性。继时任总书记胡锦涛提出开展以"八荣八耻"为主导的社会主义道德体系建设之后，党的十六届六中全会又进一步明确提出，"坚持以社会主义核心价值体系引领社会思潮，尊重差异，包容多样，最大限度地形成社会思想共识"①。党的十七届六中全会更是把"深化文化体制改革推动社会主义文化大发展大繁荣"作为主题并形成决议。这表明党中央已经格外重视文化建设的重要性，不再将此决策停留于工具层面，而是强调"文化是民族的血脉，是人民的精神家园"。并希望"通过发展文化来建设社会主义核心价值体系，增强社会主义意识形态的吸引力和凝聚力"。2012 年底，中共十八大报告将社会主义核心价值体系明确为 24 个字，即"富强、民主、文明、和谐、自由、平等、公正、法治、爱国、敬业、诚信、友善"。2013 年底，中共中央办公厅印发《关于培育和践行社会主义核心价值观的意见》，明确提出培育和践行的具体举措，并要求其与中华优秀传统文化和人类文明优秀成果相承接。

在民间，大众的道德神经在一次次地被"小悦悦事件""跌倒老人扶不扶"等问题刺痛后，对公平正义的追求和呼声愈高，也导致了"我爸是李刚""郭美美高调炫富"等事件引发了广泛关注。在讨论和思考中，"正能量"一词因励己励人而如春风般传播开来，并"总体呈

---

① 中共中央文献研究室编：《十六大以来重要文献选编（下）》，北京：中央文献出版社 2008 年版，第 661 页。

上升态势"①。这些民情民意也为社会主义核心价值观的深入人心奠定了基础。2014 年，全国掀起了培育和践行社会主义核心价值观宣传高潮。② 在学术界，以陶东风、周志强为代表的学者对流行文艺存在的价值观混乱和娱乐化倾向等问题展开了一系列的批判。陶东风还提出要"寻找核心价值体系与流行文艺之间的契合点和转化机制""从官方文化转化为主流文化或主导文化，再由主导文化转化为大众文艺"，如此不仅可以提升大众文艺水平，而且可以让核心价值体系得到"大众发自内心的拥护"。③

　　与践行社会主义核心价值体系相一致的是，广电总局在 2011 年出台了"限娱令"，使得一度为了追求收视率，节目过度娱乐化和低俗化的倾向得到了明显遏制。央视春晚作为全国娱乐节目的表率和风向标，更是坚定地践行着社会主义核心价值观，并开始杜绝纯娱乐化和"三俗"的节目。担任 2012、2013 和 2015 三届春晚导演的哈文就明确表态"不用三俗节目，不用劣迹演员"。正是在这些指导原则和各项措施的联合作用下，此时期春晚那种纯娱乐、消费化、颠覆性的狂欢变得很少，而营造温情纯情的世界，坚守美好精神家园和传统节庆习俗的一面在突出和强化。

　　在这种价值导向中，一方面，春晚节目更加注重对传统文化的回归。春晚在 2014 年又被誉为"国家工程"，这意味着它像北京奥运会开幕式一样代表着国家形象，更责无旁贷地成为向国人和世界弘扬中华文化的平台，肩负着提升文化"软实力"的重任。除了节目间隙用送春联、送祝福等方式烘托传统过年习俗，还有不少节目旨在传播和弘扬中

---

　　① 何凌南、谭丽妮、李钰、张志安：《2012—2014 年网络"正能量"特点探究》，王俊秀、杨宜音主编：《中国社会心态研究报告（2015）》，北京：社会科学文献出版社 2015 年版，第 249 页。

　　② 贾立政等：《2014 中外十大思潮（上）》，《人民论坛》2015 年第 1 期。

　　③ 陶东风：《核心价值体系与大众文化的有机融合》，《文艺研究》2012 年第 4 期。

华传统文化，甚至是非物质文化遗产，具体如下表：

时间（年）	节目
2011	歌曲《兰亭序》
2012	绛州鼓乐《鼓韵龙腾》；舞蹈《龙凤呈祥》；民族歌舞《追爱》；杂技《空山竹语》
2013	歌曲《中国味道》《十二生肖》《茉莉花》《嫦娥》；儿童节目《剪花花》；武术《少年中国》
2014	武术《剑心书韵》；舞蹈《符号中国》；京剧《同光十三绝》；魔术《团圆饭》；杂技《梦蝶》；公益广告《筷子篇》
2015	歌曲《中华好儿孙》；杂技《青花瓷》；舞蹈《丝路霓裳》；武术《江山如画》；非物质文化遗产节目《锦绣》

此时的春晚在一如既往地展示中华民族几千年璀璨文明和当代传承的同时，更重点呈现了雍容华贵的大国气度和气象。在潜移默化中让大众为中国传统文化的深厚博大和历久弥新所折服，成功达成身份的召唤和民族自信心的增强。比如这一时期的武术和杂技就不再是纯武术和纯杂技的表演，而是多元混搭，展示中华气概，渲染中华文明和文化的悠久璀璨。

武术节目在春晚诞生的头三年就有其身影，但当时大多属于拳打脚踢的单打独斗式的纯武术展示。因为形式的单一和观赏性问题，它消失了近二十年才又在春晚舞台上重展风采，出现在 2005 年、2007 年、2008 年和 2009 年春晚上。这次中国武术的重出江湖采用了全新包装，不仅有个人的武功绝技展示（如剑术冠军、长拳冠军、太极冠军的功夫秀等），而且有群体配合的花式表演，场面壮观，气势夺人。再辅以背景音乐、明星效应和歌舞等，让武术节目的观赏性大大加强。特别是幽默功夫《功夫世家》（2009），将各种武术表演巧妙地串联在一家老小日常生活的争吵斗争中，大大增强了故事性和幽默性。但此时的武术更多还是停留于观赏性的展示上。

进入 21 世纪第二个十年，武术的文化意味越来越浓，与"中华气概""悠久文明"和大国软实力等捆绑在一起了。

2013 年的《少年中国》由影视明星赵文卓带领一群代表国家未来的习武少年表演。伴随着音乐，大家齐声念着梁启超《少年中国说》的经典名句，有效地将武术与儿童教育、强身健体、国家富强等文化内涵结合起来。

2014 年的创意武术《剑心书韵》更上一层楼，不仅继续采用了"功夫明星 + 儿童"的组合，而且有武有文，文武兼备。它将武术中的一指禅、二指禅等功夫的形体展示与中国书法中的"毛笔""书简"和"宣纸"等元素结合起来，演绎了手中无剑、以笔为剑、两者合一的中华传统功夫的最高境界。它突出了中华武术与传统文化的整一性，特别是节目中朗诵的古代启蒙读物《千字文》开篇几句："天地玄黄，宇宙洪荒。日月盈昃，辰宿列张。寒来暑往，秋收冬藏。闰馀成岁，律吕调阳。"这几句反复朗诵的话使节目洋溢着浓浓的中国传统文化意味。

2015 年的《江山如画》不仅有名角的八极拳、太极拳和太极剑表演，而且配有仿古的抚琴表演和象棋等背景。众多武术学员的共同表演展现了中国传统文化的刚柔兼具、文武兼修和博大精深，展现出一派江山如画的盛世景象。

总之，在这些武术节目中功夫的传统渊源和文化底蕴被挖掘出来，完美地诠释着文化大国的气质和气派。不仅武术如此，杂技亦如此。它不是单纯地展示"惊险奇绝"，而是将传统文化融入其中。比如《空山竹语》（2012）、《梦蝶》（2014）和《青花瓷》（2015）就很好地将中国的竹文化、蝶文化、青花瓷文化与杂技表演结合在一起，使得节目既有表层的炫丽展示又有深层的意味。

另一方面，春晚也更加回归原初本位，突出除夕回家过年的传统主题，渲染一家团聚的欢乐和亲情。春晚资深导演黄一鹤就多次指出，中国的春运奇观——人们无论费多大的周折都要回家，体现的是亲情的强大号召力，这是其他国家所没有的。

"如果不重视中国人的这种亲情，春晚就没有立足之地。"① 亲情应是春晚的"灵魂"。"春晚的本质是人心的碰撞和交流，所以应该把亲情呼唤放在首位，让大家感到骨肉团圆，让人们感到春晚是他们自己的晚会。"②

于是，我们看到此时的春晚不再把"团结"等意识形态因素放置在首位，而是突出家的主题。2011 年春晚的主题是"欢天喜地，创新美好生活；欢歌笑语，共享阖家幸福"；2012 年的主题就是"回家过大年"；2015 年的主题是"共筑中国梦，家和万事兴"。家，显眼地包含在主题之内。前面提到的大量平民家庭登上春晚表演，也给大家带来家庭特有的温馨和亲切感。

有关回家过年和表现亲情的节目在这一时期较多，整理如下：

时间（年）	节 目
2011	开场歌舞《回家过年》；儿童歌舞剧《爱我你就抱抱我》；歌曲《想家》《今夜北方飘着雪》《家在心里》
2012	歌曲《好久没回家》《叫一声爸妈》《常回家看看》《我要回家》；舞蹈《老妈妈》；短片《回家过年》
2013	歌曲《家人》
2014	歌曲《时间都去哪儿了》
2015	歌曲《回家的路》《当你老了》《拉住妈妈的手》《幸福家家有》；小品《车站奇遇》《小棉袄》

① 田园、宫承波：《风雨春晚情——电视导演黄一鹤的心路历程》，北京：中国广播电视出版社 2015 年版，第 132 页。

② 田园、宫承波：《风雨春晚情——电视导演黄一鹤的心路历程》，北京：中国广播电视出版社 2015 年版，第 133 页。

这些节目因为符合传统审美文化，又贴合除夕之夜人们阖家团聚的心情而大受欢迎。例如开场歌舞《回家过年》（2011）形象地模拟了动车进站，旅客下车回家过年的欢乐场面。人群中既有时尚的少年，也有带小孩的妇女；既有忙碌的空姐，也有恩爱的情侣。大家三五成群唱着歌，既归心似箭，又流露出归家的喜悦和幸福感。节目应情应景，又营造了举家团聚、亲情洋溢和温馨感人的场面和氛围。它作为开场节目而在过后的评选活动中获奖，是春晚有史以来的头一次。

第二年春晚主题就变为"回家过大年"，并拍摄了真实的《回家过年》短片。在一家团圆共度除夕之际，在亲情流淌、乡情缠绕的时刻，感情的渲染就格外真实和感人。特别是在"后情感"泛滥的时代，父母与儿女之间的骨肉亲情格外稀缺和珍贵。宋祖英的《叫一声爸妈》（2012）歌词简洁朴素却蕴含浓浓的生活气息，唱出了在外奔波的儿女对父母的思念之情。歌曲《我要回家》（2012）同样表达对身在农村的父母的思念和关爱，由农民选秀歌手朱之文来唱更是情真意切。歌曲《时间都去哪儿了》（2014）用极富画面感的歌词和舒缓的曲调讲述了为儿女辛苦操劳一辈子的父母的人生历程。配合着主持人的介绍和大屏幕上一张张播放的大萌子（赵萌萌）从小到大30多年来与父亲的合影，让温暖的父女之爱有了真实的呈现和情感的聚焦点，瞬间击中每个人内心最柔软的地方。这个节目让无数观众潸然泪下，乃至于国家主席习近平都记忆深刻，深有感触。2015年，一首表现母子情的《拉住妈妈的手》也再度感动全国观众。

三、雅俗融合以及视觉技术的创新性运用

网络信息时代和后工业社会的到来为后现代主义文化在中国的进一步发展和繁荣带来了丰厚的土壤和滋生空间。在社会主义核心价值观的

倡导之下，这一时期的春晚一方面重新回归对传统文化与亲情伦理的认同，另一方面由于媒介技术的不断提高和发展，春晚节目不仅呈现出对后现代拼贴手法的大量运用，同时尝试了采用高科技手法来构造虚拟的景观世界和拟像世界。

（一）拼贴越来越有创意

后现代主义使得"艺术与日常生活、高雅艺术与流行文艺之间的边界不复存在，五花八门大杂烩式的文字游戏、符号游戏泛滥成灾"[1]。它导致传统边界的坍塌，打破一切束缚，消弭一切界限，打破"高雅文化与低俗文化、现象与实在等一切传统的二元对立"[2]。特别是在互联网、传媒等高科技的强势发展下，符号、代码和拼贴等无限膨胀并日益渗透到日常生活中。而春晚对后现代主义的混搭和拼贴等手法不仅愈加惯用，而且针对观众不断提高的欣赏水平，其手法愈来愈富有新意和创意，给我们带来一波又一波的意外和惊喜。

这一时期节目的拼贴和混搭等手法已经越来越常见。除了中国风音乐的持续发热（如 2013 年的《中国味道》《十二生肖》和《Super She-ro》），旧曲新唱（如 2011 年的《新民乐歌组合》、2013 年平安的《我爱你，中国》）、跨界组合（如 2011 年的《新势力歌曲组合》）和古典翻新（如 2012 年的现代芭蕾《天鹅湖》）等表演方式对于观众来说都不再陌生了。2013 年春晚的开场联唱《欢歌贺新春》中，48 位央视著名主持人（包括新闻类）分成 17 组将 22 首经典歌曲的副歌部分拼贴成一首"神曲"献给大家，迅速掀起晚会高潮。其投入人数之众、拼贴歌曲数量之多、演唱时间之长都是创纪录的。

同时，面对观众审美水平的不断提高，春晚对后现代主义手法的运

---

① 陆扬：《后现代文化景观》，北京：新星出版社 2014 年版，第 188 页。
② 陆扬：《后现代文化景观》，北京：新星出版社 2014 年版，第 177 页。

用也不断升级，不断创新，大胆超越，表现出跨越艺术门类、中西合并的新特点。比如周杰伦在演唱中国风音乐《兰亭序》（2011）时，不仅有杂技演员着古装表演悬空而坐的特技，还有他本人亲自上演的一段大提琴秀，周杰伦还化身魔术师，一会让折扇变出不同画面，一会变出林志玲，实现了乐舞与魔术、中与西的混搭，让观众惊喜连连。歌曲《新贵妃醉酒》（2012）不仅在唱法上将京剧、民歌与流行唱腔巧妙地融为一体，而且主唱李玉刚男扮女装，在舞台上水袖飞舞，迅速变装，美得让人叹为观止，尽显大唐盛世的繁荣。

儿童节目《除夕的传说》（2012）在李咏给小朋友讲故事时，插入卡通画来解释除夕的由来。在卡通背景中，流行歌手韩庚用武术和舞蹈的方式来展现与虚拟"年兽"的搏斗对打。亦真亦假、亦实亦虚，人与影像、传统水墨与现代科技等很好地融为一体。此节目受到了网民热捧，在中国网络电视台推出的"2012年央视春节联欢晚会网上调查"活动中，名列"最喜爱的节目""最具创意的节目""最可能流行的节目""最让人开心的节目""最喜爱的演员"① 各项调查结果的第一位。歌曲《茉莉花》（2013）由宋祖英与加拿大流行乐坛天后席琳·迪翁携手演绎，前半段为中国民歌版，后半段为西方通俗音乐版。由中美音乐家共同表演的创意器乐演奏《琴筝和鸣》（2013）将西方的电子音乐与中国的古筝曲融合在一起；在演奏曲目上，既有西方新世纪音乐，也有中国民族管弦乐曲。

2014年的春晚引入微电影、微纪实形式。前者如开场短片《春晚是什么》，后者如京剧《同光十三绝》插入的一段同名纪录片。创意器乐《野蜂飞舞》（2014）由顶级音乐家（钢琴王子郎朗与两位克罗地亚的大提琴音乐家）与草根歌手雪儿联袂出演。在演出中，郎朗还秀出用橘子弹琴，用锤子敲琴弦的绝技。创新武术《剑心书韵》（2014）不仅

---

① http://chunwan.cctv.com/20120204/100006.shtml.

式奇观风格"①。

2012 年的春晚舞台由"180 度三维全背景 6 600 平方米的巨型 LED 组成",同时"304 块数控机械升降装置"可任意组合搭配从而形成"高低起伏、错落有致的升降舞台","天棚灯光'天幕'与演员脚下的 LED 地面可以打出相互呼应的图案"②，再加上高科技手段的融入和运用，营造出如梦如幻的奇观，让观众仿佛身临其境，走入了"阿凡达"的世界。在王力宏与李云迪的《创意钢琴》中，伴随两大高手的"斗琴"，背景墙上的黑白琴键仿佛有了生命。伴随歌曲《万物生》的响起，呈现在观众面前的是由无数丛林冰凌构成的北国森林奇特景观。伴随《因为爱情》的歌声，舞台升起了一座长长的桥梁，在影像构建的漫天花瓣中，女歌手从桥的这一端走向另一端的男歌手，整个场景浪漫而唯美，非常契合歌曲表达的意境。春晚舞美的变化和拟像景观的制造获得了大众的认可。在新浪网的调查中，"舞美设计科技感十足，LED 屏很绚丽"一项是 2012 年央视春晚最值得称道的创新之一。

2013 年的春晚在之前的基础上更趋成熟，它请来了电影《阿凡达》的制作班底做特效。LED 屏幕既可以 360 度地呈现，又可以延伸到观众席中互动，加上全息投影、加强现实（AR 技术）等高精尖技术手段的综合合理运用，制造出一波又一波的特效高潮，让人如痴如醉。在《春暖花开》的歌曲声中，整个舞台也洋溢着春天的气息，铺天盖地到处都是怒放的花，成为花的海洋。在《风吹麦浪》中，一望无际随风涌动的金色麦浪铺满舞台，让人仿佛嗅到了收获的喜悦。在歌唱水兵的《甲板上的马头琴》中，背景墙上的"辽宁号"航母大有疾驰而来，进入演播大厅的幻觉。特别是歌曲《嫦娥》，开始是男扮女装的嫦娥在广寒

---

① 姜腾、李江瑞：《电视文艺节目的视觉错觉与心理体验：以 2015 年央视春晚为例》，《青年记者》2015 年第 9 期。

② 张利英：《春晚三十年 不破怎能立：谈龙年央视春晚的革新》，《声屏世界》2012 年第 5 期。

宫里诉说着无尽的孤独和思念，接着是漫漫太空中中国飞船的出现。最惊奇的是随着飞船的靠近，就在舱门打开的瞬间，现场灯光打开，此时三位中国宇航员从飞船中走出，出现在观众面前。在那一刻，真假难辨，如梦如幻。在"时空穿越"中，将古老传说与飞天成绩大胆结合的创意，也获得了观众的肯定。

2015年的春晚不仅出现了完全虚拟的吉祥物阳阳，更是通过"镜景结合打造视觉错觉""情景交融强化心理体验"等处理方式，"突破了单一的视觉错觉构建而向心理体验层面延伸"，[①] 代表着电视节目"奇观化"时代的到来。特别是在《锦绣》中，利用电子虚拟技术，舞台上制造出好几个李宇春的幻化"分身"，被网友戏称为"李宇春、李宇夏、李宇秋、李宇冬"。

可以说，春晚对于高科技的运用，最终目的是以雅俗交融、中西结合的方式满足受众的精神文化需求，在虚与实的穿梭和往返中，极大地激发了人们的想象空间。新媒体时代的春晚，一方面是对主流价值观的肯定，另一方面也更加突出视觉的审美体验。

---

① 姜腾、李江瑞：《电视文艺节目的视觉错觉与心理体验：以2015年央视春晚为例》，《青年记者》2015年第9期。

第三节　反思网络综艺内容生产的三个维度

近年来，一方面，随着明星片酬的飞涨、海外节目版权提价、主管部门"限娱令"的升级以及广告资源向互联网的转移，电视综艺节目的制作生产成本也节节攀升；而另一方面，移动互联网的发展，大众屏幕观赏习惯的形成，观赏时间的碎片化和个性化等，带来了移动视频产业的繁荣。

2014 年爱奇艺《奇葩说》第一季的热播和广泛的话题性，开启了近两年网络综艺的火爆局面，单 2016 年腾讯、优酷、爱奇艺、芒果和乐视五大视频网站自制的网络综艺就超过 59 档。然而，在网络综艺以其符合年轻人需要的独特风格和个性内容受到越来越多人的欢迎、动辄点播过亿的表面繁荣之下，是网络综艺产业的生产过剩：真正能够引发网民关注，引发热门话题，进而获取商业盈利的节目屈指可数。与此同时，数据造假、内容抄袭、尺度过大、明星审美疲劳等问题，也引发和引起了人们的批评以及相关监管部门的注意和整改，凸显了由版权原创、表达内容、文化品质等构成的网络综艺问题。

从总体上看，我国网络综艺存在一些问题：首先，电视综艺时代在人才、创意、文化的专业化和产业化上存在问题的延续；其次，爆款网络综艺所带来的新型文化样态及其存在的问题，也反映了网络综艺对于互联网的媒介特质与文化新质在理解和运用方式上的误区。这些问题集中体现在内容创意、文化尺度和明星消费三个层面。

一、内容创意：从"清奇"个性到"猎奇"误区

以"清奇"的画风来凸显网络综艺内容的年轻化、时尚化和个性化，是《奇葩说》第一季所形成的网络综艺风格，之后迅速流行，成为当时网络综艺视觉表达和内容创意的主导模式。所谓"清奇"画风，即是以一种轻快、明丽的视觉效果和二次元拼接的内容风格、极富个性的角色表演和话题来表达年青一代的精神个性、文化身份和价值取向。脑洞、弹幕等二次元元素与节目内容的混剪；来自网民投票选择的议题；'以马薇薇、范湉湉、肖骁为代表的不同于主流人群，具有边缘性格和身份的个性鲜明的角色及其话语风格、行动姿态和价值表达，共同建构起《奇葩说》的内容创意和节目个性，并为网络综艺的中国原创提供了最基本的视觉形构、话题语域、角色配置和价值取向。它为网络综艺的互联网特质提供了标准化的配方：奇葩的角色与奇葩的话题满足年青一代网民"酷"的文化身份的表达需要、充满情绪张力和亚文化修辞的语言成为年轻网民建构文化资本的快感源泉、话题的互动和网民意见的回应凸显年青一代文化消费的社交特性、对虚拟时空的营造和游戏过程的虚拟适应年青一代虚拟化生存的文化现实。

《奇葩说》的成功，在于对上述视觉、话语、角色、话题、情境等多层次内容、风格和价值的整合，充分挖掘边缘性个体、"奇葩"式人群的多元选择的合理性和价值选择的包容性，在守住道德底线的基础上，反思、质疑我们习以为常的价值表达背后可能存在的重重问题，而以辩论选手为主体，极具个人表演能力的"奇葩"选手、富有智慧和情感影响力的奇葩导师共同建构了观点和价值的不同风格和层次，将每一个看起来似乎怪异的议题导向人类普遍存在的困境或文化命题，从而在充满个性化的故事演绎和观点表述中实现价值观的输出。节目冠名费用的节节攀升、节目口碑的居高不下、微博热门话题的持续上榜以及对

网民价值观所带来的积极影响，都说明《奇葩说》的成功不仅是商业上的，也有其文化价值，无论是网民的拥护还是主流媒体的肯定，都共同表明了网络综艺内容的中国生产前途无量。

在高晓松、蔡康永等名人和每期邀请的热门明星嘉宾的加持添彩之下，《奇葩说》在短时间内推红了一批原本大众知名度并不高的素人网红，并以"如何说话"为核心，打造了《好好说话》《黑白星球》《饭局的诱惑》等相关内容输出的产业链，成为当下网络综艺突破电视综艺困境的一种可能路径。因而《奇葩说》火爆之后，大量模仿、复制其节目模式的网络综艺跟风涌现，尤其是集体脱口秀类节目的出现，使网络综艺内容创意抄袭的问题凸显。

以同样火爆的《火星情报局》为例，该节目以混在人类中的"火星特工"为主体，采用国会提案的形式来作为节目的议题讨论形式。"今天，在每一位地球人的身边，都可能有火星情报局的特工在行动，他们从奇妙的角度，以特异的思维，理解着地球人生存的世界。"这是一个非常好的节目创意和内容视角，以外星人对地球人的这种"陌生化"的思维来理解人类自身，从而让我们重新审视和观察自身很多习以为常、在"熟视无睹"的"麻木"中不自知的行为，娱乐与文化、快感与思想在这之中并行不悖。

外星人视角具有非常丰富的流行文艺资源可供开发，比如在《三体》中，来自三体世界的外星人由于交流方式的透明而无法理解地球人所谓的"计谋""欺骗"；又比如在《来自星星的你》当中，外星人对于人类的好奇和人性的绝望，也为网络综艺节目的内涵提供了一种思考方向，而火星文与年轻人的话语个性等网络文化，同样为这一节目的话语形态提供了重要的资源。这就需要节目在这一创意的基础上，将议题设置、角色造型与价值表述妥当地与这些资源和创意有机融合，形成充满个性的节目创意。

然而《火星情报局》并没有对此展开内容创意的研发，而是沿袭了湖南卫视《天天向上》的习惯，并借用"奇葩说"的"清奇"外观，成了以卖弄各种"污力"、讨论各种无厘头话题为主的庸俗节目。大量诸如"双手摩擦 12 秒会有鸡屎味"等议题，十分无厘头，完全是为了引发一种狂欢化的娱乐效果，议题本身缺乏可以深入讨论的空间；而有的议题，如"薛之谦人红歌不红"变成对薛之谦歌曲的推广活动；又如"恐怖片可以让人减肥"的议题最终停留在沈梦辰与杜海涛的关系上；再如"红包是更有效的沟通方式"最终变成明星之间发红包的游戏。

有些议题不乏可以深入讨论的可能，这种深入挖掘也可以引发观众的共鸣，但由于过度的明星娱乐化、语言"污"化和氛围的狂欢化，议题变成了一种讨论明星八卦或引发表演的机会，而让议题、议会的形式徒具其表，无法真正构成节目内容创意的有效激发形式。而这带来的问题就在于情境无法真正形成角色的塑形，参与提案的明星和网红的角色个性在节目中仍然极大地遵循其在其他节目中的状态，消费的仍然是现实中的娱乐话题。由于明星资源的有限以及话题的重复，就导致相似的梗在不同节目中的高度重复，节目之间的类似也就不可避免。

与此同时，在话题的引导和提升方面，由于节目的主体处于一种失控的狂欢之中，以致任何总结和价值表达都伴随着思想性与娱乐性割裂的问题：思想性的出现必然与往期表现形成强烈的反差，导致观众体验到的是"说教"而使娱乐性与思想性格格不入，形成节目思想性提升的障碍。与之相比，《奇葩说》在节目的开展过程中，"奇葩"们不同个性的丰富观点的展开和碰撞，为导师最终的总结和提升形成了很好的铺垫，使得这种总结提升水到渠成，达到娱乐性与思想性相互交融的综艺胜景。

"清奇"是一种创意和个性，是建立在互联网年青一代追求个性的心理需求之上的创新。尽管《奇葩说》在议题来源、视觉效果、话语风格和角色类型上具有可复制性，但真正的创意需要在具体节目虚拟的、假定的语境中来重新建构话题讨论的角度和深度，催生具有整体差异性的角色类型和价值表述的方式，从而形成不可代替的内容创意的核心竞争力。这就意味着，网络综艺内容创意开发的网络互动度，议题互文度，节目价值内涵所可能达到的深度，节目整体和细节各个方面设计的精细和精致的程度，符合不同受众需求的丰富度以及使思想性、情感性、娱乐性、时尚性、独特性等不同层次内容实现有机融合的融合度，是网络综艺节目创意开发所要达到的"六度"标准。这对网络综艺内容创意的启发是，制作人必须立足于节目的核心创意来进行多层次的挖掘，而不是急功近利地进行浅层次的创新与模仿。不可否认，资本推动的消费意识形态扭曲下对娱乐的快感化理解，都是内容生产创意匮乏的原因，同时也就成为产业性困境的表现：这种将其作为创意和个性的"清奇"仍是跟风和模仿，在"清奇"无法再作为网络综艺文化逻辑的内核的同时，猎取其表面的浮华要素，并将其无限放大，最终导致为奇而奇的"猎奇"误区。由于对内容创意挖掘的深度和精度都不足，进一步导致了好的创意和资源的损耗，不仅使节目的内容品格无法得到提升，而且还有走向庸俗化和恶俗化的趋向。

二、文化尺度：从"网感"基因到"污力"过度

网络综艺要有"网感"，这几乎成了业界的共识。但对网感的理解却存在不同的意见：有的凸显媒介和科技的特质，强调网络综艺的直播优势、互动参与与大数据基础；也有的凸显其大片式生产的"纯网络综艺"的专业性，更有人将互联网上各种杂乱的风格拼贴和出格行为视为网感的表征。

正如麦克卢汉所言的"媒介即信息"，互联网时代带来了人类感知方式、社交关系、情感结构和社群组织的整体性变化，比如即时互动参

与的加强、对中心和权威的消解、认知框架上链接路径的重构、媒介的碎片化和场景化等，并由之产生对草根精神、多元价值的包容与尊重，对中心和正统的消解和颠覆，对知识系谱和文化资源的拼贴和杂驳文化内容的社交化特质等。

从网络综艺引起的反响来看，它让网民喜欢并不断制造话题的关键，就在于它扎根于网络青年亚文化的肥沃土壤，并在内容的进一步生产和传播中，发展并创造新的青年亚文化。如果不是对网络青年亚文化及其内在价值文化的充分理解和准确表达，《奇葩说》不可能取得如此巨大的成功。

对网感理解的差异导致了不同的网络综艺生产模式，在带来网络综艺节目表达形式的创新和活力的同时，也带来了文化尺度上的误区。最明显的表现就是将互联网视为发泄欲望的场所，过度凸显欲望化修辞在内容表达中的作用，从而使网络综艺节目沦为"污文化"的重灾区。

从近年来被责令下架整改的网络综艺节目中，我们可以清晰地看到网络综艺凸显欲望化修辞的若干特点：首先，滥用网络亚文化并将其污化，损耗亚文化积极的精神能量；其次，以"污"引发眼球效应和话题效应，将其作为网络综艺节目的营销手段，片面传播污文化。这种对网络亚文化中的欲望化修辞的滥用正是网络综艺内容低俗化的重要原因，而其背后，则是消费主义的推波助澜。因而在我们批评网络综艺污文化的同时，还需要正视网络污文化兴起的媒介条件和文化精神，从而更准确地把握网络综艺内容生产的文化尺度。

网络污文化的兴起，是网络亚文化与消费主义两者合流的结果。巴赫金在对拉伯雷的小说的研究中所提出的狂欢理论，就是在对民间社会狂欢节中的身体颠覆性消费行为的分析中提出来的。互联网成为语言表达较为自由的空间，也同时带来了两方面的变化：其一是公共性与隐私性边界的消解，其二是语言表达的口语性与字面性的模糊。这两点实际上为以身体性话语为主要内容的污文化在网络上的形成提供了最为重要的条件。

网络污文化成风，既有着迎合人类最基本的心理需求的作用，同时也是网络亚文化内在代际更迭的重要表现，是网民对小清新文化的不满和反抗的产物。可以说，"摒弃物质追逐、标榜自我内心感受力""小清新"的出现，是年青一代对用物质和名牌堆砌"品位"生活，又宣称自己患上了现代城市特有的"孤独病"的小资们的批判和唾弃的结果。① 小清新之"小"就在于其以一种小情小调、小哀小伤引发年轻人的共鸣，并隐约透露出对幸福的渴望、对未来的向往和对温暖氛围的迷恋，这些对于年轻人而言都具有"疗伤"和"治愈"的功效。

与此同时，小清新们又有着一种内在的矛盾，他们极力反对拜金，却在不知不觉间走上拜物的道路。陈绮贞的唱片、安妮宝贝的散文、岩井俊二的电影等"精神食粮"，还有 LOMO 相机、帆布鞋、长裙子等必备的外在装扮，都成为小清新的标配。另外，他们"喜欢思考爱情、青春、理想和人生等形而上的问题"，"对于个人的小世界永远有说不完的闲言碎语、絮絮叨叨"，却"对外部世界和社会现实表示出惊人的冷漠和不感兴趣"。② 这种自我矛盾是小清新及其文化越来越引发大众指责和批评的关键所在。早在 2007 年豆瓣上就成立了一个"最烦小清新"小组，在其宣言中对小清新冷嘲热讽："明明自恋狂，非说低调不张扬。明明煽得腻，非说一个人沉溺。明明像潮水，非说小众非主流。明明不用脑，非说用心去思考。"③ 人们反对小清新的"软弱、虚伪、矫情"，他们不再代表个性，而成了"装"和"假"的代名词。

与电视综艺一样，网络综艺也承担着审美、认知和思想等多层面的

---

① 行超：《不合时宜的"小清新"》，蒋原伦、张柠主编：《媒介批评（第五辑）》，桂林：广西师范大学出版社 2013 年版，第 200 页。

② 行超：《不合时宜的"小清新"》，蒋原伦、张柠主编：《媒介批评（第五辑）》，桂林：广西师范大学出版社 2013 年版，第 201 页。

③ https：//www.douban.com/group/anti－indie/.

文化功能，当下网络综艺对欲望化修辞的过度运用，虽然在一定程度上满足了受众的娱乐性和情绪性需要，却忽视网络综艺在网络文化建设中应发挥的作用，并可能导致网络以青年亚文化为主体的原生文化资源的狭隘走向和片面损耗。这不仅不利于充满活力的网络媒介文化的充分发展，而且在大资本的推动传播之下，可能导致公众对网络文化的刻板印象和片面误解，不利于推动互联网青年文化与社会主流价值之间的良性互动和健康建构。过度欲望化修辞更可能招致批评、监管和扼杀，从而对网络综艺产业的可持续发展产生不利影响。因此，对网络综艺文化尺度的持衡，就不仅会影响网络综艺节目的品格，更影响主流文化与网络亚文化能否以良性互动的方式创造新文化，本质上决定着网络综艺产业的未来。

三、明星消费：结构困境与转型路径

现代文化娱乐工业意义上的明星制，有着自身不可克服的矛盾，"一方面，它导致明星与普通人之间有着太大的距离感，特别是具有影响力的明星，通常都会以高高在上的姿态出现；另一方面，也不可避免地造成了人为的行业垄断"[1]。而这种矛盾，在明星工业体制不健全的当今中国娱乐产业中，以"天价片酬"的方式，凸显了整个影视行业中明星资源的稀缺性和行业垄断性的结构困境。

电视综艺发展中的大资本制作、明星天价片酬以及主管部门的"限娱令"，成为网络综艺兴起和发展的背景和机遇。网络综艺发展初期，以素人为主体的网络综艺《奇葩说》和网剧《万万没想到》的成功，似乎让人看到了网络综艺摆脱大明星大制作的结构性困境，而转为以素

---

①　孙佳山：《粉丝文化，涅槃还是沉沦》，《社会科学报》，2017 年 4 月 20 日。

人为主体的新型模式的可能性。但真实的情况并没有往这一方面发展，从 2016 年主要视频平台生产的网络综艺来看，纯素人网络综艺仅占不到六分之一，而完全以明星消费作为主体内容的超过六成。大量网络综艺仍是对已有的成功电视综艺和国外成功综艺节目的借鉴和抄袭，走的仍然是明星消费的老路。

以 2017 年初点播量最大的《吐槽大会》为例：首先这档节目仍然是一档非原创的节目，其节目模式脱胎于美国综艺《喜剧中心吐槽大会》，本质上是外国节目的本土化；其次该节目仍是以明星作为节目的主体，以明星娱乐新闻作为消费内容。这意味着，网络综艺所谓的精品化和专业化，依然在重复电视综艺的老路子，电视综艺的困境也终将成为网络综艺的问题。而事实上，互联网媒介文化的特质，使得即便是光芒万丈的明星，也需要从根本上适应互联网的特征，那就是建构消解权威性和神秘性的平等化、日常化和亲民化的叙事人格。这就使得吐槽自黑成为触网明星展现其平等化、日常化和喜剧性的最主要方式。这是互联网文化逻辑的运行对明星人格的改变，因而我们就不难理解，薛之谦、大张伟、谢娜、贾玲、岳云鹏等成为当下网络综艺中最为热门的明星的原因，而周杰、王琳等演员以其表情包的亚文化因素而变身网民喜爱的明星。《吐槽大会》作为一个最具有症候的文化样本，从媒介文化的逻辑上，呈现网络文化中明星叙事人格建构的新逻辑。由于在有限的明星资源中，只有一部分更具有喜感自黑精神的明星能够适应这种逻辑，所以这从实质上加剧了明星资源的稀缺性和垄断性。何炅、谢娜等少数几位主持人，薛之谦、大张伟等少数谐星在网络综艺节目中的频繁出现，加剧了节目之间的雷同性和观众的审美疲劳，使网络综艺节目内容趋于同质化。

此外，移动终端播放的便捷、观赏时间的碎片化、弹幕吐槽互动等新的接受机制使网络综艺节目能够规避电视综艺节目所面临的由播放档期和观赏空间所带来的时空限制，以及制播模式等弊端，实现以内容的精彩丰富、多样差异和精准细分来吸引用户的注意和选择。这也就意味着，可以依赖移动互联网时代信息传播的分众化和垂直化特征，来创造和生产不同层次、不同类型的网络综艺节目，并通过试验性和垂直化的内容生产，满足不同视听分众市场的需求。如《罗辑思维》《圆桌派》《见字如面》等获得较好口碑的网络综艺节目，它们或以知识分享，或以文化杂谈，或以情感记忆作为垂直内容的核心，专门针对文化层次较高的受众，以相对低廉的制作成本、精准的市场定位实现分众内容的类型突破，从而在一个电视综艺"资本为王"的"大片时代"中，在互联网上有效应对综艺内容多样性缺失的问题。这不失为当前网络综艺更为可行的选择路径。

但是，除了上述少数文化类节目实现了真正的垂直化制作之外，其他打着垂直化生产名义的网络综艺节目，从本质上仍然在消费明星话题，从而呈现出垂直生产方面的困境。以《拜托了冰箱》《姐姐好饿》《饭局的诱惑》等饮食类网络综艺为例，其实质仍是将冰箱、厨艺、吃饭作为"引子"，来消费明星不为人知的日常生活的隐私和故事，与其他类型的综艺并没有本质差别。在这些节目中，基于特定垂直内容的叙事情境并未激发出具有从内容类型、话题特征、形式设置和表演人格相一致的、内在逻辑自洽性的叙事建构，未能就垂直内容与大众日常生活之间的关系进行多层次挖掘。

以明星作为节目的主体，并对明星话题进行消费依旧是这类节目最基本的模式：《拜托了冰箱》探究的是明星的日常生活和"怪癖""陋习"，厨房做菜的目的在于诱出明星不为人知的情感和故事，而饭局真假话游戏是为了窥探明星之间的私人关系。纵使节目中不时加入一些素人网红以提升节目网感，但他们在节目中无一例外只是作为明星的"绿叶"，未能形成自身独特的角色化特征。而由于网络综艺节目对造星机制的忽视，即使在某些节目中，素人网红拥有较好的表演机会，但在明星光环的映照下，也显得平淡。以《暴走法条君》为例，由于该节目整体水平不高，虚拟的法庭情境仅仅沦为分组表达观点的形式，导致节目创意平庸，除两名明星嘉宾作为"律师团团长"之外，虽有多名网红参与发表观点，但未能凸显出来，使得该节目缺乏议题的讨论导向和价值导向，由于串场明星嘉宾并没有专门围绕节目情境逻辑发挥角色功能进行议题引导，导致网红们在节目中观点平庸、表演平淡，未能成为节目亮点。

　　网络综艺节目对明星消费的结构性困境的重复，与娱乐产业的急功近利有关，但更根本的原因，是由我国娱乐综艺机制的不完善不成熟所带来的从内容研发机制、明星培养机制到产业人才基础等方面的系统性问题。针对这一问题，必须从根本上立足垂直内容的原创研发，并探寻建立适合于互联网文化逻辑、媒介特质和消费特征的新型造星机制，才能规避黄金档电视综艺节目拼资本、拼明星、拼大众的生产模式的缺陷和弊端，形成网络综艺内容生产的中国原创。

　　因此，网络综艺的转型只有在如下两个方面进行突破，才有可能从对电视综艺困境的重复中突围：首先，要在内容生产上实现试验性和垂直化，满足不同分众视听市场的需求，从而在一个电视综艺"资本为王"的"大片时代"中，弥补综艺内容多样化的缺失，并以低廉的制作成本、精准的细分受众实现盈利和口碑的双赢，突破内容创意的困境。其次，互联网媒介所带来的叙事人格的平民化、日常化和喜剧化的转变，为网络综艺在"明星、素人"人格的叙事建构上提供了内在驱力，借助网络经济打造素人网红产业链，以网络综艺实现对素人网红的提升，从而建构独具网感的网络综艺内容生态，如此才能实现综艺的素人化转型，突破明星消费的难题。《奇葩说》通过导师对网红选手的观点和价值进行提升，并通过专业化的明星培训方式来塑造其强烈的个性和魅力。《爱上超模（第三季）》中一半网红的模特由专业模特来引导，以竞争情境呈现一个超级模特的成长故事、职业化精神的形成和对其核心价值的坚守。以职业化、专业化、思想性和审美性的提升来促进网络综艺节目素人化转型，正是这两档节目成功的基础。

总而言之，近30年来，我国电视综艺产业在内容创意、技术水平和人力资源等方面的不健全、不成熟，是网络综艺节目在内容创意、文化尺度和明星消费等方面存在问题的根源。网络综艺节目虽然善于以网络亚文化来创造适合网民的文化消费形式，但消费主义的推波助澜、资本主义的急功近利所导致的亚文化的滥用和误用，为网络综艺节目带来庸俗化等恶劣影响，形成了中国网络综艺产业、文化和价值的负面形象。因而，对网络综艺节目的发展来说，唯有透过基于互联网的互动性和互文性，形成将深度、精度、丰富度充分融合的内容创意，在把握好亚文化文化尺度的前提下，以垂直内容和网红提升来突破明星消费的结构性困境，从而以较高明的故事创意的策划、丰富健康的价值内容的输出来开拓网络综艺产业发展的新前景，才能建立中国网络综艺的崭新形象。

······

参考文献

1. 中文译著

约翰·斯道雷著，杨竹山、郭发勇、周辉译：《文化理论与通俗文化导论》（第二版），南京：南京大学出版社 2001 年版。

彼得·科斯洛夫斯基著，毛怡红译：《后现代文化：技术发展的社会文化后果》，北京：中央编译出版社 1999 年版。

马克斯·霍克海默、西奥多·阿道尔诺著，渠敬东、曹卫东译：《启蒙辩证法——哲学断片》，上海：上海人民出版社 2006 年版。

让·鲍德里亚著，刘成富、全志钢译：《消费社会》，南京：南京大学出版社 2014 年版。

高尔基著，孟昌、曹葆华译：《文学论文选》，北京：人民文学出版社 1958 年版。

齐奥尔格·西美尔著，费勇等译：《时尚的哲学》，北京：文化艺术出版社 2001 年版。

陶东风主编：《粉丝文化读本》，北京：北京大学出版社 2009 年版。

特里·伊格尔顿著，王杰等译：《美学意识形态》，桂林：广西师范大学出版社 1997 年版。

马泰·卡林内斯库著，顾爱彬、李瑞华译：《现代性的五副面孔：现代主义、先锋派、颓废、媚俗艺术、后现代主义》，北京：商务印书馆 2002 年版。

约瑟夫·R. 列文森著，郑大华、任菁译：《儒教中国及其现代命运》，北京：中国社会科学出版社 2000 年版。

马克思、恩格斯著，中共中央马克思恩格斯列宁斯大林著作编译局编译：《马克思恩格斯选集》（第 4 卷），北京：人民出版社 1995 年版。

列宁著，中共中央马克思恩格斯列宁斯大林著作编译局编译：《国家与革命》，北京：人民出版社 2001 年版。

阿尔都塞著，陈越编：《哲学与政治：阿尔都塞读本》，长春：吉林人民出版社 2003 年版。

吉姆·麦克盖根著，桂万先译：《文化民粹主义》，南京：南京大学出版社 2001 年版。

瓦尔特·本雅明著，王才勇译：《机械复制时代的艺术作品》，北京：中国城市出版社 2002 年版。

葛兰西著，吕同六译：《论文学》，北京：人民文学出版社 1983 年版。

保罗·杜盖伊、斯图尔特·霍尔等著，霍炜译：《做文化研究——索尼随身听的故事》，北京：商务印书馆 2003 年版。

罗伯特·麦基著，周铁东译：《故事：材质、结构、风格和银幕剧作的原理》，北京：中国电影出版社 2001 年版。

尤卡·格罗瑙著，向建华译：《趣味社会学》，南京：南京大学出版社 2002 年版。

H. R. 姚斯、R. C. 霍拉勃著，周宁、金元浦译：《接受美学与接受理论》，沈阳：辽宁人民出版社 1987 年版。

马歇尔·麦克卢汉著，何道宽译：《理解媒介——论人的延伸》，北京：商务印书馆 2000 年版。

安迪·班尼特、基思·哈恩—哈里斯编，中国青年政治学院青年文化译介小组译：《亚文化之后：对于当代青年文化的批判研究》，北京：中国青年出版社 2012 年版。

雪莉·贝尔吉著，赵敬松主译：《媒介与冲击：大众媒介概论》，大连：东北财经大学出版社 2000 年版。

马克·波斯特著，范静哗译：《信息方式：后结构主义与社会语境》，北京：商务印书馆 2000 年版。

皮埃尔·布尔迪厄著，刘晖译：《艺术的法则——文学场的生成与结构》，北京：中央编译出版社 2011 年版。

杰佛瑞·威克斯著，宋文伟译：《20 世纪的性理论和性观念》，南京：江苏人民出版社 2002 年版。

康德著，邓晓芒译：《判断力批判》，北京：人民出版社 2002 年版。

M．H．艾布拉姆斯著，郦稚牛、张照进、童庆生译：《镜与灯：浪漫主义文论及批评传统》，北京：北京大学出版社 1989 年版。

罗洛·梅著，冯川译：《爱与意志》，北京：国际文化出版公司 1989 年版。

汉斯—格奥尔格·伽达默尔著，洪汉鼎译：《真理与方法》，北京：商务印书馆 2013 年版。

埃里克·方纳著，王希译：《美国自由的故事》，北京：商务印书馆 2002 年版。

柄谷行人著，赵京华译：《日本现代文学的起源》，北京：生活·读书·新知三联书店 2003 年版。

简·布雷默、赫尔曼·茹登伯格编，北塔等译：《搞笑：幽默文化史》，北京：社会科学文献出版社 2001 年版。

山本常朝口述，田代阵基笔录，李冬君译：《叶隐闻书》，桂林：广西师范大学出版社 2007 年版。

露丝·本尼狄克特著，北塔译：《菊与刀》，上海：上海三联书店 2007 年版。

新渡户稻造著，傅松洁译：《武士道：影响日本最深的精神文化》，北京：企业管理出版社 2004 年版。

艾瑞克·霍布斯鲍姆著，郑明萱译：《极端的年代（上）》，南京：江苏人民出版社 1998 年版。

约翰·斯道雷著，常江译：《文化理论与大众文化导论》，北京：北京大学出版社 2010 年版。

瓦尔特·本雅明著，许绮玲、林志明译：《迎向灵光消逝的年代：本雅明论艺术》，桂林：广西师范大学出版社 2008 年版。

刘易斯·芒福德著，王克仁、李华山、陈允明译：《技术与文明》，北京：中国建筑工业出版社 2009 年版。

简·罗伯森、克雷格·迈克丹尼尔著，匡骁译：《当代艺术的主题：1980 年以后的视觉艺术》，南京：江苏美术出版社 2011 年版。

比尔·盖茨等著，辜正坤译：《未来之路》，北京：北京大学出版社 1996 年版。

康德著，李秋零译：《纯粹理性批判》，北京：中国人民大学出版社 2004 年版。

弗里德里希·席勒著，冯至、范大灿译：《审美教育书简》，北京：北京大学出版社 1985 年版。

胡伊青加著，成穷译：《人：游戏者 对文化中游戏因素的研究》，贵阳：贵州人民出版社 1998 年版。

大卫·赫斯蒙德夫著，张菲娜译：《文化产业》，北京：中国人民大学出版社 2007 年版。

简·麦戈尼格尔著，闾佳译：《游戏改变世界：游戏化如何让现实变得更美好》，杭州：浙江人民出版社 2012 年版。

吉尔·德勒兹著，谢强等译：《电影 2：时间—影像》，长沙：湖南美术出版社 2004 年版。

约翰·菲斯克著，杨全强译：《解读大众文化》，南京：南京大学出版社 2001 年版。

安伯托·艾柯著，刘儒庭译：《开放的作品》，北京：新星出版社 2010 年版。

詹明信著，张旭东编，陈清侨等译：《晚期资本主义的文化逻辑：詹明信批评理论文选》，北京：生活·读书·新知三联书店 1997 年版。

马·布雷德伯里、詹·麦克法兰编，胡家峦等译：《现代主义》，上海：上海外语教育出版社 1992 年版。

格兰特·麦克拉肯著，贾晓涛译：《不懂流行文化就不要谈创新》，海口：南海出版公司 2012 年版。

伍蠡甫主编，朱光潜译：《现代西方文论选》，上海：上海译文出版社 1983 年版。

华莱士著，谢影、苟建新译：《互联网心理学》，北京：中国轻工业出版社 2001 年版。

米·巴赫金著，佟景韩译：《巴赫金文论选》，北京：中国社会科学出版社 1996 年版。

欧文·戈夫曼著，冯钢译：《日常生活中的自我呈现》，北京：北京大学出版社 2008 年版。

欧文·戈夫曼著，徐江敏等译：《日常接触》，北京：华夏出版社 1990 年版。

亨利·詹金斯著，杜永明译：《融合文化：新媒体和旧媒体的冲突地带》，北京：商务印书馆 2012 年版。

肯达尔·L. 沃尔顿著，赵新宇等译：《扮假作真的模仿：再现艺术基础》，北京：商务印书馆 2013 年版。

玛丽甘等著，姚晓光等译：《网络游戏开发》，北京：机械工业出版社 2004 年版。

乔纳森·哈里斯著，徐建译：《新艺术史批评导论》，南京：江苏美术出版社 2010 年版。

肖恩·库比特著，赵文书、王玉括译：《数字美学》，北京：商务印书馆 2007 版。

弗里德里著，陈宗斌译：《在线游戏互动性理论》，北京：清华大学出版社 2006 年版。

丹尼斯·麦奎尔著，刘燕南等译：《受众分析》，北京：中国人民大学出版社 2006 年版。

阿兰·斯威伍德著，冯建三译：《大众文化的神话》，北京：生活·读书·新知三联书店 2003 年版。

让·波德里亚著，张新木译：《论诱惑》，南京：南京大学出版社

2011 年版。

唐·泰普斯科特著，陈晓开、袁世佩译：《数字化成长：网络世代的崛起》，大连：东北财经大学出版社 1999 年版。

约翰·费斯克著，王晓珏、宋伟杰译：《理解大众文化》，北京：中央编译出版社 2006 年版。

罗伯特·洛根著，何道宽译：《理解新媒介：延伸麦克卢汉》，上海：复旦大学出版社 2012 年版。

安德鲁·古德温、加里·惠内尔编著，魏礼庆、王丽丽译：《电视的真相》，北京：中央编译出版社 2001 年版。

埃里克·麦克卢汉、弗兰克·秦格龙编，何道宽译：《麦克卢汉精粹》，南京：南京大学出版社 2000 年版。

巴赫金著，钱中文主编，白春仁、顾亚铃等译：《巴赫金全集（第五卷）》，石家庄：河北教育出版社 1998 年版。

2. 中文著作

董虫草：《艺术与游戏》，北京：人民出版社 2004 年版。

胡锦涛：《坚定不移沿着中国特色社会主义道路前进，为全面建成小康社会而奋斗——在中国共产党第十八次全国代表大会上的报告》，北京：人民出版社 2012 年版。

张闳：《"我就要走在老路上"——〈在路上〉的中国漫游记》，朱大可、张闳主编：《21 世纪中国文化地图（2007 年卷）》，北京：商务印书馆 2008 年版。

韩寒：《我所理解的生活》，杭州：浙江文艺出版社 2012 年版。

高宣扬：《流行文化社会学》，北京：中国人民大学出版社 2015 年版。

广东省作家协会、广东网络文学院（筹）编：《网络文学评论（第一辑)》，广州：花城出版社 2011 年版。

戴锦华：《隐形书写：90 年代中国文化研究》，南京：江苏人民出版社 1999 年版。

江泽民：《在全国宣传思想工作会议上的讲话》，中共中央文献研究室编：《十四大以来重要文献选编》，北京：中央文献出版社 2011 年版。

苏桂宁：《消费时代中国文艺的价值演变》，北京：中国社会科学出版社 2010 年版。

陈晓明：《仿真的年代——超现实文学流变与文化想象》，太原：山西教育出版社 1999 年版。

白烨主编：《2011 中国文坛纪事》，北京：人民文学出版社 2012 年版。

蒋述卓、李凤亮主编：《传媒时代的文学存在方式》，桂林：广西师范大学出版社 2010 年版。

居其宏：《20 世纪中国音乐》，青岛：青岛出版社 1992 年版。

金兆钧：《光天化日下的流行——亲历中国流行音乐》，北京：人民音乐出版社 2002 年版。

周国平：《安静》，太原：北岳文艺出版社 2002 年版。

陈小奇、陈志红：《中国流行音乐与公民文化：草堂对话》，广州：新世纪出版社 2008 年版。

朱光潜：《西方美学史》，北京：人民文学出版社 2003 年版。

曹荣编著：《竞争力提升：80/20 经理人充电法则》，北京：世界知识出版社 2002 年版。

尤静波编著：《流行歌曲写作》，长沙：湖南文艺出版社 2006 年版。

梁启超著，李华兴、吴嘉勋编：《梁启超选集》，上海：上海人民出版社 1984 年版。

金丹元：《"后现代语境"与影视审美文化》，上海：学林出版社

2003 年版。

汪民安、陈永国、马海良主编：《城市文化读本》，北京：北京大学出版社 2008 年版。

郝建：《中国电视剧：文化研究与类型研究》，北京：中国电影出版社 2008 年版。

戴锦华：《斜塔瞭望——中国电影文化 1978—1998》，台北：远流出版事业股份有限公司 1999 年版。

李少白：《影史榷略——电影历史及理论续集》，北京：文化艺术出版社 2003 年版。

盘剑：《选择、互动与整合：海派文化语境中的电影及其与文学的关系》，杭州：浙江大学出版社 2006 年版。

吴迪编：《中国电影研究资料：1949—1979（上卷）》，北京：文化艺术出版社 2006 年版。

陈犀禾编：《当代电影理论新走向》，北京：文化艺术出版社 2005 年版。

卢易非：《台湾电影：政治、经济、美学（1949—1994）》，台北：远流出版事业股份有限公司 1998 年版。

沈芸：《中国电影产业史》，北京：中国电影出版社 2005 年版。

孙慰川：《当代台湾电影（1949—2007）》，北京：中国广播电视出版社 2008 年版。

广东省作家协会、广东网络文学院编：《网络文学评论（第二辑）》，广州：花城出版社 2012 年版。

欧阳友权主编：《网络文学发展史——汉语网络文学调查纪实》，北京：中国广播电视出版社 2008 年版。

马季：《读屏时代的写作：网络文学 10 年史》，北京：中国工人出版社 2008 年版。

张赣生：《民国通俗小说论稿》，重庆：重庆出版社 1991 年版。

范伯群、孔庆东主编：《通俗文学十五讲》，北京：北京大学出版社 2003 年版。

范伯群、汤哲声、孔庆东：《20 世纪中国通俗文学史》，北京：高等教育出版社 2006 年版。

汤哲声主编：《中国当代通俗小说史论》，北京：北京大学出版社 2007 年版。

王一川主编：《大众文化导论》，北京：高等教育出版社 2004 年版。

陈平原：《中国小说叙事模式的转变》，北京：北京大学出版社 2003 年版。

周宪：《文化表征与文化研究》，北京：北京大学出版社 2007 年版。

陈平原：《小说史：理论与实践》，北京：北京大学出版社 2010 年版。

周志雄：《中国当代小说情爱叙事研究》，济南：齐鲁书社 2006 年版。

欧阳友权：《比特世界的诗学——网络文学论稿》，长沙：岳麓书社 2009 年版。

陈平原：《千古文人侠客梦（增订本）》，北京：北京大学出版社 2010 年版。

罗立群：《中国武侠小说史》，石家庄：花山文艺出版社 2008 年版。

叶洪生：《论剑：武侠小说谈艺录》，台北：联经出版事业公司 1994 年版。

黄孝阳：《漫谈中国玄幻》，黄孝阳编选：《2006 中国玄幻小说年选》，广州：花城出版社 2006 年版。

鲁迅：《中国小说史略》，北京：人民文学出版社 2007 年版。

郭小亭著，竺青点校：《济公传》，北京：中华书局 2004 年版。

王立：《伟大的同情——侠文学的主题史研究》，上海：学林出版社 1999 年版。

杨博一、马季：《欧美悬念文学简史》，长春：时代文艺出版社2004年版。

李勇：《通俗文学理论》，北京：知识出版社2004年版。

欧阳友权：《网络文学的学理形态》，北京：中央文献出版社2008年版。

刘克敌主编：《网络文学新论》，南京：凤凰出版社2011年版。

蒙星宇：《网络少君》，北京：九州出版社2011年版。

欧阳友权主编：《网络文学发展史——汉语网络文学调查纪实》，北京：中国广播电视出版社2008年版。

马季：《网络文学透视与备忘》，北京：中国社会科学出版社2010年版。

路遥：《路遥全集：早晨从中午开始》，广州：广州出版社、西安：太白文艺出版社2000年版。

齐珮：《日本唯美派文学研究》，北京：中国社会科学出版社2009年版。

李银河：《性的问题·福柯与性》，北京：文化艺术出版社2003年版。

杨守森等：《数字化时代与文学艺术》，济南：齐鲁书社2010年版。

张文红：《伦理叙事与叙事伦理：90年代小说的文本实践》，北京：社会科学文献出版社2006年版。

梁启超：《中国历史研究法》，北京：东方出版社1996年版。

汤哲声：《边缘耀眼：中国现当代通俗小说讲论》，北京：北京大学出版社2013年版。

朱刚编著：《二十世纪西方文论》，北京：北京大学出版社2006年版。

葛娟：《亚文学生产与消费研究》，北京：人民出版社2013年版。

鲍鲲：《网游：狂欢与蛊惑》，苏州：苏州大学出版社2012年版。

李振基、陈圣宾编著：《群落生态学》，北京：气象出版社 2011 年版。

萧鼎：《诛仙》，北京：朝华出版社 2006 年版。

苏晓芳：《网络与新世纪文学》，北京：中国社会科学出版社 2011 年版。

陈奇佳、宋晖主编：《日本动漫影响力调查报告：当代中国大学生文化消费偏好研究》，北京：人民出版社 2009 年版。

刘小枫：《沉重的肉身（第六版）》，北京：华夏出版社 2007 年版。

孙立军主编：《中国动画史研究》，北京：商务印书馆 2011 年版。

肖路：《国产动画电影传统美学特征及其文化探源》，上海：上海人民出版社 2008 年版。

张岱年：《文化与价值》，北京：新华出版社 2004 年版。

王岳川、尚水编：《后现代主义文化与美学》，北京：北京大学出版社 1992 年版。

丁枫主编：《西方审美观源流》，沈阳：辽宁人民出版社 1992 年版。

黄鸣奋：《西方数码艺术理论史》，上海：学林出版社 2011 年版。

尹韵公主编：《中国新媒体发展报告（2011）》，北京：社会科学文献出版社 2011 年版。

赵帅编著：《网络时代："最好"的时代》，北京：北京工业大学出版社 2014 年版。

朱光潜：《文艺心理学》，合肥：安徽教育出版社 1996 年版。

恽如伟主编：《数字游戏概论》，北京：高等教育出版社 2012 年版。

米金升、陈娟：《游戏东西：电脑游戏的文化意义研究》，桂林：广西师范大学出版社 2006 年版。

北京大学文化产业研究院、人民网研究院主编：《快乐消费的文化底色：网络游戏评论文集 NO.1》，北京：人民日报出版社 2012 年版。

王世颖：《人本游戏：游戏让世界更美好》，北京：电子工业出版社 2014 年版。

刘健：《电玩世纪——奇炫的游戏世界》，天津：百花文艺出版社 2006 年版。

周宪：《视觉文化的转向》，北京：北京大学出版社 2008 年版。

唐绪军主编：《中国新媒体发展报告（2015）》，北京：社会科学文献出版社 2015 年版。

宫承波、张君昌、王甫主编：《春晚三十年》，济南：泰山出版社 2012 年版。

中共中央文献研究室编：《十六大以来重要文献选编（下）》，北京：中央文献出版社 2008 年版。

王俊秀、杨宜音主编：《中国社会心态研究报告（2015）》，北京：社会科学文献出版社 2015 年版。

田园、宫承波：《风雨春晚情——电视导演黄一鹤的心路历程》，北京：中国广播电视出版社 2015 年版。

陆扬：《后现代文化景观》，北京：新星出版社 2014 年版。

蒋原伦、张柠主编：《媒介批评（第五辑）》，桂林：广西师范大学出版社 2013 年版。

3. 英文著作

Douglas Kellner, Jean Baudrillard, *From Marxism to Postmodernism and Beyond*, Cambridge: Polity Press, 1989.

Peter Wayner, When All the World's a Staged Game, *New York Times*, November 11, 2009.

Roy Ascott, Telenoia, Electronic Text of a Talk Given at Fotofeis, *Inverness*, June 24, 1993.

Gamman L & Marshment M（eds）, *The Female Gaze: Women as View-*

ers of *Popular Culture*，London：The Women's Press，1988.

Umberto Eco，*Travels in Hyperreality*，New York：Harcourt Brace，1986.

Tolkien，J R R，*The Tolkien Reader*，New York：Ballantine，1966.

4．期刊报纸

朱立元：《雅俗界限趋于模糊——90 年代"全球化"语境中的中国审美文化之审视》，《常德师范学院学报（社会科学版）》2000 年第6 期。

陶东风：《青春文学、玄幻文学与盗墓文学："80 后写作"举要》，《中国政法大学学报》2008 年第4 期。

王一川：《艺术的隐性权力维度》，《创作与评论》2013 年第4 期。

蒋述卓：《消费时代文学的意义》，《文学评论》2005 年第6 期。

李胜清：《消费文化的形象异化问题批判》，《湖南科技大学学报（社会科学版）》2008 年第6 期。

余虹：《文学的终结与文学性蔓延——兼谈后现代文学研究的任务》，《文艺研究》2002 年第6 期。

李皖：《解冻之春（一九七八——一九八五）："六十年三地歌"之五》，《读书》2011 年第6 期。

巴素：《"中国风"四度刮过香江，大陆歌手首次集团亮相"无线"》，《音乐周报》，1995 年11 月24 日。

赵静蓉：《想象的文化记忆——论怀旧的审美心理》，《山西师大学报（社会科学版）》2005 年第2 期。

金兆钧：《1994——中国流行音乐的局势和忧患》，《中央音乐学院学报》1994 年第4 期。

阿多诺·辛普森著，李强译：《论流行音乐》，《视听界》2005 年第

3 期。

　　赵士林：《李泽厚美学思想的文化背景与当代价值》，《华文文学》2010 年第 5 期。

　　陶东风：《核心价值体系与大众文化的有机融合》，《文艺研究》2012 年第 4 期。

　　尹鸿：《中国电视剧文化 50 年》，《电视研究》2008 年第 10 期。

　　尹鸿：《冲突与共谋——论中国电视剧的文化策略》，《文艺研究》2001 年第 6 期。

　　王德胜：《娱乐化的历史：90 年代中国电影中的"历史"问题》，《当代电影》1998 年第 1 期。

　　尹鸿、杨慧：《2012 年中国电视剧备忘》，《电视研究》2013 年第 4 期。

　　宋素丽：《青春叙事与偶像认同：对青春偶像剧的心理分析》，《当代电影》2010 年第 2 期。

　　李奕明：《〈战火中的青春〉：叙事分析与历史图景解构》，《当代电影》1990 年第 3 期。

　　阎玉清：《〈雍正王朝〉编剧刘和平访谈录》，《中国电视》1999 年第 11 期。

　　金丹元、游溪：《从〈甄嬛传〉的热播谈古装剧对历史的重新想象》，《浙江传媒学院学报》2013 年第 6 期。

　　陶东风：《比坏心理腐蚀社会道德》，《人民日报》，2013 年 9 月 19 日。

　　白艳玲：《因果报应思想与中国古代小说中的常见结构模式》，《江西科技师范学院学报》2008 年第 8 期。

　　饶曙光：《改革开放三十年与中国主流电影建构》，《文艺研究》2009 年第 1 期。

　　鲁晓鹏、叶月瑜著，唐宏峰译：《绘制华语电影的地图》，《艺术评论》2009 年第 7 期。

陈犀禾、刘宇清：《跨区（国）语境中的华语电影现象及其研究》，《文艺研究》2007 年第 1 期。

斯坦利·罗森著，戚锰、钟静宁、龚湘凌：《狼逼门前：1994—2000 的好莱坞和中国电影市场（上）》，《北京电影学院学报》2003 年第 1 期。

列孚：《香港电影之死》，《明报月刊》1995 年第 351 期。

赵季康：《写在〈五朵金花〉重新上映的时候》，《云南日报》，1978 年 10 月 15 日。

沈小北：《异想天开彭浩翔》，《甲壳虫》2006 年第 4 期。

张燕：《彭浩翔电影的黑色幽默和文化呈现》，《当代电影》2007 年第 3 期。

刘佳佳：《从"鲶鱼效应"看微电影对广告的影响》，《经济论坛》2011 年第 10 期。

默琪：《卡萨帝携手土豆网玩转微电影营销》，《广告主：市场观察》2011 年第 9 期。

周志雄：《追溯网络小说的传统》，《文学评论》2008 年第 5 期。

邵燕君：《在"异托邦"里建构"个人另类选择"幻象空间：网络文学的意识形态功能之一种》，《文艺研究》2012 年第 4 期。

张晓然：《追求"每个人都能成艺术家"的梦想——盘点走过十年发展历程的中国新兴网络文学》，《新民晚报》，2009 年 5 月 18 日。

潘冰洁：《文化视域下网络文学发展趋势之透析》，《大舞台》2010 年第 6 期。

汤哲声：《论新类型小说和文学消费主义》，《文艺争鸣》2012 年第 3 期。

雷卫军：《论通俗文学的叙事》，《浙江传媒学院学报》2005 年第 4 期。

廖小平、成海鹰：《改革开放以来中国社会的价值观变迁》，《湖南师范大学社会科学学报》2005 年第 6 期。

李霞：《爱情的建构：解读影视传媒中的社会性别符号》，《学术界》2004 年第 6 期。

汤哲声：《中国通俗文学与大众文化：武侠小说研究》，《苏州教育学院学报》2012 年第 1 期。

焦若薇：《灵魂的另一面——中国侠义精神的传承与衍变》，《长春师范学院学报》2002 年第 3 期。

叶永烈：《奇幻热、玄幻热与科幻文学》，《中华读书报》，2005 年 7 月 27 日。

高冰锋：《中国网络玄幻小说的前世今生——浅论中国网络玄幻小说的发展与现状》，《重庆社会科学》2006 年第 12 期。

郑保纯：《论大陆新武侠的当代性回应》，《西南师范大学学报（人文社会科学版）》2004 年第 4 期。

杨鹏：《关于奇幻图书"井喷"的思索——浅析当前奇幻图书出版态势》，《出版广角》2006 年第 3 期。

杨经建：《侠义精神与 20 世纪小说创作》，《云南社会科学》2004 年第 1 期。

汤哲声：《大陆新武侠关键在于创新》，《西南师范大学学报（人文社会科学版）》2005 年第 1 期。

李昫男：《侠·情·传统：〈诛仙〉的三个关键词》，《重庆三峡学院学报》2012 年第 4 期。

胡燕：《奇诡荒诞　至情至性——评玄幻武侠小说〈诛仙〉》，《当代文坛》2006 年第 5 期。

韩云波：《从侠义精神到江湖义气》，《新东方》1998 年第 5 期。

韩云波：《中国当下武侠、奇幻文学二题》，《现代中国文化与文学》2007 年第 1 期。

姜腾、李江瑞：《电视文艺节目的视觉错觉与心理体验：以 2015 年央视春晚为例》，《青年记者》2015 年第 9 期。

郑焕钊：《网络文艺的形态及其评论介入》，《中国文艺评论》2017 年第 2 期。

徐渭：《哈哈镜中的重重魅影：对部分日本动漫的一种文化考察》，《书屋》2006 年第 2 期。

孙佳山：《粉丝文化，涅槃还是沉沦》，《社会科学报》，2017 年 4 月 20 日。

5. 网站地址

http：//booksina. com. cn.

http：//news. xinhuanet. com/2013－07/11/c_ 124988318. htm.

http：//www. cnbeta. com/articles/202072. htm.

http：//www. cnnic. net. cn/hlwfzyj/hlwxzbg/hlwtjbg/201307/t20130717_ 40664. htm.

http：//baike. baidu. com/view/29755. htm.

http：//zhidao. baidu. com/question/87528725. html.

http：//baike. baidu. com/view/918470. htm.

http：//v. youku. com/v_ show/id_ XMjEwOTQ4MTQ0. html.

http：//www. cctv. com/teleplay/xjkt/2004－12－17/13746. shtml.

http：//www. sarft. gov. cn/art/2014/3/19/art_ 113_ 4861. html.

http：//www. cloudary. com. cn/introduce. html.

http：//xh. 5156edu. com/html5/z6635m8059j372038. html.

http：//www. gmw. cn/content/2006－06/20/content_ 436740. htm.

http：//news. xinhuanet. com/mrdx/2007－09/07/content_ 6681714. htm.

http：//baike. baidu. com/view/7883. htm？ fr＝wordsearch.

http：//tieba. baidu. com/p/1011088374.

http：//www. jjwxc. net/onebook. php？ novelid = 379903&chapterid = 11.

http：//edu. people. com. cn/GB/80058/80067/5514236. html.

http：//tieba. baidu. com/p/148430624.

http：//baike. baidu. com/link？ url = 1M0tRkv8OtuJvkfWKaWuS7i9 cha2_ 9aX23x0XtaP8qPYWCZM – 8ns1pwnxWlEZgv5.

http：//www. qidian. com/Book/9300. aspx.

http：//book. douban. com/subject/1468493/.

http：//baike. baidu. com/subview/1817221/9342599. htm？ fr = aladdin.

http：//www. bookbao. com/views/201110/02/id_ XMjA5NDM2_ 7. html.

http：//read. qidian. com/BookReader/9300，255137. aspx.

http：//www. bookbao. com/views/201110/02/id_ XMjA5NDM2_ 7. html.

http：//www. qidian. com/book/98687. aspx.

http：//games. qq. com/a/20130805/013260. html.

http：//baike. baidu. com/subview/395800/5112112. htm.

http：//www. bxwx. org/b/22/22695/4075956. html.

http：//baike. baidu. com/link？ url = bZIRsLll – hY0WEdQbJLVZyXFx boFcLNaIACegVcIE4PzviDjX1mFnt4EeHXGI8_ p.

http：//www. jjwxc. net/onebook. php？ novelid = 571855&chapterid = 4.

http：//www. jjwxc. net/onebook. php？ novelid = 841529&chapterid = 1.

http：//www. sarft. gov. cn/articles/2013/07/11/ 20130711145839130711. html.

http：//www. sarft. gov. cn/articles/2013/01/11/ 20130111112329420341. html.

http：//www. topit. me/user/topic/192442.

http：//baike. baidu. com/view/919856. htm.

http：//baike. baidu. com/view/3114738. htm.

http：//chunwancctvcom/20120204/100006shtml.

https：//www. douban. com/group/anti－indie/.

http：//blog. sina. com. cn/s/blog_ 4eeb853601000d1j. html.

6. 硕博士论文

王思琦：《1978—2003 年间中国城市流行音乐发展和社会文化环境互动关系研究》，福建师范大学博士学位论文，2005 年。

周静：《和而不同，超越腾飞——中、韩青春偶像电视剧比较研究》，南昌大学硕士学位论文，2008 年。

包洁：《中国当代艺术中的青春受伤意识考辩——试析"青春残酷"艺术现象》，华东师范大学硕士学位论文，2006 年。

董胜：《论网络文化视野中的穿越小说》，苏州大学硕士学位论文，2010 年。

． ． ． ． ． ． ．

后　记

　　算起来，这本《流行文艺与主流价值观关系研究》是我与我的学术团队及我的学生们精诚合作的第四本书了。

　　我们最早合作的一本书是《文化视野中的文艺存在》，当时是由我讲授研究生课程"文艺文化学"演化而来的，由中国社会科学出版社2003年出版。此书通过文艺与哲学、宗教、道德、语言学、人类学等相关学科的比较，对文学的意义和价值进行重新认识，并将文学与相关人文社会科学进行了区分研究。如今此书在孔夫子旧书网上还有销售。

　　我们合作的第二本书是《文化诗学：理论与实践——20世纪中国文学批评的跨文化视野与现代化进程》，由人民文学出版社2005年出版。这本书是国家社科基金项目的成果（2001年立项），虽然是以个案研究为主，但旨在揭示文化诗学的方法论，为文化诗学理论的建构提供学理基础。

　　我们合作的第三本书则是《传媒时代的文学存在方式》，主要论述在传媒时代，文学的存在方式发生了变化，阐释了文学与图像、影视、广告、网络、博客、短信等媒体之间的联系。该书2010年由广西师范大学出版社出版。此书后来还获得广东省优秀社会科学成果奖的二等奖。

　　第四本书是我2012年获得国家社会科学基金重点项目"流行文艺与主流价值观关系研究"（项目号：12AZW001）之后，与所带领团队合作研究的成果。对这一项目，大家潜心研究，反复讨论与修改，花了五年多的时间才结项。在研究期间，我与团队成员已发表相关的学术论文42篇，还与首都师范大学陶东风教授主持的国家社科基金重大招标项目"当代中国大众文化的价值观研究"的学术团队在暨南大学召开过一次小型学术会议，并共同出版了论文集《大众文化研究：从审美批评到价值观视野》（暨南大学出版社2015年出版）。

　　我的论文（现成为第四本书的导论部分）《流行文艺与主流价值观初议》发表在《文学评论》2013年第6期，在2014年获得中国文联第九届文艺评论奖（论文奖）特等奖，2015 年获教育部第七届人文社会科学优秀成果奖（论文类）三等奖。

将这样四本书联系起来看，大致可以了解我以及我的学术团队自21 世纪以来学术研究的脉络与走向：一是围绕着文学与文化的关系、文学与传媒的关系展开研究，努力构建文化诗学理论体系；二是开展文化诗学的实践性批评，对同时代的文艺现象进行文化的、审美的以及价值观的批评，体现出一种贴近时代、贴近文艺实际、贴近生活的鲜明特征。

本书的构架由我与郑焕钊博士共同讨论、设计完成。郑焕钊与李石博士在本书的统稿上出了很大力气，最后审定时由我对其中某些章节提出意见，又让团队成员做了反复修改。全书各章的撰写人具体如下：

导　　论　蒋述卓
第一章　苏桂宁、李文浩、陈灵芝、曹晓旭、陈婕、杨飞飞
第二章　周兴杰、曹桦
第三章　袁文丽
第四章　邹鹃薇
第五章　郑焕钊、侯向学、彭晓嘉、李石
第六章　郑焕钊、沈雨前、周飞
第七章　杜晓杰
第八章　陈伟军
第九章　宋音希、洪晓、郑焕钊

本书虽已完成，但离理想的标准还有一定的距离，因许多文艺现象如网络文学、网络游戏、动画、影视节目等皆处于不断变化的状态之中，即时的把握与分析或许未能达到深刻的程度，敬请同行同道批评指正。

感谢国家社科基金与国家出版基金的支持（此书入选 2017 年国家出版基金项目），也感谢我的学术团队和我的学生们，他们有的在其他

高校工作，承担着繁重的教学科研任务，可一旦承担了本书的研究任务，则尽心尽力地完成。在我们踏入又一个新时代的时候，我们还将在新的学术领域内携手共进，共同发展。

蒋述卓
2018 年 3 月 29 日于暨南大学